神医凤轻尘

阿彩 【著】

上

❷ 世间始终你最好

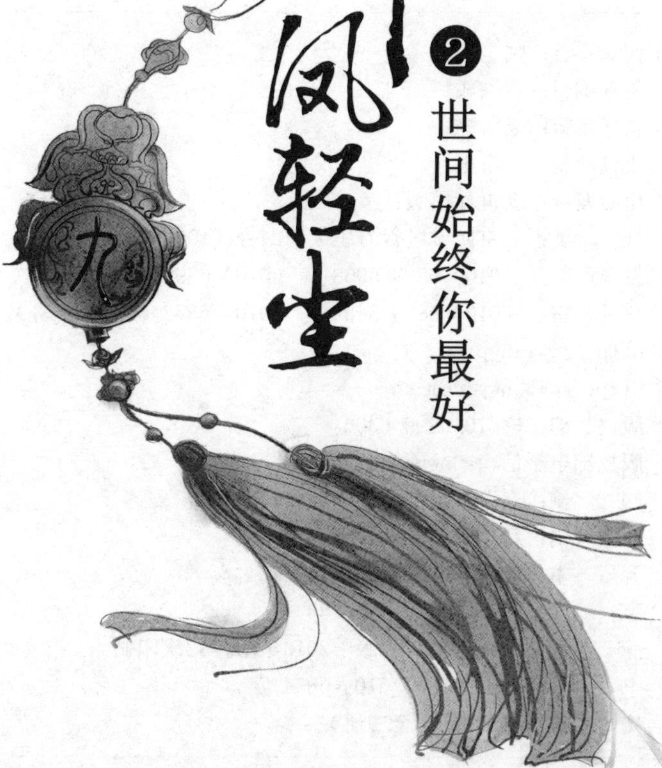

新世界出版社
NEW WORLD PRESS

图书在版编目（CIP）数据

神医凤轻尘. 2, 世间始终你最好 : 全2册 / 阿彩著
. -- 北京 : 新世界出版社, 2016.7（2018.9重印）
ISBN 978-7-5104-5834-7

Ⅰ.①神… Ⅱ.①阿… Ⅲ.①侠义小说－中国－当代 Ⅳ.①I247.5

中国版本图书馆CIP数据核字（2016）第142896号

神医凤轻尘 2

作　　者：阿　彩
策划编辑：张铁成
责任编辑：袁　静
责任印制：王宝根
出版发行：新世界出版社
社　　址：北京西城区百万庄大街24号（100037）
发 行 部：（010）6899 5968　　（010）6899 8733（传真）
总 编 室：（010）6899 5424　　（010）6832 6679（传真）
http://www.nwp.cn
http://www.nwp.com.cn
版 权 部：+8610 6899 6306
版权部电子信箱：nwpcd@sina.com
印　　刷：三河市金元印装有限公司
经　　销：新华书店
开　　本：710mm×980mm　1/16
字　　数：695千字　印张：38
版　　次：2016年7月第1版　2018年9月第2次印刷
书　　号：ISBN 978-7-5104-5834-7
定　　价：69.80元（全二册）

版权所有，侵权必究

凡购本社图书，如有缺页、倒页、脱页等印装错误，可随时退换。
客服电话：（010）6899 8638

目录 CONTENTS 上

第 一 章	我一见你就失神 / 1
第 二 章	最在意的那个人 / 13
第 三 章	京城第一大赌盘 / 24
第 四 章	那一瞬间的心动 / 41
第 五 章	不容拒绝的强势 / 54
第 六 章	你知道得太多了 / 72
第 七 章	当众求娶凤轻尘 / 89
第 八 章	姐走低调的路线 / 101
第 九 章	少侠清白不保 / 114
第 十 章	魂系九州情与谁共 / 125
第 十一 章	欲求不满的男人 / 140
第 十二 章	惊艳了天下 / 156
第 十三 章	杀敌一千自损八百 / 168
第 十四 章	九王妃的排场 / 184
第 十五 章	坐实了流言 / 200
第 十六 章	为妇媚色无边 / 214
第 十七 章	下床不认账 / 232
第 十八 章	生命受到了威胁 / 248
第 十九 章	凌驾于皇权之上 / 269
第 二十 章	最后的盛宴 / 286

目录 CONTENTS 下

第二十一章	害人终害己 / 301
第二十二章	死的为什么不是你 / 322
第二十三章	在这里我就是王 / 332
第二十四章	翻手为云覆手为雨 / 351
第二十五章	一曲凤求凰 / 365
第二十六章	跪下来求我 / 377
第二十七章	她说的话就是命令 / 391
第二十八章	最毒妇人心 / 405
第二十九章	夜行千里救锦凌 / 419
第 三 十 章	总有那么几个人想要我死 / 434
第三十一章	死也要风华绝代 / 449
第三十二章	你长得很像我 / 462
第三十三章	九皇叔太霸道 / 475
第三十四章	且行且珍惜 / 487
第三十五章	天家兄弟阋墙 / 504
第三十六章	世族权力之争 / 519
第三十七章	就是嚣张又如何 / 534
第三十八章	连坐牢也要一起 / 549
第三十九章	不过是一个女人 / 570
第 四 十 章	等你一起 / 584

第一章 我一见你就失神

春暖花开之际,也是谈情说爱的好时节,九皇叔突如其来的告白,让凤轻尘在欢喜的同时,又隐约觉得不安。

九皇叔的告白来得太快也太直接了,这不像是九皇叔一贯的作风。联想到翟东明的警告,她总觉得九皇叔的告白掺杂了太多其他的东西,并不是纯粹的喜欢,而很快,她的猜测就得到了证实。

"九皇叔要我帮他医一个人?为什么他自己不来说?"苏文清奉九皇叔的命令,送来了凤府地契,同时也带来了九皇叔的"命令"。

说"命令"一点也不为过,因为九皇叔没有给凤轻尘说不的机会。

"皇城最近不安宁,九皇叔很忙。"苏文清并不知九皇叔与凤轻尘之间的事,说话自然不会顾忌太多。

"我知道了,救什么人?"凤轻尘垂眸,掩去眼中的失落。

九皇叔很忙,忙到连私下见她一面的时间都没有,忙到自说喜欢她后,就再也没有时间见她。

"西陵的二皇子西陵天宇双腿有疾,来东陵求医,众太医束手无策,九皇叔说你可以医好他。"苏文清没有多想,直言道。

可凤轻尘不是苏文清,九皇叔的表现让她不得不多想:"西陵天宇的病能不能医好,对九皇叔来说很重要吗?"

"很重要,不计代价也要医好他。"有些事不能告诉凤轻尘,苏文清也只能含糊地带过。

听到苏文清的话,凤轻尘的心像是被针扎了,狠狠揪痛,可她很快就释然了,只觉得果然如此。

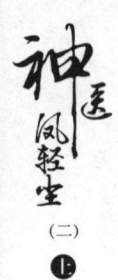

九皇叔做事，怎么可能没有目的？

也许九皇叔是真的有些喜欢她，可也只是有些，至少没有喜欢到亲自上门告诉她，他喜欢她的地步。

凤轻尘暗暗吸了口气，压下心中的酸涩，问道："什么时候？"

"今晚会有人来接你，你做好准备。对了，这事最好不要让外人知晓，西陵天宇来东陵虽不是什么秘密，但九皇叔找人给他医治双腿却是秘密。"苏文清知道凤轻尘为人谨慎，可还是忍不住提醒了一句，毕竟这事非同小可。

"我知道了，我会做好准备的。"九皇叔不见她，是真的没有空，还是不想见她？又或者，害怕她问出不该问的问题？

是夜，凤轻尘背着特制的药箱跟随九皇叔的人，来到京郊的一座别院里，具体是什么地方她也不知道，京城太大了，很多地方她都没有到过，也不熟悉。

进去后就看到九皇叔正与一个绝色男子在室内，听身后的人说，那位绝色男子就是西陵的二皇子西陵天宇。

九皇叔本身就不似凡人，站在他身边能不被他的光芒遮挡，可想而知西陵天宇长得有多么出色，饶是凤轻尘在初见他的刹那也忍不住呆住了。

西陵天宇的五官精致，肤色白净，眉间带着一丝抑郁之气，与西陵天磊的狂傲不同，西陵天宇看上去更平易近人，穿着一身华贵的锦衣，端坐于轮椅之中，静若处子，宠辱不惊。

"凤轻尘！"九皇叔冷冷地看向凤轻尘，眼中闪过一丝愠色。

在他的面前看另一个男人看到失神，凤轻尘的胆子还真不是一般的大！

凤轻尘回过神来，眼中闪过一抹尴尬，飞快地欠身道："见过九皇叔，见过二皇子。"

西陵天宇长得太好了，不怪她定力不够，只怪对方太强。

"免礼。"九皇叔心中不快，语气自然好不到哪里去。

"轻尘姑娘不必客气。"西陵天宇的声音轻柔悦耳，让人不由得心生好感。

"多谢九皇叔，二皇子。"凤轻尘站好，飞快地看了九皇叔一眼，见九皇叔一脸淡漠，神色与平常无异，不免有些受伤，可她也知，此时不是说话的好时机。

九皇叔对凤轻尘的"花痴"十分不满，看了她一眼，便直接吩咐她给西陵天宇医治，语气冷漠，不见一丝温情。

凤轻尘心脏狠狠一痛，像是针扎了一样，张了张唇，迎上九皇叔平静的眸子，却一句话也说不出来。

凤轻尘暗吸了口气，调整好情绪，才上前为西陵天宇医治。

西陵天宇虽然面蕴病容，可凤轻尘实在看不出他得了什么大病，他苍白的面容倒像是常年不见太阳，心里抑郁所致，看他双脚不曾落地，凤轻尘大胆猜道："二皇子有腿疾？"

"是。"西陵天宇面带笑容，可凤轻尘却从他的眼中看到了落寞与黯然，还有一丝愤怒与难堪。

凤轻尘并不在意，很多病人都这样，见医治无望，心里不免扭曲。其实，西陵天宇与王锦凌的境况很像，只不过王锦凌比西陵天宇更豁达、更开朗，更怡然自得。

王锦凌即使眼睛看不到，依旧热爱生命，将自己的生活经营得极好，他从不怨天尤人，更不怪命运的不公，王锦凌永远知道如何做才对自己最好，如何才能让自己活得开心。

而西陵天宇不一样，凤轻尘明显能感觉对方的忧郁与不甘，甚至带着一丝厌世的情绪，这是病人的正常心态，只不过有王锦凌那么一个淡定自若的人在前，在凤轻尘眼中，西陵天宇的此番表现就落了下乘。

"二皇子，我现在要替你检查一下，不知你方不方便？"凤轻尘将药箱放在桌上，询问道。

西陵天宇正要拒绝，九皇叔适时开口道："天宇，让她看看。"

凤轻尘从九皇叔的称呼中明白这两人交情不错，猜测西陵天宇这个时候来东陵，估计是为了帮九皇叔对付西陵天磊。

"轻尘姑娘请便。"西陵天宇虽然答应了，可凤轻尘却能听出他语气中的不快，凤轻尘只当不知，撩起裙摆半跪在他脚边。

"都退下。"九皇叔知道西陵天宇不喜欢太多的人知道他的腿疾，当下便把室内的其他人呵退。

凤轻尘不觉得有什么，越是位高权重的人，越忌讳身上的伤，生怕被外人知道。待屋内的人都退下后，凤轻尘才撩起西陵天宇的裤脚，看到西陵天宇的左腿，凤轻尘手一顿，可很快就回过神来。

西陵天宇左脚小腿以下整个坏死，左脚如同三岁孩童的那般大小，难怪他不喜欢让人看，也不愿意医治，因为这伤根本没法治。

凤轻尘不解地看了九皇叔一眼，这样的伤九皇叔应该知道治不了，怎么还会让她来医治？难道九皇叔知道她有办法？

真是怪事。

凤轻尘摇了摇头，将心中的杂念放下，毫不嫌脏地将西陵天宇左脚上的鞋袜褪下，将他干瘦如柴的小腿捧在手上，细心检查。

干瘦皱巴的小腿，与凤轻尘白皙的柔荑形成鲜明的对比，怎么看怎么觉得别扭，至少西陵天宇是这样。

小腿无力地瘫软在凤轻尘的手心，任凤轻尘来回摆弄，西陵天宇先是震惊，后是万分难堪，他很想将自己的脚收回来，可看凤轻尘一脸认真，没有半丝的嫌弃与厌恶，只得压下心中的不适，任凭凤轻尘检查。

凤轻尘是第一个看到他的脚伤后没有直接说"不能治"的大夫，也是第一个看到他萎缩的左脚不惊讶的人，因此他想赌一次。

西陵天宇眼也不眨地盯着凤轻尘的一举一动，不想错过她任何一个表情，可惜凤轻尘作为专业的大夫，除了最初的怔忡外，脸上根本没有多余的表情。

西陵天宇无奈，只得以眼神询问九皇叔："她真的能治？"玄医谷谷主都说他的脚治不好，难道凤轻尘可以？

想想也不是没有这个可能，当日玄医谷谷主也说王锦凌的眼疾医不好，凤轻尘不照样治好了？

只是，让西陵天宇不解的是，凤轻尘不是说师承玄医谷吗？难道她的医术比玄医谷谷主还要强？

九皇叔摇了摇，表示不知，他把凤轻尘找来只是抱着试一试的心态，并没有想过她能医治西陵天宇的双腿，可看凤轻尘认真的样子，九皇叔怀疑也许她真的能让西陵天宇重新站起来。

西陵天宇左小腿就像枯死的藤蔓，早已坏死，天下名医都说不可能医好，玄医谷谷主倒是说过可以用移花接木的办法来治，但他现在还做不到。

所谓的移花接木，就是把好人的小腿切下来，再接到西陵天宇的腿上，可这只是一个设想。

这些年，玄医谷谷主没少拿战场上残疾的士兵练手，可惜至今都没有成功，甚至有不少人在缝上别人的肢体后直接病死。这样的情况下，西陵天宇根本不可能冒险。

要是凤轻尘知道，一定会称赞玄医谷谷主是走在医术潮流的顶尖人物，想法大胆新颖，想众人所不敢想，只要给他足够的时间，说不定九州大陆首例异体肢体移植，就在他手上成功了。

看到西陵天宇腿上的伤时，凤轻尘也想过异体移植，不过她很快就否定了。异体移植的风险太大，西陵天宇身份尊贵，一旦手术过程出了什么事，倒霉的一定是她。

她不担心没有肢体提供者，在任何地方都有贵族和特权这种东西，西陵天宇要找到肢体提供者很容易。她担心的是术后排斥，还有手术技术，她一个人做不来异体移植手术，而这里的手术室环境也无法达到她的要求，死于术后感染的病人太多了，她不能冒险。

当然，她的行医原则和良心，也让她没办法从活体上取肢体，哪怕对方心甘情愿。

她是大夫，不是屠夫，毁一人救一人，还不如不救。在死亡面前，人人平等，她不能剥夺一个人的健康，换取另一个人的健康，这不是大夫该做的事情。

凤轻尘瞬间就否决了移植的治疗方案，心中有了另一个医治方案。

心中有了腹案，就没有再盯着西陵天宇的腿看了，凤轻尘细心地替西陵天宇穿好鞋袜，不带半丝嫌弃与歧视，自然而然地将西陵天宇的脚放回去，完全没有不好意思。

对于一个医生来说，这是极正常的事情，虽然这种活大多数时候是由助手来做，但凤轻尘在战场上已经习惯了没有助手协助，因此自己动手也不觉得有什么。

可对她来说是正常的事情，对别人来说却不是。

在凤轻尘为他穿上鞋袜的刹那，西陵天宇脑子一片空白，好像有一股强大的力量突然朝他袭来，瞬间淹没了他的理智，温柔了他那颗冰冷的心。

这一刻，西陵天宇的眼中没有别人，只有凤轻尘，只有凤轻尘一脸平静替他穿鞋袜的画面。

这些年来，宫女每天都会替他洗脚、穿鞋袜，可他从来没有一次像此刻这般震撼，让他眼睛泛酸。

自从他的左脚废了后，第一次有人不带任何色彩地看他的小腿；第一次有人不对他的腿疾露出嫌恶或者同情的表情；第一次有人用正常人的方式为他穿鞋袜，而不是小心翼翼外加惶恐不安。

凤轻尘果然与众不同，难怪能让九皇叔另眼相待。

但凤轻尘没有发现西陵天宇的异常，为他穿上鞋袜后便转身去洗手，九皇叔眼眸一扫，见西陵天宇的目光一直粘在凤轻尘身上，不满地轻咳了一声。

"抱歉，我失态了。"西陵天宇一怔，看到九皇叔警告的眼神儿，无奈地苦笑了一下。

他虽然觉得凤轻尘特别，却不会为一个凤轻尘而与九皇叔翻脸，他的命是九皇叔给的，他不会忘。

凤轻尘没有察觉到两个男人眼神儿的较量，擦干手后，转身对西陵天宇道："二皇子，你左腿小脚骨当年被重物压断，大夫处理不到位，以致小腿以下全部萎缩坏死，除非大罗神仙在世，不然你的左脚不可能再生长。"

"大夫处理不到位？轻尘姑娘是什么意思？"西陵天宇自动忽略了后面的话，他早就知道他的左腿不可能再生长，现在唯一的希望便是移植，不过能不能成功是

一个很大的问题。

"就是字面上的意思,当初替你处理伤口的大夫要么是庸医,要么收了人家的钱,你的左腿之所以会废掉,是大夫在替你固定时动了手脚,造成了二次伤害。"

凤轻尘是典型的惹事不怕大,一般情况下大夫是绝不会说出这种事情的,尤其伤患还是皇族,不用想也知道这事儿的背后牵扯面儿肯定很大。

放在平时,她也不会说,可她今天不爽,很不爽。不爽的原因很简单,九皇叔坑她呀,找这么一个棘手的病人给她治,不是诚心给她添麻烦嘛,偏偏医者的责任让她做不到明明能治却放任不管。

"是大夫的原因,他们故意废掉我的腿?"西陵天宇白皙的脸庞瞬间扭曲,眼神狰狞可怖。

"母后,居然是母后,为什么……"西陵天宇青筋暴出,额头冷汗淋漓,全身痉挛,乍一看还以为是癫痫病发作,走近才发现,他是痛到全身抽搐。

凤轻尘怕他咬到自己的舌头,忙拿起桌上的茶杯盖,塞到西陵天宇的嘴里。

"冷静点。"凤轻尘示意九皇叔按住西陵天宇,自己则忙着按摩他的四肢,好让他放松。

折腾了半晌,西陵天宇才恢复平静,嘴里的茶杯盖"啪"地一下落地,沾了血、碎了一地。

"我,我没事。"西陵天宇脸色惨白,大口大口地喘气。

"没事就好。"凤轻尘也不再多说,从西陵天宇的话中,不难听出他的腿疾与他的母亲有关,虎毒不食子,后宫的女人果然可怕。

不过,这些与她无关,西陵天宇对她来说,只是一个病人,她只是秉持医生的原则将病人的情况如实告知罢了,至于幕后的隐情,很抱歉,那不是她需要关心的,她只是一个大夫。

"轻尘姑娘,多谢。"西陵天宇将嘴角的血迹擦干净,脸颊因为刚刚激烈的挣扎,泛着不正常的红晕,双眼也泛着雾气,看上去别有一番风情,可惜在场的两个人都不懂欣赏。

"不客气,这是我应该做的,你要谢就谢九皇叔,是他叫我来给你医治的。"凤轻尘指了指不说话的九皇叔。

她不需要西陵天宇记她的好,只要他记九皇叔的好就行,毕竟九皇叔为了让她尽心医治西陵天宇,做了很多。

"凤小姐,你似乎很关心九皇叔。"西陵天宇笑道,隐含羡慕。

九皇叔面无表情,唇角微微勾起一抹极小的弧度,不仔细看根本看不到,可下一秒他嘴角的弧度就直接僵住，凤轻尘说："二皇子想得太多了，我只希望尽快还了九皇叔的人情，免得再被算计。"见到西陵天宇，她越发地肯定九皇叔的告白，掺杂了太多别的东西。

九皇叔脸上的表情一僵，张了张唇，想要说什么，但抬头看到凤轻尘挑衅的眼神，最终却什么话也没有说，只在心中暗骂凤轻尘太不识好歹了。

他都亲自上门告诉这个女人，说他喜欢她了，她还想怎么样？

什么叫再算计她？算计她，是因为她是凤轻尘；算计她，是因为把她放在心上，是因为认定她才有资格陪他一起面对风风雨雨。

如果不是相信凤轻尘有处理突发事件的能力，他也不会什么事都把凤轻尘算计在内，他只想把凤轻尘拉入他的世界，不让她离自己太远，可偏偏这个女人不领半点情。

呃……西陵天宇愣住了，他没想到凤轻尘会把话说得这么刺人，更没想到九皇叔居然什么都没有说。

不过，看到两人你瞪我，我瞪你，如同孩子一样较着劲，西陵天宇就明白这两人的关系很不一般，外界传闻根本不足以表明这两者的关系。

西陵天宇看着以眼神厮杀的二人，露出今晚第一个真心的笑容。他有预感，即使这两人看对方的眼神不善，可这两人都不会真正地伤害对方，不过，他才不会说出来呢。

西陵天宇一脸轻快地道："轻尘姑娘，我的腿疾可还有救？"

是救而不是治，西陵天宇是个聪明人，他很清楚自己的情况。

"呃……"凤轻尘脸色一僵，懊恼地瞪了九皇叔一眼，都怪九皇叔，要不是他，她也不会因为私人情绪而影响工作。

凤轻尘不再理会九皇叔，扭头对西陵天宇道："二皇子，你的左腿肌肉坏死得很严重，无法再治，想要恢复正常是不可能的……"

"我知道了。"西陵天宇原本还抱着一点希望，听凤轻尘这么说，脸上的笑容瞬间消失，不等凤轻尘说完，就打断了她的话。

"二皇子，请你让我把话说完。"凤轻尘最不喜欢病患这一点，医生的话还没有说完，就摆出一副认命的样子，可偏偏心底根本无法接受现实。

"哦，你继续……"西陵天宇兴致缺缺，腿不能医好，他还有什么好听的？

凤轻尘并不在意，依旧用平和的声音道："虽然我不能让你坏死的肌肉重新生长，但我可以让你和正常人一样行走。"

"什么？凤轻尘你说什么？"凤轻尘说得平淡，可西陵天宇听在耳中，却如同晴天霹雳，一激灵就从椅子上站了起来，可惜右腿长时间不曾走路，再加上他动作过快，脚下一软，就向前栽去。

"小心。"凤轻尘似乎早就预料到了一般，在西陵天宇扑倒的刹那，上前将人抱住。心中暗道：这二皇子听到他能正常行走，居然比听到他的腿是人为弄残的还要激动。

不过，凤轻尘很理解西陵天宇对恢复正常的渴望。

残疾，可以将一个正常人的心智击垮，西陵天宇此时听到自己可以和正常人一样行走，再激动也属正常。

西陵天宇虽然瘦弱，可怎么说也是大男人，全身的重量都压在凤轻尘身上，饶是凤轻尘早有准备，可还是站不稳身形，往后趔趄数步。

就在凤轻尘咬牙准备把西陵天宇搭起来时，身上的重量突然没了，不用想也知道人被九皇叔扶住了，毕竟这室内就他们三人。

凤轻尘松了口气，迎头看到九皇叔责怪的眼神，凤轻尘却不在意地笑了笑。别说西陵天宇是她的病人，就算是个普通人要摔下去她也会上前扶住。

九皇叔不会当着外人的面教训凤轻尘，转身看向西陵天宇，低声斥道："天宇！"

九皇叔的声音不大，却出奇地沉稳，能让人冷静下来，尤其是西陵天宇。

"对不起，我失态了。"贵公子就是贵公子，即使西陵天宇有明显的抑郁症，但恢复的速度也比常人更快。

凤轻尘知道，西陵天宇这是压抑自己的真性情。看他这样子，凤轻尘突然觉得皇家的人真可怜，连真实的感情都不能有，就算有也不能流露出来。

就比如九皇叔，常年冷着一张脸，好像没有多余的情绪。可是凤轻尘却知道，是人就不可能没有喜怒哀乐，九皇叔也有，只不过压抑得太深，久而久之别人习惯了他的面无表情，他自己也习惯了。

"没事，我能理解，二皇子要是冷静下来了，咱们就谈谈，看看你能否同意我的医治方案。"凤轻尘神色淡淡，好似什么事情都没有发生过。

西陵天宇见状，也不再纠结自己刚刚失礼的事情，心中对凤轻尘的好感倍增，脸上的笑容也真诚了几分："轻尘姑娘，你要是不介意的话，叫我天宇就好了。"

一般人听到一个皇子如是说，就算不激动也会顺势应下，凤轻尘偏偏不一样："不了，叫二皇子我自在一些。"

她没兴趣和西陵天宇交朋友，在她看来，他们保持病人与大夫的关系就足够了。

西陵天宇虽然失望，但却没有多言，倒是九皇叔很满意，他以为凤轻尘是知道他不高兴，故意与西陵天宇拉开距离。

只能说，这是一个美丽的误会。

"二皇子，你的左腿已经坏死，我建议你将坏死部分切除，然后移植。"凤轻尘尽量把话说得让对方能够听懂。

"移植？玄医谷谷主所说的移花接木？你能做到？"西陵天宇很清楚，他的腿不可能再长出新的肉，只能用别人的腿。

虽然他很排斥在自己身上装一截别人的东西，可比起能正常行走，这些都可以克服。

"是移植没错，不过，我说的方案应该和玄医谷谷主的有些出入。"凤轻尘见过玄医谷谷主，知道他是一个医学怪人。

凤轻尘很敬重那个老人，在她眼中，玄医谷谷主就是医学天才，当然天才与疯子就在一线之间，就看世人怎么看他。

"有何不同？"西陵天宇尽力压下心中的激动，用平缓的声音询问，只是他紧握的拳头，还有手心的汗水，无声地泄露了他的真实情绪。

康复在望，他要能不激动，那就不是人了。

凤轻尘怎么可能不知患者的情绪变化，但她是一名优秀的医者，优秀的医者会体谅患者的心情，既然对方不想让她知道他的紧张与期待，那她就当作不知好了。

手上空空的让凤轻尘很不习惯，转身打开药箱，从里面拿出炭笔和写字板，一边写医嘱，一边道："二皇子，我给你做的移植术，不是从别人身上切一条腿给你，而是为你制作合适的假肢。"

"假肢？那是什么东西？"别说西陵天宇，就是九皇叔亦很好奇。

如果凤轻尘能不用切除旁人的腿，就让西陵天宇站起来，那些残疾的士兵就有福了。

凤轻尘似乎知道这两人的想法一般，马上就将手术的复杂性说了出来："假肢是用特殊的材料制成，用以代偿缺损肢体的部分功能。假肢的制作与安装极为复杂，每个人需要的假肢都是不一样的，我可以为二皇子制作一条假肢，但不能为所有人做，我的精力有限、材料亦有限。"

西陵天宇的心，随着凤轻尘的话忽上忽下，哪怕他不停地告诫自己，要冷静，要理智，要有大家之风，不能让对方小瞧了自己，可听到凤轻尘这话时，他还是忍不住地追问："轻尘姑娘，那我的腿疾呢？你什么时候能做好假肢，让我和正常人一样行走？"

他有忧国忧民的心，但前提是自己安好，凤轻尘精力有限，当然是先替他做好假肢，其他的人他管不了。

人都是自私的，他也不例外。

"二皇子，假肢最简陋的安装方法，是将假肢与残肢固定在一起，这样的假肢实用性不强，承受的重力也有限，而我准备替你安装的假肢，是将假肢直接与你的骨骼相连，这种方法虽然复杂，但却能让你的假肢与身体更契合。"

"我会在假肢中加入一种特殊材料，这种特殊材料会渗入皮肤之中，令皮肤组织在特殊材料周围慢慢生长，将两者紧紧地黏合在一起，使假肢更强壮实用。并且你不会觉得不舒服，待到假脚与你的腿部完全长合后，你的左腿就可以和正常人一样行走，甚至奔跑。"

西陵天宇的心在这一刻终于落下，如果不是九皇叔在场，他真想上前把凤轻尘抱在怀里，好好地感谢她。

西陵天宇激动地道："你什么时候动手？"他想站起来，想和正常人一样行走。从五岁那年出事后，他无时无刻不渴望自己能够站起来。

凤轻尘没有说话，而是唰唰地在白纸上画了几笔，然后将白纸撕下来，递给西陵天宇："二皇子，这是我的要求，你什么时候准备好了，告诉我一声，我随时可以动手。另外，你自己身体也要调养好，不然出了意外是会要人命的。"西陵天宇所用的假肢会与骨骼相连，术后感染的概率很高。

西陵天宇飞快地扫了一遍，又细细看了一遍，一脸严肃地道："三天，你上面所列的要求我会在三天内做到。"西陵天宇很急，如果不是凤轻尘要求太多，他今天就想开始。

"可以，三天后你派人去找我。"有钱有势果然不一样，建一个手术室只要三天，做出她要的设备也只要三天。要知道，当初王七给她建手术室时，可花了不少时间。

"这三天，二皇子你好好调养身子，身体太虚弱不宜安装假肢。"凤轻尘尽医者的职责，将该交代的都交代一遍，最后提起药箱："没什么事的话，我先走了。"

"好，轻尘姑娘慢走。"西陵天宇此时还没有从可以站起来的喜悦中恢复过来，只本能地回答凤轻尘的话，待到他回过神时，九皇叔和凤轻尘已经走了。

西陵天宇心里那叫一个郁闷，他此时迫切地需要有人能与他分享这份喜悦，可凤轻尘与九皇叔都走了，他根本找不到其他可以分享他喜悦的人。

当然，他不是找不到而是不敢找。他怕，怕消息泄露后，会有人来破坏，他可是知道当初凤轻尘给王锦凌医眼疾的事情，可谓是波折不断。

九皇叔原本只是抱着试一试的念头，让苏文清把凤轻尘找来，没想到她真有办法让西陵天宇和正常人一样行走，说不震惊那是骗人的，可他同时亦为凤轻尘感到骄傲，他看上的女人果然不一般。

九皇叔心里高兴，脚步也轻快了几分，借着送凤轻尘的名义，九皇叔把身边的人都支走。

"凤轻尘，你有几成把握让二皇子恢复正常？"凤轻尘说得太笃定了，九皇叔怕这事会有意外，到时候西陵天宇的希望落空，肯定不会放过凤轻尘。

有些事凤轻尘想不到，他得替她想好。

这一点不用九皇叔提醒，凤轻尘也知道，要不是有十足的把握，她绝不会轻易提出医治方案："九成以上。"

对于医者来说，有九成以上的把握就完全就可以做，毕竟没有哪个医生会在手术前说有十成的把握，有些意外即使再小心，也无法避免。

有九成的把握九皇叔也放心了，他知道凤轻尘在医术上的天赋。不过，让九皇叔好奇的是，凤轻尘的医术到底是谁教的？

要知道玄医谷谷主也没有把握，凤轻尘说她师承玄医谷可以骗得了别人，却骗不过他。

不过九皇叔聪明地没有问，而是提起另一个人："太子呢？太子的病情你怎么看？"

他之前不让凤轻尘管太子的病，是怕她救不活太子反倒惹麻烦，现在看来他小看凤轻尘了。

补心之术，也许凤轻尘真能做到。

"太子？他是天生的心疾。"凤轻尘眉头微皱，隐有不安。

九皇叔不是让她不要去管太子的病情吗？这会儿怎么又开口了？

先天性心脏病可不是什么小病，就是她也没有太大的把握。

"是，如果你来治，你有几成的把握？"九皇叔追问道。

凤轻尘想了一下，谨慎地道："最多五成。"

如果真要她动手替太子做心脏修复手术不是不可以，但前提得保证她的小命，她是大夫不是神，她只能与死神赛跑，而没办法从死神手中抢回将死之人。

五成？风险太大了，他不能让凤轻尘冒这个险。

"别让太子知道。"九皇叔再次叮嘱凤轻尘。

他怕凤轻尘见到太子发病，就忘了太子的身份，一时冲动而做出不利于自己的决定。不是他不相信凤轻尘，而是以他对凤轻尘的了解，她真会做出这样的事情。

"我尽力。"有些事情不是她能控制的，这一点九皇叔也明白，便不再多说，只在心中默默地盘算，是不是应该让凤轻尘离开京城一段时间？

凤轻尘不知道九皇叔心中的打算，见九皇叔沉默不语，半句不提那天告白之事，也不说一句好听的话，心里难受，赌气地道："九皇叔请留步，我自己会走，不用你送。"利用完了就丢，九皇叔也太无情了一点。

"你要自己走？"九皇叔脚步一顿，眉头微皱。

"是。"凤轻尘点头，睁大眼睛看着他，想从他眼中看出一丝不舍与爱恋，可是没有，九皇叔的眼中什么都没有。

"你……"凤轻尘鼻子一酸，眼泪差点落了下来，可为了不在九皇叔面前丢脸，她生生忍住了。

"本王怎么了？"九皇叔眼中闪过一抹不解。

凤轻尘今晚很奇怪，明明那天还好好的，答应了他不再想嫁人的事了，怎么今天就完全不一样了？

凤轻尘不想卑微地祈求九皇叔的喜欢，也不想拿嫁给别人这样的话来威胁他。凤轻尘暗自吸了口气，心平气和地问道："西陵天宇对你来说很重要是吗？为了医好他的腿你是不是会不惜一切代价？"包括欺骗她。

"没错，他很重要，本王会不惜一切代价医好他的腿。"西陵天宇是他拿下西陵的关键人物，只有医好了他的腿，才能得到他全力的帮助。

"包括……欺骗我吗？"最终，她还是问了出来。

"本王什么时候欺骗过你了？"九皇叔皱眉，仔细回想最近发生的事，却没发现有哪件事不对。

"没有吗？那天……你对我说喜欢我，不是想要我尽全力医治西陵天宇的腿疾吗？"翟东明早早就警告了她，可她偏偏不信。

现在，事实摆在眼前，容不得她不信。可是，她还是不死心，她想要求证一次，想要听九皇叔亲口说出来。

"你……就是这么看本王的？"九皇叔一脸怒色，恨不得掐死凤轻尘。

他生平第一次，对一个女人说喜欢，许下承诺，却被她践踏在脚底。

"不识好歹。"九皇叔怒极，冷哼一声，拂袖转身。

凤轻尘的怀疑等同于将他的真心与骄傲踩在脚底，他现在不想看到凤轻尘，更不想跟她说话，他怕自己会忍不住掐死她，也怕自己会忍不住说出恶毒的言语。

"我……"看着九皇叔决然离去的背影，凤轻尘一时也分不清九皇叔到底是因被误会而生气，还是因真相被拆穿而恼怒。

带着说不出来的失落，凤轻尘独自一个人回到暂住的小院，躺在床上，看着床顶，直至天明……

第二章　最在意的那个人

　　凤轻尘本以为，在西陵天宇的假肢没有装好之前，不会有人来找她麻烦。就算有，九皇叔看在她这么"辛苦"的份上，也应该会帮她挡掉不必要的麻烦。

　　可是，她高估了自己在九皇叔心中的地位，也低估了对手的难缠程度。与九皇叔不欢而散的第二天，她被一道圣旨召进了皇宫。

　　至于什么事，她也不知道，不过可以断定没有好事，因为这一次召见她的人是皇后娘娘。而宣旨的太监银子照收，事却不肯吐露半句。

　　自从谢皇贵妃有身孕后，皇后娘娘就很忙，忙着宫斗，忙着安抚即将远嫁的女儿，不过数月的时间，皇后娘娘脸上的皱纹就出来了。

　　女人一愁就见老，这话有道理，可是让凤轻尘不明白的是，皇后娘娘这么忙，怎么还有空想到她这个小人物呢？

　　"参见皇后娘娘，千岁千岁千千岁。"凤轻尘老老实实地行礼，不给皇后挑错的机会，那标准的跪姿，哪怕是最严苛的教养嬷嬷也挑不出错。

　　本以为会被皇后罚跪，或者被皇后无视什么的，不想皇后今天特别好说话，一句为难的话都没有，就让她起来了。

　　"谢娘娘。"凤轻尘束手而立，低眉顺眼，心中暗自猜测，是不是谢皇贵妃最近在皇后手上没有讨到好，所以皇后也就不刁难她了？

　　大家都知道，谢皇贵妃肚子里能有龙种，与她脱不了干系。

　　"凤轻尘，南陵苏绾以苏家女儿的身份，向我东陵递交战书，要与你一较高下，你可知此事？"皇后的语气很生硬，由此可见她还是不待见凤轻尘。

　　"南陵苏家给我递战书？娘娘，轻尘不懂？"凤轻尘一脸茫然地看着皇后，在心里却把九皇叔拉出来骂了半天。

苏绾提出挑战，不用想也知道与九皇叔有关。

事实也确实如此，九皇叔拒绝苏绾倒没什么，最最头痛的就是，九皇叔不能在拒娶苏绾后，说出能当他正妃的女子，得赢过凤轻尘。

这不是赤裸裸打苏绾的脸吗，说苏绾比不上凤轻尘，这不是让苏家难堪吗？

堂堂苏家，曾养出一个皇后、一个贵妃、一个城主夫人，他们家的女儿会比不上凤轻尘？

这事，苏绾能忍，苏家也不能忍。苏绾当天就修书一封回南陵苏家，让家主拿主意，而就在昨天，苏绾拿到了苏家快马加鞭送来的回信。

苏家也不是软柿子，苏家丢不起这个脸，九皇叔借凤轻尘打苏家的脸，苏家就借凤轻尘狠狠地打回去。

苏家家主要求苏绾与凤轻尘一战，证明苏家的女儿比凤轻尘强，至于苏绾与九皇叔的婚事则不必再谈了，苏家的女儿绝不嫁东陵九皇叔。

苏家没有嫁不出去的女儿，只有不肯嫁的女儿。苏家人要苏绾狠狠地赢凤轻尘，赢得她颜面扫地。

赢了凤轻尘后，再告诉天下人，不是九皇叔不娶苏绾，而是苏绾不嫁九皇叔；不是苏家的女儿配不上九皇叔，而是九皇叔没资格娶。

苏家的算盘打得很精，只要苏绾赢了凤轻尘，那就说明九皇叔看人的眼光实在太差，九皇叔之前放出去的话就是笑话，苏家将会因此而声名大噪，苏家的女儿也会更值钱。

"哼——"皇后冷哼一声，不掩饰自己的嫌恶与鄙夷，"难道你不知，九皇叔放话想要当他的正妃得先赢过你，连你都比不上的女子他不娶吗？"

她就不明白了，就凤轻尘这么一个要家世没家世，要能力没能力，身材长相也就一般，完全没有女子该有的温柔与体贴，甚至一天到晚抛头露面的孤女，怎么就入了九皇叔的眼呢？

因为凤轻尘的事情，她的洛儿拼死救了九皇叔却得不到好，甚至她的女儿，东陵最尊贵的公主，即将远嫁北陵和亲。

这一切，都是因为凤轻尘，要不是凤轻尘，九皇叔又怎么会与她作对？

恨呀，皇后娘娘恨不得把凤轻尘千刀万剐，可偏偏她不能动凤轻尘。

果然是这事，凤轻尘心里不爽，面上却不表露半分，见皇后气得面容扭曲，凤轻尘低头，诚恳地道："娘娘，民女前几天遭遇刺客暗杀，这几天一直在养身子，真不知此事。请问娘娘，南陵苏绾要与民女比什么？"

凤轻尘恭敬有礼，让人挑不出半丝错来，皇后娘娘本想借机发作，敲打一番，现在却找不到理由。再加上凤轻尘提起暗杀一事，让皇后心里烦躁，找凤轻尘麻烦的心思也就淡了，毕竟她现在的敌人不是凤轻尘，而是怀了龙种晋升皇贵妃的谢皇贵妃。

"比什么？女子之间比的当然是琴棋书画。"皇后这是存心吓凤轻尘，因为她知道凤轻尘的斤两，琴棋书画一窍不通。

"只比琴棋书画吗？"凤轻尘怀疑，如果真是这样的，那她就小瞧苏绾了，更看不起代她应战的人。

明知比琴棋书画她必输，还比什么？

见凤轻尘并没有被吓倒，皇后也没有逗弄她的心思，直接道："除了琴棋书画外，还有礼仪、骑射、武术、医术，共八项。"

"医术？苏绾怎么会提出比医术？"其他七项凤轻尘都能理解，唯有最后一项医术，苏绾就这么自信，她能赢自己？

"凤轻尘，比试的内容由皇上钦定，容不得你置疑，你现在要做的就是准备比试，在比试中取胜。"这才是皇后今天谈话的目的。

皇上发了话，要皇后帮凤轻尘赢得这场比赛。

皇上是个阴险的主，他知道皇后不待见凤轻尘，而女人一旦狠起来，绝不会顾及国家形象与面子，皇上怕皇后在背后搞破坏，索性让皇后出面帮凤轻尘。

不管能不能帮上忙，至少这么做皇后就不敢再搞破坏，凤轻尘要是输了，她也有责任。

"是，娘娘。"凤轻尘心有不满，可事已至此，她也只能认了，谁让这是皇上钦定的，她连抱怨几句都不行。

看凤轻尘有气不敢发的样子，皇后很高兴，想起皇上交代自己的事情，当下便大方地道："凤轻尘，五天后在御花园比试琴、棋，你有什么需要的尽管开口，本宫会尽力满足你。"

高高在上的神情，施舍的口吻，真正是让人听着不爽，凤轻尘正要开口婉拒，就听到安平公主的声音从身后传来："母后，凤姑娘不过是一个没有见过世面的孤女，你这么问她不是为难她吗，她恐怕连琴和棋都没有摸过，哪能知道自己需要什么。"

刻薄尖酸，傲慢无礼，这样的安平公主实在无法让人喜欢。要嫁去北陵了，还不安分，凤轻尘真不明白，北陵凤谦看上安平公主哪一点了？

凤轻尘不说话，冷眼看着安平公主如同骄傲的孔雀一般，扬着下巴走进来，给皇后行礼后，腻在皇后身边不停地说话。

凤轻尘无聊地盯着鞋尖发呆，很庆幸自己是站着的，要是跪着的话，她得跪到

什么时候？

皇后与安平公主聊的东西实在太无聊了，不是说布料就是说首饰，再不就是哪里进贡的东西，皇上赐给了谁谁，她又得了什么。

凤轻尘听得没趣，便在脑中演示自己给西陵天宇切除萎缩的左小腿、安装假肢的手术过程，这样的演示有助于避免意外发生，也可以计算出切口、缝合等步骤所需要的时间。

一遍、两遍……

凤轻尘足足在脑中演示了五遍，把所有可能突发的意外都想到了，皇后与安平公主这才想起凤轻尘这么一号人物在。

"凤轻尘，你好大的胆子，在本宫面前居然走神，你可知藐视皇族的大罪，按律当斩。"不得不说，安平公主这一呵还挺有气势的，换作旁人怕是咚的一声就跪了下去，偏偏她遇到了凤轻尘。

"公主恕罪，民女不是走神，民女是正在想五天后的比试。"凤轻尘嘴上说惶恐，面上却没有半分害怕的样子。

她很清楚，不管是皇后还是安平公主都不敢动她，要知道她五天后就要与苏绾比试，皇后和安平公主要罚她，害她不能参赛，那皇后与安平公主就惨了。

凤轻尘这才明白，皇后为什么不让她久跪了，还以为皇后善心大发呢，原来是有所顾忌，后宫的女人果然很可怕。

可惜凤轻尘忘了，不能体罚，但却可以言语攻击，安平公主这段时间可没少受凤轻尘的气，怎么可能放过她？

兽苑出糗，和亲北陵，安平公主把这些事全部算到了凤轻尘头上，见凤轻尘从容淡定，安平公主怒火更甚，不阴不阳地说道："凤轻尘，本宫很期待五天后你与苏绾的比试，为了赢过苏绾，你可得好好想一想，要从我母后这里要什么？当然，这也是一个好机会，宫里面好东西多的是，你也可以趁机开开眼界，免得到死还是一个没见识的土包子。"

安平公主越看凤轻尘越讨厌，凤轻尘一个孤女什么都比不上她，可偏偏活得比她好。她堂堂一个公主要远嫁北陵和亲，凤轻尘却能得到九皇叔的庇护。

为什么去北陵和亲的人是她，而不是凤轻尘？

"多谢公主的好意，民女一定会好好挑选，以免丢了我东陵的脸。"凤轻尘也无心和安平公主计较。

安平公主再狂也狂不了几个月，等她嫁到北陵后有她好受的。

先不说北陵民风彪悍，不易相处，就说那常年积雪的气候，就够这个娇公主受的了。

东陵最尊贵的公主又如何？还不是像货物一样，被自己的父亲当成筹码给推了出去，出嫁前再尊贵又如何，一旦出嫁凡事都得按夫家的规矩办。

凤轻尘不是圣母，得知安平公主与北陵凤谦的婚事定下后，她没有同情只有高兴。

凤轻尘话中的意思，安平公主不明白，皇后却是明白，见安平公主不服气，还想说什么，皇后给了安平公主一个警告的眼神，成功地堵住了安平公主的嘴，这才道："凤轻尘，你可想好了要什么？"

"回皇后娘娘的话，诚如公主殿下所说，民女不过是一个没有见识的土包子，哪里懂得这些，公主殿下说宫里的东西都是珍品，民女恳请皇后娘娘随便赐给民女一把琴，能让民女与南陵苏绾一战便行。"想激她主动开口？安平公主的段数还差了点。

安平公主双眼一瞪，显然没想到凤轻尘会把问题丢回来。皇后娘娘亦是一恼，这么一来不是把责任都推到她身上了吗？

凤轻尘自己挑的琴，是好是坏都是她自己的事情，可是要让她来选，她还能拿次的东西给凤轻尘吗？

不说九皇叔那里不同意，就是皇上也不会放过她。

这事，她是绝不会主动开口的，还是要凤轻尘自己说才行。

"凤……"皇后刚开口，就被一道清雅高贵的声音给打断了。

"皇后姐姐，听说凤大夫在你这里，妹妹我特意赶来，想请凤大夫给妹妹请个平安脉，不知可否？"后宫的女人都以姐妹相称，但敢叫皇后姐姐的女人不多，怀孕的更少，谢皇贵妃刚好是一个。

凤轻尘的眼中闪过一抹笑意，果然在后宫这种地方，就得有同盟才行，这不，谢皇贵妃就急着过来给她解围了。

凤轻尘和殿中的宫女一道给谢皇贵妃行礼，她刚屈膝，谢皇贵妃就挥了挥手："免礼。"

"贵妃妹妹？你怎么来了，怎么没听到太监通报，这些下人实在太没有规矩了。"皇后面上带笑，明面上是说太监没有规矩，实则是说谢皇贵妃没规矩。

谢皇贵妃朝皇后欠了欠身，不等皇后开口便起身，在左手边第一个位置坐下："皇后姐姐别生气，是妹妹不让太监通报，妹妹有孕在身不方便行礼，还请姐姐见谅。"

皇贵妃见皇后本就不用行跪拜之礼，再加上谢皇贵妃这个孩子来得太是时候，皇上早早地就免了她每天向皇后请安一事，谢皇贵妃这么说，不过是故意刺激皇后罢了。

宫里的女人果然都是演技派，凤轻尘看皇后与谢皇贵妃，一个比一个会装，心里那叫一个佩服呀。

明明恨不得对方死，可见面却能笑脸相迎，一团和气，一般人真做不到。

反正闲着也是闲着，凤轻尘乐得看戏，左右有谢皇贵妃在，她就能顺利出宫。

皇后脸上的笑容不变，温和地道："自家姐妹，说什么见不见谅的。妹妹怀有龙种，皇上早就免了妹妹的请安，皇上让妹妹好生静养，还是别乱走的好。"

明明是关心的话，可凤轻尘却听到了杀气。在后宫养个孩子真不容易，难怪谢皇贵妃百般拉拢孙正道，有个太医护航会安全许多。

"姐姐放心，皇上说了，这个孩子有真龙保护，妹妹一定会平平安安地把小皇子生下来。"有真龙保护不就是未来的天子嘛，谢皇贵妃这话是存心要呕死皇后。

谁不知东陵子洛虽是嫡子，却因为上面有一个太子压着，只能看着龙椅眼红。

皇后手中的帕子，因谢皇贵妃这句话扭成了麻花，而因为谢皇贵妃的出现，皇后母女的炮火便对准了谢皇贵妃。

安平公主见谢皇贵妃拿腹中的龙子来刺激皇后，当下就还口道："娘娘说的是，您腹中的孩子有真龙保护，七个月后娘娘定会再给安平添一个妹妹。"

纯真的少女，天真的言语，还真是让人气不起来，但凤轻尘知道谢皇贵妃很生气，因为她做梦都想生一个儿子，现在好不容易怀孕，她绝不接受腹中孩子是一个公主。

公主有什么用？和安平一样和亲？

谢皇贵妃略一抬头，细长的凤眼扫向安平公主："我倒是谁呢，原来是安平呀，安平你何时进来的，本宫怎么就没看到呢？"

安平公主这么大一个活人站在那里，谢皇贵妃还能说没看到，凤轻尘只能说佩服。

"母后……"安平公主委屈地直咬唇，眼中蓄着泪，可怜巴巴地看向皇后，求皇后为她出头。

"妹……"皇后面露不满，可不等她说话，谢皇贵妃突然一拍桌面，呵道："大胆奴才，你们是怎么当差的，公主进来也不通报一声。"

桌上的杯子颤了一下，茶水溅了满地，殿内的气氛顿时紧张起来，谢皇贵妃身后的宫女咚的一声跪了下去："娘娘恕罪。"

"恕罪？你让本宫如何饶恕你们？公主进来你们居然也敢不通报，你们这是吃熊心豹子胆了，要知道公主没有给本宫行礼是小，传出去有损公主名声是大。公主即将嫁入北陵，要是让北陵皇上知道，你们就是死一百次也不够。"

明面上是训斥自己的奴才，实际上却是给皇后难堪，让安平公主没脸。

安平公主一张俏脸，一阵红一阵白，站在原地半天不动。谢皇贵妃进来时，她却没有上前行礼，可这个时候上前行礼，不摆明她认输吗？

凤轻尘真心佩服后宫的女人，一个个杀人不见血，只是凤轻尘不明白，谢贵妃有必要把皇后与安平公主得罪到死吗？

后宫之中，身份最高的就是皇后，手上资源最多的也是皇后，谢皇贵妃就算身后有谢家，肚子里有龙种，可诚如安平公主所说，那孩子是男是女还不能确定，就算是皇子又如何，能不能长大成人也是一个问题。

当然，这些不是凤轻尘需要关心的，反正她绝不会把自己陷入皇后或者谢皇贵妃这种境地，太累了。

"不过是几个奴才罢了，贵妃妹妹有孕在身，还是注意身体。"谢皇贵妃的不依不饶让皇后很不满，皇后脸上的笑容很僵硬，可惜安平公主有错在先，她除了赔笑还是赔笑。

"多谢皇后姐姐的关爱，妹妹这两天身体确实有些不舒服。妹妹这就带轻尘下去，让轻尘好好地替我看看。至于五天后轻尘与南陵苏绾的比试，妹妹就不担心了，有皇后姐姐在，轻尘定不会有输。"

谢皇贵妃一说走，身后的宫女立马上前将人扶起，那样子就好像谢皇贵妃是块豆腐，得小心捧着才行。

当然，谢皇贵妃就算是豆腐，也是天底下最贵的豆腐，谁让她怀的是皇帝的儿子？

"轻尘，走吧。"谢皇贵妃朝凤轻尘莞尔一笑，却让凤轻尘心底发寒，直觉告诉她，谢皇贵妃找她绝不是什么好事，可她现在却拒绝不了。

凤轻尘暗自叹了口气，欠身道："皇后娘娘、公主殿下，轻尘告退。"

谢皇贵妃是个无利不起早的人，她顶着个大肚子，从昭燕殿走到皇后的宫殿绝不是为了捞她，她还没有那么大的面子。

果然，谢皇贵妃一回到昭燕殿就屏退左右，只留下心腹，将自己的目的说了出来。

皇贵妃要求凤轻尘为她鉴定腹中龙种的性别。

"娘娘，太医应该告诉过你。"

"轻尘，实话和你说，本宫不相信那些太医，孙太医他不擅长妇科，本宫只信你。"谢皇贵妃握着凤轻尘的手，无声哀求。

"娘娘，您这一句相信，对我来说如有万斤重。"凤轻尘无声叹气，她与谢家只是利益结合，与谢皇贵妃也是合作，谢皇贵妃这个时候用感情绑架她，着实是大胆了。

"轻尘，本宫相信你可以做到。"谢皇贵妃心里也打鼓，可有孙正道的话在前，她信了，她相信凤轻尘能鉴定她腹中孩子的性别。

怀孕三个月的确可以鉴定出胎儿性别，只是……

如果只是单单地做性别鉴定那还没有什么，可是凤轻尘很清楚，谢皇贵妃怀的是男胎还好，一旦确定是女胎，那么这个孩子一定会"意外"流产。

显然，谢皇贵妃就是有这样的打算，所以凤轻尘很不情愿。

如果谢皇贵妃怀的是女婴，她就是间接的杀人凶手，虽然她手上沾的血不少，可从来没有沾过无辜婴儿的血。

要是这个孩子因她的原因而流产，她无法原谅自己。

"怎么？有问题？"谢皇贵妃秀眉微拢，要不是她有事相求，哪里会对凤轻尘这么客气。

在谢皇贵妃眼中，凤轻尘就是一个依靠谢家的人，她好了凤轻尘才能好，她要产下龙子，还能少了凤轻尘的好处？

"没有。"凤轻尘暗暗叹了口气。

良心不安她也得做，医者是人不是神，她不可能什么事都按自己的意愿做。大多数情况下，医者只能建议病人如何，真正做决定的是病人或者病人家属。即使她知道这么做对病人最好，可要是病人家属不同意，她也没有办法。

人家当母亲的都不在意，她又何必在意？

谢皇贵妃腹中的孩子真要是女婴，生下来也注定不被亲生父母喜欢，谢皇贵妃也不一定会保她平安长大。

她没有错，决定权是在谢皇贵妃手里，她只是做医者该做的事罢了。

凤轻尘知道这是自我催眠，可只有这样，她心里才能好过一点。

谢皇贵妃满意地点头："轻尘，你看看有什么要准备的，本宫这就派人准备。"

"不需要，娘娘只要躺在床上，让我诊脉便行。"凤轻尘说道。

在世人的印象中，大夫这个行业讲究资历与经验，当然是年纪越大的越好，凤轻尘虽然医好了几个疑难杂症，但还不足已让人信服。

嘴上无毛，办事不牢，换作是她，她也不会相信一个十五岁的少女，会拥有精湛的医术。

谢皇贵妃敢用她，还是托了之前几个病人福，要不是她医好了谢二夫人的不孕症，又保了宁国公世子夫人母子平安，她连给谢皇贵妃诊脉的资格都没有。

谢皇贵妃点了点头，示意宫女扶她上床。

她并不怕凤轻尘搞鬼，她就算有九皇叔护着又如何，谢家真要下血本，弄死凤轻尘也不是不可能，至于事后九皇叔的报复，人都死了，也只能出出气罢了，谢家出点血总能让九皇叔满意。

无知者无畏，也只有极少与九皇叔打交道的谢皇贵妃有这个胆子，要换作旁人，怕是想也不敢想。

"娘娘，请容许我先净手。"谢皇贵妃躺好后，凤轻尘说道。

一盏茶后，凤轻尘收回手，并没有说话，而是低着头不知在想什么。

谢皇贵妃原本很淡定，可见凤轻尘一脸凝重，她不由得紧张了起来，几次想要开口询问，终究还是忍住了。

给她诊断的太医，都说她怀的是皇子，孩子很健康。只是，她心里还是不安，再加上她不信任太医，这才想到让凤轻尘前来一看，看凤轻尘这个样子，她腹中的孩子怕是……

谢皇贵妃右手轻抚小肚子，眼中闪过一抹寒光，完全没有身为孕妇该有的母性光芒。

凤轻尘看到了，心中发寒。

能在皇宫屹立不倒的女人，除了家世外，个人手段也不可小视，凤轻尘一直觉得自己的心够冷、够狠，可和谢皇贵妃一比，她才知道自己那点手段根本不够看。

凤轻尘深吸了口气，如实道："娘娘，你腹中胎儿是皇子，不过你的身体似乎受了损失，有很大的可能会影响小皇子的健康。"

"能生出健康皇子的概率有多大？"谢皇贵妃脸色微变，可仍旧十分镇定。

"只有七成。"凤轻尘直视谢皇贵妃，没有一丝闪躲与心虚。

她所说的每句话，都是真的，没有一丝水分。

谢皇贵妃闭上眼，沉默片刻后，道："准备药物，这个孩子……我不要。"

当谢皇贵妃知道只有七成时，直接让她准备流掉孩子用的药。

"娘娘，如果你流掉这个孩子，日后再怀上的概率是零。"凤轻尘冰冷地道。

她一直以为母亲都是伟大的，可看到谢皇贵妃这般计算自己腹中孩子的价值，凤轻尘才明白，原来并不是所有的母亲都真心疼爱自己的孩子，有时候孩子对于母亲来说只是工具。

从宫里出来后，凤轻尘的心情一直不太好，打不起精神，整个人都蔫蔫的，身上似有一股无名的悲伤笼罩，好像被全世界遗弃了一般。

是夜，当九皇叔出现在凤轻尘的西区小院时，凤轻尘甚至没有多想，眼皮一抬，一脸平静地请安："见过九皇叔。"

"嗯。"九皇叔眉头微皱，凤轻尘这是怎么了？他都主动来找她了，她还想怎么样？

要知道，那晚说话伤人的可是她，他没有跟她计较，主动前来找她，已经是他

最大的底线，难不成凤轻尘还指望他哄她？

九皇叔不高兴，衣袍一撩，在凤轻尘对面坐下，黑着一张脸，也不说话。

"九皇叔，你找我有事？"九皇叔半不天说话，凤轻尘不得不打起精神来应付，她今天没兴趣与九皇叔说话。

不，应该是她最近都没有兴趣跟九皇叔说话，那晚的不欢而散着实打击到了她。

"嗯。"九皇叔点了点头，"二皇子的假肢做得如何？"他明明想问："你为什么不高兴？""为什么要怀疑本王的真心？"可话到嘴边，却硬生生地变成了公事。

一提起那晚的事，九皇叔就忍不住生气。告诉凤轻尘他喜欢她，绝对是他人生中办的最愚蠢的一件事。

凤轻尘压根就不相信他是真心的，不仅不相信甚至还怀疑他的用心，拿感情当幌子利用她。

这事只要一想起，九皇叔就有掐死凤轻尘的冲动，为了不让两人之间的关系恶化，他只能不去想，当作一切都没有发生，他和凤轻尘还是和原来一样。

"一切顺利，让二皇子放心，我这边不会有任何问题。"果然是为了这件事，凤轻尘难掩失落，她今晚比较脆弱，一点小事也能让她的心情更糟糕。

这女人怎么了？他极少见凤轻尘这般低落，就是那晚怀疑他的真心，也不见她如此萎靡。

九皇叔试探地问道："可是担心与苏家的比试？"这个没心没肺的女人，总不可能因为他情绪失落吧？

凤轻尘无所谓地点了点头，就当是吧，不然如何解释她此时的状况？

"只是一个苏家，有什么可怕的，你还能败在苏绾的手上不成？"果然是这件事，九皇叔心里堵得难受，面上却没有表露半分。

他都被凤轻尘怀疑了，这个时候要死乞白赖地缠上去，指不定凤轻尘又认为他在算计呢。

"万一我输了呢？"凤轻尘看着九皇叔，神情茫然。

她是人不是神，是人就不可能永远会赢。她在现代被喻为医学天才，可依旧有她医不好的人，依旧有病人死在手术台上。

"你不会输。"就算输了又怎样，有本王在，那些人能奈你何？

"这么说，我非赢不可了？"凤轻尘抬头看向九皇叔，黑眸空洞无神，九皇叔心头一痛，当他发现时，他已经走到了凤轻尘的身边，手放在她的头顶上，问出一来就想问的那句话："凤轻尘，你怎么了？"

"没事，我只是心情不好。"凤轻尘没有拒绝。

也许是九皇叔的语气太温柔了，也许是今天的凤轻尘太软弱了，想找一个依靠，而九皇叔正好出现了。

这还叫没事？没事会摆出一副被所有人遗弃的样子？

九皇叔不满凤轻尘的敷衍，逼问道："到底发生了什么事？"

这样的凤轻尘，脆弱得如同婴儿，需要好好抱在怀中，轻声安慰。

这个念头在九皇叔的脑海中突然一闪，而下一秒，他也是这样做的。

一把将人拉了起来，抱在怀中，在凤轻尘的惊呼声中，九皇叔一个旋身，坐在她原本坐的位置上，而凤轻尘则坐在他的怀中。

"别动。"

"啊——"凤轻尘吓了一跳，下一秒就跌入一个温暖而熟悉的怀抱，闻着九皇叔身上淡淡的竹香味，凤轻尘放弃了挣扎，如同小猫一般，在九皇叔的身上蹭了蹭。

熟悉的气息，让她有安全感。

"小姐？"门外传来佟瑶与佟珏的声音，凤轻尘一惊，忙道："我没事，你们下去。"

要让人看到她窝在九皇叔怀里，她真没脸见人了。

"是。"佟瑶与佟珏没有坚持，她们也知道凤轻尘今天心情不太好。

见凤轻尘温顺地依在自己的怀里，九皇叔很高兴，他就知道这个女人很在意他。不过，九皇叔就算心里乐得冒泡，面上依旧板着一张脸。

闻着凤轻尘身上熟悉的药香味，九皇叔的下颌在她头上蹭了蹭，缠在她腰间的手也紧了紧："别担心，有本王在，你不会有事。"

"嗯。"凤轻尘难得配合地应了一句，又往九皇叔的怀里靠了靠，给自己调整了一个舒适的姿势，"九皇叔，借我靠一下。"就一下，就今晚，等到她心中的伤痛平复后，她还是那个坚强的凤轻尘，还是那个明知被九皇叔算计，却依旧有勇气爱他的凤轻尘。

九皇叔没有说话，只是轻轻地抚着凤轻尘的背，一副顺毛的架势。

他不懂如何安慰人，他记得小时候他伤心难过时，师父就是这样轻拍他的背，他每次都觉得好过一些。

两人都不再说话，屋内静悄悄的，只余彼此的呼吸声，凤轻尘趴在九皇叔的怀里，回想起很多事，而想着想着，她就忍不住落泪……

第三章　京城第一大赌盘

　　一直保持着同样的姿势，时间久了哪怕是习武之人也会撑不住，九皇叔暗自揉了揉酸痛的手，苦笑。
　　凤轻尘如同小猫一般蜷缩在他怀里的样子很可爱，他不介意一直抱着凤轻尘，可他想换一个姿势，或者让他酸痛的手臂能缓解一下，不然他怕他明天连抬手的力气都没有。
　　暗暗动了动胳膊，发现凤轻尘没有反对，九皇叔渐渐放大动作，可很快他就发现不对劲了，怀中的人安分过头了。
　　低头一看，九皇叔威严的脸上，露出一抹自己也没有发现的温柔"你还真是……"
　　居然就这样在他怀中睡着了，不知是太过相信他，还是太不把他当男人看。
　　难道凤轻尘不知道，孤男寡女，同处一室，又是这么暧昧的姿势，可以做很多事情吗？而不管做什么，吃亏的都是凤轻尘。
　　九皇叔小心翼翼地调整了一个姿势，准备把凤轻尘抱到床上去，却看到凤轻尘的脸上布满泪痕。
　　她哭了！
　　她在自己的怀里哭了大半天，而自己居然还不知道，九皇叔感觉自己心口一阵阵的揪痛，他见多了美人垂泪，可从来没有一个人的泪水像凤轻尘的这般无声，让他心疼。
　　九皇叔抱着凤轻尘的双手不自觉地收紧！
　　"凤轻尘，到底发生了什么事情？怎么会让你这么伤心？"
　　"凤轻尘，到底是谁伤害了你？是我吗？"
　　九皇叔脸上的温柔瞬间消失，取而代之的是浓烈的冰冷与肃杀。

凤轻尘，只有他可以欺负，除了他，谁敢动他的轻尘，他就要谁的命！

小心翼翼地将凤轻尘放到床上，笨拙地给凤轻尘盖好被子，九皇叔虽然不舍，但还是转身往外走。

他要知道凤轻尘在宫里遇到了什么人，发生了什么事。他不相信凤轻尘好好地会抱着他落泪。

九皇叔杀气腾腾，恨不得现在就冲进宫，把欺负了凤轻尘的人揪出来，可就在他转身的刹那，顿住了！

"不要，不要丢下我，我不要一个人，我不要一个人。"凤轻尘无意识地抓着九皇叔的衣摆，声音带着哭泣后的嘶哑，与平日的坚强自信完全相反。

弱小、胆怯、楚楚可怜，他最讨厌的就是这样的女子，可换成凤轻尘，他却怎么也讨厌不起来。

坚强的女子，露出无助懦弱的一面，更叫人心疼，让人无法拒绝。

"好，我不走。"就让那些人多逍遥一天，他实在不放心这样的凤轻尘。

夜深了，凤轻尘睡着了，九皇叔没打算干坐一宿，虽说熬夜对他来说不算什么，可有床他为什么不睡？

吹灭了灯，脱下靴子，九皇叔和衣上床。凤轻尘的床并不大，两个人睡有点挤，不过没关系，他们两个人只需要一个人的位置就行了。

九皇叔直接把凤轻尘抱在怀里，略一翻身，凤轻尘半个身子就压在九皇叔的身上，凤轻尘很温顺，不仅没有反抗，还乖乖地搂上九皇叔的腰。

黑暗中，隐约能看到九皇叔那微微上扬的唇角，还有眼中掩不住的笑意。

远远守在外面的佟瑶与佟珏，看到凤轻尘房间的灯熄了后，打了个哈欠也回房了。

"看样子，双倍安神汤的效果不错，看小姐心事重重的样子，我还担心她今晚会睡不着。"

屋内，听到两个丫鬟的对话，九皇叔脸上的笑僵住了，原来凤轻尘在他怀中睡着是因为安神汤，而不是因为他。

九皇叔叹了口气，将人搂得更紧。

睡吧，睡吧，明天还有一大堆的事情要做。

两人就如同多年的老夫妻一般，没有半点儿的不适应，相拥而眠。为了方便，凤轻尘直接枕在九皇叔的胳膊上。

于是，九皇叔第二天早上只能用左手吃饭了。西陵天宇以为九皇叔昨晚遇刺了，隐晦地提醒他，可以借他的名义，把凤轻尘请来，让凤轻尘替他包扎。

能让他恢复行走的人，还能医不好一个小伤？

九皇叔没理会西陵天宇，冷着一张脸去了书房，趁无人注意时，悄悄地按了几个穴位，确定胳膊恢复后，淡定自若地处理公务，顺便让人去查凤轻尘昨天在宫中所听到的每一句话。

"九皇叔果然是九皇叔，身上带伤却能和常人无二，幸亏我和他是朋友，不是敌人，有这样的敌人太可怕了。"因为这件事，西陵天宇彻底打消了与九皇叔拆伙的想法，他之后哪怕有很多机会可以独自称王也放弃了。

与九皇叔为敌实属不智，他不想成为第二个西陵天磊。

凤轻尘早上醒来时，发现自己和衣躺在床上，回想起昨天晚上发生的事情，恨不得时间倒流。

"天啊，我怎么这么丢脸，难道是秋天到了，我开始悲秋了吗？"凤轻尘实在想不通，她昨天好好的伤什么心，那事早就过去了。

"小姐，你没事吧？"佟珏与佟瑶端着洗脸水进来，看到凤轻尘身上皱巴巴的外衣，相视一眼却不敢多问。

"没事。"凤轻尘叹了口气，起身让两个丫鬟服侍她梳洗，换了衣服，用完早膳后，凤轻尘已经彻底不受昨天的事情影响。

雁过无痕，昨天晚上发生的事情只有她知、九皇叔知。依九皇叔的性子肯定不会对旁人提起，她完全可以当作什么都没有发生。

"今天有什么事，是要我去办的吗？"为了不让自己再悲秋伤春，凤轻尘决定给自己找些事做。

作为一个丫鬟，不仅仅要料理好主子的衣食住行，外面的交际与人情往来，也得协助主子处理。

佟珏和佟瑶见凤轻尘终于愿意处理府中事务，忙将她今天要做的事情，一一说了出来。

当然茶会、诗会、花会，两个丫鬟早已剔除了，她们很清楚凤轻尘不会参加这种无聊的聚会，只挑重要的事情说："永昌侯府的少夫人早上递了帖子，邀小姐品茶。"

"永昌侯府？我认识他们少夫人吗？"在皇城，认识凤轻尘的人很多，可她认识的人真不多，毕竟在皇城像她这么出名的闺阁千金少之又少，当然这种名声并不是什么好事，正常人都不会想要。

"永昌侯府的少夫人是温家大小姐。"佟珏委婉地提醒。

"我知道了，今天去。"温家小姐成亲多年不孕，曾悄悄找她检查过，她自己并没事，凤轻尘建议让她丈夫接受检查，看样子对方是同意了。

"血衣卫总指挥夫人也下了帖子，说三天后到府一叙。"佟珏的嘴角抽了抽，她真心不希望凤轻尘和血衣卫的人打交道，太坏名声了。

可惜，凤轻尘没有听到佟珏的心声，点头道："回头和陆夫人定下具体时间。"

"是。"作为一个好丫鬟，即使心里不满也要按照主子的意思办。

"宁国公世子夫人送来《靡旎古琴谱》，说是给小姐你打发时间用。"佟珏的嘴角又抽了，她家小姐根本不懂琴，恐怕要辜负对方的一番好意了。

佟珏和佟瑶还不知道，凤轻尘与苏绾对战一事。

"宁国公府有心了，记册，等到宁国公府两位小公子百日时，替我准备一份差不多的礼物。"

在东陵，孩子的洗三、满月和百日都要大办宴席，对于自己亲手接生的两个小家伙，凤轻尘充满期待。两个小家伙的洗三和满月她都错过了，百日肯定要参加，宁国公夫人与世子夫人也曾再三邀请她。

"是。"

佟珏和佟瑶继续往下报，而接下来都是一些送礼的人，而他们送的礼，没有意外，全部与苏绾的比试有关。

"太子殿下送来书圣真迹，给小姐赏玩。"书圣真迹有价无市，整个东陵也就三幅，两幅在皇宫，一幅在太子手上。

"退……收下吧。"凤轻尘知道太子的礼退不得。

佟珏面无表情，唰唰记下，在她心中她们家小姐什么人的礼都收得起。

……

剩下的一些琐事，凤轻尘听了两句后，便不耐烦地打断了，让佟珏和佟瑶自行处理。

佟珏和佟瑶默默闭嘴，她们果然高看了小姐，小姐还是不耐烦这些事，两个丫鬟默默地退下。

上午，凤轻尘在书房里准备两天后的手术，至于与苏绾的比试？她就是放在心上也没用，索性不理会好了。

下午，凤轻尘如约去了永昌侯府，许是因为曾经打过一次交道，温家大小姐没有与凤轻尘拐弯抹角，喝了一杯茶，说了几句场面话，就把她家夫君给请了出来。

温家大小姐的夫君，是永昌侯府嫡出的二公子，没有继承爵位的权力，不过因为是正室所生，以后分家产会多得一些。

二公子长得人模人样，手持一把折扇，一副风流才子的模样，可那双眼却半点不正经，下盘轻浮，眼袋明显，明显纵欲过度，凤轻尘表示她很不喜欢此人，可医者没有挑病人的权利。

皇城勋贵之家的公子少爷们大多都这个样，爵位世袭，一出生就有享受不尽的荣华富贵。等到成年后，靠家族提携，只要不出错就可以直接进入官场任高位。

　　虽说勋贵之家也想学世家大族，好生教养家中少爷，可偏偏家中底蕴有限，教导也有限，能成材的少之又少。这些人大多除了吃喝玩乐、嫖赌逍遥外，就是欺男霸女，别说跟王锦凌比，就连谢三、王七的一根手指头也比不上。

　　二公子刚进来时，还装着一本正经的样子，可凤轻尘替他把脉时，那双眼就不对劲儿了。

　　色迷迷的双眼直接粘在凤轻尘身上，怎么也不肯移开，硬是将凤轻尘上下扫了个遍，最后停在凤轻尘的胸前，还时不时朝她眨眼睛。

　　女医者被病人调戏这事不是没有，她以前也遇到过，虽说大部分情况下都要忍，可也有忍无可忍的时候，就比如现在……

　　别说凤轻尘现在心情不好，就算心情好，面对一个浪荡公子放肆无礼地打量，好心情也会变成坏心情。

　　永昌侯府的二公子这么蠢，她也没有必要客气，凤轻尘收回手，浑身散发着生人勿近的冰冷气息，站起身来，冷冰冰地对温家大小姐道："少夫人，您的身体完全健康，随时能孕育健康的孩子，有问题的是您的夫君，他身有隐疾，无法让女子怀孕。"

　　说一个男人身有隐疾，就等于说那个男人不行，凤轻尘这话十分不客气，温家大小姐面露不悦，但想到自家夫君有错在先，当下只得忍着，勉强一笑，止准备开口，她那夫君却抢先道："凤小姐，你是不是诊错了，本少爷怎么可能有隐疾？本大少爷在房事上可是个中好手，一夜御数女都不成问题，怎么可能会有问题？凤小姐要是不信，可以问我娘子，本大少爷到底行不行？"

　　语气轻佻下流，言词粗鄙，别说凤轻尘了，就是温家大小姐的脸色也变了，这样的话，就是在青楼楚馆说出来也是下流无耻，现在凤轻尘面前说更是摆明了羞辱她。

　　"是吗？"凤轻尘冷冷哼了一声，眼中闪过一抹危险的光芒。

　　一夜御数女是吗？很快就会成为历史，我会让你再也不能用。

　　"凤小姐要是不信，你可以……"二公子后面的话还没有说完，就被他家夫人、温家大小姐给打断了。

　　"凤小姐，对不起，我家夫君言词无状，改天定亲自上门道歉。"温家大小姐的脸色一阵青一阵白，虽然依旧端庄大方，凤轻尘却从她的眼中看到了难堪与狼狈。

　　想来也是，堂堂世家千金，却嫁给一个毫无品行的男子，是个女人都憋屈。

　　女人何苦为难女人，凤轻尘看在温家大小姐的面子，退了一步："温小姐言重了，如果没有别的事情，我先告退了。"

连少夫人都不叫了，足以说明她生气了，当然这也是在告诉温家大小姐，她清楚惹怒她的人是永昌侯府，与温家无关。

"凤……"永昌侯府二公子，发现自己被人无视，当下火大，哪知才刚开口，温家大小姐就挡在他面前，"凤小姐请便。"

凤轻尘也不客气，转身就走，踏出门槛的时候，突然听到身后响起清脆的巴掌声，还有桌椅翻倒的声音。

"贱女人，你居然敢拦我，你活得不耐烦了，生不出孩子是你没本事，居然敢叫本少爷出来丢人现眼，温家，温家很了不起嘛，堂堂温家还不是要靠卖女儿……"

凤轻尘一回头，就看到温家大小姐被打得摔倒在地，而那位二公子还嫌不够，又踹了一脚。

这是家暴，但是凤轻尘没有插手的意思，继续往外走。

世家，有如王谢这种权势如日中天的，也有如温家这种，表面光鲜实则衰败的，而这些与她无关。

"凤轻尘那个贱女人都碰了本少爷，还装出一副贞洁烈女的样子，不就是一个婊子嘛，算什么东西。都被九皇叔和大公子玩烂了，还装纯情，在本少爷面前一副清高的样子，指不定在大公子、九皇叔身下如何淫荡呢。本以为能和大公子、九皇叔共用一个女人，结果就只碰了一下，真他娘的晦气。"

即将踏出院子的凤轻尘脚步一顿，转身，冷冷地看了一眼拂袖离去的二公子。

子不教，父之过。

永昌侯府完蛋了，至于这位二少嘛……

凤轻尘转身，眼中闪过一抹狠厉。这世间有一种人叫狱霸，在牢里关了几十年，他们穷凶极恶、凶恶残暴，他们最喜欢做的事情，就是欺负弱小。

虽说他们也喜欢女人，可在牢里几十年都见不到一个女人，他们想要解决欲望，除了靠手外，就只能找男人。

凤轻尘想，永昌侯府的二公子应该会很喜欢那种地方。

至于要怎么对付永昌伯，凤轻尘并不担心，她只要把今天发生的事情，稍稍露一两句，无论是九皇叔还是王家，都不会放过永昌侯府。

因得罪医者而全家入狱的，永昌侯府不是第一个，也不会是最后一个，但凤轻尘相信，他们的下场应该会是最惨的。

直至回到西区小院，凤轻尘还在琢磨着，要如何才能不着痕迹地，将永昌侯府的事情透露出去。

凤轻尘可以肯定，永昌侯府在她走后，肯定会下封口令，或者打杀在场的丫鬟下人，不让这件事情外泄，永昌侯府的人八成会觉得，她定会吃了这个闷亏不吭声，毕竟永昌侯府那二公子说的话对她名声有损，传出去她也丢脸。

可惜，永昌侯府的人注定要失望，她凤轻尘要是真在意这些，就不用活了，刚想到一点苗头，佟珏就来报，苏文清来了。

"来得真是时候。"凤轻尘脸上扬起恶魔般的微笑，她刚刚还在想，苏文清是最佳人选，由他捅出这件事情，对所有人都有利。

凤轻尘可以肯定，依苏文清的聪明，只要她稍稍透露一点，他肯定会去查永昌侯府今天发生的事情，然后他肯定会把事情透露给九皇叔与王家。

要对付永昌侯府，完全不需要她出手。

苏文清来找凤轻尘是和她说粮食的事情，用凤轻尘的法子，苏文清最近存了不少粮食。

"轻尘，现在市面上的粮价跌了七成，你说我是不是要收手呢？"问出这话，明显就是不想收手。

凤轻尘给苏文清提出的收粮方法很简单，那就是让苏文清将所有积存的粮食，全部投放到市面上，造成市面上粮食过多的假象，然后降价、降价……

刚开始降价时，造成了粮食哄抢，有些大家族也跑来抢粮，可是苏文清的存粮，拿给宇文元化撑不了多久，可投到市面上绝对是泛滥，苏文清有足够的底气打价格战，哪怕买的人再多，他也有足够的粮食供应。

而且，粮价一天一个价，今天买的比昨天更便宜，就算想要存粮，也不敢轻易出手，生怕自己买的粮食不够便宜。

粮食一天比一天便宜，谁还去买粮？各大粮商也慌了，纷纷将存粮拿出来卖，市面上的粮食越来越多，价格越来越低，买的人也越来越少，粮商们慌了，价格更低了，可再低的价，也没有多少人买，大家买的粮食够多了，甚至还有小老百姓将自家囤积的粮食拿出来卖掉。

他们怕呀，粮食这么便宜，他们囤积的粮食会越来越不值钱，还不如早点出手。

几家大粮商也耗不住了，亏了个半死，要不是有世家支撑，这些粮商估计会跳楼，他们当初在高价时存了不少粮，现在不卖不行，你不卖别人卖，你把粮食存着，说不定最后只有发霉的份。

粮价，从二十文一斤，降到现在七文一斤，基本上可是说是白菜价了，苏文清这段时间虽说小亏了一些，可暗中却用低价收到不少粮食，现在的存粮足足翻了一倍。

要知道，粮食这种东西，平时就是有钱也收不到。

"差不多就收手，你要的是粮食，何必与民争利，这价格战再打下去，最终受苦的只有老百姓。"凤轻尘神色淡淡，明显兴致不高，有一部分是装出来的，也有一部分是心里愧疚。

粮食有限，如果苏文清把市面上的粮食都收干净，到时候市面上没有粮了，价格肯定会疯涨起来，届时普通百姓怎么办？

虽说这年头普通老百姓只吃粗食，大米、麦子一类的都是拿出去卖掉，可随着大米的减少，其他的农作物也会上涨，苏文清收到的粮食，能撑到来年粮食收获就行，没必要恶性竞争。

"呃……你怎么和九卿一个说法。"苏文清郁闷了，昨天晚上蓝九卿便要他收手，他不甘心，这么便宜的粮食，不收多对不起自己呀。

他今天来找凤轻尘，是希望凤轻尘能站在他这边，他原本还以为凤轻尘会同意他继续炒下去，可没想到……

好吧，果然凤轻尘和蓝九卿才是同一类的人，他是商人，只能看到眼前的利益，只想趁着粮食价格低，多收一点。

蓝九卿？好久没有听到这个名字了，凤轻尘记得她上次遭遇暗杀，就是蓝九卿出手救了她，"他还好吗？"

"你这是关心他？"苏文清风中凌乱，难道在他不知道的时候，这两只狐狸有奸情？

"不算。"话一出口凤轻尘就后悔了，面对苏文清那八卦的眼神，凤轻尘镇定自若，与之对视，完全没有被人抓包的尴尬与急切，"问问罢了。"

苏文清可以肯定凤轻尘和蓝九卿之间绝对有什么，不过想到这两人的身份，苏文清不得不压下好奇心，道："他最近很忙，对了，你和苏绾的比试，有什么我能帮上忙的吗？"

"不用了，我自己会处理。"琴棋书画她一样不通，比什么比？

凤轻尘是真没把这事放在心上，对于苏绾来说，这一场比试是用来证明南陵苏家的女儿有多么的优秀，苏绾输不起。

可对于她来说，纯粹是九皇叔一句话惹来的麻烦，她输得起。当然她也会尽力赢，因为输这个词真不好听，尤其是输在苏绾那个女人手上。

"你有把握赢苏绾？"苏文清很好奇，那八项比试除了骑射和医术，凤轻尘无一胜算。

"有没有把握很重要吗？不过是一场比赛罢了，我能赢苏绾一次，就能赢她第二次。"哪怕是说起比赛，凤轻尘的兴致还是不高，情绪低落得让苏文清想忽视都不行。

"你能这么想就好了，看你郁郁寡欢的样子，我还以为你在发愁比试的事。"苏文清试探地问道。

凤轻尘没有说话，只是回了一个苦涩的笑，让莫名其妙的苏文清，暗暗决定，回头查一查凤轻尘最近怎么了，他还以为她是因为苏绾的事情而不高兴，现在看来完全不是那么一回事。

从苏文清问起苏绾的事，凤轻尘就明白，这个聪明的男人发现了她的不对劲儿，很好，她连暗示都不用了，接下来的事情苏文清自会处理好。

不过，想到与苏绾比试的事情，凤轻尘倒是想到一个商机，一个赚大钱的机会。

凤府被烧，她一无所有，王锦凌替她付了赔偿金和安家费，她现在欠了王家一大笔钱，凤府重建也需要钱。

虽说她的医术不错，可接触的人太少了，平时给普通百姓看病，基本都是几文钱，靠那点钱别说还债，她连维持自己的正常生活都有问题。

钱钱钱，她现在需要赚钱，而苏绾的挑战，便给她带来一个极佳的机会，一想到这个机会带来的收益，凤轻尘就兴奋了，觉得苏绾也没有那么讨厌了。

察觉到自己太过激动，凤轻尘连忙低头，长长的睫毛轻扇下来，遮住了眼中的精光。

她还要苏文清主动去查永昌侯府的事情呢。

"轻尘，你没事吧？"苏文清越发地肯定，凤轻尘肯定遇到了麻烦，查查查，回头一定要查清楚，不然九卿肯定不会放过他。

"我没事，我突然想到一个赚钱的计划，你想听吗？"正常人说到这种事情，肯定是一脸兴奋，双眼放光，凤轻尘却相反，她神色平静，完全看不出激动的样子。

苏文清虽然担心凤轻尘，但赚钱大过一切，能赚钱的事情，苏家都不放过："什么计划，说来听听？"

"开赌局，我和苏绾不是快要比试吗，到时候皇城肯定有人开赌局，与其让别人开，不如我们自己来。"凤轻尘的黑眸闪烁着高深莫测的光芒，与她平静的面容形成鲜明的对比。

苏文清眼前一亮："你能控制输赢？"

他可没忘记，当时也有人开赌局，赌凤轻尘能不能医好王锦凌的眼睛，凤轻尘就借机狠狠地赚了一笔。

"不能。"不是凤轻尘没自信，而是就算她赢了又如何，赚的钱也不多。

"既然不能，那开什么赌局，要是赔率定得不好，说不定还会亏钱。上次开赌盘，赌你能不能医好王锦凌眼睛的庄家就亏得卖儿卖女了。"苏家什么赚钱的行业都沾，赌当然也是沾的，不过拿凤轻尘的事来赌，风险太大，苏文清不敢冒险。

凤轻尘抿嘴一笑，眼波流转，闪烁着蛊惑人心的光芒："我既然要开赌局坐庄，肯定是稳赚不赔。"

经过上次的事情，凤轻尘对东陵的赌局也多少了解一些，各种赌局都有，但花样很少，一般都是赌输或者赢，最多赔率不同罢了。

比如她和苏绾的比试，庄家开赌盘，买家要么买她赢，要么买苏绾赢，最多就是赔率有变化，而这个变化在凤轻尘看来，完全不够刺激，或者说刺激不到她去赌。

庄家的赔率再高，也就是压一赔二十，压一注能拿到多少钱能算得到，完全没有赌博的刺激与疯狂。

赌，就是要所有的赌徒都疯狂起来，这样庄家才能赚钱，而要让赌徒疯狂起来，就是把赔率提高，可赔率太高庄家又会亏。

她和苏绾的比试有八局……等等，八局？

凤轻尘眉头一皱，随即露出一抹了然的笑。

她终于明白为什么比试是双数了，原来她和苏绾的比试还没有开始，就有人想利用她们的比试赚钱了，果然厉害，可惜遇到了她，只能算对方倒霉。

而此时，南宫锦凡就正在与手下谋划，如何利用苏绾与凤轻尘的赌局，从东陵赚取他需要的军费。谈到一半，南宫锦凡心中一跳，隐约有种不好的预感，不过极度自信的他，并没有把这事放在心上，而是继续讨论赌局的事情。

逐利是商人的本性，只要有足够的利润，他们就可以不顾一切地去做，听到凤轻尘说稳赚不赔，苏文清就认真起来："如何一个稳赚不赔？"

"很简单，增加下注的项目，不再限于输、赢、和，而是赌苏绾能赢我几局，或者我能赢苏绾几局。一两银子一注，可以多买，赌中的人可以拿走所有赌资的一半，由他们按下注的比例分赌资。"

这样的话，无论下注的人赚多少，庄家都不会亏，而且赌她和苏绾赢几局和几局，选择就多了，下注的人一般都会多买几种，比如苏绾赢一局，或者她赢二局。

下注的项目越多，下的注数就会越多，赌资就会越高，到时候赌赢了能分到的钱就越多，在巨大的金额面前，那些赌徒会更疯狂。

想想那一半的赌资，就能让人不顾一切地下注。而下注的人一多，赌资就会高得离谱，面对巨额的赌资，是个人都会心动，想要赚那笔钱的人就更多，恶性循环，越后面就会有更多的人下注，而他们也会疯狂地期待，结果出来后他们能分到多少钱。

再说她定的赌注并不高，只不过一两银子，很多人都不会放过这个以小博大的机会，也许一两银子会变成百两，甚至千两。

当然，赌徒赢再多都与她无关，作为庄家，她什么都不用做，就可以独拿一半的赌资。这绝对是稳赚不赔的生意，可你要问为什么她要找苏文清合作？当然是看中了苏文清背后的实力。

你当在皇城开一个赌局，背后没有权贵支持能做下去吗？别说开这么大的赌局，就算开个小小的赌庄，上面没人也别想开下去。

她这个赌局，庄家稳赚，你当其他人不会眼红、跟风吗？

不说背后支持者，只说影响力吧，就算她独自撑起这个赌局，可她拿什么去宣传？如何让大家放心下注？

没有人下注，赌局就一点意义也没有，前期苏文清肯定要安排人，假装赌徒去下注，将赌资堆出来，吸引普通人。

和苏文清合作是最好的选择，苏文清背后是九皇叔，而有九皇叔在，她完全不需要担心有人捣乱。凭借苏文清的聪明，他肯定会打好各方面的关系，比如那些世家、权贵等，而这些都不是她一个人能做的，她最多只能提供一个点子，其他的都需要人力、物力去操作。

果然，听到凤轻尘这么一说，苏文清顿时两眼放光，他好像看到了好多好多的银子在向他招手："轻尘，你太厉害了，我就知道来找你准没错，你可真是点石成金。"

九卿的眼光果然厉害，凤离嫡女果然不凡，苏文清坐不住了，他要回府，他要立马把这事办好。四天，距离苏绾与凤轻尘的比试还有四天，他必须提前造势，吸引人来下注。

凤轻尘笑而不语，她知道苏文清很急，所以也不拦他，只提出自己的条件："文清，这个赌局利益极大，你最好多拉几个人，吃独食风险很大，我要求不高，事成之后，我只要利润的半成。"

"你放心，我会打点好，事情紧急，我不多留了，我要立刻回去安排。"苏文清只感觉全身血液都在沸腾，他相信这个赌盘一定会成功，就听凤轻尘这么一说，他都有了下注的冲动。

"我等你好消息。"与苏文清的激动不同，凤轻尘从始至终都很平静。

"咳咳，我失态了，你放心，这事我一定会办好。"看到凤轻尘如此冷静，苏文清也按捺住自己心中的激动，稳步往外走去，回府后也没忘记派人去查凤轻尘今天反常的原因。

"我相信你。"凤轻尘对于苏文清没有问她为什么会想到这个赌局表示满意，因为问了她也不会说。

凤轻尘知道苏文清的办事能力，把永昌侯府和赌局的事情透露给苏文清后，就不再关心,她全副心思都放在了给西陵天宇截肢、装假肢的事情上。

太久没有碰手术刀,凤轻尘怕自己的手生疏僵硬,特意去了一趟孙府,让孙思行准备几只兔子给她练手。

来到孙府,依旧没有见到孙正道与孙夫人,凤轻尘已经习惯了,这段时间这对夫妻似乎特别忙,忙得找不到人影。

没有外人打扰,专心沉醉在手术的世界里。她宁可与冰冷的手术刀和血肉模糊的伤口打交道,也不愿意与人玩心眼儿,与人斗太累了,她根本没有那个智商与人玩心眼儿。

她每次进皇宫都高度紧张,就怕自己做错事、说错话,或者踏入对方的陷阱,被人捉了错,丢进天牢或者血衣卫。

不管是天牢还是血衣卫,凤轻尘希望自己这辈子都别以犯人的身份进去,太可怕了,这种事一生经历一次就足够了。

不得不说,凤轻尘的眼光很好,苏文清办事效率相当高,就在凤轻尘解剖第五只兔子时,九王府下人已处在水深火热之中,面对九皇叔那冰冷的眼神,下人们晚上齐齐去买治风寒的药。

"永昌伯连个儿子都养不好,又怎么能做好官?两天之内,我要看到永昌侯府所有的犯罪证据。一个月后,本王不想在皇城见到永昌侯府的人。"如果调用暗处的力量,只要一个晚上就可以血洗永昌侯府,但是……

能用光明正大的手段时,九皇叔从不用暗处的力量,暗中惩治一个人,远没有正大光明地惩治来得震撼。

杀一儆百,他要用永昌侯府悲惨的下场,来提醒皇城中的勋贵,什么叫祸从口出。

"是。"送消息来的黑衣人转身就去执行九皇叔交代的命令,同时在心中哀号,为什么,为什么他每次送的消息都与凤轻尘有关,然后主子各种不高兴,他不仅要承受主子的怒火,还要承受主子的杀气。

他回去后一定要好好查一查,到底是谁,每次都把与凤轻尘有关的消息放到他面前。

王七比九皇叔晚半步收到消息,苏文清与王七在茶馆偶遇,聊了几句后,苏文清不着痕迹地露了一句永昌侯府的事情,同时透露出想与王家谈一笔赚钱的生意。

不得不说,苏文清办事的确够细心,他很清楚永昌侯府这件事情,要是传到王家其他的人耳朵里,凤轻尘十有八九也会受牵连,唯有王七会同时顾忌王锦凌的名声和凤轻尘的生命。

苏文清打算和王家谈什么生意,不用想也知道,就是凤轻尘提出的那个大赌局,面对高额的利润，苏文清不是不想独吞，可是九卿和凤轻尘都不同意。

时间太短，赌盘太大，一家吞不下，多家联合才能利益最大化。这是凤轻尘的理由，而蓝九卿则提醒苏文清，这是一个和勋贵世家结交的好机会，分出一些利润不是什么大事，同世家与勋贵一起合作，才能将这赌局的声势做起来，才能将赌资累积到最高。

九皇叔的力量大多在皇城，而地方上则是世家与勋贵的地盘，有他们帮忙，一切都会顺利。

到那时就不仅仅是皇城，整个东陵的百姓，都会加入这个大赌局，几乎可以说是全民大赌局，赌资也不是京城这一点能比的。

虽然他们会分出去一些，可得到的会更多。

不得不说，蓝九卿与凤轻尘的格局更高，两人看问题更远、更准，苏文清知道自己的不足，哪里还会坚持，当即就与各大世家联系去了。

凤轻尘与蓝九卿不知，因为他们的"贪心"，南凌锦凡这次很惨，他本想到东陵筹一笔军费，结果却亏得差点回不了南陵。

蓝九卿与凤轻尘有大局观不错，可是与世家、勋贵谈合作这种事情，这两人却是一点儿也不会，这种事只有苏文清这个"奸"商才能做到。

可惜，苏文清第一天出马，就撞了几颗软钉子，明眼人都能看出来这赌局有利可图，可并不是所有的世家与勋贵都愿意参与这种事，因为一旦沾上赌，名声就不好听了。

世家爱惜名声，哪怕是暗中行事，他们也不愿意沾上赌这个行业，这种事只能瞒得住普通老百姓，上层人一查就能查出来。

世家到处赚钱不错，可他们本身是不经商的，他们的产业都由世仆打理，他们绝不会因为利益而毁了自己的名声，让清流士子唾骂。

苏文清问蓝九卿怎么办，蓝九卿就让他去找凤轻尘，这赌局是凤轻尘提出来的，与人合也是凤轻尘提出来的，凤轻尘肯定有解决的办法。

凤轻尘想了一下，道："从庄家抽取的五成赌资中，拿出一成用来救助贫苦百姓，这赌局，我们要打出为穷苦百姓谋利，为朝廷分忧的旗帜！"

世家不是既要赚钱又要名声嘛，好，她给！

这一成的钱绝对不少，但用来买一个名声，和世家的帮助，值得！

"高，实在是高，钱赚了，名声也赚了。"苏文清现在是越来越佩服凤轻尘，居然把一个赌局，提升到为民谋利这样的道德制高点上。

凤轻尘只是冷笑了一声，什么话也没有说。

有了救助百姓的旗帜，说服那些世家就容易多了，诚如凤轻尘所想，要维持世家的风光，银子是不能少的，没有哪个家族敢说自己不缺钱，嫌钱多。

　　同样是赌，一旦打上帮助穷苦百姓，为朝廷分忧的旗帜，赌也会变成一件神圣的事情。

　　师出有名，苏文清再拉合作就容易了许多，王谢这种大家，苏文清肯定不会放过，其他一些颇有权势的小世家，苏文清也算上了。

　　阎王好惹，小鬼难缠，反正都要将利益分出去，多分一点少分一点都是分。

　　不知是有意还是无心，曾在诗会上出口讽刺凤轻尘的小姐、公子，他们的家族全部被苏文清排除在外，而勋贵中，四大国公府，除了镇国公府，其他三家国公府苏文清都亲自上门。

　　宁国公府最初是不同意的，他们家一向低调，虽是国公府，却向来不掺和党争，也不参与皇子站位，可听到苏文清说，这个赌局是凤轻尘提出来的，太子和几位王爷都没有参与，宁国公府的人也就不再坚持。

　　还是那句话，这年头没有不缺钱的人，偌大一个国公府，就算他再低调也有那么多人要养，还有人情往来，哪里不要用钱？这个赌局完全是无本的买卖，他们只要稍稍出点力就行了。

　　赌局的事情办得风风火火，当官方宣布凤轻尘与苏绾的比试时，苏文清也将这个京城第一大赌盘推了出来。

　　于是，凤轻尘与苏绾的比试，还没开始就热了起来。如果这个时候你还在关心粮食会不会降价，讨论粮食最低会降到多少，你就落伍了。

　　凤轻尘与苏绾比试的事情瞬间成了皇城最大的八卦，一出来就把粮食跌价的事情给盖住了。

　　当苏文清发现赌局开盘还有这个效果，乐得合不拢嘴，看什么都顺眼，唯一让他不顺眼的就是秦宝儿。

　　某天，他不小心听到秦宝儿和步惊云谈起这件事，话里话外无不透露着看不起商人，看不起发起赌局的人。

　　苏文清翻了个白眼，强压下想要飙脏话的冲动。

　　苏文清当即决定，日后蓝九卿要是娶秦宝儿，他第一个反对。

　　不过一夜之间，皇城中的人就好像打了鸡血一般，上至皇亲贵族、下至平民百姓，个个都在讨论凤轻尘与苏绾比试的事情，当然更多的是讨论苏文清推出来的赌局。

　　"一两银子一注，如果压中了，说不定能换得千两、万两白银，这辈子也值了。"某茶楼里，几个小商人正在讨论这事。

这年头，提起钱没有人能不动心。

"这个难呀，十七种可能，谁知道凤轻尘与苏绾的比试最终会是什么结果呢？还要猜中赢几局，这不是大海捞针嘛。"也有人还能保持清醒。

"这有什么，不就是十七种结果吗，一种结果压一注，总有一个能中的，不是说了吗，到时候压中的人，就能分一半的赌资，我的娘呀，那得是多少钱呀？！"

"不就是一两银子的事情嘛，没中的话咱们就当是为朝廷分忧，为救助穷苦百姓尽绵薄之力。"

"说得对，说得对，这可不是赌，这是帮助穷苦百姓，有能力的人都应该献上一份力。"有人说得豪爽大气，却不知是真心还是假意。但不管如何，凤轻尘都为赌徒们找到一个高尚的理由。

再猥琐的人也好面子，赌徒也希望被人尊重。

茶楼中的人讨论得热火朝天，而外面的小贩们也不甘示弱，有钱没钱凑个热闹呗。

哪怕没钱下注，他们也能关心一下赌资，盘算赌中的人能赚多少钱，要知道那些银子对他们来说，可是一辈子也没有见过的、想也不敢想的天文数字。

甚至有几个小贩商量着，几个人一起凑一两银子下一注，到时候赚了钱平分，这一两银子最后换来的，肯定不只一两。

大街上，叫卖声、讨论声不绝于耳，可有一道声音，却压过了在场所有的声音："赌资已累积到十三万七千六百四十二两，东陵第一个救助穷苦百姓的赌局，已为百姓筹得银两六千八百八十二两。"

抑扬顿挫的声音特别吸引人，而那人特意提高音量说的银两数目，摆明了就是诱惑人。

当然了，这个数字绝不是真实数字，不过是苏文清按凤轻尘所说，特意放出来吸引人下注用的，为了逼真连零头都报了出来。

"我的天呀，这才半天就有近十四万两银子，压中的人不是可以分那七万两银子嘛。"七万两呀，有人吞了吞口水，双眼闪过一抹狂热，这完全是以小博大，压中的人绝对会一夜暴富，很多人都坐不住了，心动了。

"小二，结账。"

拔腿就往下注点跑去……

与茶楼大街的情况差不多，那些有钱的公子们出入的地方，也在讨论这事，不过他们更多的不是把心思放在银子上，而是比自己的眼光。

"三局，我赌苏绾能赢凤轻尘三局。"某锦衣公子大喊道。

"身为东陵人，却押外人赢，真是的……我就赌凤轻尘会赢，一局，赢一局也是赢。"另一个人不甘心了。

"你们听我说，论琴，苏绾姑娘……论医，轻尘姑娘……"某理论派开始摆事实，讲道理，一边解说，一边在墙壁上，唰唰写下两人的优势，胜算值，最后总结道："你们看，八局下来，按我推测，应该是苏绾姑娘赢轻尘姑娘两局。"

"杜少说得有道理，我相信杜少的推算，杜少说得如此在理，我也心动了，赢输是小事，但本少要是压中了，那可是大喜事，十七个结果，咱一压就中，呵呵，这事说出来就有面子。"

不难发现，理论派还是很受欢迎的，某公子不知是想巴结这位杜少，还是想赚钱或者赚名声，当下便丢出一张银票给身边的小厮："去，给本公子买一千注，苏绾赢凤轻尘两局。"

"我不认同，杜少，你刚刚的推算有问题，你看……"与杜少不和的某公子上前，接过杜少的笔，让人重新布了一张白纸，唰唰唰地写了起来，把收集到的关于苏绾与凤轻尘的资料，一一放出来对比，最后得出的结果是："苏绾可以赢凤轻尘四局。"

"去，替本少买两千注，苏绾赢凤轻尘四局。"有讨好这位公子，或者相信这位公子言论的少爷们，也忙派小厮去买。

富家公子不差钱，他们玩的是寂寞，玩的是面子，而这堆人才是凤轻尘口中的主要客户。

别说这些富家公子，就是那些朝廷大臣们，私下也会讨论一二，回到家他们夫人还会在耳边嘀咕两句。

没办法，他们的夫人很关心此事，一边抹眼泪说那些贫苦百姓太可怜了，一边拿出体己银子，说是要帮助贫苦百姓，为朝廷分忧。

到最后，好像不下注的人，就是不为朝廷分忧一般，凤轻尘之前可没想到这样的结果，只能说这些人想象力真丰富，各种脑补都出来了。

当然，这样的局面是凤轻尘乐见的，可是她高兴了，别人就没办法高兴了。

"三皇子，我们的赌局还开吗？"一个上午，就只有十几个人下注，而这些人还是冲着东陵几位官员的面子才来的，这样的赌局，他们怎么开得下去？

"开，为什么不开，她凤轻尘能玩，我怎么就不能玩？凤轻尘不就是有一个九皇叔撑腰嘛，我们可有好几位皇子撑腰。去，照着凤轻尘的那个赌局重开。"南凌锦凡咬牙切齿道，一张俊脸扭曲得吓人，手中的情报早已被他捏成废纸，由此可见这位皇子有多生气。

他一向顺风顺水，却一再栽在凤轻尘的手里。

"是。"来人吞了吞口水，虽有满肚子的话要说，可对上南凌锦凡那双阴冷的眼睛，吓得将所有的话都吞了回去。

　　三皇子越来越可怕了，被他的眼睛盯上，就好像被毒蛇盯上一般，来人飞快地往外跑，刚走到门口，就听到"嘭"的一声巨响。

　　原来是南凌锦凡愤怒地将红木大桌给拍碎了。

　　"凤轻尘，你这贱女人，处处和我作对，我要是放过你，我就不是南陵锦凡。"他辛苦谋算了几个月，被凤轻尘这么一闹，全部毁了。

　　南陵锦凡怎么也咽不下这口气，最主要的是，一旦错过这个机会，他去哪里筹军费？没有军费他拿什么和南凌锦行打？

　　恨呀，恨呀，南陵锦凡恨不得把凤轻尘活埋了，恨到他忘了，他其实真不是南陵锦凡，他应该是王锦凡。

　　同样恨凤轻尘的人还有镇国公，他对凤轻尘的恨，不比南锦凌凡少。

　　"好你一个凤轻尘，四大国公府你偏偏露了我镇国公府，既然你不仁，也就别怪我不义。"镇国公似乎忘了，他从来没有对凤轻尘仁义过。

　　至于这些人为什么不怪出面组局的苏文清，而是怪凤轻尘，原因就简单了……

第四章　那一瞬间的心动

虽说凤轻尘从来没有为赌局的事情出过面，苏文清也没有对外说过赌局与她有关，可大家都知道，苏文清前脚进了凤轻尘住的小院，后脚就有赌局一事。

除此之外，还有最重要的一点，那就是苏文清被几个世家拒绝的事情，是怎么也瞒不住的。这种事，随便一打听就知道，同样，苏文清被拒后，去找过凤轻尘的事也瞒不住。

从凤轻尘的小院出来后，苏文清又找上那几个拒绝他的世家，直接把那几个世家说服了。

要说这事纯属巧合，与凤轻尘无关，打死南陵锦凡与镇国公都不信，他们可以肯定，整件事情都是凤轻尘一手操控的，原因当然是报复他们。

所以算凤轻尘倒霉，虽然这事真是她提议的，具体执行的人与最大的受益者都不是她，但报复的时候，南锦锦凡与镇国公却只盯上了她。

柿子挑软的捏，南陵锦凡和镇国公这个时候可不敢向苏文清出手，打了苏文清就是打王谢等世家和宁国公等人的脸。

南陵锦凡虽然不认识镇国公，可他们却好像约好了一般，都在暗中筹备好报复凤轻尘，而这些凤轻尘半点儿不知，她全部的注意力都放在西陵天宇的腿疾上。

凤轻尘给西陵天宇做截肢手术是秘密进行的，他们当初约定的时间也是晚上。时间一到，凤轻尘就把东西收拾好，只等人来接她。

"九皇叔？"凤轻尘没有想到，九皇叔会亲自来接她，她有那么一点儿小惊讶，看样子九皇叔很重视西陵天宇。

九皇叔今天晚上褪下了华贵的锦服，一身黑衣，干净利落，深沉的黑眸在房内扫了一圈，最后落在凤轻尘的药箱上只说了一个字："走。"

如果不是苏文清多心一查,他绝对看不出凤轻尘在永昌侯府受了那么大的委屈,凤轻尘掩饰得太好了。

这……又是一个美丽的误会。

凤轻尘点了点头,提起药箱,示意九皇叔带路,九皇叔却伸手去拎凤轻尘手上的药箱。

有些冰冷的大手,覆在凤轻尘的手背上,凤轻尘一愣,没有松手。她不习惯把药箱交给别人,可九皇叔却坚持,握着提手不肯松。

视线交汇,互不妥协,两人就这样僵持着,凤轻尘没好气儿地翻了个白眼,她不想把时间浪费在这种无意义的事情上。

所以,九皇叔你赢了!

凤轻尘松开手,九皇叔满意地拎过药箱,却不想低估了箱子的重量,险些没提稳,幸亏九皇叔反应快,这才没有在凤轻尘面前丢脸。

这么重?九皇叔皱了皱眉,凤轻尘拎起来应该会很吃力,难怪她经常手腕酸,看样子得挑一个可靠的人放在凤轻尘身边,不说别的,替她拎药箱就很必要。

凤轻尘与九皇叔一出门,就发现外面还有一批黑衣人护卫,凤轻尘这才放下心来,夜晚出行总是不安全的,保护的人多一点她也安心些,万一遇到暗杀什么的,她也不用再拼命。

一行人很快就消失在西区小院,一路朝城外走去,凤轻尘自认体力还行,可要追上九皇叔的步子,依旧相当地吃力。

跑了五条街后,凤轻尘开始喘气,哪怕她已经极力调整呼吸,还是无法让自己凌乱的步子变得轻松,这个时候她无比庆幸,药箱在九皇叔手上,不然她提着药箱能跑一条街就算不错了。

"没用。"九皇叔似乎发现了凤轻尘的异样,话虽这么说,速度却放缓不少。

凤轻尘终于松了口气,调整呼吸,继续前行。

而凤轻尘不知道,护送他们的黑衣人,一直都用崇拜的眼神看着她:凤大夫太厉害了,居然一直能跟上主子的速度,要知道他们这些习武之人,跟上主子的速度都极吃力。

哪怕主子后面放慢了速度,可那速度一般的男人也跟不上。可凤大夫不仅能稳稳地跟上,还不显吃力,果然厉害。

离城门不远时,九皇叔停了下来,从身侧的人手上拿了一个包袱,丢给凤轻尘:"穿上。"

自己也将衣服后面的帽子拉了起来,从头到脚都被黑衣包裹,再加上九皇叔刻意隐藏气息，整个人就好像与黑夜融为一体，不仔细看根本不会发现他的存在。

凤轻尘将衣服穿好，学九皇叔那般，将衣服后面的帽子拉起来，把自己套在黑衣里。她身边的黑衣人也是如此，一行人就好像幽灵一般，在黑夜中穿梭。

一群黑色的影子，在黑夜里飞快地移动，那画面说不出来的诡异，要不是凤轻尘早知道周边都是人，她都怀疑自己与鬼同行。

一行人很快就来到城门口，当守城士兵上前时，九皇叔取出一块令牌，在守城的人面前晃了晃："神机营办差，开城门。"

令牌正面是一个大大的"神"字，背面则是一条巨龙。

神机营，东陵皇室最大的暗中力量，目前由肃亲王与九皇叔共同掌控。

"是。"守城的小兵不敢多问，立马将城门边上的小门打开，九皇叔一行人消失后，小城门再次关闭，一切都好像不曾发生过一般。

离城门三里处，九皇叔的属下带着十八匹骏马候在那里，双方对接，确定身份后，九皇叔派出九人"办差"，剩下七个护卫和凤轻尘。

"上马。"九皇叔翻身上马，朝凤轻尘伸出右手，示意她与他共乘一匹。

"多谢，我自己可以。"凤轻尘摇头拒绝，随意挑了一匹马，坐好。

九皇叔的脸色立马变了，好在有黑衣包裹，看不出来。

什么人安排的马，怎么会多出一匹？

九皇叔怒，狠狠地瞪了一眼身后的人，直把那人吓得不敢说话。

呜呜呜……他真想告诉九皇叔，凤轻尘骑的那匹马是他的坐骑，现在能不能还给他？他不想追着马跑！

凤轻尘的拒绝让九皇叔心里郁闷，可该做的事情还得做，九皇叔翻身上马，正准备扬鞭而行，座下的马突然躁动起来，不安地扬着马蹄，发出哼哼嘶嘶的声音。

而此时，小道两边的草丛中，也发出窸窸窣窣的声音。

"有刺客！"九皇叔当即抽出腰间的软剑，眼中闪过一抹狠厉，他的行踪居然被人泄露，他身边有叛徒！

林中的鸟受了惊吓，扑腾着翅膀飞了出来，一瞬间整片树林都闹腾起来，树枝晃动，树叶沙沙作响，如同群魔乱舞，与此同时，一个个黑衣人从小道两边蹿了出来。

"杀！"黑衣人极度干脆，从草丛跳出来后，半刻不停，提刀就朝马腿削去。

"保护主子。"七个护卫迅速将九皇叔与凤轻尘护在中间，这些护卫训练有素，面对刺客的阵仗并没有惊慌，安抚好座下的马后，挥刀就与刺客打了起来。

七个护卫对上三十多个刺客，不仅没有败绩，隐约还有占上风的感觉。

九皇叔的护卫果然不一般，凤轻尘松了口气，不过左手一直按在袖箭上，保持着高度的戒备。

"别怕，有本王在。"九皇叔策马，朝凤轻尘靠近。

"我不怕。"她不怕，她只是防御，遇到战斗，保持戒备也是正常的事情，这种情况下，别指望别人一直保护你。

确定凤轻尘是真不怕，九皇叔便不再多说，只策马上前，将凤轻尘护在身后。

刺客攻了半天，都没有突破九皇叔的防御，当下不耐烦了："弓箭手，出来！"

刺客首领一声令下，只见刚平静下来的树林再次骚动，又一批黑衣人朝他们涌来。

见刺客一拨拨从树丛中涌出，凤轻尘真想问，这是有多少刺客来着？这也太大手笔了，这是要多恨九皇叔才会下这么大的血本。

"发信号。"九皇叔并不是自大的人，见对方人多，立刻选择让人前来救援。

"是。"距离九皇叔最近的一个护卫，取出一个信号弹，只听见"嗖"的一声，一道荧光飞上天空，而后"啪"的一下变成白烟，消失不见了。

"放箭！"刺客首领也不客气，弓箭手刚准备好，他便下令。

"嗖嗖嗖……"

利箭划破夜空，黑色的箭镞散发着阴冷的寒光，朝凤轻尘与九皇叔射来。

"当当当……"九皇叔挥剑，将周边的长箭一一打落。

可是，弓箭手有三批，刚打落面前的箭，新的一拨箭雨又来了，一拨接一拨完全是无缝连接，就算射不中，也能将他们活活累死。

凤轻尘知道自己帮不上忙，秉持着绝不能添乱的原则，她伏身侧在马背一边，避免成为箭靶。

"噗……"一个护卫躲避不及，左肩中了一箭，护卫当即挥刀，将箭羽斩断，继续应战。

"扑哧……扑哧。"中箭的护卫越来越多，而救援人员还没有到。

九皇叔面色凝重，依他的实力完全可以跃出去杀了那些弓箭手，可是他不能动，因为凤轻尘在他身后，需要他的保护，他不放心把凤轻尘交给别人。

"主子，属下保护不力，恳请主子先行离去。"七个护卫一身是血，有好几个要害受了重伤。

"他们最多只能撑一刻钟。"凤轻尘是大夫，她很清楚这几个护卫是在硬撑，她也想帮忙，可是……

对方是弓箭手，距离太远，她的袖箭没有那么远的射程，再加上是黑夜，她根本瞄不准对方的要害。

"凤……"九皇叔想让凤轻尘先走，却被凤轻尘打断了："我可以自保，你不用管我。"

她知道九皇叔武功不错，不过不清楚具体有多强。

九皇叔深深地看了凤轻尘一眼，他知道凤轻尘有自保的能力，可面对这一拨又一拨的利箭，凤轻尘那点本事还是很吃力的。

凤轻尘没有解释，她确实躲不开飞射而来的箭雨，可现在这个情况容不得她娇弱，她也不能拖累别人，在战场上你可以不杀敌，但绝不能拖累同伴。

不怕狼一样的对手，就怕猪一样的队友，说的就是这个道理。

"自己小心。"九皇叔不再坚持，策马上前，随手抢了一个刺客的武器，丢给凤轻尘，"拿着，防身。"转身又对护卫道，"用性命保护她！"

"是。"七个护卫身上有伤，中气不足，声音不大，但话中的坚定却不容怀疑。

九皇叔轻轻点头，纵身一跃，没入黑暗中。

这身形怎么那么眼熟？

凤轻尘瞪大眼睛，正想着九皇叔的身形与记忆中的谁像时，有一个刺客冲破护卫的防护线，冲到了她面前，凤轻尘连忙收敛心神，不敢再分神。

九皇叔递给她的大刀，她连挥动的力气都没有，凤轻尘直接将刀砸向刺客，一按袖箭……

嗖嗖两声，正中对方的眉心。

凤轻尘满意地勾唇，袖箭这种东西射程不远，但杀伤力极强，再加上她的准头向来不错，这袖箭很适合她用。

护卫见凤轻尘没事松了口气，九皇叔不在，他们面对刺客的攻击心有余而力不足，可即便自己撑不住了，他们依旧尽量将凤轻尘护在中间。

好在，九皇叔飞入草丛中后，弓箭手少了许多，朝他们射来的利箭骤减，让他们稍稍缓了口气，伤势较重的三人，应付飞来的箭，伤势较轻的两人则应对周边的刺客，另外还有两人则因伤势太重趴在马背上一动不动。

"你们保护好自己，不用担心我，更不要出声，免得你们主子分神。"在护卫不赞同的眼神下，凤轻尘翻身下马，凭着小袖箭放倒了身边的几个刺客。

"小……"护卫刚开口就想到凤轻尘的话，立马闭上嘴，眼中却流露出担忧与不安。

凤轻尘要是出事了，他们也就完蛋了，可接下来发生的事情，让他们松了口气。凤轻尘用她的袖箭，射向刺客的双眼和双手，待到对方呼痛时，凤轻尘快步上前，或将对方摔倒，或直接一脚踢断对方的小腿，总之他们看到一个娇弱的女子，如同女战士一般，将一个个高手放倒。

"我是不是看错了？"伤势还算轻的几个护卫，连忙抽空揉了揉眼睛。

"咚——"凤轻尘趁对方护着双眼时，快速靠近，手肘一个用力，顶在那人腹部，袖箭则直接刺穿对方的心脏。

在对方倒下的瞬间，倒在对方的背上，一个翻身，双脚架在身后刺客的脖子上，用力一扭，只听见咔嚓一声，那名刺客的脖子断了，同一时刻，手中的袖箭一动，将左侧一个刺客射杀。

做完这一切后，给凤轻尘当垫背的倒霉鬼直接趴倒在地，凤轻尘先一步跃了下来，对方落在地上，凤轻尘往后一退，踩在对方的身上，借力一跳。

"嘭——"将迎面一个刺客扑倒，袖箭对准对方的咽喉一按，人已死，她立马转身，滚向一边的草丛里。

一气呵成，干脆利落得让人惊叹。

"好快的动作，好利落的身手，这是什么武功？"有一个护卫避开箭往后倒，就看到这一幕，双眼一亮，到处寻找凤轻尘的影子，可是，凤轻尘早已经钻到草丛里去了，一时半刻找不到人影。

"援兵来了。"

凤轻尘呼出一口气，而进入草丛寻找凤轻尘的刺客也立马折回，因为刺客那边已传来撤退的命令。

"杀，不留活口！"九皇叔的命令也传了出来，显然他并不打算拷问这些刺客。

局面瞬间逆转，埋伏在此的刺客，从杀人的一方变成被宰杀的一方。

而这些凤轻尘都不关心，她只知道自己脱险了，她必须尽快把自己的伤口处理好，因为外面还有伤患等着她去包扎、处理伤口。

不用留活口，下手就没必要客气，援兵很快就将刺客放倒，一个也没有放过。

遭遇伏杀，结果对方全灭，而己方无一人死亡，这绝对是值得高兴的事情，可九皇叔不仅不高兴，甚至愤怒地想要杀人，因为凤轻尘不见了："人呢？"

之前七个护卫，有六个昏死过去，唯有一个伤势较轻还保持着清醒，可在九皇叔强大的杀气与威压下，他无比希望自己也昏死过去。

"属下……"护卫泪流满面，天这么黑，局面这么乱，他看到凤轻尘的杀人手法后，知道她能自保便没有再关注，哪知一眨眼人就不见了。

此时，他无比怨恨自己体质太好，为什么，为什么他就没有晕过去呢？他真的不想面对主子的怒火。

援兵正在清理战场，见九皇叔发怒，虽不知因为什么却在第一时间跪下请罪。

凤轻尘被外面的动静吓到了，连忙冲出草丛。一出来就看到九皇叔站在众人中间，不怒自威，如同杀神一般，而他的人全部跪在地上，一副惶恐的样子。

这是怎么了？凤轻尘一脸疑惑，却谨慎地没有问出来，九皇叔的事情她知道得越少越安全。

九皇叔听到异动，冷冷一瞥，看到来人，惊呼道："凤轻尘！"语速比平时快了三倍不止。

双腿比脑子反应更快，等到九皇叔发现时，他已经站到了凤轻尘的面前，九皇叔略一停顿，这才恢复正常："你没事就好。"

语速正常了，可眼中的担忧与惊喜，却没有那么快被掩下。

"我没事。"凤轻尘半是苦涩半是伤怀地道。

九皇叔眼中的担心是那样的明显，她就是想要装作不知道也不行，心里酸酸涩涩的，凤轻尘别过脸去，告诉自己不要去妄想不可能的人与事。

九皇叔当初的告白，掺杂了太多的利益，她必须清醒。

"九皇叔，有不少人受了伤，我去帮忙。"几乎是落荒而逃，凤轻尘跃过九皇叔，让侍卫取下马背上的药箱，便匆匆走到受伤的侍卫身旁。

凤轻尘将头发包好，动作利落地给伤者清理伤口。

这个时候只有工作，才能将心中的杂念压下，才能阻止她再次问出，九皇叔对她的喜欢到底有几分真心？

"伤口太深，流血过多，暂时不要移动病人，你们把火把拿过来，照亮一点。"凤轻尘蹲在伤者的身边，熟练地替他们清洗伤口，用手术刀切开伤口，取箭、上药、缝合。

凤轻尘无比庆幸这几个人没有伤及要害，不然她也没办法快速处理。

九皇叔被凤轻尘丢下，愣在当场，待他冷静下来，却不想一转身就看到凤轻尘蹲在地上，熟练地给受伤的护卫包扎伤口的画面。

看她的手法，就知道她定是经常做这样的事情，她的动作快速干练，近乎完美，甚至能同时处理两个人的伤口。

她几乎不用想，只要看一眼对方的伤口，就知道如何清洗、包扎，从清洗到缝合，一气呵成。

她的那双手似乎天生就是为处理伤口而生，只来回两下，就将狰狞的伤口缝合得完美无缺，沉稳镇定得不像一个十五岁的少女，众人又是惊叹又是佩服，却不知此时的凤轻尘，整个人就好像绷紧的弦，一刻也不敢松懈。

面对六个身受重伤的患者，凤轻尘根本没空去管周围的事情，她只知道尽快，尽自己最快的速度将他们的伤口包扎好，不然这六个人定会失血过多而死。

凤轻尘全副心思都放在病人身上，双眼专注地看着伤口，一眨也不眨，而她不知，在她看伤口时，她周围的人都在看她。

他们从来没有见过这种包扎伤口的手法，也没有见过哪个大夫会争分夺秒地为伤者争取时间。

是的，哪怕凤轻尘什么都没有说，单看她同时给两个人挖断箭，手上的速度越来越快，在场的人就明白，凤轻尘很在乎这几个伤者的生命，她在尽力救治他们。

他们的命是主子的，他们随时都有可能死亡，对他们这种人来说，有一个人如此在乎他们的生命，是一件很幸福很奢侈的事情。

争分夺秒与死神赛跑，抢救生命，这样的凤轻尘无疑是美丽的，九皇叔甚至从她身上，看到了淡淡的光晕，美得让人窒息。

这样的凤轻尘无疑让他心动，事实上最初让他心动的，就是凤轻尘专心救人的样子，那样的认真，那样的自信，那样的张扬。

花了一个多时辰，凤轻尘终于处理好了七人的伤，其他几个伤势较轻，凤轻尘也一一给他们包扎了，再三确定伤口不会有问题后，凤轻尘取出一些药，交给距离她最近的一个人，反复叮嘱对方如何使用，同时交代一系列的注意事项。

凤轻尘的声音平淡清冷，近乎没有感情，可听在耳朵里却让人觉得安心与信服，他们第一次在没有主子的命令下，乖乖地应下另一个人的吩咐，不，应该说是关心。

"好了，就这些了，有什么异常记得去找我。七天后我会去给你们的伤口换药，记得移动的时候千万要小心，别让他们的伤口裂开了，一旦裂开，一定要告诉我。"

凤轻尘拿起药箱里的湿毛巾，细细地将每一根手指擦干净，她擦手时，异常地认真与仔细，让人有种冲上前去，替她擦拭的冲动。

九皇叔就有这样的想法与冲动，只不过等他准备行动时，凤轻尘已经擦好了，正收拾药箱。

"对不起，耽误你们的时间了。"凤轻尘提起药箱，看到站在她对面的九皇叔，这才想起她刚刚好像自作主张了，在这里九皇叔才有发言权。

好在九皇叔并没有多说什么，只是点了点头："出发。"

闻着凤轻尘身上的血腥味，九皇叔怀疑她也受了伤，可九皇叔从上到下找了一圈，也没有发现凤轻尘身上有伤。

九皇叔交代一小队人马，护送受伤的七个护卫回去，其他人继续赶路。上马前，九皇叔接过凤轻尘的药箱，这一次凤轻尘很配合地松手了。

她需要保存体力，因为，还有一个更重要的病人在等她。

密室建在一个四面环山的峡谷，要不是有九皇叔带路，凤轻尘可以肯定，自己一辈子也找不到这个地方。

凤轻尘自认自己的方向感不错，可面对岔路万千、九转十八弯的山道，才发现自己其实就是个路痴。

就在凤轻尘自我唾弃分不清东南西北时，九皇叔把她安顿在一个木屋里，让她先梳洗一番。

凤轻尘万分感激，她此时确实需要好好清理一番，身上又是泥又是血的，那味道实在不好闻。

只是，为什么九皇叔给她准备的是男装呢？还是大几号的男装，这样的衣服她能穿吗？

凤轻尘将极不合身的衣服放回去，把之前的里衣穿上，外衣则直接穿上一袭白衣。

于是乎，众人就看到一名少女穿着白衣，在漆黑的山谷飘荡，不知情的人还以为七月半女鬼散步呢。

凤轻尘所到之处周边的护卫都会不自觉地僵住，身子却微微向后倒，以免碰到凤轻尘。

面对护卫们那惊悚的眼神，凤轻尘习以为常。

给凤轻尘准备的医治室，并不是重新建的，而是用原先的木屋改建而成。九皇叔挑了最角落的一间改造成凤轻尘要求的规格，此时西陵天宇他们就在手术室外面，等待着凤轻尘大驾光临。

"凤大夫。"西陵天宇远远地就开口打招呼。没办法，他今天很心急，手术的成败关乎他的命运。

西陵天宇的心思不难懂，越是位高权重者，越是在乎自己的小命与健康，他们认为自己的命比较值钱。

"二皇子安好，看二皇子的神色，这两天养得不错，二皇子放心，这一次移植不会有问题，稍后二皇子只要睡一觉就行了。"凤轻尘并不是开玩笑，至少她那严肃的表情就告诉西陵天宇，她没有开玩笑的意思。

给西陵天宇检查后，凤轻尘朝九皇叔点了点头，算是打招呼："九皇叔，二皇子，我需要检查一下房间。"

提前适应医治室的布局，要有什么不顺手的她也可以提前调整，同时凤轻尘也不相信九皇叔，她怕九皇叔会在室内做手脚。

九皇叔点了点头，示意凤轻尘进去。

木屋被隔成两间，外间放了一张可移动的床，也就是凤轻尘的医治台，里间……

凤轻尘从药箱里，拿出一双干净的鞋子，换上后才走进去。

琉璃宫灯，清新干净的空气，简易的东西都有了，凤轻尘很满意，她仔细踏了踏地板，敲了敲墙面，肯定没有暗门之类的东西，这才放心。

"可以了，请二皇子躺在移动床上。"凤轻尘站在外间，等西陵天宇躺上去后，就把其他人赶了出去。

"凤轻尘，二皇子就交给你了。"九皇叔与凤轻尘视线交汇，好半晌才收回视线，转身出去。

凤轻尘看不懂九皇叔这是什么意思，也没空去想，端起桌上的麻沸散，示意西陵天宇喝下。

麻沸散是西陵天宇自己准备的，所以他也没有什么好担心的，他担心也没用，他已经把自己的命交到了凤轻尘手里。

凤轻尘不知道，她要求室内不能有外人，对西陵天宇来说是一个极难下的决定。

没有人保护，自己又喝了麻沸散躺在木板上，没有一丝的防御能力，这个时候只要凤轻尘想，可以轻易取他性命。

他们这种人，从来不会轻易把命交给另一个人，更何况他和凤轻尘认识不深，可是他没有选择，为了他的双腿，他只能赌，赌凤轻尘不敢对他下杀手。

"凤轻尘，我的腿交给你了。"西陵天宇深深地看了凤轻尘一眼，毫不犹豫地喝下麻沸散。

他发誓，这绝对是最后一次完全没有防备地躺在另一个人面前，把命交给一个不算熟的人。

"二皇子放心，我只是大夫。"凤轻尘知道西陵天宇在担心什么。

"我记住你的话了。"西陵天宇闭上眼睛，静静地躺在木板上，呼吸均匀，就好像麻沸散已经起了效果，陷入昏迷一般。

可是……

凤轻尘很清楚，麻沸散的效果没有那么强，最主要的是，西陵天宇自己准备的麻沸散她一点也不相信，麻沸散不过是一个幌子罢了。

"二皇子，我开始了。"凤轻尘看似不在意地一说，却仔细观察着西陵天宇的变化，如她所料，西陵天守的身体不由自主地绷紧了。

凤轻尘的眼中闪过一抹冷冽的寒光，却什么也没有说，从药箱里拿出一支麻醉散，熟练地给西陵天宇做全身麻醉。

她真心讨厌给这些龙子龙孙做治疗，明明是救他们，却搞得像打仗一般，你试探来我防备去的，真真是闹心。

在麻沸散与麻醉散的双重效果下，西陵天宇感觉自己脑子昏昏沉沉的……

该死，怎么会这样？凤轻尘刚刚做了什么？

西陵天宇怒了，在陷入昏迷的那一刻，西陵天宇告诉自己，绝不会再有下一次。

这种无力反抗、任人宰割的感觉实在糟糕透顶，即使对方没有恶意他也讨厌。

麻醉起效果后，凤轻尘不再耽搁时间，撩起衣袖，开启自己的神秘药箱。凤轻尘从里面取出自己需要的东西。

"那是什么东西？"在隔壁房间的九皇叔，看着镜子里折射出来的画面，直接从椅子上站了起来，冲到大镜子面前。

没错，凤轻尘在手术室的一举一动，都映在了那镜子上面。

在凤轻尘检查时屋子没有任何问题，可当凤轻尘出去后再进来，里面就不一样了。要知道这可是九皇叔改建的房子，凤轻尘根本没有参与，九皇叔怎么会放过这个能查出凤轻尘秘密的机会。

凤轻尘对自己的医术极度保密，偶尔露出一点便能让人惊奇不已，别人也许不会多想，只当凤轻尘师承玄医谷，可九皇叔却是知道得一清二楚，凤轻尘和玄医谷一点关系也没有，她的医术是一个极大的秘密，而他一直想知道凤轻尘的这个秘密，却不想……

这个秘密如此的震惊，如果不是亲眼所见，他甚至想象不出来。

凤轻尘做梦都想不到，泄露自己医术秘密的，居然会是她之前托苏文清制作的镜子，早知道有这么一天，打死凤轻尘也不会把镜子的配方交出来。

可惜，此时的凤轻尘一心扑在治疗台上，她根本没有看到隐藏在墙角、屋顶，还有外面的镜子。

九皇叔站在木屋里看着镜子里的凤轻尘，在手上一按，便凭空取一堆他从不曾见过的工具，又看着凤轻尘用那些奇怪的工具，将西陵天宇的半截残肢切下来，又看着她给西陵天宇输血。

鲜红的血顺着透明的管子，一点一点流入西陵天宇的体内，而西陵天宇却如同死人一般，躺在那里，没有半点反应。

"凤轻尘，你到底是什么人，你手上的东西到底是什么？你还是人吗？"九皇叔双手紧握成拳，他怕自己盛怒之下会将面前的镜子击碎。

凤轻尘欺骗了他，欺骗了天下人，要不是他今天利用镜子的折射探得屋内的情况，他永远都不会知道凤轻尘手臂上的秘密。

"难道这就是凤离族的力量？不可能，如果这是凤离族的力量，凤轻尘的父亲怎么可能一点儿也不知情。"九皇叔努力为凤轻尘手臂上的智能包找理由，可找出来的理由又被他一一否定了。

"如果不是凤离族的力量,那么凤轻尘到底是谁?"九皇叔越想越觉得心寒,他自认天底下没有人比他更了解凤轻尘,结果呢?

哈哈哈……

"嘭……"九皇叔一拳打在镜子背后的墙面上,木制的墙面震动了一下,隐约有一道裂缝,血粘在墙面上,九皇叔的拳头也沾了木屑,可他却像是感觉不到痛一般。

种种迹象表明,他面前的这个人根本就不是真正的凤轻尘,真正的凤轻尘早就死了。

当然,也有另一种可能,那就是以前的那个凤轻尘只是一个幌子,这个凤轻尘才是真正的凤离嫡女,凤轻尘早就知道自己的身份,她是为凤离族复仇而来。

凤轻尘,前十五年默默无闻,在皇城出了名的懦弱无能,却在一夕之间性情大变,惊艳整个皇城。

不鸣则已,一鸣惊人,世人皆以为凤轻尘是因为婚变,才一改往日的懦弱,却不想她根本就不是凤轻尘。

"本王是当局则者迷了,就算经历婚变,也不可能让一个人的性情彻底改变。可悲的是本王一直在为你找理由,现在想来,那些理由可笑至极。"

"凤轻尘呀凤轻尘,你果然厉害,把我们都骗得团团转,本王真想知道你到底是什么人,又有什么目的,而你手上的那个东西又是什么!"

凤轻尘从药箱中取出来的东西越多,九皇叔脸上的笑容就越冷。

没办法,凤轻尘手上的东西太诡异了,正常人都无法接受,哪怕凤轻尘平时表现得很独特,可却没有药箱让人震撼。

九皇叔几乎可以肯定,凤轻尘手上的东西绝对是天下独一无二的,就连以机关出名的墨家,也不可能做出这么精巧的东西,最重要的是,凤轻尘拿出来的东西,他从来就没有见过。

……

凤轻尘不知道,九皇叔在隔壁将她的动作尽收眼底,她只专心做自己的事情。切除了西陵天宇萎缩的小腿,处理好血管与伤口,又取出假肢,调试好后,动手替西陵天宇安装假肢。

一直低着头那种辛苦可想而知,偶尔抬头也只是擦擦额头上的汗水,双手一直就没有停过,手上不是刀,就是镊子与钳子,凤轻尘的认真与辛苦就是屋外的九皇叔也看得明明白白。

心里某个地方突然一软,看着专注认真的凤轻尘,九皇叔的怒火渐渐消散,人也冷静下来。他发现,凤轻尘手上的东西里面装的全是救人用的工具,她从来没有害过人，就算动手杀人，也是被人逼的，自保而已。

凤轻尘手臂上的秘密，只要她愿意，她可以隐瞒一辈子，只不过她心软，一次又一次利用它救人这才会暴露出来。

"凤轻尘，你说我该拿你怎么办才好，我本以为足够了解你，也认定只有你才是能站在我身边的女人，可现在我怀疑了，我不能让一个我不了解的女人站在我身边。"

"嘭……"

九皇叔一拳打在镜子上，镜子粉碎，破碎的镜片插入九皇叔的拳头里，可九皇叔却连看都不看一眼，直接跌坐在椅子上。

他得想一想，好好地想一想接下来他该如何面对凤轻尘，要给凤轻尘怎样的定位。

他现在可以肯定，这个凤轻尘和之前皇城那个懦弱无能的凤轻尘绝不是同一个人，他喜欢现在的凤轻尘，可是这个凤轻尘身上有太多的谜团。

智能医疗包的事情哪怕他想通了，认为这是凤轻尘救人的东西，可心里依旧有疙瘩，那东西他一日不了解透，就一日没办法全然地相信凤轻尘……

第五章　不容拒绝的强势

今晚，注定是一个不眠夜，九皇叔一闭上眼，脑子里就浮现出凤轻尘凭空取出一堆工具的画面，那画面让他不安。

如果不是肯定凤轻尘是活生生的人，知道她会受伤、会流血，九皇叔真要怀疑凤轻尘是狐妖之类。

皇宫里，皇上在第一时间收到了刺杀任务失败的消息，气得将满桌的折子全部砸在地上。

手术室内，凤轻尘连眼睛也没有眨一下，手上的动作也越来越快。

她必须在天亮之前治疗完毕，然后赶回皇城，她和苏绾的比试就在两天后，皇后娘娘的赏赐这两天一定会下来，她要待在西区小院等皇后的赏赐，不能让皇后发现她半夜出城的事情。

不过，凤轻尘再赶时间也不会拿患者的生命开玩笑，手上的动作虽快却依旧有条不紊，按部就班，每一步都尽最大的力做到最好。

黎明时分，凤轻尘终于完成了整个治疗，打了一个漂亮的手术结，将手术刀、止血钳放入手术盘里，凤轻尘这才放松下来。

吸了口气，动了动酸痛的双臂与脖子，稍稍缓减疼痛后，凤轻尘拿出很多药粉，给西陵天宇敷上，转身又取出护具将伤口包好。

整理好后续的琐事，凤轻尘给西陵天宇做检查，满意地点头，郑重地宣布：“治疗成功。”

凤轻尘很累，准备靠在墙面上闭目养神，休息一下再写注意事项。

明亮的火光映照在凤轻尘苍白的脸上，缩在角落里的她看上去可怜至极，如果可以真想借一个肩膀，给她依靠，让她不要这么辛苦。

可惜九皇叔盛怒之下，将镜子打碎了，他没有看到凤轻尘近乎脱力的样子。

当太阳从地平线的另一端升起，凤轻尘再三检查，确定没有问题后，才将西陵天宇推了出去。

周围的护卫听到响动，第一时间冲上前来，隐含杀气，将凤轻尘包围在中间。

很明显，这些人的杀气是针对凤轻尘的，如果西陵天宇有一点意外，凤轻尘也别想活着出去。

"凤小姐。"八个蓝衫护卫，八个紫衣丫鬟，客气地打了个招呼，直接上前检查西陵天宇的情况，确定西陵天宇气息稳定才将杀气收了起来，又转身检查西陵天宇的左腿。

"殿下的腿好了？"紫衫丫鬟惊呼，西陵天宇新装上去的假肢，虽然与人体的肌肤不一样，可绝对是小腿的样子，甚至和西陵天宇的右小腿一样大小，只不过那假肢呆板生硬了一些。

"还没有，至少要三个月他才能下床行走，这只是第一步。"伤筋动骨还要一百天，假脚与肌肤融合，至少也得三个月的时间，而在此期间，西陵天宇的左腿不能用力。

就算过了三个月，西陵天宇也不可能立马和正常人一样行走，毕竟是假肢，西陵天宇还得有一个适应的过程。另外，西陵天宇太久没有走路，装上假肢后，他肯定不习惯，到时候他还需要一个复健师。

"这是给二皇子服用的药，有助于他的伤口愈合，用法和用量我都写在上面了。这是注意事项，你们要严格按照上面的要求照顾二皇子。"凤轻尘将事先写好的医嘱，还有详细护理知识，交给领头的紫衣丫鬟。

紫衣丫鬟匆匆扫了几眼，发现并不难，便点了点头。她很清楚面前这个女人她们暂时得罪不起，至少在她们殿下腿好之前不能得罪。

"平时多注意二皇子的体温，如果有发热的迹象一定要告诉我，伤口要是红肿，也要第一时间告诉我。"说到这里，凤轻尘眉头微皱，建议道："你们最好把二皇子安排在城内，每隔两天我会去看一次，如果不能回城，最好安排几个懂医理的人照顾二皇子。"

"凤大夫，你最好留在这里，直至我们殿下康复为止。"随着凤轻尘的话，紫衣丫鬟的脸色越来越凝重。

他们本以为装好假肢就没事了，没想到后续还有这么多的事情，如果出了意外，他们殿下的腿岂不是要废掉？

想到这里，紫衣丫鬟更加担心了，朝身边的侍卫使了个眼神，侍卫轻轻点头，身形微动，不着痕迹地堵住凤轻尘的去路。

如果是普通大夫，也许不会注意侍卫微微移动的这几步，但凤轻尘很清楚，这几个侍卫的动作代表了什么。

他们将她的生路堵死了，她就是想走也走不了。

敌我力量悬殊，凤轻尘当作没有发现，将药箱抱在怀中："很抱歉，我没办法留在这里专门照顾你们家殿下。几位应该知道，两天后，我将与南陵苏家的小姐进行比试，你们觉得我能留在这里吗？另外，身体发热和伤口红肿不一定会出现，我提醒你们只是以防万一，万一出现这样的情况，你们及时告知，我来处理便是，我保证这不会影响你们殿下的恢复。"

凤轻尘软硬兼施，她根本不担心对方会把她扣在这里，如果没有与苏绾比试的事情，这些人也许会把她强行留下，可现在凤轻尘可以肯定，对方不敢。

果然，听到凤轻尘的话，紫衣丫鬟的脸如同调色盘一般，又红、又白，最后直接青了，这里是东陵不是西陵，他们说了不算。

凤轻尘双手抱着药箱，一派悠然，没有半分紧张之色，最后紫衣丫鬟妥协了，咬牙切齿地道："既然如此，我们就不勉强凤大夫了，希望我们找凤大夫时，凤大夫能及时赶到。"

"放心，我是大夫，我会对自己的病人负责，不过你们最好挑时间，你们知道的，这几天我身不由己。"她要是提前知道与苏绾比试，就不会把手术的时间定在这个时候，不过也没有太大的关系，西陵天宇身边不缺医术好的大夫和精心的仆人侍从。

"多谢凤小姐。"紫衣丫鬟绝对是能屈能伸的主，知道日后还要用凤轻尘，语气和动作恭敬了许多，可惜这些浮于表面的东西凤轻尘根本不会看在眼里。

"不用客气，这是我应该做的，如果没有别的事情，请几位安排人送我回城，天快亮了，再不回城，我怕会出意外。"这是事实，凤轻尘并没有威胁的意思。

"好。"紫衣丫鬟满口应下，对她左侧的侍卫吩咐了几句，那人立马下去安排。

凤轻尘的眼中闪过一抹疑虑，这里怎么好像全权由西陵天宇的人接管了，九皇叔呢？

从出来到现在，她一直没有看到九皇叔的影子，这让凤轻尘很是不解。随即想到昨天晚上的暗杀，凤轻尘又释然了，九皇叔应该是连夜处理这件事情去了。

能在九皇叔的必经之路埋伏杀手，对方绝不是普通人，要不是九皇叔本身武艺不俗，昨天晚上他们就惨了，光是那些弓箭手就能把他们射成马蜂窝。

紫衣侍女很快就安排好了护送的人员，凤轻尘朝西陵天宇的护卫点了点头，翻身上马，准备走人。她赶时间，她必须赶在早膳前回去，不然她还得找理由跟佟珏和佟瑶解释自己外出的原因。

护送凤轻尘回城的人，就是昨天晚上九皇叔调来的援军，双方算是熟人了，凤轻尘立马安心了。相比西陵天宇，她当然相信九皇叔，至少九皇叔不会要她的命。

九皇叔站在北面的山顶上，目送凤轻尘离去，平静的眼眸第一次出现无措与犹豫，看着渐行渐远的凤轻尘，九皇叔轻轻地叹了口气。

秘密终归是秘密，即使他知道了凤轻尘的秘密，也只能装作不知道，就如同他身上的秘密不能告诉凤轻尘一样！

凤轻尘，希望有一天，我们能互相坦白，彼此之间不再有秘密！

凤轻尘离开山谷后，九皇叔也从山顶上下来，他要去处理昨天晚上暗杀的事情，他已经耽误了一个晚上，不能再浪费时间了。

很幸运，凤轻尘在佟珏与佟瑶过来服侍前溜回了房，将身上的脏衣服脱掉，把被子床单弄乱，凤轻尘用昨天剩下的水，简单地擦拭一番，直接换了一套干净的衣服，至于脏衣服……

凤轻尘眉头打结，她好想周行。以前，周行在时不用她说，就会将她沾了血的衣服处理干净，还不会多问半句。可佟珏与佟瑶不行，她们不但会问还会去想，甚至会去查她做了什么。

唉，终归无法全然信任这两人，凤轻尘将衣服包好，塞进床底，准备晚上找个时候丢进灶里烧了。

佟珏与佟瑶进来服侍时，看到凤轻尘一脸憔悴，眼里布满血丝，吓了一跳："小姐，你怎么了？"这样子怎么像是一夜没睡？两个丫鬟心里起了怀疑，用眼角的余光打量了一下房间的情况，没有发现什么异常。

"做了一夜恶梦，没睡好。"一宿未眠，嗓子难免有些嘶哑，凤轻尘先喝了杯水，润了润喉咙说道。

佟珏与佟瑶还想说什么，可看凤轻尘一副不想多说的样子，都乖乖地闭上嘴。佟珏服侍凤轻尘梳洗，佟瑶则去整理被子。

碰到冰冷没有一丝温度的被子，佟瑶的手一僵，转头看向正在梳洗的凤轻尘，确定她没有发现自己的异常后，佟瑶松了口气继续整理被子，当作什么都没发现，只是心里微微闪过一抹委屈：小姐不信任她们。

凤轻尘的早膳还未用完，皇后娘娘的赏赐就到了，不多不少正是凤轻尘比试能用上的东西，一把名琴、一本棋谱、一支狼毫笔、一叠皇室专用的宣纸与画纸，一套骑装、一条马鞭。

六样东西，一一摆在案前。

凤轻尘只想说，皇后真不是一般的小气，这六样东西加起来也比不上太子送来

的书圣真迹，皇后这是连最基本的面子都不做了吗？

"小姐？"佟珏与佟瑶见凤轻尘对着御赐之物发呆，忙出声提醒。

"收起来吧。"凤轻尘不在意地摆了摆手，她并不在意皇后给多给少，她在意的是皇后的态度。

"是。"佟珏与佟瑶默默地上前，比平时更加地小心谨慎。

凤轻尘无可奈何地笑了一声，她知道这两个丫鬟怪她没有把她与苏绾比试的事情提前说给她们听。

事实上，当时她真的忘了和她们说比试的事情，并非有意隐瞒。

结果，这两个丫鬟从外人口中得知她与苏绾比试的事情，比旁人还晚了一步。

凤轻尘能理解她们的心情，可也仅限于理解，她该怎么做还是怎么做。别说佟珏与佟瑶只是丫鬟，就算是她的好友、亲人，该隐瞒的事情同样要隐瞒，每个人都有属于自己的秘密，而秘密之所以被称为秘密，就是因为只有自己一个人知道。

她没兴趣与人分享自己的秘密，同样也没兴趣探听别人的秘密，她只是一个简单的人，只想过简单的生活。

凤轻尘急忙赶回城，就是怕皇后的赏赐下来时她人不在，现在已经收到了，凤轻尘就没事了，交代了佟珏与佟瑶一声后，便关门休息。

她昨晚真是累到了，现在她全身的肌肉都痛，还困得要死。

凤轻尘沾床就睡，佟珏与佟瑶更加肯定昨天晚上凤轻尘外出了，两个丫鬟相视一眼，都在彼此的眼中看到了苦涩与受伤，最后只化为一道叹息声。

主子不想让她们知道的事情，她们就不能过问。

而此时，皇宫。

皇后优雅地拨弄着香炉里的香片，眼中难得地带着笑意："事情办妥了吗？"

"回娘娘的话，一切妥当，凤小姐收下了琴。"一个年约四十的老嬷嬷站在离皇后三步远的位置，听到皇后问话，上前一步恭敬地道。

"收下了就好，这一次，本宫要凤轻尘与太子绝无翻身的可能。"皇后将手中的木片一丢，拍了拍手，身后的嬷嬷立马将干净温热的帕子奉上，给皇后净手。

皇后擦手的动作和凤轻尘很像，都是细细地将每一根手指来回擦拭，不同的是，皇后擦手指的动作比凤轻尘优雅多了。

凤轻尘纯粹就是为了擦手而擦，毫无美感，不像皇后，细致得就好像擦花一样，那微微翘起的小指，带着勾人的味道，年近四十却如同三十的少妇一般，散发着成熟诱人的风情。

可惜，宫中年轻新鲜的美人太多了，皇上除了初一十五外，极少来皇后这里。

"娘娘放心,那把琴由墨家亲传弟子墨无白亲自改造而成,绝不会让人发现破绽,到时候,只要寻个机会把琴撞落在地,里面的东西就会掉出来。"老嬷嬷一张老脸笑得如同菊花,怎么看怎么寒碜人。

皇后满意地点了点头:"仔细安排,本宫不允许有任何的意外发生,明白吗?"

"娘娘放心,奴才一定会办好,绝不会误了娘娘的事。"老嬷嬷正想奉承皇后几句,恰在此时太监却报安平公主求见。

"母后,母后,你一定要为我出气,那个凤轻尘实在太可恶了,弄出一个什么赌局,还说什么为国为民,简直就是不知羞耻。"人未到,声先到,安平公主还未进殿就大呼小叫,可想而知她此时有多么的愤怒。

凤轻尘一介孤女,一而再、再而三地压她一筹,这个时候又打出一个为朝廷分忧、救助穷苦百姓的旗帜,这不是摆明了针对她这个公主嘛。

为朝廷分忧,救助穷苦百姓,这是她这个公主该做的事情,凤轻尘算什么,凭什么抢她的风头?

一想到皇城的那些风言风语,安平公主就委屈得直落泪。

皇城那些公子少爷就差没指着她的鼻子,说她安平只知享受、不识人间疾苦、不顾百姓生死,连凤轻尘的半根手指头也比不上。

安平公主哭着跑进殿内,皇后眉头轻蹙,上前将安平公主拥在怀中,一脸疼惜地道:"安平,你这是怎么了?"

"母后……"

安平公主抽抽搭搭地将皇城那些流言,挑最难听的说给皇后听,皇后越听脸色越难看,好在理智尚存,勉强压下怒气。

"安平别哭,你是东陵尊贵无双的公主,何必与一个贱民比,她再忧国忧民也改变不了她低贱的出身。"皇后毫不掩饰对凤轻尘的厌恶与轻蔑。

"母后,我不甘心,我不甘心。她凭什么得到这样的好名声,凤轻尘明明就是利用赌局赚钱,明明就是聚众赌钱,那些人根本就没长眼,一个个说她好,实在太过分了,母后你下一道懿旨训斥凤轻尘好不好?"

安平公主实在气不过,她在外面听人议论,说京城第一赌局是凤轻尘想出来的,而凤轻尘之所以会想出这等奇招是为国分忧、为百姓着想。她听到后气不过,便指责凤轻尘俗不可耐,一身铜臭,假借为国分忧之名,行敛财之实。

她本以为会引来众人的附和,不想那些世家公子、勋贵少爷居然说她不懂凤轻尘的良苦用心,凤轻尘是为了天下百姓才想出这样的奇招。

什么奇招,明明就是赌钱,明眼人都能看得出来这个赌局赚大发了,凭什么百

姓还要说凤轻尘好？甚至那些公子少爷也一个个地称赞凤轻尘。

安平公主气不过，可双拳难敌四手，那些世家公子根本不将她这个公主放在眼里，她在言语上占不了便宜，只能回宫来告状。

也难怪安平公主会吃亏，她不知这个赌局虽然是凤轻尘提出来的，但那些世家与勋贵却是利益与名声的共享者。

那些为凤轻尘说话的世家公子、权贵少爷，他们的家族就是此次赌局的发起人之一，安平公主说凤轻尘不好，不就是说他们不好嘛，这怎么行？！

安平公主不懂这里面的奥秘，可是皇后懂，所以她可以说凤轻尘这个人不好，却不能说这个赌局不好。

这个赌局将许多权贵都圈入其中，虽然只有短短几天，可背后的势力却是极大，甚至她的母家也参与了，哪怕是她，也不能轻易去抨击赌局的好坏。

不得不说，凤轻尘与苏文清是有能耐的人，不拉拢皇子，但皇子背后的支持者，他们却不介意拉拢一二，这样一来，出事时也有人替他们说话。

天下熙熙，皆为利来；天下攘攘，皆为利往。这天下最牢固的关系，就是用利益联系起来的，同样，这天下最脆弱的关系，也是用利益联系起来的。

这个赌局的利益联盟只是暂时的，他们帮凤轻尘说话也是暂时的，等到利益瓜分完就会解散，一切都会回到原点，这一点凤轻尘懂，皇后也懂，可是安平公主不懂。

这里面的事情一时半刻说不清楚，皇后也不打算说，只对安平公主做出承诺："我儿别气了，凤轻尘高兴不了几天，母后一定会帮你出这口气。"

安平公主抬头，正好看到皇后眼中一闪而逝的狠厉，安平公主哆嗦了一下。她知道母后这个眼神，每次母后眼中浮现杀气，就会有人死。

"母后……"安平公主心里害怕，怯怯地叫了一声。

"我儿放心，有母后在，就没有人能欺负你。"皇后再三保证。

"母后，你是不是有什么计划？要儿臣帮忙吗？"害怕也就是一瞬间，安平公主很清楚她母后不会伤害她，只会为她铺路。

皇后高深莫测地笑了笑，食指在安平公主的额头上轻轻一点："你这滑头，什么事都瞒不过你。不过，帮忙就不用了，你这几天乖一点，等着看好戏就行了。"

"母后，母后，你做了什么？说给儿臣听啦，儿臣也可以帮你。"安平公主立马止住了泪，双眼发亮，拉着皇后撒娇。

"好了好了，别闹了，这事母后自会处理，前几天御造坊打了一批珠宝，母后瞧着样式精致，给你留了几件，去看看。"

"有什么好看的，还不是皇贵妃挑了剩下的，我才不要呢。"安平公主嘟囔着，嘴上这么说，可起身的速度却不慢。

"一些死东西罢了，东陵的皇后是你母后我，这一点什么时候也不会改变。"皇后拍了拍安平公主的肩膀，一副不在意的样子，可眼中的寒光却让人明白，皇后很在意。

按制，御造坊的东西呈给皇上后，皇上会留下几件好方便打赏人，其余的则会送到皇后这里，待皇后挑完后，其他妃子才有份。

可这次，皇上却下旨让人先送去给谢皇贵妃挑，待到谢皇贵妃挑完，再送来给皇后看。为这事皇后没少生气，可是生气归生气，表面上却要大度。

在后宫，女人争的是帝王心，争的是权，没有皇帝的宠爱，没有权势的支撑，哪怕身为皇后也只有受气的份。

皇宫里，表面一片祥和，实则暗潮涌动，每个人脸上都戴着一副面具，在亲和的表面下，隐藏了随时能让人致命的毒牙。

无知是福，睡得昏天暗地的凤轻尘根本不知，一场针对她的阴谋已经展开了……

凤轻尘一觉睡到天黑，用了晚膳后，便想着如何应对与苏绾的比试。

哪怕她不在乎输赢，这个时候也要做准备，她要是输得太惨是丢东陵的脸，皇上肯定不会放过她，满朝文武大臣也不会放过她，为了美好的未来，她必须努力。

对于皇后这个人，凤轻尘戒备很深，皇后赏赐下来的东西她不准备用，她可没有忘记，当初在兽苑时，她那一扯就破的骑装。

女人的心眼都很小，她们的眼睛只能看到权势与后院之争，有时候为了个人私怨，她们可以不顾国家利益，这一点凤轻尘深以为然，因为她也是这么一个人。

她不是做大事的人，天下大事与她何干？以己度人，皇后十有八九也是这样的人，害人之心不可有，防人之心不可无，无论皇后有没有害她之心，她防备一二总是没错的。

凤轻尘吩咐佟珏与佟瑶替她缝制一套骑装后，便回房准备继续睡，白天补的是昨天晚上的觉，今天晚上是今天晚上的，凤轻尘知道自己的睡功，毫不担心晚上会睡不着。

可佟珏与佟瑶却不知，还怕凤轻尘睡了一天晚上睡不着，便将皇后赏赐的琴和安国公府送来的琴谱奉上，美其名曰："赛前练习。"

比试在即，佟珏与佟瑶实在担心凤轻尘的琴技，本着临阵磨枪不快也亮的原则，佟珏与佟瑶希望凤轻尘能在最后关卡创造一个奇迹，一天之内能弹出优美的琴声。

奈何，理想是丰满的，现实却是骨感的，佟珏与佟瑶各弹了一曲后，让凤轻尘选择学哪首时，凤轻尘很淡定地说："你们先去忙吧，把琴留下，我自己慢慢琢磨。"

事实上，她一曲也不想学，初学琴很容易被琴弦割伤手指，她不想让自己的手受伤。就一天的时间，她就算是天才也没办法和学了几十年琴的苏绾比。

比琴那是自取其辱，凤轻尘就没有碰琴的打算，也不准备让琴弦发出声音，她虽不畏惧流言，可也真的不想丢脸。

"小姐，你和苏家小姐的比试就在眼前，您要再不练琴，琴这一关就要输了。要是小姐不想练琴，那奴婢给小姐研墨，小姐画画吧？"佟珏见凤轻尘死活不肯碰琴，只好提出另一项。可是为什么不让凤轻尘练字呢？

这个大家都知道，凤轻尘的字写得实在不怎么样，再练也好不到哪里去，与其奢望她把字练好，还不如奢望她在绘画上有天赋。

至于棋……

算了吧，琴还能突击一下学一首曲子，可棋却是要打基础的，琴棋书画四样，凤轻尘估计也就只能在琴与画上做做文章。

"我不会画画。"凤轻尘很坦诚，素描、油画、国画什么的，她通通不会，不仅不会画，她连鉴赏的能力都没有。

她看不懂水墨画的韵味，也不懂油画的美。

佟珏与佟瑶相视一眼，叹气："小姐，后天的比试怎么办？"她们是真的为凤轻尘担心，熟知凤轻尘的人都知道，她根本就没有拿得出手的才艺。

"别担心，我自有打算，你们先下去吧，没事的话早点休息。"凤轻尘知道佟珏与佟瑶的担心，更知道担心的人不只她们两个，可是……

再担心也改变不了她什么都不会的事实，佟珏与佟瑶知道凤轻尘做了决定的事情，她们无权置疑，带着失落与不安，默默退了下去。

凤轻尘坐在椅子上对着琴发呆，想了半天也想不到什么好办法，她不想再折磨自己，起身准备睡觉。

"凤轻尘，你打算如何赢苏绾。"身后传来一道熟悉的声音，凤轻尘脚步一顿，顺着声音望去："蓝九卿？"

"不是我，你以为是谁？"蓝九卿从暗处走了出来，烛光映在他的面具上，忽闪忽闪，十分引人注目。

"也是，除了你，还会有谁半夜闯我的闺房？"知道来人是谁后，凤轻尘放下戒备，示意蓝九卿坐下。倒了两杯茶，将其中的一杯推到蓝九卿面前，凤轻尘自然地问道："蓝九卿，这一次是你受伤了，还是你的朋友受伤了？"

"噗……"

蓝九卿直接将嘴里的茶喷了出来，好在凤轻尘反应快，第一时间闪开，没有被蓝九卿的口水"洗礼"。

"你真脏。"凤轻尘看着桌面上的水点，恨恨地鄙视着蓝九卿。

蓝九卿没有说话，抬头扫了凤轻尘一眼，默默地将茶杯放下，同时提醒自己下次和凤轻尘说话千万别喝水，真会被呛死的。

"既然没人受伤，你找我干吗？"凤轻尘可不认为蓝九卿会有闲工夫来找她闲聊，又或者关心她怕她有赛前恐惧症，跑来安慰她。

干吗？他今天还真是来找轻尘"闲聊"的。

蓝九卿定定地看着凤轻尘，眼中闪着复杂与期待的光芒，一副有话想说，却又不知从何说起的模样。

被一个男人用纠结的眼神打量半天，凤轻尘有种头皮发麻的感觉，蓝九卿这是怎么了？

半天等不到答案，再加上她和蓝九卿也算朋友了，凤轻尘便不再装深沉，直接道："蓝九卿，你有什么话就直说，我能帮上忙的地方一定不会推辞。"

蓝九卿救了她无数次，再加上她隐约能感觉到蓝九卿对她的感情，只是她把蓝九卿定位在朋友的位置上，蓝九卿只会是她的朋友。

想到这里，凤轻尘有些黯然，感情这种东西还真是不受控制，她要是能控制自己的感情就好了。

"凤轻尘，是不是只要我开口，你什么都会帮我做？"蓝九卿半天不开口，一开口就是一句这么有分量的话。

这一次轮到凤轻尘不说话了，她在思考要怎么回答。

反观蓝九卿，此时却是一脸平静，好似之前纠结的人不是他，这个问题也只是随口一问。可微动的耳朵却泄露了他的心情，很明显，他很紧张也很在意凤轻尘的答案。

"一定要回答吗？"想了半天，凤轻尘也想不出该如何回答，索性避开。

"一定要，很简单，你只要回答是与不是就行。"蓝九卿目光坚定。

凤轻尘无力地叹了口气："这个问题很难回答，你这是强人所难。"

"你就当我是在强人所难。"蓝九卿毫不在意地承认凤轻尘的指控。

"你……"凤轻尘看着蓝九卿，叹了口气。

蓝九卿问这个问题就等于是把她当成了自己人，凤轻尘对此表示荣幸，可蓝九卿每次都是神出鬼没的，不用想也知道他身份不一般，一旦答了"是"，她就等于上了贼船。

虽然她之前没少帮蓝九卿，可性质不一样，她之前帮蓝九卿只是随手相助，她从不掺和他的事情，也不多问他的底细。她一直将自己定位在局外人的位置，可一旦答了"是"，蓝九卿就不会把她当局外人，不可避免，她肯定会卷入到蓝九卿的事情中。

回答"是"会让自己为难，可要回答"不是"凤轻尘又说不出口。她可以肯定，只要她说"不是"，她以后和蓝九卿连朋友都没的做，他也不会再相信她，甚至会防备她。

在蓝九卿身上，她能看到自己以前的生活，紧张、高危、血腥，她不想失去蓝九卿这个朋友，凤轻尘又叹了口气，可怜兮兮地道："能不能换一个问题？"

凤轻尘可怜巴巴的样子就好像讨好主人的小狗一般，蓝九卿顿时心软了，如果是别的事情，他一定会妥协，唯独这一件不行："凤轻尘，就这个问题你必须回答。"

一次比一次强势，蓝九卿用行动证明，他不容凤轻尘拒绝。

"九卿，我以为我们是朋友。"她真的不知道要怎么回答，只得顾左右而言他，希望能忽悠住蓝九卿。

奈何蓝九卿今天来的目的，就是为了这个问题，他怎么会被凤轻尘牵着走："正因为是朋友，我才问你这个问题。"

朋友吗？面具下，蓝九卿的唇角微动，勾起一抹冷笑。

原来，在凤轻尘的心中，蓝九卿只是朋友。不过，这样也好，他暂时还不想改变与凤轻尘的相处模式。

"既然是朋友那你还为难我？蓝九卿，你今晚是来找我麻烦的吧？"凤轻尘暗自流泪，这些男人怎么一个比一个难缠？

九皇叔，西陵天宇，西陵天磊，东陵子洛，南凌锦凡，现在再加上一个蓝九卿，一个个都是麻烦的代名词，凤轻尘突然好想王锦凌。

王锦凌从来不会勉强她，不论她做什么都纵着她，也不会问她原因，只在她需要帮助时，给予她最大的帮助。

"锦凌，我想你了。"凤轻尘在心中默默地道。

无独有偶，此时宿在驿站的王锦凌，一个人孤零零地站在院子里，看着天上的明月，无声地道："轻尘，我想你了！"

树枝微动，静寂无声，更显寂寥。

王锦凌一个人孤零零地赏月，品味相思的味道，凤轻尘则连忙收起自己的小心思，以眼神和蓝九卿较量，希望蓝九卿能妥协。可惜蓝九卿不是王锦凌，不会因为凤轻尘的一句不愿意，就无原则无条件地妥协。

"凤轻尘，把你的回答告诉我。"蓝九卿再次重复，他今天得不到凤轻尘的答案，绝对不会走。

凤轻尘怒了，她不想因为一句话就把自己卖了，可现在这个情况会妥协的只有她。凤轻尘想了想，叹了口气道："蓝九卿，你之前不是要我替你救一个人嘛，你放心，只要你开口，无论对方是谁，我都会尽力救治，哪怕是我的杀父仇人，只要你开口让我救，我便会尽力去救。"

　　见蓝九卿对她的答案不满意，凤轻尘又道："至于你说的是不是你开口，我什么事都会帮你做，我给不了你肯定的答案。我只能说，只要你开口而我又能帮上忙的，我一定会帮你。"

　　这是她能给出的最优答案，她很怕麻烦，能做出这样的承诺已经很不容易了。

　　要知道，就是对待九皇叔与王锦凌，她也没有做出这样的承诺，九皇叔用各种办法逼她制作震天雷，她都咬紧牙关拒绝到底。

　　会给蓝九卿这样的承诺，除了把蓝九卿当朋友外，更多的是承他的情，没有蓝九卿对她的救命之恩，没有蓝九卿，凤轻尘说不定早就死了。

　　这个问题的答案……

　　蓝九卿闭上眼睛，平复自己的情绪。

　　凤轻尘的回答离他想要的答案还有一段距离，可总比敷衍或者拒绝要好。

　　暂时就这样吧，要是把凤轻尘吓跑了，那就得不偿失了。

　　蓝九卿，相信凤轻尘吧，哪怕她身上藏着一个天大的秘密，也试着去相信她吧，这世间有哪个人没有秘密？

　　心里还有一点不舒服，不过比昨晚好多了。

　　"凤轻尘，记住你今天所说的话。"再次睁开眼时，蓝九卿的黑眸一片幽深，凤轻尘已无法从他的眼中看出情绪。

　　这个男人的自制力可怕得吓人。

　　"放心，我会记住自己的话，你现在可以告诉我，你今晚找我，到底要我帮你做什么？"无事不登三宝殿，蓝九卿每次出现不是他有事，就是她正倒霉需要帮助。

　　她和蓝九卿还真是难兄难妹，两个都是麻烦不断的家伙。

　　"我来找你就一定是要你帮忙吗？"蓝九卿望天，想到凤轻尘见到他，一开口就是："蓝九卿，这一次是你受伤了，还是你的朋友受伤了？"就更郁闷。

　　他来找凤轻尘，就一定是有事吗？一定是受了伤吗？他没事就不能来找凤轻尘吗？

　　咳咳，蓝九卿似乎忘了，他每次来找凤轻尘不是他有事，就是凤轻尘有事，这是他第一次来找凤轻尘"闲聊"，实在不能怪凤轻尘多想。

　　"不找我帮忙，那来找我干吗？你可不像有空找我闲聊的人。"看蓝九卿每次受伤都不能好好休养，凤轻尘就知道蓝九卿绝不是闲得没事做的人，人家和她这个小医者不同，人家明显就是做大事的人物。

"我的确很忙。"蓝九卿并不否认这一点，"但，我也不是天天有事做，至少今天就没有。"

其实他今晚也很忙，只是他静不下心来处理那些事情，他脑子里全是凤轻尘，严重影响了工作效率。

他向来行事果断，既然凤轻尘影响到他，他就来消除这个影响，于是便有了此行。

"没事就好，要知道我最近很忙，还真抽不出多少时间去帮你救人。"凤轻尘松了口气，她还真怕自己两头忙，到时候把自己累个半死。

"你是说和苏绾比试的事情？"蓝九卿很清楚，凤轻尘最近忙的"几件大事"。

"是呀，除了这件事，还有什么事能让我这么忙？"如果可以选择，她宁可去治疗最复杂的病人也不想和苏绾比试，这纯粹是浪费时间与精神，最主要的是费时费力后，她还不一定能赢。

虽然这话长他人志气，灭自己威风，可事实就是事实，容不得她否认。

"和苏绾的比试，你可有应对之策？"得到了自己想要的答案，蓝九卿这才有闲情管这种琐事。

"没有，琴棋书画我一窍不通，这东西也不是一天两天就能学会的，就算学会了，我也没办法和苏绾那种学了十几年的人比。这次和苏绾的比试，我胜算不大。"凤轻尘清楚自己有几斤几两重，她除了在医学上有天赋外，其他的都不行。

"那就别比了，我带你走。"蓝九卿连想都没有多想，直接丢出一个重磅炸弹。

凤轻尘吓得直接从椅子上跳了起来："你是开玩笑的吧？"

"我是认真的。"虽然他这话欠考虑了，但也不失为一个好办法，这样的情形凤轻尘除了信任他，依靠他，再也没有别的选择。

他可以彻底地把凤轻尘拉到他的世界里。

凤轻尘狠狠地瞪了蓝九卿一眼，没好气地道："蓝九卿，是朋友就别害我。你很清楚，我要是逃走了，今后我永远就是一个见不得光的人，永远背负着临阵脱逃、不战而败的耻辱。我不可能逃，哪怕是必输的局，我也不会逃，没有赢苏绾的实力不可怕，如果我连与苏绾一战的勇气都没有，那凤轻尘就不是凤轻尘。"

"是我错了。"蓝九卿看了凤轻尘一眼，干脆地承认自己的错误。

他忘了凤轻尘有多么骄傲，当初在城门口面对众人的指责和对未来的不确定，她都有勇气进城、进宫，这个时候又怎会逃避？

"算了，也不怪你，毕竟我和苏绾在琴棋书画方面的差距摆在那里呢。"凤轻尘不在意地挥了挥手。

术业有专攻，她学的就不是琴棋书画，比不上苏绾很正常。但她也不会妄自菲薄，琴棋书画学得再好也只是怡情罢了，她学医至少还能救人，还能养活自己。

　　蓝九卿见凤轻尘消气了，也松了口气，不再继续这个话题，微微别开脸，正好看到凤轻尘放在角落里的琴，惊讶地道："皇后把冰弦琴给了你？"

　　"冰弦琴？你是说它吗？"凤轻尘也不想继续这个话题，见蓝九卿问起角落的琴，便起身将琴拿了过来，放在桌上。

　　"果然是冰弦琴，这把冰弦琴是太子寻能工巧匠耗时三年制成，是太子去年献给皇上的寿礼，皇后怎么会把这把琴给你？这是你自己要的？"

　　蓝九卿的眼中闪过一抹疑惑，宫里好琴多的是，这把冰弦琴并不是最好的，皇后把她赏给凤轻尘，要说没有问题绝不会有人相信。

　　"不是，当时皇后问我要什么，我还没有回答，皇贵妃就来了，皇贵妃把这个问题丢还给了皇后，今天白天皇后才把这琴和比试要用的一些东西赏下来。"凤轻尘本以为只是一把普通的琴，可听蓝九卿这么一说，她才明知道这把琴来头不小。

　　要不是蓝九卿问起，估计没有人知道，皇后赏给她的琴，是太子献给皇上的寿礼。

　　今天皇后把这些东西赏下来时，根本就没有外人在，再加上比试在即，一般情况下也不会有人来打扰她。要不是蓝九卿来了一趟，她到比试的那一天也不会知道这把琴的来历。

　　蓝九卿眼眸微暗，担忧地道："凤轻尘，如果皇后说，这把琴是你自己挑的没有人会怀疑。"

　　真要出了什么事，皇后绝不会承认这把琴是她特意挑给凤轻尘的，而她也有足够的理由。

　　"你是说这把琴有问题？"得知这把琴是太子献给皇上的，凤轻尘就明白了事情不简单，皇后怕是想借这把琴做些什么，而她很不幸，被皇后看中，沦为一枚棋子。

　　这把琴本身肯定没有问题，不然太子也不会把它献给皇上，可是到了凤轻尘手上那就不一定了，蓝九卿一看到这把琴，就嗅到了阴谋的味道。

　　"凤轻尘，这把琴有没有问题我不知道，但我可以肯定，皇后把这把琴给你定有深意。"真要出了事，太子倒霉，凤轻尘也好不了。

　　凤轻尘赞同地点了点头："我明白，皇后肯定不会无缘无故地把太子进献的琴给我，她不会是想把我比试输了的责任推到太子头上吧？"刚一说完，凤轻尘就否定了，"事情应该不会这么简单。"

　　"皇后大费周章地把琴送到你手上，怎么可能只是为了推卸责任。"蓝九卿仔细检查琴身，将冰弦琴反复看了数十遍，也没有发现琴有什么问题。

"琴没问题，可越是没问题里面暗藏的危险也就越大。凤轻尘，皇后这是要向太子出手了，她忍了太子这么多年，恐怕是不想再忍了。她想把东陵子洛推上太子的宝座，就必须先除掉太子，而她一旦出手，太子肯定没有翻身的可能。"

"这把琴……如是你相信我的话，把它交给我，我找人去检查。你放心，无论什么结果我明晚都会把琴原封不动地还回来。"这件事情不单单是凤轻尘的事情，无论如何，他都不能让皇后的计划成功。

"行。"如果连蓝九卿都不能相信，她还能相信谁？她的命都是蓝九卿救的。

时间紧迫，蓝九卿拿起琴就走人，离去前再三提醒凤轻尘仔细些，把皇后赏赐的东西，都检查一遍。

"放心，我会注意的。"事实上不用蓝九卿提醒，凤轻尘也会这么做。

蓝九卿走到门外，又回头看了凤轻尘一眼，看到凤轻尘瘦弱单薄的身子，蓝九卿决定回头让苏文清把凤轻尘的那件暗器送回来，免得遇到危险凤轻尘没有自保的能力。

制作机关、兵器的工匠都在苏文清手上，蓝九卿带着琴来到苏府密室，将冰弦琴交给了苏文清，让他找工匠仔细检查，如果查不出问题，看看能不能在一天之内，仿制出一把一模一样的琴。

他不放心凤轻尘用这把琴比试。

"我尽力让下面的人找出原因，至于仿制恐怕不行，冰弦琴的琴弦用冰蚕丝制成，太子总共也就找到一截，只够做这把琴，天下间再也不会有第二把冰弦琴。"冰弦琴目前是独一无二的，识货的人一眼就能看出来。

"那就这样吧。"蓝九卿不再勉强，他现在只希望苏文清手下的人，能找出这把琴的问题。

"我先把琴送过去。"苏文清抱着琴就往外走，蓝九卿却突然开口提醒："文清，记得把凤轻尘的那件暗器带来。"

"你要还给她？"苏文清脚步一顿，转身问道。

"是，上次遇伏她差点死在路上。"有那件暗器在手，凤轻尘至少有自保的能力了。

九卿做事从来不解释，这是第一次。苏文清意味深长地看了一眼蓝九卿，然后垂下眼眸，视线落在冰弦琴上，重重地点头："好。"

蓝九卿当作没有看到苏文清眼中的深意，静坐在石椅上，等苏文清回来。

步惊云坐在蓝九卿的对面，犹豫了好半天，终于鼓起勇气开口道："九，九卿，你现在不忙吧？"

"有事？"蓝九卿眼皮一抬，略带寒光。

"那个，那个……宝儿她……"步惊云一紧张，就把原来的说辞给忘了。

"宝儿怎么了？发病了？发病了就去找大夫。"蓝九卿一副公事公办的样子。

步惊云原本还觉得理亏，见到蓝九卿这样，当下就怒了："蓝九卿，你这人怎么可以这样，宝儿是你的未婚妻，你居然一点也不关心她。"

"关心她？我要怎么关心她？宝儿不是好好的吗？我既没少她吃，也没少她穿，更没让她为生活奔波，为天下之事忧愁，我这还不叫关心她吗？"蓝九卿不紧不慢地道。

"你是没少宝儿的吃喝，可除了吃喝，你不应该关心一下宝儿的心情吗？她来了这么久，你还没有见过她。作为宝儿的未婚夫，你觉得自己合格吗？九卿，宝儿是人，不是宠物，不是吃饱喝足就行的，她需要人陪，需要人关心。"最主要的是，宝儿需要你，这话步惊云没有说。

"惊云，作为宝儿的未婚夫我让她衣食无忧，让她享受人间富贵，我自认为我已经做到一个未婚夫该做的事情，别忘了宝儿只是我的未婚妻，不是我的妻子。按礼法，未成婚前，我不见她很正常。"别说未婚妻，就是妻子也没有权力要求丈夫陪她。

皇后敢要求皇上陪她、关心她吗？

想要嫁入帝王家，就要做好独守空闺的准备，如果不想独守空闺，就要拥有站在帝王身边的权势与手腕。

很明显，宝儿没有。

"可是，可是……宝儿不一样。"蓝九卿说得在理，作为未婚夫他已经做得够多了，步惊云一时词穷，最后只能扯出这么一个牵强的理由。

"不一样，怎么不一样？"蓝九卿冷笑。

再不一样，也只是一个女人。

"宝儿，宝儿她身体不好，她受不得气，为了她的健康着想，你应该尽量陪着她、顺着她。"世人总会同情弱者，秦宝儿和凤轻尘相比，明显秦宝儿更显娇弱，步惊云自认要求蓝九卿多陪陪秦宝儿并没有错。

"难道就因为她身体不好、受不得气，我就应该陪着她、顺着她吗？步惊云，你别忘了我的身份，别忘了我们要做的事情，你认为我有时间去陪她吗？"

"步惊云，你说我没有做到宝儿未婚夫该做的一切，那么宝儿又做到蓝九卿未婚妻该做的一切吗？她能应付阴谋暗算吗？她能过刀口舔血的生活吗？她能一个人面对危险吗？"

"不能，她什么都不能做。不说这些有危险的事，就是独立生活她都做不到。步惊云，我是蓝九卿，不是成天风花雪月的公子哥儿，我没时间陪宝儿伤春悲秋。"

他和宝儿完全不是一个世界的人，他根本不懂如何与宝儿相处。

步惊云哑口无言，在蓝九卿的强势下，步惊云的气势越来越弱，最后只敢小声嘀咕："我又不要你天天陪，你只要偶尔去看宝儿一眼就好了，宝儿她想你。"

"哼——"蓝九卿冷笑道，"惊云，你应该比我更了解宝儿，只要我看了她一次，那么就会有第二次、第三次，她会一再要求，要求我满足她的欲望，一旦我达不到，我就是不关心她、负了她。惊云，你比我更清楚，我能空下来的时间有多少，而这些时间能满足宝儿的需求吗？"

"这——"步惊云张大着嘴，半天说不出话来。

九卿说得没错，只要九卿见了宝儿一面，宝儿肯定会再做要求，到时候他还要继续劝说九卿吗？

步惊云耷拉着脑袋，不敢再说话。

"哼——"蓝九卿别过脸去，冷笑一声。

想拿我讨美人欢心，你做梦吧，整不死你，我就不叫蓝九卿。

没错，蓝九卿是故意的，宝儿没有他所说的那般无理取闹，他去见宝儿一面当然没问题，可他为什么要让步惊云如愿？

他乐得看步惊云两头受气的模样，乐得看步惊云有气没有地方撒。

"这是怎么了？"苏文清拿着手枪进来时，就看到蓝九卿冷得如同雕像，一动不动，而步惊云则像战败的公鸡，有气无力。

"没事，没事。"苏文清最近明显不待见宝儿，步惊云哪里敢让苏文清知道他劝说蓝九卿去陪宝儿的事情。

可是，九卿不去见宝儿，他要怎么向宝儿交代呀？

一想到宝儿失望、伤心、委屈的眼神，步惊云的心就一阵阵地抽痛。

九卿，你怎么就舍得把宝儿丢在一边？

"呵呵——"苏文清眼珠子一转，就猜到了是怎么一回事。

这几天宝儿闹得很凶，而所谓闹得很凶，并不是对步惊云大哭大叫，而是用她那双如同小鹿一般可怜兮兮的眼睛看步惊云，直把步惊云看到心软为止。

当然，他乐得看好戏，看步惊云左右为难、两头不是人的样子。步惊云今晚没有请动九卿，明天肯定会享受到宝儿哀怨的眼神儿，一想到那画面，苏文清就心情大好。

最难消受美人恩，步惊云他活该，宝儿可不是他们这种刀口舔血的人能招惹的，他们没有那个闲情雅致，陪宝儿冬采雪水、春采花露。

想到步惊云明天的惨样，苏文清很不厚道地笑了起来，在步惊云那杀人般的眼神儿下,淡定地将暗器递给蓝九卿:"九卿,你要的东西。"

蓝九卿看了一眼就放入怀中:"我走了,这几天当心点。"凤轻尘说她最近很忙,没空给他们当大夫。

"放心,出不了什么乱子。"苏文清自信满满,他这段时间无论做什么都顺风顺水,心情大好。

"我相信你。"蓝九卿放心苏文清,他不放心的是步惊云。步惊云管的那摊子事,最近出了不少问题,虽说不至于动摇根本,但累积起来也不可小视。

蓝九卿顾及步惊云的面子一直没有说,可看他完全没有把心思放在正事上,蓝九卿决定还是先敲打一番,以免出什么大纰漏。

"惊云,天下第一庄那边的事情你多盯着一点,被劫的那批丝绸与茶叶找回来了没有?查出来什么人动的手了吗?"

"啊——"步惊云惊慌地站了起来,搔了搔脑袋,心虚地道,"这件事,我……"

话未说完,就被蓝九卿打断了:"七天,从事发到现在已经七天了,你居然一点头绪都没有?惊云,如果你在皇城顾不到庄里的事情,那你就提前回去,皇城这边的事情可以另外安排人接手。"

不是他对步惊云狠心,而是他们这种人没有儿女情长的资格。步惊云可以有喜欢的人与物,但绝不能因此影响到正常的事务。要知道,惊云的一个失误极有可能会造成上百甚至上千人的伤亡。

他们的身上背负了无数人的希望与性命,他们没有任性与放纵的资格。

"三天,三天之内,我一定把这件事查清楚。"步惊云也知道自己最近太混了,当下连忙保证。

当然了,事实上他只是不想离开京城,离开秦宝儿。

"好,三天之内,你要是没有查出来,就自己去刑罚堂领罚,然后回天下第一庄。"蓝九卿丢下这话,转身走人。

步惊云愣在当场,好半天才回过神来,指着蓝九卿离去的方向,步惊云颤抖地问道:"文清,九卿他,他是认真的吗?"

领罚?他从来没有想过有一天,蓝九卿会让他去领罚。

"兄弟,好自为之。"苏文清拍了拍步惊云的肩膀,一脸同情。

九卿想处罚惊云很久了,现在有这么一个光明正大的机会,九卿绝不会放过。当然苏文清也明白,九卿这么做真的是为了惊云好,如果惊云再不认真起来,他很有可能会因为自己的失误而付出惨痛的代价……

第六章　你知道得太多了

凤轻尘是个谨慎的人，蓝九卿走后，凤轻尘将皇后赏赐的东西一一检查过，虽没有发现什么异常，可她仍不打算用皇后赏赐的这些东西。

凤轻尘找苏文清重新买了一套笔墨纸砚，还有一把不是名琴的琴，准备用苏文清送来的东西参赛，可是凤轻尘却低估了皇后的手段。当天下午，宫里传来消息，明天上午巳时，凤轻尘将用冰弦琴在宫里对战苏绾的焦尾琴。

"看样子，我没的选择了。"凤轻尘随手拨了一下琴弦，高高低低的声音倾泻而出，虽然曲不成曲，但绝对不刺耳。

佟珏与佟瑶远远听到琴声，很是欣慰。

她们家小姐终于开始练琴了，可让她们失望的是，凤轻尘就只拨弄出这一道声音来。

两个丫鬟面面相觑，犹豫着要不要进去问一问，但最终还是放弃了。小姐没叫她们，她们进去也没用，小姐不会听她们劝的。

当然，小姐不听她们的劝很正常，小姐是主子，她们是下人，哪有主子听下人的？可虽然这么想，佟珏与佟瑶还是觉得委屈。

比试前一天，皇城涌动，大家都使出十八般武艺，到处打听凤轻尘与苏绾现在在做什么？

苏绾也曾派人去打听凤轻尘的消息，结果得知凤轻尘和前几天一样，在西区小院正常地吃喝、看书，好像明天要与苏绾比试的人不是她一般。

最为重要的是，凤轻尘根本没有派人去打听苏绾的情况，她到现在还不知道苏绾擅长什么曲子？棋风如何、学的是什么字体，擅长画什么？

佟珏与佟瑶也曾提醒过凤轻尘，最好先打听一下苏绾的情况，这样她们也能提早寻个对策，可凤轻尘却直接说不用。

打听？打听有什么用？就像九皇叔所说的那样，在绝对的权势面前，什么阴谋诡计都没用，她就算再了解苏绾的风格也起不了作用，因为她什么都不会。

她现在要做的就是等蓝九卿将琴送回来，至于其他的暂时不考虑，反正兵来将挡，水来土掩，先看苏绾怎么出招再说。

面对凤轻尘的淡定，有人佩服，有人鄙夷，佩服的人说凤轻尘沉稳大气，有王者之风；鄙夷的人则恰恰相反，说凤轻尘早就知道自己技不如人，索性不管不问，破罐子破摔。

王七与谢三绝对是无条件相信凤轻尘的那一类人，打听到凤府的情况后，二人一脸得意。

"看到没？知道什么叫大将之风，什么叫泰山崩于前而面不改色吗？凤轻尘就是，苏家的挑衅，她根本不放在眼里。本公子可以肯定，凤轻尘绝对是胜券在握，不然她怎么可能这么淡定从容。去……给本公子买凤轻尘赢苏绾，一二三四局各一千注。"王七阔绰地掏出四千两银子。

虽说他相信凤轻尘，可也不会盲目地下注，至少他就不认为凤轻尘能赢苏绾五六七八局。

"王七，你抢爷的话。"谢三不满地道，随即又鄙视王七下注的举动，"你这小子，到今天才下注，我可是第一天就下注了。凤轻尘是什么人，她怎么可能输，我就没有见凤轻尘输过，哼……那些小瞧了凤轻尘的人，肯定要吃苦头。"

以王七和谢三为首，聚集了一批无条件相信凤轻尘能赢苏绾的公子、小姐、夫人，虽然人数不多，但胜在有分量，这可是以王谢二大世家公子为首，第一个支持凤轻尘的民间团体。

王七与谢三闹得很大，苏绾又不像凤轻尘那般两耳不闻窗外事，听到王七与谢三的言论，苏绾气得把桌上的茶具砸了个粉碎。

"凤轻尘，死到临头你还要故弄玄虚，赢我？哼，我倒要看看你拿什么赢我，凤轻尘，这一次我定要将你踩在脚底，让你再无翻身的可能。"

"大话谁都会说，苏绾，你能赢凤轻尘几局？"南凌锦凡从外面走了进来，站在门口，看着满地的碎片，摇了摇头。

和凤轻尘相比，苏绾的修养与气度差了不止半点儿，听了几句流言就气成这样，要知道凤轻尘被他当场羞辱都能笑着应对、平静面对，不疾不徐地反击。

说实话，他很欣赏凤轻尘，只可惜因为南凌锦凡和九皇叔注定了是敌人，永远不会成为朋友。

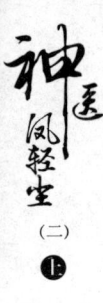

三皇子？他怎么会在这里？

看到南陵锦凡，苏绾眼中闪过一抹惊慌，连忙整理好自己的衣服，确定没有失礼之处，苏绾如同什么都没发生一般，露出得体、端庄的笑容，优雅地上前，朝南陵锦凡行礼："三殿下。"

"免礼。"南陵锦凡掩去眼中的嘲讽，细长的凤眼微挑，无视脚下的碎片，在主位上坐了下来。

从南陵锦凡进来，苏绾脸上的微笑就没有变过，对于眼前的尴尬，丝毫不放在眼中，招了招手示意侍女收拾干净。

"让殿下见笑了。"苏绾并不掩饰自己的错误，大方地承认。

"无妨，说起来我还没有见过绾绾生气的样子，今天算是大开眼界了。凤轻尘实在可恶，竟让我们绾绾气到失手。"南陵锦凡扬起一抹邪肆的笑，配上他那白皙的面容、细长的丹凤眼，看上去邪气十足，亦高傲十足，一副看不起人的样子。

明褒暗贬，苏绾虽然生气，却不敢给南陵锦凡脸色看，脸上的笑容也不曾减半分。

"殿下，您这是成心要羞死绾绾，绾绾不过是一时想左了，气不过才失手砸了这茶具。"苏绾的脸颊适时红了起来，配上她娇羞的眼神儿，很容易让人相信她刚刚是无心之失。

"绾绾这话不对，明明是凤轻尘不对，怎么是你自己想左了。"南陵锦凡还要用苏绾，自然不会在这种小事上让她损了颜面，与她调笑了几句便将此事略过了。

苏绾虽然不满南陵锦凡的态度与语气，但也只能笑着应对，她比任何人都清楚南陵锦凡有多么张狂肆意、残暴肆虐。

他在凤轻尘和九皇叔身上吃了大亏，又没办法找凤轻尘与九皇叔出气，这几天正憋得难受，凡是这几天犯上他的人，都没有好下场。

近日，南陵锦凡的屋里死了不少妙龄女子，那些女子全都是被南陵锦凡凌虐而死。

苏绾很清楚，虽然南陵锦凡不敢用这种方法对待她，可真要惹怒了他，哪怕她是苏家嫡女也没有好果子吃。

苏绾不想撞枪口，看南陵锦凡并没有发怒的征兆，苏绾笑道："殿下，您要见绾绾派个丫鬟来说一句就是，哪敢劳烦殿下亲自过来。"

"绾绾明天就要与凤轻尘比试，本殿下当然要关心一二，毕竟你们苏家与南陵密不可分。"南陵锦凡这是在警告苏绾，她只许胜，不许败。

这场比试本就是苏家提出来的，要是苏绾输了，那可就丢脸丢大了，顺带他也没脸了。

"殿下放心，绾绾虽然学艺不精，但赢凤轻尘的信心还是有的，根据苏家密探得到的消息，凤轻尘琴棋书画一窍不通，这四样，绾绾有信心胜过凤轻尘。"她学了十几年的琴棋书画，天底下能在琴棋书画上赢过她的女子，一只手也数得过来。

南陵锦凡满意地点了点头："本殿下当然相信绾绾的能力，琴棋书画你能赢凤轻尘，那么礼仪、骑射、医术与武术呢？"

见南陵锦凡问得这么仔细，苏绾大约也明白了南陵锦凡此行的目的。

赌局！

南陵锦凡原本想要利用她和凤轻尘的比试，联合东陵一些官员开一个赌局，奈何被凤轻尘与苏文清给搅和了，这个时候来问她比试的事情，想必是要下注了。

苏绾明白这个赌局对南陵锦凡的重要性，他最近到处筹钱，她要是把这事办砸了，绝对不会有好下场。

苏绾不敢想象自己落到南陵锦凡手中的惨样，深吸了口气，思索片刻后才道："殿下，我的礼仪绝不逊色任何名门世家的女子，我有自信在这一项上赢过凤轻尘。至于骑射、医术与武术，我怕是比不过凤轻尘。"

八局，她能赢五局，这是他们原先就算好了的，所以苏绾也没什么好担心的。

"骑射、医术和武术吗？"南陵锦凡眼中的光芒诡异难测，薄唇咧开，露出森白的牙齿，"如果本殿下能让你在这三门赢凤轻尘呢？"

"三殿下？"苏绾猛地抬头，与南陵锦凡的视线相对，又飞快地移开，暗暗吸了口气，用平静的声音问道："殿下的意思是——"

这三项是东陵皇室要求加上去的，苏家也能明白，东陵皇上不想让凤轻尘输得太惨，这个面子苏家要给皇上，所以苏家答应了。

苏家不在意这种小细节，毕竟名门贵女要求琴棋书画、诗、词、礼仪、骑射样样精通，凤轻尘的马术固然好，但苏绾也不会太差，至于医术与武术……苏家人撇嘴，那是好人家女儿该学的东西吗？

"就是你听到的那样，本殿下可以保你在医术和武术上赢凤轻尘，骑射打成平局。苏绾你听着，本殿下要你在这场比试中赢凤轻尘七局。"南陵锦凡站了起来，居高临下地命令道。

如果是平时，苏绾肯定会不爽，可今天她却没有半分不高兴，连忙起身，恭敬地行礼道："殿下放心，苏绾定不负殿下所望。"

赢凤轻尘七局，在她最得意的医术上赢了凤轻尘！

想到那个画面，苏绾就忍不住兴奋起来。她要狠狠地将凤轻尘踩在脚底，她要让九皇叔看看，他看中的女人什么都不是，她苏绾配得起天底下任何男子，反倒是那些男子配不上她，包括九皇叔。

"本殿下相信绾绾是聪明人,好了,你好好准备,本殿下先走了。"南陵锦凡抬着头,掩去眼中的嘲弄与讽刺,高傲地离去。

东陵第一赌局,他南陵锦凡才是最大的赢家!

比试的前一天,这个时候稍微有一点眼色的人,都不会来打扰凤轻尘,可是有一个人例外!

不是这人没有眼色,而是他太了解凤轻尘,知道这个时候来找凤轻尘,根本不存在打扰一说,因为凤轻尘根本就没有备战的打算。

傍晚时分,九皇叔出现在西区小院,一刻钟后,凤轻尘与九皇叔一同上了马车,在侍卫的护送下,高调地朝城外走去。

马车所到之处,围观者众多,但却没有人敢上前挡住九皇叔的去路,只在一旁交头接耳。

"看到没,那就是九皇叔的马车,我刚听我大姨家的表弟说,九皇叔亲自去西区接了凤轻尘,两人一同出城呢。"某个自认消息灵通的人士,正得意地卖弄自己刚刚听到的消息。

"你说马车里坐的人是九皇叔和凤轻尘?难不成御史弹劾的事儿是真的?九皇叔奸淫侄媳?"一名书生打扮的中年男子,嘴巴张得老大,半天合不拢。

"啪——"他同伴拿扇子狠狠敲了他一记,"你胡说八道什么呢,窈窕淑女,君子好逑,凤轻尘还没嫁人呢,她只不过是被人退婚了。"男子义正词严地说完这话后,将呆愣着的中年书生拉到一边,小声地警告:"虞蒙,你不要命了,连九皇叔的坏话也敢说,你忘了那几个弹劾九皇叔的御史的下场了吗?"

中年书生一听,脸色顿时发白:"这可怎么办,这要怎么办?我会不会和那些御史一样,名声扫地,斯文扫地。"虞蒙急得都快哭出来了。

"别担心,九皇叔是大人物,肯定管不到我们这等升斗小民,你以后说话注意点就是了,这可是皇城。"虞蒙的朋友又是一番敲打警告。

虞蒙连连称是,半句反驳的话也不敢说。

街道两边的百姓议论纷纷,茶楼酒肆也不甘落后,一个个都在说着九皇叔带凤轻尘出城的事。

临近比试,九皇叔却把凤轻尘带出城,让人不多想都不行。城门口的茶楼上,西陵天磊看着驶向城外的马车,转身问向夜叶:"你猜九皇叔带凤轻尘出城为了什么事?"

是的,夜城少主夜叶听闻凤轻尘与苏绾要比试,连夜赶到东陵皇城,正好遇到西陵天磊,这个"正好"可不是一般的巧。

"为了比试的事情？"夜叶举起酒杯倚在栏杆上，背对着西陵天磊对空而饮，动作潇洒肆意、狂放不羁，一副风流名士的做派。

在茶楼喝酒的人不多，而喝个酒还摆出这种姿势的人更不多，毫无意外，夜叶成了茶楼的焦点。

夜叶一身锦衣，腰间别了一块洁白无瑕的美玉，一时间吸引了不少人的目光，当然众人也只敢远观。

西陵天磊颇为不满，他混在人群中就是不想暴露身份，夜叶此举与他的原则截然相反，可看在夜叶是他要拉拢的人份上，西陵天磊只得将不满压下。

"我猜不是。"西陵天磊招了招手，示意小二将他的茶也换成酒。

"哦，那是为了什么？"夜叶似乎更感兴趣了，侧身问道，也许是因为喝了酒的原因，他的眼神迷离，没有焦距。

西陵天磊没有回答，而是拎起小二送来的酒坛，仰头喝了一口："好酒。"

"酒当然是好酒，只可惜有酒无菜。"知道西陵天磊故意吊着他，夜叶便不再追问。

西陵天磊想要拉拢他就不会得罪他，更不会在这事上让他不高兴。想要他主动问？做梦吧，真当夜城少主是草包啊！

他要是草包就抓不到步惊云了。

"下次有机会，本……我定要好好招待夜少主。"西陵天磊趁机试探，夜叶没有拒绝："有机会，定要尝一尝西陵的美食。"

两个男人，谈酒、谈吃，没有谈到一句正事，可他们都明白，对方有意向了。

得到夜叶的答复，西陵天磊很干脆地说出自己的推断："凤轻尘医术不凡，师承玄医谷，在医治外伤方面比玄医谷谷主还要强，九皇叔请她出城可不是关心明天的比试。"

"凤轻尘的医术那么厉害？能让九皇叔纡尊降贵地去请她？"夜叶知道凤轻尘会医，但要说她比玄医谷谷主还厉害，夜叶却是不相信。

西陵天磊也没有细说的打算，他见识过凤轻尘的医术，并有幸亲身体验过，看在有可能成为合伙人的份上，西陵天磊好心地提醒道："别小看她，她的医术有独特之处，也许日后能用得上她。"

一个医术高明的医者，向来是各方势力拉拢的对象，越是位高权重者，越是希望自己长生不死。

"一个女人罢了，也就你们才把她当回事，要是凤轻尘真有本事，直接把她娶回去不就得了。怎么？凭殿下你的身份，还娶不到凤轻尘这么一个名声败坏的女人？"夜叶并没有把凤轻尘当回事儿，在他看来，女人再厉害，嫁了人也得乖乖听男人的话。

娶？他也想，可要是那么容易就好办了，要娶凤轻尘可不是简单的事情，当然西陵天磊也绝不会拿太子妃之位来迎娶凤轻尘，凤轻尘还不够格。

"有九皇叔在，想娶她并不容易。"西陵天磊为自己的失败找理由，不是他娶不到，而是九皇叔从中作梗。

"九皇叔也真有意思，困着凤轻尘就是不想她为别人所用吗？"夜叶不无鄙夷道，虽然他不喜欢凤轻尘，但是他也看不惯九皇叔自私的行为。

"也许吧，前几天，九皇叔才让凤轻尘去给我那二哥医治旧疾。"西陵天磊状似无意道。

这就是茶楼的好处，虽处在闹事，围观者众多，可他们二人倚栏而立，前后左右都没办法站人，说话什么的也不用担心被人偷听了去。暗处盯梢的人也只能干着急，只当他们在谈风月，却不知他们当街就谈起正事儿来。

"呵呵——"夜叶轻笑，"九皇叔还真是人尽其用。"

这就是手中有一个医术高强的大夫的好处，如果凤轻尘真能医好西陵天宇的旧疾，那么西陵天宇就欠九皇叔一个天大的人情，日后西陵天宇便不会轻易背离九皇叔。

虽说他们这种人个个自私自利，但也知恩图报，至少不会欠别人情分不还。

"他做事向来深谋远虑，从来不会把时间浪费在一个无用的人身上。"这个他是谁，西陵天磊与夜叶都明白，不仅仅是指九皇叔，他们都是这样的人。

"殿下这是什么意思？让我拉拢凤轻尘？"夜叶眉毛微挑。

"不，我是提醒夜少主多少注意凤轻尘，她明天要和你的表妹比试，夜少主还是多花点心思盯着她，以免她在最后关头耍花招。"夜叶喜欢苏绾这件事，只要消息稍微灵通一点的人都知道。

西陵天磊也打过苏绾的主意，南陵苏家用得好那也是一个大助力，不过有夜叶在，他就将苏绾放弃了，他不能为了拉拢苏家，而得罪夜城未来的城主。

"殿下的好意夜叶心领了，不过我对表妹的才艺十分放心，苏家女儿个个才貌双全，凤轻尘再耍花招也无用。"在这一点上，夜叶与苏绾同样自信。

不过，夜叶还是提前告辞了。防人之心不可无，能入九皇叔眼的女人绝不是什么普通人，比试在即，凤轻尘还有闲情雅致陪九皇叔出城救人，要说凤轻尘没有准备，他也不信。

西陵天磊没有挽留，他知道夜叶将他的话听进去了，他卖了夜叶一个好，这样就行了。

至于西陵天宇的腿疾……

说实话，西陵天磊一点也不担心，连玄医谷谷主都放弃的人，凤轻尘能治好？

西陵天宇的腿疾可不是王锦凌的眼疾，王锦凌就算看不清，可那双眼却是在的，可西陵天宇呢，他的腿没了，他不信凤轻尘能让西陵天宇重新长出一条腿来。

西陵天磊一甩衣袖，走出茶楼，对于身后的尾巴，西陵天磊直接当作没看到。混入人群中，听着街上的小贩们还在议论九皇叔携美出城的事情，西陵天磊的嘴角扬起一抹冷笑，趁身后的尾巴不注意时，三两步拐入人群中，很快就消失不见了。

马车里，凤轻尘正与九皇叔大眼瞪小眼。

凤轻尘快气疯了！

临近比试，她的一举一动都被人盯着，被人放大来说，九皇叔是嫌她的麻烦还不够多吗？居然在这个时候大张旗鼓地接她出城，带着她招摇过市。

虽然没有亲眼所见，但凤轻尘也能想象皇城的热闹，那些人定会认为九皇叔接她出城，是为了明天比试的事情，可只有她才知道九皇叔接她出城，是让她去看西陵天宇的伤。

据说西陵天宇醒来后，一直叫痛，伤口也在渗血。

病人是大爷，哪怕九皇叔行事高调、语气冰冷、态度傲慢，凤轻尘也忍了，一句话都不多说，乖乖地跟九皇叔上车。

最主要的是，凤轻尘发现九皇叔今天的态度很不对劲，坐在马车上一言不语，冰冷得如同他们初见时那般。

心里隐约有些不舒服，可凤轻尘并没有表现出来，气了一会儿后，便靠在马车上闭目养神。

她和九皇叔能回到最初，也挺好的。人不风流枉年少，她对九皇叔的爱慕，就当是年少轻狂的一个梦吧，凤轻尘右手紧握成拳，又缓缓松开。

马车停在九皇叔城外的别院，因为九皇叔冷漠疏离的态度，凤轻尘很乖觉地没有多话。在车上等了半天，九皇叔仍旧坐在马车里一动不动，凤轻尘犹豫了一下，然后自己打开车门下车，而她没有看到九皇叔那瞬间阴沉下来的脸。

笨女人！

九皇叔气得快呕血了。

没看到他在生气吗？她就不懂主动上前说几句好听的话吗？

九皇叔气得差点儿把马车给砸了，凤轻尘下去了半天他依旧不动，那样子就好像生了闷气，等父母去哄的小孩子，可惜九皇叔不是小孩子，凤轻尘也没有为人父母的自觉。

凤轻尘在马车外等了半天，以眼神询问身侧的侍卫："你们不去提醒九皇叔下马车吗？"

侍卫犹豫片刻，咬牙上前："王爷，别院到了。"

不是自己等的那个声音，九皇叔的火气更大了，"咚"的一声，一拳砸在车厢上，车厢晃动，侍卫们脸色唰地一下就白了，咚的一声跪下。

"请王爷恕罪。"

他们可以肯定马车内没有刺客，也没有可疑人等靠近马车，唯一的解释就是他们家爷正在生气，虽然他们不知原因，但作为下人他们只要承受主子的怒火就行了。

马车外的人都跪了下来，只有凤轻尘一个人站着，为表合群，凤轻尘犹豫了一下，也准备屈膝跪下。

不要以为她奴性十足，而是鹤立鸡群不是什么好事。要是九皇叔下马车后，发现就她一个人站着，那怒火定是要对着她发，安全起见，她决定从大流。

奈何凤轻尘的速度太慢了，她刚屈膝，九皇叔就从马车上下来了，看到凤轻尘准备跪下，九皇叔一脸阴冷地道："都跪下干什么？起来。"

"谢王爷不罪之恩。"侍卫们纷纷站了起来，凤轻尘自然也不用跪了。

"哼——"九皇叔大步朝里走去，路过凤轻尘身边时，冷哼了一句。

奈何凤轻尘根本没注意，她的视线落在九皇叔藏在衣袖的右手上，刚刚那一拳，九皇叔打得马车都震动了，右手肯定受伤了。

凤轻尘思量着，她是不是要上前问一句，九皇叔的右手要不要包扎呢？

可转念一想又否定了，这么一点小伤又要不了命，九皇叔身边多的是大夫，哪里轮得到她献殷勤。

凤轻尘小跑着跟了进去。

凤轻尘投注在九皇叔手上的眼神那般"火热"，除非九皇叔是死人，不然怎么会不知道凤轻尘落在他手上的视线，九皇叔面上不显，心里却是有点小得意。

他就知道凤轻尘还是担心他的，她虽然隐瞒了不少的事，可一见到他受伤，不就立马忧心了嘛。

九皇叔心里得意得直冒泡，面上却是一本正经，一脸严肃，无视凤轻尘担忧的眼神，九皇叔将受伤的右手藏在衣袖中。

他手上的伤是新伤加旧伤，当然不能让凤轻尘看到，更不能让她包扎，所以凤轻尘，你就多担心一下吧。

到了别院，九皇叔与凤轻尘略作乔装，两人带着十八个护卫，骑马朝西陵天宇所在的山谷赶去。

有了上次失败的经验，九皇叔已经打消了和凤轻尘共乘一骑的念头，可是凤轻尘却哀怨地看着分给自己的马，内心各种咆哮：她今天好想和九皇叔共乘一骑呀，她可不可以把这匹马退掉？

之前是晚上，天色乌漆麻黑的，她什么也看不清，也不可能记清路，独自骑一匹马凤轻尘一点负担也没有。

可是，现在不一样，现在是白天，她独自骑一匹马就表示她会把路记住。

知道得越多，死得越快，她真心不想知道九皇叔的事情，凤轻尘哀怨地看着九皇叔，希望九皇叔能改变主意。

奈何她和九皇叔的脑电波不一样，他们也没有强大到可以凭意识交流，见凤轻尘迟迟不肯上马，九皇叔以为凤轻尘担心他的伤势，扬了扬已经包扎好的右手，命令道："出发。"

凤轻尘无奈，她也没法主动说要与九皇叔共乘一骑，她脸皮还没有厚到那个程度，只得磨磨蹭蹭地上了马。

"驾！"

一扬马鞭，追着九皇叔朝山谷赶去。

一路上，凤轻尘都十分不安，生怕九皇叔会嫌她知道得太多，会把她圈禁起来，可等她来到谷底，凤轻尘却平静了下来。

上次来是晚上她没有看真切，这次她把路都记清了，也知道九皇叔不会杀她灭口，因为九皇叔的这处秘密基地在峡谷深处，进出只有一条路，就算被人发现了，轻易也进不来。

九皇叔根本不需要杀她灭口！

凤轻尘长长地松了口气，可不等她把这口气缓过来，就听到九皇叔冷冷的下令："带她去找二皇子。"

说完，九皇叔就把她一个人丢下走了。

凤轻尘愣住了，站在原地看着九皇叔渐行渐远，直到侍卫再三提醒才反应过来，随侍卫一同去见西陵天宇。

"二皇子。"凤轻尘一进去，就接过了护卫手上的药箱。

"凤轻尘，快，看看本殿下的腿。"西陵天宇双眼布满了血丝，见凤轻尘进来，连忙坐直，不等侍女上前就将被子掀开，完全没有平日的冷静与稳重。

"殿下别乱动。"凤轻尘比侍女的动作更快，先一步上前按住西陵天宇，以免他伤了自己。

西陵天宇的情况很不好，不是指他的伤势，而是指他的精神状况，他太紧张、太不安。凤轻尘不知道发生了什么事情，但却可以肯定不是什么好事。

"凤轻尘，你快看看本殿下的腿，还有救吗？"西陵天宇紧握着凤轻尘的双手，一脸急切，颤抖的双手充分表明了他心中的不安。

凤轻尘眉头紧皱，用力抽回自己的手，她不喜欢有人碰她的手。

西陵天宇也不在意，握不住凤轻尘的手就改拽她的衣服，凤轻尘看了一眼，没有多说，而是冷冷地瞪了一眼屋内的侍女："发生了什么事？"

她可以肯定一定是出了什么事，不然西陵天宇不会这么慌张，可是侍女听到她的话，却是慌忙地别开脸，低下头，一个个假装没有听到。

凤轻尘看一眼，就知道她问不出答案，便不再问，轻声安慰了西陵天宇几句，示意他松手："殿下别担心，让我先看看，不会有事的。"不管如何，先安抚好病人再说。

"好，好好。"西陵天宇松开手，可眼中的担忧与不安没有减少半分。

凤轻尘不再多说，随手拉来一把椅子，将药箱放在上面，正准备再拉一把椅子过来坐时，侍女机灵地给她搬了过来。

"谢谢。"凤轻尘点头致谢，开始查看西陵天宇的腿伤，她一掀开被子眉头就打结了。

她怕手术刀口裂开，特意在刀口处绑了一个类似护膝的保护罩，可现在那个保护罩却是歪歪扭扭挂在腿上，很明显是有人拆开过，拆的人手法极其生疏。

不听话的病人最讨厌了，自作主张的病人最讨厌了。

看在对方是西陵皇子的份上，凤轻尘忍了，一脸严肃地取出剪刀，直接剪掉防护罩。

绷带也被拆开了，虽然按原样绑了回去，但却不够紧，估计绑的人不太敢用力。除此之外，刀口还渗血了，绷带上明显有血迹，且量不少。

凤轻尘的脸色越来越难看，"凤……"西陵天宇正想问自己的腿有没事，却被凤轻尘狠狠地瞪了一眼，西陵天守吓得一缩，乖乖地闭嘴。

这样的凤轻尘好可怕，一个眼神就能让人心虚，不敢与之对视。

西陵天宇就像是做错事的小孩子，乖乖地坐在那里，不敢乱动，也不敢说话，睁着一双布满血丝的大眼，看着凤轻尘熟练地解开他腿上的绷带。

侍女更是连大气都不敢喘一下，室内除了凤轻尘拆绷带的声音，什么声音都没有。

诚如凤轻尘所预料，西陵天宇的刀口裂开了，严重的那一处甚至红肿了，隐约有化脓的迹象。

这才短短一天，西陵天宇就把自己的刀口弄成这样，还真是有本事。西陵天宇是嫌她不够忙吗？不知道她明天就要和苏绾比试吗？

"殿下，最好不要有下一次。"凤轻尘语气不善地道，西陵天宇连连点头，"不会，不会，我不会再乱来。"虽然凤轻尘什么也没有说，可西陵天宇清楚凤轻尘肯定知道他做了什么。

凤轻尘将染血的绷带丢在一边，用棉花将伤口的血水吸干净，毫不在意西陵天宇的感受，只专心地做着自己的事。

待到血水吸干净后，凤轻尘再次对西陵天宇道："二皇子，我要把你伤口上腐烂的肉剪掉，会很痛，你忍着点儿。"

"哦，好。"西陵天宇正看着自己的"腿"发呆，眼中闪着泪花。

他的腿终于"长"出来了，看到这个刀口和看到义肢的感觉完全不一样，这个丑陋的刀口，在西陵天宇的眼中却是最美的纹路。

他终于可以行走了，终于可以和正常人一样行走了。十五年了，自从这条腿被废后，他整整十五年没有体会过行走的滋味。

他的伤口会裂开、沱血，是因为他醒来后太过急切地想要知道自己的"腿"到底什么情况，不顾侍女的阻拦，强行拆开绷带。

不过，他并没有拆到最后，因为太过激动，他不小心把刀口弄痛了，有血迹渗了出来，侍女死活拦着，他也怕出事，便顺着台阶而下。

看到自己"长"出来的腿，想到三个月后自己就能正常行走，西陵天宇一阵狂喜，让侍女拿酒来，他要好好地畅饮几杯。

侍女说凤轻尘叮嘱过，伤口恢复期间不能喝酒，最后拗不过他，送来一小坛，结果就变成这个样子了。

"你们按住二皇子。"凤轻尘示意侍女上前，将西陵天宇压住。

"不用，我保证会一动不动。"西陵天宇扬手制止侍女上前。

一个大男人，连这点痛都受不得，那得多丢脸。

"希望二皇子能做到。"男人的骄傲凤轻尘懂，哪怕这个男人只有十几岁。

切除腐肉虽然痛，但绝对在可以忍受的范围。

她对二皇子的忍痛能力有信心，要知道二皇子的意志力不比她差。

伤口开裂、化脓，并不是多难处理的伤，凤轻尘之所以冷着一张脸，不过是想给西陵天宇一个警告，让他安分一些。

一个不配合的病人，会给大夫带来很多不必要的麻烦，她要将麻烦扼杀在摇篮里。

将伤口再次缝合，又专心地上好药后，凤轻尘才松了口气。

"凤大夫，这就没问题了？"西陵天宇看了一眼被绑成像粽子似的左腿，松了口气。

凤轻尘果然不凡，难怪能让九皇叔眼光那么高的人倾心，这样的女子他要是先遇上，也不会放过，无关情爱，只因为凤轻尘这个人值得。可惜，他晚了九皇叔一步。

凤轻尘一边收拾药箱，一边道："暂时不会有问题，二皇子你自己也要多注意一些，没事别再折腾你的腿了，伤口不能再裂开，下次我可不会这么好说话。另外，二皇子你切记，千万要忌口，我上面写的不能吃的食物，这三个月你最好连碰都别碰，否则后果自负。"

不是凤轻尘威胁西陵天宇，实在是他太一意孤行，根本不听人劝。要知道西陵天宇的刀口并不是普通人的手术刀口，而是义肢与残肢的刀口。义肢与残肢本就很难长合，西陵天宇再闹下去，极有可能让义肢与残肢无法融合，到时候就是真正得截肢了。

"我明白了，不会再有下一次。"西陵天宇长这么大，还没有被人这么训过，可偏偏他有错在先，再加上凤轻尘也是为他好，他即使再不满也只能认了。

"你们几个也一样，真要是为二皇子好，就别答应他无理的要求。不是每一次有问题我都能及时地出现，明天我就要跟苏绾比试，到时候是否有空，我自己都不知道。"凤轻尘"啪"的一声盖好药箱，又对西陵天宇的侍女说道。

"是，凤小姐。"西陵天宇的侍女比上次乖了许多，大概是把凤轻尘当半个主子看了，可惜凤轻尘并不领情，提着药箱就走人。

她明天就要和苏绾比试，九皇叔与西陵天宇却在今天傍晚把她拎过来，真不知是太看得起她还是太自私，这两个人只想着自己，根本没有把她的事当一回事。

西陵天宇不知道，九皇叔难道还不知道，她和苏绾之间的比试是怎么一回事吗？要不是九皇叔，她哪里会沦落到进退两难的境地。

"凤……"西陵天宇本想关心一下明天比试的事情，可惜凤轻尘只留了一个背影给他。

"真是一只小辣椒，恐怕也只有九皇叔才敢下口，一般人可不敢碰。"西陵天宇为自己找了个台阶下，侍女心里明白，自家殿下在凤轻尘手上吃了憋，可偏偏又不能拿她怎么样，现在正自我安慰呢。

侍女低头嗤笑，心中暗乐，果然是一物降一物，她们家殿下总算遇到能制服他的人了。

凤轻尘一出门，就看到九皇叔站在木屋前，双手背在身后，整个人沐浴在夕阳中，身上有一层极淡的光晕，看上去神圣而又孤洁。

凤轻尘有一刹那的失神，待到回过神后，才想到九皇叔可能是在等她，不然九皇叔站在哪里不好，怎么就站在了西陵天宇的小屋前？

"九皇叔。"凤轻尘轻声道。

"二皇子的伤势如何？"九皇叔转身，背对着光，使得他的脸也有些模糊。

"一切如常。"凤轻尘眨了眨眼，好让自己适应这强光。

"没事便好，走，陪本王转转。"九皇叔不给凤轻尘拒绝的机会，直接就朝左侧的小道走去。

嗯，他记得那里的风景不错，凤轻尘应该会喜欢，九皇叔如是想。

"九皇叔，有什么事情请你直说，我还要赶回城。"如果是平时，凤轻尘不介意耽误这一时半刻，可今天不行。

她就算再淡定、再不担心明天的比试也要花时间准备，冰弦琴的事情还没有解决，她哪里有闲情陪九皇叔转转。

九皇叔脚步一顿，身子一僵，转身盯着凤轻尘看了半天，凤轻尘却一副波澜不惊的样子，九皇叔气到内伤。

"你在担心明天比试的事情？"好在九皇叔还有理智，知道凤轻尘为何急着回城。

"是。"

"你居然会担心明天的比试？"从宣布比试到今天，凤轻尘都是云淡风轻的样子，九皇叔一直以为凤轻尘有必胜的把握。

"当然会担心了。"事关自己的生死，她怎么可能不担心？也不知道皇后到底玩什么花招，凤轻尘现在只希望蓝九卿能找出藏在冰弦琴中的隐患。

"怎么？你不认为自己会赢？"

"任何比试胜负都是五五之数，还未曾开始，我又怎么能肯定自己会赢？"就算有万全的把握也难保不会有意外发生，不到最后一刻，谁也不能说自己是赢家。

凤轻尘从不高估自己，也不小看敌人，明天的比试，苏绾是个强敌。

九皇叔沉默半刻后道："如果你不想的话，本王可以帮你取消明天的比试。"

"多谢九皇叔的好意，取消就不必了。我虽然未必会赢，但至少不会输得太难看，还是那句话，胜负是五五之数，不到最后，谁也不知结果如何。"凤轻尘不客气地拒绝。

取消？九皇叔要真想取消她与苏绾的比试，当初就不会挑起苏家对她的敌意，要知道明天的比试，完全是九皇叔一手促成的，她和苏绾不过是九皇叔手中的棋子。

自从九皇叔告诉她，他喜欢她，事情就一件接一件地出，九皇叔怪她不相信他，可事实摆在面前她要怎么相信九皇叔？

她也不是不相信，她只是想要确定罢了，可九皇叔却不肯正面回答。

"你尽管放手与苏绾一斗，无论出了什么事，记住有本王在，没人能伤你分毫。"九皇叔知道凤轻尘的担忧，当下做出保证。

无论发生什么事，他都不会让凤轻尘有事。

"多谢九皇叔。"凤轻尘却没有把九皇叔的保证当一回事,在足够的利益面前,任何人都可以被牺牲,她凤轻尘亦不例外。

"本王派人护送你回京。"九皇叔不再勉强凤轻尘陪他看风景,峡谷一直在这里,凤轻尘什么时候过来都行。

"多谢九皇叔。"好像除了道谢凤轻尘再也找不到话说一般。

面对生疏有礼的凤轻尘,九皇叔轻轻地叹了口气,没有多说。

也许这样也好,有点小距离,有点小秘密,给彼此足够的空间,他们未来的路还长着呢。

风光出城,低调归来,说的就是凤轻尘,如果不是有九皇叔的护卫相送,众人都怀疑凤轻尘被九皇叔抛弃了,又或者是凤轻尘惹九皇叔生气了,以至于九皇叔一怒之下,把凤轻尘赶回来了。

众说纷纭,各种各样的版本都有,而当事人一个远在城外别院没有回京,一个则直接入府,闭门谢客。

于是,流言更夸张了,有人说九皇叔嫌弃凤轻尘,因为她不是苏绾的对手;也有人说凤轻尘生九皇叔的气,毕竟她和苏绾之争,就是因为九皇叔。

当然这算是比较靠谱的流言,还有一些离谱的则说什么九皇叔要凤轻尘陪客,凤轻尘不愿意,一怒之下回城了。

九皇叔不在皇城没有人镇压,各种难听的流言都出来了,而最终众人得出来的结论是:明天比琴,凤轻尘必败!

这个流言当然也传到了苏绾的耳朵里,事实上夜叶和西陵天磊分开后,第一时间就来找苏绾,把凤轻尘与九皇叔联袂出城的事情说了一遍。

起初,苏绾没有放在心上,可看到凤轻尘一个人回城,她就不禁多想了。

"表哥,你说九皇叔这是什么意思?"苏绾真心觉得九皇叔这人心思太诡异了,实在难猜。

"也许就是西陵天磊说的那个可能,九皇叔让凤轻尘医治西陵天宇,之前九皇叔对凤轻尘表现出一副情深不寿的样子,估计就是为了让凤轻尘尽心医治西陵天宇。"夜叶不认为九皇叔会无缘无故地对凤轻尘好,一个半点价值都没有的女人,不值得九皇叔花心思。

就好比他喜欢苏绾,可苏绾要不是苏家嫡女,他也不会花这么多的心思在苏绾身上,他直接强娶了就是。

"如果真是这样,那是不是说九皇叔根本没有把凤轻尘放在心上?不然他也不会在这个当口,让凤轻尘去给西陵天宇医腿疾。"苏绾的眼中闪过一抹嘲弄的笑,想到初见时九皇叔的傲慢、凤轻尘的讨好，越发觉得有这个可能。

九皇叔只是在利用凤轻尘。

"也许吧，如果真在意的话，凤轻尘和你比琴就不会用皇后所赐的冰弦琴，我记得九皇叔府上就有一把好琴。"夜叶尽量说出让苏绾宽心的消息，因为弹琴需要心平气静。

"呵——"苏绾嗤笑一声，"我还以为凤轻尘有多特别呢，说来说去不过是一颗棋子，可怜的女人。"

"凤轻尘的确可怜，可还不值得表妹你同情，表妹你早点休息养足精神，明天好狠狠地挫挫凤轻尘的锐气。今天晚上表哥会去凤府盯着凤轻尘，绝不让她有机会使阴招。"和苏绾比琴棋书画，凤轻尘除了使阴招外，就没有赢的可能，这是大家都默认的事实。

"还是表哥对绾绾好，有表哥在绾绾什么都不用怕了。"苏绾一脸崇拜，适时再来一个脸红娇羞，夜叶顿时被迷得丢了魂，立马回以一个深情的眼神，"表哥不对绾绾好还能对谁好，绾绾尽管放宽心，其他的事情都交给表哥来办。"

夜叶是个胆大心细的人，他很清楚凤轻尘暂住的小院外有不少暗卫，巧妙地避开了暗卫，夜叶在凤轻尘屋子对面的树上，找了个隐蔽的位置藏身。

虽然距离远了些，但却可以将凤轻尘屋内和整个小院的情况看得清清楚楚，凤轻尘或者凤府的人一旦有异常，他能在第一时间发现。

一刻钟后，夜叶看到凤轻尘抱着一个包袱，趁人不注意时丢到厨房烧了。隔得太远了再加上天色太暗，夜叶看不清凤轻尘烧的是什么，凤轻尘也细心确定东西烧成灰后才离开。

夜叶无聊地打了个哈欠，哈欠打到一半，后颈突然一痛，身子一僵……

糟了，被人暗算了。

夜叶想要转身，可惜来不及了，最终只能两眼一闭直挺挺地往后倒去，蓝九卿适时将人接住，冷笑了一声，朝暗处的护卫打了个手势。

"主子。"暗卫如同幽灵一般出现在蓝九卿的面前。

"把人送到步惊云的手上，让他以牙还牙。"蓝九卿冷冷地道。

当初，夜叶抓了步惊云，直接把步惊云剥干净挂在圆盘上，步惊云到死都不会忘记这个耻辱，现在夜叶落到他手上，下场可想而知。

"是，主子。"暗卫背起夜叶，就朝苏府方向跑去。

隐在暗处的小丑解决了，可是他们却没有找出冰弦琴的秘密。不得不说，皇后这一招实在是高，高到他明知有问题却不知如何解决。

蓝九卿抱着琴走进凤轻尘的房间，没有意外，凤轻尘的第一句话就是："九卿，查出来了吗？"

"没有。"不想让凤轻尘失望，可事实却不容他改变。

"连你的人也查不出来，这琴会不会根本就没有问题？"凤轻尘提出心中的疑问。

"我也希望没有，但你我都明白，以皇后的为人，这琴绝不可能没有问题。"皇后赏的东西都很普通，唯有这把琴，来历有点意思。

"太子下午派人来送信，隐晦地说了一下冰弦琴的事，让我多注意。"太子都看出来了，她哪里还能再自欺欺人。

"太子最近压力很大，皇上把几个成年的皇子都留在城里，就意味着他准备重立太子，这个时候太子出不得一丝错。"皇上大概也知道太子命不久矣，所以才会把几个藩王都留下。

"最是无情帝王家，太子也是一个可怜人，要不是有九皇叔扶持，他估计早就被废了吧？"凤轻尘感慨了一句，心思都放在冰弦琴上，没有看到蓝九卿眼中一闪而过的错愕。

是的，错愕。

蓝九卿没有想到，凤轻尘居然会跟他说这么隐秘的事情，看似平常的一句话，却透着亲昵，要知道凤轻尘从不在他面前说别人的事情。

蓝九卿目光微闪，试探地追问了一句："你是说这些年来，一直是九皇叔在保护太子？为什么？"

凤轻尘抚弄琴弦的手一顿，抬头笑了笑："我随口一说，你别当真。"

蓝九卿眼神微暗，说不出来是伤心还是窃喜，不过有一点可以肯定，那就是凤轻尘同样不会把他的事情透露给别人。

这个女人一身秘密，可口风却是很紧。

两人各怀心事，有一搭没一搭地聊着，突然间只听"当"的一声响起，凤轻尘惊呼："九卿，我找到了，你看……"

"居然是这种东西，皇后好歹毒的用心。"蓝九卿低头一看，无比庆幸凤轻尘运气好，这么隐秘，居然让她找出来了……

第七章　当众求娶凤轻尘

和风习习，阳光灿烂，正是适合郊游的好日子，凤轻尘今天也算是去郊游了，只不过她郊游的地方很特别，是东陵的御花园。

一大早，宫里就派侍卫将她和苏绾接了过来，幸亏凤轻尘早有准备，天还没亮就起来了，早早地打扮好，当宣旨的太监看到凤轻尘时，着实惊艳了一把。

凤小姐今天绝对是艳冠群芳，琴艺他是不知，但这气势肯定能压苏绾一头。

"凤小姐，请……"人人爱美人，哪怕是太监，见到美得不可方物的凤轻尘，也忍不住想讨好一下。

"多谢公公。"凤轻尘一如既往，该给的打赏毫不手软。

钱这种东西够用就好，她虽然爱财但从不贪财。钱本就是赚来用的，凤轻尘花钱一向大手大脚，打赏起来那也是大手笔。

人家都是给几两几两的碎银，她直接就是十两十两地出手，对于宫里的太监直接就是百两银票。

得了银子，再加上对方又是个赏心悦目的大美人，太监有心买好，在凤轻尘上宫轿时，状似开玩笑地提醒道："今天的御花园可是贵人云集。皇上、九皇叔、太子、洛王、皇后娘娘、皇贵妃娘娘、贤妃娘娘自是不用说了；南陵三皇子、西陵的太子也早早地就到了；甚至连名满天下的大琴师元希先生也来了，太傅、太保、太师更是座上宾。"

最后四个人的名字咬得极重，是在提醒凤轻尘，有资格评判胜负的便是这最后四人。

"公公说得是，确实是贵人云集。"凤轻尘含笑领情，抱着琴盒坐了进去。

凤轻尘知道元希先生这个人，元希先生姓什么几乎没有人知道，有人说他是崔氏后人，也有人说他是前朝皇室后人，面对众人的质问，元希先生既不承认也不否认。

关于元希先生的身份，众说纷纭，可大家都是猜测，没有半点证据，不过世人都认为崔氏后人更靠谱些，要真是前朝皇室后人，四国皇帝早就杀了他了。

虽然身份是个谜，可并不影响他受世人追捧。元希先生长相俊美，气质温润，又弹得一手好琴。他的琴技被四国皇帝、九城城主都称赞为天下第一，可偏偏他却说自己只是天下第二，有一个人的琴艺比他好上千百倍，至于那个人是谁，他却是不说。

一般人听到元希先生出席，定会失了平日的稳重与水准，要知道元希先生可是大师级的人物，在他面前弹琴，那需要相当大的勇气与自信。

就连自信如苏绾，当初也犹豫了许久，才同意请元希先生来做裁判。苏绾的琴艺比不上元希先生是肯定的，苏绾担心的是元希先生评判她的琴技时不留情面，到时候即使她赢了凤轻尘也会落面子。

当然，凡事都有双面，如果元希先生能当众赞一句苏绾的琴艺好，那么苏绾就扬名了，诚如凤轻尘所言，结局未出来之前，一切都是五五之数。

而这些与凤轻尘无关，她本就没打算当众丢脸，弹琴什么的那是浮云。

凤轻尘住得偏，所以她是最后一个到的人。凤轻尘抱着琴，低着头，在宫女的引领下朝皇上行了个大礼，皇上看到凤轻尘的装扮眉头微动，熟知皇上的人都知道，他这是不满凤轻尘的穿着。

一身黑衣，实在不能算出彩，再看苏绾，一袭粉蓝色的宫装，清新又不失俏丽，端庄中又透着温婉，完美展示了苏家女儿的贵气与柔美，让人看着就舒心。凤轻尘和苏绾一比，就落了下乘。

"免礼。"不满归不满，这个时候皇上也不便多说，可是当凤轻尘起身时，他才发现他错了！

皇上万万没有想到，自己也有看走眼的一天，凤轻尘这一身黑衣并不是他所想的那般，凤轻尘这件黑衣内有乾坤。

当凤轻尘站起来时，衣摆和衣袖处流动着金色水纹，如同活水一般流转、撞击，皇上甚至能听到水流的声音。

是的，是水纹，衣摆晃动，衣服上忽明忽暗的金线如同水流一般来回流动。

衣服秉承了凤轻尘的一贯风格，宽大的水袖，飘逸的裙摆，风流肆意，而最妙的就是衣服上金色的纹路，还有金色的腰带上用黑色丝线绣出来的莲花。

明明只用了黑色的丝线，可那莲花却像是活的一般，一朵朵立在腰带上，不得不说这绣活儿绝了。

当然，衣服精美也要主人穿得出来，皇上见识过凤轻尘穿红衣时的贵气与娇艳，一直以为凤轻尘最适合的颜色是正红,不想今日才明白,最能展现凤轻尘气质的颜色居然是黑色。

跪在那里还不觉得,可一站起来就会发现凤轻尘整个人都不一样了,神秘、高贵、冷艳,让人不敢逼视,深邃的黑眸、微扬的下颌,告诉众人什么叫女王。

皇贵妃与贤妃还好,皇后就绷不住了,凤轻尘一介草民,居然比她这个皇后还有气势,这算什么?可今天的场合却容不得她发怒,皇后只能暗自咬碎一口银牙。

黑色,在前朝曾是帝王龙袍的颜色,现在四国嫌黑色阴沉才改用明黄,可今日一见才发现,原来最能体现尊贵之气的还是黑色。

在气势上,凤轻尘完胜。

"一次比一次更惊艳,凤轻尘成长的速度也太快了。"西陵天磊想到第一次见凤轻尘,她还是个遇事只会哭的小女人,可一年不到,昔日唯唯诺诺的小女人就变得这般强势与耀眼,让人不敢逼视。

不知洛王殿下可曾后悔?

这是在场众男人的心声,南陵锦凡细长的丹凤眼微微上挑,似笑非笑地看向东陵子洛,脸上挂着嘲弄的笑容。

东陵子洛难堪地别开眼睛,假装没有看到。

他是后悔的,可现在后悔也无用,凤轻尘不会嫁他,瑶华要嫁给子淳,到头来他什么都没有,也许只剩下太子之位了。

凤轻尘强大的女王气场不是苏绾那朵小蓝花能比的,苏绾有自知之明,和皇后一样只能咬牙切齿,拼命地压下心中的怒火,不停地告诉自己要冷静,要冷静。

凤轻尘是故意的,故意这般张扬高调,好乱她心神,让她无法冷静弹琴。

元希先生与太师、太傅和太保四人,虽然坐在角落,却将这一幕尽收眼底,四人朝凤轻尘赞赏地点了点头。

前一秒低调内敛,下一秒光芒万丈,气势收发自如,仅这心态苏绾就是再练个几十年都比不上,哪怕是皇后也要略逊一筹,皇后与苏绾等人的气势能放不能收。

凤轻尘察觉到四位裁判的眼神,朝四人微微点头算是打了招呼,随即一脸冷傲地抱着琴坐在自己的位置上一动不动。

虽然她也想看看名满天下的元希先生长什么样,可她今天就是走冷傲高贵的路线,她要将低调的奢侈进行到底,只有这样才能镇住这些人,让自己的说辞变得可信。

别小看她身上的衣服只是一件简单的黑衣,可造价却不菲。苏文清说她这件衣服是十八绣娘耗时三个月才制成的。

衣服上的金线,是从金子里面抽出来的金丝,融一炉金子最多只能抽出两三根金线，这一件衣服的造价足够五十万大军吃上一个月。

虽说只是借她穿一天，可这么贵重的衣服穿在身上，凤轻尘的压力很大，要是一不小心弄坏了她可赔不起。她虽然不缺钱，可也没有必要穿这么贵的衣服。

九皇叔满意地点头，果然只有前朝的服饰才能将凤轻尘的气质完美地展现出来，不枉费他花那么大的代价命人缝制这件衣服。

可惜，今天比的不是衣服和气势，而是琴。

苏绾与凤轻尘双双落座后，太傅就请示皇上是不是可以开始了。毕竟大家都很忙，没有太多的时间陪两个小姑娘耗。

得到皇上的允许后，太傅笑眯眯地问道："苏绾小姐，轻尘小姐，你们二位谁先开始？"

苏绾正想说让凤轻尘开始，哪知凤轻尘却快她一步："来者是客，苏绾小姐请。"

"客随主便，怎么也应该是轻尘小姐先。"苏绾恨恨地瞪了凤轻尘一眼，面上却笑得温柔。

凤轻尘丢了个挑衅的眼神过去："怎么？苏绾小姐不会是怕了吧？要知道琴棋书画可是苏绾小姐你提出来的比试项目。"

明知凤轻尘在激她，可苏绾还是上当了："就凭你？让我怕？下辈子都没有可能。"

苏绾抱着琴起身，分别朝皇上与元希先生所在的方向欠了欠身，然后走到琴台。

侍女将琴取了出来，苏绾则焚香净手，平静心神。她一定要用最完美的状态，演奏出最完美的曲子，她要让凤轻尘看到什么叫名门贵女！

行家一出手，就知有没有。可惜，苏绾弹得再好也与凤轻尘无关，她连苏绾弹的是什么曲子都不知道，更别说评断好不好了。她只知道琴声悦耳，气势磅礴，不过好像又少了一分大气。

听不懂凤轻尘索性不听，苏绾弹得再好也与她无关，凤轻尘闭上眼睛坐在那里装高深，对于四面八方或明或暗的打量，凤轻尘一律当作没有发现，颇有一种处在闹市之中却隐于尘世之外的味道，让人忍不住多看两眼。

事实上，除了专心弹琴的苏绾，其他人或多或少都会看凤轻尘两眼，不是众人好奇心重，实在是凤轻尘气场太强，让人无法忽视。

面对众人的打量还能保持平静，这份气度非常人可及也，元希先生再次点头，心中暗道：此女不凡！

他对凤轻尘渐生好感。

太傅、太师与太保三人听到坊间传言，本不太看好凤轻尘，可看她今日的气度却忍不住暗自赞佩：能让眼高于顶的九皇叔倾心，凤轻尘果然有可取之处，的确与众不同。

　　当然，他们看凤轻尘顺眼，更多的是因为她是东陵人，她赢了苏绾东陵面上才好看，他们有一颗爱国的心，在国家大义面前，凤轻尘身上的那些小瑕疵可以忽视。

　　"铮——"

　　两炷香不到的时间，苏绾一曲就结束了，收尾的刹那，苏绾睁开眼睛，双眼神采奕奕，看得出来，她很满意自己刚刚的表现，甚至说她今天超常发挥了。

　　南陵锦凡亦是满意地点了点头，在场的人中除了凤轻尘外，都是音律高手，就算不会弹至少也懂，他们知道苏绾这一曲，无可挑剔。

　　有人高兴就有人担心，太子、洛王与皇贵妃等人就很为凤轻尘担心，苏绾这一曲怕是皇宫最好的琴师也比不过，凤轻尘……

　　唉，现在只能希望她输得不要太难看。

　　众人在心中默默地祈祷。

　　苏绾起身，将众人的表情尽收眼底，眼光一扫，在凤轻尘身上停留三秒，没看到凤轻尘惊惶担忧的样子，苏绾有些失望。

　　苏绾后退两步，站在琴台的左侧，先是朝皇上与皇后所在的方向福身，接着又朝元希与三公所在的位置欠身道："南陵苏绾，恳请元希先生指教。"

　　大家都很清楚，在场的人当中，有资格点评、评判的只有元希先生一人，因为他与东陵、南陵都无关。

　　这一刻，不仅仅是苏绾，就是皇上等人也很期待元希先生的点评，元希先生一句话就可以决定胜负。唯有凤轻尘，依旧一副事不关己的样子，大有不把苏绾看在眼里的架势。

　　见此景，众人都有些摸不透了，甚至元希先生也认为凤轻尘琴艺更高超，根本不把苏绾放在眼里，因此在点评时也就谨慎了三分。

　　"苏绾小姐技艺娴熟，琴技高超，《广陵散》的磅礴气势和独特的风格，苏绾小姐把握得分毫不差。美中不足的是，苏绾小姐过于讲究指法、技巧，并没有融入自己的感情，使得此曲少了一分慷慨激昂的英雄气概。不过以苏绾小姐的年龄，能弹到这个地步，在同龄人当中已是不凡。"

　　先夸奖后批评，最后再给个甜枣，这元希先生也是一个妙人，凤轻尘倒觉得此人不是迂腐之辈、值得结交，只是不知过了今天元希先生还愿意与她结交不？

　　苏绾原本还有些不高兴，听到最后，一脸喜意地朝元希先生行了个大礼："多谢先生指教。"

　　苏绾翩然入座，如同一只蓝蝴蝶，在阳光下展示自己的美。

"轻尘小姐,到你了。"太傅眯眼笑道,在众人的期待下,不疾不徐地开口。

老狐狸!

凤轻尘起身时,看到太傅眼中一闪而过的笑意,一副看戏的样子,忍不住在心中咒了一句。

事实上,今天来看戏的人不止太傅一个,皇后、西陵天磊、南陵锦凡哪个不是来看戏的,就连九皇叔也有几分看热闹的嫌疑。

没办法,大家都不看好凤轻尘。

凤轻尘抱着琴,朝皇上与元希先生所在的位置行了个礼,而后拾阶而上,踏入琴台时,侍女上前接琴,却被凤轻尘拒绝了:"不用,我自己来。"

凤轻尘慢悠悠地打开琴盒,元希先生就坐在琴台的正对面,凤轻尘也趁机打量了一下这个可以决定她比琴胜负的男人。

元希先生年近四十,成熟稳重,双目澄明,气质儒雅,身形挺拔,举止从容,一身淡色长衫,清贵飘逸,哪怕是凤轻尘也为他的气质倾倒。

凤轻尘将自己的惊艳掩饰得很好,哪怕是元希先生也没有发现,可是远远坐在侧面的九皇叔却发现了。

因为,凤轻尘就曾用这样的眼神看过他,他绝不会陌生。

笨女人,居然敢用看本王的眼神看一个老男人,你的眼睛长哪去了!

九皇叔气恼,太子只感觉左侧一凉,侧脸望去,却没有发现一丝异常,太子也没空多管,当他知道凤轻尘要用冰弦琴与苏绾比试时,一颗心就七上八下起来。

他可以肯定,这把琴一定会出事,他现在只希望凤轻尘聪明一点,能化解冰弦琴潜在的危险。

太子一眼不眨地盯着凤轻尘,当凤轻尘将琴取出来时,太子噔的一下往前滑去,差点从椅子上跌了下来。

他没看错吧?那是他献上去的冰弦琴?

别说太子了,就是皇上也愣住了,不为别的,只因凤轻尘手中的琴无弦。

"凤轻尘,你要用这把琴和我比?"苏绾也是一愣,顾不得失礼与否,当下就问了出来。

琴无弦,如何弹?

"怎么,不可以?"凤轻尘语气平静、冷傲,可听在苏绾的耳朵里,却带有嘲讽与戏弄的味道。

"当然可以。"凤轻尘这是怕了吧,苏绾冷笑。

她倒要看看凤轻尘如何让手中的无弦琴发出声音,若是连声音都发不出来,凤轻尘拿什么赢她？

凤轻尘才不管苏绾如何想，今天的评委又不是苏绾，她只要得了评委的认同就行了，凤轻尘抬头看向元希先生："先生，轻尘可否用这把琴为先生弹奏一曲？"

明明无弦，可凤轻尘却一本正经，一脸认真地说要弹一曲，让人实在想不明白她到底什么意思，又在玩什么花招，可偏偏三公都不问，元希先生更是笑着点头："有点意思，轻尘小友，你要弹什么曲子？"

小友？这是认可了。凤轻尘心中暗喜，脸上却继续摆出冷艳高贵的女王气场，只有这样才能震慑众人，才能让这些人相信，她有十足的把握与信心，她不是投机取巧。

"碧海苍穹。"凤轻尘干脆地报出曲名。

"好，轻尘小友请。"元希先生一脸正色，完全没有嬉闹与轻视的意思，甚至三公也一个个收起笑意，摆出一副洗耳恭听的架势。

这些人都疯了吗？一个个陪凤轻尘瞎胡闹！

苏绾简直不敢相信自己所看到的，太傅、太保和太师这三人偏帮凤轻尘她能理解，毕竟对方是东陵人，可是元希先生呢？

苏绾真不懂。

苏绾不懂，在场的其他人也不懂，可他们不是苏绾，他们再震惊也不会表现出来，一个个严肃地坐在那里，看凤轻尘怎么用无弦琴弹曲，如何圆这个场子！

面对一双双火辣辣的眼神，凤轻尘半点也不惊惶，焚香净手，静坐于琴前，右手在琴弦上一扫……

"叮叮咚咚……"

这是水声？

众人眼睛都瞪直了，想要看看凤轻尘是如何办到的？可看了半天，他们只看到凤轻尘十指轻动，时而拨、时而挑不存在的琴弦，水声也时而平缓、时而急骤，隐约还有风声、鸟声，甚至是风吹枝叶的声音。

神了！

原本抱着看戏或者看凤轻尘出糗心态的众人，这个时候一一坐直，一个个伸长脖子，想要看清楚凤轻尘到底是怎么弹出声音的，就连九皇叔眼中也闪过不解之色，他不知道凤轻尘还有这一手，难怪她事前半点不急。

凤轻尘神情专注，眼神落在琴身上，随着她的双手在琴上飞舞，众人的思绪亦跟着飞舞，叮咚叮咚的几滴泉水，汇入小溪，流入小河里。

在流向小河时，它们看到了太阳，也看到了雨天；它们被清风轻抚过，也遇到过狂风肆虐；在小草身上滑过，也在小石头身上来回滚动过，溪水流入小河偶尔有调皮的小鱼过来，却拦不住它们的路，它们一一汇聚，然后流入更大的河流、江流，直至百川归海……

海风吹来，海浪拍击着海面，或轻或重，或慢或快，一幕幕好像在眼前发生一般，与其说，在场的众人在听琴，不如说他们在"看"，不用睁开眼睛，他们就能看到海面的情况，前一刻风平浪静，下一秒乌云密布，暴雨来袭，海浪翻滚，直冲苍穹……

水声激昂，惊涛骇浪，黑压压的海水似乎要将苍穹击破，众人的心也提到了嗓子眼儿，呼吸一室，可就在此时，咚的一声，海浪落下，海面回归平静，只剩下几朵小浪花随风拍打着海面。

就在众人以为这是结束时，却看到凤轻尘抬起右手，从左到右扫过琴弦……

在海浪声入耳时，众人隐约看到一片水浪随着凤轻尘的衣袖流动，当她放下手时，海浪声消失，水面也消失了。

如果说他们之前看到的水面来自想象力，那么这一刻，他们就是真的看到了"水"。

一曲结束，可众人的心却久久不能平复，看向凤轻尘的眼神也变了。

他们果然小瞧了凤轻尘！

众人久久无法回神，直到凤轻尘起身，衣袖一扫，将无弦的冰弦琴扫落在地，众人才回过神来。

"咚——"冰弦琴从高高的琴台上直落而下，啪的一声，碎成两半。

"这——"众人回过神来，看看站在琴台上的凤轻尘，又看看落在地上的冰弦琴，重点是从冰弦琴中滚出来的那尊佛像。

今天各种神了！

"这是怎么一回事？"皇上抬手，立马就有太监上前，将冰弦琴的残骸与佛像捧到皇上面前。

凤轻尘步态从容地走下琴台，微微欠身："请皇上恕罪，轻尘无意损坏了皇后娘娘御赐之物。"

凤轻尘很邪恶地咬重"皇后"二字。

佛像？

皇后正准备一拍案台，让人治凤轻尘的罪，再把罪名扯到太子头上，可手却生生僵在了半空，拍不下来。

虽说冰弦琴被凤轻尘扫落是意外，可冰弦琴中怎么可能是佛像，她放的明明是……

皇后连忙闭嘴，到嘴的话咽了回去，狠狠地剜了凤轻尘一眼。

好好好，好一个凤轻尘，这般缜密的计划凤轻尘居然能识破，是她小瞧凤轻尘了。

皇后知道太子与凤轻尘定会发现冰弦琴有问题，可是发现了又如何，他们找不出原因所在，明知是个陷阱也得跳。

可是皇后高估了自己，凤轻尘不仅找到了问题所在，还偷梁换柱给太子争脸了。

太子也是一愣，这把琴是他派人做的，这琴明明是实心的，里面怎么可能放东西，还是一尊佛像？

太子第一时间看向皇后又飞快地扫了凤轻尘一眼，电光石火间太子明白了，看样子是皇后想陷害他，结果被凤轻尘察觉，反将一军。

皇上并没有说话，扫了凤轻尘一眼，那一眼似乎要将凤轻尘看穿，可惜凤轻尘不是第一次见皇上，皇上再强的气势她都能扛得住，背脊直挺，目光坦荡、不卑不亢，任皇上审视。

能带进宫的东西，都是经过反复检查的，再加上这琴本就是皇后所赐，皇上相信凤轻尘不知情，转而问道："皇后，这是怎么回事？"

"回皇上的话，臣妾不知，这琴是太子去年献给皇上的寿礼。"这事她不说，皇上早晚也会知道。

"太子送给朕的寿礼？"皇上面色不善，看向皇后的眼神也带着几分恼怒，居然把太子送的寿礼赐给凤轻尘，皇后这事办得可不漂亮。

太子闭上眼睛，皇上这一问，斩断了他心中最后的一丝奢望，从此，他再也不会奢望父皇的重视与宠爱。

他的父皇，连他去年送的寿礼都能忘了，这说明他父皇心中根本没有他，难怪皇后敢拿冰弦琴算计他，皇上根本就不记得这一回事。

这一次幸亏遇上的是凤轻尘，要是换作任何一个人，他怕是死定了，看皇后的表情就知道，她原本放在琴中的不是什么好东西。

皇后早知皇上有此一问并不惊惶，平静地答道："皇上，此琴琴弦由冰蚕丝制成，声音清冷高洁，最适合女子弹奏。太子献给皇上的礼物定是最好的，臣妾将此琴赏给凤小姐，便是觉得此琴与凤小姐极其相配。"

皇后微微垂首，没有人看到她眼中的恶毒，凤轻尘站在下首感觉到一阵寒意。

和冰弦琴相配？这绝对不是什么好话。

凤轻尘静默不语。

皇上看了看琴，又看了看案前的佛像，眼神在众人身上扫了一眼，最后落在太子身上，看太子神色平常，便不再多言，挥了挥手示意太监将琴与佛像先拿下去。

这是家事，不需要当着南陵与西陵人的面谈。

"凤轻尘无心之失，朕赦你无罪。"皇上以施恩的口吻道。

凤轻尘虽然不屑，可此时还得乖乖道谢，看皇上不愿意再提冰弦琴的事情，凤轻尘自然不会多说，淡定自若地朝元希先生所在方向福了福身："请三位大人和元希先生点评。"

与苏绾不同，凤轻尘不仅提了太傅三人，还将他们放在首位，在她看来元希先生名声再高也只是一个琴师，而这三位大人却是东陵位高权重之人。

当然，这也和苏绾不是东陵人有关，苏绾当然不用巴结东陵的官员，可她凤轻尘需要，至于会不会因此得罪元希先生那就不用担心了，别说她之前露的那一手足已震住这位大琴师，就说元希先生此人也不是一个重名声的人，不然也不会在得了天下第一的评价后，只说自己的琴艺是天下第二。

"这一曲《碧海苍穹》，我怕是评不出来，元希先生请。"三公之一的太保开口，太傅与太师附和，元希先生也不推辞，他有一堆问题想问凤轻尘。

"轻尘小友，这一曲《碧海苍穹》是何人所作？"他一定要拜会那个高人，元希先生激动无比，这么多年来，这首曲子是唯一能打动他的曲子，他一定要找到谱曲之人。

"秘密。"凤轻尘摇头，无视元希先生眼中的急切与失望。

"那能否将琴谱告知在下？"从"我"到"在下"，元希先生这步子退得让在场的人格外吃惊，要知道元希先生一向狂傲，连皇上的招揽都不放在眼中。

"不能。"凤轻尘拒绝得更干脆。

元希先生有些气馁，却不肯放弃，见凤轻尘一脸坚决，咬牙道："那，我拜你为师，你教我这首曲子可好？"

什么？

元希先生要拜凤轻尘为师，还是学琴？

众人惊呆了，元希先生虽然什么都没有说，但这几个问题却将他的意见表达了出来，凤轻尘与苏绾孰高孰低，不需要说，在场的人已明白了。

几家欢喜几家愁，原本对凤轻尘不抱希望的太子等人，此时此刻真心为她高兴。首战告捷，在苏绾最自信的琴技上赢了她，凤轻尘这一局赢得实在漂亮。

苏绾惨白着一张脸，双眼微微凸出，一副要将凤轻尘生吞活剥的样子。

如果是之前，她还能说凤轻尘使阴招，可现在呢？元希先生都开口说要拜凤轻尘为师，她还能说凤轻尘的琴艺不好吗？

直到这个时候，苏绾才想到元希先生只说她琴技好，也就是说她光有技巧没有感情，她弹的曲子根本无法打动元希先生。

察觉到有人打量，苏绾抬头，正好对上南陵锦凡那冰冷的眼神，吓得苏绾连忙低头，背脊发寒。

她要怎么办？

苏绾的异常很明显，众人只当她输不起，看了一眼就移开眼神，只等凤轻尘回答同不同意收元希先生为徒。

九皇叔眼中闪过一丝笑意，他以凤轻尘为傲，在琴艺上能让元希先生折服的人，除了元希先生口中的那个天下第一的人外，凤轻尘是第二个。

当然，他更想知道凤轻尘会如何拒绝元希先生，别人不知，九皇叔却是知晓凤轻尘这首《碧海苍穹》又是她的小秘密。

要不是凤轻尘根本不会弹琴，她又怎么会将琴弦给拆了，要知道冰弦琴最贵重的部分，就是那七根弦。

诚如九皇叔所料，凤轻尘满脸雾水，她本以为那根本不像琴声的水声，会被元希先生质疑，却没想到会是这个结果，还真是让人意外。

什么清贵俊逸的大琴师，通通都是骗人的，元希先生看她的眼神，就好像流浪狗看到了肉包子，当然，她绝对不是包子。

"元希先生，你在开玩笑吧？"凤轻尘庆幸她今天走的是高贵、神秘、冷艳的女王范，拒绝起来也理直气壮，矜持冷傲。

"轻尘姑娘，在下是认真的，在下真心想学，琴音的最高境界便是悦心，使人忘我，轻尘姑娘的琴音已达到登峰造极炉火纯青的境界。"元希先生一脸认真，隐含期盼。

治愈系的音乐当然能悦心，可这不是她的功劳，她也没有什么可以教给元希先生的。为了让元希先生死心，凤轻尘道："元希先生，这首《碧海苍穹》我只会教给我女儿。"有本事，你投胎当我女儿。

"这样呀？那我娶你好了，到时候你教我们的女儿，我让女儿教我。"元希先生二话不说，当众求娶。

"元希先生，这种玩笑开不得。"这一次，不仅是凤轻尘，就连皇上等人也觉得元希先生疯了，他身边的太保大人当下劝说道。

九皇叔也因为元希先生的话，脸色一黑。弹个琴，就能让人求娶，甚至连女儿的事都想到了，凤轻尘真是好本事，这都第几个了？凤轻尘只帮他解决一个苏绾就叫烦，可他呢？

王锦凌、西陵天磊、南陵锦凡、东陵子洛、东陵子淳、宇文元化，现在又来一个元希先生，这些人是看他太轻闲了吗？

九皇叔怒火中烧，要不是理智尚存知道凤轻尘不会答应，他早就上前拉着凤轻尘走人了。

九皇叔毫不掩饰他的怒意，可元希先生却像是没有看到一般，一脸认真地道："我不是开玩笑，我是认真的，凤小姐，我娶你可好？"

"不好，我不为妾，也不当填房。"凤轻尘想也不想就拒绝了，她欣赏元希大叔是一回事，但要她嫁给一个大叔，还是算了吧。

她实在没有勇气嫁一个可以当自己父亲的老男人，更何况对方只为一首曲子而娶她，这也太悲剧了。

"放心，我以妻子之位聘之。我从不曾娶妻，所以你也不会是填房。"元希先生气恼，他开口求娶居然会被拒绝，以他的名声就是求娶公主也够格了。

皇上本就不打算掺和，此时更是乐得看戏，元希先生求娶东陵女子却被拒，这可是一件给东陵增光的事情。

不曾娶过妻，这次轮到凤轻尘震惊了："元希先生，你年纪不小了吧？"

"三十有八。"元希恨恨地道，不用凤轻尘提醒，他也知道自己不年轻了，"除了年龄，我没有什么配不上你的。"

反之，是凤轻尘配不上他。

面对九皇叔的冷眼，元希毫不客气地瞪了回去。

九皇叔的眼中闪过一抹杀气，很快，快到元希也没有捕捉到，事实上就算捕捉到了，元希也不怕，九皇叔知道他是谁后，绝不会杀他。

"元希先生为了一首曲子求娶我，实在是委屈先生了。"凤轻尘没好气道。这年头的男人怎么都这样，要求娶她还摆出一副施恩的口吻，真当她嫁不出去吗？

就算嫁不出去又怎样，她可以不嫁的。

"知道委屈我就好，凤轻尘，你和南陵苏绾的比试结束后，我会派人上门提亲。你放心，我知道你不为妾，我会按三媒六聘娶你为妻，虽然你的身份差了点，但看在《碧海苍穹》的份上凑合吧。"元希先生说完这话后，也不给凤轻尘拒绝的机会，朝皇上拱了拱手："陛下，草民要回去准备娶妻一事，恳请皇上容许草民先行告退。"

"准！"皇上大手一挥，同时亦宣布第一场比试结束，大家都散了吧，至于谁胜谁负，皇上不用说大家也知道。

皇上与皇后等人先元希先生一步离去，九皇叔、太子、西陵天磊与南陵锦凡等也从另一条道离开，九皇叔离去前看了一眼凤轻尘，警告的意味十足。

虽然他明知元希不会真娶凤轻尘，凤轻尘也不会嫁给元希，可心里依旧不高兴元希当着他的面求娶凤轻尘，这实在是太张狂了，九皇叔准备找个时间，和凤轻尘好好谈一谈嫁娶的问题……

第八章　姐走低调的路线

皇上率众人一一离去，反倒是说要走的元希先生留了下来，太傅三人因为年纪大走得慢，这个时候也留了下来。

此刻，御花园里只剩下苏绾、凤轻尘、元希先生与太保、太师和太傅六人。苏绾一双美目含泪，委屈地看着元希先生，可元希先生却没有看她一眼，他的目光一直放在凤轻尘身上。

可就在凤轻尘与苏绾认为元希先生没有跟着走，是有话要说时，却不想他一句话都没有说，转身就走了。

"元希先生，请留步。"凤轻尘愣了一下，连忙上前拦住元希先生的去路，"先生，我还没答应嫁你，我也不会嫁给你。"

什么神秘、冷艳、高贵，这个时候凤轻尘将这些全部丢到一边，先把这个大麻烦解决了再说。

可凤轻尘不知所谓的高贵是刻在骨子里的，随着她的一举一动，会自然而然地散发出来，刻意装出来的高贵、冷艳，在皇上等人面前是根本撑不住场面的。

她此时挡在元希先生面前，便将骨子里的冷傲展现得淋漓尽致，让人不敢直视。

"父母之命，媒妁之言，你同不同意我会在乎吗？"元希先生潇洒地回道，眼中闪着睿智与成熟的光芒。

他很清楚，鱼上钩了。

"元希先生，你明知道我不愿意嫁你，又何必强人所难？我高攀不起你。"这个男人一大把年纪了，为了一首琴曲居然什么手段都敢使，实在太可恶了。

凤轻尘明知对方是为琴曲，才说出求娶的话，只要她把谱子说出来，对方就会放弃，可偏偏她不能……

怒形于色却冷静自持，更添三分颜色，元希先生想了想，真要娶妻，娶这么一个女子也行："没关系，我愿意低就。"

这话怎么这么耳熟？

要不是看在九皇叔和元希先生没一处相像的地方，凤轻尘都要怀疑这两人是不是亲兄弟，说的话怎么一个样？连脾气也一样，完全听不懂人家的拒绝。

你愿意低就，也要看我愿不愿意高攀呀！

凤轻尘咬牙道："元希元生，为了一首曲子，把下半生的幸福搭进来，值得吗？"

"你放心，我不会把自己下半生的幸福搭进去，别说养你一个人，就是养上一百个你，我家也养得起。"元希无所谓地道，他娶凤轻尘只是为了曲子而已，凤轻尘不会指望他喜欢她吧？

这人居然能无耻到这种地步！

"元希先生，你要怎样才肯放过我，你说吧，我一定做到，当然琴谱除外。"好吧，她妥协了，不管元希先生是不是真想娶她，她都不想与名满天下的元希先生有牵扯。

"除了《碧海苍穹》的谱子，你认为你身上还有什么值得我动心的？"元希先生不答反问，眼中带着戏谑，当然没有嘲弄的意思，因为人家说的是事实。

苏绾输得一败涂地，此时正郁闷，听到元希先生的话不甘寂寞地上前："轻尘姑娘，《碧海苍穹》实乃仙乐，不知苏绾能否有幸再听一次？"

苏绾回过神后，万分肯定凤轻尘在冰弦琴上做了手脚，她本想让人检查冰弦琴，可那把琴摔坏了，琴也在皇上手里，她这个时候说检查必然什么也查不出。

她不会问凤轻尘要琴谱，亦不相信凤轻尘还能弹出来。

元希先生一听，也不插话，笑着等着凤轻尘的回答。凤轻尘在元希身上吃了个大闷亏，此时正不爽，见苏绾撞上来，火气全开："苏绾小姐想听《碧海苍穹》这辈子怕是没希望了，毕竟你还没有尊贵到能命令我为你弹琴的地步。当然，苏绾小姐你想再听一次也不是不可以，不过得看你们苏家，还有哪个女儿敢和我比琴？"

打击完苏绾，凤轻尘不再理会她，转头警告元希先生："元希先生，我敬重你，才好言婉拒，你最好不要逼我，兔子急了还要咬人，更何况我凤轻尘还不是兔子，元希先生敢派人上门求亲，我就敢把你剥光了挂城门上。"

苏绾气得想要杀人，听到凤轻尘后面的话面色潮红，飞快地看了凤轻尘一眼，随即后退一步，一副羞于与凤轻尘为伍的样子。

"噗——"这一次，吃惊的不仅仅是元希先生，站在一旁看好戏的太傅三人也吓了一跳。这凤轻尘好彪悍，这样的话她一个闺阁女子居然敢说出口？

"你威胁我？"元希先生倒不见生气，脸上的笑依旧亲切，成熟包容，就好像凤轻尘是任性不懂事的小女孩，无论她做错什么他都能理解一样。而事实上，元希先生确实是凤轻尘的长辈。

"不，我从不威胁人，我只是实话实说，元希先生不信的话大可以试试，你敢求亲我就敢下黑手。"凤轻尘一脸坚定，无声地告诉元希先生她真的敢做。

元希先生被凤轻尘咽住了，嘴巴微张，却说不出话来，一副好气又好笑的样子。

凤轻尘懒得与元希先生多说："元希先生，轻尘告退。"微微欠身，双手平举，也不管元希先生如何想，转身就走。

元希先生伸手指着凤轻尘的背，几次想要张口，却说不出话来，他没想到自己会在凤轻尘身上吃这么大的亏。

好吧，他承认凤轻尘的威胁有效，他还真怕被人剥光了挂在城门口。当然他不是怕凤轻尘，而是怕九皇叔会这么做，到时候他就丢人了。

"元希先生，不必伤心，轻尘姑娘生气也是应该的，女孩子家本就娇贵，元希先生为了一本琴谱求娶，轻尘姑娘不生气才奇怪。"太师见元希先生气得不轻，好心地安慰道。

"我，我不生气。太师大人，我是真心想娶凤轻尘，你说我到时候请大人你给我保媒可好？"元希先生要是会轻易放弃，他就不是元希先生了。

怕什么呀，了不起他写封信回家，告诉家里人他想娶妻，自然有人替他出面摆平一切。

"这个，这个……老夫还有要务在身，元希先生咱们改日再聚。"太师摸了摸自己的胡子，全身一个激灵，他可不想被九皇叔把胡子给拔了。

太师二话不说就走人。

"太师大人……"元希先生拦不住，便看向太傅与太保，不想这两位大人溜得更快，只道有要务要商量，有什么事下次再说。

"一大把年纪还走这么快，也不怕闪了老腰。"元希先生摇了摇头，一副我在为三位大人担心的样子。

"哎哟，我的腰啊。"一语成谶，元希先生的话刚落下，太保大人就闪了腰。

"果然，被我说中了。"元希先生摇了摇头，迈步离去，行走在皇宫内苑，却如同走在山野乡间一般自在，苏绾看着元希先生离去的身影，若有所思。

这元希先生恐怕真是崔家子弟。

严词拒绝了元希先生后，凤轻尘快步往外走，一走出御花园，就有宫人在等着她，引她出宫。依旧是偏僻的小道，撞上贵人之类的事情没有发生，凤轻尘顺利地来到停车马的地方。

"轻尘姑娘请上车。"小太监知道凤轻尘今天出尽了风头，语气比平日恭敬了许多。

凤轻尘照例打赏，并没有因为赢了苏绾一局就轻狂起来，踏上马车，凤轻尘身形一滞,好在她反应快,看清车中的人后若无其事地坐了下去。

"走吧。"凤轻尘吩咐道。

等到马车动起来,凤轻尘才开口道:"轻尘不知殿下在此,冒犯了殿下,请殿下恕罪。"凤轻尘明白这车夫定是太子的人,所以没有必要顾忌。

"不必多礼。"太子挥了挥手,苍白的脸在阴暗的马车里显得有几分阴郁。

凤轻尘很不解:她那尊佛像不是应该让皇上嘉奖太子嘛,太子怎么会不高兴?

"怎么?想不明白我为什么会在这里?"太子看凤轻尘一脸错愕,自嘲一笑,直接称"我"。

"殿下此时不应该在宫中吗?皇上应该会问殿下冰弦琴的事才是。"实心的琴中有佛像,这可是好事。

"问冰弦琴的事?哼,父皇更有可能斥责我取巧邀宠。"太子靠在车厢上,闭目掩去眼中的悲伤。

"怎么会?"凤轻尘不敢相信自己听到的,皇上怎么会这么说呢,这明显就是太子敬重他这个父亲呀。

"有什么不会,我不为他所喜,挡了他心爱的儿子的路,我做什么在他眼中都是错。"太子心里苦,只不过他不能说,也没有可以倾诉的对象,凤轻尘今天是运气好,正巧遇上太子想说,她又在。

"请殿下恕罪,都是轻尘擅自做主,才害得殿下被皇上训斥。"凤轻尘起身,一副要跪下来请罪的样子。

"轻尘不必多礼,这次的事情我感谢你还来不及,又怎么会怪你。"太子虚扶一把,凤轻尘也不矫情,她本就没打算真跪,车厢这么小,她哪里跪得下去。

"终归是因为轻尘才害太子被皇上斥责,轻尘心中有愧。"凤轻尘摆出一副内疚的样子。

一个天生有心疾的太子,一个被皇上厌弃的太子,凤轻尘同情他,可也仅限于同情,这一次帮太子也只是为了自保。

"轻尘不必再说了,我心里明白,这一次要不是你,我面临的恐怕就不是父皇的斥责。轻尘,冰弦琴中原本藏了什么东西?"太子说了半天,终于问了出来。

"殿下,你真的想知道?"有时候知道得太多,并不是什么好事。

"说吧,到底是什么东西,我也好有个心理准备。就算我命不长久又如何,有些东西我可以得不到,但想要抢还是等我死了再说。"皇家的人都骄傲,太子也不例外,他宁可带着太子的身份死,也不容许有人在他活着的时候,从他手上抢走。

"巫蛊,冰弦琴中放着,写有皇上姓名与生辰八字的巫蛊娃娃,还有一块龙袍布和几根头发。"

"诅咒父皇的巫蛊娃娃,他们这是要把我逼死吗?"太子的额头沁出一层薄汗,眼中闪过一抹惊恐,右手紧握成拳才能压住心中的怒火。

幸亏,幸亏被凤轻尘发现了,要是从冰弦琴中摔出来的是巫蛊娃娃,他就死定了。

皇上最恨这些脏东西,皇后是想给他安一个弑父的罪名吗?

"殿下,请您以身体为重,万不可动怒。"凤轻尘连忙安抚太子,太子要是气得发病了,她可就是罪人了。

心脏不好的人气极可是会死人的,太子死在她的马车上,她有一千张嘴也说不清。

"呼呼——"

太子连忙吸气,平静自己的心情,不停地告诉自己,不能生气,一旦生气引发旧疾,那就是亲者痛,仇者快。

"他们欺人太甚,我是正宫嫡出的长子,父皇正值鼎盛之期,他们就算再急也要有一个度。"皇宫里不缺倾轧陷害的阴谋,可却没有人敢用巫蛊之术。

当今皇上最恨的就是巫蛊之术,十年前,皇上就因巫蛊娃娃之祸,血洗了一次后宫,凡是沾染上的人,不管有没有证据全部抄家灭族。

帝王一怒,伏尸千里。用巫蛊之术谋害皇上是死罪,除非他造反,不然他绝对没有活路。

太子双眼通红,气得全身颤抖,凤轻尘眼观鼻、鼻观心,默默不语,待到太子完全平静下来,才道:"殿下,七根天蚕丝还在我府上,殿下今天要是有空,我这就去取来还给殿下。"

凤轻尘婉转地告诉太子,她要把巫蛊娃娃交给太子,她很清楚,这种东西只有太子亲手处理,才会放心。

"轻尘有心了。"太子没有拒绝,点了点头,整个人都冷静了下来。

看太子情绪收放自如,凤轻尘怀疑太子在她面前发火十有八九是装的,从皇后的表情中,太子十有八九早就猜到了什么。

不过,这些与她无关,她只知道将巫蛊娃娃交给太子后,这件事情就算过去了,她不用再担心自己受牵连了。

想到今天的惊险,还有太子听到巫蛊之术的惊恐,凤轻尘无比庆幸自己听了蓝九卿的话。

那天晚上,她取下琴弦时意外发现冰弦琴的暗扣,她和蓝九卿都忍不住惊叹对方的巧思,居然将机关设在安装琴弦的地方,还要取下琴弦才能看到。

一般人根本不会想到去取冰弦琴的琴弦,毕竟琴弦取下来后,就装不回去了,这也就是凤轻尘胆子大，胆敢毁了太子献给皇上的琴。

当七根琴弦都拆下来后，蓝九卿用巧劲将琴打开，看到了被放在琴中间的巫蛊娃娃。

蓝九卿却当场变脸，隔着面具，凤轻尘都能感受到他的愤怒。

恼怒过后，两人就开始想对策，凤轻尘本想将计就计，将巫蛊娃娃上的姓名与生辰换成太子的，这样就可以把罪名推到皇后身上，让皇后有理也说不清，可是蓝九卿却不同意，说就算此事办成了，太子也不会放过她。

"不能写太子，那写我的名字好了，到时候巫蛊娃娃摔出来，上面却是我的名字与生辰，皇上总不至于会怪罪到太子身上吧？"凤轻尘知道有降头、巫蛊、诅咒之说，但并不认为这么一个娃娃就有用。

可蓝九卿却坚决不同意，巫蛊之术宁可信其有，不可信其无，以前也有被巫蛊诅咒而死的人，这种事情轻易不能掺和。

凤轻尘想想也是，万一真要出了事，那还真是哭死都找不到地方申冤，便打消了拿自己来反诬陷皇后的念头。

最后两人商议一番，干脆换个祥瑞好了。蓝九卿这次没有反对，他连夜去找苏文清，把苏文清的收藏翻遍了，才找到一尊合适的佛像。等到他们弄妥后，天已大亮，他们根本没有时间把这事告知太子。

凤轻尘本以为琴中藏佛像，能为太子争点好处，却不想太子却被皇上斥责了。

凤轻尘想不明白，只能说天家无父子，好在将巫蛊娃娃给了太子后，这事就与她无关了。

送走了太子，解决了此事，凤轻尘压在心头的大石也落下了。她昨天晚上几乎一夜未睡，靠着厚厚的粉才遮住了脸上的憔悴，太子一走，凤轻尘二话不说，关门睡觉，准备养足精神，应对明天的战斗，至于城里的流言，她一律不管。

她今天赢了苏绾，风头正劲，没有必要出去显摆。

凤轻尘高调地赢了苏绾一局，可谓是出尽风头，从深宫内院到大街小巷，无一不在谈论凤轻尘技压苏绾的事。

元希先生从宫里出来后，应几位大儒相邀品茶论琴，一不小心喝多了，不仅把凤轻尘弹的那首《碧海苍穹》形容得天上人间，绝无仅有，同时亦爆出为了学这首曲子，他愿意娶凤轻尘为妻。

于是，皇城就像炸开了锅，凤轻尘在琴艺上赢苏绾不算什么，可得到元希先生的极力推崇，凤轻尘绝对是第一人。

于是，凤轻尘火了，只不过这一次不是什么艳名丑闻，而是才名佳事。

有元希先生的话，没有人敢怀疑凤轻尘不会弹琴，要不是那些有头有脸的人物体谅凤轻尘第二天还要与苏绾比试棋艺，怕是当天下午就找上门与凤轻尘讨论琴艺，请求凤轻尘再弹一次《碧海苍穹》了。

苏绾亦是火上浇油，不仅承认自己学艺不精，还再三强调要能再听一遍《碧海苍穹》，她死而无憾。

外面越闹越凶，要不是皇上收到消息，怕有人趁机危害凤轻尘，派了侍卫去西区小院保护她，那些狂生怕是要冲进西区小院，逼凤轻尘再弹一次《碧海苍穹》了。

凤轻尘醒来后听到这个消息，在心里把元希先生骂了个半死，至于苏绾，根本不用搭理，那明显就是一个输不起的姑娘。

虽然她承认自己赢得不光明正大，可是那又如何？这个比试本身就不公平，凭什么要她用公平的手法，参加一个不公平的比试？

凤轻尘不后悔自己赢了苏绾，她后悔的是惹上元希这么一个大麻烦，元希把她吹得神乎其神，妙乎其妙，可事实上她根本不懂琴，她很快就会从神坛上摔下来。

"果然，做人要低调。"凤轻尘心中默道，同时又想到佟珏与佟瑶是贴身服侍她的人，那些人从她身上没法下手，也许会把主意打到佟珏与佟瑶身上。

凤轻尘微微挑眉，问道："佟珏，佟瑶，你们怎么看这件事？"

佟珏与佟瑶先是一愣，她们不敢相信小姐居然会问她们的意见。随即又是狂喜，小姐问出这话，是不是表示愿意相信她们了？

佟珏与佟瑶立马激动起来："小，小姐……"以眼神询问凤轻尘，是不是她们想的那个意思。

很聪明的丫鬟，凤轻尘点了点头，给了她们肯定的答复："佟珏、佟瑶，你们一直贴身服侍我，说是我最亲近的人也不为过，你们的用心我看在眼里，这府上我能相信的人不多，你们算是两个。"

"虽然有些事情我瞒着你们，可也是为你们好，不想你们牵扯到一些乱七八糟的事情中，希望你们能够明白。你们家小姐我毕竟不是一般的闺阁千金，有些事情我也是身不由己，我身边需要全心信任的人，这人只能把我一个人当主子，绝不能有二心。"凤轻尘懂得恩威并施。

佟珏与佟瑶从王家再回来后，比之前安分多了，想必是锦凌敲打了她们，而她也用得顺手，若能收为己用，不仅她高兴，锦凌想必也会高兴。

佟珏与佟瑶眼中闪过一抹惊喜，她们知道机会来了，两人相视一眼，齐齐跪下，朝凤轻尘磕头道："请小姐放心，佟珏和佟瑶绝不会背叛主子，从今往后我们姐妹二人只有小姐一个主子。"

预料之中的答案,凤轻尘并不惊讶,这段时间她反复试探,可以肯定这两人是铁了心要跟着她。

凤轻尘端起桌上的茶,将浮在水上的茶叶吹散,不紧不慢地喝了一口,才道:"起来吧,记住你们今天所说的话,他日你们要是有了二心,就不用再来见我。"有二心之日,就是她们的死期。

"奴婢明白。"佟珏与佟瑶没有多说什么表忠诚的话,只重重地磕了个响头,表明自己的决心。

凤轻尘满意地点点头,嘴上说得再好听都没用,一切要看行动。

"佟珏、佟瑶,外面传的事情你们怎么看?"皇城有不少人在苏绾的煽动下,要逼她当众再弹一次《碧海苍穹》。

这对她来说并不是什么好事,即使她有自信不会被人拆穿,但是用手段赢得不公平的比试,和用手段赢得不属于自己的虚名完全不一样。她没兴趣往自己身上挂一个大琴师的名声,然后到处弹琴取悦别人。

佟珏与佟瑶知道凤轻尘根本不会琴,她们不知道凤轻尘是怎么赢苏绾的,也不想知道。

和凤轻尘相处这么久,她们很清楚凤轻尘的为人,她们家小姐向来不爱出风头,绝不会受人胁迫再弹《碧海苍穹》。

要知道,这事有一就有二,今天拒绝不了这些人,明天也拒绝不了那些权力更大的人,到时候凤轻尘就真沦为一个琴师了。

"小姐,解铃还需系铃人,这件事因元希先生而起,自然就应该由元希先生来结束。"没有元希先生推波助澜,苏绾怎么可能在短短半天内挑起众人对《碧海苍穹》的好奇?

凤轻尘抬了抬眼皮:"关于元希先生要娶我一事,你们怎么看?"

这也就是凤轻尘,换作任何一个姑娘,谁也不会大大咧咧说起自己的婚嫁之事。

"小姐这是要考我们吗?小姐要真同意嫁给元希先生,就不会有今天这么一出事。小姐要是相信我们,就把元希先生交给我们,是人就有弱点,有弱点就可以攻克,小姐只管专心比试,外面的事情我和佟瑶会挡住。"佟珏知道凤轻尘这是要重用她们,有意表现一番。

"我相信你们。"凤轻尘起身,留下这句话就回房了。

这是一次考验,不是对佟珏和佟瑶信任的考验,也是对她们能力的考验。合格了她们就不仅仅是凤轻尘身边的大丫鬟,而是凤府、忠义侯府的管事。要是不合格的话,她们两人就没有前程可言。

"小姐放心，我们定不会辜负小姐的信任。"不怕事难办，就怕没事办，佟珏与佟瑶斗志高昂，誓要把元希先生摆平。

有能干的属下就是好，凤轻尘虽然不能确定佟珏与佟瑶能不能摆平元希先生，可她知道凭佟珏和佟瑶的本事，摆平外面那些逼她弹琴的人绝对没问题，要是连这点手段都没有，那就对不起王家的调教了。

把事情丢给佟珏与佟瑶后，凤轻尘安心准备第二天的比试。接受前一天的教训，凤轻尘第二天低调起来，一袭丁香色的长裙，娇柔淡雅，举手投足间尽显优雅闲适，从容淡定，魅力浑然天成，让人的眼睛不由自主地追随她走。

苏绾则刚好与她相反，一身宝蓝色宫装端庄大气，高贵优雅，微扬的下颌，目不斜视的双眼，带着疏离的高贵。

好巧不巧，两人在入口处遇上，并且同时停了下来。

她们今天比试的地方不是皇宫而是皇家学院，好巧不巧，学院的石门正好只能让一个人通行，这个时候谁先进去，是一个问题。

不过是先后进去的问题，凤轻尘并不在意，她有意落后一步让苏绾先进去，可偏偏苏绾不依不饶，明明可以先一步进去，却刻意站在入口处等她。

棋局还未开始，战火却已燃起。

"凤小姐。"苏绾脸上带着矜持的笑容，看上去像是完全不受昨天的失败影响，至于事实怎样就只有她自己明白了。

看苏绾这么客气，凤轻尘有些好笑，微微点头，唤了一句："苏小姐。"

"听闻凤小姐的住处昨天很热闹，绾绾还担心你休息不好，今天见你神清气爽，绾绾总算放心了。不然凤小姐你下棋时走神，绾绾就胜之不武了。"

苏绾话中浓浓的讽刺意味，她们身后的人都听明白了，可偏偏凤轻尘却是一副没听出来的样子，点了点头："多谢苏小姐关心，我睡得极好，看苏小姐一脸憔悴的样子，想必昨天晚上没睡好，苏小姐要不要小歇片刻？不然下棋时落错了棋子就不美了。"

凤轻尘眉眼尽是笑意，一副看到你过得不好，我就高兴的样子。

苏绾脸上的笑容僵了一下，很快就恢复如初："凤小姐说笑了，绾绾一夜好梦，怎么可能憔悴，倒是凤小姐看着像是瘦了许多。"

"苏小姐眼神不太好，回头记得找个大夫瞧瞧。"凤轻尘懒得陪苏绾在这里浪费口水，扬了扬手，"来者是客，苏小姐先请。"

"凤小姐客气了，客随主便，还是凤小姐先请。"礼让也是大家闺秀的礼仪之一，苏绾固然打定主意要走在凤轻尘的前面，但该有的礼仪她还是会做到，可苏绾忘了凤轻尘不是传统的大家闺秀,她不会跟苏绾假装客套。

凤轻尘美目一转,正好看到书院的人朝这边走来,凤轻尘知道今天的裁判是皇家书院的山长,当下后退三步,轻声道:"苏小姐说得有理,你我都是客,客随主便,山长请。"

皇家书院的山长是九州大陆有名的大学者,出自书香世家颜家,来自稷下学宫。

颜家人身份清贵,在稷下学宫颇有分量,在文坛亦有举足轻重的地位,算是九州大陆数一数二的文学大家,就是皇上也会给三分薄面,很不巧,昨天和元希先生喝酒的人就有他。

"颜先生。"凤轻尘与苏绾同时行礼,摆出请的姿势,可偏偏颜老先生不给面子,在门口停了下来,他身后的人不敢上前,众人齐齐堵在了门口。

颜老先生胡子发白,一脸周正,身上弥漫着浓浓的书香气,一看就是大学者的样子,颜老先生朝苏绾点了点头,转头看向凤轻尘,以怀疑的语气道:"你就是弹出《碧海苍穹》,让元希先生念念不忘的凤轻尘?"

"学生凤轻尘见过颜先生,先生过誉,轻尘弹不出让元希先生念念不忘的曲子。"来者不善,善者不来,只听对方的口气,凤轻尘就知对方不好惹。

颜先生摸了摸山羊胡,点了点头:"年轻人有才学是好事,但是万不可恃才傲物,轻狂自负,既然你在琴艺上有天赋,就别浪费了自己的才能。"

可是她根本没才,怎么恃才傲物?

凤轻尘在心里又把元希先生骂了一遍,脸上却摆出谦虚的笑容:"多谢先生教导,轻尘谨遵先生的教诲。"

"嗯,既然叫我一句先生,那就跟我走吧。"颜老先生朝门内走去,凤轻尘一听,抬脚就跟了过去。

她忘了,文人虽然清高倨傲但也护短,对自己圈子里的人和弟子,只要在力所能及的范围内都会出手相助。

凤轻尘优哉游哉地跟在颜老先生身后,不知情的人还以她是颜老先生的亲传弟子,苏绾走在后面,气得嘴都歪了。

本以为她一番大度的表现能入颜老先生的眼,可偏偏颜老先生将她彻底无视,而与颜老先生一同前来的几位大儒不知是有心还是无意,一个个都只与凤轻尘搭话,把她晾在一边。

苏绾向来被人追捧,在哪都是人群的焦点,她还是第一次被人无视到这个地步。

被人排挤的滋味实在难受,苏绾与侍女孤零零地走在人群后面,哪怕她把姿态端得再高,也掩不住那份凄凉。

苏绾在心里把凤轻尘从头到尾给骂了个遍,又怪元希先生多事为凤轻尘造势,却不想，要不是因为元希先生替凤轻尘造势，她昨天岂能煽动众人去凤轻尘的住处闹事？

要知道颜先生虽然出自稷下学宫，可他此时却在东陵皇家学院任职，当然会偏向东陵，苏绾挑衅东陵女子，还奢望东陵的文人把她当公主捧着，实在是天真。

昨天比琴是在御花园，一般人进不去，今天的比试却是在皇家学院，虽说同样高门槛，但书院的学子和稍微有点脸面的学者，想进来还是可以的。而因为昨天比琴太过轰动，今天来看比棋的人，也比预计的多了一倍。

皇家学院的人反应极快，将比试的地点改在书院广场，地方大，足够站万人。

当颜老先生一行人走过来时，立马引起了轰动。

"哪位是凤轻尘？听说她琴艺不凡，绝色倾城，就是元希先生也为她的魅力倾倒，非卿不娶。"

"看到没有，那个穿丁香色长裙的女子就是凤轻尘，果然是袅袅婷婷，顾盼生辉，难怪元希先生也为之倾倒。"

"行止有度，优雅知礼，与颜先生走在一起却不显懦弱，果然是我东陵的贵女。"

"气韵天成，从容高贵，举止风流，好一派名士风流。"

"能让大公子和元希先生倾倒的女子，怎能寻常？"

……

人就是这么奇怪，当初凤轻尘在皇城举步维艰被人厌弃时，没有一个人拿正眼看她，为她说话。

她长得好被人说成妖妖娆娆一脸媚相，她举止优雅被人说成矫揉造作，她在诗会上小露才名被人传成艳名远播。

她身上的好被人无视，她身上的污点被人放大，从不想她妙手回春医好了王锦凌的眼睛，在诗会上为被狼咬伤的人医治，挽救了多少人的性命。

可今日，只因为元希先生的一句话，这些人就把曾经加诸在她身上的恶毒言语全部收回。

这就是人性！

凤轻尘冷笑。

"怎么？不习惯？"颜老先生察觉到凤轻尘的失神，微微下陷的眸子，闪着睿智的光芒。

他耳朵又不背，怎么会听不到这些人的话，他向来不理俗事，却因为元希说要娶凤轻尘一事，还特意派人打听了凤轻尘的事情。

知道凤轻尘身上经历的事情，颜老先生当即评价道：坚忍！

忍常人所不能忍，受常人所不能受，凤轻尘的坚忍就是男子亦做不到，让人佩服！

"确实不习惯,第一次听到有人这般夸我,有些受宠若惊。"凤轻尘没有掩饰眼中的轻蔑,也没有想过遮掩自己过去的事情。

她不认为自己的过去是不能提起的耻辱,没有过去的经历就没有今天的她。

颜老先生呵呵一笑:"以后就会习惯了。"依元希护短的性子再加上他的名声,轻易没有人敢动他要护的人。

元希可不是大公子,元希成名比大公子早二十多年,根基也深,再加上元希身后没有王家这个家累,他想做什么就做什么,不需要考虑后果。

想到芝兰玉树的王锦凌,颜老先生就觉得可惜,要是没有王家拖累,再过十年,大公子的名声就是他们这些老东西也比不上了,可他随即又想到,要是没有王家的培养,也不会有名满天下的大公子。

福兮,祸兮。就如同凤轻尘此时的情况,元希先生替她造势,虽然给她添了麻烦,可也让人不敢小瞧了她。

看到颜老先生对凤轻尘和颜悦色,有不少人都很嫉妒,如果不是碍于颜老先生与元希先生的名讳,定会有人给凤轻尘难堪。

那些嫉妒的眼神颜老当然也发现了,他并不在意,他相信凤轻尘自己能解决。能入元希的眼,凤轻尘定有真才实学,这些人最初也许会嫉妒凤轻尘、看不起她,可见到凤轻尘的才学后,就会发现双方的差距,到时候这些人连嫉妒的资格都没有。

"苏绾小姐,轻尘小姐,两位请。"候在一旁的小厮见到颜老一行人,立马上前行礼,得颜老同意后才将凤轻尘与苏绾领走。

凤轻尘朝颜老等人点了点头,翩然而去。苏绾虽然被人冷落,可在这些文坛大儒面前却不敢放肆,这些人一句话就足以毁了苏绾的名声,她就是再不满,脸上的笑容也没有变。

下棋,只要一间小小的棋室就行,皇家学院却把棋局摆在空旷的场中央,颜老几个人也围坐在一边,看棋品茶,好不悠闲。

凤轻尘与苏绾入座后,就有小童来问,谁执黑子、谁执白子。

凤轻尘还没开口,苏绾就笑容可掬地解释起来,一副体贴凤轻尘怕她不懂的样子,凤轻尘也不解释,端起手边的茶,道了一句:"好茶。"待到苏绾说完后,凤轻尘才道,"苏绾小姐你是客,便执黑棋好了。"

凤轻尘直接把苏绾当成解说的小婢女了,苏绾心里气极,可偏偏是她自己开的头,她就是再不高兴也得忍。

"绾绾却之不恭,就先行一步了。"苏绾拈执一枚黑子,"啪"的一声落子。

素手纤扬,看美人下棋也是一种享受。

黑色的棋子，落在白玉的棋盘上，色彩落差分外地醒目，稍稍近一些的人都仰着脖子想要看个清楚，似乎这一子就能定输赢一样。

　　"这一子落得好，苏家不愧出自大家族，苏绾小姐虽是女儿之身，琴棋书画却样样精通。"

　　在宫外比试虽然自由，但少了一份肃穆，多了一分喧闹，不过才刚开始就有人议论了起来，不断地夸奖苏绾，好像这一子落下凤轻尘就会输一样。

　　好在凤轻尘没有受影响，一派悠闲地拿起一颗棋子，随意一放。

　　"咦——"这是什么意思？

　　"凤小姐难不成真如传言所说，不会下棋？"

　　"这一子落得比初学者还不如，凤小姐是不会下棋吧？"

　　凤轻尘含笑不语，眼中却带着戏谑，所谓的文人学者，吵闹起来和市井大妈没什么区别。

　　再看看颜老这等大儒，看到她胡乱落子却连眉毛都不动一下，这才是真正的学者风度。

　　察觉到凤轻尘的视线，颜老略略抬头，视线与凤轻尘相汇，没有疑惑、不解与轻视，颜老一如之前，平静睿智。

　　凤轻尘暗赞了一句好气度，便不再多想。苏绾举起黑子，娴静优雅，状似好心道："凤小姐，你可要悔棋？我可以让你悔一步棋。"

　　"举手无悔大丈夫，苏小姐不会连这一点都不懂吧？我这一子落得好好的，为什么要悔？"切，这些人真当她不懂下棋，在这里乱来？

　　活该苏绾倒霉，琴棋书画，凤轻尘唯一擅长的就是棋。她的围棋是跟一个高人学的，对方坚信擅弈者擅谋，作为一个医者应该要会下棋。

　　棋中乾坤大，从下棋就能看出一个人的心思与品行，凤轻尘觉得有道理。

　　凤轻尘初学时，下得一手臭棋，对方也不嫌弃，每每把她杀个落花流水。凤轻尘这人是个倔脾气，她不是输不起，但她输了就一定要努力赢回来。

　　费了一些心思研究棋局，到后来凤轻尘勉强能与对方打成平手，有一次侥幸赢了对方五子，从那以后凤轻尘就再也不去找高人下棋。

　　那高人久久等不到凤轻尘，便主动来找她下棋，凤轻尘却怎么也不肯下，理由很简单，她赢了一次就圆满了，不想再费脑子了。

　　从那以后凤轻尘很少碰棋，诚如高人所言擅弈者擅谋，她不知道自己是不是真的擅长谋略，但她知道什么叫藏拙。

　　要不是苏绾提出琴棋书画的比试，凤轻尘都快忘了自己会下棋了……

第九章　少侠清白不保

　　高手对弈一向是走一步算十步,甚至是算百步。苏绾落子很谨慎,每落一子都要思索再三,凤轻尘却刚好相反,她落子极快,完全不用思考,只看一眼棋盘,手上的白子就落了下去。

　　可是凤轻尘落子完全没有章法,比初学者还不如,让人看不明白她到底是什么意思?

　　刚开始还有人说凤轻尘完全不会下棋,可下着下着,谁也不敢说话了。凤轻尘和苏绾下了二十手,苏绾步步紧逼,凤轻尘随便落子,本以为凤轻尘会节节败退,可偏偏凤轻尘到现在却是一子未失。

　　再看她的气度,不像一般的名门贵女端庄呆板而是悠闲肆意,既有名门贵女的优雅从容又有名士的风流肆意,让人不敢逼视又忍不住偷看,尤其是那双眼时刻带笑一副好相处的模样,可却将对面的苏绾逼得脸色发白。

　　这女娃真让人看不透呀!

　　颜老摸了摸自己的山羊胡,万分庆幸自己心血来潮跑来旁观这一次比试,不然他就错过一场好戏了。

　　凤轻尘下棋的路数和她的人一样,让人看不透,看似不在意,乱走一通,实则心有乾坤,自有盘算。

　　好一个玲珑剔透的女子,看似懵懂无知心里头却什么都明白,换句话说这就是揣着明白装糊涂,扮猪吃老虎,难怪连元希先生也在她身上讨不到好,一眼就被凤轻尘看穿了企图和弱点。

　　元希先生并不是真想娶凤轻尘,元希先生只是好面子,被凤轻尘拒绝了下不了台,这才死缠着凤轻尘不放。

　　想到元希费这么多的心思,也无法知道凤轻尘无弦琴是如何发出声音的,颜老突然发现自己也感兴趣了。

颜老笑容可掬地点了点头，考虑自己是不是也应该参与一番，难得遇到这么有意思的年轻人，一旦错过人生就会少很多乐趣。

凤轻尘一脸悠闲，可她的脑子却在飞速计算棋子，和苏绾可能落棋的地方以及对策，因为太过专注，她错过了颜老眼中一闪而过的光芒。

凤轻尘很清楚她的棋艺并不高，想要取胜只能取巧，下棋最重要的是静心，心平气静才能看清大局，而自己悠闲肆意、落子飞速就是为了乱苏绾的心，只有这样她才有机可乘。

如果说落第一子时，还有人会说凤轻尘不会下棋，不懂下棋；下到二十手时，还能说凤轻尘运气好，可当棋盘过半都落满棋子后，便再也没有人敢小看凤轻尘了。

一个不会下棋的人能在棋下到一半，还不输一子吗？一个不会下棋的人，能在黑子占了先行一步的优势后，将对方压制得死死的吗？

至于运气，下棋这种事情，从来不讲运气，只讲实力。

棋下到了一半，苏绾手执黑子动作依旧优雅可却少了一分从容，也没有了之前的自信与闲适，额头上微微沁出汗珠，眼神也不复之前的清明。

苏绾乱了，她的心乱了。这一子她已经想了一盏茶的工夫，可依旧没有落子。而直到这一刻，她才明白自己被凤轻尘给骗了，什么琴棋书画一样不懂，这话全是外人传的，凤轻尘从来没有承认自己不懂琴棋书画。

比琴，她可以说凤轻尘动了手脚，可说到下棋，她却能肯定凤轻尘绝对是高手。只是，苏绾想不明白的是，凤轻尘既然擅棋，为什么从不见她与人对弈，她的棋艺师承何人？

苏绾抬头看着凤轻尘，注意力从棋局上分走了三分，她很想从凤轻尘脸上看出一些端倪，奈何凤轻尘神情不变。之前被众人说不会下棋时她不恼，此时把苏绾逼得满头大汗她也不喜，整个一没脾气的泥娃娃。

悠闲地品茶下棋，也不说话，更不催苏绾，等苏绾半天落下一子后，凤轻尘又如之前那般，想都不想便放下一子，轻松的模样让人不得不怀疑凤轻尘是乱下一通，只是运气比较好每每都被她撞对了。

当然，这话也只能在心里嘀咕一下，没有人敢说出来。开玩笑，下棋要是光凭运气就行，那他们还钻研棋谱做什么？

苏绾越下越谨慎，她很清楚她不能再输了，这一局要是输了，三皇子定不会放过她。虽说三皇子没有买她赢凤轻尘七局，可却是买她赢五局输两局和一局。

八局的比试，她赢五局，算来也只是刚好赢了凤轻尘，南陵的面子上也过得去。

为了保证她能稳赢，三皇子要求她尽量赢凤轻尘前五局，后面再放水。可现在这个情况，她已经在琴艺上输了一局，要是棋艺又输一局，那么除了骑射的和局外，她必须局局赢。

一想到这一点，苏绾就感觉压力巨大，落子考虑的时间便更久了，于是凤轻尘与苏绾对弈，便从日出比到日中还没有结束。

有不少人撑不住中途离场，也有人听说这里的情况托关系进来围观，元希先生就是其中一个。

作为大名士，元希先生琴棋书画样样精通，只不过他在琴上面的天赋更高。当他看到棋盘上的情况并不吃惊，在他看来能用无弦琴弹出曲子的女子，下棋当然也是别具一格。

皇家学院人来人往，人进人出，舟王、清王、淳王几人也来看热闹了，他们本以为凤轻尘必输，结果一下朝就听到凤轻尘与苏绾还在对弈，顿时来了兴趣，几人一商量就结伴前来观看。

中途走了不少人，可围观的人却越来越多，尤其是有资格坐在棋局边上看棋的人比上午多出一倍，除了颜老外，其他几个身份不算太高的大学者们，纷纷将位子往后移，给几位皇子王爷让出位置。

而这些事情虽然发生在凤轻尘与苏绾身边，可两女却毫不知情，因为她们的心思全部放在棋局上，外界发生的一切根本打扰不了她们半分。

哪怕是凤轻尘，看着一副悠闲惬意的样子，可实际上她的脑子里除了棋盘上那黑白交错的棋子外，什么都没有。

悠闲轻松的样子不过是做给苏绾等人看的，下棋考验棋艺也考验心态。紧要关头，你越是悠闲自信，对方便会心生怯意，认为你有十足的把握，慢慢就会失去斗志，而一旦对方失了斗志，这棋也就不用下了。

夕阳西下，斑驳的阳光洒在凤轻尘的身上，她动了动有些酸痛的身子，借着空档伸手抓起桌上的点心便往嘴里塞。

一天下来两人什么都没有吃，凤轻尘还好，她还能抽空喝个茶、吃块点心，虽然食不知味，可总不至于饿晕自己。苏绾就可怜了，别说吃点心了，三四个时辰过去，她连一杯水都不曾喝。

没办法，凤轻尘落子的速度太快了，她根本不给苏绾喝水的时间，更不要说吃点心了。尤其到了下午，凤轻尘像是故意折磨苏绾一般，苏绾落子后，她在三秒内必落子，根本不给苏绾喘息的机会，成心要把苏绾累死。

下棋的人都知道，下棋是个脑力活，走一步想十步，甚至百步，凤轻尘落子太快，苏绾脑中那根弦一直紧绷着，根本不敢松懈半分。

到后面，对苏绾来说下棋已是一种折磨，她半天想好一步，凤轻尘立马就落子。她还来不及放松一下，又得想下一步如何走，周而复始，一盘棋还未下完苏绾已经惨白了脸，眼见就要撑不下去了。

夜幕降临，皇家书院的书童手脚麻利地将场中央的火盆点燃，火光将书院照得如同白昼，让人清楚地看到场中正在对弈的两个女子的表情。

她们两人一个精神十足，一个虚脱无力，即使胜负未分，可两女在众人心中的地位，却是高下立见。

凤轻尘看了一眼棋盘，知道还差三子这棋局就满了，在心中将苏绾接下来落子的位置和自己的对策想了一遍，再三推算确定无误后，凤轻尘暗暗松了口气。下到这里，她虽然没有必赢的把握，但可以肯定输不了。

倒不是凤轻尘想赢苏绾，实在是，苏绾没那个能力。

凤轻尘会下棋，下得也挺好，可别忘了，苏绾是从小就学棋的，且棋艺极高。她能和苏绾下到五五之数，还得归功于苏绾的轻敌和她诡异的棋路。当然，到后面苏绾失了平日的冷静，也是她没能赢凤轻尘的原因。

最后两子，苏绾看着手中黑子，久久没有落下，她知道自己此时已经无力回天，啪的一声，将黑子丢回瓮中。

"凤轻尘，我们和局。"苏绾终于吐出这句话，似乎将全身的力气都耗尽了，可整个人也松了口气。

终于和局了，再下下去她非累倒不可，可说是和局，苏绾却很明白实际上她输了。

"和局？苏小姐你在说笑吧。"凤轻尘将手中的茶杯放下，一脸惊讶，心里却是笑开了花，她终于等到这一刻了，可累死她了。

下棋虽然不用动力，可她此时却觉得比给西陵天宇医治还要累。以后谁都不要找她下棋，谁找她下棋，她跟谁急。

"怎么？除了和局，凤小姐你还有第二条路？"苏绾看了一眼棋局，不知为何，心里居然有些发虚，估计是凤轻尘的笑容太扎眼了。

凤轻尘没有理会苏绾，而是将棋盘上的棋子一个个收入瓮中，黑白都有，只留下三分之一的棋子在棋盘上。

"刚刚那一局，你说和便是和，只不过和局终归少了点趣味。苏小姐，这是我摆下的一个棋局，如果你能在所有的比试结束前破了此局，那么围棋比试这一项便算我输，如果你无法破局那就和局好了。"表面看上去是她吃亏，可她却用和局与一丝赢的可能性钓住了苏绾，分散了苏绾的精力，让苏绾不得不把精力放在此局上。

擅弈者擅谋，也许她真有谋略的天赋，可惜都是小女儿之间的小打小闹，成不了大事。

诚如凤轻尘所想，苏绾没办法拒绝这个诱惑，她太需要赢了，最后就算没有破局也只是和局，她并不会损失什么。

"既然如此，这棋局的比试就这么定了。"凤轻尘开的口，苏绾也同意，颜老几人当然不会多说，棋局的胜负就这么往后延了。

"好。"凤轻尘不惊不喜，在苏绾思考间，她已经将棋局摆好，笃定从容的模样能把人气死。

凤轻尘将最后一枚棋子摆好，便站起身，朝颜老等人拱了拱手，正准备告辞就发现舟王、清王几人在。

这几个皇子来干吗？凤轻尘求救的脑子有一刹那的呆滞，待到她反应过来后，已经本能地跪下，给几位王爷行礼。

"凤姑娘客气了，快快请起。"舟王最为年长，便代众人开口，为表对凤轻尘的重视，舟王纡尊降贵地上前，将凤轻尘扶了起来。

凤轻尘的礼他们可不敢受，就算凤轻尘当不成他们的九婶，也能做元希先生的夫人，而这两位无论哪一个都是他们需要讨好的对象。

"多谢王爷。"凤轻尘顺势起身，可她刚站起来就迎上淳王灼热深情的目光和元希先生打量的眼神。要是平时，凤轻尘绝不会在意，可今天她却感觉头大，最近她的桃花开得太旺了。

凤轻尘无视元希先生戏谑的眼神和淳王眼中毫不掩饰的爱意，别过脸去，长长的睫毛轻轻覆盖下来，掩去了眼中的疲惫。

凤轻尘素手静立，摆出一副等几位王爷发话的架势。

苏绾一门心思都放在棋局上，此时的她无心对凤轻尘落井下石，而这正是凤轻尘乐见的，这一局她凤轻尘输得起，用这一局的输赢换接下来比试的安静，划算。

舟王、清王和凤轻尘并不熟，相比起来东陵子淳与凤轻尘的交情还算可以。舟王与清王朝东陵子淳使了个眼色，让他与凤轻尘攀谈几句。不想在这孩子眼里、心里全是凤轻尘，根本没有注意到舟王和清王的眼神，站在那里直直地盯着凤轻尘，像是傻了一般。

舟王与清王抚额，早知这样他们还不如劝太子过来，现在大家都不说话，他们怎么开口让凤轻尘再弹一次《碧海苍穹》？

是的，舟王、清王对于凤轻尘如何让无弦琴发出声音很感兴趣。清王虽然常年镇守边关，以武立世，可这并不妨碍他欣赏琴艺，作为太子党，凤轻尘用冰弦琴替太子化解了一次危机，他也是知晓的。

拉来的帮手不顶用，舟王和清王只得自己上，可刚开口就被凤轻尘客气地挡了回来，一提起弹琴，凤轻尘就顾左右而言其他，横竖就是不同意。

如果是别人，舟王和清王还能以权压人，不弹也得弹，可对方是凤轻尘，是他们九叔看上的女人，他们真心不敢用权去压，舟王与清王只能眼睁睁地看着凤轻尘转身离去。

"元希，你这次的眼光不错。"颜老笑呵呵看着凤轻尘的背影，摸了摸自己的山羊胡，笑得慈爱。

"我的眼光什么时候差过？"元希一脸得意。

舟王与清王听到这话相视笑了一下，客套地说了几句场面话，便把还处在失神状态的东陵子淳带走了。

"被颜老和元希先生看重，真不知凤轻尘是运气好还是倒霉？"出门时，舟王感慨了一句。

"当然是运气好了。"清王说出一句连自己都不信的话。

这种事情对于别人来说肯定是好运，可对凤轻尘来说绝对是倒霉的事，她哪有那个能力和时间，陪颜老和元希先生"玩"？

凤轻尘一出学院，就被人拦住了去路，她和苏绾比棋不分胜负的消息不胫而走，学院外，围满了看热闹和打听消息的人。

正在凤轻尘愁楚间，佟珏和佟瑶带着侍卫过来了。

这两人听到学院的消息，去肃亲王府把她之前的侍卫要了回来。有侍卫开道，凤轻尘很快上了轿子，沿途有不少人想上前攀谈，都被侍卫一一挡下。

侍卫能挡住欲上前攀谈的人，却挡不住外面的声音，坐在轿子里，耳边全是嗡嗡的声音，吵得凤轻尘头痛欲裂，恨不得现在就回府，关上门让她清静一下。

"谁能想到，昔日如同过街老鼠一般，是个人都能骂上两句的凤轻尘，会有这般风光的时刻。"西陵天磊与南陵锦凡两人没有去皇家学院，而是坐在凤轻尘必经之处的茶楼上。

"风光？不过是泡沫罢了，一戳就破。"南陵锦凡不以为意，他今天心情不好，很不好。

苏绾一再失利，让他隐隐有不好的预感。他此时正烦躁，要不是凤轻尘身边有高手保护，他真想直接派人废了凤轻尘，看她拿什么比试。

"有人护着，这泡沫就不会轻易被戳破。对了三皇子，夜城少主夜叶在苏绾和凤轻尘比试前一天失踪了。"西陵天磊留下这一句话，飘然离去。

他知道，剩下的事南陵锦凡会做……

凤轻尘回到西区小院后，和昨日一样闭门谢客，无论什么人上门都不见。凤轻尘再三交代佟瑶和佟珏，除非皇上、王爷亲临，不然天塌下来也别吵她。

不知情的人还以为凤轻尘要静心准备明天的比试，可佟瑶与佟珏明白，她们家主子根本不是为了比试，只不过是用脑过度，需要静休。

至于明天的书法比试，佟珏与佟瑶一点儿也不担心，她们知道她们家小姐已经

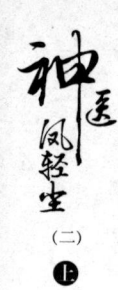

做好了准备。

凤轻尘一觉睡到半夜,吃过东西后悲催地发现,向来倒床就能睡着的自己今晚的精神特别好,怎么也睡不着,索性穿好衣服去书房挑灯夜读,当然她读的不是什么四书五经而是医书。

子夜时分,凤轻尘终于犯困了,正准备回去睡觉,刚一打开门,却闻到空气中若有似无的血腥味。

"什么人,出来。"凤轻尘站在门中央,提高戒备。

小院外有侍卫守护,能悄无声息地闯到内院来,说明对方是高手。

"是我,别出声。"蓝九卿从书房对面的死角处走了出来,右手按在左边的小腹上,防止血滴出来。

声音虚弱,微微喘气,看样子伤得不轻。

"九卿?你又受伤了?"凤轻尘松了口气,要知道自从她身边有侍卫保护,就极少有人半夜偷偷来求诊。

虽然半夜来麻烦她最多的人是蓝九卿,可西陵的太子也来过一次。西陵天磊那人太可怕了,落到他手上就算能保住一条命,清白却不一定能保住,她没有错过那天西陵天磊看她的眼神。

黑暗中,蓝九卿露出一抹苦笑:"嗯,替我处理一下伤口,我明天还有要事要办。"

"先到书房来。"凤轻尘没有多问,打开书房的门,示意他进去。

她虽然承诺,蓝九卿开口要她做的事情,她会尽力去做,可没有想过插手蓝九卿的生活,更没有想过知道他的事情。

"你先去屏风后的矮榻上休息一下,我去拿药。"凤轻尘将书房的门关好,转身就朝佟珏与佟瑶的房间走去。

有些事情,也该让她们知道了。

说起来,蓝九卿今天完全是代步惊云受罪,要不是步惊云失职,他哪里会在这等关键时刻受伤。

夜叶失踪的消息走漏了,步惊云关押夜叶的地方也被南陵锦凡找到。南陵锦凡派了一批死士前去救人,步惊云因为陪宝儿,没有看到守卫人员的求助信号,眼见夜叶就要被人救走,守卫人员没办法,只好发信号给他。

他急忙赶去,把夜叶截了下来,准备转移关押的地方,却在半途遇到了西陵天磊的伏杀,结果夜叶被救,他也受了重伤。

对于西陵天磊利用南陵锦凡一事,蓝九卿甚是佩服,同时亦明白南陵内部出了很大的问题,不然南陵锦凡也不会匆忙行事。

当然，这件事最可恨的还是步惊云，总有一天步惊云会死在女人的肚皮上，他这次非给步惊云一个教训不可。

蓝九卿歪躺在小榻上等凤轻尘，当脚步声响起时，蓝九卿立马戒备起来，如同豹子一般，全身散发着森冷的杀气。

因为他听到了三个人的脚步声，其中两个明显有武功底子，而凤轻尘每次替他包扎都是一个人。

"佟瑶、佟珏，你们在外面等我。"凤轻尘似乎知道蓝九卿的担心，远远地就自报家门。

"是，小姐。"佟瑶和佟珏恭敬应下，小姐让她们准备热水和干净的布条前来，就是把她们当自己人了，但就算是自己人，有些事情也不是她们能知道的。

凤轻尘提着药箱走了进来，对蓝九卿道："外面两个是我的丫鬟，有她们守着会安全一些，你放心，她们可以信任。"

信任是相互的，她既然愿意给佟珏和佟瑶机会，就不会再排斥她们。

"嗯。"蓝九卿知道凤轻尘为人谨慎，虽然小事不计较但大事绝不含糊，尤其是生死攸关的事，凤轻尘向来仔细。

"你先躺好别乱动，我去端水进来。"凤轻尘出去，将佟珏和佟瑶手中的东西接了过来，想了一下，吩咐道："佟珏，让厨房的人炖一锅鸡汤。"

"是。"佟珏明白，凤轻尘虽信任她们，可她们也要守本分，不该问的坚决不问。

"佟瑶，这里交给你了，没有我的命令，任何人不得进来。"外面的侍卫是肃亲王府的人，虽说都给了她，但并不表示每一个都能用，有佟瑶在可以挡住一些不必要的麻烦。

这就是丫鬟的好处，以前这些事周行都会做好，不需要她操心，现在她不得不自己安排。

凤轻尘再次走进书房，将东西放好，又将角落里的几盏灯移了过来，一一点亮。

书房瞬间通亮，很快就引来巡夜侍卫的注意，侍卫第一时间跑了过来，询问一番，确定没事后，侍卫便离开了。

正在清洗蓝九卿伤口的凤轻尘，无比庆幸有佟瑶在外面，不然她还要出去打发人，麻烦。

蓝九卿伤在小腹处，伤口有十多公分长，三四公分宽，刀口深约两公分，只要再稍微往下一点点，蓝九卿的命根子就没了。

因为伤口的位置比较特殊，凤轻尘将伤口附近的衣料剪掉后，示意蓝九卿将裤子褪下来，不然她全剪了蓝九卿就没有裤子穿了。

蓝九卿身子一僵，一动不动，这个时候他才发现，自己伤的不是地方。刚刚凤轻尘替他擦拭伤口时，就碰到了不该碰的地方，要不是他自制力好，说不定就当着凤轻尘的面起了不该有的反应，而把裤子脱了，万一下面要是有什么情况，他根本没办法隐藏。

"还愣着干吗，快点把裤子脱了。"凤轻尘等了半天，也没见蓝九卿动弹，又催了一遍。

"呃——"蓝九卿默然。他一直都知道凤轻尘很彪悍，因为是大夫，凤轻尘在男女之防上面看得比一般的女子更淡，可是蓝九卿从来没有想到，凤轻尘居然彪悍到这个地步。

孤男寡女共处一室，然后让他脱裤子，她不知道这样很容易让人误会吗？

蓝九卿僵在原地，没有动。

"怎么了？伤口痛？"凤轻尘等得不耐烦，眼眸一扫，估摸着蓝九卿伤势太重，自己没办法动手，凤轻尘将手中染血的白布丢在一边，弯下腰就替蓝九卿解裤子。

凤轻尘低头研究腰带的结，好半天才解开，她一心想着把裤子褪下来好处理伤口，没有发现蓝九卿扭捏的配合，更没有发现蓝九卿面具下红得能滴出血来的脸颊。

凤轻尘也不需要把他的裤子全部脱下来，只要褪到伤口处就行了，她中途托着蓝九卿的背，示意他动一下，蓝九卿也异常配合，等到他反应过来时，裤子已经褪至下身重要部位处，再往下不该露出来的就要露出来了。

第一次，蓝九卿觉得包扎伤口是一件累心的事情，因为伤口距离下身极近，凤轻尘手腕不可避免地就会碰到，然后蓝九卿发现自己很不争气地有了反应。

蓝九卿尴尬到不行，恨不得提起裤子就走人，可偏偏凤轻尘一点反应都没有，更没有发现他的异常，很专注地替他包扎伤口。

凤轻尘先是用热水替他把伤口旁的血迹擦干净……

蓝九卿暗暗叹了口气，平息自己的躁动。

因为凤轻尘的专注，蓝九卿的注意力也被转移，看着凤轻尘美丽的侧脸，蓝九卿半天移不开眼。

他很喜欢看凤轻尘救治病人的样子，冰冷、严谨，带着种悲天怜悯的慈悲。这样的凤轻尘他百看不厌。

然后看着看着，蓝九卿就发现自己悲剧了。

凤轻尘将伤口缝好后，起身去药箱里拿外敷的药膏，还有包扎要用的绷带，收回手腕时正好撞上了蓝九卿的一柱擎天。

不寻常的高温，让凤轻尘多停留了半刻，了解了什么情况后，凤轻尘很淡定地收回手："对不起，意外。"

凤轻尘很淡定地瞥了一眼，从容地转身，就好像什么也没有发生过。

"轰——"蓝九卿只觉得全身血液倒流，脸上的热潮刚刚退下又再次袭上来。而这一次比之前更甚，任蓝九卿如何调整呼吸，平定心神，都没用，他的气息越发地凌乱。

凤轻尘取了药，动作麻利地给蓝九卿上药、包扎，根本没有想过蓝九卿会因此害羞。要知道她现在是大夫，在大夫面前病人没有隐私可言，最重要的是这种事蓝九卿一个大男人有什么好害羞的，真要害羞也应该是她。

"你明天还有事要办，我替你多缠几圈，你自己小心一点，尽量不要碰到伤口，要是裂开了可就麻烦了。"凤轻尘将蓝九卿扶起来，拿起长长的绷带，绕着他的腰一圈一圈缠了起来。

蓝九卿的腰精壮有力，正好能让女人的双手绕上一圈抱紧。蓝九卿未来的夫人有福了，凤轻尘偶尔开个小差，如是想到。

为防伤口裂开，凤轻尘又在臀围处多绕了几圈，确保将伤口固定好后，凤轻尘打了个结，将多余的绷带剪掉。

"好了，站起来，我替你把裤子穿上。"凤轻尘完全没有把蓝九卿当男人看，直接当成了生活无法自理的重病患者。

蓝九卿很想说，我伤的不是手，我可以自己穿，可是私心的，他还是愿意接受凤轻尘的照顾。

伤口包扎好后，比想象中好了许多，蓝九卿很干脆地起身，好方便凤轻尘给他穿裤子，却不想"啪"的一声，褪至臀部的裤子在没人拎着的情况下，直接掉在地上，蓝九卿华丽丽穿着一条亵裤、光着两腿、顶着一个小帐篷站在凤轻尘的面前。

这造型……

蓝九卿的脸唰的一下就黑了，双眼如同寒潭深水一般没有一丝的温度，狠狠地瞪向凤轻尘，可惜凤轻尘一点也不怕他。

哈哈哈……要不是蓝九卿身上的寒气太重，要不是场合不对，凤轻尘真想笑出来。

太有喜感了。

大侠耶，高来高去的蓝大侠，居然出了这么大的糗，真是乐死她了，今天晚上就是一夜不睡也值了。

凤轻尘一边忍笑，一边弯下腰，替蓝九卿捡起裤子。

"想笑就笑，别憋伤了。"蓝九卿有些懊恼，又有些郁闷。

他清白不保呀！

"咳咳——"凤轻尘轻咳两声，提醒自己要严肃。

"对不起，是我的工作失误。"凤轻尘一副公事公办的口吻，完全没有一点愧

疼的意思,蓝九卿别过脸去,懒得和凤轻尘计较。

他今天晚上就不应该出门,各种不顺,他回头一定要狠揍步惊云一顿。

凤轻尘不知道蓝九卿纠结的心情,帮他把裤子提起来后,一脸平静地帮他系好裤腰带,看着破了一个大口子的裤子,凤轻尘思索片刻,转身拿出缝合用的针线,三两下就把破裤子缝好了。

凤轻尘缝裤子和缝伤口一样,不是另寻一块布缝在破口处,而是直接把旁边的布拉过来,布料可不是皮没有弹性,结果可想而知。

凤府没有男人的裤子,蓝九卿即使再不愿意,也只能穿着左高又低、左紧右松,极其别扭的裤子出门了。

当蓝九卿穿着凤轻尘出品的裤子,回到苏府密室时,苏文清惊讶得嘴巴都合不拢,一向讲究的九卿,居然会穿一条这么有"形"的裤子出门,他就不怕丢脸吗?

蓝九卿当然怕丢脸了,可凤轻尘完全没有给他提意见的机会,裤子直接在他身上缝的,一缝好凤轻尘就去净手,然后把佟珏准备好的鸡汤端了过来。

"喝碗鸡汤,你需要好好地补充一下营养。"

等蓝九卿喝完鸡汤,凤轻尘也把药箱收拾好了,至于血水什么的,完全不用担心,回头佟珏和佟瑶自会处理。

"九卿,半个时辰后,我的丫鬟会过来收拾。"说完,凤轻尘提起药箱就走人,顺手把佟珏和佟瑶也拎走了,吩咐她们半个时辰后,过来清理。

蓝九卿没有多说,凤轻尘什么都替他想好了,有半个时辰的时间,足够他休息了。

这半个时辰,凤轻尘也没闲着,她刚给蓝九卿治疗好,一身的药味与血味,她要沐浴。

三更半夜说沐浴就沐浴,一点也不考虑下人的情况,让佟珏、佟瑶去厨房把负责烧水的人叫醒,给她烧水洗澡。

她是主子,这是主子的权利。

同样,佟珏与佟瑶也不认为这样有错,凤轻尘是她们的主子,别说半夜烧水了,就是半夜想要吃饭厨房的人也得做。

两刻钟后,佟珏与佟瑶给凤轻尘送来热水,天还未亮,凤府就先热闹了起来,沐浴过后,凤轻尘直接睡觉,后面的事情,自有佟珏与佟瑶去做。

这就是主子和下人的区别。

许是累了,凤轻尘一夜好眠,早上起来时,主仆三人皆默契地不提昨晚发生的事情,凤轻尘抱上一件橙色的衣服,在侍卫的护送下,继续去皇家学院。

第三天,她和苏绾比试书法,比试的地点依旧在皇家学院,不用想也知道,去看热闹的人定然不少……

第十章　魂系九州情与谁共

　　书法比试最不好评判高低，不同的人喜欢的字体和风格都不一样，如果由一个人来评定高低不免有失公允，所以书法的评委共有七人。

　　九皇叔、西陵天磊、颜老、元希先生，另外三人则是以书法闻名的大书法家，这三人来自稷下学宫，不属于任何一方势力。

　　凤轻尘不知道那三位评委的具体身份，也不知道他们偏爱哪一种字体，她只知道对方是权威的，经过了东陵与南陵双方同意的，他们不会偏袒任何一方。

　　可是，凤轻尘却觉得对方想太多了，书法的好坏的确不好评判，可前提是双方的字差距不大，她和苏绾的字那是一个天、一个地，她就不信苏绾和南陵锦凡不知道。

　　她虽然极少有"墨宝"流传出去，可看到她用炭条写的字也应该明白，她的字真不怎么样。

　　轿子在皇家学院外停了下来，凤轻尘一下轿，守在外面看热闹的人就叫了起来："凤轻尘，是凤轻尘来了！"

　　"凤轻尘，真的是凤轻尘，看她的样子好像一点也不担心今天的比试，凤轻尘不愧为我东陵贵女，本以为她八局最多只能赢医术和骑射，没想到第一局就赢了南陵苏绾，下棋还打成了平手。"

　　"凤轻尘，加油，我们看好你，一定要赢那个南陵苏绾，我们可是买你赢五局呀。"

　　八局赢五局，算起来也就是说凤轻尘刚好压苏绾一头。

　　当然，有人希望凤轻尘赢，更多的人则希望凤轻尘输，要知道买苏绾赢的人更多。

　　这些看热闹的人，在乎的不是凤轻尘的输赢，他们在意的是自己下注的银子。

　　不过几天的时间，赌凤轻尘与苏绾输赢的赌盘，已经累积到近十万万两银子，要是赌中了，就能分走近五万万两银子，真正是能让人疯狂。

想到赌局不停疯涨的银子，凤轻尘也很激动，虽然她能拿到的份额变少了，可即便只有百分之一，那笔钱也足够她下辈子衣食无忧。

想要赚大钱，就不能中规中矩、按部就班，想到这些前来围观的人，十有八九都是为她提供银子的主，凤轻尘脸上的笑容就多了一分，客气地朝众人点头："轻尘定会尽全力，不负大家所托……"这是完全不可能的——后面的话凤轻尘没有说出来，只是笑得如同狐狸，漂亮的眼睛眯成一条缝。

赌局，本就是输多赢少，她做不到让大家都赢钱，能赢钱的除了庄家，就只有一小部分人。

"好，好，好，凤姑娘，我们看好你。"凤轻尘亲切有礼，不过这并不是众人看好她的原因，在这些人眼中，凤轻尘的输赢就决定了他们能不能赢钱，谁会跟钱过意不去？

苏绾比凤轻尘晚一步到，凤轻尘准备入内了，苏绾才刚好下轿。虽说输了一场，还有一场胜负未分，苏绾脸上却没有一丝挫败感。

看到凤轻尘身上的衣服，苏绾的脸上洋溢着自信端庄的笑容，缓缓而行，说不出地动人。

说来也巧，苏绾今天也穿了一件橙色的衣服，只不过苏绾的衣服比凤轻尘的华丽，也比凤轻尘的正式，佩戴的首饰也极其贵重。

明明还是少女，却隐隐有了雍容华贵之气，和苏绾一比，轻尘今天穿得就有点普通了，好在，两人没有站在一起。

其实，就算与苏绾站在一起比较，凤轻尘也不怕，她与苏绾虽说穿着同样颜色的衣服却各有千秋。

苏绾端庄华贵，凤轻尘典雅娇艳，各有各的美，虽说与苏绾的华贵相比，她显得有些寒酸，可她也没打算和苏绾比这些。

凤轻尘不想比，苏绾却不会放过这个可以压倒凤轻尘的机会，苏绾入座时，故意扶了扶发髻上镶嵌了红宝石的步摇，又丢给凤轻尘一个挑衅的眼神，不经意地露出手腕上通体碧绿的玉镯子。

评委还没有来，苏绾也不担心会给评委留下坏印象。

凤轻尘不在意地笑了笑，她穿得好、穿得得体，并不表示她会与人在衣服和首饰上面攀比，这不是清不清高、肤不肤浅的问题，而是完全没法比。

她是女孩子，当然喜欢漂亮的衣服和首饰，可她很清楚，在衣服和首饰方面她绝对比不过苏绾。

先不说苏家比她有钱，单说苏家百年的积淀，苏家能拿出的珠宝首饰，是她凤轻尘一辈子买不起，也买不到的东西。

在任何时代，极品珠宝和玉饰之类都掌控在权贵手中，真正的好东西都是代代相传，绝不会流落在外，就算偶有流落在外的，也会被其他世家买走，极少流到市面上来。

暴发户和贵族的区别就在此，暴发户永远只能买市面上最贵最好的东西，而贵族拿出来的每一样东西不是名品却是精品，有历史的底蕴与深度，低调的奢华就是这个意思。

虽说，首饰和衣服并不是越贵重越好，但不得不说贵重的珠宝，做出来的首饰就是比廉价的珠宝做出来的好看，就好比锆石与钻石。

衣服的面料也决定了衣服的好坏，同一款衣服，用不同的面料价格绝对是天差地别，穿在身上的效果也完全不一样，高仿衣服永远比不上正品，两者不放在一起比较还好，一旦放在一起高下立见。

这些道理凤轻尘很早就明白，要说羡慕那肯定是有的，她又不是神仙，做不到无欲无求，没有哪个女人不爱珠宝美服，她也不例外。

可要说嫉妒，这个还真没有，珠宝美服这些东西能拥有最好，不能拥有她也不勉强，毕竟只有吃饱喝足，生活富余，平安康顺后，才有时间去追求那些更高层次的享受。

对衣服她讲究却不苛求，出席正式场合，穿戴得好是给主人面子，也是给自己面子，人是群居动物，完全活在自己的世界那是不可能的。

她会在衣服上下点功夫，让自己大方得体，给人留下一个好印象，但不会将全部的心思，都放在吃穿上面，她很忙。

她第一天穿的那件震撼全场的衣服并不是她自己准备的，那样的衣服可遇而不可求。她后面穿的衣服根本不可能和第一件比，她也没有想过比，却不想苏绾却在衣服上和她较真了，甚至为了赢她，不顾颜面穿出和她同色的衣服，真不知道苏绾怎么想的。

凤轻尘坏心地想，如果她明天失礼地穿一件白衣，不知道苏绾会不会也穿白色，要知道她穿白色还是很适合的。

当然，这个想法只能搁在心里，绝对不能实施。在九州大陆，除非守孝，一般很忌讳穿白衣，在这个时代的人眼中白色不吉利，一身白那是穿孝衣，而穿着孝衣就不适合出门。

就在凤轻尘戏剧性地想着，她和苏绾要是同时穿一身白衣出来，会不会有人认为苏绾家里有人死了时，以九皇叔为首的评委团出现了。

别人没发现，可九皇叔却看到了凤轻尘眼中的戏谑与笑意，顿时就知道她肯定起了什么坏心思，因为她每次搞恶作剧时都这样，就好比昨晚……

一想到昨晚，九皇叔的耳朵就很不争气地红了起来。

西陵天磊挑眉，诧异地看向九皇叔，又打量了一下四周，除了凤轻尘与苏绾穿同色衣服外，没有什么异常呀！

至于其他人，当然不会关注这种小细节。

评委进来，又有皇叔，又有太子，凤轻尘与苏绾也不能免俗，两女同时站了起来，朝众人行礼。

"免礼。"九皇叔是东陵人，七位评委中又数他身份最高，毫无意外他站在中间，也最有发言权。

刚落座，九皇叔就示意身后的太监宣布开始了，看九皇叔的样子是要速战速决。

"桌椅准备好了，两位小姐请。"太监尖细的嗓音响起。

九皇叔坐在中间，不怒自威，寒冰般的脸上没有一丝表情，眼神从凤轻尘身上扫过时，平静的黑眸泛起一丝别人不易察觉的涟漪。

凤轻尘和她带来的小童手上什么东西都没有，她要拿什么写字？她不知道今天的比试要自备笔墨纸砚的吗？又或者说凤轻尘准备放弃？

其实这也是比试不公平的地方，即使两人书法水平不相上下，可在笔墨纸砚规格不平等的情况下也会有很大的差别，明显用好笔、好墨和好纸写出来的字会更胜一筹。

当然，所谓的比试看似公平，可实际上这世间没有一场比试有公平可言，这一点凤轻尘很清楚，所以她一点也不在意比试是否公平，她也没打算公平地和苏绾比。

凤轻尘和苏绾同时起身，朝九皇叔等人行了个礼后，就在自己的位置上站好，苏绾的侍女将笔墨纸砚一一放好，东西一摆出来，立刻就引来了众人的赞叹。

"苏家好大的手笔，那支笔我要是没有看错的话，应该是被前朝皇室赐名龙毫的御笔，龙毫笔只有崔家才能做得出来，此笔不掉毛，沾墨不滴，在前朝是皇室御用之物，随着前朝的灭亡和崔家的归隐而绝迹，没想到苏家还有这等好东西。"

"那是澄泥砚，澄泥砚墨色浓稠，遇水不化。"

"居然用冰丝绸代替纸，冰丝绸着墨不晕染，也不会化开，比纸张更易保存。"

……

看热闹的人你一言、我一语，讨论苏绾摆出来的笔墨纸砚。评委席上，三位来自稷下学宫的大书法家嘴上没有说什么，可他们眼中的狂热却告诉苏绾，他们很喜欢苏绾拿出来的东西。

苏家这次是下了血本，这些东西一摆出就让人明白，苏家也是有底蕴的家族，不是什么暴发户。

听到众人的赞誉，看到众人羡慕的眼光，饶是苏绾尽力克制也掩不住眼中的得意，她拿出来的这些东西，一般人再有钱也买不到。

就是颜老、元希先生和磊太子在看到龙毫笔时，神色也变了一下，唯有九皇叔神色冷淡，根本不将她的东西看在眼里，这让苏绾颇为气馁。

将心中的不满压下，苏绾看向凤轻尘，她倒要看看凤轻尘能拿出什么东西来。

众人惊叹完后也随着苏绾的目光，看向她对面的凤轻尘，虽然众人不认为凤轻尘能拿出更好的东西，可多少也有些期待。

可是，当众人看到凤轻尘从袖子里取出来的东西后，直接愣在当场，不知道要说什么了。

他们没有看错吧？凤轻尘居然带这种东西来参加书法比试，她不知道今天要比什么吗？

她不准备笔墨纸砚也就算了，可也不能准备这种东西吧？

别说围观的人，就是评委席上的七个人，也都伸长脖子，一个个怀疑自己看错了，要不就是怀疑凤轻尘疯了。

苏绾研墨的手一顿，随即便笑了出来，一如既往地端庄得体，可只有她自己才知道，她这个笑容充满了多少的讽刺与轻蔑。

面对众人不解、轻蔑、嘲笑的眼神，凤轻尘只淡淡一笑，丝毫不将这些放在眼中。

她根本就没打算和苏绾拼毛笔字，她今天是来投机取巧的，至于能不能赢，就要看运气和九皇叔够不够强势了。

"凤轻尘，如果你没有带笔墨纸砚，我让人给你送一套。"颜老的山羊胡一抽一抽的，要不是他顾及面子，怕是会和元希先生一样，身子往前倾，眼睛睁得像铜铃一样大，失了大儒的风度。

"咳咳，我那里有一套不错的笔墨纸砚。"元希先生回过神后，立马坐正，心中哀叹，他和凤轻尘之间估计真有孽缘，她是唯一一个能让他在外面失了形象的人，还不止一次。

"多谢颜老和元希先生的厚爱，轻尘用这个就好。"凤轻尘指了指桌上的东西，笑得云淡风轻。

"桌上那些东西？连一张纸都没有，你打算把字写在哪里？写在桌子上？还是那些米上面？"元希先生的嘴角抽了抽，他发现自己真的看不懂凤轻尘。

之前是无弦琴，现在又拿出一把米和一枝看上去像笔，笔尖却比针还细的东西，

凤轻尘就不能正常一点吗？

琴棋书……三样比试，除了对弈还算正常，凤轻尘就没有做一件正常的事情，元希先生真想把凤轻尘的脑子打开，看看她脑子里到底装了些什么东西。

"元希先生说对了，轻尘的确准备把字写在米粒之上。"凤轻尘道。

"怎么可能？米粒上也能写字。"不仅元希先生不信，其他人也是一脸的不敢相信，唯有九皇叔神色不变。

他终于明白凤轻尘为什么一点也不担心与苏绾的比试了，原来她早有对策。

凤轻尘的对策，和她下棋的路数一样，诡异难测，想人所不敢想。

"有什么不可能，元希先生可不要小看这米粒，米粒虽小作用却不小。"凤轻尘取出一粒米，捏在手中，"元希先生不相信，我能在米粒上写字吗？"

这个……信还是不信呢？

元希先生纠结了，这个问题好像不太好回答，实际上他肯定不信，可是看凤轻尘那副十拿九稳的样子，他现在说不信，万一凤轻尘真在米粒上写出了字，他的面子往哪里摆？

说信，好像又有偏向凤轻尘的意思，他现在可是评委，身为评委，要公正。

凤轻尘也不等元希先生回答，自顾自道："苏小姐能在丝绸上写字，我当然也能在米粒上写字，书法比试可没有规定一定要用笔在纸上写。"

"确实是没有这个规定。"颜老点头，算是同意凤轻尘在米上写字。

苏绾皱了皱眉，如果是以前，她肯定会认为凤轻尘这是在哗众取宠，可经过无弦琴和昨天对弈一事，苏绾知道凤轻尘这个人奸诈得很，偏偏她也不能反驳凤轻尘的话。

"凤小姐，你真要在米粒上写字？你那里可有上百粒米，不会一粒米上只写一个字吧？"苏绾一脸好心，可却掩不住她挖坑给凤轻尘跳的坏心思。

在座的都不是什么蠢人，哪能听不懂苏绾的话，凤轻尘还没有说话，元希先生就道："苏小姐，这并不是你需要担心的事情，你二人书法上的造诣孰高孰低，由我们七人决定，你只管写好自己的字就行了。"

元希的话刚落下，就感觉一股寒气袭来，扭头望去，毫无意外地与九皇叔的视线交汇，九皇叔以眼神警告元希先生，凤轻尘的事不需要他管。

元希先生抬了抬下颌，正准备回之挑衅的眼神，九皇叔的警告瞬间变成杀意，元希先生身子一紧，随即若无其事地别开眼，一副我不屑和你计较的样子。

"哼——"九皇叔冷哼一声，连多看元希先生一眼都懒得。

元希先生面上不显，心里却把九皇叔从头骂到尾，最后把九皇叔小小年纪却能以气场压制他，归功到九皇叔的血脉上，蓝氏后人嘛，天生的皇族。

两个男人，相差十多岁，却因一个女人而起争执，最主要的是他们居然不掩饰，当着这么多人的面就争风吃醋起来，这还真是……有失身份呀。

不过众人也乐得看戏，凤轻尘与苏绾的比试很有看头，附加的戏码也很有爱。

凤轻尘与苏绾的比试谁胜谁负，众人还不知道，可九皇叔与元希先生的较量，却是出了结果，虽然看上去像是平局，可大家都知道九皇叔略胜一筹。

苏绾看向凤轻尘的眼神，也由轻视转为羡慕。

能让九皇叔和元希先生为她争风吃醋，凤轻尘虽败犹荣，如果可以，她宁可和凤轻尘换一个身份，哪怕是输了，她也满足，可惜……她只能是苏绾。

一欢喜一失落，苏绾的情绪反倒平静下来，不再管凤轻尘，专心研墨，准备写字。

凤轻尘也没有回答苏绾的意思，答什么答？诚如元希先生所言，有资格评定高下的只有七个评委，苏绾和她一样是参赛者，根本没有资格质问她。

苏绾让侍女把椅子移开，闭眼、吸气、呼气，再次睁开眼时，双眼一片澄明，苏绾提笔、蘸墨、落笔……

凤轻尘则坐在椅子上，从一把米中，挑出最饱满的两粒，捏在手中，拿出一旁的"细笔"，整个人几乎趴在桌上，唰唰唰地在米上写了起来，看上去还真像那么一回事。

说是写字，实际上是刻字。米粒刻字大师能在一粒米上刻上成百上千个字，可惜凤轻尘做不到。

这一次，众人就是把眼睛都瞪直了，也看不到凤轻尘到底写了什么，只好去看苏绾写什么了。

"宁静致远"——苏绾在左侧写下这四个字，至于右侧，众人不用猜也知道，定是"淡泊明志"。

这八个字，明显是讨好评判的人，颜老、元希先生，和稷下学宫的三位书法家，自诩君子，而这八个字便是君之子风。

至于九皇叔和天磊太子——九皇叔讨好不来，天磊太子则不用讨好，苏绾只要得到稷下学宫三位书法大家的认可，她就赢了。

"横轻竖重，笔力雄健圆厚，气势庄严雄浑。这一手颜体，可以和当世书法大家媲美了，苏绾小姐小小年纪，就能写出颜体的端庄美与阳刚，不愧为南陵苏家的女儿。"

"法度严峻、气势磅礴，不错不错。"稷下学宫三位书法家，也露出了满意的神色，至于凤轻尘——

除了九皇叔的眼神还在她身上外，其他人的眼神都落到苏绾身上。

没办法，凤轻尘那里实在没有看点，最主要的是，也没有几个人相信凤轻尘能在米上写出什么漂亮的字来，最多写个"一"字罢了。

"宁静致远，淡泊明志。"

一炷香后，苏绾收笔，等墨迹干了，就可以呈上去给七个评委看了。

苏绾那里没事了，众人又转向凤轻尘这边，只见凤轻尘将手中的米粒放下，又拿出另外一粒继续埋头苦干。她的神情严谨专注、一丝不苟，可完全没有书法家的气度，众人只看了两眼，就收回眼神，坐在那里等呀，等呀……

终于，苏绾的字干了，可以送上去给七个评委看了，凤轻尘也宣布写完了，从袖子里取出一个木制的小托盘。

小托盘取出来时，众人只感觉眼前一花，好像有一道亮光闪过，等到众人看到小托盘时，才发现手掌大小的托盘上面，居然有一块被打磨成平面的透明水晶。

凤轻尘将写了字的两粒米，放在透明水晶下面，示意身后的小童送上去。

小童上前，看到托盘上的米粒双眼放光，一副不敢置信的样子，直到凤轻尘出口提醒，他才回过神来，小心翼翼地捧着水晶托盘，生怕把两粒米给弄丢了。

众人不明白凤轻尘这唱的哪出戏，可他们伸长了脖子也看不到上面有什么玄机，当下只得按捺住性子，等评委先看。

在凤轻尘取出水晶托盘的刹那，苏绾就感觉不安，抬头望去却见凤轻尘神色如常，只是不停地眨眼睛。

咳咳，一直盯着米粒，她的眼睛累了。

苏绾的字自是不用多说，众人早就看到了，完全当得起一个好字，除了九皇叔其他六人都点了点头表示满意，不过他们最期待的还是凤轻尘的米上字。

没办法，凤轻尘成功地勾起了他们的好奇心。

小童捧着水晶托盘，在万众期待下走到了评委台前，面对七双"火辣辣"的眼神，小童不知道自己该把水晶托盘放在谁的面前。

九皇叔咳了一声，吓得小童差点把手中的水晶托盘给掉了，三步并作两步将水晶托盘捧到九皇叔面前，九皇叔满意点头，其他六人则恶狠狠地瞪向小童，吓得小童连忙退下。

九皇叔还在想，这米粒上的字要怎么看，哪知一低头，就看到偌大的八个字。

"魂系九州，情与谁共。"

"什么？凤轻尘真在米粒上写出了字，还是八个字。"元希先生惊呼，也不等九皇叔同意，越过身边的西陵天磊，伸手抢了过来。

九皇叔本想制止，可担心这两粒米经不起他们拉扯，为了凤轻尘的胜败，九皇叔当下只得忍了。

"真的是'魂系九州,情与谁共'八个字,好端正的楷体字。"元希先生此言一出,众人都不淡定了,苏绾更是直接跳了起来。

怎么可能?凤轻尘居然真在一粒米上写出了四个字,还能看清?

"魂系九州,情与谁共。"西陵天磊看到这八个字后,不由自主地抬头看向凤轻尘,可惜凤轻尘和他没有默契,她正在缓解双眼的疲劳,根本没空管评委怎么看。

她该做的、能做的都做了。尽人事,听天命,她已经尽了最大的力,结果如何不是她能控制的,她再紧张也没用,剩下的只能交给那个可以决定她胜负的人。

因为评委心急,凤轻尘的"作品"很快就传了一圈,七个评委迫不及待地看了一遍后,只来得及惊叹米上也能写字,还没空仔细去看凤轻尘的字体。

除了九皇叔,其他评委都准备再看一遍,可是九皇叔一直握着凤轻尘的"作品"不肯放手,六人互相看了一眼,默契地放弃了与九皇叔相争的打算。

凤轻尘写的字并没有什么出彩的地方,方正的楷体,就像是印刷出来的一样,可偏偏在米上写出来,不知不觉便成了一个加分项。

魂系九州,情与谁共。

宁静致远,淡泊明志。

都是八个字,一个颜体,一个楷体,这个还真是不好评判孰高孰低,六个评委当下便讨论起来,元希先生说凤轻尘的字精巧,她更胜一筹。

颜老说苏绾的字有风骨,凤轻尘的字有风格,不好评价。

稷下学宫的三位书法家则说,苏绾的字才算书法,凤轻尘的字真不好说,那一手小楷要是写在纸上,实在没有什么出彩的地方,可写在米粒上就不一样了。

西陵天磊说,这是书法比试,比的不是精巧与风格而是字,既然双方都写了八个字,我们就单说这八个字,从这八个字来评定好坏。

"天磊太子这个提议不错。"稷下学宫的三位书法家附和,这也就表明他们认同苏绾胜出了。

颜老与元希先生不说话,他们是大学者,得保持风度,就算想偏向谁也不能做得太明显,西陵天磊就是知道这一点,才故意拿话挤对颜老与元希先生。

其实西陵天磊并不在意苏绾的输赢,他在意的是夜叶。夜叶希望苏绾赢,他就卖夜叶一个面子,夜叶欠他越多越好,日后哪怕夜叶不愿意也得站在他这边。

西陵天磊有心要卖夜叶一个好,越过九皇叔直接与稷下学宫的三位书法家,定下苏绾与凤轻尘的输赢。

"九皇叔,既然你没有意见,本宫就宣布书法比试的结果了。"西陵天磊礼貌性地征求九皇叔的意见，七人当中已有四人认定苏绾胜，九皇叔根本没有改变结果的能力。

"比试结果？谁说比试结果出来了，你们难道没有看到，凤轻尘除了在米粒上写下'魂系九州，情与谁共'八个字，米粒的两端还有字吗？"九皇叔慢悠悠地将小锦盒推到颜老的面前。

"轻尘以待！凤轻尘居然在米粒的上下两端各写了一个字，好巧的心思。"颜老更想说，九皇叔你的眼睛到底是怎么长的？那么小的字，又没有透明琉璃放大，居然还能看到？这眼神儿也是神了。

"果真是，米粒的两端也有字。"元希先生移动米粒，方便用琉璃镜将上面的字放大。

凤轻尘一愣，她有在米粒两端写字吗？

想了想，凤轻尘用力点头。她练习的时候就在米粒的两端写了字，没想到随手一挑，就挑到了有字的两粒米，最主要的是，那四个字还真是诡异的搭配。

她记得自己在米粒上面写的是"倾城以待，轻尘所愿"，没想到最后变成了"轻尘以待"。好吧，她现在解释也没用。

凤轻尘默默地坐着不说话，眼眸微微向上，正好对上九皇叔若有所思的眼神，凤轻尘淡淡地闭眼，从容地别过脸。

九皇叔想太多了，这十二个字真心与他没有关系，写"魂系九州，情与谁共"不过是心有所感罢了。

她原本想写"海内存知己，天涯若比邻"，可觉得这句太高调了，无弦琴的事情还没有解决，她真心不想再戴上个"大才女"的帽子，她撑不住呀。

面对凤轻尘无声的拒绝，九皇叔只感觉心口一痛，原本就没有什么血色的脸，此时白得如纸。九皇叔知道他此时的状态不好，不愿意与西陵天磊周旋，暗暗吸了口气，不给西陵天磊高谈阔论的机会，直接开口拍板。

"凤轻尘的字大家也鉴赏了，现在开始评判胜负，为了表示公平，我们采取匿名圈选的办法来评定输赢。稍后，太监会给众位发纸和炭条，纸上面写有苏绾和凤轻尘二人的名字，各位认为谁赢，就将谁的名字圈起来，叠好后放入事先准备好的竹筒里，到时候就由苏绾小姐和轻尘小姐一同拆开，谁的名字被圈出来得最多谁就胜出。"九皇叔一直没有发表意见，可一开口就强势得不容拒绝。

九皇叔话一落下，小太监就将写了凤轻尘与苏绾名字的纸，发至七位评判人的手中，九皇叔也不例外。

由此可见，九皇叔早有准备！

"九皇叔，这样不好吧？"西陵天磊皱眉，他总感觉这事有问题。

九皇叔斜了西陵天磊一眼："有什么不好，天磊太子不觉得本王这个办法，最是公正不过吗？"

是很公正，可在苏绾即将要赢的关键时刻来这一招，九皇叔这是什么意思，垂死挣扎？这可不像九皇叔的作风啊。

"九皇叔这个办法确实公正，我同意。"颜老与元希先生一前一后开口。

稷下学宫的三位书法家也连连点头表示同意。开玩笑，他们刚刚只是稍稍表示了下对凤轻尘的欣赏，就感到一股强大的杀气，语气一改又感觉寒气袭背。横竖都讨不了好，索性用九皇叔这个法子好了，到时候不管结果如何都与自己无关。

"九皇叔，书法评判从来不是这样的。"苏绾不知道九皇叔与凤轻尘打什么主意，只知道不能采取九皇叔的提议。

"书法比试，也不会有人拿龙毫笔写字，更不会有人在米粒上写字，既然这一次的比试特殊，评判的方法当然也不同。真金不怕火炼，难道苏绾小姐对自己的字没有信心？"

九皇叔几乎是一个字一个字地说道，慢得能让人发火，话中轻视的意味很明显，可偏偏他的语气与神情自然至极，让人想发火也找不到地方。

苏绾气极，差点就把龙毫笔给折断了，九皇叔和凤轻尘一样讨厌，一句话就把她的退路堵死了。

在这样的情况下，她还能说什么？

九皇叔的提议极其公平，她对自己的字也有信心，苏绾一双美目从七个评委身上扫过，最后落在稷下学宫的三位书法家身上，见对方并无讨好九皇叔之意，苏绾稍稍安心。

"既然九皇叔认为这样公平，那就开始吧。"苏绾后退一步，颇为君子地拉开自己与评判台的距离。

凤轻尘就懒多了，直接背过身去。

到这一刻，她终于不用再担心了，九皇叔出手了，这一场比试她赢定了！

稷下学宫的三位大书法家动作迅速，拿起炭笔就圈了起来，随即又飞快地将纸叠好，颜老与元希先生则稍稍犹豫一下才落笔。

西陵天磊待到稷下学宫三位评委圈定后，才慎重地落笔画了一个圈，慢条斯理地将纸叠好，丢入竹筒内，最后只剩下九皇叔。

"九皇叔，该你了。"西陵天磊见九皇叔半天没有动作，眼带笑意地提醒道。

"替本王将凤轻尘的名字圈出来。"九皇叔往后一靠，根本没打算自己动手。

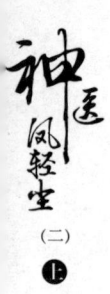

"是。"九皇叔身后的太监上前,代九皇叔圈好,也不再叠纸,直接丢入竹筒内。

九皇叔的答案,根本没有秘密可言,折起来也没意思。

"九皇叔这是公然徇私?"西陵天磊挑眉,九皇叔玩出匿名评判到底是什么意思,不会是故意吓苏绾吧?

九皇叔应该没那么无聊。

"徇私?本王怎么徇私了,选了凤轻尘就叫徇私?天磊太子你这是什么道理?难不成只有圈出苏绾的名字才叫不徇私?既然如此,苏绾还和凤轻尘比什么,她直接说自己天下无敌就好了。"九皇叔将在凤轻尘那里受到的气,全部发泄在西陵天磊和苏绾身上。

西陵天磊被九皇叔噎住了,愣了一下才道:"九皇叔你确实没有徇私,你对凤小姐的厚爱我们也都看在眼里,凤小姐的一举一动在你眼中当然都是好的。"潜台词,依旧是九皇叔徇私。

"本王向来爱屋及乌,怎么,天磊太子有意见?"九皇叔理直气壮地承认,反倒让西陵天磊不知说什么好。

正好,苏绾与凤轻尘上前,将七位评判的字条展开,毫无意外,凤轻尘第一个将九皇叔的那张字条展开。

"凤轻尘。"凤轻尘笑着将自己的名字念了出来。

九皇叔从来不打没有准备的仗,既然九皇叔如此高调地站在她这边,她就赢定了。

苏绾伸手,从竹筒中取出一张纸展开:"苏绾。"

凤轻尘笑了笑,接着摸出第三张字条,很淡定地念道:"苏绾。"

"苏绾。"一连三张,全是自己的名字,苏绾的眼中闪过一抹暗喜。

一比三,竹筒里还有三张纸,只要有一张圈出苏绾的名字凤轻尘就输了,可是不知为何,凤轻尘发现自己就是紧张不起来。

无论她多想将自己的感情从九皇叔身上抽回来,都无法否认她相信九皇叔的事实,所以当她展开字条看到自己的名字,一点并不惊讶:"凤轻尘。"

苏绾取出第六张字条,在心中默默祈祷,一定要是自己的名字,一定要是自己的名字,只要再有一个人圈出她的名字,她就赢了。

苏绾满怀期待地将字条展开,结果却让她失望了。

"凤轻尘!"苏绾语带不满,脸上的笑容也淡得看不到,可这并不能改变她手中的字条圈出来的是凤轻尘的名字。

三比三,平!

竹筒中里最后的字条便是决定苏绾与凤轻尘胜负的关键,第七张字条轮到凤轻尘来打开，可当她看到苏绾即使极力克制也掩不住紧张，好心地问道："苏小姐，最后一张字条了，是你打开，还是我打开？"

"我来。"苏绾上前，将最后一张字条取出。

她苏绾的命运，凭什么要由凤轻尘来宣布。

"咚咚咚……"拿起字条的那一刻，苏绾感觉自己的心脏像是要跳出来一般，她从来没有一刻像现在这般紧张。

琴棋书三局，前两局她一败一和，如果这一局她再败了，三皇子肯定不会放过。三皇子已经警告过她，如果她坏了他的大事，就要把她送给金城城主换取军费。

能决定她胜负的字条就在手中，可她却不敢展开，苏绾双手捏着字条，手心直冒汗，原本还算硬挺的字条，此时蔫巴巴地皱成一团。

反观凤轻尘一脸轻松，见苏绾紧张得快要晕倒，好心提醒了一句："苏小姐？"

苏绾一怔，很快就回过神来，优雅一笑："凤小姐，你很心急吗？"

苏绾欲盖弥彰，想要通过这种方法告诉众人刚刚紧张的人不是她，可除了苏绾，在场的人都清楚到底是怎么一回事。

凤轻尘懒得和苏绾计较这种小事，大度一笑："我不心急，我只是提醒苏小姐，你手上的字条快湿了，要是字糊了，可就不好辨认了。"

"凤小姐放心，字条上的名字绝不会弄糊。"苏绾脸上的笑容越来越平静，可眼中的急切却不减半分，捏着字条的手指也在不停地颤抖。

颜老与元希先生同时摇了摇头，南陵苏家女儿的心态与气度居然比不上无父无母的凤轻尘，真是让人失望。

一个过分在乎输赢的人，真能写出有风骨的字吗？颜老和元希先生怀疑自己圈出苏绾的名字，是不是错的？

是的，颜老与元希先生圈出来的人是苏绾，别看元希先生嘴里偏帮凤轻尘，可事关书法这等雅事，元希先生不会让自己的感情超越理智，在他眼中苏绾的字本就比凤轻尘的字好，他选苏绾很正常。

至于颜老，那就更不用说了，颜老有自己的原则，口头上偏帮凤轻尘，已经是给凤轻尘面子，评判胜负是一件神圣的事情，颜老绝不会允许自己感情用事。

苏绾的动作再慢，也无法阻止字条展开，颜老与元希先生看到被圈出来的那个名字，两人的脸上同时浮出了笑容。

虽说他们看走眼了，可结果却是圆满了。

"怎么可能？"苏绾展开字条，尖声叫道，"不可能，怎么会是凤轻尘？你们一定搞错了，九皇叔是你，是你动了手脚对不对？我的字明明比凤轻尘写得好，你

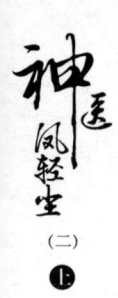

们怎么可以评凤轻尘胜？"

苏绾愤怒地将手中的字条撕了个粉碎，多输一局她就多一份危险，她不要输也不能输，她不要嫁给金城城主，她不要！

"我赢了。"凤轻尘在心中默道，唇角微扬，面上却是一副不喜不悲的样子，不是她装淡定，而是她不敢刺激苏绾。

没看到苏绾都快疯了嘛，她要是得意地大笑，万一把苏绾刺激地发狂了怎么办？

输了咱要挺直背脊，不能叫人轻视；赢了咱要谦虚，表现出胜利者该有的气度。

凤轻尘无视苏绾的控诉与指责，仪态万千地朝七位评判福了福身，准备告辞。

赢了，她还留在这里做什么，拉仇恨值吗？

"凤轻尘，你给我站住。"凤轻尘想走，苏绾却不让，一个大步挡在凤轻尘面前。

前一秒还是华贵雍容，这一刻就变成了愚昧的泼妇，发髻上的珠宝在阳光的照射下，闪着耀眼的光芒，将苏绾的丑陋放大，她与凤轻尘站在一起高下立见。

所以说，同色衣服除非情侣装，平时最好不要穿，对比太明显了，凤轻尘在心中默默地提醒自己。

"咳咳——"清了清嗓子，凤轻尘语气温和地道，"苏小姐，你还有事？"

"凤轻尘你真以为自己赢了吗？你别想一走了之，今天的事情，你和九皇叔都必须给我一个解释。"苏绾义正词严道。

"解释？你要本王给你什么解释，南陵苏家的小姐这是输不起吗？"九皇叔站了起来，朝凤轻尘走来，站在凤轻尘的身边，与苏绾面对面。

苏绾的脸上闪过一抹难堪，不过很快就收了起来："输不起？九皇叔，我苏绾绝不会输不起，但我不能输得莫名其妙，我和凤轻尘的字，有眼睛的人都能看出高低，这样的情况下，你们居然还能让凤轻尘赢，你让我怎么想？"

是的，就是莫名其妙。

对弈她没什么好说的，是她轻敌了，被凤轻杀了个措手不及，可是琴艺与书法，明明她比凤轻尘强，可结果她却输了，莫名其妙地输了。

什么无弦琴，什么米上写字。

无弦明明弹不出声音，凤轻尘那首曲子还不知道是怎么一回事呢。至于米上写字，那怎么了，别具一格就不需要讲究字体风骨了？

越想，苏绾越觉得委屈。

不公平，这个比试一点儿也不公平，凭什么这些人一个个都向着凤轻尘，为凤轻尘说话？凤轻尘明明就不如她，凭什么能压过她？

苏绾眼中的疯狂，凤轻尘看得很清楚，她不屑与这种人计较。

凤轻尘把后脑勺留给九皇叔，摆明了让九皇叔解决此事，不想不等九皇叔开口，颜老就站了起来。

"苏小姐，字如其人，字与人，二而一，一而二，如鱼水相融，见字如见人。书、心画也，书法是人的心理描绘，是以线条来表达和抒发人的情感心绪变化，从你身上我看不出你的字有多好。"颜老留下这句话，一甩衣袖，愤然离场。

苏绾顿时错愕，她怎么也没想到，颜老会出面指责她，还用如此严厉的语气，她——

输了，也毁了！

第十一章 欲求不满的男人

成王败寇，不管苏绾如何不满、如何不服，她的字又写得如何好，最终赢的人还是凤轻尘。

虽说凤轻尘这是投机取巧，赢得并不光明正大，可她一点也不在意，即使有人指指点点，说她靠关系赢的，她也是一笑而过。

关系也是能力的一种，有颜老的那一席话，稍微有点脑子的人都能明白，苏绾不是输在了字上，是输在了为人上。

品高则下笔妍雅，苏绾的作为生生毁了她那手好字，此时再看她的字只觉得匠气太重，灵气全无。

不是每一个人都会爱屋及乌，但大部分人都会恨屋及乌，苏绾算是倒霉了。

书法比试的时间最短，可对凤轻尘来说却绝不比对弈轻松。对弈是脑力劳动，米上刻字是脑力与体力劳动结合，她现在不仅头疼、眼睛疼，手指还酸，真想回去让佟珏和佟瑶替她按摩一下手指，要知道她明天还有一场绘画比试，那也是伤手指的事情。

想到这里，凤轻尘便加快了脚步，可她脚步放快，发现身旁那人的脚步也加快了，一直与她并肩而行。

两人联袂而出，绝对会引起轰动，西陵天磊才说九皇叔徇私，而比试一结束他们就一起回去，这不是存心让人多想嘛。凤轻尘犹豫了一下，停下脚步，恭敬地行礼道："九皇叔，我们不同路。"

凤轻尘不着痕迹地后退一步，拉开自己与九皇叔之间的距离，要知道现在外面疯传，她和苏绾的比试是为了争九皇叔。

虽然事实是如此，但被人说出来还是觉得难堪。

"本王送你回去。"九皇叔的眼中闪过一抹受伤，自从她与苏绾的比试开始后，凤轻尘就一再拉开他们两人的距离，好像生怕与他扯上关系一般。

明明那天他都说明白了他喜欢她，这个女人也承认了，可一转头，他把房契的事情办妥了，这女人就把他一脚踹开了，还指责他欺负她、算计她。

九皇叔实在不明白，凤轻尘这到底是什么意思，女人的心果真难懂。九皇叔发誓，除了凤轻尘，他绝不会再招惹其他的女人，一个凤轻尘就快把他烦死了。

"这个不太好吧，我有护卫。"凤轻尘一脸为难。

现在正是比试期间，她的一举一动都有人盯着，一个小细节也会被人放大，她和九皇叔走得太近，会给人错误暗示的，九皇叔就算不为自己着想，也要替她想一想吧？

要知道，她的一举一动，可是影响东陵第一赌局的风向，她要是做得太过了，活动得太频繁，她怕有人输不起，暗中向她下黑手。

没多久，凤轻尘就发现自己一语成谶，这皇城还真有一个输不起的家伙。

如果是平时，九皇叔肯定不会勉强凤轻尘，他知道凤轻尘不是一个矫情的人，可今天他就是想把人留下，九皇叔眼珠一转，一本正经地道："换药。"

嗯？

凤轻尘先是一愣，随即想到，那天晚上受伤的士兵这个时候的确该换药了，她最近忙得都忘了。

天大地大健康最大，凤轻尘虽然还是有点小担心两人同进同出带来的影响，可想到那七个士兵的伤，她还是乖乖听了九皇叔的话："九皇叔，你派个人去我家取药箱，我们这就去。"

公事要紧，其他的事情可以放在一边。

"嗯，坐本王的马车。"九皇叔心满意足地点头，转身大步朝他的专用马车走去，过程如何不重要，重要的是结果，结果是他想要的就够了。

凤轻尘对身后的小童交代两句后，小跑着追上九皇叔，看着九皇叔的背影，凤轻尘只想说：为什么，为什么永远都是她在追逐九皇叔的背影，永远都是她在追赶九皇叔的脚步，难不成她来这里就是为了追逐九皇叔的？

九皇叔追着她出来时是并肩而走，可现在她追九皇叔却只能跟在他身后，这实在令人高兴不起来。想不出理由，或者说想出来的理由凤轻尘不满意，于是她就把这归功于身份的问题，九皇叔身份高不习惯走在别人身后。

比试期间，人流量较大，通往皇家学院的那条路禁止马车通行，当然九皇叔除外。

坐上马车后，九皇叔和往常一样坐在左边，空出右边的位置给凤轻尘，马车内准备了清水和点心，一看就知道是为凤轻尘准备的，因为九皇叔只喝茶。

"多谢九皇叔。"凤轻尘也不客气，她的确饿了，也渴了，等下还要给那几个受伤的士兵换药，没体力可不行。

"嗯。"九皇叔应了一声，心中的担忧也少了几分。

马车很稳也很慢，杯子里的水微微起着涟漪，没有一滴洒出来。凤轻尘以为这是九皇叔特意吩咐的，方便她吃东西，可当她吃完了马车依旧极慢，凤轻尘就觉得奇怪了。

凤轻尘自认自己不聪明，但绝对不笨，九皇叔行事有他的准则，九皇叔让车夫慢慢走，肯定是有道理。

所以，即使心中有疑惑，凤轻尘也没有问出来，只闭着眼睛靠在马车上，有一搭没一搭地按摩自己的手指，默默地重温着九卿同学的按摩技术，以至于失神了，当九皇叔说"把手伸出来"时，凤轻尘下意识地就将手伸了出去，待到她回神时，已经抽不回来了。

九皇叔往前挪了一步握着凤轻尘的手，和记忆中一样的冰凉、细腻、柔滑，如同上好的丝绸，让人舍不得放手，九皇叔甚至在想：当这双手抚摸在他身上时，会是什么感觉？

心中一动，九皇叔突然觉得车厢太小，车厢内的温度太高，他需要打开车门透透风，把脑子里乱七八糟的念头给吹走。

"九皇叔，你放手，你握痛我了。"凤轻尘不满，想抽回自己的手，九皇叔却越握越紧，手背上都勒出了红色的指印。

"别动。"九皇叔暗暗吐了口气，平静自己的心神，稍稍松手，随后不顾凤轻尘不满的神色，温柔而认真地替她按揉着十指。

九皇叔低着头，眼里只有凤轻尘的十指，明明只是按摩十指的小事，可九皇叔做出来，却别有一番韵味。

认真、专注，隐约还有一丝小别扭和紧张，小心翼翼地捧着她的十指，动作轻柔到不可思议，好像生怕一用力，就会弄疼她一般。

位高权重，十指不沾尘埃的王者，怕是从来没有做过这种事情。此时此刻，九皇叔纤尊降贵地为一个女人做这种小事，是个女人就会感动，而凤轻尘亦是一个女人。

凤轻尘眼中闪着泪光，她真的希望时间永远停留在这一刻。

九皇叔按揉得极有技巧，力道略有些，但并不痛，指腹间有一丝酥酥麻麻的感觉，冰凉的十指隐约有种灼热的感觉，手指上的酸痛很快就消失了。

凤轻尘舒服得快要睡着了，能在这么短的时间内消除她十指的酸痛，凤轻尘可以肯定九皇叔的水准绝对在蓝九卿之上，凤轻尘甚至怀疑九皇叔是不是特意学过。

凤轻尘吸了吸鼻子，好吧，她承认这个想法让她窃喜也让她暗爽，可她终归是一个理智的人。感动过后，凤轻尘的脑子又开始飞速地运转起来，越想越觉得奇怪，蓝九卿懂得按揉穴位的技巧她还能理解，常年摔打的人总有一些缓解酸痛的技巧，可九皇叔怎么也会？

想不明白，凤轻尘便懒得去深想，有些东西不能往深里想，一想多就会想要知道更多，然后就危险了。

还是那句话，知道得越多死得越快，她还想多活几年，她一点也不想碰触九皇叔身上的秘密，她现在感兴趣的是九皇叔这套按揉手指的技巧。

凤轻尘心里如同被猫抓一般，特别想问九皇叔可不可以教给她。蓝九卿不肯教，九皇叔应该会教吧，毕竟九皇叔又不靠这个吃饭。

可惜九皇叔似乎知道她的想法一般，她还没有开口，九皇叔就道："以后双手要是累了，记得告诉本王，本王不在也会安排人过去。"

那就是说，以后替凤轻尘按揉双手的活，九皇叔包下了，凤轻尘别想抢，当然也不会教给她。

"这个……"不太好吧。

九皇叔眼皮一抬，瞪了凤轻尘一眼，很不客气地打断她的话："坐过来一点。"

说话时，九皇叔将中间的小桌椅往车厢里侧一推，把两人之间唯一的阻碍消除，示意凤轻尘上前，可是……

马车太大了，凤轻尘就算再往前，两人之间的距离也摆在那里，凤轻尘已经尽力往前倾身了，可九皇叔依旧不满。

"坐这里。"九皇叔往右侧挪了挪，空出身侧的位置。

与九皇叔并排坐？

凤轻尘感觉压力很大，硬是没有起身，可她忘了她的双手被九皇叔握在手中，她不动九皇叔可以自己动。

凤轻尘没有发现九皇叔是何时用力的，又是怎么用力的，她只知道她的身子不受控制地转一圈，然后她就坐到了九皇叔身侧，还是紧挨着九皇叔的那种。

靠得太近，轻轻的一个呼吸，九皇叔身上特有的竹香便扑鼻而来，不知是凤轻尘想太多了还是怎么了，凤轻尘总觉得九皇叔身上有一股熟悉的药水味。

为了证实自己的怀疑，凤轻尘侧过头靠近九皇叔，用力地吸了口气，还没来得及分辨九皇叔身上的味道，九皇叔就往她脑门上一弹："发什么呆呢？"

啪的一声，在凤轻尘的额头留下一个红印。

"哎哟。"凤轻尘呼痛，也忘了自己的怀疑，哀怨地瞪了九皇叔一眼，想要伸手去揉一揉生痛的额头，可双手却被九皇叔紧握不放，怎么也抽不出来。

凤轻尘不高兴地说道："放手！"凤轻尘不知道，她此时的语气完全就是小女儿撒娇，没有一丝威严。

九皇叔的眼中滑过一抹笑意，淡漠的气息收了起来，整个人变得柔和了许多，侧过脸，在凤轻尘的额头处，轻轻落下一个吻："不痛了。"

这是哄小孩子的语气，可九皇叔的动作却不是哄孩子，九皇叔落下一吻后，并没有就此离开，而是轻轻舔着凤轻尘的额头，凤轻尘顿时感觉额头一阵温热。

"轰——"

血液逆流，凤轻尘整个人都懵了，她脑子里只有一个想法，那就是九皇叔在吻她。

九皇叔发什么神经了！

凤轻尘惊吓多过于高兴，整个人都僵硬了，像木头一样杵在原地一动不动。

九皇叔此举绝不是有预谋的，完全是意外。看到凤轻尘额头上红印子，九皇叔想到小时候先皇后哄太子的画面。每一次太子发病难受时，先皇后都会亲一亲太子的额头，太子随后就会露出灿烂的笑容。

那个时候，他很羡慕太子，他小时候练武，身上到处都有伤，每天都痛得睡不着，他每天都期待，有一个人能像先皇后亲太子那样亲一亲他，将他身上的疼痛亲走，可惜没有。

不管他受多么重的伤，都没有那样一个人。

后来他长大了，明白了受了伤，并不是亲一下就可以不痛的，可今天看到凤轻尘呼痛，再加上双手不得闲，九皇叔心中一动，便低头在凤轻尘的额头上落下一吻。

亲一亲，虽然还是会痛，可心里会舒服一些。

可九皇叔忘了，他不是先皇后，凤轻尘也不是太子，他们都不是小孩子，早就过了要人哄的年龄。

唇落在凤轻尘的额头，九皇叔却觉得不够，心里叫嚣着想要更多。垂眸，看到凤轻尘的双唇，九皇叔想也不想就吻了下去。

当冰冷的唇碰到粉嫩的娇肤，九皇叔便舍不得移开唇，再加上凤轻尘没有反抗，九皇叔就更加肆无忌惮了，唇顺着额头往下……

不知何时，九皇叔已经松开凤轻尘的手，单手搂着凤轻尘的腰，另一只手则托着凤轻尘的后脑勺，好方便他吻下去，而凤轻尘的手也被九皇叔固定在自己的腰间，搂着他的腰。

两人紧紧抱在一起，明明已经入秋，可车厢内却是一片春意。

九皇叔不是调情高手,他的吻甚至有些生涩,可凤轻尘却沉醉其中,兴不起反抗的念头。

九皇叔的吻没有情欲,完全没有亵渎凤轻尘的意思,他的吻神圣而高洁,能把人的心都吻软,凤轻尘无力地瘫倒在九皇叔的怀里。

车厢太小,空气太稀薄,凤轻尘觉得自己的脑子严重缺氧,她现在不仅无法思考,还不知道自己在做什么。

九皇叔那黑色的眸子似有魔力,能将人吸进去,凤轻尘深陷在九皇叔的黑眸中无法自拔。

清澈的眸子染上一层薄雾,双眼迷离,没有焦距,凤轻尘感觉自己就好像踩在云端一般,迷迷糊糊的,分不清是梦境还是现实。

此时的凤轻尘就如同人偶,任由九皇叔摆布,在环上九皇叔腰的那一刻,凤轻尘的脑子难得清明了一下,可也只想到:九皇叔的腰身真完美,她双臂刚好能环抱住。

密密麻麻的吻,落在凤轻尘的脸上,或轻或重,看着脸颊通红的凤轻尘,九皇叔玩心大起,在凤轻尘小巧的鼻子上轻轻一咬。

"啊——"凤轻尘吃痛,大呼了一声,迷离的双眼渐复清明,发现自己的处境后,凤轻尘瞳孔猛地放大,第一反应就是松开手推开九皇叔,可惜她的动作快,九皇叔的动作更快。

九皇叔搂在凤轻尘腰上的力道加重,让她紧紧地贴在自己的身上,两人之间一点缝隙也没有。

凤轻尘往后一仰,想要避开九皇叔,不想九皇叔快一步托住她的头,完全不给她拒绝的机会。

"九……"凤轻尘开口,却不知染上情欲的声音不仅没有质问的味道,反倒带着一丝欲拒还迎似的邀请。

后面两个字九皇叔没让凤轻尘说出来,直接低头准确无误地覆在她的红唇上,将她未说完的话全部堵在嘴里。

来不及用唇舌去描绘凤轻尘的双唇,趁她红唇轻启,舌头直接滑入她的唇中,逗弄着她的小舌,与她争夺唇中的汁液。

凤轻尘越是闪躲,九皇叔的兴致越高,两人就好像发现了什么有趣的游戏一般,在凤轻尘的嘴里角逐起来……

你退我进,你闪我寻,九皇叔乐此不疲,也不容凤轻尘退出。

九皇叔虽然不是第一次亲吻凤轻尘,可仍旧没有什么技巧可言。好在,在这方面,男人似乎天生就有无师自通的本事,九皇叔完全不需要人教,吻技很快就纯熟起来,

轻易地就挑动起了凤轻尘的情欲，同时他自己也来了欲望。

九皇叔已渐渐不满足于亲吻，他想要更多，他的手越发地不规矩起来，一点一点地往下滑，落在凤轻尘的腰带上，手指轻轻一挑，就将凤轻尘的腰带解开……

凤轻尘娇喘连连，双手紧紧地抱住九皇叔的腰。这个男人是她的心上人，是她心心念念的人，哪怕她曾无数次地警告自己，离这个男人远一点，她这一刻却拒绝不了这个男人。

"啊——"凤轻尘忽然惊叫一声，用力一抓。

"嗯——"九皇叔似痛苦又似欢愉地闷叫一声。

凤轻尘顿时吓了一跳，迷离的双眼已恢复清明，凤轻尘看到自己与九皇叔此时的样子，原本就红润的脸颊更加滚烫。

"流氓。"凤轻尘反应过来后，用力将九皇叔推开，陷在情欲中的九皇叔没有防备，往后倒去，咚的一声撞在车厢上，后脑勺扎扎实实地撞出一个包，一脸不解地看向凤轻尘，好像还没有明白发生了什么事。

凤轻尘手忙脚乱地整理衣服，狠狠地瞪了九皇叔一眼，完全忘了被她骂作流氓的人，刚刚也让她那什么了。

"爷？"车夫一拉缰绳，马车停了下来，侍卫立马上前。

不用看也知道，马车外面围了一群人。

凤轻尘吓了一跳，一想到她和九皇叔在马车内的事，凤轻尘就有种撞墙的冲动。

九皇叔也因这一问而恢复了冷静，九皇叔俊颜通红，轻咳一声，确定自己的声音没有问题后，才开口道："没事，继续走。"

"是。"车夫二话不说，继续往前，可车内的两人，却因为他这一问尴尬得半死，凤轻尘更是羞愧地低头。

她没脸见人了！

这是马车，这是马车上呀！外面还有那么多人，她居然就被九皇叔给诱拐了，差点就在车上做出不该做的事情。

九皇叔自然知道凤轻尘在想什么，事实上他也很尴尬，他万万没有想到一个安抚似的吻最后会变成这样。可他不后悔，他唯一后悔的是地点和时机不对。

要知道他也老大不小了，按理说他房里早就该有专门给他解决需求的人，只不过他讨厌女人，讨厌女人身上的脂粉味，排斥女人的靠近，所以一直都是自己解决，从不在女人身上发泄。

可现在，有一个他能靠近，也愿意靠近的女人，甚至渴望靠近与拥有的女人，他真的不想再委屈自己。至于名分，他早晚有一天会给凤轻尘她应得的名分，他绝不会委屈了她。

　　当然，这些都得征求凤轻尘的同意，而这一次嘛，不管怎么说，这一次都是自己失礼了，见凤轻尘羞愧得不敢抬头，九皇叔讷讷地安慰道："车厢隔音效果很好，外面的人听不到。"

　　也就是说凤轻尘完全不用担心丢脸的问题，再说丢脸的也不是凤轻尘一个，他也感觉很丢脸。活了二十多年，像是没有见过女人一样，居然因为一个吻而失了防备与警觉，差点就在马车内把凤轻尘给……

　　果真是美人膝，英雄冢，没想到他也有今天，难道他们家的男人都注定了要栽在凤离家的女人手上？

　　九皇叔悲哀地发现，至少目前真是这样。

　　"哼——"凤轻尘听到这话，稍稍安心，没好气地瞪了九皇叔一眼，眼中满是责怪的意思。

　　被瞪一眼又不痛不痒，再加上凤轻尘的脸上还有未退的情欲，这一瞪倒是七分风情，三分薄怒，别说不生气，九皇叔心里反倒更高兴了。

　　凤轻尘只是一个眼神，他就动情了，他还真是没出息。

　　凤轻尘察觉到九皇叔的眼神，抬头与九皇叔的视线交汇："有事？"

　　语气难得地温柔了几分，没办法，凤轻尘冷静下来后也明白，刚刚发生的事情，不能全怪九皇叔，她自己也有错。

　　毕竟她不仅没有拒绝九皇叔，还纵容九皇叔，甚至主动回应。这种事本就是一个巴掌拍不响，要是没有她的配合，九皇叔也不会做到这一步。

　　她可是见识过九皇叔的自制力，自制力差的人是她，被九皇叔一勾引，她就忘了东南西北。

　　好吧，他承认自己无耻了一点，换作平时他一定不会这样戏弄凤轻尘，可是他已经被凤轻尘无视了一次，还要被凤轻尘无视第二次吗？

　　凤轻尘能逗他，他为什么不能逗凤轻尘？

　　九皇叔太无耻了，她是淑女，怎么可以拿这种问题来问一个淑女呢？就不怕她羞愧自杀吗？

　　凤轻尘掩面，为了掩饰自己的尴尬，凤轻尘恶声恶气道："什么怎么办？自己动手呀，这种事情你也问我，你以为大夫是万能的呀？"

　　"自己动手？可是，我不会……"九皇叔看看凤轻尘，又看看自己身下。

　　"你是男人，怎么可能不会？"凤轻尘没好气道。

　　"是男人都会吗？为什么我不会？"九皇叔一脸无辜，可他的眼眸深处却闪过一抹戏谑。

"关我什么事。"凤轻尘没好气地白了九皇叔一眼。

她才不会蠢到去跟九皇叔讨论他会不会的问题,九皇叔会不会都和她没有关系,她管不了那么宽。

凤轻尘低头整理衣服,火速坐到九皇叔对面,将角落里的小桌子移了出来,挡在她和九皇叔面前。

面前这个男人可不太君子,她还是防备一些的好,虽然她能接受与九皇叔那什么的,可接受并不表示她现在就愿意。

她不想不明不白地失了清白,要是她自己都不爱惜自己还指望谁爱惜她?

指望九皇叔吗?这个有点玄,她还是靠自己靠谱一点。

车厢内的气味怪怪的也有些闷热,凤轻尘将马车上的小窗户打开,透透气,也顺便看看外面的风景,好避开九皇叔灼热的视线。

马车已经驶向城外,此时正值秋天,树叶还没有完全枯黄,小草也没有完全凋零,仨仨俩俩的树叶从枝头飞落,飘飘荡荡地落在地上,看上去别有一番风味。

凤轻尘眼也不眨地看着窗外的风景,很快身体上的反应就平息下来了,可凤轻尘平静了,九皇叔还在那里难受着呢。

九皇叔就没有想到,凤轻尘居然这么淡定、这么狠心。明明知道他憋得难受,明明知道他这样憋着很伤身,可她就是能狠下心来不管他,甚至直接当他这个人不存在。

好吧,凤轻尘又赢了!本想逗弄一下凤轻尘,结果人没逗弄到,反倒把自己弄得狼狈不堪。

九皇叔气恼地瞪了凤轻尘一眼,看凤轻尘眯着眼一脸幸福地享受秋风拂面,九皇叔就忍不住嫉妒起来。

明明一样动情,为什么凤轻尘恢复得比他快,看她的样子好似完全不受刚刚的事情影响,可他呢?

还在努力压制自己的欲望,让自己的身体平静下来。

九皇叔越想越气闷,凤轻尘这女人到底是怎么长大的?遇到这样的事情,居然比他这个大男人还冷静,比他这个大男人恢复得还快。

九皇叔气闷地闭上眼睛,想要尽快压下自己的欲望,可惜他引以为傲的自制力今天一点也不给面子,都好半天过去了,他不仅没有压下自己的欲望反倒感觉更烦躁。

凤轻尘偷偷瞄了九皇叔一眼,然后很淡定地继续看风景。

欲求不满的男人最可怕了,她还是少惹为妙。

马车走得很慢，可再慢也有到终点的那一刻，眼见他们距离别院越来越近，九皇叔心里也有些急了。他总不能以这样的形象出去吧？要是让侍卫看到，他还有没有威严了？

九皇叔深深地吸了口气，闭上眼睛，将凤轻尘的样子自脑中踢掉，然后开始默读《静心咒》。

自从他弱冠后，就再也没有背过《静心咒》，没想到今天被凤轻尘逼得背了起来，且一连背了三遍，才将自己心中的烦躁与欲望给平复下来。

九皇叔松了口气，总算能见人了。

九皇叔刚把自己的情绪收拾好，马车就停了下来，车夫在外面犹豫了很久，才小心翼翼地开口："爷？"

他不是侍卫，他就在马车外，有些声音他再不想听也会自动钻到他的耳朵里，他已经尽量堵住自己的耳朵了，真的，他发誓！

"嗯。"九皇叔拂了拂自己的衣袖，确定没有问题后，才从马车上下来，站在车门口，伸出手来，对凤轻尘道："下车。"

抱也抱了，亲也亲了，啃也啃了，甚至某人的私密处她也碰了，凤轻尘实在矫情不起来，大方地将手放到九皇叔的手心。

在两人的手相握的那一刻，似乎有一道电流流过，凤轻尘心中一动，猛地抬头，眼神正好与九皇叔的视线相交，两人的视线在半空中交缠，说不出来的缠绵与暧昧。

凤轻尘下意识地就想抽回自己的手，只不过没有机会，因为九皇叔握住她的手不肯放。

凤轻尘暗暗吸了口气，强压下心中的悸动，扶着九皇叔的手，尽量以优雅的形象下马车。

没办法，她最近一直跟苏绾比试，习惯了时刻保持"优雅"。而优雅这种东西就是装，而装得久了，就会刻在骨子里，一举一动都会自然而然地优雅起来。

刚下马车，身后就响起一阵马蹄声，原来是九皇叔的人从西区小院取来了凤轻尘的药箱。

凤轻尘借机挣开九皇叔的手，上前接过药箱，九皇叔也没有勉强，事实上在与凤轻尘双手相握的那一刻，他就后悔了。这个时候，他们两人就不应该有肌肤上的接触，只要一碰，他就有想要凤轻尘的冲动，心底的欲望怎么也按捺不住。

明明那天晚上，他和凤轻尘在皇宫也有过这样的亲密接触，也是在最后关头停了下来，可那时候他虽然有一点遗憾，却还能控制自己，事后也能冷静地与凤轻尘相处，可为什么今天就不行了呢？

九皇叔实在想不明白，只能暗暗唾弃自己的自制力越来越差，回头他得好好训练一下。

九皇叔虽然郁闷，可也没有忘记照顾凤轻尘，快凤轻尘一步接过侍卫手中的药箱，单手拎在手中示意凤轻尘跟上，凤轻尘无奈只得收手。她可是领教过九皇叔的强势，现在还是乖乖跟上吧，横竖她现在已经习惯跟在九皇叔身后了。

两人踏入内院后就分开走，九皇叔将凤轻尘的药箱交给一个太监模样的人，示意他带凤轻尘过去，而他自己则往另一个院子走去。

凤轻尘也没多问，乖乖地跟着那名太监去给那七个士兵换药，至于九皇叔？

九皇叔直接去了自己住的院子，一到房内，九皇叔就将外衣脱下，又将中衣解开，毫无意外绷带上全是血。

伤口裂开了！

九皇叔看着渗血的伤口苦笑。

人家是牡丹花下死，做鬼也风流，他这算什么？占了点小便宜，差点就把自己的命给搭进去了，怎么算都是亏本的买卖。

九皇叔吸了口气，从暗格中抽出白布在腰上缠了数圈，确定不会再渗出血迹后，九皇叔松了口气，打了个死结，将中衣系好。

做完这一切，九皇叔已经累得直喘气，脚步也有些虚浮，根本没有力气走出去。九皇叔靠在墙壁上，运气吐纳，好半晌才缓过来。睁开眼，眼中有着掩饰不住的疲累，脸色也苍白得吓人，不用照镜子他也知道，他此时的状况不太好。

这段时间他接二连三地受伤，最主要的是受伤后也没有好好地休息一下，就是铁打的人也受不了。

九皇叔拉了一把椅子过来，重重地坐了下去，一动不动，直到下人来报凤轻尘给受伤的士兵换完了药，九皇叔这才起身将外衣穿好，出门前又用力捏了捏自己的脸颊，确定气色不会太差才出门。

推门而出的刹那，九皇叔面色如常，一双黑眸沉静如水，波澜不惊，凤轻尘见到九皇叔，也没有仔细打量，匆匆扫了一眼便坐上了马车。

虽然她表现出一副不在意的样子，可来时马车上发生的事情，还是让她很尴尬，一时半刻也不知如何面对九皇叔。

回去的路上异常安静，凤轻尘有心避开九皇叔，九皇叔也没有精神招惹凤轻尘，两人各自占据马车的一边，优哉游哉地回城。

九皇叔直接将凤轻尘送到西区小院，没有意外，凤轻尘住的小院外，有好几个鬼鬼祟祟的人在门口走来走去，见到九皇叔与凤轻尘同时现身，一个个连忙躲了起来，带着某种暧昧的眼神悄悄地离去。

凤轻尘翻了个白眼,她就知道自己与九皇叔同进同出一定会惹麻烦,果然是这样。凤轻尘草草道谢,不等九皇叔多说,径直回到小院,踏入院子后,凤轻尘才发现她忘了把药箱拎下来。

本想回去取,想想还是算了,外面明里、暗里都是眼睛,她要是拎着药箱进出反倒会出事,药箱放在九皇叔那里也没有关系,横竖没什么太过异常的东西。

凤轻尘一踏入府内,佟珏与佟瑶就跟了上来,顺便将凤轻尘离城后,发生的事情报告一下。

"小姐,原本因元希先生求娶您所带来的不良影响,有减弱的趋势,可是今天书法比试结束后,流言再次兴起,说小姐你是仗着元希先生和九皇叔的喜欢才赢得书法比试。现在外面到处都在传小姐你胜之不武,苏绾输得冤枉。"

"小姐,有几个行事过激的人聚在一起闹事,要求你和苏绾重新比试,他们不服书法比试的结果,幸亏官府派人镇压,才没有太大的影响。"

"府外一直有人盯着,甚至有些猖狂之徒意图擅闯,好在有肃亲王府的侍卫在。"

"小姐,现在怎么办?我们要辟谣吗?"

不怪外面那些人行事过分,要知道凤轻尘的赢输可是关乎赌局,关乎他们的银子,虽说有部分人是受人煽动,可大部分人却是为了自己的利益。一群人聚在一起闹事,真要出事了他们也不怕,毕竟法不责众。

凤轻尘已经尽力低调了,奈何很多事情并不以她的意志为转移,事情发展到今天这个地步,凤轻尘也已无力改变。

"这件事情不用管了,让他们传,你们只要保证府内的安全就行了。待到比试结束后,我们去城外小住一段时间。"惹不起我还躲不起嘛,事情发展到这个地步总会得罪人,凤轻尘不想再给自己添累。

现在,只要元希先生不给她添乱,她就不怕了。

"小姐放心,有我和佟瑶在,府上绝对安全。"佟瑶听到这话,狠狠地松了口气,毕竟想扭转整个皇城的舆论导向,不是容易的事情,凭她们真的做不到。

"嗯,府上的安全就交给你们了,烧水,我要沐浴。"凤轻尘并没有回房,而是去了书房,她刚给病人换了药,实在不想穿着一身脏衣服回房间。

"是,小姐。"佟珏立马下去安排,佟瑶则随着凤轻尘进了书房。

一到书房,佟瑶就拧了一块干净的帕子给凤轻尘净手,凤轻尘坐下后,佟瑶小心翼翼地看了凤轻尘一眼,开口道:"小姐,嫁入永昌侯府的温家大小姐,托人给您带来了一个口信,说是温家要离开京城。"

　　永昌侯府倒了，与他联姻的家族多多少少都受了一些影响，温家也不例外。不过，温家离开的原因倒不是因为永昌侯府的牵连，而是怕凤轻尘报复。

　　"温家的反应真快。"说到温家，凤轻尘就不得不想起永昌侯府，而提起永昌侯府，凤轻尘真心觉得她做了一件好事，要不是她，永昌侯肯定还要继续祸害百姓。

　　能把儿子养成那种纨绔大少，永昌侯也好不到哪里去，欺男霸女不说，还祸害朝廷大臣。

　　永昌侯当年为了强占属下的妻子，硬是给对方安了一个前朝余孽的罪名，害得那属下被抄家灭族，而他则堂而皇之霸占了人家的妻子。

　　永昌侯和镇国公还真是一丘之貉，镇国公喜欢玩小男童，永昌侯则喜欢玩小女童和孕妇，抄家时在永昌侯府发现一间小黑屋，里面有二十多个赤身裸体的小姑娘。

　　那些小姑娘，最大的十二岁，最小的才六岁，一个个面黄肌瘦，目光呆滞，傻傻愣愣的，全身是伤，她们是被永昌侯玩腻了关在那里等死。

　　知道这个消息后，凤轻尘的心一阵一阵地抽痛，她想到了死在血衣卫大牢里的小智，那个孩子用双眼为代价求她为他报仇，可她却一直没有做到。

　　凤轻尘从不认为自己善良，可她知道这件事情后，却没有办法什么都不做，她让佟珏与佟瑶在城外，悄悄买了个院子，把永昌侯府无人认领的小姑娘，全部买了下来，一一送到城外静养。

　　等到她与苏绾的比试结束后，她会过去看看她们，如果可以她会试着医治她们，她们和小智一样，都是可怜人，只不过她们比小智幸福，至少还活着。

　　凤轻尘坐在书房里，想着这些乱七八糟的事情，越想越觉得糟心，虽然她明白，无论在哪个时代，都有这种阴暗冷血的事情发生，她不可能都管得到，可前提是她没有碰到，一旦碰到她绝对做不到袖手旁观，这与侠义善良无关，她只是不想让自己良心不安。

　　直到佟珏前来告诉凤轻尘水准备好了，可以沐浴了，凤轻尘才抽回思绪，不再去想那些让自己心烦的事情。

　　沐浴过后，便到了用膳时间，凤轻尘之前在九皇叔的马车上吃了不少点心，晚膳吃得不多，用了小半碗后，便让佟珏与佟瑶收了下去。

　　佟珏与佟瑶有些担心，她们家小姐平时就吃得少，今天吃得更少，佟珏想要劝说，佟瑶却拉了拉她，示意她别说话。

　　佟珏问佟瑶怎么了，佟瑶只是摇了摇头，不肯多说。

　　两个丫鬟知道凤轻尘心情不好，当下也不敢多说话，收拾好东西便下去，同时交代府上的人，没事别去打扰小姐。

凤轻尘在外面走了两圈，直到天黑才回房，一开门就看到蓝九卿坐在她的房间。

"蓝九卿？"凤轻尘快步走进房，将房门关上。

"嗯。"蓝九卿应了一声，气息不稳，见到凤轻尘后松了口气，紧绷的弦这个时候也松懈了下来。

"你的伤势加重了？"凤轻尘一听就知道这家伙又不爱惜自己的身体，把自己弄得伤上加伤。

"伤口裂开了。"蓝九卿也不隐瞒，干脆地道，同时很自觉地解开自己的衣服和裤子。

他实在不敢再让凤轻尘给他宽衣解带，那太考验定力了。他怕自己的伤口再次裂开，他还不想这么早死。

"你还真懂得爱惜自己。"凤轻尘没好气道，她最讨厌的病人除了西陵天宇外，就是蓝九卿，蓝九卿完全不拿自己的身体当回事。

凤轻尘看了一下蓝九卿的伤势，发现伤口只是开裂并没有发炎，但蓝九卿身上滚烫，凤轻尘知道蓝九卿发烧了。

"去床上躺着，我去拿药箱。"凤轻尘丢下这话，旋身避入屏风后面。

床上？

这是凤轻尘的卧室，房间只有一张床，凤轻尘都开口相邀了，蓝九卿当然不会客气，单手撑着桌子，借力起身，路过屏风时，蓝九卿脚步一顿时，若有所思地看向屏风后面的凤轻尘。

隔着屏风，他什么也看不到，可他很清楚凤轻尘将会从哪里取药箱，要知道凤轻尘平时用的那个药箱，还在他那里。

不知为何，每次看到凤轻尘用手腕上的那东西，他就感觉怪怪的，很多次都想阻止凤轻尘不让她用那个东西，可是他知道现在的他还没有资格。

蓝九卿轻叹了口气，靠在床头，闻着枕头上淡雅的香气，深深地吸了口气，压下心中的不安与担忧。

当凤轻尘拿着一个小巧的药箱出来时，蓝九卿唇角微微抽动了一下，如果他没有记错，王锦凌似乎也有一个一模一样的箱子。

看样子，王锦凌手上的那个箱子应该是凤轻尘送给他的，想到这里，蓝九卿的眼中闪过一抹寒光。

凤轻尘对王锦凌好像不是一般的好，要知道凤轻尘到现在什么都没有送过他！

"动一下。"凤轻尘将床上的被子拖了过来，垫在蓝九卿的背后，让他靠得舒服一些。

凤轻尘低着头，耳边的发丝散乱下来，扫过蓝九卿的脸颊，有人皮面具和银质面遮挡着，蓝九卿一点感觉也没有，任凤轻尘的发丝在他的脸上轻拂。

为了帮蓝九卿塞好靠垫，凤轻尘身子往前倾，两人靠得极近，轻轻一个吸气，就能闻到彼此身上的味道，蓝九卿只要一低头，就能吻到凤轻尘那雪白的脖颈。

蓝九卿舔了舔有些干裂的唇，咽了咽口水，强制自己别睁开眼，他怕自己控制不住，直接吻下去，吓到凤轻尘。

侧过脸时，蓝九卿长发也随着一动，有几根发丝与凤轻尘的长发缠绕在一起。

"好了。"凤轻尘拍了拍手，起身，却发现自己没有把头发盘起来，她与蓝九卿的头发缠在一起，这一个起身，扯得她头皮生痛。

"嘶——"凤轻尘摸了摸发麻的头发，一脸郁闷。

结发为夫妻！

蓝九卿察觉到痛，一回头就看到两人交缠在一起的发丝，心中一动，可不等蓝九卿多想，凤轻尘就一把将自己的头发扯掉了。

"对不起，我这就把头发盘起来。"凤轻尘转身去找发带，蓝九卿目光微闪，一个用力，将刚才与凤轻尘的发丝缠绕在一起的头发扯了下来。

看着手心中缠在一起的发丝，蓝九卿的眼中闪过一抹笑意，趁凤轻尘不注意，取出一块白色的帕子，将这几根头发包了起来。

结发为夫妻，恩爱两不疑！

凤轻尘，你注定是我的，蓝家的男人只为凤离家的女人疯狂，你逃不掉，你身上的秘密，我也会一一挖掘出来。

凤轻尘盘好头发后，重新净了下手，搬了一个小矮凳坐在床边，发现蓝九卿情绪上的变化，凤轻尘不解地眨了眨眼睛，很乖觉地没有多问，从药箱拿出剪刀将蓝九卿身上的白布与绷带全部剪掉。

冰凉的剪刀碰到温热的肌肤，蓝九卿忍不住一缩。这也就是凤轻尘，换作任何一个人，敢拿着一把剪刀在他身上划来划去，不管对方有没有恶意，他一定会先下手杀了对方。

"别乱动，再乱动，我把你的伤口剪开。"凤轻尘瞪了蓝九卿一眼，握着剪刀"咔嚓"两声威胁道。

蓝九卿默然，果真不再动了。

凤轻尘将染了血的绷带放在一边，用棉签蘸着药水替蓝九卿清理伤口，看着蓝九卿汗湿红肿的伤口，凤轻尘的眼中闪过一抹愠怒。

这样的天气，居然还能让伤口沾到汗水，蓝九卿到底在做什么？他真不要命了嘛，伤口感染可不是开玩笑的事情，严重的话真的会要命。

"蓝九卿，你的伤很严重，如果可以，我希望你静养一段时间，否则不利于伤口愈合。"凤轻尘清洗完伤口后，重新上药包扎，实在忍不住，便劝说了一句。

蓝九卿没有回答，而是问道："我今晚可不可以睡在你这里？"

"你没地方去？"凤轻尘眉头紧皱，一脸为难。

她相信蓝九卿是君子，可是孤男寡女共处一室，总是不好的。

"没有，怎么，你担心明天的比试？"蓝九卿试探地问道。

"明天的比试？你说我和苏绾的画画比试？"凤轻尘一边收拾东西，一边回答。

"是，你不担心明天的比试吗？"

凤轻尘利落地放好器具，啪的一声关上："没什么好担心的，尽人事听天命，我已经赢了苏绾两局，要担心也该是苏绾担心。"

胜利者有骄傲的资格。

蓝九卿点了点头，身子一点一点地往下歪："既然如此，我今天就睡在你这里，我怕伤口再次裂开。"

为了让凤轻尘心软，蓝九卿顺势装出虚弱与痛苦的样子，事实上伤口真的很痛，蓝九卿真不是装的。如果可以，蓝九卿还想摘下面具，让凤轻尘看看他惨白的脸和额头上的汗水……

第十二章 惊艳了天下

第二天，凤轻尘醒来时蓝九卿已经走了，凤轻尘揉了揉有些酸痛的胳膊，无比怨念地瞪向身后的矮榻。

凤轻尘气嘟嘟地将被子丢回床上，稍作整理，当佟珏与佟瑶进来时，凤轻尘让她们换上新的被子与床单，理由是："我昨天不小心把药水洒在被子上，你们替我换了。"

被子和床单的确充满了药水味，佟珏与佟瑶不疑有它，迅速将凤轻尘的被子和床单收走。

用完早膳，凤轻尘拿着事先准备好的东西，在侍卫的护送下，去皇家学院与苏绾进行第四场比试。

画画比试同样是由七个人来评判，九皇叔、西陵天磊、颜老、元希先生，还有稷下学宫的三位大画家。

听到稷下学宫，凤轻尘的嘴角忍不住抽搐了一下，昨天的书法比试，她要是没有猜错的话，投她赢的应该是稷下学宫的人，不然不会刚好三票。

在九皇叔提出匿名评比时，凤轻尘就知道九皇叔有后手，还真让她猜中了。估计苏绾回去后也能想明白，可惜想明白了又如何，她又没有证据。

那七张字条九皇叔早就吩咐人烧掉了，苏绾也只能是猜测，而凭着猜测苏绾不敢对稷下学宫的人动手。

到了皇家学院，凤轻尘收到一个消息，那就是九皇叔感染了风寒，无法前来评比，由太子殿下代替九皇叔参加评比。

"九皇叔感染风寒？"怎么可能，昨天她和九皇叔分手时，九皇叔还好好的，这才一个晚上九皇叔怎么就感染风寒了？难不成九皇叔昨天晚上洗冷水澡了？

想到昨天下午在马车上发生的事情,也不是没有可能,凤轻尘坏心地想。

"是,皇叔他感染了风寒,太医也说皇叔他现在不宜外出,需要静养。"太子将自己的担心表现得恰到好处,凤轻尘横竖也看不出来,太子这是真担心还是假担心。

"轻尘知道了,多谢殿下。"太子的话不像是假的,可凤轻尘总觉得九皇叔这风寒,感染得有点蹊跷。

九皇叔怎么也不像这么娇弱的人。

"不客气,皇叔他很担心你,一大早就派人进宫,说不能前来参加评比,请父皇准许我前来,还特意叮嘱我,要好好照顾你。"

太子时刻不忘在凤轻尘面前,为九皇叔说好话,太子这个侄子还真是够贴心的,凤轻尘默默地看了太子一眼,乖乖地低下头,一副羞涩的样子:"多谢殿下,多谢九皇叔的厚爱,轻尘身份卑微,无法前往九王府探望,还请殿下见到九皇叔,替轻尘表达感谢之意。"

"怎么,轻尘你不准备去看望皇叔?"太子惊讶道。

现在皇城谁不知道九皇叔的那句:"本王向来爱屋及乌,怎么?天磊太子有意见?"

因为这句话,皇城的女子一致认为九皇叔看似无情,实则是天底下最深情的男人,而凤轻尘这个女人,居然霸占这么好的一个男人,实在太让人嫉妒了。

九皇叔原本就是皇城贵女最想嫁的男人之一,而因为这句话,九皇叔已成为皇城贵女最想嫁的男人,没有之一。

"轻尘身份卑微,实在不敢踏入九王府,劳烦太子殿下替轻尘表达谢意就足够了。"她才不要去呢,九皇叔兴师动众地请太医上门,这"病"估计一时半会儿也好不了。

"咳咳,轻尘你这是在说笑吗?你昨天可是和皇叔共乘一车出城,太医说皇叔会感染风寒,就是昨天下午吹了风。"

都坐上九皇叔的马车了,居然还好意思说自己身份卑微进不了府,太子直接无语了。他就不信,他都点明了九皇叔的病是因为凤轻尘,这样她还好意思不去。

凤轻尘本就心存怀疑,此时更加肯定九皇叔的"病"不简单,九皇叔绝对不会随便生病,说不定这次生病也有深意,她才不去凑热闹。

"太子说笑了,昨天下午轻尘和九皇叔一同出城,轻尘一个弱女子都没有染上风寒,九皇叔哪有那么娇弱,想必九皇叔回去后又遇到了什么事情吧。"凤轻尘笑着解释,她吃饱了撑的才会把九皇叔的病往自己身上揽。

"皇叔要是听到了,一定会伤心死。"太子半真半假道。

凤轻尘笑了笑,没有接话。

"太子殿下，凤小姐，两位说什么呢，这么高兴？"苏绾一身粉紫色拖地长裙，明艳动人，如花的容颜笑得比向日葵还要灿烂，和昨天歇斯底里的样子完全不同。

不得不说，苏绾是个坚强的女人，不过一天的工夫，就从那般严重的打击中回过神了。

凤轻尘不着痕迹地后退一步，拉开自己与太子的距离，转头道："原来是苏小姐，你来得正是时候，我和太子正在说昨天比试的事情，正猜想苏绾小姐今天会不会和昨天一样——输不起。"

语落，还不忘附送一个大大的笑脸，存心想要气死苏绾。

凤轻尘还真是够坏心的，皇叔以后有的受了。太子笑着摇头，眼中有着他自己也不曾发觉的宠溺，在苏绾变面前，太子柔声开口道："好了，快去准备比试吧，要是输了，皇叔可不会放过我。"

"是，太子殿下。"凤轻尘一本正经地行礼，俏皮地说道。

苏绾看着太子与凤轻尘两人一唱一和，气得脸都白了，可偏偏这两人完全不给她说话的机会，可恶！

苏绾握了握拳，闭上眼睛，不去看凤轻尘那张讨人厌的脸，她倒要看看，没有九皇叔在，凤轻尘拿什么赢她。

太子可不是九皇叔，九皇叔敢放言，他就是徇私又怎样，可太子不敢，太子的一举一动都有无数人盯着，一个不好就会被御史弹劾，到时候他那太子之位，也别想坐了。

这么一想，苏绾的心情便也平静下来，莲步轻移，朝自己的位置走去，路过凤轻尘身边时，还不忘笑着看她一眼："凤小姐，我很期待你今天的表现，这三天的比试，凤小姐可是给了苏绾一个又一个惊喜，希望今天凤小姐别让苏绾失望。"

在琴、棋、书三场比试中，凤轻尘出奇制胜，她所做的一切，完全超乎众人的想象，可谓是一次比一次惊艳。

苏绾这话并不全是讽刺，今天有很多人都盯着凤轻尘，皇城外也有不少人在猜，凤轻尘在画画比试上，又会做出什么让人惊艳的事情。

凤轻尘一向奉行高调做事、低调做人的原则，可偏偏老天爷就爱跟她作对，她越想低调，结果总是越高调，甚至一个不小心，就成了皇城的焦点人物，一举一动都有人关注。

不管是有意还是无心，好意还是恶意，总有人把她推到风口浪尖，横竖躲不开，而凤轻尘也不愿意一直缩在龟壳里，索性高调到底。

面对苏绾的挑衅，凤轻尘坐在那里一动不动，右手轻抚鬓角的碎丝，漫不经心道："苏小姐你放心，轻尘定不会让你失望，一定让你好好惊喜一番。"

即使凤轻尘坐着，苏绾站着，在气势上凤轻尘也不输苏绾半分，凤轻尘从骨子里散发出来的自信与傲气，不是苏家的女儿能够压得住的。

苏家说好听点那叫新贵，实际上不过是靠女人发家的暴发户罢了，不然也不会提出要与凤轻尘比试这种荒谬的事情。

真正的世家名门，应该像王家那般，即使瞧不起凤轻尘也不会表现出来，甚至见到凤轻尘还能一脸亲切地招待她。

"绾绾拭目以待，凤小姐可别让大家失望才好。"她苏绾不过好，凤轻尘也别想好过，明明是两个人的比试，凭什么她要面对三皇子的威胁，而凤轻尘却能和九皇叔相约出城游玩。

凤轻尘笑了一声，见苏绾还想说什么，凤轻尘很好心地指了指苏绾身后："苏小姐，颜老来了。"

苏绾身子一僵，脸色一变，到嘴的话咽了回去，昨天颜老对她的评价，虽然三皇子下了禁口令，没有流传出去，可是清流圈中的人却已知晓，那些大儒们对她本就没什么好印象，这下更是糟糕到了极点，甚至影响到了苏家男子的名声。

颜老这种大儒，别说她了，就是苏家也得罪不起，苏绾不敢放肆，略略调整呼吸，假装什么都没有发生，端庄优雅地朝自己的位置走去，转身时苏绾特意侧过脸，露出自己完美的侧脸，正准备"惊讶"地看到颜老，然后顺势行礼，却发现她身后根本没有颜老的影子。

"凤轻尘你骗我。"苏绾立马拉下脸来，脸上的笑容再也维持不住。

凤轻尘扑哧一笑，本想说"谁叫你好骗"，想了想还是不逗苏绾了，凤轻尘坐直身子，一本正经地道："苏小姐，名门闺秀笑当笑，乐当乐，哀与怒却不能随心所欲，你这样不好。"幸亏现场只有太子、凤轻尘与苏绾三人，不然苏绾脸都要气歪了。

凤轻尘的话虽然不客气，可却没有说错，苏绾高昂的斗志因为凤轻尘这一句话而淡了下来，气馁地坐在椅子上。哪知她刚坐下去，颜老一行人就真来了。

苏绾无比庆幸自己刚才没有跟凤轻尘计较，不然自己争强好胜的样子落到颜老眼中，肯定又会生出事端，苏绾连忙站了起来，不过也没有刻意讨好的心思，和往常一般行礼。

颜老是个刚正的人，虽然昨天说了苏绾，可并没有带着偏见来参加今天的评比，他对苏绾的态度还是和之前一样。

因为昨天书法比试闹出了不愉快的事情，所以今天画画比试不允许外人观看，太子今天代表的是九皇叔，哪怕他和西陵天磊身份相当，也是他坐在主位上。

随着太子宣布比试开始，凤轻尘与苏绾便起身，走到各自的画桌前，和书法比试一样，笔、纸、颜料都要自己准备。

今天没人关心苏绾拿出什么名笔、名纸，大家更关心凤轻尘会拿出什么东西来。

面对八双虎视眈眈的眼睛，凤轻尘淡定地从竹篮里取出事先准备好的硬纸和削尖了的炭笔，当然还有辅助用的尺子。

苏绾没有急着动手，而是和大家一样看向凤轻尘，凤轻尘每拿出一样画具，苏绾的震惊就多一分，当凤轻尘的竹篮取空时，苏绾的眼睛更是睁得老大。

她没看错吧，凤轻尘就准备用这些东西画画，除了纸以外，凤轻尘的桌上根本没有一样是画面用的工具。

不过，苏绾吸取了昨天的教训，她即使好奇、震惊、不解，也没有问出来，而是默默地收回视线，将自己准备好的画纸、画笔和颜料一一铺展出来。

元希先生看到凤轻尘摊出的东西，好奇地问了一句："凤轻尘，你就用这些东西作画，你这画纸可不小。"

凤轻尘的画纸，少说也有两米余长，虽说她和苏绾比试画画没有规定时间，可同等质量下，先画完的人肯定算优胜。

"对，我就用这些东西作画，元希先生放心，轻尘不会耽误众位用午膳的时间。"凤轻尘一脸自信，黑眸流转着醉人的神采，元希先生看得一怔，心中暗叹九皇叔好眼光，凤轻尘小小年纪便风姿不凡，日后长大了又该是何等的倾国倾城！

"我很期待。"元希先生回过神来，笑道。

西陵天磊接话道："本宫很好奇凤小姐你到底要画什么，不知凤小姐可否事先透露一二？"

这个时候说画的主题并没有太大的影响，毕竟比试已经开始了，苏绾也早早地选好了题材，就算知道凤轻尘画什么，苏绾也不会更改，可是凤轻尘并不打算说，有些东西说出来，就少了神秘感。

"磊太子不用心急，我这就开始作画，磊太子很快就知道我画的是什么了。"凤轻尘神秘一笑。

如此一来，反倒把众人的好奇心给勾了起来，稷下学宫的三位评判和太子也是笑着附和，很是期待。

俗话说得好，期待越高，失望就越高，凤轻尘这是把自己逼到一个尴尬的境地，好在凤轻尘心理素质高，她并不在意这一局的输赢，画画就是输给苏绾，她的胜算还是很大的。

凤轻尘拱了拱手，一脸歉意，依旧不打算说，太子微微皱眉，却没有多说什么，九皇叔叮嘱过他，他只要站在凤轻尘这一边，评判的时候顺着凤轻尘的话说就行，其他的交给凤轻尘，凤轻尘自有办法赢苏绾。

凤轻尘不说，众人也不会再问，不过随后七位评判的目光，停留在凤轻尘画纸上的时间明显多了起来，他们真想看看，在画具如此简单的情况下，凤轻尘能画出什么来。

苏绾看着成为人群焦点的凤轻尘，心里那叫一个气呀，面上却不敢表露半分，暗自握拳，发誓今天一定要赢凤轻尘。

看凤轻尘已经开始作画，苏绾也不敢再浪费时间，连忙收回眼神，吸气、呼气，平静自己的心神。

待到苏绾确定自己心平气和，不受凤轻尘的影响后，这才动手调制颜料。

苏绾准备的颜料很丰富，大多都是御用之物，稷下学宫三位大画家的目光，就在苏绾那些颜料上面停留了不少时间。

苏绾准备的颜料以红和绿为多，再加上她桌上的画笔，即便苏绾没说，七位评判也能猜到，苏绾应该会画与花有关的东西。

能猜到这个，他们就不愿意花太多的精力去管了，七位评判的目光，更多的是放在凤轻尘那里，她真正是让人看不透。

凤轻尘半个身子趴在桌上，拿着炭笔，在白纸上画出一条条略有一些弯曲的横线，或明或暗，或浓或淡，或长或短，间隔很大，凤轻尘时不时还会拿尺子比画两下，看上去隐约像是放大的树叶脉络，可再一看又不是。

七位评判，你看看我，我看看他，他们真的很想知道，凤轻尘到底要画什么。

七位评判目光灼灼，似要将凤轻尘的画纸盯出一朵花来，恨不得凤轻尘唰唰两笔就画好，这样被吊着胃口实在难受。

好在，凤轻尘足够冷静，或者说此时的她陷入紧张的工作状态中，完全没有心思去管别人怎么看，怎么想。

凤轻尘的桌子上，还有不少小纸片，她每画两条线，就会在纸片上记下一些东西，隔得太远，七位评判就是伸长脖子也看不到，当然他们也不会做伸长脖子这种有失身份的事情。

半个时辰，一个时辰……太子和颜老都喝完三壶茶了，苏绾的蝶恋花也有了雏形，可凤轻尘那里在画什么，他们还是没有看懂，隐约像是一个人形，可似乎单薄了一些。

凤轻尘画好横竖的线条后，时而拿炭笔涂抹，时而又用一块小布片在纸上擦来擦去，纸上的墨迹浓淡相宜，凤轻尘画的东西好像立起来了一般，当她画好第一条元希先生突然小声说了一句："骨头？"

161

"真的是骨头，看上去和人骨一模一样。"元希先生的话，引来众人的议论，好在在场的都是有身份有学识的人，并没有大声喧哗，一个个都小声与身边的人交头接耳，以免影响作画人的情绪。

太子就可怜了，他左边是西陵天磊，右边是颜老，他和西陵天磊无话可说，而颜老……

太子看了颜老一眼，默默地收回视线，他看到颜老正一脸激动地看着凤轻尘，估计是看出凤轻尘这幅画的价值了。

七位评判的议论声凤轻尘听到了，她笑了笑，并没有多说，拿起画笔继续奋斗。

她要画的是人体骨骼结构图，这可是一个浩大的工程，好在她当年画顺手了，也画习惯了，对于骨骼的尺寸与位置，她记得一清二楚，只不过为了获胜，她得用黑白灰表现出骨头的立体感，这样便要多费一些时间。

"殿下，凤轻尘画的是人体骨骼图，老夫建议殿下去宫里请一位熟悉骨骼的太医前来，毕竟我等可以评判出画功好不好，却无法评定凤轻尘画得准不准。"

颜老不仅仅在琴棋书画上造诣高，于其他事务也相当精通，当凤轻尘开始完善骨骼图时，他便明白这张图的价值了。

凤轻尘这幅画，不是用来欣赏，而是用来救人的，外界盛传凤轻尘医术高超，现在看来应该是确有其事，不说别的，只说这一张图，对于大夫来说，就是千金难求。

"颜老说得是，本宫这就命人进宫，把这事禀报给父皇。"太子取出一块令牌，给了身后的太监，让他进宫汇报，至于皇上会不会听，那就与他无关了。

同时，太子亦小声叮嘱，顺便去九王府说一声，免得九皇叔担心凤轻尘的情况。

太监拿了令牌飞速外出，调动了太子的侍卫，一个去九王府，一个护送他进宫。

"驾驾……"骏马飞驰，有不少人都知道这太监和护卫是从皇家书院出来的，看到太监和侍卫朝皇宫奔去，大家纷纷猜测是不是比试出了问题。

关注今天比试的人还是很多的，可是皇家书院里外三层都有重兵把守，根本没办法进去，也探不出半点消息。

外面的人心急如焚，众人纷纷猜测，里面肯定出了惊天大事，不然怎么会惊动皇上？

当大家看到太医从宫里出来时，直接就说成，凤轻尘与苏绾比试时大打出手，伤了太子之类云云。

九皇叔在王府收到太子派人传来的消息，苍白的脸上露出一抹笑容："果然是个不安分的主，你这是要把东陵搅得天翻地覆才满足吗？"

九皇叔毫不掩饰对凤轻尘的偏爱，唇角微扬，眉眼间尽是笑意，一副以凤轻尘为傲的样子。

　　来汇报的侍卫一抬头,就看到九皇叔的笑颜,瞬间失神,一脸惊艳,就那样直勾勾地盯着九皇叔看。

　　如果是平时,九皇叔定要好好惩罚一番,可他今天心情好,直接挥手示意来人退下。

　　"是,九皇叔。"侍卫还没有从九皇叔的笑容中回神,好似踩在云端一般,恍恍惚惚地走了出来。

　　直至走到九王府大门口,那侍卫还沉浸在九皇叔的笑容中,心中暗骂,到底是什么人传的流言,说什么九皇叔冷酷无情,冰冷肃杀,全是骗人的,九皇叔可亲切、可好说话了,九皇叔笑起来,就好像冬雪融化,大地回春,让人移不开眼。

　　凤轻尘一心作画,根本不知外面发生了什么,也不知自己画的图居然引来了太医,凤轻尘将最后一笔画了出来,看着纸上按真人比例画出来的骨骼图,凤轻尘满意地点了点头。

　　在她看来,这幅作品就算没有一百分,也有九十分,除去画画技巧,这幅图完美得没有一丝缺陷。

　　当凤轻尘收笔时,太子、颜老几人也惊艳到了,一幅立体的人体骨骼图跃然纸上,清晰逼真。

　　虽说只有黑白灰三色,可是整幅画却不显单调,当然也看不出什么画功与灵气,凤轻尘这幅画,只是真实地将实物呈现了出来,多了几分匠气少了几分灵动,完全没有意境与美感可言。

　　单从画功与欣赏的角度来讲,凤轻尘这幅人体骨骼图,真没有什么出彩的地方,至少没有苏绾的蝶恋花生动,正常人都会认为百花盛开比一具骷髅好看。

　　苏绾的画作也接近尾声,苏绾将百花绽放、蝴蝶在花丛飞舞的画面,画得活灵活现,远远看去,那纸上的蝴蝶好像真的会飞走一般。

　　苏绾的画比她的字更好,若从画功上讲,凤轻尘输定了。

　　本以为凤轻尘已经画完了,大家可以传阅了,却见凤轻尘又拿出一支笔,还有一把尺子。

　　"凤轻尘这是要做什么?我等虽非大夫,可也能看出来,这幅人体骨骼图已接近完美了。"稷下学宫三位评断,对凤轻尘不了解,所以一头雾水,又担心她画蛇添足。

　　这个时候,元希先生的好处就体现出来了:"如果我没有猜错的话,凤轻尘应该是想做标记,凤轻尘画的是人体骨骼图,她肯定不在意画的意境。"

　　真要在意画境,就不会画这么吓人的东西,凤轻尘那幅画要是纯粹用画来说,

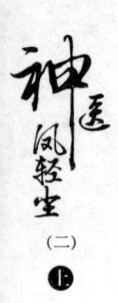

就只是一只骷髅，不仅美感全无，反倒有点寒碜人。

元希先生还是很了解凤轻尘的，元希先生的话刚落下，就看到凤轻尘用尺子在骨骼图上，画出一条条细线，凤轻尘从左到右，从上到下，一一标记起来。

左边依次是：顶骨、鼻骨、颞骨、下颌骨、锁骨、肩胛骨、肱骨、肋软骨、尺骨、桡骨、髋骨、尾骨、股骨、腓骨、胫骨。

右边依次：额骨、颧骨、下颌骨、颈椎、胸骨、肋骨、胸椎、腰骨、骶骨、腕骨、掌骨、指骨、跗骨、跖骨、趾骨。

凤轻尘的毛笔字不漂亮，可用细小的炭笔所写，字方方正正的就好像印刷出来的一样，字虽小，却清晰可见。

当凤轻尘将每一块骨头都标出来时，整幅画就更没有美感可言，纯粹是一幅教学图，太子第一个拿到凤轻尘的骨骼图，惊艳过后便是郁闷，他实在找不到词夸凤轻尘这幅画好。

最后只能说凤轻尘的炭笔画技巧不凡，将人体骨骼图画得和真的一模一样，活灵活现。

"多谢殿下的夸奖。"凤轻尘半点不谦虚，直接应下，这般大大方方的样子，说真的，还真让人讨厌不起来。

接下来画又传给了西陵天磊："画的内容不错，可惜今天比的是画画而非医术，凤小姐这幅画匠气太重，选题太过阴暗，本宫实在不喜欢。"

西陵天磊也没有说错，凤轻尘这幅图过于逼真，要是晚上看到，真的会被吓死。

"青菜萝卜，各有所爱，磊太子不喜欢也是正常，我能理解。"被夸大方地接受，被贬更是毫无芥蒂地回应，这就是凤轻尘了，她完全没有为自己辩解的意思，受之，也任之，颇有几分清流的孤傲气息。

颜老、元希先生和三位大画家暗暗点头，眼中闪过满意之色，小小年纪就能不骄不躁，这凤轻尘的确能成大器。

当画传到颜老手上时，颜老将上面的每一条线和每一个字来回看了数遍，无比仔细。原本凤轻尘就画得翔实，做上标记后更是一目了然，他这个外行也能看明白。

远远看去就足够让人吃惊，颜老近看更是明白凤轻尘这幅画是何等的不凡。当然，绝不能用欣赏的眼光去看这幅画，如果纯粹用欣赏的眼光对待这幅画，你就落了下乘。

"凤轻尘，你所画的骨骼图，是按人体的尺寸来画的吗？"颜老记得，凤轻尘画的时候，时不时地拿尺子在那里量，还在计算着什么。

凤轻尘眼睛一亮，她就知道真正的大儒大都博学多才，没想到颜老一眼就看出来了，凤轻尘有些激动地点头："颜老慧眼。"

这份激动，只有真正理解的人才能明白，这叫遇到知音，只有懂我之人，才能动我之心。

"哈哈哈，是轻尘小友画得好，老夫曾有幸见过一位医者画的骨骼图，不过没有你画得这么逼真、翔实。"颜老一脸笑意，虽然一副谦虚的样子，可是在场的人都明白，见凤轻尘说他说中了，他正得意呢。

以防万一，凤轻尘状似"无心"地解释了一句："多谢颜老夸奖，轻尘能将骨骼图画得如此完整翔实多亏了师父的教导。当初学医时，师父要求轻尘在一个月内，熟悉人体所有的穴位、骨骼还有五脏六腑的位置。轻尘愚笨，怎么也记不住，眼见师父要求的日子逼近，实在没有办法，只好边记边画下来，慢慢地背，到后来画得多了，见得病人多了，对于骨骼就更了解了，画起来也就顺手了。以前一直都是画给自己看，寥寥几笔，只要自己看明白就行，这倒是轻尘第一次画得这么翔实。"说到最后，凤轻尘一副不好意思的样子，此时倒是颇有几分小女儿的娇羞。

"轻尘小友有个好师父。"颜老的眼中闪动着睿智的光芒，将手中的画传给元希先生，同时心中暗赞，好个通透的女子，他隐晦一提，凤轻尘瞬间就明白了他的意思。

元希拿到画，虽然没像颜老那般仔细，但也没有和太子、西陵天磊那般草率，看完后元希先生意有所指地道："凤轻尘，你的画虽好，可是用来参加比试却没有胜算，你可明白？"

"多谢元希先生指点，轻尘明白。"凤轻尘在心中郁闷地嘀咕，真当她乐意来比试呀。

"既然明白，你为何还要拿这幅画来参加比试？"这是元希不解的地方，凤轻尘将黑白灰三色用得这么好，她要是画其他的定会更加出彩。

元希先生的话没错，她用人体骨骼图参加比试，风险很大，要不是颜老慧眼，她这图十有八九便会被埋没。

凤轻尘偷偷翻了下白眼，低下头，不让元希先生看到她那鄙夷的眼神。

元希先生真当人人都和他一样，琴棋书画样样精通，元希先生难道不知这世间有一群人连温饱问题都无法解决，哪有闲情雅致去学琴棋书画，享受那风月之事。

琴棋书画是有权、有钱人家的闺秀才有资格学的东西，她凤轻尘哪里有权、有钱了？虽是圣上亲封的忠义侯之女，可也是今年的事情，短短一年她又能学到什么？

凤轻尘真不知道是元希先生太过单纯，还是她装才女装得太成功，元希先生居然真认为她是才女，认为她有绘画的本事呢。

如果不是场合不对，凤轻尘真想告诉元希先生，为了和苏绾比试，她把看家本领都使了出来，她唯一会画的就是人体骨骼图和人体器官图，除此之外她别的都不会。

可她不能说，一说她就输了。

装，装，装，她就是要装出淡泊名利的样子，好让这些名流大儒喜欢。

凤轻尘调整呼吸，扬起明媚的笑脸，一脸恬淡地道："元希先生，今天这场画画比试，我只想享受比试的过程，并不多在意输赢，琴棋书画本就是雅事，若是添上功利心，反倒玷污了琴棋书画这四个字。"

"轻尘小友说得好，琴能悦人心神，棋能引人思考，书能让人静神，画能让人忘忧，虽是比试，却不能用功利心弹琴、作画。"颜老附和，亦是侧面表明，他欣赏凤轻尘的人体骨骼图，此图要是公布于众，意义远比一幅《蝶恋花》来得深远。

"颜老说得是，画出一幅有用的画，画出一幅让自己心情愉悦的画，比取得胜利更让人心喜。"凤轻尘心里不认同，面上却是一脸恭敬。

也只有颜老这样的人，才能说出这样的话来，真正参加比试的人，又怎么可能不在乎输赢，就如同清流大儒爱惜名声一样，参加比试的人也想博得好名声。

功利心，这世间有谁能脱离这三个字，学者名儒追求的境界与清名也是功利心，谁也不比谁清高，这世间的凡夫俗子，有几人能真正跳出名利场，远离这浮华的尘世。

凤轻尘不认为有功利心是坏事，只要把功利心摆正，不损人利己就行了，没有功利心，贪官不贪、清官不想留名，这世间岂不是要乱套？

当然，凤轻尘心里明白就行，她可没想过拿这套道理去说服颜老等人，说了就会得罪一大批人，她可不想惹事，现在，她当务之急是要抱紧颜老大腿，争取在画画比试中获胜。

颜老脸上的笑意加重，看凤轻尘的眼神也越发地满意。当然，活了五十多年，颜老怎么看不出凤轻尘并不像她所表现得那般云淡风轻，但小小年纪就能装出不争名利的样子，已是不易。

颜老笑得如同老狐狸，想到家里那坛前朝雪酿，颜老眼中的笑意更甚。好吧，是人都有爱好和弱点，连他都跳不出这名利场，又怎么能奢望一个十五岁的少女能看透？

凤轻尘的人体骨骼图传了一遍后，苏绾的画也干透了，侍女小心翼翼地将苏绾的画捧到太子面前。

太子扫了一眼，眼神落在那只蝴蝶上，笑着点评道："百花盛开，千姿百态，苏绾小姐将花的风貌画了出来，只是这蝴蝶稍嫌华丽，让这画失了真实感。"

"还请殿下指教……"苏绾不解地问道，或者说她不服，认为太子这是在故意挑错。

太子包容一笑："苏绾小姐这蝴蝶美则美矣，但却少了几分真实，苏绾小姐你可曾见过如此色彩斑斓的蝴蝶？"

世人画蝶，都将蝶画得绚丽多姿，美轮美奂，哪里会管是不是真的有这种蝴蝶，太子这么一说，倒是把苏绾给问住了。

她虽然曾捕过蝶，但也真没有看到过画上那种多彩绚丽的蝴蝶，只是她的先生这样教过她，她便这样画了，现在被太子指出来，苏绾倒真不知如何说了。

太子很有风度，没有为难苏绾的意思，笑着将画传给西陵天磊："磊太子可要看仔细了，本宫记得磊太子昨天可是说了，本宫的皇叔说轻尘好就是徇私。"

太子绝对是只笑面虎，阴起人来眼也不眨，西陵天磊不是九皇叔，他没办法像九皇叔那般理直气壮地偏心，西陵天磊不好多说，夸了数句，便将画传给颜老。

苏绾画功扎实，用色大胆，这一幅《蝶恋花》虽然不是珍品，但绝对是上品，苏绾的画比凤轻尘的画好评多了，颜老和三位大画家也不吝啬赞美之词。

这么一圈下来，除了太子指出一个小问题外，其他人都是赞美之词，苏绾高悬的心终于落到心口，心平气和地等着七位评判评出胜负。

这一次，她总该赢了吧！

可是，为了评判的方法，七位评判，或者说太子与西陵天磊又争执了起来。

"书画本一体，既然昨天是匿名评判，今天也就这么办吧。"太子道。

西陵天磊立马否定："不好，不好，书画虽为一体，可各有千秋，怎么能用相同的评判方式，依我看不如我们从画功、意境等打分，最后谁的分高，谁就是赢家。"

"画虽讲究意境，但别忘记，画更要真实，苏绾小姐那画，少了几分真实。"太子不让苏绾解释也是有原因的，你看现在不就是一个好的攻击点吗？

"画追求境界，太过拘泥于现实，便少了新意。"西陵天磊也不甘示弱，昨天被九皇叔阴了一道，他今天绝不会重蹈覆辙，谁知道九皇叔背后有没有下黑手。

昨天的事，他不查并不表示不知道。

"磊太子是认为新意比写实更重要了？难道为了画得好看，就可以不顾现实，颠倒黑白，将民不聊生的惨况，画成太平盛世？"太子一句话，瞬间将小小的画画比试，提到政治的高度。

凤轻尘佩服得五体投地，从小接受精英教育长大的孩子，就是不一样。

太子和西陵天磊互不相让，两人你来我往，不见半丝火药味，可偏偏一刻钟下来都没有一丝进展，谁也不肯让步，直到太监来报，皇上有旨，宣凤轻尘与苏绾带着画作进宫，西陵天磊才明白，自己还是中了太子的计，太子分明是在拖延时间……

第十三章　杀敌一千自损八百

虚荣心和骄傲截然不同，骄傲是自己怎样看自己，而虚荣心则是在意别人怎样看自己。

凤轻尘不知道苏绾属于前者还是后者，凤轻尘只知道自己虽然有点小虚荣，但还是更在意自己如何看自己。

所以当太子提出"要不要派人去找九皇叔"时凤轻尘摇头拒绝了："不用了，没有必要为了一场比试的输赢而惊动九皇叔。"

她自己知道自己画的人体骨骼图是标准的、完美的就行了，不是不在乎输赢，而是不值得。

九皇叔得病一次不容易，她可不想因为自己的事，破坏九皇叔的棋局，到时候自己需要付出的代价，说不定会更高昂。

还是那句话，时至今日，输不起的人是苏绾不是她凤轻尘，她输一局不影响大局。

而让凤轻尘不解的是，皇上怎么会想着把她和苏绾召进宫，如果是为了那幅人体骨骼图，比试结束后皇上直接取走就行了。

要知道，她和苏绾的比试说来说去也只是小女儿之间的较量，皇上第一天关注一下已经算是给面子了，毕竟皇上没有闲工夫盯这种小事。

凤轻尘不知道，皇上插手这件事，还真的和她那幅人体骨骼图有关。

南陵锦凡收到皇家学院传来的消息，连忙进宫，希望皇上把苏绾与凤轻尘召进宫，好当面评判。

南陵锦凡不相信凤轻尘能画出人体骨骼图，当然如果是真的他也没什么太大的损失，一幅人体骨骼图对他来说也是有好处的。在战场上士兵耗损最严重的不是战死，而是救治不当，因伤而死，或者致残。

这幅人体骨骼图如果是准确的，那么无论如何他都要弄一份回去，最好还能问出一些有用的东西，回去交给军医，看看能不能减少将士因残退伍的人数。

不得不说南陵锦凡是个聪明人，皇上也是将命令下达后才想到这个事情。不过皇上不生南陵锦凡的气，他生凤轻尘的气，这种好东西她就不能低调地献上来吗？搞这么高调，害得他都没有优势了。

可事已至此，皇上也没办法改变，只能提前做好准备。

宣旨的太监带着一位柳姓太医前来，柳太医擅长医治外伤，在接骨方面是当之无愧的大国手。

柳太医一来就将凤轻尘的画取走了，皇上要他在进宫前鉴定凤轻尘所画的骨骼位置是否正确完整，同时将这幅画临摹下来。

凤轻尘很清楚一幅完整的人体骨骼图意味着什么，明知柳太医的打算她也没有拒绝，这幅图能造福病患最好了，这又不是她的东西她心疼什么？

因为柳太医要在马车上临摹画，又要核准画的真实性，所以他们一行人走得特别慢，也特别招摇。

现在流言已经变成太医赶到时已经晚了，苏绾被凤轻尘活活打死了，现在皇上要拿凤轻尘治罪，弄不好东陵和南陵就要打仗了。

为什么没人说凤轻尘被苏绾打死了呢？

很简单，凤轻尘当初在城门口，一个人挑了严公子家丁，踢爆严公子命根子一事，可是有不少人目睹，打死他们也不会相信，与苏绾打架凤轻尘会吃亏。

来到皇宫，皇上把苏绾与凤轻尘晾在一边，直接拿了画宣太子、西陵天磊、颜老、元希先生和三位大画家觐见。

苏绾与凤轻尘都明白，他们这是要去商量胜负的问题，同时亦是商讨凤轻尘那幅人体骨骼图的用处，这个时候评判胜负的已经不是画功而是利益。

南陵锦凡与皇上能想到的问题，西陵天磊回过神后也想到了，就算他没有想到，看到皇上派来的太医单独将凤轻尘的画拿走，他也想明白了。

皇上一群人在里面讨论了什么，凤轻尘不知道，但她明白讨论得越久，对苏绾越不利。

时间悄然流逝，凤轻尘半点不急，只是有点小愧疚，她还是耽误了颜老他们用午膳。

苏绾却越来越不安，她很想保持冷静，可惜她做不到，凤轻尘可以清高地说不在乎输赢，她苏绾不行。

看到凤轻尘嘴角那抹云淡风轻的笑意，苏绾就特别想冲上前去，把凤轻尘脸上的笑容给打掉，她笑得太欠扁了。

"凤轻尘，你果然一次比一次让人惊艳，今天的绘画比试，你可真是让我开了眼界。"苏绾本不想这般恶声恶气地说话，她只是想找个人随便说说，好缓解一下等待的压力，可话一出口，就变成了这个样子。

苏绾知道，她这辈子都没办法心平气和地与凤轻尘说话，凤轻尘这人实在太讨厌，苏绾这一辈子都不会喜欢凤轻尘。

明明是一只丑小鸭，却没有丝毫的自觉，闯入天鹅圈中，不谦卑讨好也就算了，居然傲慢无礼，处处与她们争锋，抢她们的风头，这样的人早就该死。

"能入苏小姐的眼就好，轻尘说了不会让你失望，当然不好失言。"如果可以，凤轻尘宁可站在殿门口看风景，也不愿意和苏绾在这里两看相厌。

可惜不能，这里是皇宫，不能由着她的性子行事。

"哼，凤轻尘，别以为你投机取巧赢了我，就认为自己是才女。颜老和元希先生对你另眼相看是认为你有才学，可实际上你应该很清楚自己到底有没有才，你这个才女不过是装出来的，早晚有一天会被人识破，到时候我看你如何面对世人。"

苏绾最气不过凤轻尘这一点，明明是个什么都不懂的草包，居然能装成大才女，连颜老和元希先生这等大儒都被她骗了。

"装才女又如何，你连我这个装出来的才女都赢不过。"凤轻尘真心觉得好笑，苏绾和苏家很在意才女的名声，可她凤轻尘并不在意。

装才女又如何，虽说她投机取巧了，可别忘了，她可是凭真本事赢了苏绾，要不是她拿出这两下子，苏绾又怎么会认输？

世人怎么看她重要吗？世人从来没有正眼看过她，流言她听多了，再多几句也死不了人。

"你……"苏绾一拍桌子，站了起来。

而像是为了验证凤轻尘的话一般，太监刚好在这个时候走了进来，面对凤轻尘与苏绾之间的剑拔弩张，太监很淡定地装作没有看到，有板有眼道："凤小姐，恭喜你，你赢了。"

琴棋书画四局赢了三局，凤轻尘心情极好，她现在的危机基本上解除了，后面的比试她只要再赢一局，最差的局面也是平局。

比到今天，她终于不用再担心这场不公平的比试了，想到这里凤轻尘的心情更好，连空气都变得清新了，苏绾也变得可爱了。

至于皇上与南陵锦凡、西陵天磊谈了什么条件，她一点也不关心，在拿出人体骨骼图时，她就知道自己没有做主的权利。

看了一眼失魂落魄的苏绾，凤轻尘没有再落井下石，苏绾已经被南陵锦凡卖了，此时心里正难受，她又何必再往人家的伤口上撒盐。

对于苏绾，她敬重对方是对手，所以她也不会同情苏绾，苏绾最不需要的就是她的同情。

凤轻尘无视苏绾，朝传口谕的太监微微欠身，优雅地走出宫殿，准备回家。

皇宫这种地方，少待一秒就多一分安全，九皇叔此时正在"生病"，她要是在皇宫出了事，估计也没有人能救她。

现在可是比试的紧要关头，她已经够引人注目了，没有必要再往自己身上添话题，她更不想惹麻烦。

可惜天不遂人愿，凤轻尘刚出殿，就被谢皇贵妃的人堵住了，说是贵妃娘娘有请。

凤轻尘知道自己不能拒绝，即使心中再不满，也面带笑意地跟在宫女身后，踏入那富丽奢华的昭燕殿。

昭燕殿又添了许多好东西，比皇后的宫殿还要奢华三分，看样子皇上不是一般的重视谢皇贵妃肚子里的那块肉。

"轻尘参见娘娘，娘娘千岁千岁千千岁。"谢皇贵妃的肚子还不明显，可她却一直挺着肚子，生怕别人不知道她怀孕了一般。

"轻尘快快请起。"谢皇贵妃言词热切，可完全没有起身，只是虚扶了一把。

"多谢娘娘，不知娘娘找我何事？"凤轻尘其实不怎么喜欢与谢皇贵妃打交道，尤其是知道谢皇贵妃能狠心不顾腹中胎儿的生死只为争宠，凤轻尘更是下定决心要珍爱生命，远离谢皇贵妃。

谢皇贵妃这种女人太可怕了，连自己的亲生儿子都能下毒手，她还能真心对自己？

在凤轻尘眼中，谢皇贵妃和武则天同一个等级，都是为达目标誓不罢休的人，与这种人合谋，无疑是与虎谋皮，弄不好就会被对方吃得连骨头都不剩。

"轻尘，本宫最近很容易疲劳，前几天还见了红，本宫很担心这个孩子。"谢皇贵妃一脸忧愁地摸了摸肚子。

自从凤轻尘说这个孩子可能有问题时，谢皇贵妃对这个孩子就不太上心，可又不敢把孩子弄没，她怕真如凤轻尘所说的那样，以后不能生就惨了。

"我替娘娘请个平安脉吧。"凤轻尘虽然没有当过母亲，不过多少也能明白谢皇贵妃的心情，谢皇贵妃对这个孩子的期待太高了，听到她的话有些接受不了。

事实上，任何一个母亲都无法接受自己十月怀胎生下来的孩子不健康。

诚如凤轻尘所料的那样，谢皇贵妃只是郁结于心，这样不仅对她身体不利，对孩子也不好，凤轻尘开始怀疑，自己当初把诊断的结果说出来，是不是错了。

"娘娘,你的身体并无大碍,你这是郁结于心。娘娘,我希望娘娘能放宽心,就算不为自己,也该为腹中的孩子着想,小皇子他需要你。"身为大夫她必须劝说病人放宽心,尤其是孕妇,无论这个孕妇有多坏,都不能迁怒未出世的孩子。

谢皇贵妃黯然低头,眉眼间尽是忧愁:"轻尘,本宫又何尝不知,只是这个孩子……本宫真为他担心,他是皇上期待的龙子,万一有个什么,这个孩子一出生就会被他父皇厌弃。"而她也会被皇上厌弃,甚至谢家都会因此遭殃,谢皇贵妃赌不起。

"娘娘,请娘娘放宽心,小皇子现在的情况很好,娘娘只要好好养胎,小皇子一定能健康出生。"孩子太小,什么都看不出来,凤轻尘只能尽力安慰谢皇贵妃。

"轻尘,你说的是真的,本宫真能生出健康的皇子?"谢皇贵妃就如同溺水的人抓住了浮木,一脸惊喜地握着凤轻尘的手,漂亮的眸子蓄起水珠,一副我见犹怜的样子。

凤轻尘一阵恶寒,小心地抽回自己的手。

虽说她心理年龄和谢贵妃差不多大,可她现在只有十五岁,谢皇贵妃一个二十多岁的女人,在她面前扮柔弱,她真心觉得鸡皮疙瘩都起来了。

"娘娘,你别激动,保重身体要紧,小皇子现在还小,我现在诊断不出什么,等小皇子六七个月大我就可以确诊了。在此期间请娘娘一定要照顾好自己,还有腹中的小皇子。"明知对方是在利用自己的同情心,凤轻尘也没有拆穿。

有什么好拆穿的,谢皇贵妃想要一个健康的皇子她能理解。她是大夫,无论她多么讨厌谢皇贵妃,她都会按大夫的原则办事。

"轻尘,你没骗我?你真的可以确诊?"谢皇贵妃双眸一亮,隐含期盼。

"是的娘娘,在此期间请娘娘放宽心,好好调养,别再忧心。"被谢皇贵妃这么一折腾,凤轻尘的好心情顿时没了。

皇宫的女人,实在太可怕了,和她们周旋真累。

谢皇贵妃连连点头,哽咽了一声,眼眶里的泪水终于落了下来:"轻尘,如果没有你,我们母子二人还不知道怎么办才好,我们母子二人就交给你了,你的大恩大德,我谢家永远不忘。"

谢皇贵妃一脸感激,拿出帕子小心地拭泪,眼中的感激之情,没有半分作假。

她曾找了妇科圣手来诊治,对方说她生出健康皇子的可能只有六成,六成的可能她不敢赌,可又不想放弃。

如果凤轻尘能确诊,能保证她生出健康的皇子,谢家绝不会亏待凤轻尘。

"娘娘尽管宽心,轻尘定会尽全力。"凤轻尘连忙保证,一副被谢家权势打动的样子,可只有她自己才清楚,她此时真的很不耐烦。

好在谢皇贵妃得到凤轻尘的保证后,也没兴趣再应酬她,收起帕子,谢皇贵妃又恢复了平时的尊贵样。

"轻尘你别介意,本宫刚刚失仪了。"一句失仪,就将之前的失态略过,同时暗示凤轻尘不能再提。

"轻尘明白,娘娘要是没有别的吩咐,轻尘先行告退。"凤轻尘一脸为难地看向谢皇贵妃,见谢皇贵妃略有不满,连忙小声道,"娘娘,轻尘明天还有一场比试,轻尘有点紧张。"

凤轻尘低下头,一副不安的样子。

谢皇贵妃这才露出笑脸,不无打趣道:"轻尘表现得这样出色,还有什么好担心的,好了,轻尘既然急着回去,本宫也不留你。哦……对了,轻尘,本宫这段时间一直没有看到孙太医,你知道孙太医最近在忙什么吗?"

谢皇贵妃状似随意地问了一句,却一直观察着凤轻尘的表情。

孙太医?

凤轻尘皱眉,她最近杂事缠身,还真没有太过关注孙府的事情,说起来她也好久没有见到孙太医了。

"娘娘,我也很久没有见到孙太医了。"凤轻尘实话实说,这事也没法瞒,只要谢家一查就会明白。

"看样子孙太医最近很忙,如果轻尘见到了孙太医,替本宫告诉他一声,本宫要见他。"看到凤轻尘一脸莫名,谢皇贵妃这才将心中的怀疑压下,她就说孙正道和凤轻尘还没有胆子背叛谢家。

"娘娘放心,我见到孙太医,一定会告知他。"人家是过河拆桥,谢皇贵妃这河还没有过,就把她这桥给拆了,刚一答应她会替她保胎,这谢皇贵妃马上就傲了起来。

"嗯。"谢皇贵妃点了点头,挥了挥手,"本宫乏了,你退下吧。"

"是,娘娘。"凤轻尘心平气和地退了出去,和谢皇贵妃生气真的不值得。

凤轻尘一走,谢皇贵妃身后的宫女便上前,将谢皇贵妃扶了起来:"娘娘,这凤轻尘可信吗?"

"不管可不可信,终归要试一试,本宫腹中的孩子不能有事,要是孩子有事,本宫就拿凤轻尘陪葬。"谢皇贵妃的眼中闪过一抹狠厉。

"娘娘吉人自有天相,小皇子受真龙庇护,一定会健健康康,娘娘你就放宽心,凤轻尘不是说小皇子六七个月时,就能确诊嘛,左右不过是三个月的事,娘娘你就别想这些了。"宫女连忙安慰几句。

谢皇贵妃叹了口气,抚摸着微微凸起的小肚子,眼神幽远,闪过一抹狠绝:"是呀，左右不过是三个月，六个月大的孩子已经成形，如果出了事，怕是皇后也兜不住。"

如果凤轻尘看到谢皇贵妃这个眼神，就会明白谢皇贵妃已经做了决定。如果她腹中的孩子真要有问题，哪怕终身不育，她都不会让这个孩子出生。

用这个孩子，换皇后下半生住冷宫很值得。

谢家不缺女儿，她不能生了，就让谢家再送一个女儿进宫就行了。

……

凤轻尘发现，她和皇宫八字不和，刚走出昭燕殿没多远，她就遇到了安平公主，不管愿不愿意，见到安平公主，凤轻尘就得跪下行礼。

"参见公主殿下，殿下千岁千岁千千岁。"凤轻尘和一干宫女跪在一起，她今天只穿了一件绛红的小衫，并不显眼，可是……

在安平公主眼中，凤轻尘是她的敌人，哪怕是化成了灰，安平公主也能将凤轻尘认出来，哪怕凤轻尘跪在一群宫女中间，安平公主还是一眼就看到了她。

安平公主在宫女、嬷嬷的簇拥下，气势十足地走到凤轻尘的面前，黑色的靴子距离凤轻尘只有五厘米远，只要一抬腿，安平公主就能踢到凤轻尘的脸。

打人打脸，安平公主终于学聪明了。

"我当是谁呢，原来是我们东陵的大才女。"安平公主笑得张扬肆意，哪怕什么都不做，只要看到凤轻尘跪在自己脚边，她就高兴。

高傲张扬的凤轻尘，在她面前还不是一样得乖乖跪下，凤轻尘再怎么才名远扬，也改变不了她低贱的出身。

凤轻尘沉默不语，根本没有接话的打算，安平公主只要不笨，就不会对她动手，要知道，她现在只要受一点小伤，就可以拒绝比试，并且把所有的责任都推到安平公主的身上。

"凤轻尘，你哑巴了吗？没听到本宫问你话吗？"安平公主动了动脚，本想踢凤轻尘一脚，她身后的嬷嬷快一步上前，拉住安平公主的衣袖："公主，此时不宜动手。"

"本宫知道，不需要你这个奴才多嘴。"安平公主傲慢地挥退嬷嬷，继续朝凤轻尘开火，"凤轻尘，没听到本宫问你话吗，还不快答。"

"公主，你要我答什么？"都要嫁人了还这么幼稚，凤轻尘真心为东陵子洛感到悲哀，生命中最重要的两个女人，只会给他拖后腿。

"当然是答……"安平公主说到一半，突然顿住，她好像没有问凤轻尘什么。

安平公主一张俏脸涨得通红，可恨她手上没有鞭子，要是鞭子在手，她肯定狠狠地抽凤轻尘一记。

安平公主有气没地方撒，狠狠地瞪了凤轻尘一眼，突然想到皇城最近流传的消息，安平公主眼珠一转，命令道："凤轻尘，听说你那天用无弦的琴弹出了曲子，现在你跟本宫走，本宫今日要听你当日弹奏的曲子。"

"好呀，只要公主能拿出第二把冰弦琴，我就弹给公主听。"凤轻尘在心中默默地祈祷，这个时候随便来一个人把安平公主这个神经病拖走吧，她快受不了了。

虽说和谢皇贵妃那种聪明人打交道累，可和安平公主这种没脑的女人打交道更累，凤轻尘真心不愿意理会这个刁蛮女。

上天似乎听到了凤轻尘的祈祷，安平公主刚命宫女强制将凤轻尘带到她的宫殿时，洛王殿下出现了。

"安平，你在做什么？"东陵子洛这段时间处处受制，少了几分意气风发，多了几分沉稳。

"皇兄。"安平公主吓了一跳，傲娇女瞬间变成小白兔，"皇兄，你这么凶干吗，我能做什么呢，我不过是请凤轻尘去我宫殿，一起讨论琴艺。"

东陵子洛明显不信，看着依旧跪在那里的凤轻尘，怀疑地问道："凤轻尘，是这样吗？"

咦，洛王居然没有直接处理，而是问她？

凤轻尘一脸不解，正准备回答，安平公主突然轻咳一声，警告的意味十足。

凤轻尘摇了摇头，她再蠢也不会在东陵子洛面前告安平公主的状，当下顺着安平公主的话道："回洛王的话，安平公主的确邀请轻尘到公主殿讨论琴艺，只不过轻尘今日尚有要事在身，无法前往，正和公主商量改天行不行。"

见凤轻尘如此听话，安平公主一脸得意，心道凤轻尘终于怕了她，安平公主拉着东陵子洛的衣袖撒娇道："皇兄你听，我没骗你吧。"

东陵子洛明知有猫腻，可凤轻尘都这么说了，他也不打算深究，不管怎么样，安平都是他妹妹："既然凤轻尘没空，那就改天吧，安平你先回去。"

"皇兄……"安平公主不乐意地道。

她现在想见凤轻尘一次可不容易，打听到凤轻尘在谢皇贵妃这里，她七赶八赶才堵到人，这次放过凤轻尘，下次再见凤轻尘就不知道是什么时候了。

"安平，别以为皇兄什么都不知道。"东陵子洛眼神骤冷，吓得安平连忙松手，即使万分不愿，还是乖乖地欠身退下。

走之前，不忘瞪凤轻尘一眼，大意是算你走运。

凤轻尘却耷拉着脑袋，有气无力地跪在那里，她走运个鬼，她这是刚送走狼，又迎来虎，东陵子洛比安平公主更难缠好不好。

安平公主走后，东陵子洛把宫女和太监都打发掉，小道上只有凤轻尘和他两个人在，而这个位置是安平公主特意挑的，虽不偏僻，但因为距离昭燕殿较近，除了昭燕殿的人，平时没人往这边走。

也就是说，凤轻尘基本上处在叫天天不应，叫地地不灵的状态，别说九皇叔了，就是正在宫里的太子一时半刻也找不到这里来。

宫人都走光了，东陵子洛也没有叫凤轻尘起来，任凤轻尘一直跪在脚下。

东陵子洛低头看着即使跪在地上，依旧傲气凛然的凤轻尘，突然发现凤轻尘对他来说是那样的陌生。

他从来没有好好打量过凤轻尘，也没有好好了解过凤轻尘，每一次见到凤轻尘除了给她难堪，还是给她难堪。

他任凤轻尘被瑶华设计，名声全毁；他看着凤轻尘跪在母后的殿外，九死一生；他逼凤轻尘跪在城门口，任百姓打骂。

凤轻尘被他欺凌至此，虽不曾表现出半分怨恨，可他很明白他和凤轻尘之间的梁子结大了，他从不认为自己和凤轻尘能有和平共处的一天，也从不认为凤轻尘与他相配。

可是，就在他这般对待凤轻尘后，凤轻尘得知他受伤，依旧尽心救治他，让他在最短的时间内恢复健康。

即使他对凤轻尘了解得不多，可也知道凤轻尘有仇报仇，有恩报恩，他以为凤轻尘不计前嫌地救他，是爱慕他，于是他以施恩者的口吻说："凤轻尘，本王纳你为侧妃。"

结果却被这个女人毫不留情地拒绝，他恼羞成怒。

他还没有理清自己对凤轻尘的感情，瑶华就来了，然后发生了几件超出他掌控的事情，凤轻尘得了九皇叔的青睐，而瑶华将要嫁给子淳。

所有的事情都脱离了他的掌控，打得他措手不及，可不知为何，听到瑶华要嫁给子淳时，他松了口气。

他终于不用夹在母后和瑶华之间了，他终于不用两头为难了，瑶华依旧是他的最爱，只不过他和瑶华永远都没办法成为夫妻。

心中微痛，可当他看到凤轻尘与九皇叔出双入对时，他发现自己的心，痛到不能呼吸，比听到瑶华嫁给子淳还要难受。

凤轻尘，本该是他的妻子、他的王妃，凤轻尘本应该站在他身边，可他把一切都弄糟了，他和凤轻尘越走越远，比陌生人还不如。

到这个时候他才明白，原来凤轻尘从始至终都不爱他，也不恨他，凤轻尘一向无视他，根本没有把他放在眼里。

可他却开始关注凤轻尘的一举一动，看着一步一步展露风华的凤轻尘，他后悔了，可是凤轻尘的眼里已经没有他了。

凤轻尘不知道自己跪了多久,只知道自己双腿已经发麻,而伟大的洛王殿下还是没有叫她起身的打算,凤轻尘在心里将东陵子洛从头骂到尾,依旧不解气。

她就知道遇到东陵子洛准没好事,上次在城门口,她跪到虚脱,这一次,不知这洛王殿下要怎样才会放过她,要知道她明天可是有礼仪比试,她的膝盖跪伤了,还怎么参加比试?

东陵子洛并非存心让凤轻尘跪在那里,只是他的思绪跑得太远了,待到他想起凤轻尘还在跪着,立即开口道:"凤轻尘,起来吧。"

"谢殿下。"凤轻尘气得想要杀人,咬牙切齿地道。

跪了太久,双腿麻木了,凤轻尘根本没有办法直接起身,只能用手撑在地上,好不容易站了起来,哪知双腿一软又跌了下去。

眼见就要落地,凤轻尘鸵鸟似的闭上眼睛,不想跌入一个温暖的怀抱里。

咦?这个时候居然有人出手救她,凤轻尘睁开眼,却看到东陵子洛放大的俊颜。

"洛王殿下?"凤轻尘简直不敢相信自己所看到的,声音不由自主地拔高。

洛王会救她,太阳从西边出来了吗?

凤轻尘抬头看天,发现太阳很正常地挂在头顶,渐渐往西落下。

这世界玄幻了。

"你跪太久了,本王扶你过去休息下。"抱住凤轻尘的那一刻,一股淡淡的药香扑鼻而来,东陵子洛贪婪地吸了口气,抱着凤轻尘的力道随之加重。

他突然舍不得放开凤轻尘了。

扶她过去休息,哼……她是因为谁才跪这么久的?明明自己就是罪魁祸首,还好意思摆出一副施恩的样子,凤轻尘在心中将东陵子洛唾弃一遍,推开东陵子洛:"多谢殿下,轻尘站一下就好了。"

"别动。"软玉温香在怀,东陵子洛哪里舍得放开,伸手一捞,凤轻尘又跌回他的怀抱。

闻到了东陵子洛惹人厌的香气,凤轻尘怒了,也不装小白兔,厉声斥道:"放手。"

"凤轻尘,你敢命令本王?"东陵子洛加重力道,勒得凤轻尘喘不过气。

东陵子洛习惯在凤轻尘面前高高在上,短时间内根本放不下身份,要他讨好凤轻尘?做不到。

装,装,装什么好人,这么快就露馅了,她就知道东陵子洛不安好心。

凤轻尘抽了口气,冷声道:"洛王殿下最好别逼我,即使我的双腿跪麻,要废了你也不是不可能的。"

凤轻尘略略抬腿，提醒东陵子洛，当初她在那般狼狈的情况下都可以制住他，现在也可以。只不过她当时走投无路，不得不冒险，现在生活平静，不愿意冒那个险罢了。

"你……"东陵子洛身子一僵，说实话，他到现在都忘不了当初被凤轻尘威胁的画面，凤轻尘是唯一一个敢威胁他的女人，还不止一次。

"洛王，凡事适可而止，我不愿意惹麻烦，并不表示我怕麻烦，我只想平静地生活。"她不找东陵子洛算账，并不表示她把那些账忘了，事实上她全部记在心里呢，等时机到了，羽翼丰满了，欠她的她会一一讨回来。

"凤轻尘，本王没有恶意。"东陵子洛也怒了，他今天真没有恶意，如果他真想教训凤轻尘，就不会得知安平来堵凤轻尘，便连忙赶过来替她解围了。

这里是皇宫，无论凤轻尘多么聪明，她对上安平都没有胜算；当然对上他，凤轻尘也没有胜算。

身份的差异摆在那里，凤轻尘拿什么跟他斗？

"你有没有恶意与我无关，洛王殿下，我再说一次，请你放开我。"凤轻尘挣不开东陵子洛的怀抱，右腿一动，卡在东陵子洛两腿之间，只要她向上用力一抬，东陵子洛就算不废，也没有好果子吃。

舍得一身剐，敢把皇帝拉下马，东陵子洛总是能把她逼上绝路。

放开？好不容易才有机会抱住，东陵子洛怎么会放开，这一次不说清楚他们之间永远都会有隔阂在。

他很想告诉凤轻尘，以前的事一笔勾销，如果可以他们从朋友开始做起，就像凤轻尘与王锦凌那样。

二人四目相对，东陵子洛在凤轻尘的双眸中，看到了愤怒与隐忍，还有自己的影子……

凤轻尘双眼一眨也不眨地盯着东陵子洛，她要想办法脱离东陵子洛的钳制，还要防备东陵子洛突然下狠手，上半身被东陵子洛牢牢地禁锢住，凤轻尘根本没办法动弹。

她身手不错，可男女之间天生就有力量上的差别，她想挣开东陵子洛的怀抱并不容易，东陵子洛不是什么手无缚鸡之力的书生。

鼻息间全是这个男人讨厌的气息，威胁又不顶用，凤轻尘怒了，眼中闪过一抹杀气，很快，一闪即逝，待到东陵子洛反应过来时，凤轻尘右腿一抬，狠狠地踢向他的胯下："我叫你放手！"

可是，东陵子洛早有防备，右腿微曲，刚好压住了凤轻尘的腿："又是这招，凤轻尘，你就不会换一招吗？你以为本王会在同一个招数上，栽两次吗？"

东陵子洛大笑，一扫这几日的阴郁。

"王爷说得是，我的确不应该只用一招。"没让东陵子洛高兴太久，凤轻尘的头往后一仰，咚的一声，直接拿自己的头与东陵子洛相撞。

黑暗袭来，凤轻尘一阵眩晕，痛得眼泪都飙了出来，好像流血了！

凤轻尘强忍着眩晕，用力推开东陵子洛。

她必须尽快离开这里，要是让人看到她伤害皇子，她就别想活了，可东陵子洛却不肯放过她。

"凤轻尘，你这个疯子。"东陵子洛感觉脑门一痛，温热的液体从额头流了下来，眼前一暗，凤轻尘的撞击力，让他站不稳身形，往后倒了下去。

在倒下去的那一刻，东陵子洛依旧没有松开凤轻尘的手。

"咚……"两人跌倒在地，值得庆幸的是，因为凤轻尘是用力方，东陵子洛比较倒霉，直接摔在地上，而凤轻尘则摔在东陵子洛的怀里。

一阵天旋地转，凤轻尘脑袋痛得要死，也没有力气与东陵子洛拉扯，安分地趴在东陵子洛的背上，等头晕缓过去。

脑震荡了，凤轻尘郁闷，好在明天的比试不费脑子。

遇到东陵子洛兄妹二人，果然没有好事。

凤轻尘的安分让东陵子洛松了口气，可他也好不到哪里去，要不是因为有武功的底子，他这会儿怕是比凤轻尘还要惨。

东陵子洛强忍着眩晕将凤轻尘抱紧，确定她不会动后，这才长松了口气。

两人难得平静，可就在此时皇宫的侍卫听到了声响，咚咚咚地朝这边跑来，整齐划一的脚步声，听在凤轻尘的耳朵里，就好像是催命符。

完蛋了……

她就知道不能在皇宫闹事，可她实在没办法，她不在意被安平公主奚落两句，可她真的看不透东陵子洛想做什么，她只想躲对方远远的。

凤轻尘暗想，自己是不是应该一不做二不休，干脆把东陵子洛打晕，然后逃出宫去？

依东陵子洛的骄傲，他应该不会把自己伤了他的事说出去，毕竟被一个女人打晕，实在是丢人。

可凤轻尘刚一动，东陵子洛的力道又加重了："别动，交给我。"

在皇宫侍卫赶来之前，东陵子洛一个翻身，将凤轻尘压在身下。

"你……"凤轻尘怒了,这个男人到底想怎么样，难道她脸上写了我很好欺负吗？

"嘘，别说话。"东陵子洛低头，刚好将凤轻尘的脸挡住，见凤轻尘不安分，东陵子洛又警告道，"别乱动，谋害皇子可是死罪，被人发现本王也保不了你。"

凤轻尘冷笑一声，正想说："落在你手上，我也活不了。"一转头就对上东陵子洛那双真挚的黑眸，她看到了东陵子洛眼中的担心与紧张。

凤轻尘突然一顿，到嘴的话咽了下去，她搞不明白东陵子洛这是怎么了？撞邪了？

不管如何，姑且信他一次，横竖再倒霉也不会比这更惨。

脚步声越来越近，凤轻尘已经看到了侍卫的衣角，就在侍卫距离他们只有百步远时，东陵子洛突然开口道："站住。"

训练有素的侍卫就如同机器人一般，突然停了下来，领头的侍卫小心地问道："洛王殿下？"

皇子的声音，他们是不会听错的。

"嗯。"东陵子洛孤傲地应了一声，不容拒绝地道，"退下去。"

"殿下……"侍卫有些不安，他听到的声响就在这一片，这里肯定出事了，只是没有想到洛王会在这里。

"没听到本王的命令吗？滚……有什么事，本王担着。"东陵子洛杀气十足地道。

"是，殿下。"侍卫不敢再上前，无奈地往回走。

"呼——"

人走远了，凤轻尘松了口气。

不管东陵子洛为什么帮她，理论上她都应该道谢："多谢洛王殿下。"是她鲁莽地不顾场合出手，这才惹了麻烦。

当然，前提是忽略洛王殿下不顾场合地招惹她。

东陵子洛没有说话，只是盯着一脸是血的凤轻尘。

这个女人鲁莽又冲动，居然还能活到现在，真是个奇迹。

凤轻尘被东陵子洛看得心里发毛，心中暗想洛王殿下是不是有需要她救的人，不然怎么会帮她，她除了医术，好像没有什么值得人费心的。

凤轻尘正想说，洛王你要轻尘帮你做什么，你直接说，我就当还你人情，刚开口就被东陵子洛打断了。

"走，我们先回宫清理一下伤口，你这样出宫肯定会引来麻烦。"说完也不管凤轻尘同不同意，拉起她的手就朝小路走去，最后把凤轻尘带到一个偏僻的冷宫。

"凤轻尘，你等着，本王让人去拿药。本王和你的伤都要清理干净，不能让外人发现。"东陵子洛将脸上的血擦拭干净，然后匆匆跑了出去。

从头到尾都没有给凤轻尘说话的机会，凤轻尘一头雾水，不过危险解除了，她也懒得多管。

揉了揉依旧有些眩晕的头，轻微的脑震荡，只要回去休息一下就好了，凤轻尘三两下就将伤口上的污血清理干净，又整了整自己有些凌乱的衣服，确定没有什么大问题后，凤轻尘很淡定地走人。

至于洛王殿下和他的伤……

这个不需要她担心，依洛王殿下的聪明，他绝对能找到脱身之计。

凤轻尘毫不犹豫地走出冷宫，至于洛王殿下回来后，看到她不在会不会发飙，她一点也不担心。

东陵子洛之前既然替她遮掩，事后就不会再拿这件事来威胁她，还是那句话，皇家的骄傲让他丢不起这个脸。

凤轻尘打赏了一锭金子，让一个小宫女给自己指路，七拐八拐，终于安全地找到了出宫的路，刚走到宫门口，就有一个侍卫上前，生硬地道："凤姑娘，殿下在等你。"

顺着侍卫所指，凤轻尘看到皇家御用的马车。

"哪位殿下？"凤轻尘的心咯噔一跳，突然发现头又痛了起来。

不会是东陵子洛吧，反应这么快？她不会这么倒霉吧，凤轻尘拉下脸，脸上的笑再也端不住了。

侍卫不知道凤轻尘这是怎么了，只一板一眼道："太子殿下。"

"太子殿下？"凤轻尘双眼一亮，精神十足，脸上的笑容比之前更加灿烂，"既然太子殿下要见我，那快走，别让殿下久等。"

凤轻尘提起裙子，大步朝对面走去。

有太子殿下在，东陵子洛也要顾忌三分，她有靠山了。

"呃——"侍卫一脸困惑地默默跟上，心中暗自嘀咕，女人果然很可怕，变脸比翻书还快。

太子对凤轻尘很客气，是真正的客气，而不是像谢皇贵妃那样流于表面的客气，凤轻尘一开口太子就出声阻止，不让凤轻尘跪下行礼。

"多谢殿下。"在东陵子洛面前跪太久了，凤轻尘的膝盖隐隐生痛，她也不和太子客气，大大方方地上了马车。

"轻尘，你这是怎么了？"凤轻尘虽然收拾好了，可太子看凤轻尘脸色有些苍白，再加上她在宫里待得时间久了一点，便多心地问了一句。

凤轻尘苦笑一声："皇贵妃召见，出来时又遇到了安平公主与洛王。"

太子眉头一皱，眼中闪过一抹寒光："他们没有为难你吧？"在宫中，太子基本上没有势力，他也不能像东陵子洛那样能光明正大地去后宫。

东陵子洛去后宫，可以说是看望皇后和安平公主，而太子除非皇后召见，不然没有去后宫的理由。

"太子放心，我很好。"只是膝盖有点疼，头有点晕，其他的都好。

当然，东陵子洛莫名的态度也让她有点发毛，估计是因为瑶华公主快要嫁过来，洛王殿下心里不爽，只是这样性情不定的东陵子洛让她觉得很危险，不由自主地就想远离。

"没事就好，皇叔可是把你交给了我，要是有事我都不知道怎么向皇叔交代。"太子笑盈盈道，既然凤轻尘不追究他当然不会多事，有些事情，还是交给正主去办比较好。

凤轻尘看了太子一眼，低头不语。凤轻尘真想知道，九皇叔到底给了太子多少好处，让太子这么卖力地为他说话。

见凤轻尘不愿意提及此事，太子也不说，转而说起等凤轻尘的目的："轻尘，我准备去九王府探病，你陪我一起前往可好？"

"殿下，轻尘这个样子去九王府不太好吧？"凤轻尘真心觉得郁气，这些皇子皇孙一个个都吃饱了撑的没事做嘛，个个找她麻烦。

还以为太子只是想送她回家，没想到是拐她去九王府。

"就是因为你这个样子才要去给皇叔看，让皇叔知道你被东陵子洛和安平欺负了。"不过，太子这话没有说出来，而是笑着劝慰道，"轻尘别担心，等会儿让侍女替你重新梳妆一番便好，我想皇叔应该会很高兴见到你。"

太子的话虽然柔和，却透着不容拒绝的强硬，凤轻尘多少明白太子的打算，刚刚对太子升起的那点好感荡然无存。

被人当棋子用，她还能高兴得起来那就有鬼了，虽然太子一开始并没有这个心思，可此时却是真正起了利用她的念头。

目的达成，太子看凤轻尘不愿意多说，也没有继续找话题。

凤轻尘高不高兴不重要，只要皇叔高兴就好。

同一时刻，东陵子洛拿着药回到冷宫，却找不到凤轻尘的影子，心里说不出来的失落。

凤轻尘这是不相信他。

"啪……"手中的东西散了一地，东陵子洛头也不回地往外走去。

凤轻尘不信便不信，同样的傻事他不会做第二次。走出偏殿，东陵子洛正准备出宫，太监来报，太子和凤轻尘一同出宫，朝九王府走去。

"去见皇叔？凤轻尘你这是要告状吗？"东陵子洛冷笑一声，转念一想就明白了这是谁的主意。

"皇兄真是越来越急了，这种小事也要利用上，看到九皇叔离我越来越远，你才安心吗，可你争这些又有什么意思？"

想到太子那破败的身体，东陵子洛说不出来是同情还是庆幸，要是太子身体健康，局面就不会这么混乱，他也会安安分分当他的闲散王爷，娶凤轻尘或者瑶华都可以。

可偏偏天不遂人愿。

"殿下？"太监见东陵子洛迟迟没有反应，小声叫了一句。

东陵子洛回过神来，起身道："准备一下，本王要去九王府探病。"

"是。"太监眼睛一转，立马就明白了东陵子洛的意思，一边吩咐宫女给东陵子洛换衣服，一边去安排礼物。

因为太子的身体原因，他坐的马车向来不快，东陵子洛则弃了马车直接骑马过去，于是双方恰恰在九王府门口撞上。

太子脸色一沉，脚步一顿，而凤轻尘从头到尾脸色都没有变，对于东陵子洛的出现，她吃惊但不震惊，她能想到的事东陵子洛又怎么会想不到？

看样子，太子的算盘要打空了，当然，前提是看她凤轻尘配不配合，只要她配合，太子的算盘依旧能打响。

可惜……

她明显不会配合太子，在九皇叔面前告状，她又不是小孩子，哪有一输就回来找大人哭诉的，那太丢脸了。

她自己的仇，自己会报，她还小，不急。

"皇兄。"东陵子洛英姿焕发，帅气十足，将马鞭丢给下人，大大方方地上前给太子行礼。

"七弟。"太子不咸不淡道。

冰弦琴一事，让太子与皇后彻底撕破脸皮，太子连表面的兄友弟恭都不愿意再装。

"皇兄这是来看望九皇叔？正巧臣弟也是来看望九皇叔的，不如一起？"东陵子洛毫不在意太子的冷淡，笑着看向太子，眼角扫向凤轻尘，发现凤轻尘一脸平和，收拾得干干净净、整整齐齐，看到他也没有太大的怨气，便明白凤轻尘绝不会在九皇叔面前告状，当下暗暗松了口气。

事实上，东陵子洛还真担心凤轻尘会告状，毕竟九皇叔真要较真起来，他也头痛，要知道九皇叔可是出了名的护短……

当然，九皇叔护的人只有凤轻尘！

第十四章　九王妃的排场

九王府虽然人少但个个都是精英，一个能当好几个人用，太子与洛王两人之间的战火才刚起一点苗头，九王府的管家就上前将这苗头掐断，恭敬地把"两尊瘟神"请进府。

凤轻尘虽然是跟太子一起来的，但明显没有帮太子的打算，凤轻尘从下马车就把自己当隐形人，淡定地站在一旁，无论太子如何明示、暗示，都没有替太子说话的意思。

太子虽不满，但身在九王府也不好多说什么，凤轻尘既不是他的幕僚又不是他的门客，本就没有义务帮他。

太子与洛王各占一边，两人脸上都带着笑，可那笑却不达眼底，凤轻尘捧着茶杯，双眼只盯着茶杯瞧，好像茶杯上那一片绿竹能开出花来。

管家进去通报，没过多久就回来请太子和洛王过去。九皇叔刚醒要见他们，至于凤轻尘就不必去了，九皇叔说不想见凤轻尘。

太子脸上的笑容一僵，他没想到九皇叔不肯见凤轻尘，难不成九皇叔会生病真和凤轻尘有关？

毕竟，九皇叔生病前最后一个见的人就是凤轻尘，太子执意带凤轻尘前来，也是想卖凤轻尘一个好，或者说卖九皇叔一个好。

如果凤轻尘昨天惹九皇叔生气了，就借这个机会给九皇叔赔个不是，要是没有惹九皇叔，这个时候来探病也能让九皇叔高兴。

总之，太子都认为自己把凤轻尘带来，九皇叔一定会高兴，却没想到九皇叔根本不愿见凤轻尘。

九皇叔和凤轻尘之间到底发生什么事了？凤轻尘不会是失宠了吧，若真如此，凤轻尘很快就会被啃得尸骨无存。

要知道，凤轻尘得罪的人可不少，且个个权势滔天，能保她的人只有王锦凌与九皇叔。现在王锦凌不在，九皇叔又不肯保她，凤轻尘还有活路吗？

别人不说，单说子洛和西陵天磊，就不会放过凤轻尘，何况还有南陵苏家。可是，凤轻尘要是失了九皇叔的心，九皇叔又怎么会再三叮嘱他，要他护好凤轻尘呢？

太子一脸疑虑，来到九皇叔住的院子，看九皇叔精神不错，太子先问候了几句，见九皇叔并不反感，便试着提了凤轻尘比试的事情。

九皇叔只听不说话，太子却大受鼓舞，又将凤轻尘在宫里遇到的事情说了一遍，话里话外无不表明凤轻尘在宫里被人欺负了。

东陵子洛坐在一边，心中那叫一个郁闷，太子越来越像小孩子了，居然当面告状，他今天真是冤死了，有心想要解释，可又怕画蛇添足，落得一个不打自招的名声。

可东陵子洛又岂是任人欺负之辈，太子说凤轻尘在宫里被人欺负了，东陵子洛就说太子无能保护不了凤轻尘。

九皇叔也不说话，躺在小榻上，任太子与洛王当着他的面吵，看两人说得差不多了，九皇叔这才抬了抬眼皮，道："本王乏了，太子和子洛都回去吧，免得过了病气。"

九皇叔说完，直接闭上眼睛，摆明不想再听。

太子与东陵子洛面面相觑，两兄弟难得地有了默契，知道九皇叔不耐烦了，便默默地退了出去。

出门时，两人都没有见到凤轻尘，太子问了一句，九王府的管家只说了一句："九王府的人会护送凤轻尘回去。"

太子这才露出一个笑容，他今天总算做对了一件事，那就是把凤轻尘带到九王府。

看样子，就算凤轻尘惹九皇叔生气了，九皇叔还是很在乎凤轻尘的。

"七弟，作为兄长，皇兄劝告你一句，凤轻尘已不是当日那个任你奚落的孤女，在欺凌凤轻尘之前，最好想一想她身后的人。"太子留下这番警告，扬长而去，他知道这话很快就会传入九皇叔的耳朵里。

"多谢皇兄教导。"虽然太子看不到，东陵子洛还是恭敬地道，他这话是说给九皇叔听的。

东陵子洛深深地看了一眼九王府，斗志高昂地离去了。

不管凤轻尘身后站的人是谁，都改变不了他和凤轻尘曾经有婚约一事，也改变不了凤轻尘差一点就是九皇叔侄媳的事实。

哪怕九皇叔将御史杀尽，也无法抹杀。

太子与洛王一走，凤轻尘就被管家请进了书房，九皇叔早就换了一身干净的衣服，

在书房里等她。

"九皇叔。"看着站在阴暗处,气宇轩昂的九皇叔,凤轻尘一点也不吃惊,她就知道九皇叔这病有猫腻。

"听说,你在宫里被人欺负了?"九皇叔转过身,上下打量凤轻尘,看到凤轻尘完好无损,这才满意地点头。

凤轻尘站在光亮处,九皇叔能看清她的一举一动,甚至脸上的表情,凤轻尘却看不到九皇叔脸上的表情,也看不到他脸上的病态。

九皇叔是真病了!

"算不上欺负,不过是多跪了一会儿。"凤轻尘知道太子会告状,可她却没有告状的意思。她就是再大大咧咧也明白,她与东陵子洛独处时发生的事情绝不能让九皇叔知道。

她不知道九皇叔对她的感情到底有多深,但她明白九皇叔的确对她有情,也把她当成了私有物。

而男人,大多数的占有欲都很强烈,九皇叔又是个中翘楚,要是让九皇叔知道她和东陵子洛抱成一团,盛怒之下说不定会把她给砍了。

"跪?你忘了本王给你的令牌吗?有那块令牌在,除了皇上没有人能让你跪。"九皇叔不满,极度不满凤轻尘每次有事,都把他忘了。

呃……凤轻尘愣了一下,她好像真把这事给忘了。

她完全不知道那块令牌怎么用,又有什么用处。

这个女人,说她精明可有时候又笨得离谱,看凤轻尘那呆样,九皇叔就知道她肯定忘了。

看在她今天在皇宫也吃了苦头,九皇叔也不忍再责怪她:"下次记得不愿意跪时,就把令牌拿出来,本王给你的令牌不是用来当吊坠的。"

"轻尘谨记九皇叔的教诲。"凤轻尘也不争辩,默默地应下。

"记得就好,下次别再犯同样的错,安平要是再仗势欺负你,你就打回去,打死了自有本王担着。"九皇叔声音不大,可话中的杀气,却让凤轻尘一寒。

安平公主可是九皇叔的侄女!

好吧,她忘了天家无情,凤轻尘在心中默默地记下,如果有一天九皇叔对她腻了,她可能比安平还要惨,她和九皇叔可是连一点的血缘关系都没有。

当然,她眼下只能接受九皇叔的好意:"轻尘记住了。"

有了九皇叔做保障,下次安平公主再找她麻烦,打肯定是会打的,但她绝不会打死,打死一个公主太麻烦了。

无论是九皇叔还是凤轻尘，都没有把安平公主的事放在心上，九皇叔提起这事也只是不希望凤轻尘委屈自己，顺便提醒凤轻尘，没有必要因为他"生病"就隐忍。

他又不会"病"一辈子，他的"病"过几天便会好。

凤轻尘却没有想那么多，她只是因为九皇叔对安平的态度心里发寒，再加上身体不适，越发地提不起精神，很想回家，可偏偏九皇叔不肯放过她，不停地问东问西，凤轻尘很不耐烦，却不得不忍下来。

凤轻尘今天分外地好说话，九皇叔虽然精神不太好，但还是忍不住和凤轻尘多说了两句，可想来想去，九皇叔却发现他和凤轻尘除了正事，就没有什么闲事可聊。

找不到话题可聊，九皇叔只好提比试的事情："明天的比试，你可有把握？"如果没有，他多少能帮些忙。

"回九皇叔的话，没有。"凤轻尘强压下心中的不耐烦，恭敬地道。

九皇叔又不是不知道她，礼仪比试她能有什么把握？她家可没有教养嬷嬷教她贵族礼仪，她的礼仪不错，那得归功于她的聪颖。

她能在权贵中、在王锦凌面前不失礼，都得归功于自己的天赋，不过她学得再好也没有办法和苏绾比。

苏绾一举一动，都像是教科书中的模范一样，而她的举动或多或少带了几分随性，礼仪比试也没有办法取巧，凤轻尘真想不到自己要如何才能赢，当下便很淡定地实话实说。

可惜凤轻尘之前表现得太好了，九皇叔根本不相信凤轻尘没有准备，不在意地道："尽力便行，有什么需要本王帮忙的，尽管开口。"看凤轻尘一脸诧异，九皇叔又补了一句："你要是输了，本王也丢脸。"

凤轻尘暗自翻了个白眼，本想说既然怕丢脸，当初就不应该代她应下与苏家比试一事，可她现在头正痛，没心情与九皇叔多说，默默地低下头，不言不语，心中暗自祈祷九皇叔尽早放过她。

凤轻尘能乖顺听话一直是九皇叔想要的，可看凤轻尘今天一副凡事不争辩，没有一点主见的样子，九皇叔看得又心烦。这样的凤轻尘让九皇叔不安，总感觉凤轻尘似乎离他越来越远了。

九皇叔不想放凤轻尘回去，想来想去，想到一个好去处："轻尘，二皇子的伤口有些不适，你今天无事便与本王一道出城吧。"

九皇叔心中盘算，他要骑马出城，应该不会有太大的问题。

换药？凤轻尘心中一阵烦闷，西陵天宇那里不是有人替他换药嘛，这才三天，换什么药呀？

可九皇叔命令下来，她能拒绝吗？

凤轻尘苦笑一声，无视隐隐作痛的膝盖和依旧眩晕的脑袋，点头应是。

九皇叔的恩情不是那么好受的，他帮自己挡安平公主一次，自己就得还他一次人情，这块令牌还是当吊坠好了。

凤轻尘摸了摸挂在脖子上的令牌，木然转身。

九皇叔安排得很周到，先是安排一辆华丽的马车，让一个身形与凤轻尘相像的人坐上去，回西区小院，而他则和凤轻尘一道在王府暗卫的护送下，骑马来到山谷。

凤轻尘本就有轻微的脑震荡，现在又是策马狂奔，状态就更差了，翻身下马时，膝盖一痛，凤轻尘险些摔了下去。

"凤小姐，你没事吧？"身侧的护卫眼疾手快，将凤轻尘扶稳，凤轻尘这才没有摔倒在地。

九皇叔一回头就看到这一幕，冷眼扫向扶住凤轻尘的侍卫，直把那侍卫吓得连忙松开凤轻尘。侍卫本想跪下请罪，却被九皇叔一个眼神儿制止，侍卫只得把头埋得更低，降低自己的存在感。

凤轻尘瞬间被人扶住又被人甩开，饶是她再沉稳也吓了一跳，勉强站稳身形后，凤轻尘也不敢向身后的侍卫道谢，暗中捏了自己一把，勉强打起精神跟在九皇叔的身后。

九皇叔心有疑虑，看凤轻尘一脸不耐烦，有些后悔把她带到山谷来，暗自决定，回去后得查查今天在宫里到底发生了什么事。

凤轻尘一路沉默不语，来到小木屋后与西陵天宇打了声招呼，什么也没说，默默地净手，给西陵天宇换药。

西陵天宇很奇怪，凤轻尘今天怎么会来？凤轻尘不是说，七天后才要换药的吗？

正想开口问一句，可发现凤轻尘与九皇叔之间不对劲，西陵天宇连忙将心中的好奇压下，任凤轻尘给她换药，一句话都不敢说。

凤轻尘虽然有些不舒服，可换药的动作依旧干脆利落，不受半丝影响，九皇叔稍稍安心，看样子凤轻尘的身体没有大碍，只是心情郁郁。

九皇叔天生不懂得安慰人，只在心中默默记下，打算回头给安平公主一点教训。

给西陵天宇换好药后，凤轻尘请九皇叔安排人送她回去，她的头越来越痛了，快要撑不住了，可是九皇叔却没有同意，他让凤轻尘陪他走走，并且不给凤轻尘拒绝的机会。

虽是秋天，可山谷因为地势和气候的原因，依旧是一片青葱郁郁，虽无鸟语花香，却也别有一番风味。

走在山谷小道上，闻着青草的气息，能让人心旷神怡，当然也适合聊天，九皇叔带凤轻尘来山谷，就是打着与凤轻尘共游山谷的主意，总之明天的比试，不用费力气，九皇叔相信凤轻尘能做好。

九皇叔的心意是好的，可偏偏不是时候，凤轻尘想要拒绝，九皇叔却不给她拒绝的机会，拉着凤轻尘的手就往山谷的小道走去。

凤轻尘刚开始还能跟上，可没走两步，就感觉一阵天旋地转，一阵反胃，凤轻尘也顾不得么多，连忙推开九皇叔，扶着棵树，就吐了起来……

"凤轻尘，你到底怎么了？"凤轻尘一阵狂吐，九皇叔先是吓了一跳，随即又担心了个半死，连忙扶住凤轻尘，轻拍凤轻尘的背替她顺气。

凤轻尘现在正难受，又想到，都是因为这个男人，才害得自己变成这样，当下也顾不得心中的害怕与顾忌，一把将人推开："你烦不烦，离我远一点。"

她现在看到九皇叔就讨厌，要不是因为他，她这个时候早就回家休息了，哪里会这么狼狈。

"凤轻尘。"九皇叔身形一晃，却一步未退，眼中有一闪而过的受伤与自责。

"你离我远一点，都是你，要不是你，我哪里会这么倒霉？本来就难受，你还一直拉着我说一些没用的话，说话就算了还要我骑马出城、在山谷陪你散步，你吃饱了撑着没事做，折腾人也不替别人想一想。"凤轻尘越想越气。

皇子公主了不起呀，一个个都不顾她的意愿，想要她做什么就直接下令，完全不给她说不的机会。

她是人，不是傀儡，她有自己的想法，有自己的意识，凭什么一个个仗着出身好，就欺负她，把她当棋子用？

想到这几天比试发生的事情，还有自己的担惊受怕，凤轻尘突然觉得自己好累。

想想最近发生的事情，除了医治王锦凌的眼睛，没有一件事是按自己的意愿做的，她就像一个玩偶，被人操控，偶尔做出一些出格的事情，也要借助别人的力量。

眼泪无声地流了出来，也只有在生病的时候，凤轻尘才会将自己脆弱的一面，展现在九皇叔的面前。

"凤轻尘，我……"九皇叔抱着凤轻尘，道歉的话怎么也说不出口，他要是知道凤轻尘不舒服，一定不会带凤轻尘出城。

"你什么你呀，走开呀，我讨厌你，明明知道我不舒服，还要勉强我……"凤轻尘使出吃奶的力气，依旧无法将皇叔推开。

"我不知道……"九皇叔讷讷道，他真不知道凤轻尘不舒服，他看凤轻尘的气色不错，才想带她出城走一走。

不知道？多好的理由，一句不知道就可以把一切都推干净。凤轻尘张嘴就想顶回去，可张了半天，却一句话都说不出来，眼前一黑，直接晕了过去。

"凤轻尘！"九皇叔脸色大变，顾不得身上的伤，打横将凤轻尘抱起，朝小木屋走去。

"大夫，快，快去找大夫。"抱着没有一丝活力的凤轻尘，九皇叔真正是吓慌了，要不是凤轻尘还有气息，九皇叔怕是会杀人。

因这突发事件，整个山谷都陷入紧张之中，原本安静的山谷瞬间闹腾了起来，西陵天宇也在第一时间收到消息，当下对凤轻尘表示深切的同情。

九皇叔太白目了，他都发现了凤轻尘不对劲，九皇叔居然没有发现，活该九皇叔倒霉，明明知道凤轻尘这几天因为比试的事情忙得要死，还要找凤轻尘麻烦，这下好了，把人累病了。

大夫很快就来了，在九皇叔那杀人的眼神下，大夫战战兢兢地替凤轻尘把脉，最后检查的结果是凤轻尘没有大碍，只是太累了，再加上伤了心神，喝几副安神的药就好了。

"没有大碍，她好好地怎么会吐，又怎么会晕倒？"九皇叔却不接受这个解释，大夫吓得双腿发抖，连忙解释凤轻尘这是饿了，伤了脾胃，醒来时吃点热食就好了。

九皇叔这才想起，凤轻尘一大早就去了皇家书院，接着又进宫，然后又被太子带到九王府，根本没有吃饭的时间。

九皇叔知道错在自己，再三确定凤轻尘没有大碍便不再为难大夫，让他下去煎药。

药和热粥很快就送了上来，九皇叔不假他人之手，亲自给凤轻尘喂食、喂药，又吩咐下人送来热水，九皇叔亲手替凤轻尘擦拭掉脸上的泪渍，还有脸上的残余胭脂。

九皇叔到这一刻才明白，凤轻尘的气色好都是因为胭脂的遮掩。

九皇叔温柔地替凤轻尘擦脸，生怕弄疼了她，当九皇叔擦到凤轻尘的额头时，手指一顿，看到额头上的伤口，眼中闪过一抹寒意。

他以为安平和子洛只是言语羞辱了凤轻尘，没想到他们居然把人弄伤了，这么隐蔽的伤口，如果凤轻尘不说，他也不会发现。

想到这里，九皇叔将凤轻尘的裤脚往上撸，看到她那瘀青发紫的膝盖，九皇叔杀气顿起。

安平、子洛，这笔账，皇叔替凤轻尘记下了。

九皇叔强压下杀人的冲动，让人送来药酒温柔地替凤轻尘将膝盖上的瘀青揉散，每揉一下，眼中的心疼就加重一分。

要不是亲眼所见，他真以为事情真如凤轻尘所说的那般，只是多跪了一会儿。

"笨蛋，到现在还不相信我。"九皇叔看着凤轻尘脸上痛苦的表情，又是心疼又是生气。

这个笨女人，受了这么大的委屈，却连说都不说一句，真不知道她到底怎么想的，一般的女人在外面受了气，回来肯定会找自家男人帮她出气，可凤轻尘呢？

他都把机会送到了凤轻尘面前，她却不懂得抓住。他虽然不会因此要子洛和安平的命，可替她出口气总是能做到的。

九皇叔一直守着凤轻尘，直到他发现自己的伤口又痛了起来，才想起在抱凤轻尘回来时，不小心把伤口弄裂了。

九皇叔交代下人小心照顾凤轻尘，提着凤轻尘的药箱去了隔壁的小木屋，按照记忆，九皇叔学着凤轻尘的方法，将自己的伤口重新清洗、上药、包扎。

虽然没有凤轻尘那般专业，可常年受伤的人，自己包扎个伤口却是不成问题的，只不过自己下手太重，时不时就会把伤口弄痛。

同一时刻，隔壁木屋里的凤轻尘也醒了过来。

睁开眼睛，发现自己在小木屋里，闭上眼回想了下之前发生的事情，凤轻尘的眼中闪过一抹懊恼之色，心中暗自责骂自己，太不冷静了，只能在心中祈祷，九皇叔不要和她计较。

侧头，看到屋外一片黑暗，凤轻尘的心咯噔停了一下。

天都黑了，她还在城外，明天的比试怎么办？

凤轻尘从不认为自己是一个道德高尚的人，但绝对是一个有责任心的人，和苏绾的比试就是她现在的工作，除非自己倒下去，不然她必须完成自己的工作。

凤轻尘睁开眼睛，在床上躺了片刻，确定身体没有问题后便翻身下床，穿好衣服，准备回城。

哪知，刚出门就被木屋外的侍卫拦住："凤姑娘，主子有令，您不得外出，请您好好休息。"

"我已经没事了，告诉你们主子，我可以回城了。"事实上，她睡了一觉真的好多了，膝盖上的伤也缓解了许多，不用想也知道有人替她处理过。

至于回城，凤轻尘相信九皇叔应该也有安排。毕竟，她要是输了，丢的可是九皇叔的脸。

"对不起，主子的命令我们只能执行，主子请凤姑娘你好好休息。"侍卫不为所动，挡住凤轻尘的去路，生硬得让人生厌。

凤轻尘知道，没有九皇叔的命令，这两个侍卫不会给她让道，便也不和他们计较。

"麻烦你们通报一声，我想见你们主子。"九皇叔应该很清楚，明天比试的重要性，当然了，如果九皇叔不准她回城，她也没有办法。

　　守门的士兵互看一眼，点了点头，正准备转身，九皇叔就从隔壁的木屋走了出来，看到凤轻尘，眉头微皱："大夫说你身体虚弱，需要好好休息，谁让你起来的？"

　　说完，还不忘瞪向挡住凤轻尘的侍卫，责怪他们没有看好凤轻尘，两个侍卫也不敢辩解，默默地后退一步，低头不语。

　　"是我自己起来的，九皇叔你别怪他们。我自己就是大夫，我知道自己的情况。"凤轻尘上前一步，福了福身，证明自己现在很好可以回城了。

　　现在回城，还能睡一觉。

　　九皇叔快步上前，将凤轻尘扶了起来："笨蛋，身体不好还逞什么强，你是大夫又如何，大夫也会生病。"

　　说完，也不管凤轻尘愿不愿意，搂着凤轻尘的腰，一个旋身将人带入木屋。

　　"九皇叔。"凤轻尘挣扎，却怎么也挣不开九皇叔的怀抱。

　　九皇叔不顾凤轻尘的意愿，强行将人按在床上："大夫说，你需要休息。"

　　把凤轻尘放在床上的那一刻，九皇叔感觉自己的心跳也加快了，口干舌燥，小腹处有一股热流升起。

　　九皇叔耳根微红，他很明白自己怎么了，当下一动也不敢动，双手撑在凤轻尘身侧，身子前倾，就这样静静地看着身下的凤轻尘。

　　他需要时间，平息心中刚刚涌起的欲火。

　　欲望来得太快、太突然，让九皇叔有一刹那的惊惶，好在他一向面冷无表情，除了他自己没有人发现他的异常。

　　两人靠得极近，凤轻尘整个人都困在九皇叔的环抱里，缩在九皇叔用双臂搭建出来的世界。凤轻尘睁开眼就看到九皇叔那放大的俊颜，这一瞬间，九皇叔就好像是她的天，她眼中除了九皇叔再也没有其他。

　　空间减小，空气稀薄，窒息感袭来，面前的九皇叔，让凤轻尘感觉分外地压抑。九皇叔那张人神共妒的脸，还有他身上的味道，都让她失神。

　　咚咚咚……心跳加快，体温升高，凤轻尘很想推开九皇叔，可偏偏她挣不掉，一睁开眼就落入九皇叔那双深邃的黑眸中，看到九皇叔眼中毫不掩饰的担心，凤轻尘脑子瞬间就懵了，四肢好像被下了禁咒一般，一动不动。

　　九皇叔一心平息自己的欲望，没有发现凤轻尘的异常，好不容易平息心中的欲火，九皇叔连忙别开眼，将一旁的被子拉了过来，盖在凤轻尘的身上："好了，你好好休息，其他的事情交给本王。"

　　盖好被子，又替凤轻尘掖好被角，这才满意地退开，从一旁拉过一把木椅，坐在凤轻尘的床边。

凤轻尘这个时候也回神了，一双美目忽闪忽闪地看着九皇叔，漂亮的眼中闪着疑惑的光芒。

九皇叔这是要守床？

"怎么了？不舒服？口渴？饿了？难受？还是你要小解？"九皇叔看凤轻尘半天不说话，一连串的追问蹦出口，甚至私密之事，九皇叔也问得理所当然。

凤轻尘连忙摇头，面前这人还是九皇叔吗？

九皇叔的冷血呢？高傲呢？怎么一瞬间全都没有了，看九皇叔忙前忙后的样子，怎么突然感觉九皇叔和宫里的老嬷嬷一样了。

凤轻尘从被子里抽出手，摸了摸九皇叔的额头，九皇叔先是一愣，随即便任凤轻尘动手动脚，心里泛着些许的暖意。至于为什么会觉得心里暖暖的，九皇叔自己也不明白。

他只知道凤轻尘主动与他亲近，他心里就欢喜，欢喜得说不出话来。

凤轻尘昏倒前的话把他吓了一跳，他真担心凤轻尘怪他，现在看来是他多虑了，凤轻尘并没有放在心上。

"没发烧呀。"凤轻尘再三肯定，九皇叔正常得很。

"本王的身体很好，不舒服的人是你。"凤轻尘生病了还在担心他，果然凤轻尘之前的不寻常一定是因为不舒服。

面瘫了一个晚上的九皇叔，终于笑了，虽然只是唇角微笑，但身上冰冷的气息，却渐渐消退。

"哦，"凤轻尘收回手，又覆在自己的头上，"我也没有发烧。"所以，她没有烧糊涂，也没有看错，那就是九皇叔今晚真的不正常。

九皇叔这是怎么了？不会是因为她生病心里愧疚吧？嗯，一定是这样，凤轻尘用力点头。

"没有发烧，大夫说你只是过度紧张，心有郁结，休息一下就好了。"九皇叔温柔地替凤轻尘掖好被角，又轻轻地抚了抚她的额头，动作轻柔而体贴，可惜两个人都没发现，这样的举动有什么不对。

"你好好休息，什么事都不要想，尤其是与苏绾比试的事情，无论是胜是败对你都不会有影响，不要有心理负担。"九皇叔一直以为凤轻尘游刃有余，却没想到她其实紧张得不行。

"哦，"凤轻尘舒服地闭上眼睛，没有意识地应了一句，在眼睛闭拢时，突然睁开："对了，比试，我明天还要和苏绾比试，九皇叔，明天的比试……"

反应慢半拍的凤轻尘，这才想起，自己刚刚出门，是准备回城。

九皇叔叹气，凤轻尘根本没有听到他说了什么，无奈只得再说一遍："不用了，明天的比试，本王已经安排好了，你不用参加。"

"取消了比试？"凤轻尘皱了皱眉，似乎不太乐意这么做。

"没有，你放心，本王会处理好，你今天在这里休息一晚，明天下午本王派人送你回城。"九皇叔眼神微闪，心中暗道，也不知自己的安排凤轻尘会不会满意。

凤轻尘知道自己的身体状况，虽说回城不会有什么问题，可九皇叔既然说了没事，那就没事吧，总之礼仪比试她也想不到应对的办法。

凤轻尘略一想就应下了："多谢九皇叔，我便在山谷借住一晚了。"

凤轻尘以眼神暗示九皇叔，她已经同意留下了，你可以走了。

九皇叔却像是没有看到一般，很淡定地道："好好休息，本王在这里陪你。"

"啊——"凤轻尘愣了一下，"这个就不用了吧？"

这改变也太快了，快到让人不敢接受。凤轻尘的小心肝一颤一颤的，屋内就只有一张床，她哪里敢让九皇叔坐在椅子上她自己睡床。

"没事，你身体不舒服，说起来还是本王的缘故。"九皇叔的语调缓慢，声音轻柔，凤轻尘听在耳里，就好像羽毛轻轻拂过一般，心里痒痒的，又有些不好意思。

她之前吐得难受时，把什么错都往九皇叔身上推，本以为九皇叔会生气，没想到他居然……

想到这里，凤轻尘不好意思地翻了个身，背对着九皇叔："那随便你了。"

九皇叔轻轻一笑，没有说话。

凤轻尘，这算是原谅他了吧？

小木屋里，一盏昏暗的小灯，忽明忽暗，映在两人身上，一半明亮，一半阴暗，凤轻尘闭上眼，想到九皇叔就在身后，心中微喜。

也许，这个男人的告白是真心的，她不应该太早放弃，她应该争取一下。

可是这个男人心中永远是天下第一，如果有一天，她成为他征战天下的阻碍，会不会被他冷酷地抹杀？

想到这里，凤轻尘又犹豫起来，她是有两下本事，可她那点本事放在这个世界完全不够用，不要说一支军队，随便几个大汉就能把她灭了。

半是蜜糖半是伤，凤轻尘带着这份忐忑的心情，迷迷糊糊地睡着了，而她不知道，在她睡着后，九皇叔吹灭蜡烛，和衣上床。

嗯，安神汤什么的真好用！

至于明天，凤轻尘知道比试的事情后会如何，那个……明天再想办法吧！

凤轻尘醒来时已是下午，侍卫说九皇叔在凌晨时分提前回城了，交代凤轻尘什么时候醒来，就什么时候回城。

凤轻尘点了点头没有多说，用了午膳，查看了一下西陵天宇的情况，然后便在暗卫的护送下悄悄地回城。

护送凤轻尘的是神机营的人，这些人有的是法子将她悄悄送回城而不被人察觉。

凤轻尘见识过神机营的本事，对神机营的人分外信任。想到这里，凤轻尘才发现，原来在不知不觉中她已经接触到了九皇叔背后的势力，知道了不该知道的秘密。

想到九皇叔的信任，还有自己一次又一次的怀疑和退缩，凤轻尘第一次觉得，自己这种没有理由推开九皇叔的行为是不是错了？

从九皇叔昨天的表现看，凤轻尘可以肯定，他在意她，如果不在意，又怎么会任她无理取闹，又怎么会衣不解带地照顾生病的她？

那她是不是要再信九皇叔一次呢？

凤轻尘陷入深思中……

一路想东想西，直到神机营的人告诉凤轻尘到了，凤轻尘才回神。

"到了？这是哪里？"凤轻尘扫了一眼陌生的建筑，眼中闪过一抹防备，侧身滑了一步，为自己找了一条退路。

"好强的戒备心，好快的反应。"神机营的人心中暗赞。

"九王府后院。"神机营的人和九皇叔一样，一板一眼，一点也不给凤轻尘提问的机会，快速答道，"凤姑娘有什么问题，可以进去后问九皇叔，属下只是按命令办事。"

"知道了，进去吧。"凤轻尘满腹疑虑，却没有多问，既然是九王府，那就不会有危险，凤轻尘暗自松了口气。

凤轻尘一踏入后院，就有十八名美婢上前，恭敬地行礼，相当突兀，这十八个美婢就好像突然冒出来的一样。

好在凤轻尘足够冷静，也见惯了大场面，虽然吓了一跳，面上却是不显，大方地受了这十八名美婢的礼。

"免礼。"略有些低沉的声音，傲慢尊贵，带着与生俱来的傲气。

"谢凤姑娘，凤姑娘，院中已准备好了热水，请姑娘沐浴更衣。"

凤轻尘身上还是昨天的衣服，衣服虽然还算鲜亮，但那味道实在不好闻，凤轻尘看到九皇叔如此安排，心中暗赞九皇叔细心。

可她很快就发现，细心的九皇叔，就是一只狐狸，什么事都能利用上。

沐浴过后，美婢们捧来一套金色宫装，服侍凤轻尘穿上。

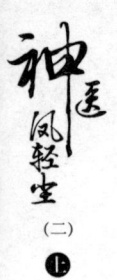

习惯了被人服侍，凤轻尘现在已经能大方地站在那里，任侍女替她着装。

衣服很繁琐，居然有十几层之多，虽是初秋，可凤轻尘穿在身上，还是觉得热。

"换一件。"看美婢又捧一层过来，凤轻尘眉头一皱。

她又不是圣诞树，这般穿着像什么样，一层一层，她快被衣服给勒死了。

不对，身上这衣服怎么感觉像是皇后和贵妃她们穿的衣服，好像很正式，凤轻尘扯了扯身上的衣服，总感觉这套衣服不太对劲，可一时又想不出哪里有问题。

"姑娘，王爷只准备了这套衣服。"一名美婢咬着唇，小心地道，九皇叔有令，无论如何都要让凤轻尘穿上这套衣服出门。

"那就简单一点。"十几层的衣服就算了，还有一堆的头饰和挂饰，当她是移动售货机吗。

"姑娘，王爷说，您今天一定要穿全套，以后可以随便。"凤轻尘没有注意到美婢话中的意思，想到只是今天便咬牙忍了。

九皇叔给她准备的衣服都不会太差，以后没钱用了，身上的东西随便卖一件，都够她过一辈子。

穿好衣服后，凤轻尘觉得自己被衣服压得喘不过气来，衣服太重，配饰太多，凤轻尘不得不挺直背脊，在侍女的搀扶下小步小步地往前走。

而凤轻尘不知，她此时的样子就如同历经岁月沉淀后的王者，雍容端庄，威严尊贵，隐约有母仪天下之姿。同样，凤轻尘也不知道，她身上的这套衣服是王妃的正装，只有九皇叔未来的妻子九王妃进宫才会穿的正装。

这套衣服，东陵皇室二十五年前就准备好了，直到今天才有人将它穿出来。

九王府的管家，早在外院等候，看到凤轻尘身上的衣服，愣了一下，回过神后，立马低下头，恭敬地上前，谦卑地道："凤姑娘，王爷身体不适，吩咐小的送姑娘出府。"

凤轻尘点了点头，没有说话。

她是被衣服压得太累，懒得说话，可这个举动在外人眼中，却是皇族的傲慢与冷漠。

管家眼中最后一丝不满也消失了，举止越发地谦卑谨慎，凤轻尘虽然不解，但也没有多说，她的身份当得起对方的恭敬。

不管怎么说，她都是皇上亲封的忠义侯之女，她是主，对方是仆，主子就要有主子的架子，高傲、傲慢并不是无礼，而是贵族的礼仪。身为贵族她要是对下人谦卑，不会有人说她亲切，只会被人说成是无能、懦弱，讨好一个下人。

主仆之间，界线明显，轻易不能打乱，这一点凤轻尘一直做得很好，就是九皇叔也挑不出错来。

九王府外，站满了人，明亮的铠甲和冰冷的武器，在太阳的照射下，折射出一道一道的亮光，刺得人睁不开眼。

"这是怎么一回事？"凤轻尘停下脚步，定睛一看，当下愣住。

九王府外，是亲王出府的仪仗和官轿。

九皇叔居然用亲王仪仗送她回家，九皇叔不会真的烧坏脑筋了吧？

"凤姑娘，这是主子的安排。"管家小心翼翼地低着头，额头不停地冒冷汗。

九皇叔说了，凤姑娘虽然聪慧，可有些事情不会多想，今天这事她肯定不会多问，可管家真的很担心，万一凤姑娘问起来，他该如何回答。

欺骗主子，可不是一个好的下人该做的事情。

凤轻尘轻皱秀眉，脸上闪过一抹愠怒："九皇叔这是什么意思？"

让她如此高调地从九王府出去，她还能安宁吗？

"奴才也不知道。"管家咚的一声就跪了下去，"奴才只是按令办事，还请凤姑娘谅解。"只有求得这位主子的谅解，日后才不会倒霉。

对于这种可能得罪未来主子的事情，管家表示这不是他的本意，他是被逼的。

不知？

凤轻尘要是相信这话，她就傻了。

九王府的管家，怎么可能不知道九皇叔为何这么做，所谓的不知不过是不想说，或者不能说。

凤轻尘没有逼问王府管家，而是冷眼扫向角落里探消息的人，看到他们一个个面色惊恐，眼神慌张，一副不敢置信的样子，凤轻尘不用想也知道，她前脚走，后脚凤轻尘不分尊卑，用九皇叔仪仗的消息，就会传遍京城。

凤轻尘不知道九皇叔到底是什么意思，可也知此时容不得她拒绝，右手微动，立马就有下人上前搀扶："姑娘请。"

"走吧。"凤轻尘摆起老佛爷的范儿，端庄十足，威严十足，被凤轻尘的眼神扫到的人，没有一个敢与她对视，在凤轻尘的威严下一个个低下头，盯着自己的鞋尖看。

人靠衣装这话半点不错，只不过区区一件衣服，凤轻尘就从孤女变成高高在上的贵妇，通身的气派能把普通人吓破胆。

凤轻尘之前见过九皇叔的仪仗队，不过今天是第一次坐，说实在的，官轿虽然奢华、排场大，但却没有九皇叔的马车舒服。

当然，凤轻尘偶尔借坐一下自然不会挑剔这些，只在心中猜想九皇叔此举到底有什么意思。

凤轻尘刚刚坐稳，只听见咚的一声响，凤轻尘按亲王品级摆出仪阵，高调从九王府出去，穿行于闹市之间，所到之处，侍卫开道，百姓尽皆跪于两旁，高呼千岁。

当然，这些人跪的不是凤轻尘，而是皇家的仪仗、皇家的威严。

凤轻尘坐在轿子里，一心想着九皇叔的意图，将外界的喧闹阻隔在外，却不知整个皇城，都因为这件事而炸开了锅。

凤轻尘身着九王妃朝服，享用九皇叔仪阵，这代表了什么？

这代表着凤轻尘是九皇叔承认的九王妃，再联想到前段时间御史告九皇叔奸淫侄媳，大家不用想就都知道真相了。

而这一切凤轻尘都不知道，在亲王仪仗的护送下，凤轻尘一路畅通无阻，平安顺利地抵达西区小院。

西区小院的人早就收到消息，以佟瑶和佟珏为首的下人、护卫，铺上十里红毯，早早地在门外跪迎凤轻尘。

当然，他们迎的不是凤轻尘而是这副仪仗、这个排场，这一点凤轻尘很明白，从轿子下来，凤轻尘扬手让众人起来，然后便在九王府美婢的搀扶下袅袅婷婷地进屋。

有一瞬间，凤轻尘怀疑自己是宫廷的贵妇，而不是一个苟且求生的孤女。

"姑娘，奴婢服侍您更衣。"九王府的美婢很识趣，留下四个大丫鬟，其他的二等丫鬟、小丫鬟静静地立在门外，要不是那浅浅的呼吸声，凤轻尘甚至都会怀疑这些人不存在。

卸下一身累赘，凤轻尘松了口气，换上简单的居家服，凤轻尘挥了挥手，吩咐道："你们可以回王府复命了。"

四大美婢咚的一声就跪了下来，不知从哪里拿出一个盒子，双手捧到凤轻尘面前："姑娘，九皇叔已将奴婢十八人送给了姑娘，这是奴婢们的卖身契。"

凤轻尘愣了一下，很快就回过神来，伸手接过木盒，打开一看，里面确实是十八张卖身契，诧异地问道："九皇叔把你们送给了我？"

凤轻尘脸上的表情有点僵硬，九皇叔这到底是什么意思，在她身边安插人？有必要这么明显吗？

四个大丫鬟似乎知道凤轻尘心中所想，身着青衣的丫鬟小心地观察着凤轻尘的脸色，确定她没有生气后，这才开口道："回姑娘的话，从今天起奴婢们就是姑娘的人，要打要罚全由姑娘说了算，奴婢们与九王府再无半点关联，奴婢只认姑娘一个主子，如有二心天打雷劈不得好死。"

有一就有二，青衣大丫鬟开口，其他三个丫鬟也一一发誓，凤轻尘并没有阻拦，也没有让对方起来，等四个丫鬟都发完誓言，凤轻尘才不紧不慢道："只忠于我一个人，即使我要你们杀人放火，你们也无二话？"

"是。"四个丫鬟毫不犹豫地应下，忠主是她们从小就接受的教育。

"是吗？即使那个人是九皇叔，你们也不会手软？"凤轻尘似笑非笑道，九皇叔为什么给她一大批下人，她不明白，但她很清楚，她拒绝不了。

当然，她也没打算拒绝，等到凤府建好，她府上也需要人手，九皇叔送得很及时。

四个丫鬟一怔，脸色一白，犹豫一刻后，重重地点头："主子有令，莫敢不从。"

"很好，记住你们今天所说的话，如果有一天，我知道你们背主，我会让你们生不如死。同样，你们要是尽心服侍，我也不会亏待你们。"凤轻尘满意地点了点头，她身边服侍的人不用这么多，这些人要是有二心随便打发就好了，要真能用得上，把这些人带回凤府也能省不少事。

这年头丫鬟难买，忠心好用的丫鬟更难买，随便去外面买来的说不准就是探子，与其担心被人算计，不如收下九皇叔的人。

"奴婢明白。"四个大奴婢重重地磕头，眼中没有一丝的勉强与不安，哪怕凤轻尘这个主子现在一文不值，她们也不觉得委屈。

凤轻尘明白，这四个大奴婢绝对是九皇叔专门训练的人，忠诚度不用怀疑，只是不知她们的忠诚给了谁。

凤轻尘也不纠结这个，这些人的卖身契在她手上，她愿意用就用，不愿意用卖了就是，凤轻尘收好卖身契，淡淡地问道："你们叫什么名字？"

"奴婢请姑娘赐名。"四大美婢都有名字，但名字对她们来说一点也不重要，想要得到主子的信任，就得先从名字开始，主人愿意给你一个名字，就是认可你的第一步。

不过是名字，凤轻尘又怎么会在意，随口便道："从左至右，你们的名字就是春绘、夏晚、秋画、冬晴。"

凤轻尘不知，她随口报出来的名字，日后竟会成为赫赫有名的四季美人。

不等四大美婢说话，凤轻尘又道："外面那些人就交给你们了，有什么不明白的就去问佟珏和佟瑶，她们是我身边的大丫鬟，至于你们能不能在凤府站住脚，就要看你们的本事了。"

凤轻尘这是在提醒四个大丫鬟，九皇叔送的人又如何，在她这里就要守她的规矩，她不会替谁撑腰，一切凭本事说话……

第十五章 坐实了流言

凤轻尘身边的大丫鬟和府中原有的下人，大多是王锦凌送的，春夏秋冬和外面那些人则是九皇叔送的，即使她们都忠于凤轻尘，初期也免不了一番斗争。

斗什么？争什么？

当然是把对方斗出去，争主子的宠信。

凤轻尘不怕府中的下人斗也不介意她们斗，没有这争斗她怎么才能让这些人明白，进了凤府后他们与王家、九王府都没有关系，这些人必须摒除偏见、同心协力全心奉她为主。

只有在这场斗争中站稳了脚、认清自己现状的人才能为她所用。而且不斗一斗，两方的人马也不可能融洽起来。

当然，如果斗争过后两方人马依旧无法相处，非要把对方赶走，她不介意把这些人全部卖掉，她身边不可能永远只有这几个下人，容不下其他人的下人她也不敢要。

凤轻尘承认自己凉薄，可是那又如何，如果她身边的人都不能让她安心，她留着何用？

春夏秋冬四大美婢听到凤轻尘这么说，没有半点不满，恭敬地领命："春绘、夏晚、秋画、冬晴谢姑娘赐名，定不负姑娘所望。"

"嗯，下去吧。让佟珏和佟瑶来见我。"这般高调地从王府回来，今天的比试又没有参加，凤轻尘不用想也知道，外面肯定闹得很凶。

她现在是睁眼瞎，要是没有佟珏和佟瑶，外面发生了什么她一点也不知道。

"是。"春夏秋冬没有半丝不悦，恭敬地出门，将外面的二等、三等丫鬟领走，佟珏与佟瑶也在第一时间出现。

对于春夏秋冬的执行力，凤轻尘表示很满意，可她高兴，佟珏和佟瑶就不安了。

九皇叔送来这么一大批的下人，摆明是要挤掉她们这些王家出来的人，想要取代她们。

还有今天这阵仗也是在昭告世人，凤轻尘是九皇叔的人，其他人包括王家大公子都不得打她的主意。

佟珏与佟瑶全心认凤轻尘为主，可心里或多或少会偏向王锦凌，只不过她们不敢表现出来。

"小姐。"佟珏与佟瑶一如既往地恭敬，不敢将心中的担忧与嫉妒表现出来。

主子的决定，她们只能接受不能置疑，主子身边多出来的下人她们也只能接受不能排斥，她们要为主子着想，主子手下能用的人越多越好。

凤轻尘明知佟珏和佟瑶的担忧，却一句安慰的话也没有说，她不可能永远只用佟珏和佟瑶两个人，她们必须明白和接受现状，不管愿不愿意。

"说说今天发生的事情。"凤轻尘单手支着脑袋，这个姿势不算端庄，可又有谁敢说她半句不是？

佟珏和佟瑶知道凤轻尘的意思，当下便道："小姐，九王府昨天派人将您送了回来，一个时辰后又派人将您接了回去。您一夜未回，外面的人都知道，您昨晚夜宿九王府。"

那个"您"大家都明白，指的是九王府安排的那个背影。

"继续……"凤轻尘平静的眸子，闪过一道寒光。

她在九王府过夜，名声估计是没了，好不容易挽回来的名声，又将跌到谷底。

佟珏和佟瑶见凤轻尘没有生气，继续道："今天小姐您和苏绾要在皇宫比试礼仪，皇后和一干命妇早在宫中等候，可小姐您迟迟未到。据说皇后当时非常不满，正准备派人去寻小姐，太子拿着九皇叔的令牌进宫，转达九皇叔的话。"说到这里，佟珏和佟瑶顿了一下，面露难色。

"什么话，说……"九皇叔这是嫌她还不够高调吗？居然临到比试才让太子进宫请假。

"咳咳……太子转述，九皇叔说小姐您昨晚累到了，今天起不了床，礼仪比试认输。"佟珏和佟瑶说完后，立马低下头，一张俏脸通红。

"轰……"

凤轻尘的脸也瞬间通红，这话，怎么就听着那么怪异呢。

累倒了，起不了床？

怎么就好像是初承恩泽，娇软无力呢？

凤轻尘怀疑自己想多了，板着脸，继续问道："然后呢？"

"然后皇后下旨，请苏绾小姐去九王府，让您和苏绾在九王府比试。苏绾去了九王府，可九王府的管家拒不通报，说小姐您和九皇叔还未醒，他不敢打扰。苏绾在九王府没有见到人便走了，可不知怎么的，没多久皇城就出现许多流言，说小姐，小姐……"两个丫鬟怎么说也是黄花大闺女，有些话实在不好意思说出口。

"说我什么？"凤轻尘可以肯定，不是她不纯洁，而是太子转述的那番话，太有误导性，再加上管家这话，有些事情她即使没做，也坐实了。

佟珏和佟瑶小声道："说小姐已是九皇叔的人，昨晚，嗯……九皇叔不顾身体，与小姐您……"

两个丫鬟脸颊通红，好不尴尬，见凤轻尘不说话，又继续补充道："小姐，本来这事，大家也只是私下猜测，可您今天却穿了王妃的正服、坐九皇叔的官轿从九王府出来，再加上……"

王妃的正服？她就说那套衣服不对劲，贵重、繁琐得让人生厌，原来那件衣服是王妃的正服。

凤轻尘强压下心中的怒火，道："再加上什么？"

"再加上九王府急忙请太医入府，太医说九皇叔纵欲过度，病情加重，便坐实了这事。"佟珏和佟瑶小心翼翼地看向凤轻尘，她们也很想知道外界的传言是不是真的。

毕竟，凤轻尘的确是一夜未归。

确切地说，是一天一夜未归，这么长的时候，足够九皇叔做什么了。

纵欲过度？

凤轻尘快要晕倒了，她真是被冤枉死了。

这是哪个庸医诊断的结果，九皇叔那身子，明明就是欲求不满，哪里有纵欲过度？

这脏水也泼得太狠了，她就是有一百张嘴，也说不清了。

凤轻尘的脸色一阵青一阵白，心口剧烈起伏，看样子是气得不轻。

"小姐，你没事吧？"佟珏和佟瑶担心地问道。

"我没事，出去。"凤轻尘强忍下砸杯子的冲动。

她需要冷静一下。

她实在想不明白，九皇叔为什么突然要败坏她的名声，她实在想不明白九皇叔能从中得到什么好处。

她好不容易借机告诉世人她是清白的，可被九皇叔这么一闹，便坐实了她婚前失贞的事情。

只不过，之前婚前失贞没有奸夫，现在有了，那人就是九皇叔。

九皇叔，你到底要做什么？

九皇叔这么做到底是为什么，凤轻尘不知道，可皇上却能猜到一二。

九皇叔这么做，不过是未雨绸缪，借机摆脱一门可能的婚事罢了。

皇上不明白的是，九皇叔为何要破坏这门婚事，要知道这门婚事于九皇叔有大大的好处，比娶苏绾的好处还要大，对方的嫁妆可是一个楚城。

九州大陆，四国九城，九城的领土虽然不大，但是九城的武力，即使是皇上也不敢小视，九城各自为政，与四国有商贸往来，说是城不如说是一个小国。

楚城城主楚照今年六十有三，膝下只有一女楚长华，楚长华今年刚刚及笄，楚城城主有意为楚长华招婿，只要娶了楚长华，便是楚城下一任城主。

可不知怎么了，楚长华无意中看到九皇叔的画像，自此倾心，誓要嫁给九皇叔，并且以整个楚城为嫁妆。

楚长华曾说，只要九皇叔娶她，楚城她双手奉上。

当然，这事目前有只有楚城城主和少数几个人知晓，皇上也是两天前才收到这个消息。

皇上相信，九皇叔肯定也知道这件事情，楚长华可不比苏绾，苏家只是一个依附权贵的家族，势力再大也就是有点人脉和钱，可楚城不仅有人有钱，还有军队。

九皇叔要是娶了楚长华，拿到楚城的一切，凭九皇叔的手腕与实力，不出十年便能让楚城凌驾于其他八城之上，有与四国一争的本事。

皇上得知楚长华一心想要嫁给九皇叔，急得睡不着觉，要不是因为这件事，他昨天也不会强逼南陵锦凡退步让凤轻尘获胜。

凤轻尘赢了苏绾，才有嫁给九皇叔的筹码，才能让人把九皇叔和凤轻尘绑在一起。

无论如何，皇上都不允许楚长华嫁给九皇叔。

可是没想到，他还没有动手，九皇叔自己就出招了，用一副仪仗和一套正服，告诉世人九王妃的位置已经有人坐了，虽然那个人身份配不上，可九皇叔硬是承认了，不仅如此，还告诉世人，他们已有夫妻之实。

权贵子弟婚前玩儿个女人不算什么，可像九皇叔这样的却极少，明明没有娶对方，却给对方正妻的待遇，这让许多人不得不重新审视九皇叔与凤轻尘的关系，也审视九皇叔此举的目的。

不管九皇叔是有意还是无心，发生这样的事情，楚城城主都不会让他唯一的爱女嫁给九皇叔。当然，其他家族在考虑与九皇叔联姻时，也不得不多想一下那个让九皇叔不顾礼法乱来的女人。

"九王妃的朝服，九弟你可真是舍得。"皇上一脸惋惜，可熟知皇上的人却知道，皇上的心情好着呢。

九王妃的正服都送给了凤轻尘,就表明九皇叔想娶的人是凤轻尘。

只是九皇叔做了这么多,为什么不直接娶了凤轻尘呢?众人想不明白,想不明白那就不想了,大人物的事情普通人怎么能想得通?

九王府的书房内,一黑衣男子站在下首,敬候九皇叔的命令。

"盯着楚城,查清楚长华最近与什么人接触,本王要知道她处心积虑想要嫁给本王的原因。至于云家,继续给本王盯着,云家的人一旦踏足东陵,立马告知本王。"

把自己和凤轻尘的关系高调地宣布出来,只有一小部分是为了婉拒楚长华的婚事,同时也是为了杜绝其他有异心的女人。

他现在的情况有点复杂,他早就过了娶妻的年龄,可偏偏他这个时候不能娶妻。他需要一个能替他挡住那些想要嫁他的女人,和想要与他联姻的家族,凤轻尘是一个很好的选择,而且凤轻尘也会配合他。

至于楚长华那个女人,九皇叔根本就不敢娶,九皇叔一点都不信楚长华会因为一张画像,便奉上整个楚城。

楚长华不是天真不知世事的少女,她是楚城主唯一的嫡系,楚城主绝不可能把她养得天真无知,这样只会害了她。

楚城在皇上眼中是一块大馅饼,可是九皇叔却明白,天上不会无缘无故掉馅饼,就算掉了这块饼也不是那么好啃的。

当然,除了这些原因外,还有一个最主要的原因,那就是最近盯上凤轻尘的男人越来越多,有不少人甚至想要娶凤轻尘,他不得不做出一些出格的事情,打消其他人的念头。

不是每个人都像东陵子洛那样没眼光,也不是只有他的眼光好,随着凤轻尘与苏绾的比试,凤轻尘的名声越来越大,盯上她的人自然也就越来越多。

元希算一个,依元希那人的荒唐,说不定他真会娶凤轻尘,而九皇叔查到元希的身份后,明白自己不能杀他。

为了防止元希背后使坏,真把凤轻尘娶了,九皇叔不得不先下手为强,营造出凤轻尘与他有夫妻之实的假象,先把凤轻尘的清白和名声都毁了,让其他人不敢娶。

而元希还不是九皇叔最担心的,他最担心的是云家,云家有意为云家大少云潇求娶凤轻尘。

没错,云家就是有这个眼光与魄力,让堂堂大少爷云潇娶凤轻尘为妻,不过云家人想要聘凤轻尘为妇,不是为了凤轻尘这个人而是为了她的医术。

凤轻尘为云家药铺开颅验尸一事传回云家,云家上下震动,云家多方查证,可以肯定凤轻尘医术高超,十有八九可以救云潇一命。

云家，有天下第一商之称，云家以医药起家，云家的药铺遍布九州，云家与云城主同祖同宗，云城是云家最大的靠山。

云家大少云潇学识渊博，冠杰天下，在王锦凌名满天下之前，九州大陆年轻一辈的佼佼者便是云潇。

可惜这位云家大少一年前突发脑疾，每每发作头痛欲裂，请来玄医谷谷主医治，玄医谷谷主诊断，云潇脑内有疾，最多只能活三年，需开颅而治，不过他只有三成的把握。

不治就只能活三年，治只有三成的把握，云家人哪肯让云潇冒险，云家人想尽办法到处求医问药，可惜收效甚微。

当凤轻尘在东陵开颅验尸的消息传来，云家震惊了，查出凤轻尘医好了王锦凌的眼疾，云家顿时沸腾了。

云潇的父亲看到凤轻尘身上的价值，再加上云潇的病，他便下了为云潇求娶凤轻尘的决定。

他的想法是，云潇娶了凤轻尘，凤轻尘一定会尽全力医治云潇。再加上凤轻尘的医术，云家的药铺说不定能更上一层楼。

至于凤轻尘与九皇叔和王锦凌之间的绯闻，云潇的父亲完全不在意，他信王锦凌的人品，也信九皇叔的人品，凤轻尘和他们之间绝对是清白的。

在九皇叔毁掉凤轻尘的名声时，云家大少云潇已偷偷溜到东陵皇城。他要看看，那个敢开颅验尸，让四叔赞叹、父亲欣赏、九皇叔费心、王锦凌牵挂，有可能救自己的女人，是不是三头六臂……

凤轻尘一直都知道，自己是一个很容易认命的人，也足够理智。

对于已经发生的事情和无法改变的事情，她只会认命地接受，想办法从困境中脱身，而不会大吼大叫，失了分寸和冷静。

显然，九皇叔也明白她这一点，所以一而再、再而三地挑战她的底限。

佟珏与佟瑶走后，凤轻尘想了半天也想不明白九皇叔这么做到底有什么好处，至少她就看不到九皇叔除了败坏自己和他的名声外，还能得到什么。

把她一个孤女捧这么高，除了让她变成贵女的公敌外，九皇叔似乎占不到便宜。不仅如此，还会因此失去娶名门贵女的机会。

想不明白九皇叔的目的，凤轻尘便不再多想，当务之急是她接下来该怎么办！

是想方设法证明自己的清白，还是顺势而下把自己与九皇叔绑在一起，掐断自己的退路？

顺着九皇叔铺的路走，虽然无名无分，可有九皇叔这棵大树，轻易也没有人敢强娶她或者强纳她为妾。

再说，她就是证明了自己是清白的又如何，这世间没有哪个男人愿意娶一个名声扫地的女子为妻。元希先生那是意外，元希先生就是娶了她，也不会把她当妻子对待。

娶妻娶贤，女子可以有才名，但那名大多只在闺阁和上流社会流传，她声名远播流传于市井街巷，几乎只要说起"凤轻尘"这三个字，就有一群人知道她这个人。这样的她绝不是世家名门之子娶妻的选择。

她这辈子注定嫁不到一个好人家，不是她好高骛远非要嫁进名门，而是这个世界的资源分配，将人分成三六九等。

除了士族豪门，一般人家养出来的孩子连字都不识一个，虽不全是愚夫，但要找一个好的实在难。找到了一个，那人也不敢和九皇叔等人叫板，不会不顾一切地求娶她。

思来想去，凤轻尘决定，自己还是按九皇叔的戏码往下演。王锦凌不在皇城，她要是和九皇叔死磕到底，到时候吃亏的只有自己，要知道南陵锦凡和西陵天磊那两只讨厌的浑球儿还没有滚出皇城。

想通了凤轻尘便不再纠结，让佟珏与佟瑶什么都不做，只要流言不引起民愤，就随外面那些人说去吧。

佟珏和佟瑶虽然不解，却没有多问，乖乖退了下去。

九王府来了这么多下人，她们这段时间也要忙着争权，能少一些事便少一些事。

府中的事务，凤轻尘不用想也明白如何应付，她采取的是放任的态度，最后的结果是合作还是两败俱伤，她都能接受。

因为她身体不适，皇宫那边已经传来旨意，明天改比医术，南陵苏家已经同意了。凤轻尘不解，苏绾会好心地体恤她身娇体弱，将骑射改为医术？

隐约觉得这里面有问题，可此事已成定局，她无法改变，只能小心防备，早做准备。

佟珏与佟瑶走后，凤轻尘将房门反锁，准备明天比试医术要用的东西。凤轻尘拿出一堆中成药。

哮喘、心脏病、风寒、痢疾、瘟疫，想到的又能用的药，凤轻尘都备了一份，这东西有备无患。

凤轻尘很明白，比试医术肯定不是一两天的事情，医治一个病人需要长达数天，甚至数月，到时候肯定会有人监视她，现在能做的就是准备齐全。

弄好了这一切，凤轻尘在春绘、秋画的服侍下用了晚膳，对于二女的出现，凤轻尘没有诧异，只在心中暗道：九皇叔府上出来的下人果真不简单，这才半个时辰就摸熟了情况。

用了晚膳，夏晚和冬晴进来服侍她沐浴，替她穿好衣服便悄悄地退下，每一个动作都恰到好处，挑选的衣服也是她喜欢的风格。

要不是凤轻尘知道她们是刚来，还以为这四个美婢服侍了她多年，对她的习惯了如指掌。

凤轻尘舒舒服服地躺在床上，心中暗道：九皇叔这是要娇养她，把她养得什么俗事都不会做吗？

不过，这样也没有什么不好的，她本身就不愿意做家务，有人服侍是好事，当然没有人服侍她也能活得很好。

凤轻尘真是累了，倒在床上没有多久就睡着了。

九皇叔好不容易得空连夜赶来凤府，想要给凤轻尘解释一两句，好让她安心，可迎接他的却是熟睡的凤轻尘。

发生这么大的事情，凤轻尘还能睡着，真是……让人嫉妒。

九皇叔知道凤轻尘有很强的戒备心，对身边的人并不信任，哪怕是熟睡听到异响也会惊醒，可今天，他站了半天凤轻尘也没有惊醒的迹象。

这个状况只有两种可能，一是凤轻尘醒了，可是不想理会他，现在正装睡；另一则是凤轻尘真的累了，又或者说身体扛不住，睡得太死了。

此刻，凤轻尘呼吸绵长平稳，就像是睡熟了一样，可是九皇叔就是能肯定，凤轻尘绝对是装睡不愿意见他，凤轻尘除非昏死，不然她绝不会睡得像猪一样死。

九皇叔微微叹息，没有勉强凤轻尘，只是静立在床边，借着月色看着熟睡中的凤轻尘，眼神落在凤轻尘的细腰上，状似无意地一声叹息。

"轻尘，你眼神清澈，身有奶香，眉紧腰挺，分明是处子之相，那些人见到这样的你，定不会相信你与本王燕好，你说本王要不要坐实那流言呢？"

凤轻尘的呼吸乱了一拍，而这一拍足够让九皇叔明白他的猜测没有错，凤轻尘果然在装睡。

九皇叔忍住嘴角的笑意，继续道："少女娇俏瑰丽，妇人妩媚动人，初承恩泽定是娇艳动人，如盛开的鲜花与少女之姿截然不同。你这样分明是少女之姿，别说皇宫的那些老嬷嬷，就是本王也能看出来，以前那些人不会注意你，可如今不同了，你与本王的名字联系在一起，轻尘，你说本王要如何是好？"

凤轻尘依旧一动不动，呼吸也不曾有何变化，可九皇叔却看到凤轻尘的睫毛在轻轻地颤动，九皇叔知道，他得下点猛药了。

"轻尘，你早晚都是本王的人，世人也都知道本王与你已有夫妻之实，与其让人怀疑本王无能，不如本王先把流言坐实，让你真正成为本王的人。轻尘，你不说话，本王就当你同意，本王要动手了……"

九皇叔原本只想吓一吓凤轻尘，可到这一步凤轻尘还在装睡，九皇叔气得咬牙切齿，既然凤轻尘要装睡，他就先讨点利息。

灼热的气息，男人特有的味道，夹杂着清冷的竹香扑面而来，让凤轻尘全身酥软，提不起半点劲儿。

男人味这种东西，凤轻尘一点也不陌生，对那种混着汗水的阳刚气息最为熟悉，这样的味道她已经闻到麻木，根本没有半点感觉，可是今天……

九皇叔身上属于男人特有的味道却让她全身都瘫软无力，不由自主地想到那天在马车上发生的事情。凤轻尘发现自己的心跳加快了，藏在被子里的双手紧握成拳，心中暗暗祈祷，九皇叔你快快滚蛋吧。

她可以肯定，九皇叔这话肯定是吓她的，九皇叔真想要她定不会这般草率，也不会来凤府，而是会把她带到九王府。

在西区小院，只要她叫上一句，九皇叔就成不了好事。

确实，九皇叔没有打算今晚要了凤轻尘，也没有想过这般轻率，他现在给不了凤轻尘名分，在别的地方便不能委屈了凤轻尘，更不会这般玩笑似的占了凤轻尘的身子，可偏偏凤轻尘一直在装睡，他不得不用点猛药逼她。

九皇叔一点点拉近凤轻尘与自己的距离，见凤轻尘完全没有阻止的打算，九皇叔不再犹豫，将自己全身重量，都压在凤轻尘的身上。

既然讨利息，索性多讨一点吧，他已经忍很久了，忍到快要忍不下去了。

突然而来的重量把凤轻尘吓了一跳，再也没有办法装睡，猛地睁开眼睛，用力地推开身上的人："九……"

"别说话。"九皇叔低头，堵住凤轻尘的嘴，手腕一动将床幔放下，层层叠叠的床幔，将月光阻在外面，小小的床榻间自成一个世界。

暧昧，情动。

很黑，很暗，衬得九皇叔那双眼眸更加明亮，眼中的欲望也让凤轻尘一览无遗。

凤轻尘当场就懵了，九皇叔前一秒还好好的，怎么一扑到她的身上就变成狼了？

凤轻尘不知道，面对自己心爱的女人，男人的欲望很容易被挑起来。九皇叔之前的确没有这个心思，可扑到凤轻尘身上，软玉温香在怀，他心中的欲望就凌驾在了理智之上。

总之，大家都知道凤轻尘是他的，他吃了便吃了。他也想等凤轻尘心甘情愿，等光明正大的那一天，可是他等不及了，他想要凤轻尘都快想疯了，再不疏解一下心中的欲望，他估计真会欲求不满而死。

"凤轻尘，我等不及了，今晚，就今晚……"以后，我定会补偿你！

"不行，不行的……"女人的初夜只有一次，怎么可以这般草率，凤轻尘不想，她一点心理准备都没有。

事情发生得太突然了，凤轻尘完全无法思考，只本能地拒绝，她想用力推开身上的人，却发现她只是恍了一下神，身上的衣服就被九皇叔剥光了。

凤轻尘庆幸这是夜晚，要是大白天，自己这般躺在九皇叔身下，她一定会羞愧死，九皇叔太坏了！

"轻尘，白天的事情你并没有生气，也默认与我有夫妻之实，既然如此，还有什么不可以的，轻尘，你应该知道，我喜欢你。"凤轻尘拒绝，九皇叔便不再动，趴在凤轻尘的身上喘着粗气。

凤轻尘的话让他的理智稍稍回来一二，今天不是好时间，他刚刚是乘人之危，凤轻尘已经说了不，他除非用强的，可是他不想对凤轻尘用强。

凤轻尘一滞，黑暗中，与九皇叔四目相对，看到九皇叔眼中强压下的欲望，凤轻尘心虚地别开眼睛，不安地扭动着身子。

她没想到自己只是装睡，事情就变成这个样子。

"别动。"九皇叔低头，在凤轻尘的粉颈处用力一咬，"再动，本王就真不忍了。"

说话间，九皇叔动了动身上的灼热处，正好抵在凤轻尘的私密处："你应该明白，本王想要你，很想很想。"

"呼——"凤轻尘这下真是一动也不敢动了，只小声道，"九皇叔，你别乱来。"

她不会就此失身吧，她真没准备好。

准备什么，凤轻尘也不知道，她只觉得今天太突然了，她要是没有猜错，九皇叔今天是来找她谈正事的吧？怎么什么都没有谈，两人就滚到床上了，还把衣服滚没了。

凤轻尘只感觉小腹处有一股热流向下涌去，身上的温度越来越高，身体似乎有种空虚感，想要……想要面前这个男人占有自己。

凤轻尘很想将九皇叔推开，再这样下去，等九皇叔平息了欲望，就轮到她欲求不满了。

"轻尘，你看，你也是想要我的。"九皇叔很满意凤轻尘身体上的变化，右手往下滑，略有薄茧的手指在细腻的肌肤上留下细小的红痕，凤轻尘忍不住轻颤起来，很舒服，舒服到让她嘤咛了一声。

她很矛盾，不知道自己要不要顺应心意，就这样与九皇叔在一起。

黑暗中，九皇叔眉眼间都是笑意，右手停留在凤轻尘的细腰上，来回抚摸，凤轻尘忍不住再次娇吟出声。

九皇叔，其实很懂得挑逗人，凤轻尘用人头保证，她就是被九皇叔给挑逗了。

"丰臀细腰，肤若凝脂，原来在床榻之间，轻尘竟是如此的娇美动人。"

调戏，这绝对是调戏，不仅手上调戏，言语上也调戏起来了，凤轻尘的脸唰地一下就滚烫了。

下一秒，凤轻尘怒了！

浑蛋，吃了她豆腐不算，言语上还要调戏她，真当她好欺负是吧。

什么娇羞、脸红，通通都滚蛋，九皇叔今天来才不是谈正事的，他明明就是一个偷香窃玉的小人。

不知哪里来的力气，凤轻尘一个翻身将九皇叔压在身下，自己骑坐在九皇叔身上，随手拾起榻上的衣服，披在自己身上，上半身往前倾，压在九皇叔身上。

凤轻尘趴在九皇叔的身上，两人之间没有一丝间隙，修长的玉腿与九皇叔的长腿交缠，凤轻尘附在九皇叔的耳边轻喃："九皇叔，要是让世人知晓，向来不近女色，天人之姿的你，在我身下放浪形骸、艳色倾城，你说他们会怎么想？"

凤轻尘的粉舌在九皇叔的耳尖轻轻一舔，毫无意外，九皇叔的身子微不可闻地轻颤一下，呼吸瞬间急促起来。

"凤轻尘，你这是在玩火。"九皇叔气息不稳，喘着粗气，他本想将凤轻尘反压，却被凤轻尘的玉腿压住了重要的部位。

本来也没什么，可偏偏凤轻尘这么一撩拨，让九皇叔瞬间打消收手的念头，九皇叔呻吟一声，似痛苦又似舒适。

这个女人，该死地好学。

九皇叔低咒一声，可又舍不得推开身上的女子，双手在凤轻尘的腰间来回摩挲。

滑腻紧致，让人爱不释手。

"呵呵——"凤轻尘发出银铃般的娇笑，三分纯真，三分妩媚，剩下四分则是调皮。

"九皇叔你看，你会的我也会哦，而且做得比你还好。"玉指轻佻，凤轻尘将九皇叔的衣衫解开，粉拳抵在九皇叔的胸膛来回摩挲着，樱唇落在九皇叔的喉结处，轻轻地舔吮着，顺便将九皇叔身上的衣衫褪下。

明明是两人都动了情，凭什么她的衣衫尽褪，九皇叔还穿得整整齐齐，床榻间的"战斗"是属于两个人的，九皇叔想要她就得拿出诚意来。

既然已经准备顺应心意，凤轻尘就不打算勉强自己，唯一让她不满的便是，这具身体只有十五岁，太稚嫩了，不知道受得了受不了九皇叔的索求。如果可以，凤轻尘希望九皇叔能等两年，至少让她长大两岁。

可是看九皇叔的样子似乎等不了，今晚确实不是什么好时机，但这种事又不是公事，哪能规定什么时候、怎么办。既然已经开始，就没有必要半途而废，憋久了伤身。

此时的凤轻尘不复之前的娇羞与青涩，虽然还有一些笨拙，可笨拙的技巧却生生取悦了九皇叔。

只是，凤轻尘的动作太慢了，九皇叔忍不住开口催促："轻尘，你快点……"

"快？要怎么快？"凤轻尘娇媚地笑了一声，双手停在九皇叔的腰间，修长的手指把玩着腰带，一副要解不解的样子。

好吧，凤轻尘承认自己羞涩了，想和做完全是两回事，她好像做不下去了，幸亏天黑，不然九皇叔看到自己身上趴了一只煮熟的虾子，估计要笑死。

凤轻尘的手指在九皇叔的腰带处停留了半天也没有解开，九皇叔实在不耐烦，一个翻身将凤轻尘压在身下。

"动一动。"九皇叔都想哭了，以前是靠自己的手解决，今天软玉温香在怀，他还要靠凤轻尘的手，真不是一般的悲催。

"你……"凤轻尘愣住了，她没有想到九皇叔这个时候居然还能忍，这个男人也太理智了吧。

凤轻尘的呆样取悦了九皇叔，九皇叔在她唇角落下一个吻："你不愿意，我就不会勉强。"不能给你名分已很是歉疚，又怎么能勉强你呢。

这话九皇叔没有说，只能用实际行动来表明。

九皇叔趴在凤轻尘身上，大口大口地喘粗气，冷峻得没有表情的脸染上情欲后就如同盛开的牡丹一样，真正是艳色逼人，可惜两人都看不到。

动情时，不是只有女人才会妖娆动人，男人亦同样可以风情媚惑，可惜室内太黑，凤轻尘没有看到九皇叔动情时的媚姿。

"我……"凤轻尘鼻子一酸。

她没有不愿意，她只是不知道该怎么说。

"轻尘，你的手动一动，它很难受。"九皇叔陷入情欲中，没有发现凤轻尘的异常，不停地引导凤轻尘，释放他的欲望。

然而，男人一旦尝到了甜头就停不下来，半是引诱半是挑逗，当他从凤轻尘嘴里听到"我愿意"后，九皇叔做了他一直想要做的事，把流言坐实了，在今夜把凤轻尘变成了他的女人。

临近天亮，九皇叔满足了，趴在凤轻尘的身上，手指在凤轻尘的身体上轻轻地弹了起来，全身上下都散发着欢乐的气息，唇角的笑意越来越大。

他真没有想到，一切会这么顺利，他处心积虑地谋划半天才发现，他其实什么都不用做，只要把真心奉上就能换回凤轻尘的真心。

他有洁癖，他讨厌女人，不喜欢与人靠得太近，受不了身上脏乱、黏稠，可这一刻他却不顾两人身上的汗湿，压在凤轻尘的身上一动不动。

岁月静好，现世安稳。他与凤轻尘就这样过一辈子，也是不错的选择。

当然，这个念头只是一晃而过，他身上有太多太多的身不由己，他只能奢望时间能在这一刻停下来。

可惜，时间不会就此停住，凤轻尘也受不了九皇叔一个大男人一直压着她。

"你好重，快起开。"九皇叔的欲望得到释放，心满意足，可她呢？

她全身像是散了架了一样，痛死她了。

她后悔死说那句话，早知道这个男人的身体是铁打的，打死她也不说她愿意，也不会任他为所欲为。

她是人，不是铁打的，哪里受得了这般折腾，她的身体快散架了。

凤轻尘全身无力地倒在床上，她现在连抬手的力气都没有，都说了要节制，要节制，她还要比赛呢，可这个男人根本不懂节制二字怎么写。

他就不怕精尽而亡吗，凤轻尘用力地戳戳戳，戳九皇叔的胸膛，埋怨道："不知道的人，还以为你几百年没见过女人呢，连皮带骨一起啃。"

"因为是你。"九皇叔一本正经地道，含住凤轻尘的手指，轻轻地吻着，怕把凤轻尘压坏，九皇叔抱着她转了个身，让凤轻尘趴在他身上。

凤轻尘趴在九皇叔的身上，静静地感受着他的呼吸，还有他身上的温度。

许久之后，凤轻尘终于有了力气，低头，看到缠在九皇叔身上的布，问道："怎么有一件衣服在这里。"

九皇叔小腹处的白布早已湿透，凤轻尘之前没有注意到，现在却是发现了，不过天色略暗，她并没有看清是什么，伸手想要扯掉，九皇叔却抓住了她的手。

"我的练功服，不能脱下来，别乱动，不然你明天真下不了床了。"九皇叔反应极快，随意找了个理由。

要是平时，凤轻尘一定会再问一句，可现在……见识到九皇叔的凶猛与实力后，凤轻尘根本不会多想，事实上她的脑子也没空多想。

九皇叔看凤轻尘没有再追问，暗暗松了口气，拉过一旁的被子盖在凤轻尘身上，手也不规矩地滑到凤轻尘的腰侧……

"你别乱来，我没力气了。"凤轻尘的注意力果然被转移了，可怜兮兮地求饶。

九皇叔轻笑一声，咬着凤轻尘的耳朵道："知道你的男人厉害就好，以后给我安分一点，不许招惹别人。"

"你不许我招惹别的男人，那你呢？"凤轻尘用力推开九皇叔的头，没好气地道。

"只要你不招惹别的男人，我就不会招惹别的女人，连看都不看。"在没有遇到凤轻尘之前，他一直都是这样做的，一般的女人入不了他的眼，他要真是好色之徒，以他的身份和地位什么样的女人得不到。

这么多年来，他也只有凤轻尘一个女人。

"好，记住你今天的话，你要是敢招惹别的女人，和别的女人燕好，就永远别爬上我的床。"她没有洁癖，只是真心没有办法接受和别的女人共用一个男人。

"不会，轻尘，我不会再有别的女人，永远都不会有别的女人。"这是承诺，比名分更重要的承诺。

一个妻子的名分并不能保证唯一，这一句话却代表了唯一。

可惜，九皇叔说得认真诚恳，此时的凤轻尘却不相信。情话只能听听，真要当真你就傻了。

男人在床上说的话也能信？当她是白痴呀。

凤轻尘没有应，只是闷笑一声，活像一只慵懒的小猫，缠在九皇叔的身上。

九皇叔腰间的白布让她不舒服，可想到九皇叔说这是他的练功服，凤轻尘便不再多想，事实上她也不敢多想。

今天晚上发生的事情太突然了，她根本没有一点的心理准备，同时在燕好时也发生了一件让她不解的事情。

她不敢告诉九皇叔，在他们欢好时她的背后火辣辣地痛，有很长一段时间她都处在昏迷中，完全不知发生了什么事，甚至没有任何感受。

可是，看九皇叔的样子，明显不知道她曾昏迷过。凤轻尘不知怎么一回事，只当自己身体不好，或者是产生的幻觉，也许她昏迷的时间很短，短到不足以让九皇叔发现……

第十六章　为妇媚色无边

天亮了，凤轻尘就要开始战斗了。这个时候没有人会顾忌她初为人妇的虚弱，也没有人会在乎她的身份。

天亮了，凤轻尘又是一个人，哪怕他们之间再亲密，这个时候九皇叔也不能陪在凤轻尘的身边。

他也想为凤轻尘打造一个无忧无虑的国度，让凤轻尘不再为生活、生存而奔波，可他的人生注定了不可能一生平顺。

女主内男主外，这种生活对他和凤轻尘来说都是一种奢望，在他选中凤轻尘的那一刻，凤轻尘的生活就注定无法平静，当初他亦是看中了凤轻尘的这一点。

之前只觉得凤轻尘适合他，可现在他却舍不得再让凤轻尘去面对那些风雨，人总是这般矛盾。

想到这里，九皇叔越发愧疚，他从凤轻尘身上得到了太多，可偏偏他能给凤轻尘的太少。

轻轻地叹了口气，九皇叔看了看外面的天色，强压下心中的不舍，松开凤轻尘，默默地起身。

凤轻尘怕是睡不到一个时辰就得起来，在此期间他得尽快帮她清理干净，不然早上丫鬟进来，她还有的忙。

"准备热水，本王要沐浴。"

九皇叔一声令下，很快，黑影就提来两桶热水，悄无声息地潜入隔壁的净房，将浴桶倒满。

黑影身形修长，凹凸有致，即使全身都包裹在黑衣中，也能看得出来，对方是个女子。

想来也是，九皇叔又怎么会允许男子贴身保护凤轻尘。

"守好，任何人不得入内。"九皇叔朝外面的人命令道。

其实，他昨晚来时，已经将四周的人都清理干净，再次下令不过是声明事情的重要性。

黑影没有发声，只在九皇叔抱着凤轻尘去净房时，瞬间消失。

九皇叔虽是天潢贵胄，可并不是被娇养到离了丫鬟就无法自理的人，没有下人的服侍他一个人也能打理好自己，同样，打理凤轻尘对他而言也不难。

九皇叔小心翼翼地取下包裹凤轻尘的毯子，露出她光滑的肌肤，同时也将她身上的痕迹暴露在空气中。

凤轻尘身上的青紫都是他弄出来的，可惜的是凤轻尘背上的烙印没有了，光滑细腻的背部，根本看不出那里曾浮出过一把利剑。

"下次能看到你的印记出来，不知是何时。"九皇叔有些遗憾地道。

他只听说过凤离嫡女的印记，却从来没有见过。昨天晚上他有机会看到，可偏偏他忘了这事，印记浮现的刹那他有些恍神，只想着蒙住凤轻尘的双眼，待到他再看时已经什么都没有了。

果然，美人倾城，君便误国。

九皇叔摇了摇头，将心中的杂念排除，看到凤轻尘身上的青紫，九皇叔那张面无表情的俊脸又笑了。

他今天的笑容比他前几年加起来都要多。没办法，谁让他遇到人生三大喜事中的洞房花烛夜呢。

看到凤轻尘任由她折腾也不曾醒来，心里明白凤轻尘肯定是累坏了。九皇叔想着要不要代凤轻尘认输，或者直接取消比试？

可是，九皇叔也只敢想一想，不敢真这么决定。昨天的事还没有过关呢，也不知凤轻尘会不会秋后算账，他已经代凤轻尘认输了一次，要是再次代替凤轻尘认输，估计她真会把他踢下床。

凤轻尘那人看似好说话，可一旦超过了她的容忍底限便半步不让，咄咄逼人，宁折不弯。

他一次又一次地试探，生怕自己踩到凤轻尘的底限，每一次的试探都让他明白，凤轻尘对他很宽容。

替凤轻尘穿好衣裳，九皇叔大大方方地褪下自己的衣衫，就着凤轻尘用过的水，草草擦拭了一番。

对于一个有洁癖的人来说，这真不是一件容易的事，要知道九皇叔从来没有用过别人的洗澡水,这是第一次。

清理干净后,九皇叔抱着凤轻尘回到室内,室内早已清理干净,空气中也散发着清雅的竹香。

九皇叔将凤轻尘平放在床上,替她盖好被子后,便坐在床边,轻轻抚摸着凤轻尘的脸颊,将她额头的碎发拨至耳后。

"委屈你了。"真正是委屈了,没有凤冠霞帔也就算了,居然还这么草率与匆忙,第二天还要应付一群跳梁小丑的挑衅。

九皇叔越想越觉得自己对不起凤轻尘,他昨天太冲动了,他应该忍一忍,至少给凤轻尘一个美好的初夜。

奈何,情至深处,身心都不受理智的控制,明知不应该也无法控制自己的欲望。

事情已经做了,他并不后悔,事实上重来一次,他依旧会这么做,那样美好的凤轻尘,他曾幻想过无数次,美人在怀,他哪里能忍得住。

现在,他能做的就是尽量让凤轻尘舒服一些,九皇叔双手放在凤轻尘的腰间,替她按揉起来,凤轻尘说了好几次腰酸。

一直不停地按揉,双手酸痛,九皇叔却没有停下来的意思,直到鸡鸣天亮,九皇叔才收回手,吻了吻凤轻尘的额头,万般不舍,咬牙离去,在起身的那一刻刺痛从他的小腹处传来。

九皇叔的脚步迟疑片刻,随即又状若无事,继续往前。

看样子,他的"病情"又加重了,估计大半个月都没法出门了。这样也好,有一个沉迷女色的名声也能让某些人安心,让某些人死心,唯一不好的便是在接下来的比试中,他不能光明正大地帮凤轻尘了。

好在,凤轻尘也不是懦弱可欺的女子,接下来的比试,凤轻尘占优势,苏绾想要从凤轻尘手中讨好,也实在不容易。

……

"小姐。"

凤轻尘在佟珏和佟瑶的敲门声中幽幽地睁开眼睛,脑子还有一些迷糊,半晌后才知道自己好好地躺在床上,当然床上只有她自己一个人。

被子上的花纹是自己熟悉的,深深地吸了口气,被子上散发的是阳光的味道,而不是欢爱后的气息。

难道昨晚什么都没有发生,昨晚的一切都是我做的一场梦?一场春梦?

不会吧?自己居然会做那样的梦,难道真是日有所思,夜有所梦?

凤轻尘有着片刻的恍惚,直到佟珏和佟瑶隔着门再次提醒,凤轻尘才真正地清醒了。掀开被子准备起身却发现自己全身酸痛，腰像是被人折断一般，尤其是下身，这么一动，便感觉到火辣辣地痛。

"嘶——"凤轻尘闷叫一声，脸颊唰的一下就红了。

她就说嘛，她怎么可能做那种限制级的梦，原来昨晚的一切都是真的，她和九皇叔真有夫妻之实了。

"啊——"

凤轻尘大叫一声，拉过被子把自己埋在被子下面。

"小姐。"佟珏与佟瑶担心地叫道，碍于凤轻尘的命令，她们不敢乱闯凤轻尘的房间。

"别进来。"凤轻尘大声命令道，声音略有一些嘶哑，估计昨晚叫得太过了。

好丢脸呀！

昨天晚上九皇叔似乎并没有那个意思，是她自己主动说可以的。

怎么会这样？

凤轻尘抱着被子直打滚。

事情已经发生，她并不后悔，她只是觉得丢脸，丢脸呀！

九皇叔都说了不勉强她，可偏偏她主动说可以，真是丢脸。又不是十五六岁的天真少女，怎么就那么容易地被人骗上床了呢？

凤轻尘欲哭无泪，把头埋在枕头里，默默地为自己失去的清白哀悼。

贞洁是束缚女人的枷锁，她很在乎自己的清白。

好在，得到自己身子的人是九皇叔，是自己喜欢的人，这样一想，凤轻尘心里舒服多了，清白失在九皇叔手里，总比落在西陵天磊那样的人手里要好。

果然，她是一个很容易满足的女人。

凤轻尘想通后，便抱着被子坐了起来，其实她也没有那么难受，身上干净清爽，腰间也没有那么酸痛，估计是九皇叔帮她缓解了酸痛。

大清早长吁短叹的不好，凤轻尘露出一个大大的笑脸，让佟珏与佟瑶进来。

屋内没有什么异常，凤轻尘身上的青紫都被衣服遮住了，身体虽然有些不适，但在凤轻尘的遮掩下，差别倒是不太明显。

佟珏和佟瑶只觉得今天的凤轻尘好像不一样，白衣墨发，素颜朝天，明艳的五官似乎比平日更加娇艳动人，行走间隐约有几分风流之姿，举手投足似有一股媚惑的气息。

平时小姐也是这样，只不过今天似乎更明显，可具体的她们又说不上来，佟珏和佟瑶相视摇头，例行上前，给凤轻尘穿衣裳，却被凤轻尘拒绝了："把昨天那套衣服拿来，我今天就穿那件衣服。"

"啊？"佟珏与佟瑶愣了一下。

昨天那件衣服不就是九王妃正服吗，小姐怎么突然要穿九王妃正服了？昨天晚上发生了什么吗？

"快去。"凤轻尘不给两个丫鬟多想的机会，直接命令道。

"是，小姐，只是那套衣服过于繁杂，小姐你今天要进宫与苏绾小姐比试，恐怕会不方便。"佟珏与佟瑶小声建议道，虽然那件衣服象征着至高无尚的地位，可她们就是不喜欢那件衣服。

"无妨，今天比试医术，本就要带一套备用的衣服进宫。"医术比试对凤轻尘来说也是工作，工作时就应该穿工作服。

不过，她今天的工作服有两套，一套医生的工作服，一套九王妃的正服。

"是。奴婢让秋画她们四人进来服侍小姐。"佟珏与佟瑶不再多说。

九王妃的正服正好被那四个美婢收了起来，一应配饰都在四大美婢手中。

"嗯。"凤轻尘轻应一声，对于佟珏和佟瑶能毫无芥蒂地提起四大美婢表示满意。

她们可以不满，但这份不满绝不能在主子面前表现，这是身为下人最基本的要求。

四大美婢很快就来了，十几个小丫鬟捧着一应俱全的配饰鱼贯而入，四美婢谨守本分，从头到尾都是低着头，一脸恭敬，默不作声地为凤轻尘一一穿戴好。

"姑娘，您今天是梳发，还是挽髻？"春绘作为四大美婢之首，大胆地询问。

梳发是姑娘家装扮，挽髻则是妇人的装扮。

"梳发。"凤轻尘犹豫片刻后说道。

"是。"四美婢没有多问，很快就替凤轻尘梳好长发，又替她涂抹胭脂。不知怎的，明明和昨天一样的装扮，可今天的凤轻尘看上去却又多了三分艳色。

四美婢心中惊讶，暗暗道，莫不是爷和姑娘真的成了好事？可是看姑娘神清气爽、步履轻盈，似乎又不像。

初承恩泽的女子，大多都娇弱得起不了床，姑娘看上去倒依旧神采奕奕。

四美婢比佟珏和佟瑶更内敛，心里已是翻江倒海，面上却半分不显，扶着凤轻尘往外走去，一路贴身服侍。

到花厅时，佟珏和佟瑶刚好把早膳摆上。

"小……"两人回头，正准备给凤轻尘行礼，却是一愣。

这还是她们的小姐吗？怎么好像换了一个人一样，之前披头散发时还不明显，这一装扮，倒是完全不同了。

眉眼含情，娇艳动人，一派风流媚惑之姿，人还是那个人，可给人的感觉却完全不一样，就好像一夜之间突然长大了，少了少女的青涩，多了女子的风情之姿。

真正的天生媚骨，只盈盈一立，就能让人丢魂丧魄。

凤轻尘含笑应了一句，并没有多言。

在铜镜里，她已经看到了自己的变化。

九皇叔说得没错，她之前那样分明是处子之相，眉眼间尽是清澈与骄傲，而今才真正是妇人之姿。

朱唇不点而红，双颊粉嫩，如同上好的胭脂点缀一般，媚骨天生，可隐约又有一分刻意的味道。

她一身九王妃正装，再加上周身散发的媚惑之姿，在有心人眼中就好像特意强调她与九皇叔有了夫妻之实一般。

太过刻意就显得假了，让人怀疑她和九皇叔真正地发生关系了，而这就是凤轻尘想要的，她和九皇叔有夫妻之实没有错，可没有必要弄得人尽皆知，她也不想再被那些卫道夫指着鼻子骂，婚前失贞。

九皇叔，你的计划我不配合！

她已经可以预料到，自己这一身装扮出去，会引起怎样的风波。

东陵子洛从来没有想过，凤轻尘有朝一日会美得如此迫人，美得如此有距离，明明近在咫尺，却给他一种高不可攀的感觉。

他真的没有想到，凤轻尘居然会配合九皇叔的话，穿着九王妃正服进宫，看着面前清傲妩媚的凤轻尘，东陵子洛双眼酸涩。

想到那个传闻，东陵子洛脸色惨白如纸，直勾勾地看着凤轻尘，有千言万语想说，可话到嘴边却是一句也说不出来。

他要说什么好呢？

问凤轻尘是不是真如传闻所说，与九皇叔有了夫妻之实？问凤轻尘为什么要穿九王妃正服进宫？问凤轻尘她和九皇叔到底是什么关系？

他有很多很多的疑问，可偏偏他没有资格问，也问不出口。他想呵斥凤轻尘，她穿九王妃正服不合礼，可指责的话他也说不出口，因为这套衣服，好似天生就是为凤轻尘缝制的一般，无论大小还是配饰，都给凤轻尘添了三分姿色。

凤轻尘刚刚及笄，虽然长相明艳却依旧不掩稚气，平日里一副倔样，看不出丝毫女人味，可今天她穿上这套贵气十足的九王妃正装，却没有一丝违和之处。

三分凛然，三分骄傲，三分端庄，还有一分妩媚，每一处都恰到好处，美得让人无法呼吸，让东陵子洛顾不得宫人诧异的眼神，站在宫门外与凤轻尘对视。

与东陵子洛的呆愣相反，凤轻尘点了点头，算作行礼："洛王殿下。"

即使她现在身份不明,可因为这套衣服,东陵子洛受不起她的跪拜礼。

"你……还好吗?"东陵子洛回神,有些酸涩地问道。

"多谢殿下关心,我很好。"凤轻尘疏离却有礼,见东陵子洛挡住她的去路,不客气地道,"洛王殿下要是没有别的事情,我就先走了。"

叫一个皇子给她让路,凤轻尘做得理直气壮也理所当然,举手投足间浑然天成的威严,让人轻易就按她所说的办了。

"好……"东陵子洛后退两步,给凤轻尘让路。

"多谢殿下。"凤轻尘在夏晚和冬晴的搀扶下,婀娜多姿地朝太医院走去,今天的比试就在太医院。

东陵子洛站在一旁,好半天才回过神来,看着渐行渐远的凤轻尘,眼中是掩不住的失落与黯然。

身姿曼妙,风流雅韵,不知何时,凤轻尘已褪下青涩的外壳,渐渐地成熟起来,只一眼东陵子洛就明白,他想问的那个问题已有答案了,只是他不敢正视。

抬头看着不甚明亮的天空,东陵子洛抑制不住地苦笑起来。

有些人,一旦错过,就是一辈子,一如瑶华,一如凤轻尘。

东陵子洛扭头,朝另一个方向走去。

他不想看到凤轻尘幸福的笑颜,不想看到凤轻尘身上的那件衣服,更不想看到凤轻尘举手投足间的风情与妩媚,凤轻尘的一举一动都在提醒他,他和凤轻尘已经越走越远。

东陵子洛的心情从来不在凤轻尘的考虑范围内,前两天在皇宫里发生的事情,凤轻尘只当东陵子洛发了神经,过去了就过去了。

她今天要面对的人是皇上,是西陵天磊和南陵锦凡,还有那些在暗处虎视眈眈的人。

真或假,假或真,越是聪明的人越容易多想,不把这水搅浑些,不把九皇叔从神坛拉下来,怎么对得起她自损闺名。

果不其然,当凤轻尘来到太医院,还来不及与众位太医寒暄,打听孙正道的消息,太监尖锐的声音就响了起来:"皇上驾到,皇后娘娘驾到。"

太医院众人顾不得打量凤轻尘,齐齐跪拜行礼,而凤轻尘因为身上衣服的原因,不需要跪拜,只需要福身便可。

夫荣妻贵。九皇叔有见君不跪的恩宠,同样九王妃也有,凤轻尘虽然不是九王妃,可她身上那件衣服就是九王妃的象征,穿了这件衣服,凤轻尘这一刻就有不跪拜的权利。

众人皆矮一截，唯有凤轻尘盈盈而立，皇上与皇后就是想要忽视她都不行，更何况皇上和皇后本就是冲着凤轻尘来的。

皇上扫了凤轻尘一眼，审视的意味十足。凤轻尘也不怕，微微扬头，傲气十足，一扫平日的懦弱与恭谨，电光石火间，火药味十足。

她很早就可以独抗皇上的真龙之威，只是从来不敢表现出来，如今她被九皇叔绑上船，不管她愿不愿意，她身上都贴上了皇叔党的标签，她没有必要再谦卑地讨好皇上，因为无论她怎么讨好，皇上都不会放过她。

墙头草向来死得早，既然和九皇叔站在一起，就不能丢九皇叔的脸，不能失了这套衣服的尊贵。

她今天代表的是九皇叔，是一人之下万人之上的九皇叔，九皇叔丢不起这个脸，她要是懦弱无能，九皇叔定不敢把这件衣服给她穿，免得污了这件衣服。

凤轻尘嘴角带笑，充分表明自己的立场，皇上眼眸一紧，闪过一抹杀气，随即若无其事地别开脸："免礼。"

皇上的语气如常，威严而冷漠，除了凤轻尘外，没有人知道他刚刚一怒之下起了杀心。

"吾皇万岁万岁万万岁。"众位太医起身后，秉持明哲保身之道，默默地后退数步，以证明自己和凤轻尘不熟。

今天的凤轻尘实在是太耀眼了，别说那通身的气派，就她身上那件衣服，就注定了她无法被人忽视。

皇上在主位上坐了下来，太监将茶水与点心奉上，皇上慢条斯理地喝了口茶，眼神一抬，落在凤轻尘的身上，像是才看到凤轻尘一样，脸色一变，厉声呵道："轻尘，你今天的装扮逾越了。来人呀，把凤小姐身上的衣服给朕剥下来。"

这就是帝王，前一句还是平平淡淡，话锋一转便起杀意。

"是。"皇宫里的太监，可不敢违背皇上的命令，像是饿狼一般涌上前来，太医院的太医们一看情况不对，一个个你看看我，我看看他，退得更远了。

他们就知道凤轻尘今天要倒霉了，做人要低调，凤轻尘平时都做得挺好，可今天实在是太高调了。

哪知，太监距离凤轻尘三步远，就被她身边的丫鬟给挡住了："你们敢！"

明明是弱质女流，这一刻却表现出了让大男人都害怕的杀气，硬是顶在前面，护住了凤轻尘。

凤轻尘笑了，九皇叔的人果然不一般，把丫鬟带进宫是对的！

"凤轻尘，你好大的胆子，胆敢违抗圣旨。"皇上震怒，一拍案几，将桌上的

茶杯和点心，震得咚咚作响，双眼犀利得如同利剑，直指凤轻尘。

帝王一怒，群臣皆惊，咚咚咚，一屋子的人都跪了下来，而最该跪下来的人却含笑而立，宠辱不惊。

面对皇上的直视，还能傲气凛然的人实在不多，可偏偏凤轻尘就是其中一个，摆明了不肯向皇上低头。

大家都知道，今天剥的是凤轻尘的衣服，打的却是九皇叔的脸。凤轻尘要是退了，以后在皇上面前就再也硬气不起来，甚至会牵连到九皇叔。

皇上眼睛微眯，闪着凌厉的光芒，于公于私，凤轻尘身上的衣服，他都剥定了！

老九的胆子越来越肥了，擅自做主高调宣扬自己的私事也就算了，居然让凤轻尘一个孤女穿着九王妃正服进宫，这是什么意思？

太不把他这个皇上看在眼里了。

皇上震怒，只想着借凤轻尘打压九皇叔，却忘了九皇叔用凤轻尘打消了楚长华欲嫁九皇叔的念头，免去了他的心头大患。

"皇上，轻尘不敢抗旨，她们也只是护主心切，恳请皇上原谅。"凤轻尘没啥诚心地认错，随即呵退夏晚和冬晴，"你们退下。"

"是。"两女虽然退了下去，可身上的杀气却不减丝毫，震得几个没功夫的太监不敢上前。

很明显，凤轻尘身边的这两个侍女，是有功夫的，功夫还不弱。

居然带这样的人进宫，是可忍孰不可忍，皇上手上青筋暴出，眼中的杀意更浓。一个两个，都不把帝王的权威放在眼中，他今天就要杀鸡儆猴！

皇上杀气十足，凤轻尘气定神闲，可她的右手却握得死紧。

她身上的这件衣服实在太打眼了，在进宫时她就想到会有这么一出，所以她提前把九皇叔给的令牌取了下来，握在手上，只要皇上对她不利，她就把令牌摊出来。

这块令牌代表了九皇叔，有这块令牌在，即使她逾越了又如何，她身上的衣服是九皇叔要她穿的，她不过是按九皇叔的意思办事罢了。

表面上看来只是一件衣服的问题，实际上却是皇上与九皇叔之间的争锋，皇上想要趁九皇叔"病重"夺权。而九皇叔把她推出来，不过是希望在他"病重"期间，有一个人能代表他在皇城行走，让东陵上下看明白，九皇叔即使"病重"也是猛虎。

男人之间的权利斗争，最终被牺牲的总是女人，被推到前台的也是女人，什么冲冠一怒为红颜全是狗屁，那不过是男人掩饰自己野心的借口罢了。

有冲冠一怒为红颜的能力，怎么就没有带着红颜归隐田园的实力？女人和霸业，在男人眼中，向来是后者更重要。

凤轻尘很清楚自己的位置，更明白自己要如何做才不会被人牺牲。

在与皇上的对抗中，她半步也不能退，她退就代表了九皇叔退。

皇上与凤轻尘就这样僵着，谁也没有说话，而在场的其他人，包括皇后在内，都保持缄默，这个时候开口说话，下场一定凄惨无比。

凤轻尘本以为，皇上打算一直和她大眼瞪小眼地瞪下去，却不想再次被太监高亢的声音打断："太子殿下到，洛王殿下到，西陵磊太子殿下到，南陵三皇子殿下到，南陵苏家苏绾小姐到……"

听到太监的唱名，众人这才反应过来，凤轻尘来太医院是为了比试医术，再联想到皇上来的时间和下令的时间，聪明的人狠狠抹了一把汗。

皇上这是要置凤轻尘于死地。

皇上算好了南陵锦凡与西陵天磊几个人来的时间，按皇上之前下的命令，如果太监全力执行，那么这几个人进来时，就会看到衣衫不整，甚至可能是衣衫被太监给剥光了的凤轻尘。

到时候不仅九皇叔颜面扫地，凤轻尘也无脸见人，就算凤轻尘还有脸见人，九皇叔也不会再要凤轻尘。

南陵锦凡与西陵天磊和九皇叔都有间隙，这两人权势又大，他们才不会顾忌九皇叔。真要让南陵锦凡与西陵天磊看到凤轻尘被剥光的画面，依南陵锦凡的恶劣，说不定就会开口嘲讽："九皇叔，你眼光不错，凤轻尘果然玲珑有致，媚骨天成，小王曾有幸见到凤轻尘酥胸半露的场面。"

是问，有哪个男人受得了，自己的女人被人如此轻慢？时间久了，就算再喜欢那个女人，也该弃了。

这就是帝王心，几个太医越想越心惊，同时又万分佩服凤轻尘在皇上的面前扛住了，不然她就真成了皇上与九皇叔权利斗争之下的牺牲品。

太子与东陵子洛、南陵锦凡、西陵天磊、苏绾五人一进来，首先看到的不是皇上，而是站在正中央的凤轻尘。

"皇婶？"太子与九皇叔亲近，天下人皆知，他这一叫摆明了是给九皇叔撑场面。

九皇叔认可的女人，即使得不到皇上、宗室的承认，即使没有大婚他也认可。

东陵子洛面色一沉，冷哼一声，不说话。

再见，凤轻尘似乎更美了，同样身上流露出来的高傲之姿，更让人不敢亵渎。

"咳咳，殿下，这是凤轻尘，可不是你皇婶。你看她的打扮，还是女儿家的样子。"西陵天磊也不知道自己是怎么了，听到太子这么一说，立马解释起来。

盈盈而立，风流媚惑，原本就艳丽玫姿，这一刻更是艳光四射，不得不说九王妃正装很衬凤轻尘，此时的凤轻尘既有女子的清傲高洁，又有妇人的妩媚动人。

很矛盾、很极端的两种气质，可在凤轻尘身上，却该死地和谐，让人移不开眼。

有那么一刹那，西陵天磊甚至都怀疑，外面的流言是真的，九皇叔与凤轻尘已经玉成好事，可他很快又否定了，如果九皇叔和凤轻尘之间真有什么，九皇叔就不会让流言满天飞，凤轻尘更不会特意穿上九王妃正服进宫，急切地证明，她与九皇叔的关系。

明显，南陵锦凡和西陵天磊的想法一致，当然，他对凤轻尘和九皇叔之间到底发生了什么并不感兴趣，他感兴趣的是如何破坏九皇叔和凤轻尘的计划。

只要九皇叔和凤轻尘不高兴，他就高兴。

南陵锦凡放肆地打量凤轻尘，他看向凤轻尘的眼神就好像巨蟒看中猎物，阴毒而狠辣，凤轻尘大气也不敢喘一下，既要防备皇上再使阴招，又要戒备南陵锦凡加害她。

好在，南陵锦凡今天也只是想逗弄一下凤轻尘，看凤轻尘一副如临大敌的样子，他很快就收起了笑声，一脸得意地道："小孩子就是小孩子，即使穿上大人的衣服，依旧掩不了身上的孩子气。轻尘姑娘，你明明还是女儿身，又何必身着妇人装，这衣服和你极不相衬，你穿在身上生生破坏了你的气质，看上去艳俗不堪。"

"世人皆知九皇叔不近女色，不喜欢与女子接触，轻尘姑娘，你为九皇叔牺牲自己的名誉，这又是何苦呢？要是大公子知晓，定会黯然神伤。别说大公子了，就是小王也替你不值，女子的名声何其重要，你没有必要，为了维护九皇叔的面子而这样作践自己。"

南陵锦凡一脸痛心，一副为凤轻尘着想的样子，可话里话外，无不影射九皇叔的"不行"，这话也只有南陵锦凡才敢说。

有人高兴有人愁，可是南陵锦凡并没有指明，所以众人也不敢捅破，只能装糊涂。

凤轻尘松了口气，心中暗暗叫好，她就知道南陵锦凡的毒舌是有妙处的，这不妙处就来了。

凤轻尘心中暗爽，表面却是一脸慌张又假装镇定的样子，眼神闪烁着道："三殿下休得胡言，不过是一件衣服罢了，三殿下想多了。"

这举动无不说明凤轻尘心虚，无形中又证实了南陵锦凡的话，也让在场的人忍不住多想，九皇叔也许真的不行。

太子本欲为九皇叔说话，可这种事情除了当事人，其他人反倒越描越黑，太子犹豫半晌，正想开口却收到了凤轻尘不赞同的眼神，太子无奈，只得放弃，毕竟事情真相如何他也不知道。

别人是什么心情不知，但东陵子洛这一刻却是狂喜，从地狱到天堂不过如是，原来他还有机会，原来他并没有错过。

他已经错过了瑶华，这一次他绝不能错过凤轻尘，东陵子洛的手紧握成拳，暗暗发誓。

毕竟在东陵的地盘，东陵皇上还在，南陵锦凡目的达成，便不再纠缠这个问题，很大方地放过凤轻尘："轻尘姑娘说小王胡言，那便是胡言好了，不过小王真想劝你一句，你穿这件衣服真的很不好看。"

"我穿什么不需要三皇子干涉，我今天来太医院是和苏绾小姐比试的，不是来讨论我穿什么的，我穿什么并不影响比试的结果。"凤轻尘一甩衣袖，侧身不理众人，一副不愿多谈的模样，直接把西陵天磊和东陵子洛到嘴的话堵了回去。

这么一闹腾，皇上的怒火也消了七分，就算没有消，他也不会在这个时候强行脱去凤轻尘的衣裳。

被西陵天磊和南陵锦凡撞上衣衫不整的凤轻尘那是巧合，可如果在这两人面前下令脱凤轻尘的衣裳那就是内斗了，皇上丢不起这个脸。

皇上义正词严地交代了几句后，便带着皇后离去，离去前皇上一脸深意地朝凤轻尘笑了笑。

凤轻尘被皇上看得背脊发寒，总感觉皇上的这个笑容好瘆人，不过她可以肯定的就是，倒霉的人应该不是她而是九皇叔。

咳咳，皇上走了，留下太子主持大局，太子也不客气，坐在主位，直接宣布比试开始。

医术比试很简单，那就是由太医院找来十个病人，苏绾与凤轻尘从中抽签选择一个。

这十个病人由东陵和南陵的太医检查过，确定不是将死之人，不是中毒之人，更不是即将老死的人。

对于比试规则，凤轻尘和苏绾都没意见，相对来说这个规则很公平，至少表面上看来是这样。

十个病人先由东陵、南陵的太医诊治，而在此期间凤轻尘和苏绾无事可做，她们只要坐在一边等待就行。

"殿下，请容许我换一件衣服。"凤轻尘趁此机会，提出自己的要求。

说实在的，在场的人除了太子外，没有人看凤轻尘身上的衣服顺眼，听到凤轻尘这么说，东陵子洛就差拍手叫好了。

不等太子发话，东陵子洛就抢先道："轻尘快去。"

　　轻尘？他们什么时候熟到可以互称名字了？

　　凤轻尘看了东陵子洛一眼，秀眉微拢，一副不赞成的样子。当然她也不会笨到直说，在场的都是聪明人，尤其是太子殿下，他更是一个善于利用细节的人。

　　东陵子洛今天对她的态度，在天黑之前就会传到九皇叔的耳朵里，东陵子洛和南陵锦凡这样的人自有九皇叔对付，她没有必要和这些皇子皇孙硬扛上。

　　脱去端庄、贵气的九王妃正服，凤轻尘洗去脸上的妆容，拆下头上的发饰，一身白衣从头包到脚，瞬间就从贵妇变成清丽脱俗的少女。

　　虽说白色不是什么吉利的颜色，但凤轻尘却很适合白色，哪怕衣服再简单也掩饰不了她身上的清冷气质。

　　凤轻尘身上的白衣既不飘逸也不复杂，除了腰间微微收拢外，整个一桶状，可就是如此简单的衣服，凤轻尘硬生生穿出一股笔挺的帅气和圣洁。

　　简练的衣服，干净的装扮，冷漠的神情，硬是给人一种禁欲的感觉，虽然没了熟女的风情，但却透着一股纯情的诱惑，看到凤轻尘的这身装扮，南陵锦凡刚才的话的可信度再次提高。

　　"姑娘穿白衣真好看。"夏晚忍不住开口赞道，话落才发现自己逾越了，一脸惶恐地后退。

　　"别紧张，我不是蛮不讲理的人，不会因为一点小事就责罚你们。"出了大错，她也是会责罚的，这话凤轻尘没有说，可主仆三人都明白。

　　凤轻尘将手腕上的镯子取下，丢给冬晴，又将耳环也取了下来。

　　工作的时候，她不喜欢身上有累赘之物，将九皇叔的玉佩挂在脖子上，已是她容忍的极限。

　　"谢姑娘不责之恩。"夏晚这才上前，小心翼翼地拆开凤轻尘的头发，按凤轻尘所说，把她的长发束起来，把耳边的碎发一一收起来，不妨碍她工作。

　　一刻钟后，凤轻尘满意地起身："走吧。"

　　推开房门，斑驳的阳光洒进来，将凤轻尘的影子拉长，凤轻尘沐浴在阳光下，踩着耀眼的金光，大步朝外走去。

　　金色的阳光柔和了凤轻尘身上清冷的气质，她一身白衣站在阳光之下，隐约有几分梦幻的味道，看上去极不真实，好像阳光一收，凤轻尘也会跟着消失一般。

　　夏晚和冬晴站在凤轻尘身后，看得痴了。她们家姑娘，可真是千面风华，只不过换一件衣服，就让她们家姑娘展现出了不同的面貌。

　　当凤轻尘踏入殿内时，众人只感觉有一道光芒也随之而入，有那一刹那眼睛被凤轻尘身上的光芒刺得无法视物。

不得不说，今天的天气真好，这暮气沉沉的秋天，能有一个如此阳光明媚的日子真不容易，凤轻尘今天是占了天时和地利。

太子与西陵天磊几人，正对着殿门口而坐，当凤轻尘踏入的刹那，几人不约而同地往后仰，右手挡在眼前，遮住两刺眼的光芒。

待到众人习惯后，就见凤轻尘逆光而站，朝众人福身："轻尘失礼，让殿下久等，请殿下恕罪。"

背对着光，凤轻尘面目模糊，身上白衣在阳光的照射下隐约有几分透明的样子，此时此刻除了梦幻二字，再也找不到合适的词来形容凤轻尘此时的风华。

"不必多礼。"太子本能地道，他还没有从凤轻尘的风华中回过神来。

"多谢殿下。"凤轻尘并不知道自己的到来，给众人带来了怎样的震撼。在她看来，自己不过是穿了一件医者袍，所以当太子发话后，她便径直走到自己的位置上，坐在苏绾的对面。

苏绾的脸色很不好看，一般人穿白色都会给人一种羸弱、清高的感觉，让人有距离感。可偏偏凤轻尘穿在身上，不仅没有半分羸弱，反倒多了一分别人没有的干练、严谨和诱惑，这样的凤轻尘本身就是一个发光体，吸引了所有人的目光，包括她的。

君不见，洛王殿下的眼睛都看直了吗？君不见，磊太子双眼放光吗？君不见，三皇子的眼睛越眯越小了吗？

如果说，穿着九王妃正服的凤轻尘是贵妇，那么穿着简单、笔挺医者袍的凤轻尘就是女王，坐在那里，周身就散发着生人勿近的王者气息。

可偏偏凤轻尘毫不自知，从进来的那一刻就板着一张脸，收起所有的表情和情绪，冰冷得没有一丝感情，可她越是如此，越让人有种为博轻尘一笑，不惜烽火戏诸侯的冲动。

这个时候，除了凤轻尘，恐怕没有人关心十位病人和两国太医诊治的情况，大家都把注意力放在了她身上。

凤轻尘后知后觉，坐了半天才发现众人火热的眼神，皱眉问道："我有什么不对吗？"不然，为什么一个个都盯着我看？

冰冷的语气，就如同凤轻尘此时给人的感觉，冷漠无情，众人顿时一个激灵。

"没有，轻尘这样很好。"太子第一个回过神来，连连点头，像是为了肯定自己的话一般。

南陵锦凡也回过神来，将眼中的惊艳掩去，细长的丹凤眼微微上挑，邪肆地笑道："小王说得没错，凤轻尘你果然不适合刚刚那件衣服，这换了一件衣服，就好看多了。"也让人有种把你压在床上，将你身上的衣服撕碎，看你挣扎、看你流泪的冲动。

这样的凤轻尘，可以轻易地挑起男人的兽性，南陵锦凡伸出粉色的舌尖，邪媚地舔着唇，媚惑至极。

"不过是大夫穿的白大褂罢了，三皇子想太多了。"凤轻尘厌恶地别过脸去，她讨厌邪气的男人，很娘。

"大夫穿的白大褂？本宫之前怎么没有见过，大夫穿白衣不是更容易脏吗？"西陵天磊总算找回了自己的声音。

"正因为容易脏我才穿它，这样我就可以提醒自己，时刻保持干净整洁，也能让病人安心。作为病人，你放心一身脏污的人碰你的伤口吗？你喜欢让双手沾满脏污的人，在你身上或者伤口上蹭来蹭去吗？"

不知是职业习惯还是不耐烦，凤轻尘的声音不由自主地提高，隐约有几分说教的味道，就好像大夫和病人家属说话，交代注意事项。

西陵天磊想象了一下凤轻尘所说的画面，很配合地点头道："不能。"凤轻尘一身白衣，干净整洁，身上隐隐有种圣洁的光芒，让人不由自主地信任与放松。

凤轻尘穿白色很好看，尤其是她身上的这件衣服，略有些大却不会遮住身体的曲线，微收的腰身让人想要伸手捧住她那细腰，搂进怀里。

"那不就得了。"凤轻尘没有兴趣和这些人讨论自己身上的制服，她特意穿医者袍，一是大夫的强迫症，二是医者袍和九王妃正服是两个截然不同的极端。

九王妃正装能将她属于女人的妩媚和端庄显示出来，而医者袍则能将她的专业、自信展现出来，同时白色给人清高冷傲、纯洁的心理暗示，她就是要让这群人，搞不懂流言的真假。

"咳咳……"东陵子洛轻咳了一声，正想说两句来缓和他和凤轻尘的关系，可凤轻尘却不给他机会，冷冰冰地打断："殿下，今天是来比试医术的，不是来讨论我的穿着的，如果没有别的事情，还请殿下让我和苏绾小姐先把即将医治的病人抽出来。"

东陵子洛讷讷地将到嘴边的话咽下，太子又是点头："轻尘说得对。"

太子发现，他今天一直都在按凤轻尘的命令行事，难道他真把凤轻尘当成皇婶了？

太子很纠结……

南陵锦凡和西陵天磊也连连点头，表示正事要紧。凤轻尘一副冰山女王的样子，南陵锦凡和西陵天磊当然不会撞上去，他们自恃身份高贵，要是被凤轻尘噎得下不了台，他们该多尴尬，到时候治凤轻尘的罪又不是，不治又不是。

来日方长，他们与凤轻尘、九皇叔之间的较量才刚开始。

九皇叔放话说他与凤轻尘有了夫妻之实，他们不会放话说九皇叔不喜欢女人，与凤轻尘之间的流言是掩人耳目吗？

要知道九皇叔长年不近女色，他们放出来的流言明显可信度更高。

南陵锦凡与西陵天磊两只狐狸想到一起去了，两人接下来都不再说话，坐在一边等两国的太医宣布诊断的结果。

十位病人，本就是精挑细选，东陵绝不会打自己的脸，经过两国大夫诊断，十位病人完全符合比试要求，绝无绝症、将死之人。

"三皇子可还有话要说？"太子听到结果后，很客气地问了一句南陵锦凡。

南陵锦凡摇了摇头："小王没什么好说的，又不是选太医，没必要太认真。"

这话无形中就是贬低这场比试的水平了，凤轻尘也不生气，只隐约有几分不安。静下心来，凤轻尘发现苏绾今天表现得太理智了，和她平时的作风很不一样。

这样的苏绾，如果不是有必胜的把握，就是根本不在乎这场比赛的输赢。苏绾已经连输三场，名声扫地，她根本就输不起，苏绾绝不会甘心输给她，苏绾应该很乐意在她擅长的项目上赢她。

凤轻尘睫毛轻眨，掩去眼中的深思，不着痕迹地打量在场的众人。可在场的人哪个不是人精，再加上凤轻尘学的又不是微表情判案，哪能那么容易找出猫腻。

太子不满南陵锦凡的态度，可太子深知与南陵锦凡起口舌之争占不到好处，装作没有听懂南陵锦凡的话，示意太监将签筒送到凤轻尘和苏绾面前："来者是客，苏绾小姐先请。"

太监捧着签筒，谦卑地走到苏绾面前，凤轻尘心里的不安越发的浓郁，不知道为什么，她总感觉有什么不对劲儿。

凤轻尘仔细盯着那名太监的一举一动，以至于错过了南陵锦凡的眼中一闪而过的得意。

"多谢殿下。"苏绾大大方方地起身，看都不看，直接从签筒里抽出一签："八号。"

八号是一位面色苍白，没有一丝生气的妇人，光看脸色似乎病得不轻。可凤轻尘却看到对方的眼睛很有神，这八号妇人绝不像她所表现出来的那般病重。

如果说苏绾抽到八号是巧合，运气好，那么凤轻尘抽到九号，一个面色红润，看上去极健康，可偏偏眼神灰暗，没有一丝求生欲的少年，就绝不是运气和巧合可以解释的了。

凤轻尘转着手中的木签，对上南陵锦凡的眼神，平静的眸子带着戏谑的笑，无声地告诉南陵锦凡，她明白这里面有猫腻，不过没关系，姑娘我输得起。

不是她凤轻尘喜欢阴谋论，而是这天下实在没有如此巧合的事情，十个病人，苏绾抽中的八号正好是气色最差的，而她凤轻尘则抽中了气色最好的一个，偏偏气色最好的那个少年却是一副死样。

面对凤轻尘似能洞悉一切的眼眸，南陵锦凡有一瞬间万分难堪，感觉自己就好像是个小丑，洋洋得意地在凤轻尘面前装疯卖傻，结果人家早就知道了真相，可南陵锦凡终是南陵锦凡，不过刹那他便若无其事地朝凤轻尘笑了起来。

凤轻尘知道又如何，她根本没有那个能耐查这件事，而有能耐的人此时正"病重"。南陵锦凡无比感谢九皇叔"病重"，让他有足够的时间，清除掉所有的蛛丝马迹和相关人员。

"病人已经选好，其他人可以退下。医病不是一天两天的事情，按照医术比试的规则，两位有十五天的时间。这十五天内，两位小姐可以和太医一样，出入太医院。"

"这两位病人会交由侍卫专门保护，两位小姐随时可以进宫为他们医治，医治时本宫和洛王、三皇子、磊太子，会轮流陪在两位小姐身侧，哪位小姐的病人先痊愈，哪位小姐便获胜。当然了，要是在十五天之内，两位小姐的病人都没有痊愈那么比试继续，直至分出胜负为止。"太子不疾不徐地将之前说好的规则再念一遍。

这个规则对于凤轻尘来说相当的不公平，苏绾完全可以让身后的幕僚出手，自己不需要懂医，一样能在比试中取胜。

可是当初就是因为凤轻尘懂医术才提出比试医术，所以即使比试的规则朝苏绾倾斜也没有人多说。

"我没意见。"凤轻尘率先答道，"啪……"随手一丢，竹签刚好落入签筒中，张扬至极，可偏偏没人说她半句不是。

南陵锦凡狭长的眸子凝缩了下，凤轻尘胆子可真大，明明知道自己阴了她，还这么洒脱，果然有名士的风范。

"我也没有意见。"苏绾笑语盈盈，比试才刚刚开始，苏绾却一副大局在握的样子。

不知情的人还以为这是世家的教养，让苏绾宠辱不惊，可凤轻尘却明白，人家真是大局在握。八号妇人的"病"估计和九皇叔一样，只要想好随时能好，而她的那个病人，会不会是绝症不好说，但可以肯定十五天之内肯定好不了。

"既然苏小姐和凤小姐都没有意见，现在就可以诊治病人了。当然，你们只有一刻钟的时间。"医术比试共有十五天，太子一行当然不可能陪凤轻尘和苏绾天天耗在这里，除了今天，他们四人会轮流陪凤轻尘和苏绾进宫，算监视也算评判。

凤轻尘点了点头，走到九号少年的面前，从口袋里拿出手套和口罩戴上。

她目前还看不出来这少年得了什么病，不管是为了病人好还是为了自己好，凤轻尘都觉得自己必须注意卫生，病菌什么的可真正是看不见却又无孔不入的东西。

"你叫什么名字？"凤轻尘一边戴手套，一边问道，语气依旧冰冷得没有情绪，整个一副公事公办的样子。

"这和你给我看病有关系吗？"九号少年明显不是一个善茬儿，当着太子等人的面，依旧敢不给凤轻尘面子。

"有，你是我的病人，你把生命和健康都交给了我，就要信任我，而且必须信任我，只有这样我才能继续医治你。病人不会选择自己不信任的大夫，同样大夫也不愿意医治不相信自己的病人。"

病人不相信大夫，如何配合大夫医治？一个不配合的病人，就是碰到大罗神仙也没用，更何况她还不是大罗神仙。

少年灰暗的眸子闪过一道微小的光芒，长长的睫毛上扬，认真地看了凤轻尘一眼，无比庄重地道："我不能告诉你我姓什么，但我可以告诉你，我名浩亭。"

"浩亭，我记住了。"凤轻尘点了点头，她看得出来这个叫浩亭的少年很不一般。

事实上，太医们选出来的十位病人都很不一般，不过凤轻尘没有打听对方身份的意思，他们只是医患关系，彼此间能够建立最基础的信任就行了……

第十七章　下床不认账

医生对病人不能投注太多的感情，不然受伤的就是自己，这是凤轻尘一贯的原则。

不是她冷血无情，实在是这世间值得同情的人和物太多了，她不想把自己弄得像林妹妹一样，整天愁个半死、眼泪不停。见惯了生老病死，她还有什么看不透的？

凤轻尘不再说话，也不理会浩亭眼中的期盼与希冀，没有检查之前，她不能向病人许诺什么。

时间有限，凤轻尘把诊脉放在最后，先替浩亭做了基础的检查。

凤轻尘检查了下浩亭的瞳孔、肤质，又细细聆听他的心跳、呼吸，又问他哪里不舒服，以及日常的饮食习惯。

从浩亭的话中，再加上自己的临床经验，凤轻尘知道自己遇到麻烦了，这场比试赢不赢还是小问题，能不能治好浩亭的病才是大问题。

"浩亭公子，我要取你一滴血。"凤轻尘根本没有给浩亭说不的机会，从药箱里拿出一支细针，在浩亭的指尖扎了一针。

浩亭吃痛却没有动，任凤轻尘取血，待到凤轻尘将血装在一个透明的小瓶后，浩亭才问道："凤大夫，我得的是什么病？"迄今为止，还没有人能诊出他的病。

"暂时不知道，等我回去检查公子的血后才能下定论。"凤轻尘将药箱盖好，摘下手套与口罩，往衣服上的口袋里一塞，夏晚立马捧着一条湿毛巾上前，替凤轻尘将十根手指细细地擦干净。

好机灵的丫鬟，居然连她这点小习惯都打听到了，九王府出来的人果真不简单。

凤轻尘朝夏晚点了点头，表示认可，夏晚双眼一亮，闪过一抹喜意。

收拾好后，凤轻尘转身，就看到苏绾在那装模作样地给八号妇人把脉，又亲切地询问对方一些大夫常问的话，看苏绾那架势这几天怕也是下了功夫。

比试，胜负有时候不是凭本事而是凭手段，一如她在琴棋书画四项中赢了苏绾一样。

对于南陵锦凡和苏绾暗中算计的行为，凤轻尘并不生气，这是人家的本事。

凤轻尘莞尔一笑，朝太子等人福了福身："殿下，我已诊断完毕，如果没有别的事情，我先行告退了。"

"轻尘可诊出那位公子身患何病，可要写药单？"太子也不是笨蛋，凤轻尘能从苏绾身上看出问题，他当然也发现了，这么说就是想给凤轻尘机会，让她说出医术比试中的猫腻，奈何凤轻尘没有领情，在她眼中比试使手段很正常。

"多谢殿下关心，我暂时还不能肯定这位公子的病情，我需要回去好好想一想。"她有怀疑，可一切要等化验结果出来，没有调查就没有发言权，不能在病人面前，随便说出自己的猜测，万一把病人吓到了就不好了。

"小王听闻凤姑娘医术高超，怎么，还有凤姑娘你诊不出来的病症？"南陵锦凡就像蟑螂，不管你喜不喜欢，他总会出现在你左右。

凤轻尘嫌恶地别过脸，不耐烦地道："三皇子想必很清楚我为何诊断不出这位公子的病，至于医术高超，不过是传言罢了，我只擅长医治外伤。"

使手段可以，可使了手段被人看穿后还能摆出无辜的样子就恶心了，她讨厌这样的人，凤轻尘懒得和对方多说，索性一句话顶到死。

换作一般人算计被拆穿，就算不心虚也会脸红一下，可南陵锦凡却像是听不懂，一脸无辜，不仅如此，反倒借机试探："传言确实不可信，最近外界盛传轻尘姑娘你夜宿九王府，和九皇叔一夜春风，不知这是传言还是实情？"

男人八卦起来绝对不比女人逊色，南陵锦凡的话一落下，凤轻尘就发现太子、西陵天磊和东陵子洛三人双眼发亮地盯着她，似乎在等待她的答案。

很明显，这个问题不答不行，而就在此时，苏绾也结束了她的诊治，她怕凤轻尘不回答，附和了一句："轻尘，三殿下给你机会证明流言是真是假，你不会不敢回答吧？"

她确实不敢回答，可她能不答吗？

凤轻尘笑了，华夏的语言是这世间最神奇的语言，有一种答案叫顾左右而言他，想要套她话也得看她高不高兴。

"三殿下，我向来不关心流言，你所说的流言我根本没有听过。九皇叔病重我确实在九王府住了一晚，至于我的清白，在三皇子眼中我还有什么清白可言吗？"凤轻尘暗指南陵锦凡当日在宴会上，出口羞辱她之事。

"凤姑娘真记仇。"得到一个似是而非的答案，南陵锦凡很郁闷，可凤轻尘提

起以前的事,他又不好意思再问。

"女人嘛,心眼和头发丝一样小,我别的本事没有记性还是不错的。"凤轻尘意有所指,眼神扫向西陵天磊与东陵子洛,提醒他们二位,她和他们之间也是有仇的,她不提并不表示她忘了,放下了。

东陵子洛和西陵天磊一脸心虚,不自然地别开脸,这个时候他们哪里还好意思再问凤轻尘流言的事情。太子见局面尴尬,不痛不痒地打着圆场,凤轻尘则冷着一张脸,并不给太子面子。

太子也不想自讨没趣,说了两三句场面话后,就宣布今天的比试到此结束,大家可以回去了。

太子率先走人,凤轻尘也不多留,紧随太子一行人而去,浩亭看着凤轻尘的背影,张口欲言,最终却是什么都没有说,默默地起身回房。

凤轻尘担心浩亭的病情,再加上昨天晚上运动过度,身子有些不适,现在正急着回家,可不想还没有走出宫门,就被东陵子洛给拦住了。

"好巧,轻尘这是要出宫吗?本王也正好要出宫,本王送轻尘一程。"东陵子洛一派优雅,心里却是有些紧张。

"是很巧。"凤轻尘嘴皮不自然地扯了扯,低头看鞋尖,她不是尊敬也不是不好意思,而是懒得看东陵子洛那张带笑的俊颜。

这么弱智的搭讪话,亏得洛王殿下说得出来,也亏得洛王殿下有一副好相貌,说出这么弱智的话,还一副风度翩翩的贵公子模样。

"确实巧了点,轻尘这是要出宫吗?本宫也正好要出宫,本宫送你回府如何?"西陵天磊不知从哪个角落冒了出来,自以为潇洒地说道。

凤轻尘正想拒绝,一抬头就看到南陵锦凡与苏绾走了过来,苏绾一副看好戏的样子,南陵锦凡那细长的眸子,则闪烁着恶作剧的光芒。

得,越想走,越走不了。

果然不出凤轻尘所料,南陵锦凡与苏绾两个人,不仅听到了东陵子洛和西陵天磊的话,还是故意前来找她麻烦的。

南陵锦凡细长的凤眼,邪气十足,轻蔑地扫了一眼西陵天磊和东陵子洛,脸带笑意道:"的确很巧,没想到会在这里遇到轻尘和磊太子、洛王殿下。磊太子和洛王要送轻尘回家?这个不太好吧?男女授受不亲,两位还是避嫌的好,为了轻尘的闺誉着想还是由苏绾和小王送轻尘回去比较好,轻尘,你是说吧?"

南陵锦凡的嘴皮的确很利害,一番话说得冠冕堂皇,尤其是最后一句,看似询问实则用上了肯定的语气。

凤轻尘磨牙，强忍下骂人的冲动，扯出一个僵硬的笑容："多谢磊太子、洛王和三皇子的厚爱，我自己认得回家的路，就不劳烦三殿下的大驾了。"

她又不是第一次从皇宫出去，平时怎么没见到他们如此热情，今天却一个个跑来献殷勤，要说没有坏水打死她也不相信。

真是的，一个个摆出自信深情的样子，真当她凤轻尘没见过男人，是个男人在她面前，摆个笑脸说上两句好话，她就会乖乖地听对方摆布吗？

"怎么是劳烦呢，小王仰慕轻尘久矣，今天正好有机会，还请轻尘不要拒绝小王，成全小王的一片爱慕之心。"南陵锦凡朝凤轻尘眨了眨眼，提醒凤轻尘，他曾开口说过要娶她。

"咳咳，轻尘是我东陵贵女，就不劳烦磊太子与三皇子了，本王会将轻尘平安送回府。"东陵子洛越过凤轻尘，直接做主道。

西陵天磊哪里甘心："洛王殿下此言差矣，轻尘虽是东陵贵女，但本宫与轻尘也算是旧识，送轻尘回家不过是举手之劳，怎么会是劳烦。轻尘，本宫正好有些事情想要与你说，有关那天在城门口发生的事情，有些细节我想你应该会很感兴趣。"

为了诱拐凤轻尘上他的马车，西陵天磊可是下了血本，不惜拿凤轻尘大婚那天发生的事情当诱饵。

凤轻尘冷静的面容有一丝松动，抬头看向西陵天磊，眼中闪过一抹挣扎。

南陵锦凡朝西陵天磊竖起大拇指，这事也能利用上，西陵天磊果然是大丈夫，南陵锦凡干脆地从抢人的队伍中退出，站在一边看戏。

东陵子洛现在最怕有人在凤轻尘面前提起大婚那天的事情，那天的事情与他脱不了干系，东陵子洛焦急万分，可又找不到更好的理由替凤轻尘拒绝，说多了就显得他心虚，毕竟现在所有的证据都指向西陵天磊，跟他没有关系。

就在此时，救兵出现了，东陵子洛大大地松了口气。

九皇叔的亲兵首领，手持九王府的令牌，在太监的带领下，大步朝凤轻尘这边走来。

"参见各位殿下，千岁千岁千千岁。"一身劲装，笔挺硬朗，单膝跪在众人的面前，却不卑不亢。

"免礼！"东陵子洛朗声道，因为流言一事他对九皇叔有些敌意，但此时看到九王府的人，他却最是高兴。

被九王府的人横插一脚，西陵天磊就没法和凤轻尘一道走，也没法和凤轻尘谈大婚那天发生的事情了。

"多谢殿下。"亲兵首领起身，双眼直接落在凤轻尘身上："姑娘，末将奉九皇叔的命令，接姑娘回府。"

注意，注意，是"接姑娘回府"而不是请凤轻尘去九王府。

这个细节凤轻尘没有注意，可不代表东陵子洛和西陵天磊他们没有注意到。西陵天磊和南陵锦凡是外人不好多问，两人以眼神示意东陵子洛问清楚，这回府一说到底是回哪个府？

东陵子洛没好气地瞪了两人一眼，和他抢人时怎么不想他们是外人？可即便如此，东陵子洛还是开口问道："回府？九皇叔派你送轻尘回西区小院？"

"回洛王殿下的话，不是的，九皇叔让末将接姑娘回九王府。殿下，九皇叔正等着凤姑娘回去，如果没有别的事情，请恕末将失礼，和凤姑娘先行一步。"九皇叔的亲兵和九皇叔一样，完全不给别人拒绝的机会。

凤轻尘从头到尾一句话都没有说，当然她也没有拒绝的意思，她夹在这三人当中正头痛，九皇叔的亲兵虽然不客气，可九皇叔好歹比这三位安全，虽然她这个时候并不想见九皇叔。

"三位殿下，我先行一步了。"凤轻尘福了福身，随九王府的亲兵而去。

凤轻尘走得潇洒，三个男人却一脸郁闷，南陵锦凡双手一摊："得，争来争去倒是便宜了九皇叔，看凤轻尘那样子，要不是我们几个人在这里争，估计不会和九皇叔的亲兵走。"

确实，如果不是被东陵子洛三人逼得下不了台，凤轻尘真不会在今天跟九皇叔的亲兵走。

不得不说，九皇叔的运气好。

"依本宫看，九皇叔应该是知道我们不会轻易放凤轻尘出宫，才会让亲兵首领进宫。"西陵天磊看了一眼凤轻尘身后两个丫鬟手中的包袱，笑道。

凤轻尘穿九王妃正服进宫，九皇叔肯定知晓，不然也不会特意派亲兵首领进宫来接她。

东陵子洛苦笑一声，有九皇叔的人护着，凤轻尘应该可以安全出宫，不会因为那件衣服而出事。

要知道，在宫里治一个人的罪，可以有千百条理由。

好在，凤轻尘这会儿已平安出去了……

凤轻尘想过一千种可能，甚至在马车上，就想好了不同情况下的应对措施。

如果九皇叔逼她当暖床丫鬟，她就表面顺从，暗中谋划退路，早晚把九皇叔给甩了。

如果九皇叔虚情假意，说让她相信他，他早晚会给她名分，她就欲迎还羞，说相信他。

如果九皇叔冷冷地警告她，别以为爬上他的床就能为所欲为，成为九王府的女主人，她就伤心欲绝，强忍着泪水说，她不会……

如果九皇叔说一切维持原状，昨晚的事情当作没有发生，她就含泪点头，表示自己会做到。

可独独没有想到，九皇叔竟然隔着屏风见她。

九皇叔这是害羞呢，还是害羞呢？

凤轻尘盯着面前的屏风发呆，一副想笑不敢笑的样子。

要说害羞也应该是她害羞，九皇叔害什么羞呀？九皇叔这么一弄，她都不好意思害羞了。

"咳咳……"久久不见凤轻尘开口，九皇叔轻咳一声提醒道。

屏风后面，九皇叔半躺在矮榻上，一张俊脸惨白如纸，深邃沉静的眸子布满红色的血丝，腹部的白布沾了血。

这就是纵欲的代价！

身侧点燃了两个香炉，白烟袅袅升起，散发着清雅的竹香，将血腥味压下。

隔着屏风，近在咫尺，却给人一种远隔天涯的感觉，这屏风生生将两人的距离拉开。

"轻尘见过九皇叔，九皇叔千岁千岁千千岁。"凤轻尘连忙回神，一整衣袍，福身行礼。

九皇叔郁闷得吐血，谁让她行礼了？

"免礼。"

"谢九皇叔。"凤轻尘默默地站在旁边，打定主意，只要九皇叔不开口，她就闭口不提昨晚的事。

这屏风的遮挡，一来可以说是九皇叔害羞，二来也可以说是九皇叔不想见她，横竖她小心一点好了，毕竟经过昨晚他们之间的关系有点诡异，一个不好就落得恃宠而骄了。

一夜风流后，女人死缠着男人，要男人负责，男人会讨厌、会厌恶，可当这个女人连提都不提时，那个男人会更郁闷。

他昨晚表现得很差吗？差到凤轻尘再见面，连点儿表示都没有？

九皇叔觉得自己的心口闷得厉害，他现在不仅受了外伤还受了内伤，他都快被凤轻尘给气死了，他就没见过凤轻尘这般无情的女人。

怎么说，他也是她男人。

凤轻尘半点儿表示也没有，九皇叔恼怒，他从来没有处理过这种事，实在不知如何说，索性也不提，直接说正事："轻尘，今天的医术比试本王已经知晓，你不必担心，这件事本王定会给你一个交代。"

南陵锦凡越来越张狂了，为了一场比试，居然在背后使出这种阴招，真当他病重得快死了？

咳咳，九皇叔忘了，凤轻尘能在琴书画三项比试中赢苏绾也算是使了手段，好吧就算九皇叔记起来也只会为凤轻尘鼓掌，说凤轻尘做得好。

"多谢九皇叔，不过不必了。"凤轻尘完全没有受宠若惊的样子，平静地拒绝。

"嗯？"九皇叔不满道，都到现在了凤轻尘还把他当外人，看样子昨天晚上她的确不满意。

九皇叔郁闷了，决定回头找几本教材好好学习一下闺房之术，务必保证让凤轻尘满意。

凤轻尘沉吟了一下，解释道："不是我不识好歹，实在是没有必要。我已经赢了苏绾三局，没有意外还能平一局，接下来的比试中即使全输也没有关系，于我的名声没有损伤，可苏家不一样，苏绾要是再输，苏家就会名声扫地，苏家断然不会善罢甘休。"

"三皇子做事向来狠辣，肯定不会留下蛛丝马迹，即使大家都知道此事有猫腻，也不一定能找到证据。一场比试而已，我又不是输不起，没有必要在这种事情上浪费时间和精力。"

苏家重名声，她要是把苏家的名声弄臭，到时候苏家不管不顾地来个鱼死网破，她就惨了。

她一个人再能干也无法和一个家族的力量抗衡。

所谓光脚的不怕穿鞋的，苏家输红眼了，哪里会管那么多。做人留一线日后好相见，凡事都不能做得太绝。

"你倒是看得明白，本王以为你很在乎输赢。"九皇叔发现自己真的看不透凤轻尘，原本以为她不在乎输赢，可她却处心积虑、使尽小手段也要赢苏绾，认为她在乎输赢吧，这又放过了一个稳胜的机会。

女人的心思真复杂，凤轻尘又是个中翘楚，九皇叔发现自己猜凤轻尘的心思，比筹备军饷和粮饷还要累。

"九皇叔,我在乎的只有生死，一时的赢输算得了什么。"凤轻尘懒得告诉九皇叔，她压根就不在乎这样的虚名。

算来，琴棋书画她都赢了苏绾，足够给东陵争脸了，即使接下来的比试全输，她也毫无压力，作为东陵最大赌局的庄家之一，无论谁输谁赢，她都是赢家。

九皇叔点头，想到凤轻尘的种种表现，确实她更在乎生死，其他的事情在生死面前，都可以排到后面："是本王想左了。"九皇叔变相地道歉。

凤轻尘撇了撇嘴，没有接话，随即想到九王妃正服，还有那些价值不菲的首饰她都带来了，于是凤轻尘开口，说要把那套衣服还给九皇叔。

那套衣服不仅仅是值钱那么简单，还是身份的象征，要是丢了她就惨了。

却不想，凤轻尘才开了一个头，就被九皇叔打断了："本王送出去的东西，绝不会再收回来，你不想要就丢了。"

这个死女人，要是没有昨晚的事情，她把衣服送回来他还能接受，可是昨夜之后，她居然还想着把衣服送回来，这是要和他划清界限吗？

真是……该死！

凤轻尘，你怎么就不能和其他的女人一样，缠上本王呢？

要不是有伤在身不好露面，九皇叔真想冲上前去，掐住凤轻尘的脖子，好好地问一问她，她到底是怎么想的？

丢了？

她就是怕丢了才想还给九皇叔，那套衣服放在九王府更安全，无论如何她都要劝九皇叔把衣服收下，她才不要带一个累赘回去。

凤轻尘知道九皇叔生气了，当下放低身份，柔声道："九皇叔，那套衣服太过贵重，放在小院我实在不放心，如果可以，恳请你帮我保管一段时日，行吗？"

这样说总不会有错吧！

原来是代为保管那就没有问题了，九皇叔点了点头道："既然如此，那就把衣服放下，本王代你保管。"九皇叔再次强调，凤轻尘才是九王妃正服的主人。

那套衣服放在九王府也好，要是衣服在凤轻尘手上丢了，难保皇上不会拿凤轻尘出气，横竖他的目的达到了就行。

不管外界传他沉迷美色还是不行，总归短时间内，不会再有人打他和凤轻尘的主意。

"多谢九皇叔。"不管是什么理由，把这个烫手山芋给丢了凤轻尘就满意了，清冷的面容也柔和了几分。

"你我之间，不必言谢。"九皇叔半是暧昧半是试探地道。

"呵呵。"凤轻尘干笑一声，明显不想多说，可转念一想，九皇叔这人如此骄傲，一夜那什么之后他可以翻脸不认人，可要是她凤轻尘第二天翻脸不认人，难免会打击九皇叔身为男人的尊严。

凤轻尘想了想，还是不能把自己和九皇叔划得太清，于是，凤轻尘小心翼翼地试探道："九皇叔，我有件事想要麻烦你……"

"说。"九皇叔面上一喜，双眼多了一抹光彩。

"我想请九皇叔查一查我医治的那位病人，他名浩亭。"不是她想窥探病人的隐私，实在是浩亭的病可能比较麻烦，她需要提前做好准备。

"可以，三天后，他的资料会送到你的手上。"让他查别的男人，九皇叔有些小不满，但想到凤轻尘不和他客气，他心里就舒服了一些。

凤轻尘本想道谢，可九皇叔都说了他们之间不用言谢，再说谢就矫情了。

室内一片寂静，两人之间隔着一道屏风，说实在的，挺傻的。

站了一盏茶的时间，凤轻尘见九皇叔没有别的事，便主动开口告辞："时间不早了，府里还有许多事要处理，我先回去了。"

九皇叔本想多留凤轻尘一刻，可是隔着屏风能听不能看，再加上两人之间还有些小别扭，九皇叔想想也就不多留了。日子还长着……

凤轻尘毫不留恋转身走人，离去前还在心中暗道，下次得提醒一下九皇叔，竹香味虽然清雅，但太浓了闻着也会恶心。

今天，这室内的竹香真不是一般的浓，快闷死她了。

……

凤轻尘把九王妃正服留在九王府，心情正好，可这份好心情只维持了一秒，因为九王府的管家，指挥着下人将一堆一堆的礼品搬上她的马车，还有后面的马车，足足塞了五辆马车。

好大的排场呀！

"这是怎么回事？"凤轻尘风中凌乱了，九皇叔这是要搬家吗？

王府管家连忙转身，恭敬地道："姑娘，这是王爷送给姑娘的补品，王爷说姑娘这段时间太过劳累，要好好补补身子。"当然，还有首饰和衣服，管家不敢说，怕说了凤轻尘不要。

噗……

凤轻尘庆幸自己此时没有喝水，不然她一定会吐给九皇叔看，九皇叔这是用物质补偿她呢？还是嫌流言不够激烈，要添一把火呢？

得，她认了，谁让她上了贼船呢，横竖九皇叔给的东西肯定不会差，九皇叔想用钱财打发她，那她接受好了。

凤轻尘鸵鸟似的点头，和夏晚冬晴一同上了马车。

想到身后一车一车的东西，凤轻尘虽然说了接受，可心里还是有点小郁闷。

"夏晚、冬晴,你们说九皇叔这是什么意思?"她这是想找安慰。

"姑娘,依奴婢看,王爷应该是关心您,那些东西我和夏晚都看了,都是上好的补血、养颜的药材,有些补品就是宫里的娘娘也得不到。"冬晴的主子虽是凤轻尘,可在不损害凤轻尘利益的前提下,她当然会向着九皇叔。

"关心我?真要关心我,就不应该扯上我。"凤轻尘嘲讽地一笑,再次肯定九皇叔这是用钱财打发她。

今天,西陵天磊、南陵锦凡和东陵子洛拦住她,要送她出宫,不就是因为九皇叔放出的流言,还有她身上的衣服嘛。

她一直想过平凡的生活,可九皇叔却一次又一次地把她拖入皇权斗争中心,这哪里是关心?

夏晚和冬晴不是什么都不懂的人,所以她们也找不到话替九皇叔解释,九皇叔此举无疑把凤轻尘推到了风口浪尖,那些潜在的危险与麻烦,不是几车补品和首饰就可以弥补的。

凤轻尘闷闷不乐,不愿意说话,一路上静悄悄的,行至长安街时,马车突然停了下来:"姑娘,有人拦车。"

"下去看看。"凤轻尘示意夏晚下车。

夏晚比冬晴机灵,也比冬晴能干些,遇到这种突发状况,还是夏晚好一些,冬晴适合处理内务。

夏晚下车没多久,就来回话:"姑娘,是元希先生。元希先生在逐风楼以琴会友,看到姑娘您的马车,派小厮前来请姑娘上去一聚。"

"逐风楼?是那个进门需要对对子的地方?"对于逐风楼,凤轻尘并不陌生,她当初求王锦凌办事,就在那里请王锦凌吃过饭。

那一天,大公子的文采可是让她印象深刻,举手间尽显世家公子风流的王锦凌,耀眼得如同太阳。

皇城人多事杂,她有些羡慕正在清水镇的王锦凌,远离浮华的皇城,心情也会好很多。

"小姐,就是逐风楼。"夏晚的语气有几分兴奋。

元希先生声名远播,能得到他的邀请,可是天大的荣幸,她们家姑娘多多结交这些士家大儒,于名声上也有帮助。

"告诉元希先生,我才疏学浅上不了逐风楼。"凤轻尘示意冬晴放下车帘,明显不愿意下车。

夏晚虽然觉得可惜,可也明白她不能替主子做决定,当下就去回话。

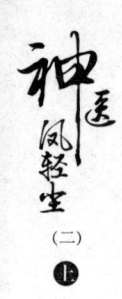

没多久，夏晚就回来了，脸上表情不变，依旧是一副忠心为主的样子，凤轻尘满意地点头。

丫鬟可以有主张，但主张大到做主子的主，那就该死了。

"走吧！"

马车刚启动，没走出五米远，又停了下来，凤轻尘皱眉……

"姑、姑、姑、姑娘，元希先生亲自下楼来请你。"车夫的语气颤抖得厉害，一副受宠若惊的样子。

元希先生呀，能让天下第一琴师元希先生亲自来请的人，一只手也数得过来，在东陵凤轻尘可是第一个。

元希先生可不是一般人，元希先生要是不高兴，就是皇帝他也敢不理，就这样，皇帝还要笑着赞他有名士风度，潇洒不羁，真性情。

由此可见，元希先生的名声有多响，当着这么多人的面，元希先生竟然亲自下楼来请凤轻尘，那绝对麻烦！

没错，就是麻烦！

这事对别人来说是天大的好事，可凤轻尘只感觉麻烦至极，可不管她愿不愿意，这个时候她都要下车。

她可不敢让元希先生在马车外等她，她还不想被清流名士的口水淹死。

清流名士那张嘴可比市井流言要犀利许多，君不见那些名垂千古的纵横家，靠一张嘴就能说死无数人，靠一张嘴就能说得国破家亡。

文人骂人那可真是戳人心窝，她很清楚文人的唾沫星子有多犀利，她这个时候一点也不想生事端。

凤轻尘无比庆幸自己虽被娇养却注重锻炼，身子骨不错。三步并作两步，凤轻尘小跑着上前，终于阻止了元希先生走到马车边上。

"轻尘见过元希先生，劳先生大驾，轻尘该死。"凤轻尘福了福身，一副自责的样子。

身上依旧是那件医者袍，一身白衣站在人群中，特别显眼，元希先生身后的几个人明显不满。

白色分很多种，凤轻尘这一身毫无点缀的白，看着有那么一点晦气。元希先生看到一身白衣的凤轻尘，也是愣了一下，不过很快就回过神来，爽朗笑道："轻尘不必多礼，听小厮说你不肯下车，我只好亲自来请了。"

这是暗指凤轻尘不给他面子，自恃清高，他之前对凤轻尘颇为赞赏，甚至开口说要娶她，可并没有把凤轻尘放在心里，现在凤轻尘不给他面子，他又怎么会让凤轻尘顺心。

清高狂妄可不是浪得虚名，而元希先生有这个本钱。

在大街上，元希先生身后还围了一群人，凤轻尘明白自己要给足元希先生面子，要是伤了元希先生的面子，与之交恶，她肯定没有好果子。

凤轻尘一脸惶恐，受宠若惊道："元希先生言重了，实在是今天多有不便，轻尘不敢打扰元希先生的雅兴。"

"不便？怎么个不便？身体不适？"元希先生意有所指道。

凤轻尘真想翻白眼，这年头男人怎么比女人还八卦："多谢元希先生的关心，轻尘身体很好，只不过刚刚从宫里出来，身上还穿着诊治时的衣服。"

凤轻尘无比庆幸，自己没有带第三套衣服去换，也拒绝了九皇叔让她在九王府换衣服的提议。

开玩笑，她可不想被人说成大白天与九皇叔宣淫，她还要不要名声了？

"这有什么关系，来人呀，服侍凤姑娘更衣。"元希先生大手一挥，数十个美婢从逐风楼里走了出来。

这架势，凤轻尘根本没法拒绝，只得笑着点头："夏晚，冬晴，你们先回去，这里不用你们服侍了。"她们主人在这里都讨不到好，更不用提下人了，万一出了事她也只有自保的能力。

夏晚和冬晴愣了一下，正想开口说话，凤轻尘却瞪了两女一眼，两女不敢多话，乖乖地退下。

凤轻尘一行人进入逐风楼，哪怕有元希先生在，依旧要对出门口的对子才能进去，凤轻尘搜肠刮肚好不容易才对了出来，又出了一个不算太差的上联。

进了逐风楼后，凤轻尘去换衣服，待到她换好衣服出来时，元希先生已命人摆出琴，敬候凤轻尘。

"轻尘，你那首《碧海苍穹》可谓是精妙绝伦，绕梁三日，余音未绝。我的这些好友听闻你以无弦琴弹出琴曲，希望有幸能够听上一曲。择期不如撞日，今天我们相聚在逐风楼，就请轻尘你再弹一次《碧海苍穹》可好？"元希先生指了指唯一的空位，示意凤轻尘坐过去。

那个位置上，有一把无弦琴！

来者不善，善者不来，凤轻尘扫了一眼在场众人，大多数都是和元希先生一样的风流名士，他们是真的感兴趣，还有一些则是摆明了来看热闹的，有几个她还认识，不外乎就是皇城那几个名门世家的公子。

凤轻尘点了点头，翩然入座，就在众人以为凤轻尘真会弹琴时，凤轻尘却开口道:"元希先生,弹琴要有琴心与琴意,我今天两者都没有,实在弹不出来。"

"哦?轻尘今天这是怎么了?"元希先生对凤轻尘不给面子的举动,表示强烈的不满。

他都纡尊降贵地去请凤轻尘了,她居然耍大牌,实在可恶。

"我今天遇到一个病症十分特殊的病人,怎么也想不明白他的病症,此时正心烦意乱,实在没有弹琴的心思。"凤轻尘面色平静,幽深的双眼波澜不惊,哪有烦乱的样子,这明显就是推脱之辞。

元希先生很清楚,凤轻尘不肯弹,他再逼也没用,正想开口给凤轻尘一个台阶下时,一道轻扬的男子的声音传了进来。

"早就听闻轻尘姑娘仁心仁术,今日一见,果然不假,凤姑娘对病人的重视让在下佩服,元希先生你就别为难轻尘姑娘了。"一名身形修长,衣袂飘飘的男子,手举酒杯,斜靠在门柱上。

这是浪荡公子的做派,一般情况下都会惹人嫌,可是由这名男子做出来却是优雅随性,让人不由自主地心生好感。

当然了,更多的是因为这个男子衣着不凡,气质不俗,面貌更是精致的原因。

就在凤轻尘猜测来者是谁时,元希先生惊讶地道:"云潇?你怎么会在这里?"

云潇,云家大公子,在王锦凌成名之前,一直被世人追捧的绝色美男子,才华与美貌并存的家伙。

想到这里凤轻尘便多看了一眼,论外貌与气度,面前这个男子并不逊色于锦凌,与锦凌相比,面前这个男子少了几分清贵却多了几分洒脱,他与王锦凌各有千秋,不相上下。

"前段时间云家在东陵的药铺出了点问题,家里便派我来看看。"云潇避重就轻道,看他的样子应该与元希很熟。

元希点头表示知道了:"看样子,以后我们能碰面的机会很多,我也准备在东陵皇城暂住一段时间。"

"那太好了,咱们今后多的是时间相聚。轻尘姑娘有恩于云家药铺,今天就请元希先生卖云潇一个面子,让云潇略尽心意,感谢一下凤小姐可好?"说话间,云潇便举起酒杯:"我自罚三杯,还请各位先生原谅云潇无状。"

云潇将杯中的酒一饮而尽,身后的小厮立马就给他倒满,在场的人一句话都没说,云潇就把三杯酒喝完了。

先斩后奏,众人也不好不给面子。

凤轻尘有些不明白,为什么云家以行商立家,云潇却能在一干文人中名声斐然,这云潇行事确实磊落潇洒，明知他无状，可却令人无法生气。

云潇说是为云家药铺而来，可凤轻尘却觉得，对方更多的是为自己而来，当初开颅验尸之事，想必是传回了云家。

云家，凤轻尘在心中琢磨了一下，这是一个很好的合作机会，也许她想要成为真正的大夫，就需要云家的帮助。

虽是初次相见，但凤轻尘并不讨厌云潇，凤轻尘起身，朝众人告罪一声，便与云潇一同离去。

凤轻尘本以为云潇把她从元希先生的饭局中带出来，应该是有什么目的，不想云潇一路上一句话也不提，简单的自我介绍后，便直接把她送回府，只是在下马车的时候塞了一块玉佩给她。

"轻尘姑娘，凭这块玉佩，你可以在九州大陆任何一家云家药铺优先拿到你想要的药材。"

许是猜到凤轻尘会拒绝，云潇又补了一句："轻尘姑娘只管收下，这块玉佩并不贵重，就算你有这块玉佩，照样要按市价付药钱，只不过给你一个优先购买权罢了。"

好药材难求，这也算是变相地还凤轻尘一个人情。

"多谢云公子。"凤轻尘伸出去的手又收了回来，这样的一个礼物不算轻也不算重，还真不好推拒。

云潇行事比锦凌圆滑多了，估计是出身商家，从小就习惯了周旋于各色人等之间。

"啪——"云潇打开手中的折扇，不顾季节地轻晃起来，"轻尘姑娘客气了，时间不早了，云潇就不打扰轻尘姑娘休息了。"

云潇转身上了马车，在踏上马车的刹那，云潇好像突然想到什么一般，转身道："对了轻尘姑娘，你今天医治的那个病人，和元希先生关系不错。"

丢下这句话，云潇转身上了马车，也不管凤轻尘听没听懂。

凤轻尘在门口站了一会儿，直到云潇的马车走远了才转身回府，一到房间，凤轻尘就去了书房。

说是书房，对凤轻尘来说却是小小的医药室，除了书架上装门面的书外，书房的各个角落都放满了药和工具。

一到书房，凤轻尘就命令不许人来打扰她，她要在书房检测浩亭的那滴血，她怀疑浩亭的病不简单。

经过一次又一次的检测、对比，凤轻尘不得不告诉自己要面对事实。浩亭有血液方面的疾病，具体的病症需要进一步化验。

"南陵锦凡你还真看得起我，居然给我弄来这么一个病人，你还真是……别说一个十五天，就是再来三个十五天，我也没有把握医好对方。"

凤轻尘烦躁地合上药箱，揉了揉有些酸的脖子，发现外面天都黑了，凤轻尘又揉了揉眉心，强打起精神走了出去。

嗯，还是吃饭睡觉吧，横竖她对医术比试的胜负不放在眼里，至于浩亭的病？还是那句话，尽人事，听天命，如果浩亭愿意，她会尽自己最大的努力医治他。

凤轻尘用完晚膳便沐浴休息，许是太累了，又或者没有心理包袱，凤轻尘一夜好眠，第二天起来，凤轻尘便按比试的约定，去太医院给浩亭看病。

浩亭是个很聪明也很体贴的人，凤轻尘不说他也不问。医治时，有太医和东陵子洛两个人监视，凤轻尘也不好多做什么，留下一些药，告诉浩亭一声："我是大夫，你相信我，我会尽最大的能力医治你，前提是你不放弃自己。"

"不放弃自己？"浩亭怔忡了一下，他的家人已经放弃了他，而他也放弃了自己，现在却有一个人对他说不要放弃自己，还来得及吗？

浩亭茫然了！

"对，不放弃自己，只要你不放弃自己，我就不会放弃你。"凤轻尘收拾好东西，朝东陵子洛和陪同的太医点了点头，表示自己完成了今天的工作。

三人离开，东陵子洛执意陪在凤轻尘的身侧，一路上也不说话，默默地走在凤轻尘面前，比她快半步，像是为她探路一般。

凤轻尘也不多事，无视东陵子洛的存在，大步往宫外走去，可当凤轻尘要上马车时，东陵子洛突然开口："轻尘，我们能成为朋友吗？"

"朋友？恐怕不能。"凤轻尘想也不想就拒绝道。

"为什么？"

"没有为什么，洛王殿下身份太高了，我高攀不起，如果没有别的事，轻尘先行一步。"凤轻尘冷冷地打断，直接爬上马车。

东陵子洛心急，伸手拉了一把："轻尘，你和九皇叔、王锦凌能成为朋友，和本王怎么就不可以呢？"

凤轻尘用力甩开东陵子洛的手，可惜没有甩开："洛王殿下请自重，如果洛王殿下想问我关于九皇叔的事，对不起，我不知道，哪怕是朋友我也不知道。"

凤轻尘特意咬重"朋友"二字，眼中闪过一抹冷讽。

"轻尘，不是你想的那样。"东陵子洛急着辩解，他没想过通过接近凤轻尘，来打听九皇叔的事情。

"不是我想的那样最好，洛王殿下请松手，我是大夫，我要靠这双手吃饭。"如果不是在皇宫，凤轻尘肯定会以反目来威胁东陵子洛放手。

东陵子洛皱了皱眉，松开凤轻尘的手："轻尘，本王没有伤害你的意思，本王只想与你重新开始。"

东陵子洛说得真诚，凤轻尘却一句不信："洛王殿下这话不对，我们之间不存在什么重新开始，殿下要是没有别的事，就多陪陪安平公主，安平公主三个月后就要远嫁北陵了。"

凤轻尘提醒东陵子洛，他们之间只有仇恨，没有什么可以重新开始的事情，安平公主会远嫁和亲，有脑子的人都知道，这事与她脱不了干系。

果然，东陵子洛面色一变，不再坚持。

凤轻尘上了马车，示意车夫走人，出了北门，凤轻尘并没有回家，而是朝孙府走去。

凤轻尘想知道中医有没有医治或者缓解白血病的药方，而且她也很久没有见孙正道和孙思行了，医术比试没有决出胜负前她都不忙，可以和老朋友聚一聚，毕竟感情是需要经营的。

来到孙府，凤轻尘大吃一惊，前不久还好好的孙府，此刻却是萧条破败，就好像久无人居住的鬼宅。

"发生什么事了？"凤轻尘提起裙子就往里冲，心里惴惴不安，脑子里闪过各种可怕的念头，手脚也随之冰冷。

第十八章　生命受到了威胁

孙正道夫妇走了，整个孙府只剩下孙思行一个主子，显得分外冷清，消瘦的孙思行，也让人分外怜惜。

凤轻尘与孙思行两两相望，在彼此的眼中看到了担心与不安。孙正道夫妇突然消失，肯定是遇到了什么事，可是除了孙正道留下来的一封信，他们什么也不知道，而那封信根本无法安他们的心。

"思行，我不放心你一个人住在这里，你跟我回西区小院，等我和苏绾的比试结束，我们一起去找孙大人。"凤轻尘不知道孙正道出了什么事，可她本能地认为孙府不安全。

孙思行摇了摇头："这里才是我的家。"

"我知道，可是孙大人和孙夫人都不在，你一个人住在这里也是触景生情。"要不是担心孙思行的安全，凤轻尘也不会劝说他离去。

就好比，凤府虽然破旧她也没有想过要离开，因为凤府是她的家，没有父母的孩子更恋家。

孙思行依旧摇头，凤轻尘没办法，只好摆出师父的谱："思行，师命不可违，让你和我一起住，既是你爹娘的意思，也是你师父我的意思。"

一朝为师，终身为父，师父的地位，在古代远比现代高。

果然，孙思行不再多说，即使他不愿意也不能违背父母和师父的话，孙思行简单地收拾了一下，就与凤轻尘一道去了西区小院。

而孙思行入住凤轻尘西区小院的消息，也在当天就传了出去。

"凤轻尘这个师父还真是尽心，她也该多多尽心。"九皇叔很放心，凤轻尘都是他的人了，谁还能抢得走？

"凤轻尘到底想做什么,就算有师徒名分可她的年纪比孙思行还小,她就不怕流言蜚语吗?她嫌自己身上的事还不够多吗?"东陵子洛气得摔了一套紫砂茶具。

凤轻尘非但不领他的情,还不让他靠近,对他防备至极,现在突然出现一个可以入住凤轻尘府上的孙思行,他当然生气了。

他堂堂七皇子,却连个太医的儿子都比不上。

至于其他人,根本没有把孙思行这个人物放在心上,只有谢皇贵妃惊了一下。孙思行住到凤轻尘府上,那不就说明孙太医不会再回京了?她好不容易才收到的一个心腹太医就没办法用了。

谢皇贵妃抚摸着略有些凸起的小肚子,眼中没有一丝温情:"去,让谢家把那份资料送给凤轻尘。"

"是。"宫女是谢皇贵妃的心腹,一句不问,立马行动。

凤轻尘刚把孙思行安排好,谢三与王七就上门了,王七之所以会来,是谢三拉来做伴的,他怕正事谈完了凤轻尘就会赶他走,有王七在说不定还能蹭顿饭。

"三公子,七公子,好久不见。"凤轻尘一脸笑意地出来迎人,这段时间忙着应付比试的事,忙着应会九皇叔,她完全没有一点儿私人空间,说起来,她都好久没有见到王七与谢三了。

"是你很久没有见到我们,我们可是天天见到你,这半个月来皇城谈论的都是你的事。"王七的话有点冲,眉眼间虽然带笑,眼神儿却不怎么善。

凤轻尘心中暗暗叫苦,她最近又做了什么得罪王家的事吗?

"锦寒,我是身不由己,对了,锦凌最近可有消息传来?"凤轻尘连忙岔开话题,可王七却不放过她:"轻尘,很多事情你可以用别的办法,可你偏偏总是选择用最高调的办法。我大哥他现在很好,因为他还不知道你和九皇叔之间的传闻,知道后想来不会太好。"

九皇叔与凤轻尘的传闻是根刺,他听着都觉得难受,更不用提他大哥了,他根本不敢把这个传闻告诉他大哥。

他大哥为了凤轻尘才匆忙接手王家,更是因为凤轻尘而不肯娶妻,执意去清水镇接受家族的考验,可凤轻尘却什么都不知道,心安理得地享受他大哥对她的好。

"锦寒,我和锦凌只是朋友。"凤轻尘闷闷地道,这一点她和王锦凌都明白,他们这一生注定了只能是朋友。

"朋友?那你和九皇叔呢?说起来,九皇叔的身份比我大哥还要高贵,轻尘我真的不明白,除了一个正妻的位置,我大哥什么不能给你,可九皇叔呢?他能给你什么?他败坏你的名声却连负责都做不到。"王七真是恨铁不成钢,他大哥掏心掏肺地对凤轻尘，凤轻尘不领情也就算了，还任九皇叔作践自己，他越想越为自己的大哥不值。

"锦寒，你今天是来讨伐我的吗？"凤轻尘的眼中闪过一抹受伤，不过很快就隐去了。

王七的话并不算过分，当九皇叔放出那样的流言时，她肯定会被世人质疑，会被世人辱骂。

"轻尘，我没有讨伐你的意思，我只希望你能清醒一点，你不能再和九皇叔牵扯下去了，到时候被毁掉的人只有你一个。九皇叔是男人，他最多就是落一个风流而不下流的名声。"王七倒是想骂一骂凤轻尘，可他站在什么立场骂呢？

凤轻尘深深地吸了口气，她又何尝不知道自己不应该那么做，可是情到深处，身不由己。

当日，九皇叔在皇宫把那件衣服给她，她就应了九皇叔的劫，此生逃不掉。

"锦寒，如果你今天来是为了教训我的，那就到这里吧，我知道自己在做什么。"凤轻尘露出一抹恬淡的笑，眼中的光芒一如王七初见，依旧是那样的清亮、清澈，还有平静。

"你真的知道自己在做什么吗？"王七真想将凤轻尘嘴角的笑容拍飞，这个时候她还能笑出来，她真的知道后果吗？

面对王七的怒火，凤轻尘一脸平静。

她真的知道自己在做什么，也知道这样不应该，可是既然做了，她便不后悔。

四目相对，没有言语……

谢三看两人火药味十足，立马上前打圆场："轻尘，你别想太多，王七是被我拉来的，我今天是受皇贵妃所托。"

"皇贵妃娘娘？什么事情？"凤轻尘顺势避开王七的眼神。

谢三将一个封了腊的小木盒递到凤轻尘面前，说道："皇贵妃娘娘说你打开就知道了，东西送到了我和王七先走了。那个轻尘，和苏绾的比试你一定要赢呀，我和王七可是赌了你赢。"

谢三郁闷至极，他拉王七本来是为了蹭饭，可没想到王七像是吃了火药一般，处处针对凤轻尘，现在别说吃饭了连茶也没的喝。

两人只待了不到一刻钟，就从凤府出去了。

谢三与王七一走，凤轻尘就再也撑不住了，就抱着木盒瘫坐在椅子上，默默地落泪……

王锦寒，我知道自己在做什么，我真的知道，我也知道自己会面临什么样的后果。

无论何时何地，世人对女子的要求总是要高一些，这种事情，男人一句风流轻狂就可以抵过所有的错，可女人却会因此而毁了一生。

但是，她不后悔！

擦干眼泪，凤轻尘依旧是凤轻尘，骄傲却内敛，张狂而又谨慎，被泪水洗涤过的双眼更加明亮，眼中只有对未来的期盼，而没有后悔与颓废。

凤轻尘，从不会为自己做过的事情而后悔，也不会将自己懦弱的一面展现给外人看。

凤轻尘回到书房，打开谢皇贵妃送来的小木盒，里面只有一张小纸片，凤轻尘看完后，好半天都没有说话。

将手中的纸片捏成一团，凤轻尘默默地看向屋顶："居然是崔浩亭，三皇子你可真给我面子，居然找来一个崔家人，你们就这么想要我死吗？"

崔家，前朝第一世家，现已退隐，可即便如此，崔家也不是她凤轻尘得罪起的，她要是治好了崔浩亭的病还好，而一旦经过她手而死，那她估计离死也不远了。

而崔浩亭的病都拖了这么久，说实在的，要他死比要他活容易得多了。

"治还是不治呢？血液病可不好治，一个不好就会引发各种并发症，崔浩亭的情况很不乐观，如果要治的话，只能移植别人的骨髓，但这个可不是简单的说就可以的。"

"可是不治，我又怎么对得起自己的职业道德，这是操守问题，我不能因为对方的身份就拒绝医治自己的病人。凤轻尘，你别忘了，无论崔浩亭是谁，他现在都是你的病人，一个将命交给你的人，你不能因为对方的出身，就不肯、不敢医治。"

"可真要给医的话，医治的条件呢？到哪里去找一个可以匹配的骨髓呢？我想医治一个病人怎么就这么难？"

凤轻尘趴在桌上，无力地垂下肩膀，耷拉着脑袋，有气无力地说着。

孙思行听丫鬟说凤轻尘心情不好，便想过来劝解一下，可到了书房门口他又有些怯了，不知要如何安慰凤轻尘，便一直在门外徘徊。

凤轻尘说话的声音不大，他断断续续地听到了一些，只是听不太懂，什么配对呀，捐献的，不过凤轻尘最后所说的那句：要医治一个病人，怎么就这么难，他听到了，也听明白了。

孙思行没有再犹豫，敲开了凤轻尘书房的门，虽说凤轻尘白天以师父的口吻强制他搬过来一起住，可凤轻尘从不在孙思行面前摆师父的谱，孙思行固然敬重凤轻尘，可面对一个比自己年纪还小的女子，他也实在拿不出晚辈的姿态。

两人以同辈的口吻相谈，谈医术、谈人生、谈理想，乃至谈到崔浩亭的病和他

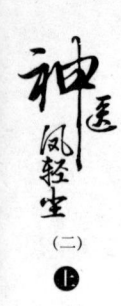

的身份。

当孙思行得知崔浩亭的身份后,也明白了凤轻尘的犹豫,孙思行并没有纯良仁善地劝说凤轻尘,而是说:"师父,无论你做出什么决定,我都支持你。"

这时,凤轻尘才明白,她这个徒弟长大了。

一个大夫不能一味的纯良仁善,太过心软只会害了自己。

"如果我放弃医治崔浩亭,你会不会觉得我很冷血?"

凤轻尘和孙思行谈了大半夜的病理,心情好了许多。

果然,只有工作才能安抚她那颗受伤的心。

"不会,我爹曾告诉我,大夫是人不是神,对于治不好的病人,就不要浪费药材,这天下有很多人需要药材。天底下也不是只有你一个大夫,病人可以挑大夫,大夫也可以挑病人,你没把握医好的病人,也许别的大夫能医好。"孙思行一本正经地道。

凤轻尘点头,果然是孙正道会说的话,孙正道不是一个没有城府的人,看样子他突然消失,应该是早有准备,自己不用太担心。

"你爹说得没错,思行,以后你遇到的病人能救便救,不能救也不要勉强,生老病死是我们无法控制的事情。"她从来都不希望把孙思行教成一个看到老弱病残就心软、看到病人就上前的"好"医生。

先自保,先医自己,然后才能医他人,医天下。

穷则独善其身达则兼济天下。

……

和孙思行讨论了一晚上的病情,又从孙思行那里偷学了几个调理白血病的药方,凤轻尘心情大好,看天色不早她便准备回房。刚一打开房门,凤轻尘就敏感地发现房内不对劲儿,心下大惊,想要退出去,可是来不及了。

"凤小姐,我要是你,就会乖乖地把门关上。"一把冰冷的长剑,横在凤轻尘的脖子上,对方只要稍稍一用力,凤轻尘的头和身子就会分家。

在这样的情况下,凤轻尘还能如何?她只能乖乖照做,僵着脖子不敢乱动,小心翼翼地把门关好,心中暗骂翟东明派来的侍卫不给力,居然让刺客潜入都没有发现。

"阁下是什么人,找我何事?"一口叫出她的名字,绝不是走错门,对方就是为她而来。

"我是谁不重要,重要的是,我今天是来提醒你少管闲事。有些人不是你能惹的,凤小姐,不要为了一时的输赢,毁了自己的一生。"来人冰冷地警告道,凤轻尘能感觉到对方的杀意。

这个男人,不会手软。

"阁下这话是什么意思?我听不懂,还请阁下赐教。"凤轻尘强作镇定,双手背在身后,悄悄地拿出藏在衣袖里的暗器。

即使有暗器在手凤轻尘也没有乱动,估计她刚要发射,对方就把她给灭了,她还是等一等吧。

"凤小姐能引得九州大陆各路豪杰俊才注意,必然是聪明人,多余的话我就不说了,凤小姐只需要记住一点,九州大陆很大,比你想象中的还要大,别以为在东陵皇城有人护着,你就能呼风唤雨。"

"凤小姐,我今天能悄无声息地潜入你的闺房,明天就能悄无声息地带你出去。在九州大陆,要一个人死很容易,要一个人生不如死也不难,如果凤小姐不想生不如死,就安分一点,别去掺和那些你管不了的事。"

黑衣人的语调万分瘆人,死亡的气息朝自己逼来,凤轻尘想动,黑衣人却像是知道一般,一个用力,剑刃朝脖子里侧压去。

凤轻尘只听见噗的一声,剑刃割破了她的皮肤,慢慢地往里压,温热的血顺着脖子往下流。

痛……凤轻尘的身子瑟缩了一下,眼瞳一紧,濒临死亡的恐惧吓得她差点瘫倒在地。

凤轻尘很清楚,对方的剑绝对比她的暗器快,对方只要一个用力,就能将她的脖子割掉,所以她妥协了。

"阁下放心,我不会乱来,也不会在乎比试的输赢。"凤轻尘忍着脖子上的痛,飞快地道。

她不知道对方是什么人,也不知道对方的目的,但她明白,在死亡面前,没什么是不可以妥协的……

只是,她想知道,她到底得罪了谁?

凤轻尘已经毫无原则地妥协了,可对方依旧不肯放过她,剑刃依旧以极慢的速度朝里压,已经伤到了她的大动脉。

"我已经同意了,阁下还想怎样?"藏在背后的双手紧紧握住暗器,保持着预备拉开保险的姿势,只要有一点机会,凤轻尘就会发射暗器。

"给你一点小教训,放心,不会要了你的命。"黑衣人手腕一个用力,以极巧妙的力道控制着刀柄,朝凤轻尘的脖子压去。

凤轻尘身子紧绷,大气也不敢喘,黑衣人似乎很享受凤轻尘害怕的样子,手上的动作更慢了,像是戏耍猎物一般。

"凤小姐你别紧张,我最多割破你的喉咙,不会让你的脖子和身体分家,我相信依凤小姐的医术，这点小伤，死不了人。"

"疯子。"这个时候，凤轻尘也管不了会不会惊动对方，凤轻尘飞快地往后一仰，朝对方放暗器。

"砰——"暗器打中了黑衣人握剑的臂膀，黑衣人手一抖，剑刃从凤轻尘的脖子上划了下去，血随着剑飙了出来，噗的一声溅在黑衣人的脸上。

倒霉，伤到了颈动脉。

"啊——"凤轻尘痛叫一声，咚的一下撞开房门，朝门外滚去，黑衣人本想追出来，可房内的声响惊动了暗处的影卫，还有守在院外的侍卫。

"有刺客，保护小姐。"侍卫高喊声传来，而影卫早已杀了出来。

黑衣人见状，当下顾不得凤轻尘，按住伤口，转身就跑。

"砰——"凤轻尘跌倒在地，在黑衣人转身的刹那又要发射，可惜凤轻尘受伤了，手有些不稳，没有打中对方的要害。

"小姐。"影卫兵分两路，一路去追黑衣人，一路则上前来扶凤轻尘，凤轻尘甩开对方，"别管我，去追那个刺客，生死不计。"

这个时候，她没心思去管她身边为什么会有影卫，她只知道她的生命一再受到威胁，她要将幕后之人揪出来。

"是。"影卫知道凤府的丫鬟很快就会过来，也不多留，提气就朝院外奔去。

他们今天严重失职，要是再让刺客跑了，他们也不用活了。

影卫刚走，佟珏、佟瑶和春夏秋冬就过来了，看到凤轻尘倒在血泊里，六个丫鬟脸色唰地一下就白了，窈窕的身子摇晃起来，好似站不稳。

此时，她们脑子里只有一个念头，那就是小姐死了，她们也不用活了。

守在院外的侍卫冲了进来，凤轻尘看到他们，指了指刺客逃跑的方向，艰难地吐出一个字："追。"

"是。"侍卫一半留下来保护凤轻尘，一半顺着刺客的足迹追去。

"快，拿帕子来，给姑娘止血。"春绘最为稳重，第一时间冷静下来，冲上前来，看到凤轻尘伤在脖子上，全身都在颤抖。

凤轻尘伤到喉咙，之前说话已是忍着剧痛，现在她一句话也不想多说，只朝春绘摆了摆手，在春绘的手上写上了一个"孙"字。

"夏晚，快去请孙公子来。"

"好，我这就去，你们照顾好姑娘。"夏晚虽然慌了神，却还没有乱。

"小姐，干净的帕子，先止血。"佟珏将帕子递给凤轻尘，凤轻尘没有拒绝，示意佟珏和佟瑶帮忙按紧，好减缓血液流出来的速度。

她今天可是伤了颈动脉。

"先扶姑娘进房。"

五人手忙脚乱，好歹在孙思行来之前把凤轻尘扶进了房。凤轻尘伤到动脉，血拼命地往外冒，不多时凤轻尘就感觉一阵眩晕，脑子昏昏沉沉的，眼前似有重影，看东西也不真切。

"师父怎么了？"孙思行住在外院，一路跑来，已有些喘气。

"孙公子，快，快，小姐受伤了，伤在脖子上，流了好多血。"佟珏和佟瑶看到孙思行，就像是看到主心骨一样。

孙思行不仅是府中的主子，还是大夫。

孙思行瞳孔猛地放大，他和师父分开还不到一刻钟，师父怎么就受了这么重的伤？

"快去，拿我的药箱来，还有热水白布，你们让开。"孙思行没空多想，三步并作两步冲上前来，将围在凤轻尘身边的丫鬟拉开。

"师父。"看到一身是血，伤口还在流血的凤轻尘，孙思行心中抽痛。

凤轻尘微眯的双眼，突然睁开，双眼涣散，没有焦距，忍着伤口的疼，凤轻尘虚弱地道："思行，别紧张，又不是第一次，你只需要和往常一样，帮师父止血缝合伤口。"

留下这句话，凤轻尘就晕了过去。

孙思行连忙上前，探了探凤轻尘的鼻息和脉搏，确定凤轻尘还有气，这才松了口气："点灯，快点灯，把师父的药箱也拿来。"

"药箱，孙公子你的药箱。"秋画取来孙思行的药箱，不待孙思行开口就将药箱打开了，自己代替桌子，捧着药箱站在孙思行身侧。

孙思行从药箱中取出止血药，抽掉凤轻尘塞在脖子上的白布和枕头，止血药像是不要钱一样，整瓶整瓶地往凤轻尘的伤口上撒。

白色的粉末瞬间被血染红、化开，又顺着血往身侧流，伤口上的血好像怎么也止不住，不停地往外冒。

"嗯呜——"不知是谁哭了一声，孙思行的手一抖，转身厉声喝道："闭嘴，我师父还没有死。"

六个丫鬟被孙思行吓得一跳，却没有一个人敢吱声，一个个都担心地看着凤轻尘。

床，大半都染红了，孙思行身上的衣服也沾了血，凤轻尘的脸色则越来越白，身上的温度越来越低，再止不住血凤轻尘就死定了。

这个时候，孙思行也顾不得男女之别了，对六个丫鬟命令道："我要给师父施针，你们脱了师父的衣服，替我换上大夫服，另外打一盆热水过来，我要净手。"

"这样不太好吧？"佟珏与春绘互看了一眼，不安地道。

孙思行一改往日的温吞，严厉地道："救人要紧，有什么好不好的，有什么事我负责。"

板着一张脸，不苟言笑的孙思行，隐隐有几分孙正道的影子。

"佟珏，小姐的命最重要。"佟瑶看佟珏还有几分挣扎，直接开口分工："佟珏你和冬晴去打水，春绘你替孙公子换衣服、挽发，秋画、夏晚我们俩把小姐的衣服脱了。"

"好。"秋画第一个应下，其他人也各自行动。

夏晚与秋画将凤轻尘扶了起来，佟瑶则解开凤轻尘的衣裳，当外衣、中衣、里衣一一褪下，露出雪白的肌肤时，三个丫鬟惊呼了一声："啊……"

"怎么了？"孙思行吓了一跳，连忙冲上前去，在看到眼前的画面后，眼睛也直了……

凤轻尘的身上布满了青紫的吻痕，在雪白肌肤的衬托下，异常的醒目，那些痕迹太明显了，就是想要假装看不到也不行。

孙思行与四个丫鬟的眼睛越睁越大，他们多么希望是自己看错了，可偏偏那些痕迹明显到哪怕是没有经过人事也知道凤轻尘身上发生了什么。

当然，这痕迹与刺客无关，凤轻尘身上的痕迹已经淡了不少，看得出来是前几天留下来的，还有几道月牙形的指甲痕，不深，现在只有浅浅的痕迹。

难怪，难怪这两天小姐自己沐浴更衣，原来……

"小姐……"佟瑶连忙捂住自己的嘴巴，不让自己哽咽出声，无声垂泪。

未婚的女子失了清白，绝对不可能是自己主动的，她们家小姐定是被人逼的，再联想到这两天的传闻，佟瑶瞪向秋画、夏晚和春绘。

原来传闻是真的，九皇叔真的夺走了她们家小姐的清白。

恨呀！

佟瑶咬牙切齿，双眼通红，似要杀人。

这是毁了她们家小姐呀！

三女一脸茫然地摇头，表示自己什么都不知道，佟珏和冬晴端着热水进来，看到五人发呆，正想开口询问，一抬头就看到凤轻尘身上的痕迹，两人嘴巴顿时张成了O型，半天回不了神，佟珏手中的水盆更是"咚"的一声摔落在地。

"啊——"被热水溅了一身，佟珏大叫，屋内的人这才回过神来，孙思行连忙上前，拿起一件外衣，遮住凤轻尘身上的吻痕，厉声道："记住，你们什么都没有看到，要是让我知道今天的事情外传，我让你们一个个生不如死。"

孙思行一向温柔胆怯，佟珏与佟瑶从来没有见过孙思行这般狠厉的样子，吓得连连点头。

春夏秋冬对孙思行不熟，但对孙思行的第一印象是一样的，这是一个温柔内向甚至有点胆小的大男孩，可没有想到这个大男孩为了保护自己在意的人也会化身为魔，说出具有威胁而狠厉的话。

"孙公子放心，奴婢们知道该怎么做，绝不会给小姐添乱子。"六个丫鬟吓得脸色发白，连忙保证。

孙思行面无表情地应了一声，示意春绘将他的头发全部梳起来，不让头发妨碍到他的工作。

坐在椅子上的孙思行心脏怦怦直跳，他从来没有想过，有朝一日自己会说出那样的狠话，可他不后悔。

他爹娘走了，他必须保护好师父，师父是他唯一的亲人，为了师父哪怕是化身为魔，他也不后悔。

接下来，没有人敢再提凤轻尘身上的痕迹，孙思行拿着银针，在凤轻尘光裸的背后扎了三针，又在她心脏处扎了两针。

心脏处的针扎下去时，凤轻尘颈脖处的血奇迹般地止住了，孙思行将背后的针取了出来，心脏处的针则没有动。

孙思行松了口气，露出一抹腼腆的笑容，与刚才的狠厉判若两人，可六个丫鬟却不敢小看他。

春绘适时上前，替孙思行擦掉额头上的汗水，孙思行没有拒绝。

止住了血，就可以清理伤口了，孙思行医治外伤的第一个病人、第二个病、第三个病人都是凤轻尘，虽然他经验不太丰富，但手法却相当老道，丝毫不比凤轻尘逊色。

污血清洗掉后，露出狰狞的伤口，伤口很深、被消毒水清洗过的皮肉泛着白，也不知那剑是怎么划的，伤口居然往外翻，看上去丑陋至极。

孙思行的眉头紧皱，一边清理伤，一边暗想，这么深的伤口，会不会留下疤痕？上次苏文清送来的药也用完了，也不知还能不能要到。

师父怎么说也是女子，脖子上留下像蜈蚣一样的疤痕，肯定会影响她今后的生活。不说别的，单说九皇叔那里，他要是因此厌倦师父，师父又该怎么办？师父现在可是九皇叔的人。

想到这里，孙思行暗恨九皇叔行事张狂，不顾他师父的死活。九皇叔难道不知，

清白对一个女子的重要性吗?即使九皇叔愿意娶师父,可师父失了贞洁,也不可能成为九皇叔的妻子。

他的师父,那般高傲坚强的一个女子,岂肯为人妾?

孙思行很担心,眉头越皱越紧,那样子可把六个丫鬟给吓坏了,趁孙思行取针时,佟珏小心翼翼地问道:"孙公子,我家小姐她不会有事吧?"

"我不会让师父有事。"孙思行示意春夏秋冬四婢将灯举近一些,好方便他下针。

是夜,西区小院灯火通明,尤其是凤轻尘的寝室,比白昼更加明亮,屋内的每一个人都打起精神,连眼皮都不敢眨一下,生怕自己一个失误,凤轻尘就香消玉殒。

孙思行半跪在凤轻尘身侧,腿都麻了,他却连动都不敢动一下,手上的针扎入皮肤,穿过后,又被轻巧地拉出来,如此循环,周而复始……

孙思行庆幸刺客那一剑并没有将凤轻尘的颈动脉割断,不然血管往里缩,他还要把血管勾出来,到时候凤轻尘脖子上的伤口就更难看了。

孙思行先用缝合血管专用的针线将血管缝好后,又换上另一号针线。仔细看就会发现,孙思行用的缝合针线,比平时缝合外伤的要小一号,而在缝合时,孙思行也异常的小心,务必保证针脚细密。

他这是留一线,万一凤轻尘脖子上的疤去不掉,也能好看一些。

春夏秋冬和佟珏、佟瑶是第一次见到外伤缝合,不得不说很血腥、很暴力,六个小姑娘算是有见识的,可看到孙思行拿着针,在她们小姐身上戳来戳去,还是忍不住头皮发麻,要不是担心凤轻尘和自己的小命,六位姑娘估计早就吓得倒地不起了。

对于西区小院的人来说,今夜注定是一个不眠之夜,包括去追刺客的影卫与侍卫们。

那黑衣刺客能在侍卫与影卫的眼皮底下,潜入设有双重保护的凤轻尘的房间,实力自是不差,至少比影卫和侍卫们都强。

黑衣刺客身中两暗器,不过并没有伤到要害,再加上黑衣刺客早有准备,影卫和侍卫即使一路追赶,但那人还是逃了。

一个时辰后,影卫与侍卫无功而返,回到小院,得知凤轻尘虽然还没有清醒,但已脱离危险,影卫和侍卫都松了口气。

他们今晚失职不仅让刺客潜入府中伤了小姐,还没有捉到刺客,肯定会被责罚,可凤轻尘没有生命危险,他们至少还能留条小命。

九王府的影卫和翟亲王府的侍卫,虽然都知道彼此的存在,眼下却是第一次碰面,一帮子难兄难弟们哭丧着一张脸,面对共同的难题,双方走到一起,商量了一下细节,套好口供,在黎明破晓之际各自离去,向自家主子汇报凤轻尘遇到刺客,重伤不醒一事。

"嘭——"步惊云如同抛物线，在半空中划出一道美丽的弧度后，撞在墙上，然后顺着墙壁往下掉。

"步惊云，这是第几次了？你真让我失望。"蓝九卿指着步惊云骂道。

"九卿，昨天是意外，真是意外。"步惊云顾不得叫痛，从地上爬了起来，可怜巴巴地解释。

九卿今天好可怕，他可以肯定，凤轻尘要是死了，九卿一定会杀了他。

步惊云不说还好，一说蓝九卿就更生气，蓝九卿冲上前去，一把拎起步惊云，面具下的双眸燃起熊熊的怒火。

"意外？在重重保护下，凤轻尘还被刺客刺伤，这也叫意外？步惊云，我现在把你杀了，是不是也叫意外？"

蓝九卿单手卡住步惊云的脖子，把人提起，身上散发着肃杀之气，看那架势，似乎真要杀了步惊云，苏文清虽然担心，可却不敢上前。

他怕越劝越乱，九卿火气正大，发泄一下也好。

死道友不死贫道，他现在绝不能往枪口上撞。

步惊云双脚离地，无法呼吸，一张俊脸涨得通红，眼珠外翻，舌头外伸，就在步惊云以为自己快要死了时，蓝九卿突然松手……

"咚——"步惊云摔倒在地。

"咳咳咳——"步惊云大口大口地呼气、吸气，想到刚刚那一幕，步惊云心有余悸，他现在不是怀疑而是肯定凤轻尘要真死了，九卿一定会杀他抵命。

气息平顺下来后，步惊云偷偷打量蓝九卿，看到他的怒火只涨不消，心中更是担忧，知道自己今天怕是混不过去了。

步惊云嗓子痛得没法说话，却不敢装娇弱，忍着剧痛道："九卿，昨天晚上真是意外，影卫并没有玩忽职守，昨天潜入凤轻尘房间的人实力不在你我之下，最近凤轻尘太过高调，想要她出事的人可不少。"

步惊云这是变相地告诉蓝九卿，凤轻尘之所以遇到刺客，与蓝九卿脱不了干系。要不是九皇叔力捧凤轻尘，凤轻尘一个普通的孤女，又怎么可能成为各方势力注意的焦点？

蓝九卿居高临下地逼视步惊云，深邃的眸子没有一丝温度，瞥了步惊云一眼，便抬头望向前方。

"好，昨天是意外，那么上一次呢？伏杀凤轻尘的人你查出来了吗？"他把凤轻尘推出来，是有那个自信能保护好凤轻尘，可不想百密一疏让人钻了空子。

他气步惊云，更气自己！

"九卿，上一次的事情主要是针对王锦凌，凤轻尘不过是受害者。"步惊云一听蓝九卿旧事重提，暗叫不好。

"我不管上次的刺杀是针对谁，我只知道这么长时间过去了，你查到的消息呢？幕后主使者呢？步惊云，上次可有三拨儿以上的刺客，你别告诉我，你一拨儿也没有查出来？"蓝九卿双手背在身后，居高临下地道。

步惊云羞愧地低头："刺客全部死了，消息也断了，刺客身上也没有任何痕迹。"

"所以你什么都没有查到，依旧可以心安理得？"蓝九卿冷笑，"步惊云，我是不是要告诉刺客，让他们别自杀好留活口给你审问？再去告诉他们身后的主人，在刺客身上留点标记，好方便你辨认？步惊云，你这是第一次查刺客的消息吗？"

最后一句话蓝九卿的音调陡然拔高，步惊云和苏文清大气也不敢喘一下，九卿好久没有发这么大的火了，就是上次他们搞砸了夜城的事，九卿也没有这么生气。

蓝九卿闭上眼睛，平息心中的怒火与担忧，可他一闭上眼，脑中就浮现出凤轻尘一脸苍白、脖子上缠着厚厚的绷带、毫无生气躺在床上的画面。

蓝九卿唰地一下睁开眼睛，握紧自己的拳头，转过身背对着步惊云，他怕自己忍不住，又会出手教训步惊云。

"惊云，既然你在皇城什么事也办不好，那么天亮后你就回天下第一庄，没有我的命令，不得来皇城。"

"九卿，你是认真的？为了一个女人，你不顾兄弟情谊，要把我丢回天下第一庄？"步惊云这个时候也顾不得装可怜，唰地一下就站了起来，不敢相信地看着蓝九卿。

面对步惊云的指责，蓝九卿连眼皮都没有抬一下："步惊云，记住你的身份，你没资格质疑我的命令。"

步惊云与苏文清脸色大变，瞪大眼睛，久久不敢眨眼。他们忘了，九卿不仅仅是他们的兄弟，还是他们的主子，步惊云眼中的光彩瞬间暗淡。

这是九卿第一次拿身份说事，他们既高兴又失落，高兴的是九卿时刻记得自己的身份，失落在于九卿为了一个女人强调他们之间的身份差异。

蓝九卿垂下眼眸，扫了步惊云一眼，转身对苏文清道："文清，把宝儿送到连城，派人暗中保护她。"

说完，大步往外走去。

"是。"

"九卿，不要……"

苏文清与步惊云同时开口，却给出截然不同的答案，步惊云更是直接挡在蓝九卿的面前，急切地道："九卿，这件事错在我头上，我甘愿受罚，我这就回天下第一庄，没有你的命令，我绝不踏出天下第一庄。请你不要迁怒宝儿，宝儿是无辜的，这件事情与宝儿无关。"

"连城的气候更适合宝儿休养，她在那里会得到很好的保护与照顾。"蓝九卿推开步惊云，继续往外走。

他就是迁怒又怎样，步惊云因为秦宝儿屡次失责，秦宝儿当然也要受责罚。

"九卿……"步惊云不甘心，想要追上去，却被苏文清给拉住了，"惊云，你冷静一点。"

"冷静，你叫我怎么冷静，九卿要把宝儿送走，宝儿会死，会死的……"步惊云挥开苏文清的手，一边说一边去追蓝九卿。

"咚……"苏文清追不上步惊云，纵身一跃，把步惊云扑倒在地，两人在地上一个翻滚，苏文清趁机压制住步惊云。

"放开我。"步惊云用力挣扎，却怎么也挣不开苏文清的钳制，眼见蓝九卿就要离去，步惊云急红了眼，挥了挥拳头，威胁道，"苏文清，你放开我，不然别怪我不客气。"

只有今天了，天亮后他就要回天下第一庄，他就没有机会为宝儿求情了。

苏文清气极，直接给了步惊云一拳："你想怎么不客气？步惊云你出息了，为了一个女人连我也要打吗？与其让你为了一个女人失常，不如让我直接把你打死算了。"

"步惊云，你看看你都变成什么样子了，你说九卿为了一个女人要杀你，可你呢？为了一个女人，不顾我们的生死，一而再，再而三的失职。"

"步惊云，你别忘了，所有的死士和暗卫都是由你负责训练的，我们所有人的安危全部捏在你的手上。可你看看最近发生的事情，凤轻尘一再出事，暗卫形同虚设，你手下的人连个受伤的刺客都追不到。"

"刺客的实力比暗卫高？哼……你这个理由还真是可笑，暗卫连刺客都发现不了，这不是实力高低的问题，而是根本就没有实力，这样的暗卫根本不合格。别说九卿了，就是我也怀疑，你到底是怎么训练暗卫的，这样的暗卫还不如一个普通的侍卫。"

"步惊云，这样的你，有什么资格说九卿，至少九卿没有因为凤轻尘而忘了自己要做什么，可你却把自己该做的事情，忘得精光。今天差一点丧命的人是凤轻尘，下一个呢？会不会是我，或者九卿？难道你要我们都和凤轻尘一样，半死不活地躺

在床上,你才能明白事情的重要性吗?"

"我知道这件事情是我错了,我认罚,我这就回天下第一庄,加强对死士和暗卫的训练,可是宝儿是无辜的,文清你劝一劝九卿,让他别把宝儿送走,宝儿的身体不好,她受不了这个刺激。我保证,再也不犯同样的错。"步惊云一张俊脸涨得通红,羞愧得抬不起头,却依旧不忘继续为秦宝儿求情。

苏文清真是恨铁不成钢,九卿栽在凤轻尘身上也就算了,可步惊云这算什么?

苏文清吸了口气,强压下自己的怒火:"惊云,你别忘了,秦宝儿是九卿的未婚妻,是我们未来的主母,九卿要如何处置她,我们都无权过问,你不觉得你的关心太过了吗?"

步惊云的脸唰地一下就白了,手足无措地道:"我只是,我只是……"

只是什么,他自己也不敢说出来。

苏文清看步惊云听得进自己的劝,便松开了他,站了起来"你只是什么与我无关,你只要记住你和秦宝儿的身份,别做出不该做的事情就好。"

苏文清揉了揉眉心,心里琢磨着,要怎样才能从玄医谷谷主手中讨得去疤的药膏,九卿虽然没有说,但看得出来,凤轻尘这一次受伤,他很自责。

唉……也不知道凤轻尘怎么样了,虽说捡回了一条小命,可终归是吃了大亏。

等天亮了带文杭一起过去探病吧,看九卿今天这架势,凤轻尘受伤一事,怕是不会善了,而依凤轻尘的个性,肯定也不会吃了这么大的闷亏而不吭声。

是夜,蓝九卿单枪匹马,挑了南陵锦凡和西陵天磊在东陵的两个暗桩,带着一身血气,来到凤轻尘暂住的西区小院。

血,不能洗去他心中的愤怒与不安,只有看到凤轻尘完好无损,他才能真正地安心,可这是一个奢望。

孙思行一直守在凤轻尘的房间,每隔一刻钟就替她量一次体温,查看她的情况,蓝九卿根本没办法不惊动任何人地进去。

他倒是可以把孙思行弄晕,可他怕凤轻尘会在此期间出事,暗卫报,今天晚上对于凤轻尘来说很关键,不能出半点差错。

无奈之下,蓝九卿只能远远地看上一眼,叮嘱新的暗卫保护好凤轻尘,踏着晨曦而去:"凤轻尘,相信我,这件事绝不会善了,我一定会让他们付出代价。"

第二天,当第一缕阳光洒向大地时,失血过多的凤轻尘还没有醒,可凤轻尘被刺客刺伤,生死不明的消息,却传遍了整个皇城。

西区小院外,停满了探病的马车,一一被孙思行挡了回去,理由很简单:他师父生死不明,无法见客,唯一能进入凤府的人,是皇上派来的十位御医。

皇上这是不相信凤轻尘，那些来探病的人也不相信凤轻尘，可十位御医诊治的结果却和孙思行一样，甚至比孙思行说得更严重。

伤及动脉，失血过多，就算脱离危险短时间内也醒不过来，那么重的伤，那么狰狞的伤口，绝不可能作假，没有谁会拿自己的生命作假。

甚至有一个太医私下说道，幸亏凤轻尘命大，有孙思行这个擅长医治外伤的大夫在府上，不然凤轻尘就算没被刺客杀死，也会失血过多而死。

早朝，九皇叔因病无法参加，可他却让人递了一个折子上来，折子上写了最近皇城发生的数起刺杀案件，尤其是昨天晚上，除了凤轻尘被刺客刺伤外，还有两个三品大官，死于非命。

九皇叔痛心疾首地指出，皇城的安危不容乐观，从官员到百姓，人人自危，强烈要求皇上给翟东明更多的兵马，以确保皇上和皇城上下的安全，同时恳请皇上下旨，在全国范围内通缉刺客。

九皇叔很善解人意地附上一张刺客的画像，说是凤轻尘府上护卫提供的。画上的刺客以黑布蒙面，又以黑巾绑住了头、遮住了额头，只露出一双眼睛，双眼带着杀气，至于其他的……

完全看不出来这刺客有什么特色，随便从死牢拉一个犯人出来，做这样的打扮，都是刺客。

皇上看到这张画像，耳根微动，不动声色地扫向众人，不怒自威地道："众位爱卿有什么看法？"

这个时候他们还能有什么看法？

一夜之间，皇城死伤这么多人，他们的安危也受到威胁，尤其这个时候，南陵和西陵的皇子还在东陵，他们要是死在东陵，东陵的麻烦就大了。

当然得查，还要严查，皇城的禁卫军和护卫也要增加。当然也有不少人想借这件事，把翟东明从守城大将军的位置上拉下来，皇上也有此意。

可是盯着这个位置的人太多了，几方博弈之后，人选怎么也定不下来，而前段时间皇上提拔了很多人上去，一时间也没有合适的人选，最后这个位置还是落在翟东明手上。

因为这件事，翟东明手上又多出两万人马。至此，翟东明手上已有五万兵马，三万在城内，两万驻扎在城外的兵营，一旦皇城陷入危险，那两万兵马就会杀进城护驾，而这些人全由翟东明调遣。

一时间，翟东明这三个字，成了皇城最有权势的人之一，成了武将中的新贵，也成了众位皇子拉拢的对象。

好在，翟东明很清醒，不与任何一个皇子结交，面对太子也是公事公办，这让皇上很是放心。

凤轻尘醒来后知道这件事，大呼委屈，在纸上唰唰地写了几句谴责翟东明的话，说翟东明这是发她的灾难福。

翟东明一脸鄙夷地瞪向凤轻尘，眼里完全没有增加兵权的喜悦，隐约还有几分愤怒："凤轻尘你少来，你真以为我占了便宜呢？你不知道为了这两万人马，我们肃亲王府付出了多大的代价，我告诉你，这世间能从九皇叔身上占便宜的人还没生出来。"

"九皇叔果然是九皇叔，连这种事也能利用上，果然厉害，这人天生就是玩弄权术的主。不过，你自己也甘愿不是，你真当我不懂政治啊，政治不就是利益交换嘛，你不出一点血，怎么可能得到这天大的馅饼。"凤轻尘飞速地在纸上写道，微垂的眸子，闪过一抹黯然。

翟东明却不知，一个劲儿地说着这几天发生的事情，当然更多的是侧重朝堂上的事情。

凤轻尘勉强打起精神听着，其实大部分的事情她都知道，而有关机密的问题翟东明也不会说。

凤轻尘受伤后，昏迷了三天，这三天发生了不少的事情，先是翟东明以捉拿刺客的名义下令搜城，结果刺客没有找到，倒是找到几个前朝余孽，皇上大喜，翟东明虽然没有找到刺客，却将功补过了。

三天过去了，城内搜了个遍，依旧没有找到刺客的下落，翟东明说刺客肯定出城了，请求皇上下旨，在全国通缉刺客。

之前九皇叔也提过这个，只不过被皇上压了下来，这个时候翟东明再次提起，皇上也没有理由再压，毕竟除了凤轻尘外，还死了两个大官，这是恶性事件。

于是，皇上下旨全国缉拿刺客，各省各郡都张贴了刺客的画像。同时，凤轻尘遇刺受伤的消息，也传遍了东陵的每一个角落。

因为凤轻尘与苏绾的那个赌局，凤轻尘这三个字早已被许多人知晓，在比试的关键时刻，凤轻尘遭到刺杀，生死不明，这不是摆明了让人多想吗？

六局比试，凤轻尘赢了三局，棋局一项，苏绾到现在还没有破局，最好的结果也是和局。

到目前为止，苏绾唯一赢的一局还是因为凤轻尘告病没有参加，直接认输。而大家都知道，医术是凤轻尘的强项，比试医术凤轻尘肯定必胜，可关键时刻凤轻尘却遇到刺杀，这说明了什么？

这说明，南陵苏家为了赢得比试不择手段。

围观看热闹的人一致认为凤轻尘受伤与苏绾有关，说不定就是苏家派人干的，一时间流言四起，南陵苏家的名声在东陵百姓的心目中，跌到谷底。

就在此时，凤轻尘不客气地落井下石，醒来后第一时间宣布她放弃医术比试，直接认输，同时邀请她在比试时的病人浩亭公子入住她府上，承诺她伤好后便会医治浩亭公子，而且她有九成把握可以医好浩亭公子。

苏绾听到这消息，完全没有获胜的喜悦。凤轻尘受伤跟她一点儿关系也没有，可凤轻尘的话却无不暗指幕后黑手是她和苏家，让她有嘴说不清。

"凤轻尘，算你狠，居然往我身上泼脏水。"苏绾气得将房内的摆设摔了个干净。

苏绾郁闷，凤轻尘也不好过，当她高调宣布能医治好浩亭公子的病时，苏文清不顾孙思行的阻拦，强行冲进凤轻尘的房间。

"苏公子，我家小姐病重，不宜见客，请回。"今天轮到佟珏和春绘照看凤轻尘，两女第一时间冲上前来，拦住苏文清，却被苏文清挥开，"让开。"

两女坚持不让，还是凤轻尘挥手，示意两女退下，这才平息了下来。

人一走，苏文清就低声咆哮道："凤轻尘你是不是疯了，你明明知道那天晚上的刺客和浩亭公子的病脱不了干系，你还宣布要为他医病，你这是找死吗？凤轻尘，你别告诉我，你不知道浩亭公子出自崔家那个神秘的大世家。"

苏文清气得全身都发抖，他刚刚收到消息，浩亭公子是崔家人，且是崔家嫡系，从小就和其他几个人被当成家主来培养，后来因为身体的原因被取消了继承人的资格。

崔家，本就是一潭浑水，凤轻尘明知危险，还不知死活地掺和进去，怎能叫人不气？

无视苏文清的怒火，凤轻尘一脸平静，示意把一旁的写字板给她，她伤了喉咙，暂时不能说话，说话容易扯开伤口。

凤轻尘用炭笔在白纸上写道："我没疯，这是崔家人逼我的，那天晚上刺客警告我，我就猜到了和崔浩亭有关，当时我已经同意了不医治崔浩亭，可他出尔反尔伤了我，还差点要了我的命。我凤轻尘吃了这么大的亏，要是不讨回来那就太憋屈了，我现在不仅要医崔浩亭的病，还一定要医好，我要让背后出手的人后悔莫及。"

睚眦必报才是真正的凤轻尘，崔家人伤及她的性命，触及了她的底线，她绝不妥协，那些人不想让崔浩亭有争夺家主的机会，她就非要给崔浩亭制造这个机会。

东陵皇室的浑水，她都敢蹚，崔家又算得了什么？

"崔家虽然并不是那么好惹的，但是崔浩亭也没有能力保护你，你理智一点。"

苏文清理解凤轻尘的愤怒，可眼下的形势，不能逞强，只能低头。

奈何这一次凤轻尘软硬不吃，不屑道："那又如何？"

苏文清总算见识到了凤轻尘的倔强，无论他怎么劝说，怎么说明其中的利害关系，凤轻尘就是不肯退步，执意要医治崔浩亭的病，站在崔浩亭这边，参与崔家的内斗。

"凤轻尘，你这是把自己当箭靶，嫌死得不够惨。"苏文清指着凤轻尘，手指直颤抖。

凤轻尘不在意地笑了，虱子多了不痒，债多了不愁，想杀她的人那么多，多一个崔家也不算什么。更何况崔家想让她死的人，只是与崔浩亭有利益之争的一部分人，她高调地宣布后，崔家其他人定会有动作，幕后之人再想动她也得掂量一下崔家其他人同不同意。

苏文清气得直磨牙，嗓子冒烟，提起桌上的茶壶，给自己倒了一杯水，不满地说道："凤轻尘，你家的待客之道越来越差了。"

苏文清端起杯子就喝，哪知一入口，脸就变了，五官皱成一团，苏文清本想吞下去，可是嘴里的味道实在不好受，噗的一声，一口茶全部喷了出来。

幸亏凤轻尘反应快，抓起一旁的枕头挡在面前，不然这一口茶水，就全喷到凤轻尘的脸上了。

"你真脏。"凤轻尘在白纸上写道。

"呸，呸，呸。"苏文清到处找水，想要缓解一下嘴里的怪味，却发现凤轻尘屋内，根本没有水，只得拼命地吐口水。

"你还好意思说我脏，谁家像你这样往茶壶里灌药，你想害死人呀。"苏文清今天郁闷得快疯了。

步惊云走了，凤轻尘的安危就落到了他的头上，好不容易处理了一大堆的杂事，却听到凤轻尘拿自己当鱼饵钓幕后黑手的消息，他马不停蹄地赶来，想要打消凤轻尘的念头，可凤轻尘却半句不听劝。

今天，就没有一件顺心的事情，苏文清气得坐在椅子上喘粗气，完全没了富家公子的气度。

凤轻尘提笔，唰唰地在纸上写道："那是给我喝的药，可没有人让你喝，是你自己倒的，要是没有别的事情你可以走了。崔家的事情我是绝不妥协的，他们能暗杀我一次，就能暗杀我两次，我讨厌生命被人威胁的感觉，与其天天防着，不如主动出击。我凤轻尘虽然胆小谨慎，但不是懦弱无能之辈，他们欺我至此，我再不反击那就真正是无能了，崔家人要战便战，我凤轻尘不惧。"

"姐，你不惧，我惧呀，你知不知道这有多危险，崔家在哪里，有多少势力全是一个谜，连皇上轻易也不敢碰上崔家。"苏文清一着急，连"姐"都喊出来了。

"崔家一直隐世，这次既然冒出来，就表示他们急了，不用担心。"凤轻尘提笔写道。

苏文清叹了口气，凤轻尘和蓝九卿一样，看似好说话可真正做出决定，谁也改变不了，苏文清无奈，只能劝说凤轻尘注意安全。

"轻尘，我阻止不了你插手崔家的事，但我请你一定要注意自己的安全，你要是出事了，九卿一定会把我给活埋了。"他可不想成为步惊云第二。

听到蓝九卿的名字，凤轻尘有些迟疑，就在苏文清以为凤轻尘会因为蓝九卿而打消冒险的念头时，凤轻尘又提笔写道："替我转告九卿，我会注意安全的，让他不要担心。而且我身边还有暗卫保护，虽然那些暗卫不怎么样，但经过这次的事情后他们应该会谨慎。"

暗卫的事情，蓝九卿应该知晓，蓝九卿之前可是悄悄潜进来好几次呢。

说来，也是她自己大意了，九皇叔和蓝九卿都曾潜进过她的房间，这两人能避开暗卫与侍卫，别人当然也能。

苏文清看到凤轻尘说暗卫不行，一时也没有多想，立马解释道："轻尘，你放心，你身边的暗卫九卿已经换了一批，这一批绝对比上一批强，保证不会让你再次陷入危险。"

凤轻尘一愣，握笔的手一紧，随即状若无事，飞快地写道："我身边的暗卫是九卿安排的？"

她以为，这些暗卫应该是九皇叔担心她的安危而安排的，没想到……她高估了自己在九皇叔心目中的地位了。

眼睑微动，凤轻尘露出一抹苦涩的笑容，心中暗骂自己太贪心，真以为一夜纵情后自己就不一样了。

她还是她，九皇叔当然还是九皇叔了。

苏文清察觉到了异常，可是话已经说了出来，他也只能点头："是，是，是呀，九卿怕你有危险，就安排了一批暗卫保护你，上一批暗卫出了这么大的纰漏，已经接受惩罚，回去重新训练了，你身边的暗卫虽然是第一次出任务，但我可以保证身手绝对一流。"

凤轻尘神色黯然，脸上的笑容有些勉强，低头在白纸上写道："替我谢谢九卿。我累了，想要休息。"

"轻尘,那个……"苏文清暗叫糟糕，今天果然各种不顺心，他这是好心办坏事了。

凤轻尘没有理会苏文清，拉过被子，往下躺去，直接闭上眼睛，摆明了不愿意

再说话。

　　苏文清苦着一张脸，深深地看了凤轻尘一眼，转身离去。

　　这事他根本没法解释，他又不能告诉凤轻尘九卿和九皇叔是一个人，九卿的安排就是九皇叔的安排。

　　唉……都怪他嘴快，把暗卫的功劳推到了九卿身上。

　　九皇叔，我对不起你！

　　苏文清站在凤轻尘门口，朝九王府的方向鞠了一个躬，表示歉意。

　　"哈啾，哈啾。"正在书房处理公务的九皇叔，一连打了两个喷嚏，手中的笔也因此抖动，洒出墨汁，滴在刚刚写好的公文上面。

　　一团团黑墨在纸上晕开，这公文已经废了，九皇叔将笔放下把公文揉成团丢在一边，拢了拢身上的衣服，揉了揉生痛的手腕，九皇叔眺望远方缓解双眼的疲劳。

　　他已经五天没有看到凤轻尘了，他白天要养病无法外出，派府上的人去看也见不到凤轻尘，大多都被孙思行给打发了。

　　晚上……他倒是想去，可是凤轻尘身边十二时辰不离人，肃亲王府的侍卫也进驻到内院，十二时辰轮流巡视，他根本无法再悄悄潜进去。

　　九皇叔终于明白，什么叫搬起石头砸自己的脚，他送出去的丫鬟全部向着凤轻尘，拿他当外人，丝毫没有为他通融的意思……

第十九章　凌驾于皇权之上

自凤轻尘受伤后，东陵上下人人自危，闻刺客二字色变，几位皇子和南陵锦凡、西陵天磊成了重点保护对象，府外十二时辰皆有重兵把守。

不知情的人还以为这是保护他们，而知情者却明白，皇上此举之意监视大于保护，皇上这是不相信他们，又或者怕他们借机生事。

皇城一片腥风血雨，而向来高调的洛王殿下也龟缩在府内，轻易不愿意外出，那些纵马游街，醉卧美人膝的世家公子、权贵大少也一一闭门苦读，茶楼、酒楼冷清至极。

"为了一个凤轻尘杀了两个朝廷大官，还把我们这些人拘在府里，皇叔还真是大手笔。"东陵子舟，舟王殿下在府内对幕僚大吐苦水，而同样的话齐王几人也没少说。

他们本以为，从封地回到皇城便可以大肆活动，拉拢朝廷官员，却不想……

因为一个凤轻尘，他们一而再，再而三地夹着尾巴做人，不敢在父皇面前表露半分野心，不敢与朝中大臣和世家走近，现在又因为凤轻尘遇刺，被变相地关在府里，几乎没有自由，对一个皇子来说，这绝对是耻辱。

纵观各国，就没有哪个皇子，活得像他们这样憋屈，凤轻尘不过一个孤女却有左右朝局的本事。

"殿下慎言，下令保护几位殿下的人是皇上，搜城捉拿刺客的是翟世子，与九皇叔无关。"年近四十的幕僚大人，一身书生袍干净清爽，颇有几分儒家的风度。

东陵子舟嗤笑道："是，这一系列事情都与九皇叔无关，我那个皇叔还病着呢，病得出不了门。不得不说皇叔病得还真是时候，要不是知道凤轻尘差点死了，本王都要怀疑刺杀的这出戏是九皇叔自导自演的。刘叔，你看看因为凤轻尘受伤多少人倒霉了。"

"先不说名声扫地的南陵苏家,就说镇国公府吧,不知怎么就查出镇国公府在城外圈养了一大批死士,还让翟东明给撞上了,你说这翟东明的运气也太好了吧?随便出个城就能撞上镇国公府的死士,镇国公这次可真是黄泥掉进裤裆里,不是屎也是屎了。"

"翟世子和凤轻尘是好友,与九皇叔的关系也不错。"东陵子舟的首席幕僚苦笑着说:"镇国公府的大小姐,与凤轻尘的关系一向不好,凤府被烧,虽然没有证据,可大家都知道和镇国公府脱不了干系。"

"本王当然知道翟东明和凤轻尘私交甚笃,要是换作别人,死了两个大臣,久久捉拿不到凶手早就被革职了,也只有翟东明能因祸得福,不仅没有被革职,还因此往上提了一层,这次办案又清出一批前朝余孽,深得父皇的欢心。"

这人和人真是没法比,他没做错事却被人监视着,翟东明做错了事,却能带兵在皇城嚣张地奔走,东陵子舟真想问问皇上,到底谁才是他儿子。

幕僚当然知道东陵子舟这是心里烦躁,在皇城待了几个月却一事无成,再这么下去,自己的封地都不一定能守得住,东陵子舟虽有争位之心,但这个时候更想回封地,可是因为种种事情,皇上迟迟没有同意。

最是难猜帝王心,幕僚也不敢多说,只能劝说东陵子舟冷静一些,顺便出了个小主意:"殿下若是实在心急,不如明天去探望一下凤轻尘。"

和凤轻尘搞好关系,说不定事情会有转机。这话,幕僚自然没有说出来,可双方都明白,现在九皇叔就听凤轻尘的话。

"探望凤轻尘?本王纡尊降贵地去探望凤轻尘?她算个什么东西,真以为是本王的皇婶了,哼……皇叔要是真把她当回事,就不会任流言四起,甚至主动放出流言抹黑她的清白,皇叔要是真在意她直接把她娶回去就好了,九王妃的位置不是空着嘛。"东陵子舟对凤轻尘怨气极大,平时见面碍于九皇叔的面子不敢表现,私下哪里还肯装样子。

幕僚就知道会是这样,当下又替东陵子舟分析起来,九皇叔不是不在乎凤轻尘,反倒是因为在乎,才故意放出这样的言语,让世人以为九皇叔把凤轻尘当玩物,这样九皇叔的敌人,就不会想到拿凤轻尘来威胁九皇叔。

东陵子舟半信半疑,在幕僚的劝说下,最后还是咬牙同意明天去看望凤轻尘,而巧得是,这几天几位皇子都被关得憋屈,又迟迟找不到对策,一个两个都把主意打到了凤轻尘头上。

他们很清楚,捉拿刺客的事情闹得这么大,表面上是翟东明闹起来的,可真正的幕后推手却是九皇叔,只要九皇叔松口,他们才能重获自由,而要九皇叔松口就得凤轻尘去说。

其他几个皇子听说舟王要去探望凤轻尘，也不甘示弱，选择同一天出行，于是，在凤轻尘重病的第十天，二皇子咏王、三皇子恒王、四皇子齐王、五皇子舟王、六皇子清王和七皇子洛王，不约而同地前往西区小院探病。

自从凤轻尘受伤后，探病的人就没有断过，前几天因为凤轻尘还没有脱离危险，大部分都只送了药材过来，并没有亲自过来，可自从凤轻尘醒来，上门探病的人就络绎不绝，不过都被孙思行拦住了。

太子身份不一般，当然不。

只是，别人孙思行可以拦，可一群皇子殿下跑来探病，孙思行哪里还拦得住。可男女有别，这些皇子也不能进凤轻尘的闺房，孙思行按礼将一干人等引入正厅，道："请众位殿下稍等片刻，容我师父更衣前来。"

凤轻尘听到几位皇子亲临的消息，冷笑了一声，她自然明白这些皇子的打算，不过这几位皇子太高估她了。

凤轻尘没有一丝的矫揉造作，不过一炷香的时间，就在丫鬟的搀扶下走了进来，东陵子洛坐在末尾，早就盼着凤轻尘出现。凤轻尘自从受伤后，就没有见过外人，外界一直在传，凤轻尘破了相。

听到院外的脚步声响起，东陵子洛立马引颈望去，却见凤轻尘一身艳丽的长裙，婀娜多姿，微风吹来，裙摆随之往后飞舞，迤逦而行，头上的幂蓠也跟着晃动。

凤轻尘头上的幂蓠以黑纱制成，直接拖到脚踝，与她身上艳丽的衣服，形成鲜明的对比。

"见过各位殿下，千岁千岁千千岁。"凤轻尘走进大厅，大大方方地行礼，声音粗哑，像是破锣一般，嗡嗡作响很是难听，可她却像是没有发现一般，静静地站在大厅中间，无视众位皇子打量的眼神，也没有取下幂蓠的打算。

"咳咳，免礼。"二皇子东陵子咏作为在场的老大，当仁不让地开口道。

"多谢殿下。"凤轻尘欠了欠身，正准备坐下却被东陵子洛拦住了去路，"凤轻尘，你还好吧？"

"多谢殿下关心，我很好。"凤轻尘后退一步，拉开两人之间的距离，东陵子洛的脸色有点儿难看，指着凤轻尘头上的幂蓠，"既然很好，你带着幂蓠做什么？莫不是这个时候你又想起了男女之防？"

幂蓠是前朝贵女出行时遮挡容颜用的面纱。

"殿下说笑了，我带着幂蓠是为了遮丑。"声音虽然难听，可凤轻尘慢悠悠地说出来，却给人一种雍容的气度，宠辱不惊。

"遮丑？你凤轻尘最丑的样子本王也见过，这个时候遮什么丑？"东陵子洛执意要凤轻尘取下幂蓠，他想看看凤轻尘的伤到底是怎么回事。

"唉——"凤轻尘幽幽地叹了口气，"殿下应该知道，轻尘被刺客刺伤，容颜被毁，实在不敢取下幂蓠，以免污了几位王爷的眼。"

"凤姑娘不必介怀，本王几人就是为探病而来，凤姑娘只管取下。"东陵子舟眉眼微挑，眼中闪着凉薄的笑意。

也许，凤轻尘已经没有利用价值了，一个容颜毁了的女子，还能留住九皇叔吗？

凤轻尘低头，一副为难的样子，实则嘲讽地冷笑。

这些个皇子皇孙突然造访，肯定不是探病那么简单，真要探病就应该像太子那般，当天派人送来大批的补品、药品，这个时候来算什么，看她凤轻尘的笑话吗？

做梦！

"怎么了？凤姑娘这是不肯给本王面子？"东陵子舟不悦道。

"轻尘不敢。"凤轻尘连忙抬头，隔着黑纱几位皇子看不到她脸上的表情，只隐约看到一个模糊的面容。

"既然不敢，那就取下来吧。"三皇子也附和道，唯一没有开口的就是六皇子东陵子清，他从太子那里得到消息，九皇叔并没有厌弃凤轻尘。

"是。"凤轻尘将幂蓠取下，低着头，一副局促不安的样子。

除了东陵子洛和东陵子清，其他几位皇子都露出幸灾乐祸的笑容："抬起头来。"

一旦九皇叔不再旗帜鲜明地说凤轻尘是他的人，这些皇子就会把凤轻尘给拆来吃了。

凤轻尘踌躇不安，慢慢抬头，明艳的脸蛋露在众位皇子的面前，除了消瘦一些，并没有异样，几位皇子的脸上闪过一抹怒意，心中暗道：好你一个凤轻尘，仗着皇叔撑腰，逗我们玩呢。

可当凤轻尘抬头挺胸站直，露出颈脖时，六位皇子的眼睛顿时都直了。

"凤轻尘，你的脖子……"凤轻尘的脖子上，有一圈像蜈蚣一样的伤口，乍一看，还以为是一只大蜈蚣盘在她的脖子上。

凤轻尘露出一抹苦笑，这笑容落在众位皇子的眼中是故作坚强："回咏王的话，我伤的就是脖子，勉强救回一条命已是万幸。"

凤轻尘得知几位皇子探病，就把绷带给拆了，特意露出狰狞的伤口，才十来天伤口又红又肿，再加上上了药，看上去就更加恶心了。

她不知道这些个皇子来做什么，但她很清楚只有她不好了，这几位皇子才会舒心。毕竟因为她的原因，整个皇城都处在紧张的气氛中，连带着几位皇子也倒霉了。

"怎么伤得这么重，皇叔他可知晓？"三皇子、四皇子和五皇子压下心中的喜悦，佯装关切地问道。

凤轻尘摇了摇头："我不敢告诉九皇叔。"

这些皇子们真是吃饱了撑的，不就是阴了他们一记，让他们被皇上猜忌嘛，至于记恨到现在嘛。

没说那就好呀，他们今天来看凤轻尘前，特意留了话给九皇叔，让九皇叔看到他们对凤轻尘的重视，现在看来又有新的效果了。

东陵子舟嘴边的笑意越来越大，凤轻尘那狰狞的伤口，在他眼中竟然成了美景。

东陵子洛不满地皱眉，瞪了东陵子舟一眼，关切地道："轻尘，你是大夫，你脖子上的伤疤可能去除？"

这才是重点，如果凤轻尘那条疤一直在，凤轻尘日后能不能出门见人都是一个问题，脖子上的伤可没办法一直遮掩。

"殿下，你脚上的疤，可去掉？"凤轻尘不答反问，当初东陵子洛的脚受伤，那伤口还是她亲自缝合的。

"没有，只是淡了一些。"东陵子洛如实道，他明白凤轻尘的意思，同时也更加地心疼她。

"这就是了，宫里的药都不能让受伤的肌肤恢复如初，我又怎么能做到？"这并不是妄自菲薄，而是她真没有那个能力。

脖子上的蜈蚣，得一直跟着她，直到它自动淡化为止。

东陵子洛哑口无言，眼中的怜惜更甚，甚至张口想告诉凤轻尘，让她不要担心，他不会嫌弃她，可看了一眼咏王几人，东陵子洛到嘴的话咽了回去。

有些事不需要用言语说，只要默默地去做就行了，回宫后他就会向父皇求旨赐婚，他愿意娶凤轻尘为侧妃，这一次，凤轻尘总不会再拒绝吧？

几位皇子见凤轻尘容颜有损，失去了与凤轻尘套近乎的兴致，这样的凤轻尘在他们眼中已经失去了利用价值，九皇叔见到这样的凤轻尘不吐就好，又怎么会听她的话？

咏王几人一脸玩味，眼带轻蔑与嘲弄，下颌微扬，连和凤轻尘说话的欲望都没了。

凤轻尘隐约能猜到几位皇子的想法，眼睑微微向下，掩去眼中的冷笑。

无论如何，这几位皇子的如意算盘都要打错，她凤轻尘不会因为这几位皇子说了几句，就给他们当枪使，同样这几位皇子想要欺辱她、看她笑话，怕也会失望，她凤轻尘从来没有想过依靠男人，九皇叔给她的保护虽多，但给她的危险更多。

双方陷入寂静，谁也没有说话的意思，当然了，几位皇子也没有走人的意思，

他们在等，等九王府的人来。

东陵子清微微叹了口气，说了今天进来后的第一句话："凤姑娘，你今后有什么打算？"

"打算？清王殿下此话何意？"凤轻尘不解地抬头，认真地打量这位存在感极低的皇子。

东陵子清，太子的拥护者，常年驻守边疆，是位实战型的皇子，没想到在她容颜有损时，这位皇子居然用关心的口吻和她说话。

东陵子清只当凤轻尘装傻，无视几位皇兄的冷眼，道："如果凤姑娘愿意，我可以派人送你去北门关。"

北门关，宇文元化驻守的地方，东陵子清这是卖宇文元化的好，同时也是提醒东陵子舟几人凤轻尘并不好欺负。

东陵子舟几人的脸色瞬间变了，他们怎么把宇文元化给忘了，宇文元化与凤轻尘交好的事皇城上下人尽皆知，之前凤轻尘冒犯了皇上，宇文元化不远万里想办法替她周旋。

九皇叔处处保护凤轻尘，说不定就是为了拉拢宇文元化。

几位皇子有些不自在，好在他们个个都是变脸高手，不过眨眼之间，眼中的轻蔑与不屑已经消散，一个个都亲切有加，说着自己所知道的去疤妙方，唯有东陵子洛不言不语，眼中闪过一抹冷冽。

东陵子清又一次破坏了他的计划，今天的谈话定会传入父皇的耳朵里，他这个时候求娶凤轻尘就是居心叵测，虽然他的确存着求娶凤轻尘、拉拢王家和宇文元化的心思。

凤轻尘不耐烦，再加上伤口还没有痊愈，也不愿意多说，就算开口一句话也要说上半天，半个时辰后，凤轻尘已经一脸疲倦，身形隐隐有些不稳，脸上的笑容也越发的勉强。

几位皇子也知道自己该走了，虽然明面上没有什么，可大家都知道今天闹得不太愉快。以二皇子为首，众位皇子正准备回府，哪知刚起身，就听到下人来报："九皇叔到！"

九皇叔居然亲自来了？

几位皇子的眼中闪过一抹精光，扫了凤轻尘一眼，却见凤轻尘一脸平静，淡定地随众位皇子朝门外走去，准备迎接九皇叔。而桌上的幂蓠凤轻尘连看都没看，看她的样子应该是不准备戴了。

"凤姑娘，要不要带上幂蓠？"东陵子清的心思却比众人细腻。

274

女子的容貌何其重要，无论九皇叔对凤轻尘是什么态度，凤轻尘这般难看的样子，被九皇叔看去总是不好。

"多谢殿下，用不着。"凤轻尘浅浅一笑，少了一份疏离和冷漠。

凤轻尘很明白，这位清王帮她也是有目的的，但她欣赏对方的聪明，至少对方能看明白，她凤轻尘的倚仗不止九皇叔一个。

东陵子清回以一个赞许的笑，四目相对，在对方的眼中看到一抹无畏与坦然，当下明白对方和自己是一样的人，他们的野心都不大只不过身份使然，让他们不得不争。

不过半个月的时间，九皇叔瘦了一大圈，面露病态，唇色极淡，衣服有几分大，穿在身上空荡荡的，好在风采不减。

冷冷地说了一声免礼，九皇叔目不斜视地往前走，完全没把众位皇子放在眼里，路过东陵子清身边，九皇叔顿了一步，若有所思地看了他一眼。可没等东陵子清捕捉到九皇叔眼神儿的深意，九皇叔就扫过他视线落在凤轻尘身上，准确地说，应该是落在凤轻尘脖子上的伤上。

这是九皇叔第一次见到凤轻尘的伤口，强压下想伸手去碰一碰的冲动，九皇叔走进大厅，吩咐道："都进来吧。"

刚在主位上坐下，就不停地咳了起来，太监立马捧上一杯热茶，看那杯子是九皇叔自带的。

九皇叔这病是真的。

凤轻尘最后一个进来，在角落站好。

一堆皇子皇孙，哪有她坐的地方。

九皇叔咳了半天，脸都咳红了，这才停下，指了指身侧道："轻尘，你也坐。"

大厅里唯一的空位，就是九皇叔身侧的主位："多谢九皇叔，我站着就好。"

"本王让你坐下。"九皇叔看向凤轻尘，凤轻尘却早早地低下头，错过了九皇叔的眼神儿。

这一次凤轻尘没有拒绝，淡定地与九皇叔并排而坐。若是忽视掉凤轻尘脖子上的伤，两人坐在一起，男的威严，女的雍容，很是相配。

有九皇叔坐镇，几位皇子都不敢放肆。九皇叔这段时间一直在府上养病，他们前去探病一律被拒，今天能见到九皇叔着实是难得的机会。

几位皇子再三表示对九皇叔的关心后，话锋一转便提起皇城戒严、追查刺客的事情，言词中无不透露出他们想要回封地的诉求，恳请九皇叔帮助一二。

九皇叔只听不说话，待到几位皇子说完，九皇叔才说了一句："本王知道了，

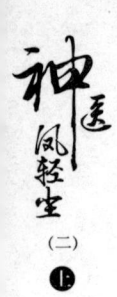

没事你们可以走了。"

他难得找到机会光明正大地登门，总不能一直陪着这几位皇侄吧？

虽说是因为这几位皇侄，他才有理由登门，但利用完了还留着干吗。

"九叔，侄儿几人是来探望轻尘的，看到轻尘身上的伤，侄儿几人很是心痛，女儿家最注重颜面，那刺客实在可恶，轻尘脖子上的伤也不知何时能痊愈，侄儿几人正在想谁家有上好的伤药，能让轻尘早日康复。"东陵子洛心知九皇叔的打算，偏不肯走，说完后捧起桌上的茶，慢悠悠地喝了起来，摆明了要赖在凤府。

其他几位皇子，因没有得到九皇叔肯定的答复也不想走，东陵子洛闹了起来，他们乐得在一边看戏。

无视九皇叔杀人般的眼神，东陵子洛专心品茶，边喝边皱眉，难怪九皇叔要自带茶水，凤府的茶水真难喝。

凤轻尘默默望天，她伤口痛，不能多说话。

东陵子洛的理由很好，可九皇叔也不是软柿子，能任人拿捏。九皇叔轻咳了一声，端起茶水润了润喉，然后站了起来，眼神儿从二皇子一直扫到七皇子，每一位皇子都默默地避开，只有东陵子洛不闪不避，四目相对，隐含杀气，火药味十足。

凤轻尘捧着自己的药小口小口地轻啜，心中暗想：要是御史见到这一幕，少不了又要弹劾九皇叔了。

猛虎即使病了依旧是猛虎，不多时东陵子洛的额头就沁出了汗水，抿紧了唇，倔强地不肯低头。

九皇叔见好就收，满意地收回视线，微微扬头，一副目中无人的样子，凤轻尘撇了撇嘴，欺负自己侄子，还好意思得意。

九皇叔没有坐回去，拂了拂袖子上的皱褶，扬声道："子洛，你的好意本王代轻尘领了，不过子洛提醒的是，轻尘的伤确实耽误不得，本王请来了玄医谷谷主，本想让他替本王医治，顺便来看看轻尘的伤，你这么一说倒是提醒了本王。传本王的命令，从即刻起，本王入住凤府，以方便玄医谷谷主医治。"

"什么？嘶——"凤轻尘顿时跳了起来，随即整张脸都痛得皱了起来，连忙捂住伤口。

痛死她了。

九皇叔，你个坏人。

凤轻尘双眼泛起水雾，恨恨地瞪了九皇叔一眼。

"师父。"孙思行一直注意着凤轻尘，按理说凤轻尘的伤口还不能拆掉绷带，她今天是特意拿伤口出来吓人的，提醒众位皇子她容颜有损。

可有一个人比孙思行的动作更快，在凤轻尘跳起来的那一刻，九皇叔就旋身，一把搂住凤轻尘的腰："松开，让本王看看。"

腰间突然多了一只大手，凤轻尘身子一僵，还没来得及说话，就听到孙思行大叫道："师父，你的伤口裂开了，快，快扶师父回房，发炎了就惨了。"

孙思行说得急切，伸手就想将凤轻尘抱过来，九皇叔却不给他机会，暗中用力，将孙思行震开，弯腰，将凤轻尘抱了起来，大步朝外走去。

"众位皇侄，本王今天有事，无法招待你们，你们请便。"在大门口，九皇叔还不忘赶人，走到拐角处，见孙思行还没有跟上，又厉声呵道，"孙思行，还愣着做什么，还不快跟上。"

"哦，来了。"孙思行小跑着跟了过去，看九皇叔熟门熟路地找到凤轻尘的闺房，孙思行怒火中烧。

浑蛋九皇叔，他肯定不是第一次进师父闺房。

大厅外，几位皇子面面相觑："这是什么情况？"

"有什么怎么回事，不就是我们被皇叔利用了嘛。"东陵子清起身，拍了拍了东陵子洛的肩膀："皇弟，节哀，横竖不是第一次了。"

说完，率先往外走去。

"唉……不知何年何月才能回封地，子洛，勇气可嘉，不过看皇叔的样子，他好像并不在意凤轻尘脖子上的伤。"二皇子拍了拍东陵子洛的肩膀，示意他回神。

他们六个加起来，都不一定是九皇叔的对手。

这不，他们轻易就上了当，白白给九皇叔当了一回引子，引得九皇叔光明正大地来看凤轻尘不说，还给他机会，让他有理由登堂入室。

不得不说，九皇叔脸皮之厚、心眼之黑，前无古人，后不一定会有来者。以方便玄医谷谷主医治的名义，不顾凤轻尘的反对，九皇叔正式入住西区小院，不需要凤轻尘安排，九皇叔自己就选好了唯一的空房，刚好在崔浩亭对面。

这下，西区小院住的不是病患就是大夫，而且还都是奇怪的病症，这可把玄医谷谷主给乐坏了，作为一个有追求的大夫，他平生最大的爱好就是医治各种奇怪的病症。

玄医谷谷主有一个规矩，那就是非疑难杂症不治，别的大夫能治的病他一律不治。

凤轻尘对此不发表意见，在她眼中，病人找上医生，医生就该治。不过，她也不认为玄医谷谷主有错，她是医生，把医生当成职业，而玄医谷谷主更像是医学研究人员，毕生以追求更高的医术为目标。

两人的价值观和人生观不同，选择当然也不同。

九皇叔的病好治，那是操劳过度，玄医谷谷主直接把九皇叔丢给孙思行，他对凤轻尘和崔浩亭的病更感兴趣。

凤轻尘与玄医谷谷主本就是旧识，再次见面，两人之间也没有什么生分，玄医谷谷主对凤轻尘缝合血管的手法很感兴趣，而凤轻尘真心需要玄医谷谷主帮她把脖子上的疤去掉。

女人没有不爱美的，凤轻尘半点不想在自己的脖子上留下一道狰狞的伤疤。

一老一小达成协议，相处得非常融洽，玄医谷谷主博学多才，他不仅能接受凤轻尘新奇的疗法还能举一反三，因为王锦凌眼睛一事，玄医谷谷主这段时间，可没有少下功夫，也有了一些心得。

"从理论上来说，坏了哪个部分就换哪个部分绝对行得通，比如西陵皇子小腿坏了，换上健康人的小腿，只要能愈合，就一定能行走。"九皇叔就是用西陵天宇的腿伤，吸引玄医谷谷主前来。

玄医谷谷主见到凤轻尘给西陵天宇装的假肢，双眼放光，恨不得再把它截下来，好生研究一番。事后也问了凤轻尘还有没有其他的假肢，凤轻尘知道这假肢会惹来麻烦，当下就说这是她师父留给她的唯一的一双假肢。

玄医谷谷主心痒，可是凤轻尘没有他还能如何？

凤轻尘如同小鸡啄米一样，连连点头："理论上是这样的没错，可实际操作呢？用你的这种方法想医好西陵天宇，就得从另一个健康的人身上取下双腿，这样不就让另一个人也残疾了吗，这医和没医有什么区别？"

这就是医生和医学研究疯子的区别，凤轻尘是务实，手上染的鲜血不少，但绝不会用这种拆东墙、补西墙的办法救人。

救一人，害一人，还不如不救。

"怎么没有区别，这是医术上的进步，由此就可以衍生出更多的疗法，比如换心、换肝、换肺，只要成功了，待到年老后换上年轻人的心脏和肺腑，就能延长寿命，虽然不是长生不老，但却可以多活几十、甚至上百年。"

玄医谷谷主双眼散发着炽热的光芒，他没有发现凤轻尘变脸了，说得正起劲："凤轻尘，看你医好王锦凌的眼睛和西陵天宇的腿疾，我就知道你在这方面颇有研究，跟我回玄医谷，我那里有很多病人，还有很多药材可给你做研究，只要成功了我们就可以名留千古。"

"不可以，不可以这样……"凤轻尘越听，脸色越难看，双眼瞪得大大的，看玄医谷谷主的眼神，满是惊恐与害怕。

"凤轻尘，你怎么了？"玄医谷谷主满脸不解，握住凤轻尘的手，却发现她的双手冰冷得没有一丝温度。

"啊——"凤轻尘尖叫一声,推开玄医谷谷主,不停地后退,看她的样子像是受了极大的惊吓。

玄医谷谷主不解,他又没有说错话,可是看凤轻尘一脸惊恐,他又不敢上前。

九皇叔进来时,就看到凤轻尘一脸惊恐地缩在角落里,那样子像是受了极大的惊吓。

九皇叔脸色一变,飞快上前,挥开玄医谷谷主,把凤轻尘抱在怀里。在西区小院住的这一个月,九皇叔最大的兴趣就是把凤轻尘抱在怀里,可惜凤轻尘身边的人防他像防狼一样,再加上他身体康复后,公务繁忙,在西区小院住了一个月,硬是没多少机会把凤轻尘抱在怀里。

当然,偶尔偷得一个空档,凤轻尘也像冰块一样,任他抱着,不言不语,而他也不擅哄女人,更不知道自己哪里得罪了凤轻尘,一个月下来,两人之间硬是没有一点进展。

今天,他好不容易把人都支开了,抽空过来看看凤轻尘,不想看到这么一幕。

凤轻尘没有和往常一样,生硬地扬着头,在九皇叔抱住她的那一刻,她就把头埋在九皇叔的怀里,低声地落泪。

"我不知道,我不知道,我什么都不知道。"

"别怕,别怕,有我在。"九皇叔虽然高兴凤轻尘终于软化了,可他更担心凤轻尘,凤轻尘平时不是这样的,"凤轻尘,告诉我到底发生了什么事。"

"呜呜呜——"凤轻尘紧紧抓着九皇叔的衣襟,只哭不说话。

九皇叔不敢逼问,只好问玄医谷谷主,可玄医谷谷主会给凤轻尘面子,却不会给九皇叔面子,而且他也不明白凤轻尘好好的怎么突然就哭了,玄医谷谷主冷哼一声,一甩衣袖就走了。

凤轻尘哭得喘不过气来,九皇叔只好先安抚凤轻尘,把她抱入房间,朝暗处的影卫打了个手势,示意他们守好,任何人不得入内。

都一个半月了,他好不容易才逮到和凤轻尘独处的机会,容易吗?

九皇叔把凤轻尘放在床上,绞了帕子,笨手笨脚地替她擦拭脸上的泪痕,当然脖子处也不放过。不得不说,玄医谷谷主还是有点儿本事的,不过一个月的时间,凤轻尘脖子上的疤就淡了不少,不仔细看并不明显。

九皇叔的指腹在伤口处来回摩挲,他一看到凤轻尘脖子上的疤痕就内疚。他发誓,无论用什么办法,都要让凤轻尘脖子上的肌肤完好如初。

哭过一场,凤轻尘的情绪已经平复下来,有些不好意思地道:"对不起,我刚刚失态了。"她极少哭得这般放纵，实在是玄医谷谷主的话，勾起了她心底深处的恐慌和惧意。

"在我面前，你不需要说对不起，现在你可以告诉我，你刚刚为什么哭吗？"九皇叔坐在床边，宽厚的大手，覆在凤轻尘的脸颊，很有父亲的感觉，至少凤轻尘就是这么认为的。

凤轻尘小心掩饰着自己的小尴尬，听九皇叔提起刚刚的事情，情绪再次低落。她知道九皇叔要查，肯定能查到她和玄医谷谷主的对话，所以她也没有隐瞒，复述一遍。

"你是害怕自己变成帝王、贵族延长寿命的工具？"九皇叔很快就捕捉到了重点。

玄医谷谷主的提议太大胆了，不过一旦成功，那一定会让帝王和权贵疯狂，越是位高权重者，越是怕死，越是想要万岁万岁万万岁。

凤轻尘点了点头，被泪水洗涤过的眸子，闪着莫名的悲伤。她已经做了一次这样的工具，她的双手沾满了无辜人的血，这一次她宁死也不屈服。

"放心，有我在，没有人敢把你当工具。"九皇叔不知道凤轻尘身上发生了什么，但看她的样子，应该是经历了一些事情，不然凤轻尘的眼睛不会那么复杂、那么悲伤。

"那你呢？难道你就不想长命百岁？"凤轻尘眼神飘忽，嘴角的笑容也缥缈到虚无。

长生不死是一个永恒的话题，从秦始皇开始到现在，没有一个位高权重者，能无视它的诱惑。

她以为自己把这一段经历埋藏了，可是没有……

玄医谷谷主的一番话，将她心中最害怕的事情引了出来。

她害怕，害怕自己再回到那样的日子，为权贵服务，从无辜的人手上，夺取性命。

是人，就没有不想长命百岁的，九皇叔也是人，他当然也希望自己能够多活几年，但这并不表示，九皇叔会认同玄医谷谷主的话，用掠夺别人生命的方式来延长自己的生命。

他有洁癖，他没有办法接受自己身上有别人的东西，哪怕是为了续命也不行，而这些九皇叔自己知道就好，他并不打算告诉凤轻尘。

因为他很清楚，凤轻尘要问的并不是他想不想长命百岁，而是担心她自己变成别人利用的工具，或者成为他的工具。

九皇叔眷恋地摩挲着凤轻尘的头顶，发丝轻绕手心，将他的心也绕软了，等到凤轻尘的情绪平复下来，九皇叔才轻声道："凤轻尘，你是不是忘了本王曾对你说过的话。"

"你说的话？什么话？"凤轻尘一脸莫名，本来是她问九皇叔问题，现在怎么就变成了九皇叔问她？

"本王曾对你说过，在绝对的实力面前，无论是阴谋还是阳谋，都显得苍白，你连崔家都不怕，你还怕什么？"在听到凤轻尘要与崔家作对时，他既高兴又骄傲，他的凤轻尘终于强势了，终于有了与大家族抗衡的勇气。

凤轻尘现在没有能力不重要，可如果连一战的勇气都没有，那才叫可悲。

"那不一样。"崔家的事和换器官长寿的事，根本没有可比性。

凤轻尘不停地闪躲，想要避开九皇叔的手，可无论她躲到哪里，九皇叔的手都跟到哪里，横竖不忘蹂躏她的头发，非要把她的头发弄成鸟窝。

"有什么不一样，你的敌人都比你强，崔家的势力也不小。"一个敌人与一百个敌人都是敌人，只要自己变强，管他多少敌人，来一个杀一个，来两个杀一双。

"崔家的势力再大也能看得见，如果有一天，四国的帝王和九城的城主，他们得知玄医谷谷主的话，你觉得他们当中有多少人会放过我？"到那个时候，她凤轻尘就变成了比李想还要稀有的工具。

李想只会制造震天雷，可她凤轻尘说不定就能给哪个帝王延续生命，延续他的政治生涯，这么一来，她和李想哪个更重要就是显而易见的事情。

一统天下又如何，没有命享用一切都是虚的，而只要活着一切皆有可能。

这一点，九皇叔无法辩驳："四国的帝王和九城的城主都老了，如果你真有这个本事，我估计他们都不会放过你。"

他不愿意，并不表示别人不愿意，九皇叔虽然自信，但绝不会把自己的思想强加到别人身上。

"你也这么说，可见如果真的到了那一天，我的处境会非常危险。"一想到那种场景，凤轻尘就有种想死的冲动。

如果真的落到那个地步，她肯定活不下去。

"确实会很危险，你会变成一块上好的肥肉，然后被一群饿狼盯着。"人无远虑，必有近忧，凤轻尘能想是好事，可是九皇叔觉得凤轻尘想得太远了，她好像没那个能耐。

当然了，九皇叔并不会提醒凤轻尘，他需要借这件事情激发凤轻尘的战意。她最近太安逸了，除了对付李想时露了一手，平时能不出手就不出手，就算真要对谁出手，也要有动手的价值才行。

凤轻尘连连点头，表示附和，虽然这个比喻不好听，可九皇叔说得没错，真到那一天她就是一块肥肉。

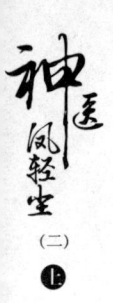

好烦呀，凤轻尘用眼睛询问九皇叔，她该怎么办。

九皇叔许以凤轻尘一个安慰的眼神，高深莫测道："凤轻尘，你怕的话，可以提前做好准备。"

"准备？准备什么？"这种事要如何准备，凤轻尘真是不懂，把自己的双手给废了？她才舍不得呢。

"准备建立与四国九城对战的力量。"九皇叔一字一字道。

啪……

"九皇叔，你说什么？"凤轻尘嗖地一下坐了起来，顺便拍掉头上的爪子。

九皇叔默默地收回红肿的右手，心中暗道凤轻尘下手真重，一点儿也没有当初的温柔，他很怀念当初那个心里、眼里只有他的凤轻尘。

那个时候，凤轻尘会看他看到呆，因为握他一下手，可以几天不洗手，可现在呢？

唉……九皇叔轻叹了口气，暗恨自己当初身在福中不知福。

在凤轻尘的怒视下，九皇叔收回哀怨，连忙道："凤轻尘，你没听错，你不想成为四国九城的工具，那就得做到超然于四国九城之外，凌驾于皇权之上，让所有人都不敢动你，这样你想做什么都可以。"

九皇叔说得轻松，可凤轻尘听在耳里除了惊吓还是惊吓："九皇叔，你想太多了，这根本不可能。"

"有什么不可能，我不就是一个很好的例子，放眼四国九城，有谁敢动我？"九皇叔绝对有这个自信。

"呃，好像是哦。"凤轻尘呆呆地点头，此时她的脑子一片空白，来回只有两句话，那就是：不想成为工具，就要拥有超然于四国九城之外，凌驾于皇权之上的力量。

简直是太强悍了。

这样的话别人连说都不敢说，可九皇叔不仅说了，还正在朝这方面做。

超然于四国九城之外，凌驾于皇权之上。她发现，这句话说起来容易，做起来真难。

她去哪里弄军队，拥有私人军队，可是违法的事情，最最重要的一点就是，一百万大军，能同时对付四国九城吗？

凤轻尘默默地盘算……

在绝对的实力面前，阴谋和阳谋都没用，可前提是她该怎样才能拥有那样强悍的实力？

凤轻尘刚刚燃起的战意，又一点一点消退了。

理想很丰满，可现实很骨感，想要做到九皇叔所说的那一步，比登天还难，她上辈子就不是有野心的人，这辈子估计也做不到。

凤轻尘明亮的双眸，一点一点地暗淡下来，九皇叔坐在她身侧没有说话，直到凤轻尘耷拉着脑袋，萎靡无神时，九皇叔才伸手将她抱在怀里。

他很清楚，这个时候凤轻尘不会拒绝。

"凤轻尘，你做不到没关系，还有我，我现在虽然没有同时对抗四国九城的力量，但早晚有一天，我会有。"九皇叔这不是向凤轻尘许诺，而在告知凤轻尘，他的野心，他的想法……

"九皇叔，你……"想要一统天下。

后面的话，凤轻尘没有说出来，但她的双眼却泄露了她的心思。

凤轻尘从来都不知道，原来九皇叔有这么大的野心，她之前怎么就没有看出来呢，她一直以为，九皇叔的生活在东陵，却没想到他看得那么远。

九皇叔唇角轻扯，没有说话，只看着凤轻尘，四面相对，凤轻尘在九皇叔的眼中看到了坚定与不屈。

他是一个不会向任何人弯腰的男人，而要做到这一点，就必须拥有强大的实力。

凤轻尘不知道九皇叔的最终打算是什么，但她知道，只要九皇叔要做的，她肯定会支持，因为……她和九皇叔一样，不想向任何人弯腰。

光凭她一个人的力量是不够的，如果和九皇叔一起那肯定会事半功倍，凤轻尘告诉九皇叔："有需要我的地方，我一定会尽力，我也要拥有让世人忌惮的力量。"

"好，我会记住，我的未来有你一份。"九皇叔没有拒绝凤轻尘，他早就把凤轻尘当成了自己人生规划中的一部分，无论凤轻尘愿不愿意，凤轻尘都必须陪他看九州沉浮。

我的未来有你一份。凤轻尘不知道这算不算变相告白，她正想仔细品味这句话时，孙思行就带着佟珏和佟瑶，没有任何预警地冲了进来，直把九皇叔和凤轻尘吓了一跳。

暗卫呢？怎么没有把人拦住？

九皇叔很不高兴！

"九皇叔，男女有别，请……"孙思行防九皇叔防得很紧，看九皇叔的眼神儿也充满敌视。

凤轻尘隐约知道，孙思行应该是知道她和九皇叔的事情了，她没有阻止孙思行的行为，她乐得看九皇叔吃瘪。

开玩笑，别以为到手了的女人，就不需要哄。

"呃……"九皇叔就算再脸厚心黑，面对孙思行和佟珏、佟瑶三双防狼一般的眼神儿，也无法厚颜留下来。

九皇叔默默地松开凤轻尘，起身前不忘替凤轻尘顺了顺凌乱的头发，气得孙思行差点冲上前去拍掉九皇叔的爪子。

好在，九皇叔见好就收，在孙思行离开之前，九皇叔从容优雅地离去，就好像他从不曾私闯人家闺房一般。

在离去前，九皇叔对暗卫打了一个手势，那意思是交接后，你们去见我！

"倒霉，主子很生气，后果很严重，今天肯定要被罚，可是……主子呀，不是我们不拦，实在是来人身份特殊，孙公子可是凤姑娘的徒弟，要是凤姑娘知道我们伤了她徒弟，我们还能留下来吗？"

暗卫一脸哀怨地目送九皇叔离去，千万句解释梗在心里，可一句话都不能说。

做暗卫难，做凤轻尘的暗卫更难，照这样下去，凤轻尘的暗卫更换率会相当的高。

孙思行和佟珏、佟瑶对九皇叔很苛刻，对凤轻尘却很宽容，九皇叔走了后，三人怕凤轻尘不好意思，提都不提九皇叔的事情。

"师父，云潇公子又来了，你见还是不见？"云家大公子云潇，自从凤轻尘受伤后，隔三差五就来找凤轻尘，可惜凤轻尘一次都没见。

云潇也不生气，下次照来，次数多了，和凤府上下的人就混熟了，除了九皇叔外，人人都说云潇公子好，脾气好、为人好、体贴亲切，对下人也彬彬有礼，风度、风采与大公子不相上下。

这些人越说云潇好，九皇叔就越讨厌云潇。事实上，任何带着目的求见凤轻尘的男人，九皇叔都讨厌。

凤轻尘见识过云潇的交际手腕，知道他是一个令人感到舒服的人，让人无法讨厌。就连出身崔家，看似温和实则疏离的崔浩亭也和云潇成了棋友，由此可见云潇的本事。

云潇每一次过来，都会和崔浩亭下一局，然后拐去找玄医谷谷主，玄医谷谷主是医术权威，云家则是做药材生意的，两人一来二往就熟稔了。

凤轻尘一度怀疑，云潇来凤府不是找她的，而是找崔浩亭与玄医谷谷主的，此刻听孙思行提起云潇，凤轻尘明白思行并不是要她去见云潇，而是转移话题。

"思行、佟珏、佟瑶，多谢你们。"多谢你们的体贴，多谢你们的维护，更要谢谢你们，没有因此而觉得我下贱。

佟珏和佟瑶脸色一红："小姐，这是我们应该做的，无论发生什么事情，小姐永远都是我们的小姐。"

"师父，你永远都是我最敬爱的师父，没有人可以取代。"即使世人都说你不好，在我眼中，你也是最好的，你做的每一件事，我都会理解。

不过两个月的时间，孙思行就从内敛直白的少年，蜕变成内敛、稳重的男子，知道什么该说，什么不该说。

凤轻尘红着眼眶，连连点头，这三人给予她的尊重与体贴，让她备感温馨："有你们在真的很好，放心，我们以后会越来越好。佟珏，替我更衣，我要去太子府。"

九皇叔说得没错，想要活得自由洒脱、不受人威胁，就要拥有足够强大的实力，虽说积攒实力急不得，可她也要开始行动了。

第一步就是把那些乱七八糟、没有用处却浪费时间的事情结束，比如她和苏绾的比试。

太子听闻凤轻尘到来，把其他人丢下，第一时间接见。

开玩笑，九皇叔在凤轻尘的西区小院住了一个多月，到现在还没有搬出来，这事皇城上下都知道，要说九皇叔对凤轻尘不好，谁都不信。

众人议论纷纷，有几个胆子大的御史也说这于礼不合，就是皇上也曾开口暗示，让九皇叔回九王府，可九皇叔愣是装糊涂，再问就说自己要养病，凤府有天下最好的大夫。

众人都以为，玄医谷谷主是天下最好的大夫，可是太子明白，在九皇叔心中，这个人应该是凤轻尘，凤轻尘在九皇叔心目中的地位，没有人可以取代……

第二十章　最后的盛宴

在皇城，怠慢谁都可以，就是不能怠慢凤轻尘，怠慢了凤轻尘可是比怠慢了九皇叔还要严重的事情。

太子走入大厅，不等凤轻尘起身行礼，就先开口道："轻尘，不必多礼，在本宫府上，不讲那些虚礼。"

"多谢太子，礼不可废。"越是锋芒毕露越要低调谨慎，别什么事都没有做成，就把自己的小命给搭了进去。哪怕太子说不需要多礼，凤轻尘仍旧起身给太子行礼。

太子连忙上前，示意凤轻尘快快坐下："轻尘，没人的时候，在本宫面前就不用讲这些虚礼了，皇叔都不受你的礼，本宫哪能受你的礼。"

果然，主要还是因为九皇叔，凤轻尘但笑不语，等太子坐下后，才重新坐好。

对于凤轻尘的守礼，太子表面上虽然责怪，心里却是赞赏的，没有恃宠而骄，这样的凤轻尘才能走得更远，皇叔看上的女人果然不一般。

凤轻尘受伤的事闹得沸沸扬扬，见面太子自是要提上一句，以显示自己对凤轻尘的关心："看到轻尘你恢复如初，本宫甚是高兴，一直想要亲自去探病，奈何公务繁忙，抽不开身。"

太子笑容满面，白皙的脸因这一笑，而略有几分红润，眼中的笑意也真诚了几分。

东陵子洛和东陵子舟几人把皇叔得罪惨了，最近被打压得厉害，而太子春风得意做什么都顺顺利利，这身体自然也就好了。

"多谢太子的记挂，一点小伤，不敢劳烦殿下。"凤轻尘屈身还礼，和太子打了这么久的交道，她很清楚太子就是一只笑面虎，他表面上说不在意，谁知他心里在不在意。

凤轻尘不想落把柄在太子手上，也不想和太子浪费时间，当太子问她为何而来时，凤轻尘直接说出自己的来意："殿下，我此次前来是想问问殿下我与苏绾比试的事情，因为我的伤剩下的两场比试一拖再拖，我实在愧疚。"

原本凤轻尘是想拖死苏绾，就像拖死南陵锦凡一样，南陵锦凡前不久就回了南陵，他在东陵待得太久了，再待下去他在南陵的势力，就会被南陵锦行全部夺走。

凤轻尘已经知道，南陵锦行就是周行，她对此并不惊讶，周行和南陵锦凡长得有几分相像，听到南陵锦凡在周行的手上吃了大亏，凤轻尘表示很高兴。

不过，让凤轻尘郁闷的是，南陵锦凡走了，苏绾的那个表哥夜城少主夜叶却来了，还和西陵天磊称兄道弟，两人关系极好。

"轻尘不必在意，受伤也不是你愿意的事情，休养好了再比也不迟。不过，苏绾小姐似乎很急。"太子特意提醒凤轻尘，拖下去对她有好处。

凤轻尘装作听不懂："多谢殿下的体谅，我的伤已经好了，接下来的比试可以继续了。"她与苏绾的比试不结束，她的一举一动都会被无数人盯着，没有半点自由，想做点什么都不行。

她和九皇叔初步达成了合作意向，等手头上的事情告一段落后，她就帮九皇叔把那批震天雷的原材料做成震天雷。

想要强大的实力，就不能缺少强大的武器，震天雷在这个时代绝对是利器。

太子见劝说无效，便知道凤轻尘另有打算，也不再多言，点头表示可以。

凤轻尘离开太子府后，立马就有人前去探望，王七和谢三、翟东明像是算准了凤轻尘的时间，凤轻尘前脚进府，三人后脚就到了西区小院。

之前王七和凤轻尘闹得不怎么愉快，不过因为凤轻尘受伤的事，两人的交情又恢复如初，当然了，前提是不提九皇叔此人，提起九皇叔，王七就为王锦凌心疼。

"凤轻尘，你的伤真的好了？不会是硬撑的吧，凤轻尘你可要明白，你这么一出去，表明你伤好了，和苏绾的比试就不能再拖了。"翟东明盯着凤轻尘的脖子看了半天，不怎么确定地说道。

凤轻尘的脖子上还有一层淡淡的印子，印子四周有黑色的小点，翟东明实在无法违心地说好看。

"凤轻尘的伤好了，你不高兴？"王七瞪了翟东明一眼。

凤轻尘的伤好了，他看九皇叔还要用什么理由住在西区小院。堂堂亲王住在这小偏院里于礼不合，他回头再去推动人弹劾一下九皇叔。当然，如果有机会，他也会暗示一下凤轻尘，这种事让凤轻尘开口最有杀伤力。

"高兴，我当然高兴，只是有点郁闷，凤轻尘的伤都好了我还没有抓到凶手。说起来崔浩亭这人真是不厚道，轻尘为了他差点儿丢命，事后还愿意给他治病，可是他呢？明知伤轻尘的人是谁、在哪里却不肯说，揣着明白装糊涂。"伤凤轻尘的幕后主使者是谁大家心知肚明，之所以明面上把责任推到苏家头上，不过是借机打压苏家。

谢三想到谢家那团糟心事，对崔浩亭的处境倒是颇为理解："世子爷，你就别怪浩亭公子了，他也是身不由己。"

大家族的公子少爷看似风光无限，可外人哪知他们的苦，表面上花团锦簇一派祥和，实则行走在刀尖儿上，一个不慎就是万劫不复。

"什么身不由己，明明就是自私自利。"凡是妨碍他缉拿真凶的都是坏人。

"世子爷，你别怪浩亭公子，这件事虽说是由浩亭公子引起的，可他并不需要为此负责。"凤轻尘倒不怪崔浩亭，她只是崔浩亭的大夫，虽说放话要医治崔浩亭，可现在不是还没有医好嘛。

她和崔浩亭又不熟，崔浩亭怎么可能为了她，曝出崔家的事情，要知道，崔家人只是朝她出手，并没有朝崔浩亭出手。

"凤轻尘，你就做好人吧。"翟东明气得直咬牙："既然他不需要为你的伤负责，那你还给他治什么病，让他病死得了，我一看到他就生气。"

"治他的病是我自己开的口，他并没有求我什么。"崔浩亭肯定明白，她放话要医治他的病就是为了和幕后主使者较劲，把那人逼出来。

虽说最终受益者是崔浩亭，但不可否认她利用了崔浩亭的事实，所以崔浩亭没有必要感谢她。

翟东明气得磨牙，可偏偏又说服不了凤轻尘，看她云淡风轻的样子，翟东明就不爽："凤轻尘，我真不知道你怎么想的，崔浩亭的事情我不管了，你自己看着办，我会继续追查凶手，不过你不要抱太大的希望，崔家藏得很深，连皇帝都找不到，我肯定也找不到，找出幕后指使者的事还得靠你自己。你自己也多注意点崔浩亭那小子，别被他骗了，他不是一个简单的人物，心思重着呢。还有那个叫云潇的人，你也防着点，我一看那家伙就不是好东西，无事献殷勤，非奸即盗。"

"对了，还有九皇叔。凤轻尘，九皇叔在你这里养了一个多月的病，现在你的病都好了，他的病也该好了吧，也该回九王府了吧，他一直住在你这里，算个什么事？知道的说他是养伤的，不知道的人还以为他和你在这偷情呢。就九皇叔那个阴险狡诈的浑蛋，也就是你好心收留他，要换作我早就把他踢出去了。一天到晚端着个架子，我看见他就烦，不仅摆出一张冰山面瘫脸而且阴险冷酷，成天一副高深莫测的样子，就好像除了他别人都是白痴一样，还有他那高高在上的样子，就感觉全天下就他最高贵……"

不是翟东明不厚道，实在是为了拿到那点兵权，他家付出的代价太大了，他看九皇叔不爽很久了。而且他一直认为凤轻尘是王锦凌的女人，作为王锦凌的好朋友，在锦凌不在皇城时，他当然要替锦凌守住凤轻尘。

翟东明越骂越起劲儿，可骂了半天却见凤轻尘三个人一点反应也没有，抬头一看发现凤轻尘、王七和谢三正一脸纠结地看向门外，五官皱成一团，身子又莫名地往里缩着，翟东明莫名其妙，转身……

"啊——"

翟东明大叫一声，猛地跳起来，双手紧握成拳，举起，放在唇边，惊恐地后退："怎么会这样，怎么会这样，九，九，九皇叔，你，你，你什么时候来的？"

没错，翟东明口中的冰山面瘫脸九皇叔，此时此刻就如同冰山一般站在门口，眼含深意地看着翟东明，一副高深莫测的样子。

翟东明吓得脸色发白，双腿发抖，双眼飘来飘去，先是用委屈的眼神询问凤轻尘：九皇叔怎么会在这里？随即又责怪凤轻尘三人，怎么不提醒他一声，那哀怨的样子像极了小媳妇。

凤轻尘三人同情地看了一眼翟东明，默默地别开眼去，他们已经向翟东明使了眼色，可惜翟东明说得兴起，不仅没有看到他们的眼色，还越说越激动。

翟东明，我们救不了你了，愿佛祖保佑你！

凤轻尘摆明了事不关己高高挂起，至于谢三和王七，对不起他们有心无力，翟东明骂得可是九皇叔本人。

"咳……"见翟东明失神呆愣，九皇叔很好心地轻咳一声，直把翟东明吓得一个激灵，唰地一下摆出军姿，站得笔直，九皇叔这才满意地往里走。

"翟世子，本王不是九九九皇叔，以后别再叫错了。"

"是。"翟东明像是失去斗志的狼狗，耷拉着脑袋应道。

九皇叔瞥了翟东明一眼，又挥手示意谢三和王七不必多礼，很自然地在凤轻尘的身侧坐下，不再说话。

翟东明不安地吞了吞口水，自我安慰也许九皇叔没有听到多少，本着坦白早死，抗拒活命的原则，翟东明小声解释道："九皇叔，那个，我不是那个意思，您别误会，我当时的话是……"

"本王听到了，翟世子不必再重复，本王虽然浑蛋、冰山面瘫、冷酷无情、高深莫测、高高在上但不耳背。"君子报仇十年不晚，九皇叔有仇当场就报。

"嗷……"翟东明懊恼地想自杀，为什么这些骂九皇叔的话，他一字不落的全听进去了？他不是故意的，他那是骂顺口了，骂得正爽，就啥都说了，哪里想到会被九皇叔当场撞上。

破罐子破摔,翟东明也不小心翼翼了,嘟囔道:"这还不让人说实话了。"

"本王什么时候不让你说实话了,本王有怪罪你吗?"

这个真没有,是他自己背后说人,被抓到了心虚:"九皇叔您不怪罪我就好,我就是随口一说,当不得真。"翟东明干笑一声,心里并不高兴。

九皇叔这人可记仇了,这事肯定不会善了,不知道这次要出多少血才能摆平九皇叔。唉,再这么下去他们翟家在神机营,就没有说话的权利了。

"随口一说?连本王住哪里翟世子都要管,还叫随口一说?翟世子,谁给了你这个权利,让你管本王的事?"算翟东明倒霉,九皇叔前半句没有听到,正好听到关于他的这部分。

天要亡我!

翟东明一翻白眼,正想着装晕逃避,却被九皇叔发现了:"翟世子,你要装晕,可得选好地方倒,要是一不小心撞在椅子上,把椅子撞坏了可是要赔的。"

装晕计策失败,翟东明晃了晃身子,最终还是站直了,不停地朝凤轻尘使眼色,希望凤轻尘能救救急,这时候只有凤轻尘能救他。

奈何,凤轻尘和翟东明的脑波不是同一个频率,无法用脑电波交流,心有灵犀那什么的根本不存在,凤轻尘这会儿正低着头根本没有看到翟东明的求救信号。

天助自助者,翟东明拼命给自己打气,不就是九皇叔嘛,他才不怕,他说的话占理,九皇叔本来就不应该住在凤轻尘这里。

有理说遍天下,翟东明在脑中幻想了一下,自己把九皇叔辩倒,辩得九皇叔向他道歉、羞愧离去的画面。

哈哈哈……

翟东明暗自得意,信心十足,可一抬头对上九皇叔那双深邃的眸子,翟东明瞬间蔫了,一句话都说不出来。

三十六计,走为上策,翟东明二话不说,拔腿就往外跑:"我记起来了,我爷爷让我去明意楼买糕点,那个……凤轻尘,我改天再来看你,九皇叔那啥,我先走了。"

"咚……"没跑两步,就被门槛给绊倒了,翟东明跌了个狗吃屎,连滚带爬地站起身来,连身上的灰都没拍,继续往外跑,"意外,意外呀,我急着买点心呢。"

好丢脸!

谢三与王七满脸尴尬,看翟东明那样子不知情的还以为他身后有饿狗在追呢。好吧,九皇叔比饿狗凶残多了,翟东明落荒而逃也算正常。

谢三与王七收回同情的眼神,两人不约而同地看向始作俑者,结果他们就看到九皇叔端坐在那，面无表情，连个眼神都没有给翟东明，就好像什么都没有发生过一样。

谢三与王七点头，翟东明说的真是实话，九皇叔确实是冰山面瘫，喜欢装高深莫测。

两人视线交汇，咬咬牙，两人一前一后点头，在保护轻尘的名声、清白，和不步翟东明的后尘中，两人果断选择后者，两人很默契地起身告退。

很庆幸，翟东明口中那阴险狡诈的浑蛋并没有为难他们，让他们得已平安离去。

在踏出西区小院的那一刻，王七转过身，深深地看了一眼紧闭的大门。

大哥，我对不起你，可我实在不是九皇叔的对手，九皇叔段数太高，只有你才能与他一战。大哥，你快回来吧，再不回来凤轻尘真要变成别人的了，到时候就算你能摆平一切、攻克各种难关来娶她，她也不会嫁你了。

而被王七惦记的王铲凌，此时正被人追杀，在护卫的保护下狼狈地往深山里窜。贵公子就是贵公子，即使被人追杀，即使不眠不休地赶路，依旧还有三分风姿，可惜身在山里无人懂得欣赏。

翟东明、谢三和王七一走，高深莫测、冰山面瘫的九皇叔瞬间变脸，因为凤轻尘说："九皇叔，世子爷说得没错，你在我这住得够久了，你我的伤都好了，你没有理由再住下去了，该回九王府了。下午，我让思行、佟珏和佟瑶帮你收拾东西，免得落下什么，还得劳烦您再回来取。"

这话，就是不给九皇叔拒绝的机会了，且限定他今天下午就得走。

震惊过后，九皇叔很快就冷静下来，高高在上的九皇叔语调拔高："凤轻尘，你在赶我走？"

"九皇叔你多心了，你是亲王，一直住在这里总有不便，我也很不方便。"比试完后，她还要医治崔浩亭的病呢。

九皇叔青筋凸起，好不容易才压下心中的怒火，他告诉自己，凤轻尘这么想也是应该的，毕竟他和凤轻尘名不正言不顺。

该死的名不正言不顺，有一瞬间，他真想直接把凤轻尘娶了，可是……不行。

"不方便？你有什么事要背着本王才能做？"砰的一声，九皇叔一拍桌子，直接把实木桌子拍得稀巴烂。

凤轻尘当场怔住，后退一步，黑亮的眸子闪过一丝惊恐。

九皇叔居然会有这么激烈的一面，她以为九皇叔只有在床上时才会激烈，没想到她居然有本事，把九皇叔气到这个地步。

不容易呀！

不知道为什么，看九皇叔气成这样，凤轻尘突然很高兴，成就感油然而生。

"啪嗒啪嗒……"血滴落地的声音拉回了凤轻尘的思绪，看了一眼九皇叔受伤的右手，凤轻尘尽量压抑住心中的得意，轻声问道："九皇叔，你还好吧？"

"不好，本王受伤了，要在你这里继续休养，凤轻尘你还有意见吗？"九皇叔挥了挥血淋淋的右手，手背上还插着木屑，伤口血肉模糊，无不说明九皇叔伤得不轻。

这是威胁。

凤轻尘吞了吞口水，心中那点儿小得意瞬间消失得无影无踪，九皇叔果然好可怕，可是……她要坚定自己的信念，不能向恶势力低头。

眼睛乱转，凤轻尘就是不看九皇叔的眼睛："我有意见。"

"本王驳回。"九皇叔甩了甩受伤的右手，心中暗恼。

该死，刚刚应该用左手，右手受伤了，他连写字都成问题。

"我不同意驳回，九皇叔，我是认真的，你住在这里我真的很不方便。过两天我要医治崔浩亭的病，玄医谷谷主那个人你是知道的，我怕他在这里会出什么乱子，我现在可没有自保的能力。"凤轻尘飞快地解释道，说到医治崔浩亭的病时，凤轻尘的眼神儿有些隐晦，一副不知如何说的样子。

九皇叔沉默了，扫了一眼凤轻尘的右手，在凤轻尘还没有察觉就移开了。

如果玄医谷谷主在，凤轻尘手臂上的秘密不一定保得住，可是让他就这样走，他又不甘心。他名正言顺地住进来容易吗？这次回去后，他想要再回来，几乎是不可能。

九皇叔第一次讨厌起玄医谷谷主这个人了。

"本王会想办法把他支走。"九皇叔很艰难地说道。

请神容易送神难，玄医谷谷主已经盯上了凤轻尘，要让他走，真不容易。

"九皇叔，你也不能留下，你在这里，这里就无法安静，我需要一个相对安静，无人打扰的地方。"凤轻尘看九皇叔让步，得寸进尺地道。

女人就是这样。

"凤轻尘，你别太过分。"这个女人是吃定他了，可偏偏他心软了。

"九皇叔，过分的人从来不是我。"凤轻尘回以一个心照不宣的眼神。

他们两人之间，过分的人从来不是她，她一直都处在弱势。

九皇叔深吸了口气，压低声音道："如果本王执意不走呢？"一个月，两人的进展只是建立了初步的信任，这对九皇叔来说，远远不够。

"那我搬走好了。"凤轻尘干脆地道，横竖这里是她暂住的地方，再找一个这样的地方并不难。

没有凤轻尘，他还在西区小院住什么？

九皇叔一个字一个字地道："凤轻尘，你赢了。"

"多谢九皇叔，如果你没别的交代，我这就安排人替你收拾东西。"凤轻尘绽放出一抹极绚丽的笑。

今天，不单只是把九皇叔踢出去这么简单，而是她在与九皇叔的交锋中终于占了上风，有一就有二，凤轻尘相信，以后这样的事会越来越多。

"凤轻尘，本王走了，你很高兴？"九皇叔磨牙，凤轻尘的笑容太灿烂了，他怎么看怎么不顺眼。

"九皇叔，西区小院我也住不长久，凤府就要重建好了，过几天我也要搬走。"意思就是说，咱俩也就是前后脚走，你别介意呀。

听凤轻尘这么说，九皇叔的心情稍微好了一点，既然离去无法改变，那么在离去之前找一点安慰好了，九皇叔晃了晃血淋淋的右手："本王的手受伤了，替本王包扎一下，让本王休息一晚，明早再走，这个要求不过分吧？"

最后一个"吧"字，硬是拖长尾音，虽是询问，却不给凤轻尘拒绝的机会。

只是多住一个晚上，这个要求并不过分，凤轻尘当然不会在这种小事上让九皇叔不高兴，她和九皇叔再怎么说也算是合作关系，把九皇叔得罪太狠了，不是好事。

凤轻尘请九皇叔去书房，她给九皇叔清理伤口，九皇叔没有意见，走的时候九皇叔刻意放慢了几步，朝暗中的影卫打了个手势，意思是要暗卫在天黑之前，把西区小院的人都清空。无论用什么办法，哪怕是用迷药把所有人放倒都没关系，天黑之前，他不想在西区小院见到无关紧要、坏他好事的人。

过了今晚，他就要回九王府，手段激烈一点，也没有人敢拿他怎样。

暗卫面无表情地点头，在九皇叔走后，暗卫郁闷得猛摇树。

主子呀……你又不是不知道，这西区小院都住了一些什么人，其他人还好办，玄医谷谷主和崔浩亭怎么办呀？这两个人可都是厉害的主，还有，还有肃亲王府的那些侍卫，他们怎么摆得平呀？

不知是有意还是无心，九皇叔右手上的伤虽然不严重，可清理起来却特别费时，手指上的肉全烂了，有很多细小的木屑插在里面，凤轻尘用最小的镊子，都没办法把那些木屑取出来，只能用细针一根一根地挑。

那种一边清理伤口一边替九皇叔呼痛的画面，就别想了，那种心疼九皇叔的伤的场面也别想了。凤轻尘是医生，什么伤口没有见过，九皇叔这伤在她眼中就是小伤。

凤轻尘完全不考虑九皇叔疼不疼，该怎么做就怎么做，花了半个时辰把木屑清理干净后，凤轻尘便替九皇叔涂药，然后又用干净的纱布，缠了十几层。

"这几天，别让伤口碰到水。"这是例行交代，与关心、担心无关。

"几天能好？"九皇叔晃了晃自己的包子手，右手受伤，很多事情都不方便，当然了现在最重要的就是抱凤轻尘都不方便。

"三五天就可以把绷带拆了。"九皇叔是皮肉伤，没有伤到筋骨，凤轻尘是看九皇叔不爽，才特意把他的手缠成了包子手，要不是九皇叔不好惹，她还想在绷带上，画上几只小猪呢，看他怎么高深、怎么高贵。

从头到尾，凤轻尘都是一本正经，九皇叔根本没有想过凤轻尘会戏耍他。

凤轻尘刚收拾好，正准备提醒九皇叔该出去时，春绘来报："王爷，姑娘，该用膳了。"

"陪本王一起用膳。"九皇叔趁机道，见凤轻尘不怎么乐意，九皇叔又补了一句："这是本王在这里吃的最后一顿午膳，怎么？轻尘不乐意陪本王用这最后一顿午膳？"

特意强调"最后一顿"四个字，九皇叔这是威胁凤轻尘，不陪他用午膳他就不走。

九皇叔，你赢了。

"好，九皇叔你先请，我去洗手。"为了尽快打发九皇叔，凤轻尘不想在这种小事上计较。

九皇叔是什么人？他不仅懂得把握机会，还善于制造机会，当凤轻尘踏入饭厅时，发现饭厅内外没有一个下人，只有九皇叔一个人坐在那里。

凤轻尘刚开始也没有多想，本着食不言寝不语的原则，凤轻尘捧起饭碗就吃，可是吃着吃着她就发现不对劲了，九皇叔时不时就发出叮叮当当的声音，饭菜还时不时地洒出来。

九皇叔的用餐礼仪这么差？

凤轻尘默默地放下碗，抬头……

只见，翟东明口里全天下最尊贵的九皇叔此时形象全无，笨拙地用左手和碗里的饭菜搏斗。

先不说他吃到多少，就看他洒的那一桌饭菜、还有身上的菜渍与汤渍，就足以证明九皇叔的左手不怎么灵活。

明明狼狈至极，可九皇叔却好像没有发现一般，镇定自若，继续用左手糟蹋碗里的饭菜，凤轻尘实在看不过去，放下碗筷："九皇叔，我让丫鬟来服侍你吧。"

"不用。"九皇叔终于挑起了碗里的青菜，正准备往嘴里送，不料左手一抖掉在了衣服上，九皇叔平静地将衣服上的青菜拍掉，继续夹菜。

如果九皇叔的右手废了，那这就是一部残疾人的奋斗史，很励志，凤轻尘肯定不会多说，可偏偏九皇叔的右手只是暂时用不了，九皇叔你有必要这样糟蹋饭菜吗？

"我让人给你换勺子。"九皇叔不难受她看得难受,她一碗饭都吃完了,九皇叔估计就吃到了一口,咳咳,她看到九皇叔嘴角有一粒米饭,表示很有喜感。

"不用。"这一次,九皇叔咬牙切齿地道。

凤轻尘明白九皇叔是不想让人看到他狼狈的一面,不想在外人面前丢脸,可九皇叔这样不仅没办法好好吃饭,还影响她的食欲。

凤轻尘说服不了九皇叔,只好捧起自己的碗筷继续吃,可九皇叔那里状况不断,吃到一半,哗啦一声,他的碗直接掉了下去。

"小心。"幸亏凤轻尘反应快,手忙脚乱地接住碗,只是碗里的饭菜洒了一地,凤轻尘默默地抬头,看九皇叔明明很尴尬,却努力装平静,假装什么都没有发生,她心中暗笑。

"咳咳,九皇叔,要不我喂你?"凤轻尘很好心地道。

"好。"九皇叔火速丢下手中的筷子,马上坐正。他等凤轻尘这句话都等半天了,为了这句话糟蹋了一碗饭和一身衣服,不过,值得!

"咳咳……"某个自以为聪明的笨蛋假装好人,连忙背过身去偷笑,没有看到九皇叔,看着她的背影也在发笑。

他左右手同样灵活,就算左手不怎么灵活也不可能把自己弄得如此狼狈,这是故意让凤轻尘看他的笑话?

凤轻尘难道不知道,看他的笑话,需要付出代价吗?

有美人喂食,九皇叔很不客气地吃了三大碗,差点把自己给吃撑了。

吃完饭后,九皇叔要凤轻尘陪他散步消食,因为九皇叔的衣服有油渍,两人只在院子里来回走着。虽然没有说话,但两人之间的气氛却分外温馨,要不是凤轻尘说,饭后百步走就行了,他真想和凤轻尘一直走下去,直到天黑……

咳咳,天黑后,可以做更重要、更亲密的事情,没必要把时间和精力浪费在散步上。

散完步,九皇叔便去沐浴更衣,同时安排明天回九王府的事情,不管他愿不愿意,他都要回九王府。

凤轻尘则回自己的房间,她要去看崔浩亭的病例,同时思考医治方案。当然,这方案最终还是要和崔浩亭商量,得到他的同意。

至于明天的比试,凤轻尘完全不上心,那不是重要的事情,那只是一个急需要解决的麻烦。

凤轻尘一直待在房里,没有发现她的小院,已经变了一个样。

玄医谷谷主下午被西陵天宇的人请走了,说是西陵天宇的腿可以下地走路了,问玄医谷谷主要不要去看义肢行走的效果。

这样的事,玄医谷谷主怎么会错过,招呼也不打一声,人就跑了。

孙思行很好解决,让孙府的人来一趟,说孙府的偏院塌了,就把孙思行骗走了,至于佟瑶和佟珏,则直接被九皇叔打发出城了。

佟珏和佟瑶晚上回来时,遇到乱民闹事,被堵在城门外,叫天天不应,叫地地不灵,差点儿把她们给急哭了,好在她们想到府上还有孙思行和春绘他们在,这才稍稍安心。

最难办的就是崔浩亭,不过暗卫也能找到理由——元希先生有请。

至于翟东明的那些个侍卫,暗卫也有安排,那就是直接找到他们的主子翟世子,假传九皇叔的命令说这些侍卫不合格,让他领回去重新训练,训练好了再送回去,同时不忘交代翟东明,要用最凶残的手段训练。

如果是平时,翟东明肯定不会相信,就算信也会去找九皇叔理论,我肃亲王府的侍卫关你什么事,嫌不好就自己派人去保护凤轻尘。

可是今天不一样,他白天刚得罪了九皇叔,面对九皇叔鸡蛋里挑骨头的行为,他也只能捏捏鼻子认了,乖乖地把人领回去训练。

肃亲王府的侍卫们叫苦连天,暗卫则在暗处笑翻了天。

哼……当初凤姑娘受伤,明明他们都有责任,可结果呢?只有他们暗卫受罚了,这些护卫就只被训斥了几句,怎么想心里怎么不平衡,这一次终于找到出气的机会了。

无关紧要的人都被清理干净了,九皇叔心情大好,再加上晚膳时凤轻尘主动喂食,九皇叔一高兴比平时多吃了一碗。

俗话说饱暖思淫欲,俗话又说酒后好乱性。前一条九皇叔已经做到了,至于后一条,九皇叔正在努力……

踩着凤轻尘要睡觉的点儿,九皇叔举着湿淋淋的右手来到凤轻尘的门口,给暗卫打了个招呼,告诉他们今天休假,有多远滚多远。

窸窸窣窣,风吹树叶的声音响起,几片还算鲜绿的树叶从枝头落下,待到树叶落地后,九皇叔推门而入。

凤轻尘刚解开头发,听到开门声,吓了一跳,连忙起身,乌黑的长发随风飞舞,在半空中划出一道美丽的弧度,美丽的大眼,带着七分防备,三分惊讶,素衣散发,和白天相比,多了一分淡雅与妩媚。

所谓灯下看美人,美人美如玉,九皇叔一不小心就看呆了,心里也痒痒的,你说,你让一只尝到肉味的狼,再去吃草,狼肯干吗?

他是正常的男人,有正常的生理需求,自从上一次一夜贪欢后,他整整两个月都只能靠自己解决,要不是碍于凤轻尘身上的伤,他早就爬上凤轻尘的床了。

有肉在,谁还吃草呀!

"九皇叔，有事？"凤轻尘恼怒地瞪了九皇叔一眼，随意地抽了一根发带，将头发绑起，却不想在九皇叔眼中，这一瞪，三分薄怒七分风情，很不争气地……九皇叔的耳根红了，站在原地一动不动，双眼炽热，眼神落在凤轻尘身后的床上，恨不得现在就把凤轻尘推倒，然后这样，那样……

"九皇叔？"凤轻尘又提醒了一句，九皇叔这才回过神来，一般人或多或少都会尴尬一下，或者一时收不回自己的视线，可九皇叔完全没有，他将自己的心思掩藏得极好，扬了扬自己的右手："我不小心沾到了水，你帮我看看。"

随即，九皇叔光明正大地走进来，当然，不忘开门。他这是告诉凤轻尘，他坦坦荡荡，只为包扎手上的伤口而来。

房门大开，九皇叔肯定做不了坏事，再加上西区小院全是她的人，凤轻尘也就少了几分防备，取出药箱，把九皇叔手上的绷带剪掉，重新包扎。

包扎好后，凤轻尘还没有赶人，九皇叔就站了起来："轻尘，陪本王出去一趟。"

语气严肃，一本正经，凤轻尘还以为出了什么事，以眼神询问九皇叔是不是有事需要她做，九皇叔很认真地点头。

可是，谁来告诉她，九皇叔所说的出去一趟，居然是——坐在她房顶上，喝酒！

凤轻尘吞了吞口水，平息了一下扑腾乱跳的小心脏，双眼在黑暗中四处转悠，希望蓝九卿的那些暗卫能发现她的处境，然后出来一个把她救下去，可惜等了半天都没有等到暗卫的出现。

浑蛋，蓝九卿你养了一批什么暗卫呀，需要他们时一个个都不见了，果然暗卫、侍卫什么的一个都靠不住，只能靠自己。

"九皇叔，你让我出来，就是让我陪你喝酒？"凤轻尘小心翼翼地抓住屋顶上的梁柱，生怕自己一个不小心就滚下去，要知道这屋顶可是斜面的。

九皇叔很严肃地摇头："不是。"就在凤轻尘以为有正事时，九皇叔又补了一句，"本王让你出来陪本王赏月，轻尘你看今晚的月亮很圆。"

"赏月？"九皇叔像那种有闲情赏月的人吗？至少凤轻尘怎么看都不像。

"哗啦……"凤轻尘一个激动，把一块瓦给踢了下去，九皇叔眼带笑意地看了凤轻尘一眼，那一眼像是看透了凤轻尘的小心思一般。

凤轻尘心虚地低头，她绝不承认她是故意的，可是这么大的动静，怎么就没有一个人出现呢？

思行……你师父我羊入虎口了，你再不来，我的清白肯定保不住，曾经滚过床单的男女，一起晒月亮、谈人生，最后肯定是谈着谈着就谈到床上。

凤轻尘面色潮红，九皇叔眼神温柔："赏今时月，谈古时事。今晚不会有人来打扰我们。"

九皇叔举起一坛酒，豪爽地往嘴里倒，凤轻尘不曾见过这样的九皇叔，她见到的九皇叔风华、尊贵、隐忍。

半坛酒灌下去后，九皇叔指着天空的月亮道："凤轻尘，你知道吗，东陵的皇城也是前朝的皇城，在前朝每月月圆的那一天，皇城就会有很多人出来游街。闺阁中的千金，那一天出去游玩也不会被人指责，很多大家闺秀和公子少爷，都会选择在那一天，去和自己未来的妻子或者丈夫见面。大街上到处都是灯，到处都是人，小贩们卖力地吆喝，年老的、年轻的、年幼的则边逛边买，街上车水马龙，一派繁华。"

九皇叔站在屋顶上，指着前朝曾经最为繁华的大街方向，详详细细地和凤轻尘说着大街上的人和事，那样子就好像他曾目睹过一般，而依九皇叔的年龄，他不可能见到前朝的事情。

"我不知道，我没有经历过前朝，想象不出那时的繁荣。"从九皇叔的语气中，凤轻尘隐约能感觉到他对前朝的怀念和向往，再想到九皇叔心中的抱负，凤轻尘感觉自己好像踩到地雷了。

九皇叔闭上眼睛，难掩感伤："是呀，我们都没有经历过前朝的繁华，关于前朝的事情，也只是听别人说，前朝距离我们似乎越来越远了，轻尘你可知，前朝最尊贵的姓氏是什么？"

九皇叔说得云淡风轻，凤轻尘却是听得心里发麻，尤其是被九皇叔那双黑眸盯着，凤轻尘更觉不安。

九皇叔那双眼中，好像隐藏了许多的秘密，而现在他在告诉她，他愿意和她分享这些秘密，可是她不想知道，也不敢知道……

凤轻尘抓起身边的酒坛，用喝酒来避开前朝的话题。

前朝的人和事都是禁忌，一不小心就会变成前朝余孽，凤轻尘还记得，前几天被斩于市井的那几个人，据说就是前朝余孽，证据是在他们家中搜出了怀念前朝的诗词和文字。

"咕噜，咕噜……"半坛酒下肚，终于把前朝这个话题给避开了。

"看不出来，轻尘你的酒量这么好。"九皇叔如凤轻尘所愿，不再提前朝的事情，而是专心和凤轻尘喝起酒来。

他今天本就是来找凤轻尘喝酒的，清醒的凤轻尘，他要扑倒，难度太高。

凤轻尘的酒量不小，可是他们今天喝的酒是比莲酿更稀有的酒，一坛喝下去，凤轻尘就感觉自己神志不清，凤轻尘知道她这是快醉了，不能再喝了。

只见凤轻尘双脸通红，眼神迷离，坐在屋顶上摇摇晃晃，凭着最后的一丝清醒，道:"九皇叔,我好像醉了,不行……我坐不稳了。"

话刚落下,凤轻尘就一头栽了下去,"咚……"正好倒在九皇叔怀里,凤轻尘还知道自己处在屋顶上,连忙攀住九皇叔,生怕自己掉下去:"九皇叔,抱好我,别让我掉下去了,痛……"

"轻尘,你这是投怀送抱。"如凤轻尘所愿,九皇叔将她抱紧,用左手他也能把凤轻尘抱下去。

"嗯——"凤轻尘打了个酒嗝,想要推开九皇叔,奈何自己全身软绵绵的,根本推不动:"我才没有,九皇叔,你送我回房,我要回去,我要回去睡觉。"

明明醉了,可偏偏还带着一分清醒,正因为此凤轻尘才郁闷,因为她真是投怀送抱,心里想要推开,双手却不听使唤。

"好,我送你回去。"目的达成,九皇叔也不愿意继续留在屋顶上吹冷风,抱着凤轻尘,一个起落,稳稳地落在地上。

"好了,好了,我自己走,我自己可以走,你可以回去了。"凤轻尘推开九皇叔,摇摇晃晃地走了起来,那酒后劲儿极大,被风一吹,酒气上头,凤轻尘没走两步,人就歪了下去。

九皇叔似乎早就预料到了,在凤轻尘即将倒下时将人抱了个满怀,凤轻尘这一次没有拒绝,事实上她全身软绵绵的,哪有力气拒绝。

"东陵九,你这个小人,你乘人之危。"凤轻尘不满地嘟囔着,娇声地抱怨,凤轻尘就是醉了也明白九皇叔今天的打算。

阴险的小人呀!

九皇叔将凤轻尘平放在床上,人也跟着往下倒去,用右手肘子撑起自己的身子,将凤轻尘脸上的碎发拨开。

"小人,小人,借酒疯乱性的小人。"凤轻尘双手乱挥,九皇叔直接把她的双手按住,在她的眉心落下一个吻,"轻尘,既然你说我乘人之危、借酒疯乱性,那我就把你的指控坐实好了,轻尘……这可是你要的,既然你想要,本王就勉为其难地给了!"

九皇叔低头,将凤轻尘嘴里的拒绝全部堵住,抬腿一勾,床幔散开,小小的床榻自成一个世界。

夜,很长……

神医凤轻尘

阿彩 【著】

下

❷ 世间始终你最好

新世界出版社
NEW WORLD PRESS

第二十一章　害人终害己

夜正深,情正浓,昏暗的烛火让室内平添了几分朦胧与暧昧,九皇叔放倒凤轻尘后,左手灵活地解开了她的衣服。

身子一凉,凤轻尘的酒意又醒了两分,明白了两人的处境,凤轻尘并没有抗拒的意思,只有在这样的情况下,她才觉得自己和九皇叔离得很近,很近……

不想抗拒那就好好享受,九皇叔即将回府,其实,她并不像表面那般云淡风轻,纵有万般不舍可她没办法,九皇叔再不走,她说不定真会被人拖去浸猪笼。

凤轻尘动了动身子,让自己躺得舒服一些,当九皇叔用左手褪下她的衣裤时,凤轻尘才恍然明白,白天她被耍了。

借着酒劲儿,凤轻尘双手勾在九皇叔的脖子上,舌尖在九皇叔的耳尖处轻舔,妩媚地说道:"东陵九,你的左手真灵活,看样子你的右手伤得再重,也不会影响你的生活。"

说话间,一个转身,正好压在九皇叔受伤的右手上。

凤轻尘知道九皇叔右手上的伤是个什么情况,因此小惩一下便乖乖地移开了,九皇叔的右手要真废了,第一个后悔的就是她。

面对凤轻尘这种小孩子似的举动,九皇叔别说变脸了,连眉头都没有皱一下,唇角噙着一抹狡黠的笑容:"夫人满意就好。"

凤轻尘身上只剩一件湖蓝色的肚兜,面对凤轻尘那诱人的风情,九皇叔再也忍不住了,低头狠狠地吻住凤轻尘的唇,灼热霸道,似要将凤轻尘整个人都吃下去一般。

凤轻尘,我想你,我想你!

一回生,两回熟,比起上一次九皇叔对凤轻尘的身体更了解,也懂得要怎么做才能让凤轻尘满意。

这种事要两个人都好才行,他不能只顾着自己……

剧烈的运动过后,凤轻尘出了一身汗,酒也醒得差不多了,凤轻尘半眯着眼,趁九皇叔中场休息的时候,她也准备好好休息一下。

她明天,哦,不,过了子时应该叫今天了,她今天还有武术比试呢,骑射的比试因为苏绾的坐骑没到,要推后两天。

激情过后的凤轻尘,总是特别的柔顺,九皇叔很喜欢这样的凤轻尘,大手有一下没一下地在凤轻尘的背部来回抚摸,这也算是激情过后的福利。

凤轻尘很想告诉九皇叔别乱摸,奈何她已经累得不想说话,只是嗯哼两声,以示警告。

"还想要?"明知凤轻尘累了,九皇叔还故意逗弄道。

凤轻尘嗔怪地瞪了九皇叔一眼,拍掉九皇叔作怪的手,有气无力地说道:"你不会想让我死在床上吧?"

她自认体力不错,可和九皇叔比她真的差太远了,至少在床上她就差九皇叔很多很多。

九皇叔乖乖收手,将凤轻尘抱紧,两人之间没有一丝间隙:"我宁可自己死,也不会让你死。我怎么会让你累死在床上,我最多让你三天下不了床,算算时间,我们还能再来两次。"

"东陵九,你是认真的?"凤轻尘被惊吓到了,身边这个男人,在她身上好像有使不完的力气,她相信九皇叔有这个能力。

"当然是认真的,下一次不知道是什么时候呢,我不把你喂饱行吗?"九皇叔一脸严肃,语气就和谈论国家大事一样慎重。

"什么喂饱我呀,明明是你自己像饿狼一样,怎么也喂不饱。"凤轻尘在九皇叔身上捶了一下,她此时的力气打在九皇叔身上,就和挠痒痒差不多。

九皇叔心头一动,一个翻身,把凤轻尘压在身下:"你说得对,我就是饿狼,怎么也喂不饱,所以你这辈子都别想逃。"

一辈子的承诺,他已许下,可惜凤轻尘并没有当真。

凤轻尘吓得连连求饶:"别,别再来了,九皇叔,我错了,我说错话了,我求你了,别再来了,我今天还有比试。下一次,下一次补给你行不行,算我欠你的……"

"下次是下次的,今天是今天的,轻尘,欠债太多以后很难还清。"九皇叔故作凶狠地说道。

他知道今天过分了,可这个真不能怪他,谁让凤轻尘饿了他两个多月,难得有机会,他当然要连本带利地要回来。

"呜呜呜……你要再来一次，以后就别想爬上我的床。"软的不行来硬的，凤轻尘傲气地抬头，露出布满吻痕的脖子。

九皇叔咽了咽口水，强制自己别开眼，再看下去他真会忍不住，因为遇上凤轻尘他的自制力真的很差，很差。

"好，不来就不来，记住这是你欠我的，下次一定要还。不过，你不让我继续，那总得先给我一点甜头吧。"九皇叔这明显是得了便宜还卖乖。

凤轻尘不知道，当她说出下一次补偿时，九皇叔高兴得险些跳了起来，有凤轻尘这话，他以后想和凤轻尘共赴云雨就理直气壮了，每次都偷偷摸摸的，他心里特别的不舒服。

"好，好，好，只要你今天打住，什么都好说。"凤轻尘伸手勾住九皇叔的脖子，讨好地道。

"这可是你说的，不许反悔。"九皇叔脸上的笑容更大了，他不是天生的冰山面瘫脸，只是他的人生没有什么值得笑的事情，凤轻尘是唯一一个能让他发自肺腑笑出来的人。

凤轻尘点头："保证不反悔，反悔的是小人。"

果然，身体沟通过后，心灵也容易沟通，九皇叔今天很好话说也很温柔、很多情，让她的心一点儿一点儿地沉沦，沉溺在九皇叔的柔情中不能自拔。

"那好，你现在给我一点儿甜头吧。凤轻尘，说你喜欢我。"九皇叔哄骗道，为了缓解自己的紧张，九皇叔把凤轻尘搂在怀里，左手有一下没一下地替她揉捏酸痛的腰，凤轻尘舒服得直哼哼，迷迷糊糊，一副要睡不睡的样子。

"不说。"凤轻尘脑子瞬间清醒，睁开眼睛，与九皇叔四目相对。

"你说过要补偿我，保证不反悔的。"九皇叔将被子拉了过来，盖在两人身上，心里有些小失望。

九皇叔，我喜欢你。

以前，凤轻尘和他说过这句话，可他没有珍惜，现在他想听，凤轻尘却不肯说了。

凤轻尘狡黠一笑："我也说了，反悔的是小人，你就当我是小人好了。"

"既然如此，那我是不是也可以反悔，我也没有当君子的打算。"能当君子的是王锦凌，所以王锦凌注定得不到凤轻尘，因为他太君子了。

"别，别，别，我说，我说还不行嘛。"凤轻尘真是怕了九皇叔，这男人也不怕把铁杵磨成针。

"好，你快说。"九皇叔屏住呼吸，尽量表现得平静，不让凤轻尘看到他的紧张。

他想听这句话很久很久了，他希望每天醒来时，凤轻尘都能在床上和他说一句，

我喜欢你!

"那,那个,你先说。"凤轻尘脸颊通红,这一次不是激情过后的脸红,而是因为告白而害羞,她以前也做过,可心境完全不同,她已经没有了当初的勇气。

"凤轻尘,我喜欢你,很喜欢,很喜欢。"九皇叔没有让凤轻尘失望,郑重地说道,严肃的神情就如同许下永生永世的承诺。

凤轻尘的心扑腾扑腾地跳,眼睛泛酸,终于听到终于听到这句话了,她等这句话很久很久了……

"凤轻尘,我喜欢你,很喜欢,很喜欢。"

虽说男人在床上说的话不能全信,可这一刻不管九皇叔的话是真是假,凤轻尘都信了,哪怕只有一分真,那也没关系。

感动过后,凤轻尘也没忘记自己要说的话:"东陵九,我喜欢你,凤轻尘喜欢你,一直都只喜欢你一个。"

凤轻尘反身抱住九皇叔,把头埋在九皇叔的怀里,她很高兴,真的很高兴。

不多时,九皇叔就感觉到胸前一片湿意,什么话也没有说,只轻轻地拍着凤轻尘的背,无声地安慰她,告诉她,他在!

终于又前进了一步,他相信,下次他一定能听到凤轻尘说爱他。

爱,是比喜欢更多的喜欢。

在九皇叔的安抚下,凤轻尘的情绪渐渐平复下来,九皇叔见状半是试探,半是期待地道:"轻尘,既然你也喜欢我,不讨厌我,那我今天不走行不行?"

如果凤轻尘抬头,定能看到九皇叔那可怜兮兮的样子。

"不行。"凤轻尘推开九皇叔,脸上还挂着泪痕,眼中还有未消散的爱意,可说出来的话却理智十足,完全没有被九皇叔迷惑。

喜欢归喜欢,她不能因为喜欢就毁了自己的未来,九皇叔在这里留得越久,于她来说麻烦就越大。

"啪——"九皇叔在凤轻尘的臀部拍了一记,哀怨地道:"凤轻尘,你这女人真是让人讨厌。"

"东陵九,你打我?"凤轻尘的脸唰的一下就红了,打她记事起,还没有人打过她的屁股,太丢脸了。

"这算打吗?"九皇叔又在凤轻尘的屁股上拍了一下,这下两边都有红痕了,平衡了,九皇叔也满意了。他要凤轻尘的身上烙满他的烙印,就如同凤离嫡女的印记,除非凤轻尘死不然永远不消失。

"这不算打吗?东陵九,长这么大还没有人敢打我屁股,你是第一个,你好样的。"

凤轻尘怒了，双眼瞪得滚圆。

九皇叔一脸无赖，摊了摊手："你说是打那就是打好了，可打都打了，怎么办？要不，我让你打回来。"

"你……这是调戏。"凤轻尘用力地推开九皇叔，九皇叔顺势往后面倒去，顺手搂住凤轻尘的腰把人带到怀里，在凤轻尘的唇上轻啄一下，"这才叫调戏，小娘子，来，给爷笑一个。"

"滚，没个正经。"凤轻尘扑哧一笑，被人打屁股的恼怒一扫而光，凤轻尘笑着把人推开，结果整个人都倒在九皇叔的怀里。

两人在床上打了个滚，然后谁也不说话，就这么静静地躺在那里，气氛温馨得能让人再醉一场。

不知过了多久，九皇叔终于动了："别睡，我抱你去沐浴，沐浴完后，你还能睡半个时辰。"

"好。"凤轻尘双手搂着九皇叔的脖子，娇媚地道。

沐浴间里，早就备好了热水，而凤轻尘与九皇叔刚出去，就有人过来整理床铺，等到凤轻尘与九皇叔回来时，床单干净整洁，屋内那欢爱后的麝香味也被清雅的竹香取代了。

凤轻尘打了个哈欠："你的人还真能干，不知道的人还以为你成天没事干，就会偷香窃玉。"

"错，我是成天没事，就想着如何偷香窃玉。"九皇叔将凤轻尘放在床上，拿起一旁的药膏，准备给凤轻尘上药。

"我自己来。"凤轻尘哪里好意思呀，可九皇叔哪肯放过这样的机会，一本正经地道："我弄伤的，当然由我来善后，你放心，我保证会轻轻地。"

"你闭上眼睛啦。"凤轻尘被九皇叔看得很不自在，没办法把人推开，只好把一旁的被子拖过来，蒙住自己的脸，假装什么都没看到。

九皇叔的眼神太火热了，火热到让她忍不住缴械投降，让九皇叔为所欲为。

"你想闷死自己吗？"九皇叔放下药膏，去扯凤轻尘脸上的被子，凤轻尘扭来扭去，就是不让他扯，"你快点，我就不会闷死自己了。"

"好好好，我快点。"九皇叔无奈，只得松开凤轻尘，挑起药膏给她上药，不知是有意还是无心，左手指有些笨拙，总是碰到不该碰的地方，凤轻尘咬牙不让自己呻吟出声。

凤轻尘不吱声，九皇叔就装作不知道，里里外外，半点也不肯放过，这哪里是上药，分明就是折磨。

"你这是上药呢还是上刑呢？"凤轻尘实在忍不住了，有九皇叔这样上药的吗？太可怕了。

"右手受伤了，左手不太灵活。"九皇叔很认真地解释道，想到这里，又补了一句，"你中午也看到了，我不习惯用左手。"

不提这事还好，一提凤轻尘就想到白天被耍的事："是吗？我看你左手灵活得很，解我的衣服时，一点儿也不像不习惯的样子。"

九皇叔只笑不说话，凤轻尘恼怒地坐了起来，拍掉九皇叔作怪的手："好了，够了。"

九皇叔见好就收，赶紧去净手，顺便解释一句："我的左手也就做这件事比较灵活，其他的都不行。"九皇叔撒起谎来，面不改色。

"是吗？"凤轻尘哼了一声，将衣服穿好，指望九皇叔给她穿衣服还是算了吧，九皇叔估计只喜欢她不穿衣服的样子。

"当然。"九皇叔无耻地爬上床，示意凤轻尘往里一点，给他让个位置。

凤轻尘往里移了移，给九皇叔让了一半的床位，眼中闪着危险的光芒："就这一样灵活吗？我看你做得这么熟练，这么说来，你平时没少用左手解姑娘的衣服？"

只要九皇叔敢说是，她立马将之踢下床。

"没有，没有，我保证这是第一次。"九皇叔用受伤的右手搂着凤轻尘躺下，将被子拉了过来，盖在两人身上，熟练得就好像经常做一般。

"才不信呢。"凤轻尘白了一眼九皇叔，翻了个身，拿后脑勺对着九皇叔，摆明了不信。九皇叔连忙解释："这真是第一次，上一次我是用右手解开你的衣服，之所以做得这么熟练，那是因为我平时在脑子里演练得比较多。"说到最后，声音越来越小，颇有点儿不好意思。

"真的？"凤轻尘转了个身，与九皇叔面对面，双眼亮晶晶的……

看到九皇叔不好意思，她就高兴了！

这个问题要怎么回答呢？

九皇叔俊脸微红很不自在，看凤轻尘一脸兴味，不得到答案绝不罢休的样子，九皇叔明白，这个问题他必须回答。

九皇叔强作镇定，想了想决定实话实说，不能因为怕丢脸，就错过掳获美人心的机会。

"当然是真的，这种事我怎么会骗你，你是我的第一个女人，也是最后一个。"

"第一个我信，最后一个有点玄，要是我不幸早逝，或者我死得比你早，难不成你下辈子就一个人过，不找别的女人？"九皇叔有这么痴情吗？她怎么就没有发现呢，难不成她淘到宝了？

这样的男人，几乎绝种了，九皇叔这话，应该只是说说吧？凤轻尘不怎么确定地想道。

"别乱说什么死不死的，你不会比我早死。"九皇叔将人抱紧，不知为何，听到这话，他心里有种不好的预感，好似有什么东西堵在心口，闷闷的，只有把凤轻尘抱得紧紧的，他才能稍稍安心。

"生老病死很正常，没有人能永生不死，我早晚有一天也会死，我也只说是可能，可能比你早死，这只是假设。"只要不是枉死，凤轻尘都能接受，长生不死岂不成老妖怪了？

"这么说也有道理，那要是我比你死得早呢，你会怎么办？"凤轻尘的解释让九皇叔心头稍安，只不过心里的阴影，一时半刻怕是消不掉了。

凤轻尘连想都不想，就道："你要是死得比我早，我肯定把你忘了，再找一个比你好的，然后过幸福的生活，让你后悔得想要再死一次。"

凤轻尘骄傲地扬起下颌，本以为听到她的回答，九皇叔会生气，没有想到九皇叔沉默半晌后，点头表示附和："这样我就放心了，如果真有那一天，我希望你能这么做，我不希望你因为我的死而伤心痛苦。"

他所做的事情，一个不慎就会万劫不复，凤轻尘如果真能做到在他死后忘了他，那么真到死亡的那一刻，他也不会有什么遗憾了。

虽然，只要一想到凤轻尘与别的男人在一起，他的心就痛得无法呼吸，可他还是希望凤轻尘在他死后，能再找一个爱她的人，他不能给凤轻尘的幸福，希望别人能给。

凤轻尘一怔："你乱说什么呢！我们哪有那么容易死呀，好人不长命，祸害遗千年，我们都是惹祸精。"

凤轻尘鼻子一酸，捶了一下九皇叔的胸膛："你放心好了，就算我们不会活千年也不会早死，我是一名优秀的医者，有我在你想死也不是容易的事。我们都会好好地活着，然后一起慢慢变老。"

这一次，凤轻尘主动抱住九皇叔，在他的怀里找了一个舒适的位置："只要你不负我，我定会陪你一起慢慢变老。"

没有说爱，却比说爱更深刻。

"好，我们一起慢慢变老。"九皇叔的下颌抵在凤轻尘的头顶上，双眸闪闪发亮。

这世间最动听的话不是我爱你，而是我会陪你一起慢慢变老。

"嗯，会的，会有那一天。"只要你不负我，就一定会有那一天，因为凤轻尘

绝不会负你。"

凤轻尘在九皇叔的胸膛蹭了蹭,打了个哈欠:"好了,不要想了,睡了,有什么事天亮再说。"

两人相拥而眠,温馨而美好。

只是,这份美好太过短暂,当凤轻尘醒来,发现床上只有她一个人,心里有种说不出来的失落和酸楚。

她多么希望每天醒来时,九皇叔就在她身边,在她迷迷糊糊睁开眼时,给她一个早安吻,说:"醒了。"

这么小小的要求,可对她来说却是奢望,就算天下皆知她和九皇叔两人的关系,他们也不能同进同出,因为他们不是夫妻,不是被人认可的夫妻。

凤轻尘抱着被子,坐在床上,身侧凹陷的枕头和微热的被窝告诉她,她身边的男人刚刚离去。

眼睛酸酸的,昨夜的甜蜜和情话,在今天早上似乎变成了一种讽刺。

一起慢慢变老,是很遥远的事情,他们还有很长很长的路要走。

"唉——"凤轻尘叹了口气,叹完气后才想到,一大清早叹气会把好运给叹没了,凤轻尘踢了踢九皇叔枕过的枕头,发泄心中的不满。

待到心情平复,凤轻尘掀开被子,赤着双足下床,打开门,发现她住的院子静悄悄的,丫鬟一个都没来。

这是怎么了?平时她们早就出现了。随即想到昨天晚上的事,凤轻尘明白定是九皇叔做了什么,把她身边的丫鬟都放倒了。

凤轻尘皱了皱眉,只好自己动手了,习惯了衣来伸手的生活,凤轻尘还真不习惯没人伺候,幸亏她今天要和苏绾比试武艺,穿的是劲装,比正装简单多了。

待到凤轻尘再三检查,发现没什么遗漏准备出门打水时,春绘、秋画、夏晚、冬晴四个丫鬟一脸羞红地走了进来:"姑娘,奴婢睡过头了,请姑娘责罚。"

四个姑娘一脸懊恼,看她们的样子也不像是作假,凤轻尘没有和她们计较,毕竟错不在她们:"下次注意些,这一次就算了,替我梳头。对了,佟珏和佟瑶呢?"

"她们昨天出城了,到现在还没回来。"春绘打散了凤轻尘的头发,以方便梳理。

春绘擅梳妆,秋画擅女红,夏晚有一手好厨艺,冬晴会看账,四个丫鬟各所有长。

"你们回头派人去找找,别出什么事。"九皇叔太阴险了,九王府来的丫头和王家来的丫头这待遇也相差太大了,佟珏和佟瑶一个晚上待在城外,不知道会有多担心,也不知会不会有危险。

想到这里,凤轻尘很是愧疚,她昨晚把大家都忘了,果然是美色误人。

"姑娘放心，佟珏和佟瑶带着护卫出去的，而且她们两个也会一点儿防身之术。"

"还是带人去找找，要是在城外遇到麻烦就不好了，等会儿我要进宫，如果有什么事就去城门口找翟东明，你们只要说九皇叔让你们去找他的就行了。"

翟东明这人不用白不用，他这段时间肯定会想方设法地讨好九皇叔，以求九皇叔原谅，面对九皇叔的"命令"，翟东明一定会第一时间办妥。

用早膳时，凤轻尘发现孙思行、玄医谷谷主和崔浩亭都不在，对此凤轻尘一句话都没有说，只是默默地吃饭。心中却暗想，九皇叔为了昨晚可真是煞费苦心。

因此，当她出门没看到肃亲王府送给她的护卫，也只是笑了笑，这些人不在才叫正常，毕竟九皇叔出手是不可能有漏网的。

她和苏绾继续比试是临时决定的事情，收到消息的人并不多，今天很幸运没有被人围观。

路过大街时偶尔还能听到路人在谈论她和苏绾比试的事情。毕竟，这事关乎大笔的赌金，哪怕时隔两个月，火热的程度依旧不减。

想到那个赌局，凤轻尘便笑了，虽然她占的比例从二十分之一，变成了百分之一，可那也是一笔不小的数目。有了这笔钱，她搬回凤府后，生活就不会太拮据，也可以给父母建衣冠冢了。

一到皇宫，凤轻尘就被人带到兽苑，说是今天的比试在那里。

"兽苑？今天的比试不是应该在武场吗？难道今天比骑射？"凤轻尘一脸不解，顺手给了带路的小太监一个荷包，希望对方能解答一二。

没钱，寸步难行！

小太监掂了掂荷包的分量，露出一个满意的笑容。心中不由欣喜，大家都说这凤姑娘是个大方的主，果不其然，不枉费他昨天挤掉五个人，到处打听消息，换来给凤轻尘带路的机会。

"凤姑娘不必担心，今天依旧是比试武技，只不过苏家那边担心双方都是娇贵的小姐，要是在对打的过程中发生什么意外破了相就不好了，苏家希望皇上能用别的办法代替，实在不行苏家就不比了。"小太监也算是对得起凤轻尘打赏的银子了，这消息可不是什么人都能打听到的。

"原来如此，多谢公公。"苏家还真是以小人之心度君子之腹。

苏家认为凤轻尘一旦毁了容，怕她在武术比试时使阴招，把苏绾的容貌也毁了，苏家会这么想也能理解，要知道她容颜有损，就算不是苏家做的，也是因为苏家提出的比试引起的，苏家有不可推卸的责任。

"凤姑娘客气了！对了，小的还听说，前两天，苏绾小姐进宫拜见了皇后娘娘和贤妃娘娘,深得两位娘娘的喜欢,贤妃娘娘还留她吃了饭,直到宫门落锁苏绾小姐才出宫。"这算是买一送一,凤轻尘那笔钱花得值得。

"公公有心了,改明儿公公出宫时,还请公公赏脸到舍下喝杯薄酒。"凤轻尘明白,这个太监告诉她这件事,肯定有目的,她要不开口表示什么,肯定不行。

"多谢凤姑娘,只是小的出一趟宫实在不容易,如果凤姑娘方便,还请凤姑娘在皇贵妃面前替小的美言几句,小的姓林,名昆。"

"原来是林公公,我记下了。"提肯定是要提的,至于用不用,那就是皇贵妃娘娘的事情了。

凤轻尘发现宫里头的人活得真累,一个个削尖了脑袋往上爬。九皇叔从小在这种环境长大,难怪养成那种扭曲的性子。

在这个人吃人的地方,不能有真性情,不能说真话,不能相信人,九皇叔真辛苦,凤轻尘有些理解九皇叔当初对她的冷淡与反复了,在宫里长大的孩子,不太容易相信人。

交易达成,凤轻尘与林公公便不再说话,两人之间只有利益往来,交心的话半句也不能说。

凤轻尘来到兽苑时,苏绾早已等在那里,一身黑色劲装的苏绾,手上拿着一根红色的鞭子,眼神凌厉,英姿飒爽,与平日的娇媚形成了鲜明的对比。

当苏绾看到凤轻尘时,毫不掩饰自己眼中的敌意,甚至故意别过头去,一副没有看到凤轻尘的样子。

凤轻尘并不生气,还主动打招呼:"苏绾小姐,好久不见。"

"确实很久不见,看到凤小姐你安然无恙,苏绾这颗心总算可以放下了。"苏绾转身,眼神落在凤轻尘脖子上的那道浅痕上,不无嘲讽道。

凤轻尘在医术比试的关键时刻受伤,所有人都怀疑是苏家干的,在凤轻尘养伤的这段时间里,苏绾不知受了多少的白眼和排挤,甚至苏家都被牵连,她一度都无法出门。

可偏偏无论是苏家还是她,都不能解释,因为凤轻尘从始至终,都没有说凶手是苏家,他们要是主动站出来,那就是做贼心虚。

看到凤轻尘笑盈盈地站在自己面前,她能不生气吗?

"多谢苏绾小姐的关心,可惜没有抓到凶手,只有抓到凶手,我们大家才能真正安心。"凤轻尘同样暗示苏绾,一日抓不到凶手,苏家就脱不了嫌疑。

"清者自清,浊者浊者,我相信上天是公平的,不会放过一个坏人,也不会错过一个好人。"苏绾哼了一声,继续拿后脑勺对着凤轻尘,摆明了不愿意和她多谈。

她们之间早就撕破脸皮了，只不过在公开场合不好表现得那么明显罢了。

凤轻尘无所谓地坐在一边，等待今天的裁判出现，她从来没有把苏绾当对手，苏绾不过是一颗棋子，她的对手是南陵锦凡。

一刻钟后，以太子为首的五人裁判团出现了，太子、西陵天磊、东陵子洛、夜叶，还有元希先生。

凤轻尘明白夜叶会出现是代替南陵锦凡，可元希的出现倒是令凤轻尘惊讶了一把，元希先生这是吃饱了没事做，闲得无聊来兽苑喂鸟吗？

可惜没有人替凤轻尘解惑，见完礼后，太子一行人就在自己的位置上坐了下来。只有东陵子洛慢了一步，看了一眼凤轻尘的脖子，见她脖子上只有一道浅痕，随即露出一抹笑容，然后说了一句和苏绾之前一样的话："轻尘，看到你安然无恙，本王这颗心总算是放下了。"

凤轻尘眨了下眼掩去眼中的厌恶，果然讨厌的人说的话都一样，凤轻尘皮笑肉不笑地道："有劳洛王殿下挂心了，有九皇叔在，我不会有事的。"

凤轻尘特意提及九皇叔，就是想要恶心一下东陵子洛。果然，东陵子洛脸上的笑容绷不住了，他最近被九皇叔打压得厉害，勉强一笑："轻尘说错了，你的伤能好，应该是玄医谷谷主的功劳，玄医谷谷主果然有妙手回春之能。"

"洛王这话不对，是玄医谷谷主医好了我的伤没错，可如果没有九皇叔出面，玄医谷谷主又怎会替我医治这种小伤？"东陵子洛口口声声说关心她的伤，可除了嘴上说说外，他什么也没有做。

九皇叔什么都没有说，可在她出事后，以最快的速度将玄医谷谷主请来，不是凤轻尘瞧不上东陵子洛，实在是拿他和九皇叔一对比，高下立见。

凤轻尘嘴角噙着一抹嘲讽的笑容，与东陵子洛的视线相交，冷漠而疏离，隐隐有一丝不易察觉的厌恶。

她真的搞不明白，东陵子洛哪来的自信，认为她凤轻尘还喜欢他，认为只要对她招招手，她凤轻尘就会不顾廉耻地扑上去？东陵子洛还真当自己是个人物了，也不想想他们两人之间的仇恨，就算全天下的男人都死光了，她凤轻尘也不会看上东陵子洛。

东陵子洛怔怔地看着凤轻尘，他在凤轻尘身上，再也找不到当初那小心翼翼、竭力隐藏起来的爱恋。

东陵子洛右手捂着心口，心中似有一股说不出来的苦涩滋味，伸手，想要拉住凤轻尘的衣摆："轻尘……"

"殿下，请自重。"凤轻尘后退一步，拉开两人之间的距离，一抬头，就看到

元希与西陵天磊一脸兴味地看着她和东陵子洛。

凤轻尘没好气地瞪了两人一眼,心里暗道:八卦男。

东陵子洛似乎也发现了场合不对,当下收起情绪,朝凤轻尘露出一个优雅却不失亲和的笑容,好像什么都没有发生过一般:"轻尘,祝你旗开得胜。"

"多谢殿下。"凤轻尘福了福身,大家面子上过得去就行了,怎么说东陵子洛也是一个皇子。她当场给东陵子洛难看,东陵子洛肯放过她,恐怕别人也不肯。

东陵子洛与凤轻尘各自坐下,太子这才起身,宣布比试规则,太子先是强调一下皇上对苏绾和凤轻尘安全的重视,随即提出比试是为了两国的交流与和平,不在乎输赢之类一大串官方的说辞讲完后,才提到今天武技比试的规则。

"兽苑有十八个狩猎区,御林军昨天已清出两块最小的区域,凡是攻击性强的猎物都已经被清出去了。狩猎区域里,只有一些攻击力不大的小动物,两位小姐可以放心,今天的比试,只要两位小姐按规则办,就不会有太大的危险。"

"凤小姐,苏小姐,如果没有别的问题,二位可以去兵器房选择适合的兵器。当然了,你们要是有自带的兵器也可以。选好武器后,会有人带你们前往比试的区域,一个时辰后,以响鼓为示,听到鼓声,还请两位小姐尽快出来,到时候哪位小姐猎杀的动物最多,哪位小姐就获胜。安全起见,两位小姐可以带信号烟进去,狩猎区域外面有御林军把守,两位小姐要是遇到危险,将信号燃起,御林军会在第一时间冲进去救人。"

"多谢殿下。"苏绾和凤轻尘同时起身,在太监的带领下各自去领兵器。

苏绾早就知道了比试规则,她用的是自己带来的匕首和长鞭,凤轻尘昨天晚上比较忙,太子虽然有派人过去告诉她这事,可惜不得其门而入。

凤轻尘在太监的带领下,选了一柄三米余长的长枪,红色的枪缨随风飞舞,英气十足。

"枪?我以为你们姑娘家只会使使小刀和鞭子。"元希先生笑道。

"一寸长,一寸强,用枪比较安全。"话是对元希先生说的,可凤轻尘的眼神却落在了夜叶的身上,隐含警告。

夜叶一出现,就毫不掩饰对她的敌意,依夜叶和西陵天磊的本事,再加上苏绾与皇后、贤妃又有交情,一天的时间也足够他们暗中安排了。

别忘了,昨天她和九皇叔都很忙,这些人就算暗中做了什么,她也不知晓。

"凤姑娘的敌人那么多,确实要多多注意,免得一不小心就被人抛尸荒野,毕竟不是每一个人都像我这么善良的。"

夜叶毫不掩饰自己的杀意,直让他身边的太子和东陵子洛同时皱眉,夜叶和南陵锦凡还真是一样张狂，在他们的地盘也敢放狠话，他就不怕一出东陵就被人杀了吗？

敌人多不就是她惹人厌嘛，凤轻尘笑了笑，不以为意地反击道："夜少主说笑了，轻尘的敌人并不多，只不过轻尘得罪的人都比较无耻，净做些肮脏下作的事情，却爱打侠义的牌子。"

夜叶一怒，手抬到一半，正准备拍桌子骂人，哪知手举到一半，就收到苏绾递来的警告眼神，当下便蔫了气："哼，比试即将开始，我不和你这妇人做口舌之争，凤姑娘，希望你一如既往的好运，能平安地走出来。"

此言一出，太子顿时阴沉着脸道："夜少主这话是什么意思？"

夜叶这话不是摆明了说今天的比试有危险吗？要知道今天的比试，可是他一手安排的，凤轻尘要真出了事，九皇叔肯定会迁怒于他。

"我只是祝福下凤姑娘，怎么，不行吗？太子殿下？"夜叶侧头，看向太子。

"希望如此。"太子面色不悦，他担心夜叶下黑手，可到这个时候说停止也不现实，太子朝自己的心腹使了个眼神，那人点了点头，悄无声息地退下。

凤轻尘将众人的神色尽收眼底，看到太子的举动心下大安，对夜叶的威胁也不放在心上。

"多谢夜少主的关心，我平安走出来后定会与九皇叔一道去夜城，感谢夜城主夫妇。"她凤轻尘也会威胁，她要是有个三长两短，就算不是夜叶做的，这笔账也要算到夜城头上。

"你敢威胁我？"夜叶俊脸扭曲，身为人人拉拢的夜城少主，除了蓝九卿那个浑蛋，还没有谁敢威胁他。

"夜少主说是便是吧。"凤轻尘不以为意地摊了摊手，轻松地拿起十余斤重的长枪，朝太子等人行了个礼，转身便朝狩猎的区域走去。

不管前面有什么危险，她凤轻尘都会活着走出来。

提着长枪走入狩猎区域，确定四下无人后，凤轻尘取出随身的无敌暗器，戒备地向前迈步。

"沙沙沙……"脚踩树叶的声音，在这一刻显得特别响亮，让凤轻尘惊讶的是，狩猎区域不仅没有什么危险，反倒一片安宁，偶尔有几只小兔子蹿来蹿去，看它们的样子，似乎见惯了人，看到她也不跑，就立在远处，看着她。

凤轻尘没兴趣打兔子，一直往里走，半个时辰后，当她走到区域的中心时，发现这里除了兔子还是兔子。

"不是吧，就让我和苏绾打兔子，这还真是安全的比试。"凤轻尘满头雾水，举起长枪瞄准一只兔子，犹豫着要不要打两只兔子出去交差。

打吧！

空手走出去实在太丢脸了，凤轻尘正准备发射长枪，突然感觉背后一寒，隐约听到窸窸窣窣的声音，凤轻尘心中一惊，连忙转身，却见距离她百米远，有一条色彩斑斓的巨蟒。

那巨蟒有七八米长，成人腿般粗，此时正朝她吐着猩红的蛇信子，隐约可见涎着口水的毒牙，那蟒蛇似乎发现了她这个猎物所在，略停了一下，又继续朝她所在的方向游走而来。

"这么鲜艳的蛇皮，这么扁的蛇头，这条蟒蛇得有多毒？"

凤轻尘看到身后的危险物是蟒蛇，并没有像一般的女孩子那样慌张地大喊大叫，而是心平气和地站在那里，同时放缓呼吸。

蛇有眼睛但它的视力不好，它一般不用眼睛视物，蛇类大多只能辨别移动的物体，只要她不乱动，屏住呼吸，这条蛇暂时就发现不了她的存在。当然，最主要的还是，她不怕蛇，所以她并不慌张。

凤轻尘不想惹恼这条蟒蛇，她也不想吃蛇肉，她现在只想着如何避开危险。

一人一蛇的距离越来越近，百米、八十米、五十米……

当大蟒蛇距离凤轻尘只有三十米时，她发现异常了，面前这条蛇，似乎能"看"见她，离她越近，那蛇越兴奋，眼神越发的凌厉。

"搞什么呀，这条蟒蛇戴眼镜了，看样子是盯上我了。"凤轻尘这下真有点儿害怕了，这蛇明显有剧毒，被它咬上一口，那自己就完了。

她就算有把握不被这条蟒蛇咬上，可只要被这条蟒蛇缠上，她也别想活了，这条蟒蛇能活活把她缠死。

双方距离二十米，那条蟒蛇突然加速，猛地朝她扑来。

"不对劲儿。"凤轻尘拿出暗器，对准蛇头，慢慢往左移，她要看看，这条蟒蛇是不是真的认准了她。

面对巨蟒，你没有一击就中的把握，就别轻易动手，你杀不死它，惊扰了它，死的就是你了。

凤轻尘脚步很轻，她本身就穿着软底鞋，这一移动几乎无声无息，可那蟒蛇似乎很聪明，凤轻尘一移动，它就停了下来，蛇身盘在地上，硕大的蛇头往前探了探，然后又朝凤轻尘所在的方向游走。

"不是吧，难不成我身上有什么味道在吸引它？"凤轻尘相信，这条蟒蛇虽然是有心人准备的，但绝不是被人抓过来的，而是自己过来的。

可她身上的衣服是自己准备的，也没有用皇宫准备的兵器，到底是什么引来了这条蟒蛇呢？

蛇有听力，可听力不好，要把蛇引来就要靠气味，蛇信子很灵活，对气味也很敏感，它能通过气味，分辨出附近有什么。

凤轻尘一边注意蟒蛇的行动，一边想着可能出现的危险，可她怎么也想不出自己身上有什么不妥的地方。哦……不对，有一样东西。

凤轻尘眼睛一亮，从衣袖里取出烟幕弹，一取出来就发现那蛇的速度突然加快了。

"果然是信号弹有问题，我怎么忘了这个玩意，真倒霉。"凤轻尘无比郁闷，她刚才没有留心，现在才发现她手上的信号弹发潮了，根本就无法点燃。

"皇后娘娘有心了，居然连这种小东西都不放过，宫里的东西果然不能用，上一次是衣服，这一次是信号弹有问题。皇后呀，咱们这是有多大的仇恨啊。"凤轻尘摇头，虽说这信号弹拿出去就是证据，可现在保命要紧，她没把握在这条巨蟒的攻击下全身而退。

凤轻尘想也不想，就将信号弹朝另一个方向丢去。

"啪——"信号弹一落下，蟒蛇便在凤轻尘的面前停了下来，伸着头，在凤轻尘面前吐了吐蛇信子，凤轻尘大气也不敢喘一下，生怕这条蟒蛇不受气味的影响，改朝她出手。

好在那气味起了作用，巨蟒在凤轻尘面前停留了三秒左右后，便改变方向追着信号弹而去，速度飞快。

"呼——"直到巨蟒的蛇尾从她身边游走，凤轻尘才松了口气。

危险解除，凤轻尘打了个响指，脸上扬过一抹明媚的笑容，转身就准备走人。

她一个人还真不敢和七八米的巨蛇动手，这又不是生死关头，她完全没必要冒险，能和平解决最好了。

只不过，心里很憋屈！

今天这事说大不大，说小不小，要不是她胆大心细，遇到巨蟒没有慌张，也没有主动发起攻击，今天她肯定就成了这条巨蟒的食物了。真到那个地步，就算九皇叔有天大的本事，也救不了她。

凤轻尘越想越郁闷，走了不到十步，凤轻尘突然想到，她和苏绾的比试区域离得很近，既然对方能把这条巨蟒引到她这里，她为什么不能把这条巨蟒引到苏绾那里去呢？

以其人之道，还治其人之身。人家做了初一，她做十五也没有什么错吧？

她和苏绾都是女子，既然对方能对她下狠手，她为什么不可以？对方出手时就应该想到，当一个女孩子面对这巨蟒时，会多么的慌张与不安。

对方没把她凤轻尘当人看，她又何必心软？

"苏绾，别怪我，要怪就怪你自己有害人之心，如果不是我足够冷静、大胆，我今天就惨死蛇腹，尸骨无存了。苏绾，这恶果是你种下的，后果当然要由你来承受，如果你惨死蛇腹也不要怨我，要怨就怨出主意害我的人，我相信你不会和我一样倒霉，拿到的信号弹也是湿的。"

凤轻尘将暗器放入囊中，随即又从身上的小工具箱中取出能吸引蛇的药物。为安全起见，凤轻尘戴上手套，她怕自己身上沾了药水味，那笨蛇最后会追着她跑，那可真是害人终害己了。

凤轻尘先是跑到苏绾所在的那片区域的边界处，在那附近洒上药水，又朝里面喷了一些，接着又跑回来，绕了几百米，到另一头，在巨蟒能闻得到的范围内，将药水洒下。

凤轻尘的方向感非常好，虽然时间紧迫，但她选择了最近的一条路，她相信这条蛇不会让她失望。

当然，失败了也没什么，横竖她也就是试一试，出口气，能成功最好，不成功她也没有什么遗憾，日子还长着呢。

凤轻尘洒下的药水带着肉食动物最喜欢的血腥味，混在空气中人闻不到，可动物却很敏感。不一会儿那巨蟒就朝她这边飞速地游走而来，蛇尾甩得啪啪作响，看样子很饿。

凤轻尘知道危险临近，动作更快了，连忙朝另一头跑去。确定那笨蛇没有追过来后，凤轻尘才松了口气，擦了擦额头上的汗水，朝猎狩区外围走去。

路上，凤轻尘无比庆幸自己没有对兔子下手，那蟒蛇要是闻到这里的血腥味，肯定不会这么容易就被打发掉。

"苏绾，希望你武技够烂，打到的兔子够少，不然你就惨了。"凤轻尘毫不掩饰自心中的小得意，检查了一遍，确定没有什么事后，才捡起自己丢在一边的长枪。

"走了，今天就算秋游了。"凤轻尘毫不留恋地走出狩猎区。

她要去看热闹，看夜少主的精彩表现。

"凤姑娘，你……"入口处的侍卫，看到凤轻尘一脸轻松，两手空空地走出来，一脸震惊，忍不住问道。

"我？怎么了？"凤轻尘故意装作不知，伸手指了指自己，一脸不解地问道。

"没，没事，凤姑娘很好，对了，凤姑娘你的猎物呢？可要属下去帮你拎出来？"侍卫干笑一声，心中暗笑，这凤姑娘不像传闻中所说的那般精明呀，就这呆呆笨笨的样子,也能迷倒九皇叔,真是奇怪了。

凤轻尘摊了摊手:"多谢,不过用不上了,我没打到猎物。"

"什么?没打到?一只猎物也没有打到?"侍卫一脸扭曲,似乎不敢相信自己所听到的。

这两片区域的猎物,是专门给未成年的公主们玩的,里面全是驯养的兔子,闭着眼睛也能捕杀,凤姑娘进去这么久,居然一只都没有打到,这也太……传闻,真不可信,就这样的身手,凤小姐能在城门口,放倒几个大男人?

侍卫们的脸皮直抽搐,凤轻尘笑着点头,侍卫只当凤轻尘不好意思,连忙低头:"咳咳,凤姑娘,既然没有打到猎物,那我们就先回去吧。"

他的职责是保护凤轻尘,护送凤轻尘进出。

"好,这个麻烦你帮我拿一下。"凤轻尘将手中的长枪,递给对方。

这东西很重!

"是。"

就在此时,一道尖叫声响起……

"出事了。"

唰的一声,侍卫同时拔出腰间的配刀,面色凝重,却不显慌乱,以最快的速度,将凤轻尘护在中间。

他们今天的任务,就是保护凤轻尘,只要凤轻尘没事,他们就没事。

凤轻尘的嘴角噙着一抹笑容,顺着声响看去,那个方向……没错,她猜想那条蛇应该成功潜入了苏绾所在的区域。

很明显,苏绾的运气不太好,她这么快就被蛇发现了。

砰的一声巨响,上空升起一道黑烟,紧接着就是一道道的脚步声响起,整齐划一。

"是苏姑娘,苏姑娘出事了。"侍卫心下大安。

苏绾出事,总比皇上、太子出事要好。

"我们去看看。"她这么快从狩猎区出来,就是为了看热闹,怎么能错过这个机会。

"这个……"侍卫一脸为难,这个时候往前凑,那是笨蛋。

凤轻尘当然也明白,没事往前线跑,那是给护卫找麻烦,当下解释道:"苏绾那里出了事,这里也不一定安全,我们总共才十个人,如果真遇到危险也挡不了多久,不如去找太子和洛王,大家聚在一起,出了事也有一个照应。"

"凤姑娘说得是,我们这就走。"侍卫暗暗点头,难怪能让九皇叔倾心,传言也不是全不可信,至少这凤姑娘颇有胆识,临危不惧。

凤轻尘一行人刚出现,太子就发现了,高兴地大喊了一句:"轻尘,你没事就好。"

　　太子、东陵子洛、元希先生和西陵天磊的周围站满了亮起大刀的侍卫，一个个如临大敌，看到凤轻尘出现，直接拿刀尖对准她，不准她往前。

　　"我刚从狩猎区出来，听到那边有声响，怕有危险就跑过来了。"凤轻尘指了指苏绾那个区域，看到夜叶不在，眼中的嘲弄更甚。

　　她可以肯定，夜叶肯定知道发生了什么事，害人终害己，也不知夜叶看到那条蟒蛇会是什么表情。

　　"你没事就好，放行。"太子挥了挥手，靠在椅子上喘气，一张俊脸白得没有血色，胸口剧烈起伏，这一系列的事情，可把太子折腾得够呛。

　　他的人来报，凤轻尘的信号弹有问题，结果凤轻尘没事，苏绾那里却出了事，两个都不省心，太子真心很头痛。

　　这样的身子，怎么能当皇帝？凤轻尘同情地别开眼，哪知一转头，就看到西陵天磊、东陵子洛和元希先生那打量的眼神，那神色似乎在说，凤轻尘，你在苏绾那里弄出了什么事？

　　西陵天磊更是直接开口问道："凤轻尘，你可知苏绾那里出了什么事？"

　　"磊太子，你这话问得真奇怪。"凤轻尘没好气道，同时扫了一眼东陵子洛和元希先生。

　　"奇怪吗？本宫可不觉得，本宫不过随口一问，凤小姐怎么就这么大的反应？这是心虚吗？"西陵天磊手指轻敲桌面，借此排解心中的不安。

　　夜叶进去很久了，到现在还不见人出来，看样子苏绾那里遇到的麻烦很大。

　　"心虚？磊太子这话说得真好笑，就算心虚也不该我心虚，别忘了，我在一个时辰前，才知道今天的比试改在兽苑，直到太子说出比试规则，我才知道今天的比试是怎么回事，我毫无准备而来，所用之物皆是宫中所准备的。哦……忘了，我的长枪还在这里呢，可惜，没沾到血。"凤轻尘暗指苏绾准备充分，显然是早就知道了比试的规则，而只有了解规则的人，才能利用规则。

　　"是吗？那昨天晚上凤小姐你在哪里？"凤轻尘的西区小院，经过上一次的刺客事件后，守卫森严，水泼不进，针插不入。

　　"磊太子这是在审问犯人吗？别说轻尘不是犯人，就算是犯人，磊太子你也没有资格审问我，别忘了你是西陵的太子，而我是东陵的贵女。"凤轻尘眼神一冷，语调随之变了。

　　太子和东陵子洛也隐含指责地看向西陵天磊，西陵天磊歉意一笑："轻尘误会了，本宫不过随口一问，轻尘要是感觉为难，可以不答。"

　　这是挖了陷阱等凤轻尘跳。

"磊太子，咱们不熟，你还是叫我凤姑娘的好，至于我昨晚在哪里？不是不能回答，只是真的比较难为情。"说到最后，凤轻尘脸颊一红，一副害羞的样子。

好吧，这下不用她说，在场的人也明白是怎么回事了，毕竟谁也不是笨蛋。

东陵子洛的脸当下就黑了，太子和元希则是一脸兴味，元希先生更是打趣道："轻尘，你昨晚不会一直和九皇叔在一起吧？"

九皇叔病愈，他们早就收到了他于今早搬回九王府的消息。

"元希先生又何必明知故问？"凤轻尘抬头，大大方方，已不见娇羞，这倒把东陵子洛和西陵天磊给弄糊涂了。

凤轻尘和九皇叔之间到底是怎么回事呀？凤轻尘这个样子，真把他们搞糊涂了，真不明白九皇叔葫芦里到底卖的什么药。

"报……"一名身着轻甲的侍卫，没命地往前跑，大老远就高喊起来。

"说。"正事要紧，众人连忙将注意力，放到这侍卫身上。

"咚——"那侍卫，冲向前来，单膝跪下："殿下，苏绾小姐在狩猎区，遇到一条大蟒蛇，那……"

不等侍卫说完，西陵天磊就急忙问道："苏绾小姐可有出事？"

"回……呃，没有，苏绾小姐没事。"侍卫本想说"殿下"，想到对方是西陵的太子，当下便含糊起来。

西陵天磊的眼中闪过一抹不满："夜少主呢？"

"夜少主被蛇咬伤，中了蛇毒，另外还有不少护卫被蟒蛇所伤，中了蛇毒，恳请殿下宣太医前来。"侍卫虽是回答西陵天磊的话，可却是对着太子说的。

"快，救人要紧，宣太医。"东陵子洛比太子更快一步道，那样子好像他才是众人的头，明摆着就是要压太子一筹。

"是。"太监立马领命而去。

太子的眼中闪过一抹狠厉，随即若无其事地点头道："确实，救人要紧，不知夜少主现在如何？"

在宫里，他一个太子还比不上一个洛王，可事实就是这样，他也无话可说。

"夜少主左手被毒蛇咬伤，左臂发黑，现已陷入昏迷，属下已护住叶少主心脉，暂时没有生命危险。"侍卫连忙答道。

太子连忙站了起来，夜叶是夜城主唯一的儿子，他要是死在东陵，夜城肯定不会善罢甘休，他绝不能让夜叶死在这里。

太子深吸了口气，平定心神，连忙看向凤轻尘："轻尘，你能否过去看看？"

太医院距离兽苑太远，指望太医还不如指望凤轻尘，只是太子也知道凤轻尘与夜叶、苏绾之间的嫌隙，这个时候让凤轻尘帮忙，真是有些强人所难。

再加上这种事不碰就没事，一旦沾上又没有医好，那凤轻尘便会被夜城和苏家记恨，这完全是吃力不讨好的事情，所以太子也不是很有把握，不想凤轻尘却满口答应："可以，不过我只能说尽力而为，毕竟蛇毒可大可小，另外，请殿下派人去拿我的药箱，我怕稍后会用上。"

凤轻尘知道那条蛇绝对有剧毒，被毒蛇咬伤，夜叶肯定没有好果子吃。

"好。"太子满口答应，"我们先过去，夜少主可是夜城未来的主人，可不能有什么闪失。"太子怕凤轻尘不肯尽心，连忙暗示。

"我也去。"东陵子洛和西陵天宇同时道，元希先生则摇了摇头："我就不去了。"

"好。"太子同意了，凤轻尘撇了撇嘴，什么都没有说，默默地跟在太子身后，朝事发地走去。

西陵天磊刻意落后一步，走到凤轻尘的身边，以只有两人才能听到的声音，在她耳边道："轻尘，刻意装作若无其事，去救本欲加害自己的人，是不是感觉特别的憋屈？"

憋屈，那是肯定的，她巴不得苏绾和夜叶这对麻烦就此消失。

可是，这和他西陵天磊有什么关系？

凤轻尘脚步一顿，抬头，视线交汇，火花四射……

试探？或者说西陵天磊知道了什么？凤轻尘收回眼神，若无其事地说道："磊太子想太多了，我和夜少主无仇无恨，有什么憋不憋屈的，倒是磊太子这话让轻尘很奇怪，磊太子和夜少主关系匪浅，磊太子应该很担心夜少主的安危才是。"

"本宫与夜少主不过是合作关系，相比夜少主，本宫更愿意与轻尘合作。"西陵天磊似乎没有听出凤轻尘话中的嘲讽之意，配合着凤轻尘的步调，走在后面。

"多谢磊太子的厚爱，我何德何能？"凤轻尘很清楚，这些人看上的不是她，而是她身后的九皇叔、王锦凌和宇文元化。

只是，让凤轻尘不解的是，西陵天磊有必要因此而拉拢她吗？除了王锦凌外，其他两个人只在东陵有影响力，宇文元化这人，明显不会因为她而背叛东陵。

"轻尘，本宫是认真的，本宫很清楚你有没有这个能力。轻尘，你好好考虑下，如果你同意，本宫会给你一个新身份，让你可以斩断过去。"西陵天磊暗示凤轻尘，他要的并不是凤轻尘的关系网，而是她这个人。

"多谢磊太子的厚爱，我会认真考虑。"凤轻尘敷衍地道，随即加快了脚步。

西陵天磊的胆子还真大，在太子和洛王的面前，就敢拉拢她。

"轻尘,你和磊太子说什么了?"果然,太子一直注意着凤轻尘的举动,看到她上前,假装随意地问道。

凤轻尘半真半假道:"磊太子邀请我去西陵游玩,正为我介绍西陵的风土人情。"

声音不算大,但足够他们四人听到,西陵天磊很上道地接话:"太子,你也知道本宫在四国选妃,好不容易看中了一个,可惜一再被拒。"

说完,还不忘深情款款地看了凤轻尘一眼,直把凤轻尘看得全身发寒。

这眼神,和东陵子洛的一样恶心。

"既然对方不愿,磊太子就别再强人所难才是。"东陵子洛警告道。

西陵天磊哪里受得了,当下反击道:"洛王这话说错了,本宫从不强人所难,本宫相信精诚所至,金石为开,总有一天对方会心甘情愿地跟本宫走。本宫可不像有些人朝三暮四,对了,再过两个月,瑶华就要嫁过来了,到时候还请洛王多多照顾。"

西陵天磊很清楚东陵子洛的软肋在哪里,既然做不成盟友,那当然就是对立。

果然,一提瑶华公主,东陵子洛就不想说话了,不管怎么说,瑶华都是他第一个喜欢的女人,也是他心中永远的遗憾。

得不到的,总是最好的。

凤轻尘与太子相视一笑,加快了脚步,把东陵子洛和西陵天磊丢在身后,让他们两个人去斗。

远远的,凤轻尘就闻到一股冲天的腥臭味,看样子那条蟒蛇已经死了。

"殿下,情况似乎很不乐观,请允许我先行一步。"既然答应了太子尽力帮夜叶解毒,凤轻尘就会尽心,憋屈什么的暂且放一边吧。

"好。"太子知道自己的身体,他没办法加快速度,便没要求凤轻尘和他一起走,而是派了八个侍卫陪凤轻尘先行。

凤轻尘的速度很快,丝毫不比她身旁的侍卫差,太子羡慕地看着凤轻尘的背影:"凤将军的女儿果然不是什么娇弱千金,这样的女子有足够的资格,站在大丈夫身边。"

东陵子洛脸色一黑,太子这话不是往他的伤口上撒盐嘛,先是瑶华,接着又是凤轻尘,他今天莫名其妙地就受了极大的伤害。

第二十二章　死的为什么不是你

凤轻尘赶到时战斗早已结束，蟒蛇被斩成几段，血流了一地。凤轻尘扫了一眼横七竖八的蛇块，又看了一眼受伤的侍卫，心中暗叹这蛇的杀伤力真大，幸亏她没有仗着暗器动手，不然她今天定有苦头吃了。

凤轻尘目标明确，直接朝夜叶走去，还未近身就被一个一身是血、披头散发的女子推开："凤轻尘，都是你，都是你，遇到蟒蛇的明明应该是你，你为什么不去死？"

苏绾的脸上又是血又是泪，狰狞可怖，眼中还有未曾消退的惊恐与害怕，看向凤轻尘的眼神，充满了怨恨。

苏绾不明白，到底哪里出了错，这条蛇为什么没有追着凤轻尘，而是朝她跑来。

今天遇到蟒蛇的人是凤轻尘，而不应该是她苏绾，她这是代凤轻尘受过。

苏绾一想到蟒蛇朝她张开血盆大口的画面，就忍不住浑身发抖，如果不是表哥来得快，她肯定会被这条蛇给吞了，都是凤轻尘，都是凤轻尘的错。

看凤轻尘还在她面前，苏绾发疯一般，朝凤轻尘扑去："凤轻尘，都是你害了我表哥，要不是你，我表哥怎么会被蛇咬伤，凤轻尘你这个贱人，为什么被蛇咬伤的人不是你，为什么不是你？"

凤轻尘从来都不是一个怜香惜玉的主，苏绾扑上来，她就任苏绾打吗？她又不是圣母，凤轻尘粗鲁地推开苏绾，对侍卫道："拦住她。"

此时的苏绾眼神没有焦距，精神状态极差，整个人都陷入了疯狂中，如果一直这样下去，苏绾说不定真的会疯，可凤轻尘半点也不同情她。

苏绾和夜叶是自找的，如果他们不存着害人的心，又怎么会落得如此下场？

"你们敢，你们敢拦我，我可是南陵苏家的女儿，我表哥是夜城少主，我告诉你们，如果我表哥有个三长两短，我要你们所有人陪葬。"

苏绾大吼大叫，就像一个疯婆子，侍卫们也不敢用蛮力，三两下就被苏绾挣脱了，苏绾又朝凤轻尘扑去，看她那样子，似乎想撕碎凤轻尘。

"啪——"凤轻尘从来不是一个善茬，扬手就甩了苏绾一个巴掌，把苏绾打倒在地。

"还愣着做什么，没看到苏绾小姐摔倒了嘛，还不快把苏绾小姐扶起来。"凤轻尘甩了甩手，这一巴掌打得太用力，她手疼。

"你，你竟敢打我？凤轻尘，你好大的胆子。"苏绾被这一巴掌打清醒了，捂着肿起来的左脸，一脸愤慨。

"打你又怎么了，看看你现在的样子，哪里还有苏家女儿的风姿，你现在就是一个疯婆子。疯婆子我警告你，你再闹，我就把你丢到蛇堆里去，让你下辈子和蛇做伴。"凤轻尘指了指血淋淋的蛇头，威胁道。

通常情况下，差点被蛇给吃了的人都会有心理阴影，会很害怕蛇，甚至害怕和蛇相像的东西。果不其然，苏绾一听，脸色一白，身子一软，居然晕倒了。

"真没用。"凤轻尘不屑道。

世界安静了，她可以工作了。

凤轻尘从怀中取出一个小荷包，从里面倒出一颗小药丸，剩下的则丢给一旁的侍卫："这是玄医谷谷主研制的解毒丹，据说可以解百毒，把它喂给被蛇咬伤的兄弟。"

这是凤轻尘想方设法从玄医谷谷主那里诈来的好东西，据说一粒值千金，有价无市。

侍卫当场愣住，捧着荷包的双手似有千斤重："凤姑娘，这个太贵重了，我们这种人哪有资格消受玄医谷谷主的解毒丹。"

他们感谢凤轻尘的大方，可是玄医谷谷主的解毒丹东陵皇宫也才只有三粒，这样的药，除了皇上外，其他人想都别想，他们这种人的命，在上位者眼中根本不值钱，哪有资格用玄医谷谷主的药。

"不用，就还给我。"侍卫连想都不想，就将药袋放回凤轻尘的手心，就好像那药袋很烫手一般，而他们并不觉得凤轻尘冷血。

这么精贵的药，本就不应该给他们这种人用。

凤轻尘倒也干脆，数了一下倒在地上的人，倒出七颗解毒丹，从距离夜叶最远的侍卫开始，自己动手喂药。

"凤姑娘，这药太珍贵了，你不能……"清醒的侍卫们突然感觉自己心里暖暖的，木木然劝说道。

凤轻尘是第一个会想着先救他们的人，这么珍贵的药也说给就给，一点也不心疼。

"这是我的药,我想给谁就给谁,给不给是我的事,吃不吃是你们的事。"凤轻尘喂药的动作很粗鲁,捏开昏死侍卫的下颌,塞了药丸后,用力一按,药就下去了。

一个个侍卫看着凤轻尘,当她将药全部喂完后,其中一个小头目模样的人走了出来,双手抱拳道:"凤姑娘,我代弟兄们谢谢你。"

七条人命呀,如果凤轻尘不给他们喂解毒丹,等到太医来这七条人命就没了。

"不用客气,大夫救人是要收诊金的,回头记得把药费送给我,一人十两。"凤轻尘没打算受他们的好意,与御林军交好,一个不好就会被皇上给咔嚓掉。

"十两?金子吗?"侍卫头目一愣,明显没有想到,凤轻尘会开口要钱,不过他们也没有赖账的意思。

凤轻尘将解毒丹喂给夜叶后,才抬头道:"银子。"

普通的侍卫能拿出十两金子吗?如果能,她也不介意收,没人会嫌钱多。

"是,凤姑娘,明日我们一定将诊金送上。"侍卫头目一听是银子,就明白凤轻尘不是为了诊金,凤轻尘这是行事磊落,不挟恩图报。

凤轻尘一边点头,表示自己在听,一边查看夜叶被蛇咬伤的部位,准备替夜叶清毒。

不是她厚此薄彼,而是凡事都有一个度,她要是放着夜叶不管先救那些侍卫,先不说太子会如何,就是侍卫们也不肯。

"给我一把小刀。"凤轻尘的腿上绑了手术刀,可她不敢拿出来,这里是皇宫,利器什么的带进来就算了,要是被人发现那不是找死吗。

因为玄医谷谷主解毒丹一事,侍卫对凤轻尘很有好感,连问都不问,就将随身携带的匕首递给她,凤轻尘接过匕首,又让侍卫把腰间的水壶给她。

用水冲洗了一下匕首,凤轻尘让侍卫头目看着点。

夜叶被蛇咬伤了手臂,侍卫们已经替他做了前期的处理,护住了心脉,毒素并没有蔓延。

凤轻尘在咬伤处画了一个十字,将毒血挤了出来。

"看懂了没有,如果看懂了,就替被咬伤的人清一下毒血,光靠我一个人,他们就算有解毒丹也不一定能保住命。"玄医谷谷主的解毒丹可解百毒,这些侍卫要是没有及时清理余毒顶多残废罢了,凤轻尘不过是吓他们。

"看懂了。"侍卫头目连连点头,开始去救治其他人,而这个时候太子一行人终于来了。

"轻尘,夜少主怎么样了?"太子看凤轻尘一直在按压夜叶的手臂,连忙问道。

凤轻尘抬起胳膊擦了擦额头上的汗,借机喘了口气:"殿下放心,夜少主死不了。"

凤轻尘并没有提解毒丹的事情，匹夫无罪，怀璧其罪，看到侍卫拒绝用解毒丹，她就知道这解毒丹不只是"珍贵"，而是非常的珍贵。

侍卫也非常的机灵，半句不提解毒丹的事情，只不过在心中暗自羡慕那几个被蛇咬伤的家伙，有幸吃到玄医谷谷主的解毒丹，真恨不得自己也被蛇给咬伤了，尝一尝那千金难求的灵药。

"有轻尘这话，本宫就放心了。"太子不着痕迹地把责任推到凤轻尘头上，要是夜叶有个三长两短，那就是凤轻尘救治不力，他要承担的责任就小了。

东陵子洛鄙夷地看了太子一眼，他真瞧不起太子这做派，半点担当也没有，哪有一国太子的气度。

凤轻尘几次帮他，可一旦有事他还是把凤轻尘推出去，说好听点儿叫帝王无情，可事实却是天性凉薄、自私自利，这样的人谁敢为他卖命？

当然凤轻尘也听得明白，不过她什么话也没有说，她很早前就知道，太子就是一只喂不饱的白眼狼，靠太子还不如靠自己。

在太子力所能及时，他会帮自己一把，可一旦会给他惹上麻烦，太子定会在第一时间把自己推出去，哪怕自己帮了他。

太子看气氛不对，也知道自己这话说得有些过了，颇为尴尬地移开眼睛，正好看到躺在地上，左脸肿得老高的苏绾，脸色一变，大声质问道："轻尘，苏绾小姐怎么了？"

凤轻尘连头都懒得抬，低头答道："太子殿下放心，苏绾小姐只是惊吓过度昏了过去，至于苏绾小姐脸上的巴掌印则是我打的。她魔怔了，见人就说对方是蛇，不准任何人靠近她和夜少主，为了及时救治夜少主，我只好打她一巴掌，希望能把她打醒，可惜效果不太好。"

在凤轻尘冠冕堂皇地解释下，太子、东陵子洛和西陵天磊当下也没多想，毕竟凤轻尘说得合情合理，再加上这里有这么多的侍卫在，凤轻尘怎么也不可能撒谎。

"没事就好。"太子高悬的心，这才真正放下。

没有辅助工具，凤轻尘能做的有限，将夜叶手臂上的毒血挤出来后，便让太子把人抬走，让太医尽快救治，不然命能保住，左臂能不能保住就不好说了。

侍卫很快就将夜叶抬到距离兽苑最近的宫殿，被毒蛇咬伤的侍卫也被抬了过去，太医一来，便一窝蜂地挤向夜叶的房间。

这个时候夜叶突然醒了，只不过神智不太清楚，看到凤轻尘站在他身边，发了疯似的大叫道："凤轻尘，你怎么在这里，我要杀了你，我要杀了你。"

夜叶用没有受伤的右手推开凤轻尘，凤轻尘一个不察，踉跄后退，跌坐在地，这还不够，夜叶还将右手不停地挥动，不让别人近身，破口大骂："滚，凤轻尘你这个贱女人，你给我滚，我不想看到你，滚，听到没有，让凤轻尘那个贱女人滚。"

夜叶还算有点理智，没有说蟒蛇应该咬凤轻尘，而不是追着苏绾。

凤轻尘没有防备，这一跤跌得很重，狼狈至极，而在场的人却没有一个人伸手去扶她一把，任她一个女子坐在地上。

好半天，凤轻尘才缓过那股疼痛，站了起来，眼神冰冷……

凤轻尘站在原地，冷冷地看着夜叶，还不等她说话，太医们就开口道："太子殿下，凤姑娘在这里会影响医治，恳请殿下把凤姑娘赶出去。"

一个"赶"字，道出了太医们对凤轻尘的厌恶，没有孙正道给凤轻尘撑腰，这些太医也不会把凤轻尘看在眼里。

"轻尘，你先出去，等夜少主情绪稳定下来后，我们再说。"太子没有替凤轻尘说半句话，也没有告诉夜叶，救他的人是凤轻尘，夜叶一醒，凤轻尘就没有用了。

这是典型的过河拆桥，凤轻尘冷笑，拍了拍身上的灰："在场的人都可以为我作证，今天夜少主亲自开口赶我出去，来日要我再进来，记得跪下来求我，夜少主！"

凤轻尘推开人群，走了出去，留下一室人面面相觑。

凤轻尘凭什么这么自信，有什么资格放出这样的话？

"狂妄，狂妄，太狂妄了，这女子实在狂妄无知。"一名老太医回过神来，扯着嗓子大叫。

"凤轻尘，想要我求你，下辈子都不可能。凤轻尘，我等着，等着跪下来求你的那一天，我就不信，老天爷会一直站在你那边。"夜叶大吼，如果不是身子还很虚弱，说不定会从床上跳起来，直接杀了凤轻尘。

夜叶还想要说什么，太医连忙上前按住他："夜少主切不可动怒，小心引发蛇毒。"

夜叶后面说了什么凤轻尘没有听到，她已经出来了，就算夜叶说了什么难听的话凤轻尘也不会生气，她从来就没有对夜叶抱过希望。

作为大夫，遇到不讲理的病人那是常事，别说只是推一把，被病人和病人家属打也不是没有遇到过。遇到重大病症，救治失败，病人家属总认为大夫没有尽力，是大夫害死了病人，可又有谁知道大夫的委屈？

不过，那些都离她远去了，她现在等着，等着夜叶来求她，不让夜叶跪下，她就不姓凤！

凤轻尘出来时，遇到了之前在狩猎区保护夜叶和苏绾的侍卫头目，小头目看到她后，连忙上前，神情有些局促，凤轻尘好脾气地站在原地，等了半天也没有等到对方开口，只好主动开口问道："有什么事吗？"

"凤姑娘，那个，那几个兄弟还没有清醒，药童也不会解蛇毒，不知能否请凤姑娘过去看看？"小头目有些结巴地说道，一脸不安，他求了好几个太医了，那些太医都不搭理他，说是没有命令，他们不能擅自医治、用药。

他站在外面，听到了室内的叫骂声，也看到了凤轻尘狼狈摔倒的画面，他心里替凤轻尘委屈，本想冲进去把凤轻尘扶起来，告诉夜少主，是凤轻尘救了他，要不是有凤轻尘他夜少主早死了。

可他不能这么做，他只是一个小侍卫，他冲进去不仅帮不了凤轻尘，连自己的小命也会搭进去。看到凤轻尘受了这么大的委屈，小头目担心凤轻尘会心情不好，迁怒于他，可他又不想放过这个机会，只好僵在这里。

夜叶一个人受伤身边围了四五个太医，苏绾只是受惊过度，也有两个太医、两个医女照顾。而被蛇咬伤的七个侍卫和受了伤的十五个护卫，却只有三个小药童做着最简单的清理和包扎。

看小药童们手忙脚乱，一会儿找药、一会儿擦汗的样子，凤轻尘叹了口气，什么都没有说，对侍卫头目道，她需要先去净手。

等到凤轻尘出来时，她已经将所需要的药物缠在腰间，让侍卫头目把小药童请出去，不要在这里妨碍她救人。

侍卫头目立马执行，那些小药童医术不怎么样，脾气却大，当下便掐腰骂道："让我出去？怎么？这是看不起我？好，我走，死了可别怪我，也别求我回来，你们还真把自己当回事了，你当我愿意管你们这些大头兵啊，你们就在这里等死吧，看你们能不能等到太医前来。"

侍卫头目满头大汗，再三向小药童道歉，只说不是看不起他们，而是他们当中有会解蛇毒的人，不给几位添麻烦。

小药童才不信，哼了两声，眼神在凤轻尘身上停留了片刻，他们虽然不认识凤轻尘，可看凤轻尘的装扮也知道对方是贵人，虽然心里不满，可还是乖乖地走人。

两个小药童走后，室内瞬间安静下来，受伤的侍卫躺的是大通铺，这倒是方便了凤轻尘，凤轻尘当着小头目的面取下绑在腰间的器具与药物。

小头目看得目瞪口呆，心中暗想，这凤姑娘居然能把这一套东西带进宫，实在太厉害了，那银光闪闪的可是刀子呀，看那刀刃，锋利程度不亚于他的佩刀。

"去，拿两坛烈酒来，要最烈的酒。"

"该死！怎么会这样。"当小头目提着酒坛进来时，就听到凤轻尘在骂脏话。

"凤姑娘，怎么了？"小头目连忙上前问道。

凤轻尘正恼着，见到小头目进来，想也不想就训道："你怎么做事的，毒牙在伤口里面，你居然没有发现，你知不知道这有多危险，你知不知道因为你的一个失误，极有可能害死一条人命，做事一点也不仔细，你这样是对病人不负责！"

凤轻尘吸了口气，告诉自己冷静一点。

有玄医谷谷主的解毒丹，这个病人的情况并不算糟糕，至少可以保住命，只是这条腿中毒严重，怕是没救了。

小头目吓了一大跳，他虽然不太明白凤轻尘的话，但也知道自己做错事了，连连道歉，凤轻尘没有时间管他："出去，去看看我的药箱拿来了没有，如果拿来了，尽快送进来，我有用。"

凤轻尘蹲太久了，双腿有些支撑不住，单膝跪在地上，左手按住侍卫的双腿，右手握刀将嵌在伤口里的毒牙连同周围的肉一起剜了出来。

"啊——"昏死的侍卫，痛得直抽搐，小头目看得全身一寒，呆在当场，猛吞口水，看凤轻尘的眼神也变得有些诡异。

"噗——"毒血飙了出来，凤轻尘早有准备，拿起之前药童准备的白布包在四周，避免毒血乱流，一回头看到那小头目还在，凤轻尘不爽地咆哮道："还愣着干什么，还不快去。"

"是，是，属下这就去。"小头目把酒往地上一放，拔腿就往外跑，那样子就好像身后有恶狗在追他一样。

凤轻尘原本准备替其他人包扎一下伤口，可现在她只能先把精力放在这个伤口有毒牙的人身上。

毒血一直在流，那侍卫的脸色也越来越难看，再这么流下去身体里的血都要流干净了。

"尽人事，听天命，剩下的就靠你自己了，你要挺住，挺住了，你的腿就保住了，挺不住，我就得给你截肢，没了腿总比没了命强。"

这一番话，说得其他几个受伤的侍卫心惊肉跳的，不自觉地看向自己的伤口，心里既期待又害怕，他们怕凤轻尘对他们说出截腿的话。

待到侍卫流出来的血完全鲜红，凤轻尘洒上药，将伤口包扎好："今晚是危险期，只要蛇毒不反复，就有七成可能保住你的腿。"

除了被毒蛇咬伤的七人外，其他十五人的伤势也不轻，好几个都被巨蟒从高处摔下，有一个小腿粉碎性骨折，而这个人才十七岁，从受伤到现在连一声疼都没有叫过。

凤轻尘觉得这个少年不错，看对方明明很紧张却咬牙强忍的模样，凤轻尘竖起大拇指，安慰道："你很棒！别紧张，相信我，不会有事的。"

"我，我相你。"少年结结巴巴地道。

受伤较轻的几个侍卫，朝那少年挤眉弄眼，少年顿时脸红，低头不敢再看凤轻尘。

不知道那少年在想什么，直到凤轻尘替他固定好伤口，他都没有反应过来，凤轻尘安慰道："你的伤比较麻烦，我现在只能简单地替你固定，稍后你和我一同出宫，再作处理。"

"哦，好，好。"少年红着脸，猛点头，双眼黏滞在凤轻尘身上，怎么也移不开，凤轻尘到哪他的眼神就跟到哪，一副情窦初开的模样。

当九皇叔走进来时，就看到这一幕，立马就黑了脸。

"咳咳——"九皇叔不满地咳了一声，提醒众人他的存在，同时不忘哀怨地看凤轻尘一眼，明明不漂亮怎么就这么能招人呢？

此时的凤轻尘，一身污血，发丝被汗水浸透，缠在脖子上，怎么看怎么不漂亮，可该死的，这副样子却吸引了在场所有人的目光。

凡是清醒的侍卫，眼神全部落在这女人身上，尤其是那个唇红齿白的少年。对，别乱看，就是说你呢，不就是替你包扎了一下伤口嘛，你脸红个什么劲儿，你含情脉脉地做什么，别自作多情，凤轻尘看不上你。

"九……"众侍卫抬头，看到来人，顿时吓了一跳，凡是清醒的，立马起身准备行礼，哪知刚一动，就听到凤轻尘的厉声呵斥："干什么，干什么，都给我躺好，不许动，伤口裂开了，别奢望我再替你们包扎一次。"

这几个人伤到了筋骨，看上去不严重，可如果处理不好就会致残，一旦身有残疾，他们的未来也就毁了。

受伤的侍卫听到凤轻尘的话，不安地看向九皇叔，一个个不知如何是好，九皇叔虽然看这些侍卫不爽，但却不能不给凤轻尘面子，冷着脸道："免礼。"

众侍卫这才安心躺回去，只不过屋内的气氛却不对了，侍卫们不敢乱动，连眼神也不敢乱飘，一个个眼观鼻、鼻观心，心中想着，九皇叔怎么会在这里？来这里做什么，不会是要治他们的罪吧？想到这里，众人越发的不安。

医生的情绪变化会影响病人，同样病人的情绪变化也会影响医生，凤轻尘看着眼前全身僵硬的病人，不得不停下来，起身，朝九皇叔福了福身："见过九皇叔，不知九皇叔大驾光临，有何贵干？"

凤轻尘摆明了不欢迎九皇叔，谁让九皇叔一来，就影响她的工作。

"我能说，我听到你出事了，特意赶来为你撑腰吗？"九皇叔在心中默道，看凤轻尘一副嫌弃他的样子，再看这些低着头，却竖起耳朵偷听的侍卫，他也说不出这话，只冷冰冰地丢出两个字："路过！"

路过？路过兽苑？九皇叔得去什么地方，才能路过兽苑。

"哦，那我就不留皇叔您了。"凤轻尘摆明了赶人，这态度让九皇叔很受伤。亏他一听到兽苑出事，就马不停蹄地赶过来，这女人居然一见面，就把他赶走，"怎么？你很讨厌本王？"

今天早上还好好的，怎么一下床就换了一个人，九皇叔叹气，发现凤轻尘只有在床上才可爱。

凤轻尘苦笑不已："九皇叔，你在这里影响我做事了，有什么事咱们回头再说行吗？"

这还差不多，九皇叔点了点头，眉眼舒展开来："本王就站在一边，不会妨碍你，你做你的事。"

九皇叔摆明不肯走，他赶着进宫，兽苑到底发生了什么事也没来得及问。现在，他只能先守着凤轻尘，以免凤轻尘在这里出事。

凤轻尘头痛，她要怎么告诉九皇叔，受影响的不是她而是这些伤员？还有，现在这个场合与时间，也不适合讨论讨厌与喜欢这个话题。

就在凤轻尘想着，如何把九皇叔劝走时，侍卫小头目拎着她的药箱进来了。

"凤姑娘，药箱我拿到了。"小头目飞奔而来，九皇叔正好站在门口，要不是九皇叔闪得快，那家伙就直接撞向九皇叔了。

"什么……"小头目张口就准备骂人，抬头一看，顿时吓得脸色发白，咚的一声就跪下，"参见九皇叔，千岁千岁千千岁。属下不知是九皇叔，冲撞了九皇叔，请九皇叔责罚。"

"嗯。"九皇叔冷冷地应了一声，既不说罚也不说原谅对方，就这么任人跪着。

凤轻尘同情地看了小头目一眼，上前接过他手上的药箱，凤轻尘道："九皇叔，这里不是说话的地方，你看，你是不是换个地方？"

九皇叔沉吟片刻，点了点头，抬腿朝室内走去，他正好问问这个侍卫小头目，兽苑到底发生了什么事。

"还愣着干吗？快跟上。"凤轻尘连忙提醒侍卫小头目。

依她对九皇叔的了解，九皇叔不会因此而责罚人。

"凤姑娘……"侍卫头目苦着一张脸，一副如丧考妣的样子，凤轻尘看不惯，便安慰了一句，"放心，死不了，九皇叔不是那么小气的人，再说，你也没有撞上他。"

"是，是，是。"有凤轻尘这句话，侍卫小头目瞬间就活了过来，小跑着跟上九皇叔的脚步。

有药箱在，凤轻尘就不用再束手束脚，大大地提高了医治的速度。

而屋内，九皇叔也将兽苑发生的事情问清楚了，侍卫头目为了立功，把苏绾骂凤轻尘，还有夜叶骂凤轻尘的话，详详细细地学了一遍。

九皇叔什么人，听到苏绾和夜叶的话，再想到昨晚他和凤轻尘在一起，就知道兽苑那条蟒蛇定是夜叶和苏绾安排的。凤轻尘要是被蟒蛇吞了，完全是意外，连责任都不用负。

只是二人没想到害人终害己，那条蟒蛇居然跑错了地方，朝苏绾跑去了。难怪夜叶说，老天爷站在凤轻尘这边，今天要是凤轻尘遇到那条蟒蛇，她就死定了，她可没有一个为了救她，连命都不要的表哥。

侍卫头目说完后，半天没有听到九皇叔说话，不安地问了一句："九皇叔？"

九皇叔毫无预兆地站了起来，侍卫头目吓得连忙跪下，正准备开口求饶，却听到九皇叔开口了，连忙闭嘴，敬听九皇叔的命令。

"传本王令，封兽苑，任何人不得进出。"

"啊……九皇叔，这个兽苑……"侍卫头目吓得跌坐在地。

封兽苑得皇上下令才行，太子殿下都不敢下令封兽苑。这是皇宫，有资格说这话的只有皇上。

"怎么，不敢？"九皇叔冷冷地扫了侍卫头目一眼，吓得侍卫头目慌忙地爬起来，朝九皇叔抱拳："属下领命。"

九皇叔满意地点头道："尽管放手去做，出了事有本王担着。"

"是。"侍卫头目一听，语气一变，信心十足。

有这句话，他还怕什么。

"记住，兽苑只许进不许出，哪怕是太子也不行，强闯者杀无赦，本王要这兽苑，一只苍蝇也飞不出去。"九皇叔绝不容许那些人在他的眼皮底下，谋害凤轻尘而不付出代价。

"属下明白，请九皇叔放心，属下一定会将兽苑守住。"

有一个霸气十足、又有担当的主子，下面的人办事也就有底气了，小头目信心十足地保证着。

今天这事，绝不能善了！

第二十三章　在这里我就是王

在太医的精心医治下，夜叶的情况越来越好，半个时辰后，夜叶就有精力和太子等人周旋了。

苏绾遇到蟒蛇的事虽然没有明确的证据，可通过侍卫的口供，太子等人已大至猜出原委，他们可以肯定这件事与凤轻尘无关，最多凤轻尘运气好。

从苏绾那番话，可以推测出蟒蛇会出现在狩猎区，夜叶、苏绾脱不了干系，可现在他们两个都因蟒蛇而出事，这件事也就没有办法追究。他们只要一口咬定，不是他们，他们是被陷害的就行了。

元希先生早就聪明地避开了，西陵天磊和东陵子洛避不开，不得不陪着太子一起处理后续的事情。

夜叶很上道，太子一开口，夜叶就主动接话，先是强烈谴责兽苑不安全，竟在比试期间出现这样的事情，东陵有不可推卸的责任。

这话并没有错，就算是夜叶自己设下的局，可那也是东陵的防御没有做好，让外人有机可乘，太子无话可说。

接着，夜叶话锋一转，暗示这次的事情是意外，幸得太子救治及时，他和苏绾都没有生命危险，这件事情就这么算了，他不追究。

虽说他们都能猜到，这件事应该是夜叶和苏绾理亏，可真要查下去倒霉的就不只夜叶和苏绾了。太子本着不惹麻烦、息事宁人的原则，再加上凤轻尘也没有出事，所以立马就同意了夜叶的说辞，把这件事定性为意外，是苏绾不小心招惹到蟒蛇。

东陵子洛站在一边，暗自叹了口气。夜叶让步地如此爽快，皇兄身为东陵太子，就算不为凤轻尘争取一点利益，也应该为东陵国争取一点利益。

别说这事不是他们理亏，就算他们理亏也要摆出理直气壮的样子，这样才能压夜叶一头，而不是被夜叶引导着谈话，牵着他们走。

　　果然，夜叶和太子谈好蟒蛇的事情后，又提起凤轻尘的事情："太子殿下，我和苏绾决定不追究蟒蛇的事情，可凤轻尘对我表妹苏绾不敬，当众打我表妹的事情，可不能就这么算了。"

　　"夜少主这话什么意思？"太子皱眉，有些后悔自己答应得太爽快了，可惜话已出口，再反悔夜叶恐怕不会同意。

　　夜叶靠在床头，露出一抹阴鸷的笑容，不无嘲讽道："太子殿下，凤轻尘当众打我表妹耳光，你该不会认为我们夜城和苏家会就这么认了，当作什么都没有发生吧？你们东陵把夜城和苏家当成什么了，想打就打，想骂就骂？"

　　"苏绾小姐当时魔怔，凤轻尘出于无奈才有失礼之处，还请夜少主谅解。"太子不满地皱眉，避重就轻道。

　　夜叶冷哼一声道："太子殿下，这话哄哄那些愚民还行，你说我会相信吗？不管凤轻尘的初衷是什么，她当众掌掴南陵苏家的女儿是事实，这面子不找回来，苏家颜面何存？太子殿下，为了苏家的颜面，这笔账我定要讨回来。当然，看在太子的面子上，我也不过分，只要凤轻尘当着天下人的面，跪在我表妹面前，让我表妹打回来就行了。"

　　太子沉默，没有说话，看他那样子似乎在权衡利弊，东陵子洛气极，忍不住跳出来道："夜叶，你不要太过分，你真以为兽苑出现蟒蛇你不追究，就没有人能查出事情的真相吗？"

　　"好呀，洛王殿下想的话，现在就去查，本少主不怕，别忘了这里是东陵皇宫，本少主就算要做什么也没有那个本事。"夜叶朝东陵子洛无声地吐出两个字，苍白的脸上露出一抹幸灾乐祸的笑。

　　东陵子洛当场变脸，不敢相信自己所看到的。

　　夜叶刚刚说的那两个字是"皇后"，这两个字就如同紧箍咒，将东陵子洛接下来的话，全部打了回去。

　　皇后，查到最后，要是查到他母后头上，那后果……勾结南陵，这是叛国。

　　东陵子洛手心冰冷，他不敢相信，他母后为了除掉凤轻尘，居然和夜叶、苏绾合作。

　　"哈哈哈……"太子的沉默和东陵子洛的惊恐，让夜叶心情大好，"太子，洛王殿下，如何？我的要求不过分吧，凤轻尘不过是一个孤女，让她跪在我表妹面前，那是给她面子。"

　　"这件事，本宫需要考虑一下。"太子没有一口说死，这件事他还要去探一探九皇叔和皇上的口风，事关凤轻尘他做不了主。

而且,看东陵子洛的表情,太子知道这件事情查下去,恐怕会另有收获,他也要好好想想其中的利害关系,自己怎样才能获得更大的利益。

"考虑?太子你还要考虑什么,不过是一个巴掌而已,我又不要凤轻尘的命,难不成太子殿下你想查兽苑的事?呵呵,太子殿下你执意要查的话,那也不是不可以,只是那后果就不是你我可以承担的了,到时候恐怕不是凤轻尘下跪磕头那么简单。"

夜叶暗指太子在皇宫中并没有足够的势力,想要借这件事获利未必能成功。

"夜少主,本王代太子回答你的话,这件事没有必要考虑,你和苏绾就是当众跪在凤轻尘的面前磕头赔礼,本王也不会同意罢手,这件事本王要追究到底。"九皇叔大步走了进来,身后跟着一队人马。

"九皇叔?"

"皇叔?你怎么来了?"

……

太子、东陵子洛和西陵天磊连忙站了起来,夜叶也愣住了,不由自主地坐直,四个人你看看我,我看看他,似乎不能接受九皇叔出现的事实,夜叶和太子更是慌乱不安,眼神闪烁,一脸心虚。

"太子这话是什么意思?本王不能来?本王要是不来,还不知道太子你居然软弱至此,一个小小的城主之子也能威胁你,你可真是给我东陵长脸了!"九皇叔看太子的眼神,冰冷得没有一丝情绪。

太子顿时感觉自己犹如坠入冰窟,全身发冷:"皇叔,不,不是的……"

他万万没想到,皇叔会突然出现,如果他知道,他肯定毫不犹豫地拒绝夜叶的提议,肯定会不顾一切地站在凤轻尘那边。。

"不是,不是什么?太子,你真让皇叔失望,东陵的太子身体可以不好,可连气势都没有,那就不配坐在太子的位置上。"

这是第一次,九皇叔在公开场合,表达自己对太子的不满,同时这也是一个警示,从今天起,九皇叔不会再支持太子,太子的位置能不能坐稳,就要看他自己的本事了。

九皇叔往室内一站,就生生压下了太子、东陵子洛、西陵天磊和夜叶四人的气势,再加上他身后的人马虎视眈眈,无不告诉在场四人,此刻他就是王,兽苑的一切由他说了算,他要不高兴,一声令下就能让太子四人横着出去。

西陵天磊默默地移到角落里站好,摆明了不掺和这件事,形势没人强,九皇叔已经用武力控制了兽苑,他拿什么和九皇叔玩,九皇叔就是一个疯子,他可不想陪一个疯子玩。

东陵子洛闭上眼睛,别过头去,张了张嘴,那话究竟还是没有说出口。九皇叔一旦动真格的，谁劝说都没用，他现在只希望母后能够聪明一点，把尾巴清理干净，别让人找到证据。

太子倒是想解释一二，可惜九皇叔根本不愿意搭理太子，太子的所作所为令他很失望，这么多年来，他一直护着太子，也算是还了太子母亲当年对他的照看之情。

九皇叔示意身后的人搬一把椅子过来，就这么大大咧咧地坐在屋子中央，与夜叶面对面，道："夜少主，兽苑的一切事务暂时由本王接管，你在我东陵了出事，本王深感歉意，夜少主有什么条件尽管跟本王提，本王会尽量满足你。"

九皇叔闭目，轻敲着扶手，悠闲地不像是在谈正事。

夜叶咬牙切齿，大好的局面被九皇叔破坏了，一瞬间，他的优势荡然无存，这样他还怎么谈。

夜叶也是一个傲气的主，九皇叔固然气势强、阵势大，他也不肯示弱，强撑着身体坐正："九皇叔，本少主在兽苑被你东陵的蟒蛇咬伤，这事你是不是要给我夜城一个交代？"

只说夜城，而不说他夜叶，这是想用夜城来压九皇叔，让九皇叔明白，他的身份和地位。

"这个当然，夜少主想要什么交代？"不等夜叶开口，九皇叔继续道，"夜少主你被那畜牲咬伤，本王就把那畜牲送给夜少主，让夜少主来处治，来人呀，把那畜牲抬进来。"

九皇叔早有准备，胆敢欺到他头上，他今天定要让夜叶终生难忘。

九皇叔一口一个"畜牲"，着实把夜叶气得不轻，没听清的人，还以为九皇叔说的这畜牲是在说他："不用，本少主……"

他的话还没说完，就看到数十个侍卫抱着蛇块，鱼贯而入，"啪啪啪……"将蛇块一一丢在夜叶的面前，最后则是那蛇的头颅。

蛇嘴里面的毒牙已经被拔掉，蛇嘴大张，蛇信子耷拉下来，蛇眼凸起，好像下一秒，会弹起来咬人一般。

蛇肉堆在一起，蛇血流了一地，更是腥臭味冲天。

"呕——"

太子、东陵子洛和西陵天磊实在受不了这味道，顾不得形象，当场就呕了起来，呕了半天，把胃里的东西全吐空了，才勉强适应这味道。

三人避开眼，不敢去看那蛇尸，正暗想夜叶怎么没有反应，哪知一抬头就看到夜叶双眼一翻，"咚"的一声，晕了过去。

凤轻尘说得没错，被蟒蛇追咬过的人都会有心理阴影，看到蛇就会想到它冷冰冰、

滑腻腻的蛇皮，还有腥臭的蛇信子和它那狠厉的眼神。

太子三人本以为，九皇叔看在夜叶受了伤又晕过去的份上，会就此放过夜叶，哪知九皇叔却不疾不徐地命令道："夜少主受惊了，来人，提桶冰水过来，将夜少主泼醒。"

特别强调是冰水，在深秋季节被冰水一泼，不及时换衣服，十有八九会受寒，九皇叔这是要夜叶不死也脱层皮。

东陵子洛和太子不打算管，西陵天磊却不得不管，西陵天磊硬着头皮上前，努力摆出太子的气度："九皇叔，凡事适可而止，夜叶怎么说也是夜城少主，夜城未来的城主，他固然有不当之处，可他今天也吃尽了苦头，还请九皇叔看在夜城的面子上，见好就收。"

不管事情的对与错，大家本能地就会同情受伤的人，西陵天磊认为，既然凤轻尘没出事，这件事就没有必要深究，却没想过，凤轻尘要是没有躲过这一劫，下场可是尸骨无存。

不能因为凤轻尘没有事，就抹杀夜叶意图谋杀的事实。

九皇叔眼睑微动，嘴角扬起一抹冷笑，不屑地道："磊太子这是在教本王做事？又或者，你这是在警告本王？"

"九皇叔言重了，本宫只是实话实说，何必因为一件小事，伤了东陵与夜城的情分。"西陵天磊淡淡一笑，气势不减半分。

"磊太子说得没错，绝不能因为一件小事伤了东陵与夜城的情分，为了不伤东陵和夜城的情分，本王决定彻查此事，一定要将夜少主和苏绾小姐受伤之事查个水落石出。"

"兽苑乃皇家狩猎区，每一片区域都有严格的规矩，绝不可能会出现巨蟒这种吃人猎物，这条巨蟒凭空出现，直奔苏绾小姐而去，伤了苏绾小姐和夜少主，本王一定要查清幕后凶手，给夜城和南陵苏家一个交代。"九皇叔明知事实的真相如何，却特意摆出一副正气凛然的样子。

要是凤轻尘在，肯定会说九皇叔实在太无耻，太阴险了，而他这是算准了夜叶和苏绾不敢承认这蟒蛇是他们准备用来对付凤轻尘的。

西陵天磊被九皇叔这话给噎住了，他就不信九皇叔没有问清兽苑发生的事，没有猜出这条蟒蛇的来历？

九皇叔明明知道事情的真相，还这么说，真是无耻，可偏偏他们又不能说明白，只能让九皇叔打着正义的幌子，借机敲打他们。

西陵天磊忍着气道："九皇叔，夜少主并不打算追究此事，一场意外罢了，再说夜少主和苏绾小姐也只是受了点小惊吓,并没有生命危险,九皇叔没有必要兴师动众。"他就知道,自己在九皇叔手上讨不到好。

"夜少主不追究,那是夜少主看在东陵和夜城的交情份上不想为难东陵,我们东陵又岂能失礼。磊太子,你让夜少主放心,追查真相不过是一点小事,当不起兴师动众这个词,这件事总会有水落石出的一天,到时候夜少主大可有仇报仇,有冤报冤。"九皇叔这是在警告西陵天磊,一旦他找到夜叶是背后主使者的证据,夜叶和苏绾就惨了。

九皇叔明面上是为夜叶着想,可话里话外无不在暗示,他不会放过夜叶和苏绾,西陵天磊的头都大了,他真不知道要如何才能让九皇叔收手,放夜叶一马。

对了,凤轻尘,只有凤轻尘才能让九皇叔收手。

西陵天磊想到了对策,双眼一亮,脚步一迈,就想派人去把凤轻尘找来,可他只是往前走了一步就被侍卫的大刀,挡住了去路。

西陵天磊心中暗骂九皇叔过分,面上却不流露,只装作不知,一脸不满道:"九皇叔,你这是什么意思?"

"能让巨蟒进来,就能让别的猎物和人进来,兽苑不安全,为了磊太子的安全,委屈磊太子暂时待在这里,别乱走动。"九皇叔挥了挥手,示意侍卫退下。

西陵天磊是聪明人,九皇叔算准了他不会硬闯……

没错,西陵天磊的确不会硬闯,他很清楚,九皇叔不会在这里当着这么多人的面杀他们,可让他乖乖配合,他又不甘心。

堂堂西陵太子,竟然被东陵的王爷当成人犯看押,他颜面何存?

"九皇叔这是要囚禁我们?"

西陵天磊明知太子和东陵子洛不会和九皇叔起冲突,但他还是抱了点小希望,将两人拖了进来。

"磊太子多心了,本王这是保护你们,太子和洛王可有意见?"西陵天磊拉太子和东陵子洛进来,九皇叔就直接挑明。

"但凭皇叔做主。"太子和东陵子洛能说什么?两人怎么也不可能和西陵天磊结盟。

九皇叔点了点头:"坐吧,也不知什么时候能查出来。"

这话的意思就是,没查出来之前,大家就别想走,西陵天磊的脸顿时就黑了,而东陵子洛和太子敢怒不敢言,只得乖乖坐下,他们现在只求皇上知道这里的事后,能过来解救他们。

三人刚坐下,就听到外面有人大喊大叫道:"殿下,殿下,你可要为我们做主呀。"

"欺人太甚，欺人太甚，殿下，救命呀！"
……

"去看看怎么回事。"九皇叔命令道，身后的侍卫立马出去，不多时就快步回来禀报："回九皇叔的话，是太医院的太医，说是要去取夜少主要用的药，执意要出兽苑，被拦回来后，来找太子主持公道。"

"哦……"九皇叔应了一声，看向太子，太子连忙推脱，"皇叔，此事与侄儿无关，侄儿真不知情。"

太子一脸真诚，似乎只要这样，就能弥补他和九皇叔的关系。

九皇叔应了一声，也不知有没有听进去："既然他们来找太子主持公道，那就让他们进来，免得说本王不近人情。"

"是。"

"虚伪。"西陵天磊别过脸去，懒得看九皇叔那张虚伪的脸，可一转头，正好对上蛇头，吓得他差点又吐了出来。

五个太医，被侍卫连推带搡地推了进来，一个个衣衫不整，披头散发，狼狈不堪，还有一个甚至脚上只穿了袜子，鞋子不知飞哪去了，可见侍卫对他们一点也不客气。

五个太医进来时，没有看到背对着他们的九皇叔，他们只看到了太子、洛王和西陵天磊，太医们一股脑地朝太子和洛王所在的方向跪下。

太子和东陵子洛拼命使眼色，让他们聪明一点，别乱说话，可这几个太医，被打得怨气横生，只顾着告状。

"两位殿下可要为我们做主呀，这些侍卫太猖狂了，假传殿下的命令，不允许我等出兽苑，我等再三说明是去太医局给夜少主煎药，可这些侍卫还是不肯放行，我等气不过与他们争执了几句，便换来一顿毒打。我等被打事小，可是耽误了夜少主的伤让我等如何是好？请两位殿下为我们做主，将那不知轻重，假传殿下命令的狂妄之徒抓起来，让他明白延误医治的后果。"

"哦，什么人那么大胆，竟敢假传殿下的命令。"九皇叔饶有兴致地问了一句。

太医们一直低头跪着，也没有发现不对劲儿，一听到有人问话，立马兴奋地道："回殿下的话，肯定是凤轻尘，此女记恨夜少主骂她贱人，推她出去，害她丢脸，便唆使侍卫拦住我等，不让我等救治夜少主。殿下，我们去时亲眼看到凤轻尘与那些侍卫勾肩搭背，交头接耳，肯定是她勾结侍卫，让他们假传殿下的命令，欺上瞒下，还请殿下下令，严惩那贱人。"

太医们说得兴奋，西陵天磊、太子和东陵子洛却听得脸都黑了，这群成事不足、败事有余的家伙，说的都是什么话啊，这下好了九皇叔更不会放过夜叶了。

太子和东陵子洛连说话的力气都没有了,这世间怎么会有这么笨的人,一点儿眼色都没有,没看到这里面的情况不对劲儿吗?

就算看不到,也应该闻到了蛇血的臭味,可偏偏这群太医只记得告状,只想着借机把凤轻尘踩下去。

你们自求多福吧!东陵子洛和太子别开脸,不是他们凉薄,而是他们现在自身难保。

"原来还有这么一出,夜少主真是好威风。"这事九皇叔早就知道,不过是装作不知罢了。

直到这时,告状的太医才发现情况不对劲儿,正欲抬头,就听到侍卫来报:"九皇叔,冰水来了。"

什么?九皇叔?

"咚——"胆小的太医一个抬头,看到眼前的蛇块,再想到现在的局面,直接晕了过去。其他几个也好不到哪里去,直接瘫倒在地,这个时候他们才闻到那冲天的腥臭味……

惨了惨了,这下死定了,清醒的太医顿时吓得面如死灰,一个个双眼无神,再没有告状时的精神和兴奋。

"泼。"九皇叔没理会那几个吓破胆的小太医,这群太医敢污蔑凤轻尘,命可留着,但惩罚不能少了。

"拖出去,回头把他们送到北门关宇文将军那里,就说这是本王给他送的罪医,让他们看好了,有用的就留着,没用的就杀了。"

"是。"侍卫上前,将人拖走。

"九皇叔饶命呀,九皇叔饶命呀,臣知错了,臣知错了,臣上有老、下有小……"太医们一听这处罚,顿时吓得连连哀号,可惜九皇叔铁石心肠,根本不会因为这几句话而动摇。

"哗啦啦——"侍卫很给力,找来的冰水还带着冰碴,一整桶冰水从夜叶头顶上淋起,当夜叶被冰水惊醒后,侍卫也没有把剩下的水浪费,而是直接泼到夜叶的身上和床上。总之,没有给夜叶留一块干的地方。

九皇叔狠,九皇叔的人也狠。西陵天磊同情地看向夜叶,只希望夜叶的武功底子够好,能撑住。

"嘎吱嘎吱——"夜叶冷得浑身直打抖,牙齿打战,"九,九皇叔,你,你要做什么?"

夜叶想把被子拉过来,暖暖身子,却发现被子也湿透了,冰凉刺骨。想要抱紧自己取暖，又发现左手没力，只得单手环抱，在身上摩擦，借此让冰冷的肌肤回暖。

西陵天磊实在看不过去，正想将外套脱下，哪知九皇叔早有准备，一个响指后就看到有一个侍卫，捧着一件棉衣上前，披在夜叶的身上。

夜叶本想硬气地甩开，可当棉衣一披上，夜叶就舍不得了，连忙将棉衣裹紧以温暖自己冰冷的身子，只是心里怎么想，怎么堵得难受。

这是九皇叔施舍的东西，他不想要，可形势却容不得他傲气，夜叶便低头抿唇，不说话，将这份耻辱咽下。

高，实在是高。

西陵天磊万分佩服，九皇叔做事真是滴水不漏，面子上全部做到位，完全不给人留空子，让人吃了大亏也无话可说。

夜叶今天惨了，他没办法再帮忙了，他现在就希望东陵的皇上收到消息，尽快赶过来。

现在，唯一能压制住九皇叔的人，只有东陵的皇上！

一炷香后，夜叶终于缓过神来，有力气说话了："九皇叔，你不要欺人太甚，我夜城也不是好欺负的，我要是有个三长两短，你们东陵也不会好过。"

作为夜城主唯一的儿子，他要死了，夜城主定然不会息事宁人。

"夜少主你放心，有本王在，你绝对能完好无损地回到夜城，本王不是不讲理的人，夜少主要本王给的交代，本王已经给了，怎么？夜少主不满意？"

你认真你就输了。

夜叶气得几乎没了理智，更不是九皇叔的对手。

"交代，这算什么交代，就这一堆蛇尸吗？这算哪门子的交代，九皇叔你不要欺人太甚，以为我夜城的人好欺负。"夜叶闭上眼睛，不敢去看蛇尸，要是再晕倒，他这脸就丢大了。

他堂堂男子汉，居然要被一条蛇吓晕两次。

"夜城的人好不好欺负，是夜少主自己的事情，这条蛇是伤夜少主的凶手，本王将它交给夜少主，好让夜少主出气，难道还不够吗？当然，夜少主要是不满也没关系，本王今天定会给夜少主一个满意的交代，请夜少主放心，本王已经下令封了兽苑，清查兽苑所有的人，到时候定能让夜少主你满意。"你不满意，就耗到你满意为止。

九皇叔淡淡一笑，扫了西陵天磊一眼，眼含警告，西陵天磊的心思他怎么不知道。

等皇上来？那也要皇上能收到兽苑的消息，那也要皇上有空来兽苑，皇上今天会很忙，甚至晚上都不一定有时间睡觉。

要等皇上来，那就等吧！今天，兽苑所有的人，都要陪他在这里耗着，别想吃，别想睡，因为他不允许。

夜叶的脸色很难看，双唇没有半点血色，看上去就像死人一样，听到九皇叔的话，眼睛猛地放大，好半天后，才怒吼道："九皇叔，本少主说了不追究，你不用查了，这件事本少主不会找东陵麻烦，现在本少主要出宫。"

说完，夜叶掀起被子就准备下床，哪知双脚刚一落地，腿就发软，要不是西陵天磊出手快，一把将他捞住，他就扑到蛇尸堆里去了。

"夜叶，你……"西陵天磊一碰，就被夜叶身上的高温给惊吓到了。

夜叶全身滚烫，这是发热了。

"我没事。"夜叶咬牙，又倒回床上，左臂无力地垂在一侧，伤口处隐隐泛黑，可惜只有九皇叔注意到了，而打死九皇叔他都不会去提醒夜叶。

他只会嫌夜叶不够惨。

"你全身发烫，再这么下去，就算不死也会烧成傻子。"西陵天磊这话明面上是对夜叶说，实则是说给九皇叔听的。

怎么整夜叶都行，可要出了人命就麻烦了，夜城主就这么一个儿子，他相信九皇叔会有分寸。

夜叶想要硬气，可西陵天磊的话却让他有了顾忌，他宁死也不想变成傻子，夜叶躺回冰冷的床上，不说话，直哼嗦，那样子要多惨就有多惨。

九皇叔绝对是好人，不需要夜叶开口，就主动道："夜少主身体不适，去请凤姑娘过来。"

"是。"

"我不……"夜叶一怒，挣开西陵天磊，拒绝的话还没说出口，就被西陵天磊给堵了回去："夜叶，小不忍则乱大谋，忍一时之气，免百日之忧，你一个大男人，和一个刚及笄的小丫头计较什么。"

西陵天磊特意强调凤轻尘的年纪，劝说夜叶不要和一个小女孩计较。

"我忍。"夜叶生生将自己的唇咬破，眼中的屈辱之色却怎么也掩不住。

长这么大，他第一次明白了屈辱的滋味，一而再，再而三地被人羞辱，这些全都是九皇叔给的，夜叶满腔恨意，怒视九皇叔。

九皇叔压根就不在意，他和夜叶早就是敌人，夜叶恨不恨他都不重要，再说了他会在意夜叶的仇恨吗？夜叶当自己是个什么东西。

凤轻尘很快就过来了，一身污血还没有清洗，发丝还是缠在脖子处，额头还有汗珠滴落，乍一看很狼狈，毫无美感，可仔细一看，就会发现，凤轻尘那双眼明亮得吓人，因为那双眼，整个人的气质都不一样了。

"见过九皇叔，见过三位殿下。"凤轻尘并没有因为有九皇叔撑腰而张狂，依旧是不卑不亢，也没有因为之前的事，心怀怨恨。

不管凤轻尘心里是怎么想的，至少在表面上，让人挑不出一点错来，不得不说，这份气度、这份胸襟，就是男子也不如。

"免礼。"九皇叔如此大张旗鼓地为凤轻尘出气，甚至越过皇上，直接下令封了兽苑，却没有与凤轻尘在人前过分亲昵，态度依旧。

"轻尘，夜少主身体不适，你替他看看。"

又是一个让人看不懂的情况，西陵天磊只觉得自己在雾里看花，怎么也看不明白九皇叔和凤轻尘的关系。

"是。"凤轻尘没有拿架子，更没有趁机告状，她很清楚，这天下只有九皇叔不想知道的事情，而没有他不知道的事情。

九皇叔做事自有考量，她想不明白没关系，先配合就好，吃小亏，占大便宜。

"对了，夜少主身份尊贵，你谨慎用药。"九皇叔好像突然记起来似的，提醒了一句。

这一句话，很有深意……

凤轻尘脚步一顿，随即点头，表示明白了。

如果她的理解没错，九皇叔这话是暗示她差不多就行了，不要将夜叶治好，只要夜叶不死在这里就行。

其实，凤轻尘也有这个打算，虽说这样做有违大夫的职业道德，可她并没有害人的意思，只不过是拖延一下病情。

不这么做她怎么能让夜叶跪下来求她？她凤轻尘也是个说话算话的主，她放出去的话，总要兑现。

大夫也是人，也会有情绪，夜叶之前拒绝她治疗，甚至羞辱她，事后求上门，当然得付出代价，不然她的面子往哪里摆？

大夫只是工作的一种，而不是圣母，她没有被人打了左脸，还把右脸送上去给人打的高尚品德。

凤轻尘上前，掀起夜叶身上的被子，夜叶一脸痛苦，闭上眼，咬着唇，，一动不动，好像在忍耐着巨大的痛苦与羞辱一般。

要不是屋内的人太多，凤轻尘都要怀疑，夜叶这是被人强暴了，这表情真是太像了，害得她都不好意思下手了。

看夜叶全身是水，脸色通红，凤轻尘不用碰也明白是什么情况，别的不管先退烧再说,至于其他的等明天再说,有玄医谷的解毒丹在,夜叶撑到明天没有问题。

"九皇叔,请你让人给夜少主换一身干净的衣服,再把被子也换了,回头再给他服退热的丹药就行了。"退热丹就是退烧药,夜叶明显是高烧,要不及时退烧的话很有可能会烧坏脑子。

至于那一身湿淋淋的衣服,还是赶紧换掉的好,别说夜叶本身就有伤,就是一个健康的人也受不了,九皇叔真狠,不过,她喜欢。

凤轻尘回头,朝九皇叔露出一个灿烂的笑容,趁众人不注意,又朝他竖起大拇指,用唇形说道:"做得很棒,我喜欢!"

这不是告白,这只是表扬和夸奖,可偏偏九皇叔不知怎么地就想歪了。

九皇叔的脸瞬间通红,甚至耳根都红了,太子一直注意着九皇叔的举动和表情,看九皇叔春心荡漾的样子,连忙别开脸,装作没有看到,心中暗自叹息:他低估了凤轻尘在九皇叔心中的地位,以至于一子落错满盘皆输,也不知还有没有后悔的机会。

"咳咳——"九皇叔为了掩饰自己的尴尬,连忙轻咳一声,恶声恶气地道:"还愣着做什么,没听到凤姑娘的话嘛,还不快去办。"

"是。"

凤轻尘脸上的笑意更浓,朝九皇叔眨了眨眼,九皇叔不自在地别开脸,唇角微微上扬,眉眼间尽是甜蜜的笑容,呆呆傻傻的,可惜九皇叔的呆傻样如同昙花一现,别人想看那是做梦,不过一个呼吸的时间,九皇叔脸上的表情便和平时没有两样,除了凤轻尘和太子,没有人发现九皇叔的异常。

侍卫很快就把夜叶架到内室,给夜叶换了一身干净的衣服,按理说就夜叶这情况,应该先用热水泡一泡会比较好,可九皇叔没有说,侍卫当然不会吃力不讨好,在这个时候巴结夜叶无疑是找死,给夜叶换上干爽的衣服,就已是给他面子了。

衣服被褥换好后,夜叶感觉自己整个人都轻松了,有一种活过来的感觉。当侍卫端着凤轻尘开的药过来时,夜叶也不纠结,仰头就喝,虽然那药苦得像黄连,可温热的水下肚,夜叶感觉自己全身的毛孔都舒展开了。

咳咳,凤轻尘给夜叶的药水,本就是用黄连泡的,所以别说像,事实上那就是黄连水。

夜叶满嘴都是苦味,几次想要开口,让九皇叔派人给他送一杯清水,可一抬头就对上九皇叔那双好像洞悉一切又隐含嘲讽的眼眸,夜叶就什么话也说不出来了。

夜叶没了斗志,九皇叔也懒得再和夜叶起口舌之争,屋内空气混浊,蛇血流了一地,九皇叔实在不想待下去,优雅地起身,当着太子和夜叶等人的面,对侍卫道:"保护好几位殿下,任何人不得进出兽苑,如违此令,格杀勿论。"

明着是说给侍卫听，实际却是说给西陵天磊和夜叶几人听，别以为他不敢下杀手，真正要硬扛上，哪怕是西陵的太子他也敢杀。

太子和洛王苦笑，九皇叔完全无视，转身就往外走，当然他不忘招呼凤轻尘一声："轻尘，随本王来。"

"是。"凤轻尘连忙跟上，屋子里的血腥味太重了，她一刻也不愿意多待。

……

"皇叔不会把我们丢在这里，不闻不问吧？"太子见九皇叔走了半天，也没有一个人管他们的死活，有些不高兴。

"太子莫不是认为，九皇叔会给我们换个地方？又或者会派侍女过来嘘寒问暖？"东陵子洛不无嘲讽道。

太子不会认为九皇叔还会护着他吧？

从今天起，太子在九皇叔心中，再也不是独特的存在，纵然太子不肯面对，也改变不了这个事实。

太子不答，只自言自语道："临近中午了，不知皇叔会不会记得我们。"

太子不提还好，一提起屋内的四人顿时都感觉饿了，尤其是夜叶，可看侍卫的样子似乎不打算给他们准备饭食，而他们自恃身份，断然不会去向一个小小的侍卫讨吃的，现如今也只能干耗着……

凤轻尘一出去，九皇叔便带她去沐浴更衣，九皇叔知道，凤轻尘医治伤者后，习惯沐浴换衣服。

待到凤轻尘一身干净地走出来时，已经到了午膳时间，太子等人没吃的，并不表示别人也没的吃，九皇叔让人摆饭，他正好和凤轻尘一同用饭。

今天，九皇叔很乖地用左手吃饭，不敢装笨，这个时候凤轻尘才发现，九皇叔的右手一直藏在袖子里，看不出半丝异常。

凤轻尘的眼中闪过一抹调皮的笑，放下碗筷，双手撑着下巴，直勾勾地盯着九皇叔瞧。

一般人，被人这么直勾勾地盯着，多少会有一些不自在，至少凤轻尘就会，当初在马车上，凤轻尘不就是被九皇叔看得脸红心跳嘛，可是九皇叔呢？

除了最开始瞥了一眼凤轻尘外，九皇叔再也没有任何举动，温吞吞地吃着饭，旁若无人，就好像凤轻尘是空气。

当然，仔细看就会发现九皇叔吃饭的动作，不似平时那般娴熟，隐约有几分僵硬与刻意，好像故意在表现什么，可惜这么细小的差别，凤轻尘没有看出来。

凤轻尘暗自气恼，刚刚自己无声的一句话，都让九皇叔脸红心跳，没道理这么看他,他没半点反应呀。

凤轻尘不服气,歪着头朝九皇叔暗送秋波,脸上漾起甜蜜的笑容,那样子,就好像看九皇叔吃饭是一件很幸福的事情。

她就不信,九皇叔还是没有反应。

可惜,不知是九皇叔理解错误,还是凤轻尘的秋波送错了,九皇叔不仅没有脸红、慌张,吃饭的动作反倒更加优雅,好似他碗中的饭菜比凤轻尘更加吸引人。

凤轻尘爱看他吃饭的样子,那他就慢慢吃,让凤轻尘看个够!

一碗饭,硬是让九皇叔吃出花来,当九皇叔一碗饭吃完后,凤轻尘再不甘心也气馁了,双手再也撑不住,直接趴在桌子上,有气无力道:"九皇叔,兽苑的饭菜很好吃吗?"

你这样,会让我误会,你是为了兽苑的饭菜而来,而不为了我而来。

"不错,怎么,不合你的胃口?"九皇叔看了眼凤轻尘前面那空空的饭碗,颇为不解,他看凤轻尘吃得很香、很快,没道理不喜欢啊。

"还行吧,我不挑吃食。"只要能填饱肚子,补充体力,她吃什么都行。

"没有特别爱吃的吗?"九皇叔突然想到某个谋士提的意见,讨女子欢心,可以在服饰和吃食上下功夫,便多心地问了一句。

凤轻尘想了想,果断地摇头:"没有。"

"那特别讨厌的呢?"九皇叔暗自高兴,很好,不重口腹之欲,这样才能自律自制,重点是好养。

"没有。"食物对凤轻尘来说,只有有营养和没营养的区别,没有爱不爱吃,不过……

凤轻尘的眼中闪过一抹亮光,突然来了精神,抬起头,一脸期待地道:"九皇叔,你说,要是能吃到心上人亲手做的饭菜,会不会觉得特别香甜?"

凤轻尘亲手做的饭菜?

九皇叔眼睛一亮,低头看着桌面,幻想着把桌上的饭菜,全部换成凤轻尘做的饭菜,那他一定能全部吃光。

九皇叔暗自窃喜,连连点头:"肯定。"

轻尘这是要做饭给他吃吗?九皇叔突然感觉自己心情大好。

他还不知,凤轻尘还会做饭,九皇叔恨不得现在就与凤轻尘一同回到西区小院,让凤轻尘亲手为他做羹汤,他现在还能再吃下三大碗。

"如果能吃到心上人亲手做的饭菜,说不定能多吃两碗。"凤轻尘笑眯眯地看着九皇叔,九皇叔这么聪明的人,应该明白她话中的含意吧。

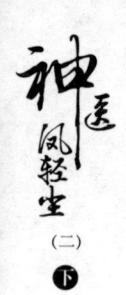

一想到九皇叔冷着一张脸,系着围裙,站在厨房洗洗切切,为她做饭的画面,凤轻尘忍不住就笑了起来。

人间烟火的味道呀,九皇叔怕是从来不知。

"我一定会全部吃完。"九皇叔当即表明自己的心迹,无论凤轻尘做多少,味道如何,他一定会全部吃完。

凤轻尘一愣,九皇叔不会是理解错了吧,和她的期待截然不同啊,她正想说明,侍卫来报:"九皇叔,凤姑娘,苏绾小姐醒了,正在大吵大闹,说是要见九皇叔和凤姑娘。"

九皇叔和凤轻尘相视一笑,饭后消遣来了。

"走,去看看。"

于是,凤轻尘和九皇叔的讨论到此结束,事后,九皇叔在九王府左等右等,也没有等到凤轻尘亲手做的饭菜,气恼之余,暗自揣摩,是不是做饭太难,凤轻尘没有学会,于是……

某天,九皇叔大人亲临厨房,一时间厨房鸡飞蛋打,狼藉一片,下人个个惶恐万分,心中暗想,最近厨房送上去的食物是不是有问题,不合王爷的口味?

结果,九皇叔大人只高深莫测地说了一句:"没事,你们继续。"便站在原地一动不动。

九皇叔自以为自己站在一边,不会妨碍人,却不知因为他站在那里,整个厨房的人都没有办法专心做事。可是主子有令,他们又不能不工作,也不能让主子看到他们偷懒,于是厨娘和厨子们战战兢兢地洗菜切菜,好不忙碌。

一个个想要好好表现,结果因为太过紧张而一再出错。

洗菜的厨娘不小心被鱼鳞刮到手,生生将一盆水染红了,九皇叔心中一痛,想到凤轻尘的手被刮伤的画面,暗自决定,就算凤轻尘要做饭,也不能让她做鱼,免得把手弄伤。

切菜的厨子,有心在九皇叔面前卖弄刀技,结果因为太紧张,生生把大拇指给切掉了,九皇叔目光一紧,凤轻尘要做饭,也不能让她切菜,只做那种不要切的菜好了。

炒菜的大厨,有心显摆自己的手艺,想让九皇叔看看,锅里起火,火中炒菜的画面,结果一个紧张,火势太大,把眉毛给烧了。

呃……

九皇叔想到凤轻尘眉毛被烧的画面,全身一个激灵,默默地转身,离开厨房。

算了,他还是别让凤轻尘下厨了,厨房太危险!

以至于后来,凤轻尘无数次明示、暗示,为心上人亲手做羹汤的事,九皇叔要么不接话，要么就把话题岔开，横竖就是不打算让凤轻尘下厨。

凤轻尘气恼不已，心中暗骂九皇叔呆瓜，她都说得这么明白了，九皇叔怎么就不上道呢，虽说君子远庖厨，可她的要求也不高，哪怕九皇叔就是下厨为她煮碗粥也行，可看九皇叔的样子，她今生怕是没希望吃到九皇叔做的饭菜了。

却说当下，凤轻尘和九皇叔还未走近，就听到苏绾在屋内发脾气，不停地砸东西，凤轻尘庆幸，幸亏这是兽苑，房间里的摆设都很简单，不然苏绾这一砸，不知要浪费多少银子。

"嘭——"一只茶壶砸在门上，茶水溅了九皇叔一身，凤轻尘站在身后，可以肯定，九皇叔是故意的，以九皇叔的身手，不可能躲不过。

果然，九皇叔一走进去，就下令道："来人，苏绾小姐意图行刺本王，给我捆了。"

"你们敢，放开我，九皇叔，我没有……"苏绾一惊，大吼大叫，侍卫才不管，不顾苏绾的挣扎，将人捆了起来……

在兽苑，能下命令的只有九皇叔一人！

行刺？

"噗——"凤轻尘很不厚道地笑了出来，九皇叔果然有爱，这么没理的话，他居然能一脸严肃地说出来，还说得如此理直气壮。

果然，在绝对的实力面前，任何不合理都会变成合理。

绕过脚下的"凶器"，凤轻尘走了进去，自动站在九皇叔身边，等待看戏……

苏绾早就被人收拾干净了，只不过这么一闹，整个人看上去依旧很狼狈，凤轻尘进去时，苏绾正被侍卫捆成粽子样，丢在地上。

高高在上的天之骄女，瞬间变成阶下囚。凤轻尘依稀还能认出当初那个赤着双足，在夜晚也不忘摆排场的苏家嫡女。

"九皇叔，你放开我，我没有行刺你，我不过是失手罢了。"苏绾说话有些含糊，左脸上了药，消了肿，不过那四个手指印，依旧很明显，看样子凤轻尘那一巴掌打得极重。

"每一个凶手都说自己是无辜的，每一场凶案的犯人，都说是意外，苏绾小姐，你这是狡辩。"九皇叔现在质问苏绾，难免有欺负人的嫌疑，所以这事自然而然就落到了凤轻尘的头上。

"凤轻尘，是你，是你唆使九皇叔陷害我的对不对？"苏绾这才发现凤轻尘的存在，一见凤轻尘就凶狠地朝她扑过来，可惜四肢被束，她除了打滚外，什么也做不了。

"苏绾小姐，你没脑子吗？九皇叔是什么人，是我能唆使的吗？至于陷害那更是笑话，人证物证俱在，要不是九皇叔身手敏捷，现在倒在地上的怕是九皇叔了。"

凤轻尘指了指那碎成一地的"凶器"，强忍着笑说道。

九皇叔暗自发笑，他有那么娇弱吗？别说苏绾不可能砸中他，就算砸中了，一个茶壶也不至于要他的命。

"哼……你伶牙俐齿，我说不过你，九皇叔，苏绾没有行刺你的意思，希望你看在苏家当初帮过你的份上，还苏绾一个清白。"

最初的慌乱过去，苏绾也冷静了下来，略一思考现在的处境，她就知道口舌之利无用，幽幽地看了九皇叔一眼，换来九皇叔的冷眼后，苏绾闭上了眼睛。

她从来不知道，九皇叔可以如此无情，又可以如此多情，九皇叔把无情用在她身上，却把多情用在另一个女人身上。

她堂堂苏家嫡女居然败在凤轻尘这个孤女手上，还输得这般惨。一滴晶莹的泪珠，从苏绾的眼角滑落，无声地诉说着她的委屈。

"是本王误会了，来人呀，给苏小姐松绑。"苏绾既然拿当初帮忙的人情说事，九皇叔当然不会再计较，这人情他终是要还，只是这人情还了，苏绾就再也没有和九皇叔谈判的资格了。

苏绾暗自松了口气，好在，九皇叔还算讲理，苏绾动了动酸痛的四肢，略略整理了下衣裳，恳求道："九皇叔，我要见我表哥。"

"带苏绾小姐过去。"九皇叔很爽快地同意了，如果苏绾仔细看，就会发现九皇叔那眸中一闪而逝的冷笑。

可惜，苏绾忙着见夜叶，根本没有注意到九皇叔的这个小动作。

凤轻尘可以肯定，苏绾会很惊骇，果然，不多时，就传来苏绾的尖叫声，还有夜叶的咆哮声。

"啊……不要，不要过来，表哥，表哥，救我，救我呀！"

"走开，走开呀，表哥，救我……"

"东陵九，你个浑蛋，你对我表妹做了什么，我告诉你，这事不会就这么算了。"

"东陵九，你最好现在就放了我们，不然，你定会后悔。"

"东陵九，你听到没有，放了我。"

"东陵九，太医，快请太医来，我表妹晕倒了。"

"东陵九，把太医请来，这件事就当没有发生过，东……"

"听夜少主这声音中气十足，不用担心他死在这里了。"九皇叔一脸平静。

"你早就知道会这样？"凤轻尘笑了。

九皇叔挑眉，下巴微抬，一副得意的样子。

夜叶都被蛇尸给吓晕了，更何况是苏绾，不把苏绾吓晕，如何对得起他特意让人搬来的尸体。

"要不要去看看？"看对方狼狈的样子，炫耀一下胜利者的姿态。

"算了，落水狗有什么好看的，日子还长着。"明天还会有让夜叶和苏绾头痛的，夜叶的蛇毒十有八九要复发了，她等，等夜叶上门求她。

想做名医，就要学会留一手，别人都治不了，只有你能治，才能得显你的独特。

"你接下来有什么打算，万一皇上怪罪起来，可不好收场。"凤轻尘颇为担心地问道，九皇叔今天的举动，可是触了帝王的逆鳞，皇上一直想寻九皇叔的错，现在机会摆在这里，皇上怎么肯放过？

"担心什么，一切有我。"他既然敢做，就有善后的本事。

"会不会惹麻烦？"

"怎么，你怕麻烦？"凤轻尘隐约明白，九皇叔现在还不想和皇上撕破脸，又或者说不能。

"我不怕麻烦，我只是讨厌麻烦，而我似乎特别会惹麻烦。"说到最后，凤轻尘自嘲一笑。

九皇叔不是很赞同这一点："不是你会惹麻烦，而是你不屑于躲麻烦。走，本王带你审案去，让你看看本王如何把这麻烦解决掉。"

九皇叔不顾身边有侍卫在，主动握起凤轻尘的手，拉着她与自己并肩而行。

浮华乱世，携手而行，荣辱与共。

这便是他和凤轻尘的人生。

兽苑的事久久没有回信，皇后越发不安，眼见太阳就要落山，可派出去打探消息的人，却迟迟没有回来，皇后在殿内走来走去，借此排解心中的不安，可惜她越走，心中的不安越重。

"嬷嬷，你说兽苑那边是不是出事了，怎么一整天都没有消息，之前不是说惊动了太医吗？怎么太医院也没个人出来？"

"娘娘，您莫惊慌，有洛王殿下在，定然不会有事，惊动了太医，那肯定是事成了。"老嬷嬷也很不安，她心中亦怪皇后耳根子软，被苏绾说了几句好听的就与她联手，也不想想这事一旦败露，可是会影响洛王的前程的，只不过，事已至此，她多说无用，只好低眉顺眼地安慰皇后。

皇后点了点头："这么说也对，只是这么久也没有一个消息，难免让人心急，洛儿那个孩子也真是的，之前是瑶华，现在又是凤轻尘，他怎么老是在女人的事上拎不清。"

"娘娘你且安心，洛王殿下自有算盘，凤轻尘虽不好，可她身后却有王锦凌和宇文将军，如果凤姑娘能全心协助洛王，未必不是一个助力。王家有权，宇文将军有兵，有这二人相助，殿下的胜算也会大些。"老嬷嬷想到东陵子洛的交代，不着痕迹地劝说道。

　　凤轻尘可是连九皇叔都在意的人，她就不明白，皇后为什么那么厌恶她，厌恶到不惜与外人联手……

第二十四章　翻手为云覆手为雨

冰冻三尺非一日之寒，皇后本就厌恶凤轻尘，在皇上下旨要将安平公主嫁到北陵之时，她对凤轻尘的厌恶就达到了顶峰，恨不得把凤轻尘凌迟处死。

在皇后眼中，凤轻尘就是灾星，要不是凤轻尘，她的安平哪里需要去北陵和亲？

别说是皇后嫡女，就是后妃之女也鲜少去和亲，和亲的公主大多是从宗室中挑一女子封为公主远嫁。

皇后之女和亲，放眼四国安平公主是头一个，也是唯一一个。

不说这事，单说凤轻尘原本就是东陵子洛不要的未婚妻，当初指责凤轻尘失贞，现在又聘回来，这不是打自己耳光嘛，东陵子洛愿意，皇后还不愿意呢。

她丢不起这个脸，这天下又不止凤轻尘一个能给东陵子洛带来助力的女子，比凤轻尘优秀的女子比比皆是。

"哼，王锦凌和宇文元化，凤轻尘真以为这两人靠得住吗？王家不会参与夺储之争，王家从不在意龙位上坐的是谁，他们只在意谁能给他们最大的利益，渴望王家出力，与其纳凤轻尘为侧妃，不如直接求娶王家女。至于宇文元化，他犯了圣上的忌讳，不会有好下场，别以为躲到北门关，圣上就会放过他，圣上早晚会把他杀了，凤轻尘也不会有好下场。"

"娘娘说的是。"嬷嬷是个有眼色的人，当下不再劝说。

"凤轻尘这个红颜祸水，祸乱朝纲，引得皇室叔侄相争，这样的女子就是皇上能容，天下人也不能容，凤轻尘不会有好下场，本宫提前送她一程，是为了保全凤家的名声，本宫也算是对得起凤夫人的救命之恩了。"想到这里，皇后的心又安了一些。

"娘娘仁慈。"嬷嬷恭敬地道。

皇后脸上露出喜色，可惜她还没有高兴多久，太监就来报，前去兽苑打探消息的人回来了。

"快，宣。"皇后连忙落座，以掩饰心中的不安。

"参见娘……"

太监的话还没有说完，就被皇后打断："好了，说说兽苑那边发生了什么事？"

"回娘娘的话，兽苑被封了，小的想尽办法也打听不到兽苑的情况……"

"什么？兽苑被封了，什么人下的令？"皇后震怒，太子根本没有那个魄力，而子洛绝不会做出这种逾越的事情，其他人更不可能。

小太监吓得心跳失序，连忙叩头："是九皇叔，九皇叔不知何故，突然出现在兽苑，他一到就下令封了兽苑，只许进，不许出，小的费了好大的功夫，才打听到九皇叔把太子、洛王、磊太子、夜少主和苏绾小姐全部关押了起来，说是要彻查兽苑出现巨蟒一事。"

"啪——"皇后娘娘小指上的指甲被生生折断了。

"可有探出是何人受了伤？"九皇叔这么大阵仗，难不成是凤轻尘被毒蛇咬了？

想到这里，皇后又冷静下来，只要凤轻尘死了，什么都好办。

"小的不知。"太监低头，瑟瑟发抖。

"没用的奴才，连个消息都探不到，留你何用？"皇后气恼，抓起桌上的茶杯就向小太监砸去。

小太监一慌，身子往后一缩，可想到皇后的脾气，又忍着恐惧跪好，闭上眼睛，硬生生地受这一砸。

"啪——"

杯子落在红毯上，滚了几圈，连个角都没有缺，太监的额头却被砸破了，血顺着脸颊往下流，小太监却连呼痛都不敢。

皇后看得心烦："滚……"

"谢娘娘，谢娘娘……"小太监捡得一条命，连忙往外跑。

皇后静默半晌，缓缓开口："嬷嬷，把人都处理干净，本宫不希望这件事扯上本宫。"

"请娘娘放心。"

老嬷嬷当即退了出去，当夜宫里就有几个丫鬟投了井，又有几个小太监因为冲撞贵人，被活活打死，还有几个侍卫突然暴毙。

而兽苑的事，皇后没有惊动皇上，直接下旨斥责九皇叔胆大妄为，责令九皇叔解除兽苑的封禁令，把磊太子、夜少主和苏绾都放出来，结果却被九皇叔连人带旨一起扣了下来。

"九皇叔，你不怕皇后告你不敬？"凤轻尘越发不明白九皇叔这是要做什么了，这般的张狂，不是明摆着送把柄给皇后嘛。

"她自己都自顾不暇，拿什么告我？"九皇叔一副稳如泰山的样子。

凤轻尘见状也不再多说，看九皇叔这个样子，应该是有底牌吧，只是……

他们审了半天，那些个涉案的人，一个也没有招供，这样下去，对他们极为不利。

破案的最好时间是十二个时辰内，一旦超过十二个时辰，线索和证据就会被破坏，拖得越久他们能查到的东西就越少。

凤轻尘担忧地看向九皇叔，今天的事是意外，又发生得这么突然，九皇叔恐怕没法提前做准备。

"好了，别担心了，就算兽苑的事情查不出个所以然，皇后今晚也睡不好。你既然担心，那我们就继续审案，我们还有一个晚上的时间，不急……"九皇叔看凤轻尘有些疲倦，本想让她休息一下，可看她担心的样子，知道不把事情说清楚，她肯定睡不着。

诚如凤轻尘所猜的那般，皇后听闻她的人被扣下，并没有生气，而是笑盈盈地穿上正服。

"走，本宫要见皇上。"

太和殿内，灯火通明，皇上正在召集重臣商议大事，气氛颇为紧张，几个大臣低着头，不敢说话，皇上一脸阴沉，也不言语。

小太监进来时，连大气都不敢喘一下，皇上的贴身大太监见状，轻声走了过来，小声斥责道："没眼色的狗东西，没看到圣上正与几位大人议事嘛，无事不得打扰。"

小太监苦着一张脸道："公公，皇后娘娘说有要事禀报，小的不敢不报。"

"皇后娘娘？好了，你出去吧。"大太监阴着一张脸，走回皇上的身边，小声在皇上的耳边嘀咕了一句。

"皇后？她的消息倒是灵通，朕这才命人拿人，她就收到消息来了，好，朕的好皇后啊！"皇上的怒火，终于在这一刻暴发了。

"让皇后进来，朕倒要问问，朕到底哪里薄待她了，居然敢做出这样的事情来。"

几位老臣连大气也不敢喘，一个个低头、盯着鞋尖不敢抬头，这个时候，谁开口给皇后求情，谁就是傻子。

"宣皇后觐见！"

"宣皇后觐见！"

……

皇后脸上带着雍容华贵的笑容，犹不知，太和殿内等待她的是帝王之怒。

皇后一进殿，便察觉到了殿内的气氛不对，强压下心中的不安，正欲行礼，皇上突然抓起桌上的奏折，朝皇后砸来，皇后不敢躲，额头被奏折砸青了一块。

"皇上息怒。"皇后不知发生了什么事情，只知道皇上心情不好，她似乎来的不是时候，心中暗暗责怪太监没有提前告知，慌忙抓住奏折，"咚"的一声就跪了下去。

"息怒？朕的好皇后呀，你让朕怎么息怒？"皇上双眼赤红，看得出来他被气得不轻，连掩饰都没有。

"皇上，臣妾这是犯了什么错，惹得皇上如此震怒。"皇后一脸委屈，心中暗道自己倒霉，早不来晚不来，偏挑了皇上心情不好的时候来。

"犯了什么错？你还敢问朕自己犯了什么错，打开奏折好好看看，朕的好皇后，好岳家呀！"皇上一番话说完，面色涨红，气息不稳，握着扶手，大口地喘气。

大太监连忙替皇上顺气："皇上息怒，千万要保重龙体。"

大臣们也连忙跪下，一个个情真意切地喊道，请皇上保重龙体。

皇后十分不解地打开奏折，低头一看，脸色瞬间惨白，奏折还未看完，就连连磕头道："皇上息怒，请皇上明察，臣妾的父兄绝不可能做出这样的事情，一定是有人栽赃陷害，皇上，请明鉴。"

九皇叔说得没错，皇后现在自顾不暇，哪有空管兽苑的事情，哪有空指责九皇叔对皇上、皇后不敬。

"陷害，朕倒希望是有人陷害你，要不是蒙将军进京述职撞上这事，朕还不知道，朕的国丈和国舅爷竟如此大胆。皇后，人证物证俱在，你说是谁陷害了他们？"皇上气极，也失望至极，皇后的父兄怎么说也是皇亲国戚，竟然做出这种事情，无疑是在打他的脸。

"皇上，臣妾的父兄绝不可能贩卖粮食与生铁，做出危害江山社稷的事情，臣妾恳请皇上明察。"皇后不顾疼痛，拼命地磕头。

这个罪名一旦坐实，将是万劫不复。

因为前段时间，几个大商家之间的恶性竞争，导致粮价居高不下，东陵虽说还没有和西陵、南陵那样出现严重缺粮食的情况，可因为那件事情，皇上对粮食问题很重视，再三勒令朝中大臣，绝不允许私下买卖粮食。

然而，私下买卖粮食这种事却屡禁不止，把粮食卖到南陵、北陵和西陵，差价高达数倍，甚至数十倍，在这样的暴利下有不少人铤而走险。只是做这些买卖的人做得隐蔽，买卖的粮食数量又少，皇上抓不到人、找不到证据，也奈何不了那些人。

粮食买卖数量少，皇上还能勉强忍一忍，可生铁买卖却是皇上绝不允许做的事情，生铁是打造兵器的原材料，一旦倒卖出去就会增强他国国力，那可真正是动摇国本。

生铁买卖这一行的利润一直都高达数十倍，一旦被抓就是诛灭九族的死罪，除了那些为了钱不要命的人，一般人绝不会碰。

这一次，皇后的父兄不仅碰了粮食的买卖，连生铁买卖都涉足了，更严重的是涉案数量不小。从蒙将军呈上来的账册来看，不过短短两个月，就有上百万两银钱的进出，数额之大，让人触目惊心。

这一次，皇后的家族怕是保不住了。

"不是吧，国丈和国舅也太大胆了，他们怎么会碰这种生意，这不是找死嘛，他们不至于缺钱到这个地步吧。"凤轻尘听到九皇叔所说的事情，嘴巴张得老大，好半天才闭拢。

"有什么不可能的，只要有足够的利益，别说买卖生铁和粮食，就是卖国土也有人敢做，别忘了他们损害的是国的利益，而得利的却是自己。国的利益是皇上的，而不是国丈的，只有握在自己手中的才是自己的，而且国丈要支持洛王争储，没有大量的银钱怎么能收买人心。"

凤轻尘吃惊的表情太可爱了，九皇叔本想伸手捏一捏，可惜他的手伸到一半才发现自己还是包子手，只得悻悻地收起来，心中暗怪自己行事太冲动，把右手伤得太重了。

到哪里都有国家的蛀虫，凤轻尘叹气道："我真的不能理解，他们已经是位高权重，比一般人拥有的多太多，他们怎么还不满足，银钱真的是越多越好吗？"

"人心不足蛇吞象，没有人会嫌银子多，有了银子才可以办更多的事情，才可以拥有更大的权力，才可以荫庇后代，让后代子孙富足一生。积累大量的财富，可以保证后代无忧，也能成为历世不灭的家族。轻尘，人的野心是永远不可能满足的，得到一样后，又会想要更多。当皇子的想当太子，当了太子又想做皇上，做了皇上又想一统天下，一统天下后又想长生不老，子孙后代能守住江山，世世代代为帝王，人的心很小，可那颗小小的心，却能有无穷无尽的欲望。"说到最后，九皇叔长长地叹了口气。

他的野心也很大！

"好吧，就算是这样，可怎么会那么巧呢？这种事情不是应该做得很隐蔽吗？

怎么就会被一个刚好进京述职的武将发现呢?甚至连账册也找到了,国丈和国舅不会这么没脑子吧。"凤轻尘绝不相信这件事情会跟九皇叔没有关系。

不然为什么早不发现晚不发现,偏偏是今天呢?从时间上来算,应该是兽苑的事情发生之后。

"就知道瞒不过你,好吧,这件事情的确是我暗中布置的,事实上皇后的父兄根本不知道有生铁的买卖。他们以为只是私盐、茶业和粮食的买卖,生铁是我命人暗中放在粮食和私盐中运出去的,皇后的父兄要是知道里面有生铁,肯定不会参与。"九皇叔半眯着眼,狭长的眸子闪过一抹促狭的笑意。

"果然是你,我就说嘛,要是没有你,皇后的父兄怎么可能做得了这么大笔的买卖,生铁和粮食的货源可不好找,现如今能拿出这么大笔粮食的人,也只有苏文清了。至于生铁,除非想死,或者实在活不下去的人,一般人绝不会碰生铁买卖,皇后的父兄没胆子打生铁的主意,就算做也不可能拿出这么大一批货。"

"皇后的父兄这次真是倒大霉了,被你盯上,就算不死也要脱层皮。他们这次肯定逃不了,这事触了皇上的逆鳞,皇上肯定是宁可错杀,也不放过。"

得到肯定的答案后,凤轻尘这才满意,想不通的事情也能想通了。

有九皇叔在,一切皆有可能,皇后的父兄这次真是惨了,九皇叔出手一击必中,他们就是跳进黄河也洗不清了。

"咳咳……"九皇叔不知凤轻尘这是夸他还是损他,总之,这个问题再说下去,他在凤轻尘眼中,肯定是越来越坏。

"这些都不重要,重要的是皇后的父兄中了圈套,这件事人证物证俱在,他们就是想要推脱也推不掉,而且他们染指私盐和粮食的买卖是真。"要怪就怪他们太重利,不然也不会中圈套。

在巨大的利益面前,没有几个人能不动摇,皇亲国戚也不例外!

"也是,过程不重要,重要的是结果,反正他们傻乎乎地上了当,现在就是想洗清也不行了。"在凤轻尘眼中,皇后父兄这种冒险的行为真的很傻。

人家是拿命换富贵,可他们已经富贵至极了,居然还想拥有更多。

不过凤轻尘也能理解,女婿当皇帝和外孙当皇帝是不一样的,他们想要更富贵也是正常。

"他们哪里傻了,两个月的时间,他们从我这里赚了将近三十万两的白银,这样的买卖搁哪里也找不着。在东陵,除了王、谢等几个世家,这京城的权贵哪个不插手私盐、粮食和漕运,凡是赚钱的行业,凡是普通商人不能染指的行业,他们都做,因为这些行业最赚钱。"这样的事情向来禁止不掉,想要维持奢华的生活和排场,就需要大量的银钱,权贵们总要想尽办法地赚钱。

"我是不是可以说他们目光短浅呢?按他们的身份和地位,正当的赚钱也很容易,毕竟他们不需要像普通商人那样打点官府。"凤轻尘说道。

一等家族做正当行业赚钱,二等家族用权力赚钱,三等家族靠违法乱纪赚钱。似乎有那么一点小道理。

"正当行业一是来钱慢,二是他们想做也没有那个脑子,皇城那些权贵个个能生能养,家族娇妻美妾,儿子孙子一大堆,开销庞大,再加上他极尽奢侈,喜铺张、讲排场,没有银钱支持可不行。

"皇后的父兄还要为洛王打点,这也需要大笔银子,尤其是拉拢军中关系,更是要撒大钱。军饷常年不足,稍微有点儿能耐的将领都会想尽办法捞钱,让自己手下的兵吃饱穿暖,让他们的家人得到足够的照顾,不然谁会为你卖命?

"你看宇文元化,为了养他的宇文家军,这几年都把宇文家的家产花光了,要不是这样,也不会求到我面前。

"什么事成之后的许诺全是空话,这年头做什么都要银子,吃不饱穿不暖,手上没有好的兵器,家人得不到照顾,谁还有心情打仗,谁还愿意替你卖命?"

九皇叔为凤轻尘讲解着,忍了好半天,终于忍不住了,伸手一捞,把人捞到怀里,凤轻尘也没有抗拒,很坦然地在九皇叔怀里找了一个舒适的位置。

因为在皇宫,九皇叔也不好乱来,只抱着凤轻尘耳鬓厮磨一番,两人连衣服都是整整齐齐的,可见九皇叔有"多守礼"了。

"都是银子惹的祸,皇后的父兄捞钱是想为洛王打点,不想这一举反而害了洛王,不知洛王会不会因此而受牵连。"凤轻尘努力压下自己上翘的唇角。

听到东陵子洛要倒霉的消息,她就安心了。

"怎么,你关心他?"九皇叔的双臂一个用力,将凤轻尘抱紧。

凤轻尘吃痛,却没有挣开:"谁关心他了,我巴不得他受影响呢,免得一天到晚在我面前摆出未来太子的派头,看到就让人倒胃口。"

九皇叔很满意这个答案,稍稍松手,在凤轻尘的鬓角处落下一个轻吻:"受影响是必然的,就算皇上不会怀疑他,但皇后的父兄倒台就等于断他一臂,他在朝中的势力也会大大减弱。"

"经此一事,皇上必然不会如以前那般宠信他,如果皇后因此被废,他嫡子的优势就没了,就算皇后不会被废也定会被幽禁,总之,洛王夺储的优势全没了。"

"你不支持太子了,现在洛王又没了优势,其他皇子的优势就大了。这么一来,东陵岂不是即将陷入夺储之争?"凤轻尘转过头来,对着九皇叔问。

她发现,九皇叔在下一盘很大很大的棋。

医好西陵天宇的腿,让他在西陵和西陵天磊争;帮南陵锦行,让他在南陵和南陵锦凡争,现在又一手搅乱东陵的水。

天啊!

除了北陵,其他三国都在九皇叔的操作下陷入内乱,而北陵,随着安平公主和亲,想必也会有变化。

这个男人,太可怕了。

九皇叔看着凤轻尘越睁越大的眼睛,就知道她想明白了,他本就没打算瞒着她,只是她没往那上面想,现在能想明白也好。

九皇叔笑着点头:"你说得没错,东陵每个皇子都有机会,回头要让他们来谢谢你,要不是因为你,他们早就回了藩地,那就会错失大好的机会。"

九皇叔半真半假地说着,凤轻尘没好气地白了他一眼,谢她?那些皇子恨不得撕了她呢。

"你呢?你就没有想过那个位置吗?"凤轻尘明白九皇叔志在天下,抱负远大,可还是忍不住问道,毕竟天下太遥远,而那个位置的诱惑也不小。

"那个位置本来就是我的,我又何必去想?"九皇叔不屑道,那种不屑是从骨子里散发出来的,他是真正地不屑东陵的皇位。

"啊?"凤轻尘吓了一跳,从九皇叔身上跳了下来,大眼睛眨巴眨巴的……

"有什么好震惊的,先皇遗旨我才是储君,当今皇帝不过是代我摄政,待我成年后,就要将皇位还给我,不然你以为是什么原因让肃亲王一再帮我,他是知情人。"九皇叔把凤轻尘捞了回来,用力将人抱紧,免得凤轻尘再跑了。

暖玉温香在怀,虽然不能做什么,可他也满足了,能这样抱着凤轻尘的机会实在不多。

"那现在又是什么情况,你都成年好久了吧?"凤轻尘呆呆地问道,也终于明白了,皇上为何那般想方设法地除掉九皇叔,因为他那个位置原本就是九皇叔的,九皇叔不死,他坐不安心呀。

"我要那个位置做什么,皇上愿意坐就让他坐吧,横竖知道这件事情的人不多。"九皇叔无所谓地道。

一旦坐上那个位置,就没了半点自由,他也没心力花数十年去整理东陵内务,把东陵打造成强国。

就算他把东陵打造成强国又如何,其他三国虎视眈眈,说不定他什么还都没有做,东陵就被其他三国给灭了。

木秀于林,风必摧之,现在这样多好。

今天凤轻尘听到的消息实在是太震撼了,她除了点头竟不知道自己该做何反应。

她再次肯定,九皇叔所图不小,小小一个东陵,留不住九皇叔,九皇叔也不看在眼里。

想到南陵的内乱,还有东陵和西陵即将发生的内乱,凤轻尘突然觉得面前这个男人不是一般的强,而是超级强。

在不知不觉间,他推动了各国的政局,搅乱了平静的九州大陆,这样的男人,实在太可怕了。

这得有多坚韧的性子,多强大的耐心,多精密的布局,才能打造出今天这样的局面,才能将局势精妙地掌握在自己的手中。

凤轻尘不敢相信,这个男人的心思如此缜密,如果拿这样的心思来对付她,光想想,凤轻尘就觉得好可怕。

摇头,甩掉这个想法,凤轻尘突然想到一个很重要的问题:"九皇叔,皇后的父兄把那些粮食和生铁卖给了谁?"

凤轻尘怀疑是北陵,可惜凤轻尘不是九皇叔,没和九皇叔想到一块。

"咳咳,南陵锦凡。"九皇叔知道凤轻尘对周行感情不一般,不过政治是政治,感情是感情。

"啊——"凤轻尘怎么也没有想到,会是南陵锦凡,"你不是和南陵锦凡不对盘吗?"

"生意是生意,私怨是私怨,他出的价最高。"九皇叔有些心虚道。

凤轻尘没好气地白了九皇叔一眼道:"得了,你就编吧,我看你是嫌南陵不够乱,要去添一把火。"

凤轻尘确实担心周行,不过她相信九皇叔做事自有打算,且九皇叔和周行非亲非故,又凭什么帮他?

政治是最不讲情感的,九皇叔志在天下,所有挡路的人都是他的敌人,他连自己的侄儿都能算计,周行又算得了什么?

妇人之仁,成不了大事。

"那个,天黑了,我们休息吧,明天还要忙呢。"九皇叔的眼神飘来飘去,就

是不看凤轻尘。

他也知道凤轻尘讨厌南陵锦凡,可是有些事情不能感情用事,在南陵,能与南陵锦行争的就只有南陵锦凡,所以南陵锦凡现在还不能败,或者说不能败得太早,南陵的内乱才刚开始,哪能这么快就平息?

"好,那我回房了。"凤轻尘并没有生九皇叔的气,其实她也很清楚,九皇叔亦很厌恶南陵锦凡,只不过现在不能让他死罢了。

人最大的作用,就在于他有没有利用价值,到那人该死时,就表示他没有利用价值了。

"等等,我们再谈谈。"九皇叔连忙把人按住。

他忘了这里是皇宫,就算就寝凤轻尘也不可能和他睡一起,思来想去也只有书房最方便。

他今天也享受一下古人所说的红袖添香好了。

"还要谈什么吗?"凤轻尘也不介意与九皇叔多待一段时间,听到九皇叔的话,凤轻尘又顺势依偎在她怀里,把玩着九皇叔耳边的碎发。

发生这样的事情,她和九皇叔肯定会有很长一段时间没法见面,皇后的父兄倒台,可不是一件小事。

"嗯……谈夜叶和苏绾,你想怎么处治他们?"就这个话题最安全,还能谈很久。

……

太子、洛王、西陵天磊、夜叶和苏绾五人,在堆放蛇尸的房间待了半天一夜,也饿了半天一夜,幸亏现在是深秋,天气凉,要是夏天的话光那尸臭味就能熏死这些人。

除了苏绾外,其他四人皆一夜未睡,夜叶拖着病弱的身体强撑,以便照顾苏绾。

当九皇叔和凤轻尘用完早膳,精神十足地走来时,就看到眼圈黢黑、精神萎靡的四个人。

这四人哪个不是天潢贵胄,何曾受过这样的苦,九皇叔这一招不仅对他们是身体上的折磨,还是心灵上的折磨,将他们的尊严踩在脚底,将他们的傲骨狠狠折断。

"皇叔。"太子这一声,委屈至极,希望能换来九皇叔的关爱。

"九皇叔。"东陵子洛规规矩矩地行礼,西陵天磊和夜叶则是冷哼一声,眼神不善,看样子九皇叔这一次真是把人得罪惨了。

"本王命人准备了早膳和热水,太子和洛王要是没什么事的话就去沐浴更衣,别失了皇家体面。"敢把太子和圣上最宠的皇子关一天,事后还训斥对方,也就九皇叔有这个胆量。

"多谢九皇叔。"关了人还能让人说谢的,也只有九皇叔。

"磊太子你呢?是留在这里陪夜少主,还是先去沐浴更衣?"九皇叔这是要和夜叶谈昨天的事情,问西陵天磊是选择插手,还是选择旁观。

趋利避害是人的天性,九皇叔敢把他们关在这里定是有胜算,西陵天磊很不客气地选择了后者。

"来人呀,服侍磊太子沐浴。"九皇叔也不为难西陵天磊,给足了他面子,西陵天磊终于找回了一点自信。

他昨天可是被九皇叔打击得够呛,论身份他甚至比九皇叔还强,可偏偏被九皇叔压得毫无反抗之力。

到最后,西陵天磊只能用"人在屋檐下,不得不低头"来安慰自己。

西陵天磊走后,九皇叔把侍卫也遣了下去:"夜少主,我们是在这里谈,还是换个地方?"

一醒来就看到了凤轻尘,九皇叔心情大好,语气难免客气了些,可夜叶却把九皇叔的客气当作服软。

"谈?九皇叔要谈什么?我们之间还有什么好谈的,九皇叔你昨天不是很嚣张吗?怎么今天找我谈,你不觉得太晚了吗?"夜叶只当九皇叔昨天什么也没有查出来,底气不足,今天是来谈和的。

他受了一肚子气,当然不能善罢甘休。

九皇叔冷笑,也只有权势滔天的夜城主,才能养出夜叶这种不识相的蠢货。

"夜少主,你以为这里是夜城还是南陵?"在夜城,夜叶等同于太子。在南陵,有一个苏家做外家,也没有人敢拂夜叶的面子。夜叶骄纵惯了,根本不知天高地厚,不然,他当初也不会那般羞辱步惊云。

"九皇叔,你什么意思?"夜叶并不蠢,刚凝聚起来的勇气,顿时一点点地消退。

九皇叔不置可否地一笑。

利用兽苑的事情,拖了西陵天磊和东陵子洛一天一夜,这已经足够了,等到二人出去,一切都成了定局。

西陵的天宇皇子会以健康完好的样子,出现在西陵与东陵的边境,以护送瑶华公主前来东陵完成大婚的名义,光明正大地出现在世人面前。

同样,皇后父兄的事情,今天早朝也会有定论,东陵子洛出去后,除非造反,不然绝对改变不了皇后一族没落的下场,多的不说,皇后父兄被诛是铁板钉钉的事。

夜叶的利用价值也就到这里了，九皇叔也没兴趣再陪夜叶这个被宠坏的孩子多说，直接道："夜少主，昨天兽苑的人什么都没有招，而涉及此事的人全部暴毙。"

也就是说，死无对证，九皇叔忙了一晚上，什么都没有查出来。

夜叶先是一愣，随即得意地大笑，丝毫不顾自己虚弱的身体，笑得喘不过气来，好久才道："什么都没有招，啊哈哈哈，我还以为你有多大的能耐，把我们关押一天一夜，封苑查人，结果居然什么都没有查到，九皇叔你真是太让我失望了，我看你如何收场。"

夜叶只顾着高兴，却没有发现九皇叔说这话时，根本就没有半分的担心与不安。

"多谢夜少主的关心，本王既然敢做就有收场的本事，至少不会像夜少主你这样，害人终害己。"九皇叔没有分毫嘲讽的意思，只是实话实说，可正是这样才最伤人。

夜叶气恼地道："我怎么样就不劳九皇叔关心了，你还是担心你自己吧，谁给了你这个权力胆敢囚禁我们。东陵九，我看你要如何给夜城、苏家和西陵交代。"

夜叶面色潮红，昨天勉强退了烧，这会儿怕是又烧起来了，再加上情绪起伏太大，夜叶此时不过是勉强支撑。

凤轻尘坐在九皇叔身边，同情地看了夜叶一眼，高烧不退，免疫力下降，蛇毒复发，还要背黑锅，可怜的夜叶，你还能再惨一点吗？

"交代？本王需要给你们什么交代，反倒是你们要给本王一个交代。夜少主，本王可不是无故囚禁你们，那条蟒蛇是你和磊太子联手买通兽苑的侍卫放进来的，你们原本想吓一吓凤轻尘，结果却弄巧成拙伤了苏绾，本王说得对不对？"

九皇叔这是给事情定调子，而不是询问夜叶的意见，没有十足的把握，九皇叔怎么会说出这样的话，可偏偏夜叶不懂，一听就反讽道："九皇叔你魔怔了吧，这样的话有谁信？说我和磊太子合作，证据呢？"

"本王不需要证据，有夜少主亲口承认就足够了。"九皇叔招了招手，"来人呀，把夜少主的供词拿上来，让夜少主落印。"

"九皇叔你这是病急乱投医，我怎么可能会承认这么荒谬的事情？你以为逼我落了印就有用吗？我一出去就可以改口，说你以我的性命相逼我才落印画押的。"

夜叶满脸不屑，指着九皇叔的鼻子道："没想到人人称颂的九皇叔，居然就只有这么点手段，真是让人失望。"

九皇叔半点不气，等侍卫放下证词退下后，九皇叔才道："夜少主放心，即使出了兽苑，你也会说，那巨蟒是你和磊太子联手放进来的。"

"哼，异想天开，我怎么也不可能说这样的话。"夜叶不再和九皇叔争辩，他现在只想出兽苑，出了兽苑什么事都好办，拿过证词，扫了一遍后，夜叶很干脆地落了印。

"你要我落印是吗？好，我这就落给你看。"

"啪——"将自己的私印盖在证词上，"现在，你是不是可以放我们出去了？"

"当然可以，脚长在夜少主的身上，本王什么时候拦夜少主了？哦，对了，听闻苏家已经收了金城主的聘礼，准备把苏绾小姐嫁给金城主做续弦，不知夜少主可知此事？"南陵锦凡用苏绾换得金城的大笔聘礼，不然他哪有钱买粮、买生铁？

"什么？"夜叶大惊，后退数步，跌坐在床上。

九皇叔很满意夜叶震惊、失神、呆愣的样子，招了招手："轻尘，我们走吧。"

鱼饵已经抛下，他坐等笨鱼上钩，凤轻尘眼中闪着促狭的笑意，朝九皇叔调皮地眨了眨眼。

果然是一石二鸟，要不是拿出大批粮食和生铁诱惑南陵锦凡，南陵锦凡怎么会那么快就把苏绾卖了，不把苏绾卖了九皇叔又拿什么威胁夜叶？

"东陵九，你给我把事情说清楚！"夜叶回过神来，慌忙地冲上前去，挡住九皇叔的去路。

九皇叔本就在等夜叶，不然夜叶哪里拦得住他？

"夜少主想听什么呢？事情就是本王所说的那般，金城主已经下了聘礼，苏绾与凤轻尘的比试结束后，就会回南陵待嫁。好像大婚的日也定了，是来年开春，三月十六。"

九皇叔很不厚道地在夜叶的伤口上撒盐。

他如珠如宝捧在手上的苏绾，转身就被苏家当成牲口一般，卖给一个暴虐成性、年近五十的老头为续弦。

面对九皇叔始终如一的冷脸，夜叶终于承认他输了，从一开始就输了，夜叶双拳紧握，闭上眼睛，低头道："九皇叔，说吧，你想要什么。"

英雄难过美人关，夜叶不是英雄，所以他更过不了美人关。

"本王什么也不要，夜少主你好自为之。来人呀，送夜少主和苏绾小姐回静秋园。"九皇叔推开夜叶，朝外走去。

夜叶心急，再次追上去，可没走三步就被涌进来的侍卫挡住了："夜少主，请！"

夜叶这个时候才终于明白，什么叫我为鱼肉，人为刀俎，看了一眼被九皇叔随意放在桌上的供词，夜叶一脸沉重地叹了口气。

西陵天磊对不起了，为了苏绾我只好拖你下水了，谁让你吃饱了撑得没事干，

　　掺和南陵和东陵的事情，被脏水泼身也算你倒霉了。

　　夜叶抱起苏绾，脚步蹒跚，全身的力气好像都被抽空了。

　　这一刻，他才明白九皇叔的狠，他这一招不仅把自己从封苑的事中摘了出来，还破坏了他和西陵天磊的结盟，让他们两人心生间隙，日后别说成盟友了，不做敌人就是好的了。

　　原本，西陵天磊还能在这件事情上讨得一点好处，现在不仅讨不到好处，还要向东陵赔罪，他们昨天晚上受的罪也白受了，谁也不敢说九皇叔半句不是。

　　先不说夜叶此时的郁闷与无力，且说东陵子洛，他一出兽苑，就急忙朝皇后的宫殿走去。

　　他要问清兽苑的事情，皇后到底做了什么？尾巴收拾干净了没有？会不会被九皇叔查出什么？

　　如果没有，他还得帮皇后善后，可来到皇后的宫殿，迎接他的不是宫女、太监的请安声，而是带刀的侍卫……

第二十五章　一曲凤求凰

朝堂风云变化，快到让人看不懂。不过一夜之间，昔日人来人往门庭若市的国丈府便门可罗雀，冷清得连只鸟都不路过。

高高在上的国丈大人，横行皇城的国舅爷，一夜之间沦为阶下囚，血衣卫大牢被国丈府的人塞满了，整个大牢中都是叫骂声。

"姓陆的，你最好放了我们，我可是洛王的大表哥，你敢怠慢我，小心洛王杀了你。"

"陆大人，我是皇后的大伯，你可要想清楚。"

"陆大人，我们可是皇后的娘家人，等皇后求情，皇上气消了，我们早晚会出去，到时候可有你受的。"

……

这些人尤不知死期将至，一个劲儿地叫骂，让陆少霖识相点儿，好酒好菜招待他们，给他们换一间舒适的牢房，他们可是皇后的娘家人，是当今洛王的外家，得罪了他们可没有好下场。

陆少霖最初看在皇后和洛王的份上多有忍让，可当皇后病重，退至天颐园休养的消息传来时，陆少霖就不客气了，不给他们一点颜色瞧瞧，还以为血衣卫是吃素的。

陆少霖下令，把那几个最嚣张的、骂得最凶的人拉出来，把血衣卫的大刑都上了一遍，再把这鲜血淋淋、只剩一口气的人丢回大牢，其他人立马安静了，可随即又是一波吵骂。

"姓陆的，你不过是一条狗，居然敢打皇后的大叔公，你活得不耐烦了，我一定要告诉娘娘，治你一个大不敬之罪。"

"陆少霖，你好大的狗胆，洛王的表哥你也敢打，我看你是活得不耐烦了，你

最好祈祷爷爷出不去，待爷爷出去，第一个不放过你，把你陆家女眷全部拉去做军妓。"

……

陆少霖本想教训两下就算了，可这些人越骂越狠，陆少霖的脾气也来了："哼，说我是狗，我是狗又如何，我就算是条狗，也是皇上的狗。你们算什么？皇后？皇后娘娘自身难保，哪有空管你们，说我是狗是吧？好，我今天就让皇后娘娘的娘家人，尝尝我这条狗的厉害，想让我的妻儿当军妓是吧，我先拿你喂狗。"

作为血衣卫总指挥史就算再惹人厌，明面上谁见了他不得乖乖叫一声陆大人，也就皇后娘家这些人，仗着皇后和洛王的威风不把他放在眼里，既然这样，也就别怪他不客气了。

"陆少霖，你要干什么？你别乱来，等到我们出去了，你可就死定了。"

所谓的外戚，如果手上没有兵权，不过是外强中干，皇上一声令下，他们就什么都不是。

陆少霖阴恻恻笑道："干什么？几位国舅不是说我陆某人是狗嘛，不是想让陆家的女人去当军妓嘛，今天就让几位大人，见识一下我血衣卫狗的厉害。"

"来人呀！"陆少霖一拍巴掌，就见两个阴沉沉的侍卫上前，这两人眼神凶恶赤红，脸上却没有什么血色，看得出来他们常年不怎么见太阳。

"大人。"在血衣卫，陆少霖有绝对的权势，皇上将血衣卫全权交给他，入了血衣卫，皇上就不会管犯人的死活，更不会管他们是怎么死的。

"去，把训练营那些狼狗牵进来，让这些个大人物见识一下血衣卫的狗有多厉害。"皇后的娘家人，这是把陆少霖给得罪狠了，不然他也不会使出这等阴冷的招数。

"是。"两侍卫一听，赤红的眸子闪过一抹亮光，一副我很期待的样子。

血衣卫的牢头，有八成以上喜欢虐杀，喜欢听犯人凄厉的惨叫声，不然他们在这里也待不下去。

"陆少霖，你敢，你敢……"

"陆少霖，你要敢放狼狗进来，我就杀了你。"

"嗷嗷……"

最初大牢里的人还只是威胁，可看到血衣卫真把狼狗牵来了，他们就慌了，当那些饿狠了的狼狗朝他们扑来时，他们才知道陆少霖不是在开玩笑，而是真会把他们喂狗，嚣张的外戚们瞬间就怂了。

"陆大人，陆大人饶命呀，我们错了，我们错了。"

"陆大人，你大人有大量，别和我们一般见识，求求你放过我们，等我们出去了定在洛王面前替陆大人美言。"

"陆大人……"

陆少霖不为所动,背负着手,命令道:"开门,放狗。"

"嗷——嗷——"

狼狗冲入大牢,疯狂地撕咬,大牢里的大爷们,平日里养尊处优惯了,哪里见过这样的场面,一个个除了乱跑,就只懂得惨叫,再不然就是为了自保,把自己身边的人推到狼狗前面,丝毫不管身边的人是自己的亲人,只想着自己活命……

"啊——"

"救命啊,救命啊!"

"杀千刀的,那是你女儿呀。"

"不,不要,娘救我……"

……

大牢里,惨叫声、骂闹声、狼狗的嗥叫声不绝于耳,在血衣卫大牢的人都习惯了,那些来得早的犯人听到这声音,不过掏了掏耳朵,翻了个身,继续睡觉。

陆少霖看都不看一眼,面色如常地往外走去,当东陵子洛来到血衣卫时,就听到牢里响彻云霄的惨叫声,东陵子洛的脸色万分难看,加快步伐往里走。

"大人,洛王殿下来了。"血衣卫的侍卫匆忙来报,陆少霖听到后只是点了点头,丝毫没有加快脚步出去迎接的意思。

双方在大牢门口相遇,陆少霖这才加快脚步,上前行礼:"卑职公务在身,无法亲迎殿下,还请殿下恕罪。"

东陵子洛虽不满陆少霖的怠慢,可也知今非昔比,东陵子洛不仅没有甩脸色给陆少霖看,反倒一脸客气道:"陆大人客气了,本王临时过来,陆大人不知也是正常。"

对于耳边那一声高过一声的惨叫声、哭喊声,东陵子洛就像没有听到一般。

"殿下,这里不是说话的地方,殿下请。"东陵子洛不提,陆少霖绝不会主动提起,来这里的人哪个不是求他的,哪怕是皇子也一样。

见陆少霖闭口不提大牢里的声音,东陵子洛暗自气恼,不得已,只好主动开口道:"陆大人,大牢这般吵闹,什么情况?"

"回殿下的话,有几个犯人,说想要看看血衣卫的狗,卑职便将训练营的狼狗带进来,让他们看个够。"陆少霖完全没有慌张,也没有遮掩的意思。

进了血衣卫大牢,就别想好好地出去,这世间只有一个凤轻尘,别以为凤轻尘完好无损地走出血衣卫,其他人就可以把血衣卫大牢当客栈。

陆少霖这话半点也不客气,东陵子洛何时受过这么大的气,强压下心中的恼怒,努力摆出笑脸道:"陆大人,有些犯人不懂事,胡言乱语,还望陆大人不要与他们

计较才是。"

东陵子洛明白，定是他外祖家的人口出狂言，惹怒了陆少霖，不然陆少霖多多少少会看在他的面子上不会太为难他们。

"卑职本不想计较，可这里终归是血衣卫，血衣卫有血衣卫的章程，卑职也不能坏了规矩。"陆少霖没有给东陵子洛面子，面带寒霜地顶了回去。

局势已经变了，洛王该醒醒了，今天过后别说争皇位了，就是能封个藩王就算不错了。

洛王殿下，你别怪我，要怪就怪你有一群不长眼、专门拖后腿的亲戚。

……

凤轻尘回到西区小院时，西区小院已经恢复正常，被九皇叔破坏的一切已各自归位。

孙府只有一间柴房被烧，根本没有多大的影响，佟珏和佟瑶也早早地回来了，两人对于城外遇到乱民一事并没有多想，凤轻尘安抚了几句，便让人下去休息。

傍晚时分，翟东明一脸兴奋地跑来找凤轻尘："轻尘，出大事了，你知不知道。"

"什么大事？"凤轻尘从宫里回来后，没再打探宫里的消息，有九皇叔在，局势尽在掌控之中，她完全不用担心。

"不是吧，国丈府那么大的事情你居然不知道？"翟东明一口将杯子里的茶喝完，然后兴奋地和凤轻尘说，国丈倒台，皇后被软禁，东陵子洛去求人却处处碰壁的事情。

"凤轻尘，我说说老天爷是长眼的，想当初洛王和皇后娘家的人多嚣张啊，不仅太子要避洛王的风头，就是我爷爷他们也要避皇后父兄的风头，要不是有九皇叔在，国丈大人可就真的权倾朝野了。"

"我还以为会一直这么下去，等几十年后洛王上位、外戚当权、横行东陵，却不想一夜之间风云变幻，不仅皇后一族倒霉，就是洛王也被牵连了。洛王殿下这次可真是有苦也说不出来，皇后的父兄铤而走险是为了他的大业，可却因此葬送了他的未来。最可悲的是，他还不得不为之奔走，不然，连自己的外祖出事都不出力的人，以后还有谁会跟随他？"

翟东明完全是幸灾乐祸的语气，可惜他说了半天，凤轻尘一点表示都没有，翟东明顿时就郁闷了。

"轻尘，皇后和洛王出事，你不高兴吗？难不成你对洛王还有情，看到他失意你伤心？我说轻尘，你可千万别犯傻呀，想想他们当初对你多狠呀，要不是你够坚强、够聪明，早就死在他们手上了，你这个时候可不能心软。"

"你哪只眼睛看到我为东陵子洛担心了？"凤轻尘没好气地白了翟东明一眼，

怎么每个人都认为,她对东陵子洛还有情,真是的,她至于看上那个花心男吗?

"呃……这个倒是没有,那你怎么不高兴?"翟东明挠了挠后脑勺,一脸懊恼。

要是锦凌在就好了,锦凌不像他这般大大咧咧的,锦凌心思细,凤轻尘就是不说话,锦凌也能明白凤轻尘在想什么。

锦凌去清水镇都三个多月了,到现在还没有回来,也不知遇到了什么事?想到这些,翟东明有些担心。

王家内部的争斗相当惨烈,暗杀、投毒的手段层出不穷,锦凌刚刚坐上家主的位置,手上可用的人不多,出门在外,安全也是一大问题。

"现在高兴还太早了,皇后不是被废只是被软禁,只要皇后还在,洛王就是中宫嫡子,他夺嫡的优势就还在。事发后,皇上只下令处死国丈与国舅这一支,其他的族人并没有受影响,大多是被革职,最严重的也就是被流放,由此可见,皇上还是为洛王保留了一些势力。"这些也是九皇叔告诉她的。

九皇叔说,要看皇上是不是厌弃了东陵子洛,就看他如何处治皇后和皇后一族的人,帝王不会无缘无故地手下留情,帝王手下留情定是有深意。

很明显,皇上为东陵子洛留了一些后路,让东陵子洛还有一争的本钱。

当然,皇上这么做并不全是因为喜爱东陵子洛,而是为了朝局着想。如果洛王倒了,有清王相助的太子便会独大,皇上绝不会允许这样的情况发生。

帝王之术便在于平衡,皇上把舟王等人留下,也是为了给东陵子洛和太子施压,借这几位皇子之手削弱太子和洛王手中的势力,不让他们任何一人独大。

斗,是皇室永恒不变的主题,当哪一天不斗了,不是人死光了,就是最后的赢家出现了。

"好吧,害我空高兴一场,难怪我爷爷说我不适合当官,这些事连你都看明白了,我却没有看明白。"翟东明懊恼地道。

"你别气馁,每个人的专长不一样,你这样很好,适合冲锋杀敌,做一个保家卫国的大将军。"凤轻尘拍了拍翟东明的肩膀,安慰道。

翟东明这人太仗义了,这样的人的确不适合当官,当官要脸厚心黑,像九皇叔那样,要么不出手,一出手就要一击就中,杀对方一个片甲不留。

"翟家就剩我一个,我爷爷不会让我上战场的。"这是翟东明最大的遗憾。

凤轻尘不知道要如何安慰翟东明,当下只能调侃道:"那你多娶几个媳妇,多生几个孩子,等孩子长大了,你就可以上战场了。"

多子才多福,翟东明这一根独苗,也难怪肃亲王看得那么紧。

凤轻尘只是说笑,可翟东明却当真了,高兴地从椅子上跳了起来道:"凤轻尘你实在太聪明了,我怎么就没想到这个法子。我这就回去,让爷爷给我把三妻四妾全部娶进门。"

"凤轻尘,我回去娶媳妇了,你有事就去肃亲王府找我,当然没事也可以去,我爷爷很喜欢你。"

丢下这句话,翟东明一溜烟儿地跑了,留下凤轻尘一个人风中凌乱,仔细品味着翟东明的话,她越想脸色就越难看。

果然,在男人眼中,女人的价值就是生孩子了。

想到孩子,凤轻尘低下头,看向自己那平坦的小腹,眼中闪过一抹黯然,不知道什么时候她才能有自己的孩子。

一个流着自己骨血的孩子,一个和她血脉相连的孩子,一个可以让她称为亲人的孩子。

她想要一个孩子,一个她和九皇叔的孩子,一个可以延续她生命的孩子。

可惜现在不行,先不说她才十六岁,不适合生育,就说现在这局面,也不允许她有孩子。

眼见乱世将至,孩子对她来说是负担,她勉强可以自保,但不一定有把握保护好孩子。

既然无法给孩子一个好的成长环境,就不要把他生出来受罪,凤轻尘伸手,覆在自己的小腹上,忍不住叹气。

也不知道九皇叔是怎么想的,事后九皇叔没有派人送避子汤一类的东西给她喝,不知道是九皇叔不知避孕一事,还是九皇叔也想要一个孩子?

如果九皇叔想要,那么他应该有能力保护好孩子,给孩子一个稳定的成长环境吧?

凤轻尘右手撑着下巴,歪着脑袋思索这个问题,想了半天也想不明白九皇叔的心思,于是她决定下次直接问问九皇叔。

九皇叔的心思太难猜了,她还是别瞎猜的好。凤轻尘吐了口气,起身回房,打算整理一下药箱,也许明天用得上。

夜叶,早晚会来求她。

打开药箱,发现最上面居然有一封信,凤轻尘愣了一下。

"暗卫大哥们也太不尽职了,有人进来居然也没有发现,上次也让九皇叔溜进来了,看样子得和苏文清说一说,暗卫的质量急需提高。"

凤轻尘戒备地打量四周,没有发现什么异常,便拿起信,准备一阅。

"什么呀?"只一眼,凤轻尘的脸就红了,双手握紧了信,连忙放在心口,生怕被外人看到,眼神闪烁,左右张望,发现没有第二个人在,这才羞答答地展开,一字一字地看了起来,越看脸上的笑容越甜蜜。

相遇是缘,相思渐缠,相见却难。山高路远,惟有千里共婵娟。因不满,鸳梦成空泛,故摄形相,托鸿雁,快捎传。

喜开封,捧玉照,细端详,但见樱唇红,柳眉黛,星眸水汪汪,情深意更长。无限爱慕怎生诉?款款东南望,一曲凤求凰。

情书,她收到情书了,最主要的是,这封情书的落款是:东陵九!

凤轻尘双手捧着信纸,紧紧地贴在心口上,她真的好高兴,她没想到九皇叔这么高冷的人,也会有这么浪漫的举动。凤轻尘甚至可以想象,九皇叔提笔写这封信时,那难为情的样子,可当凤轻尘看到最后一句时,脸上的笑容僵了。

九皇叔最后说:我等你的回信!

回信,回信,这要怎么回呀……

凤轻尘捏着信,一头扑在床上,抱着被子打滚。

鸿雁传书什么的,好难为情呀!

凤轻尘在床上像是在烙饼一样,翻来覆去,直到丫鬟提醒她用膳的时间到了,凤轻尘才红着一张脸出来。

眉目含情,双颊霞红,人还是那个人,可整个人却透着一股无法言喻的风情,举手投足间,少了几分冷清,多了几分小女儿的娇态,直把几个丫鬟都看痴了,心中暗想,到底是发生了什么事,她们小姐怎么像换了一个人一般?

凤轻尘没有平日的大方冷静,幽静的眸子闪烁着爱恋的光芒,对上佟珏和佟瑶几人打量的眼神时,心虚地闪躲开。

凤轻尘总觉得这事一旦被佟珏和佟瑶知道,肯定会笑话她,倘若这事传出去,也有损她的名声,毕竟这是私相授受。

草草用完晚膳,凤轻尘便把丫鬟们都打发下去,将自己关在书房里,又是磨墨,又是铺纸,提笔写了几个字,怎么看怎么不满意,又把纸揉成一团,丢在一边。

思索再三,再次提笔,可这次连一笔都落不下去,凤轻尘气馁地将笔放下,把怀中的信取出来小心地展开平铺在桌上,细细地抚平褶子。

这是她今生第一次收到情书,还是自己喜欢的人写的,这种感觉,美好得无法言喻。

凤轻尘看着纸上的字,忍不住傻笑。

"九皇叔字如其人,字体大气,笔锋有力,用来写情书,可真是浪费了。"

上面的每一个字,她都觉得好看,除了那句要求她回信的话。

暗卫在外,将凤轻尘犯傻的举动瞧得明明白白,无聊地打了个哈欠。

他就不明白了，一张破纸有什么好看的，九皇叔神神秘秘地一定要亲自送来，凤姑娘从下午看到晚上，只要没人时就拿出来看，看了不下十遍也没看厌，真是无聊呀！

凤轻尘和九皇叔此时的心情，又岂是暗卫们能理解的，两人都不是那种甜言蜜语随口说来、有事没事就喜欢腻歪的人。两人都是做比说多的主，平日里的相处总是多了几分尊重，少了几分柔情，鸿雁传书对他们来说，是一件很新奇很浪漫的事情，可以将他们不好意思说的话，一一借书信说出来。

凤轻尘拿着九皇叔的信看了又看，想了又想，搜肠刮肚，想了半天终于想到要写什么了，半是难为情，半是甜蜜地提笔，一字一字，极认真地写了起来。

她的字不漂亮，又不想随便写一张，怎么说这也是他们之间的第一封情书，很有纪念意义，凤轻尘写好后硬是誊写了二十多遍，把手都写酸了才满意地放下笔。

待墨迹干后，凤轻尘将纸叠了起来，可到这个时候凤轻尘才想到，她不知道该如何把信送给九皇叔，大大咧咧地送去未免太不矜持了。

"怎么办？"凤轻尘捧着信左右为难，屋外的暗卫看得那叫一个着急，恨不得马上冲出来对凤轻尘说，凤姑娘你别担心，你把信放在这里自然会有人来取。

没让暗卫大哥纠结太久，凤轻尘很快就想明白了："既然九皇叔能悄无声息地把信送进来，当然也能拿走，我就把回信放在书房，要是明天之前没有拿走，我就把信撕了，哼。"

这个时候，凤轻尘丝毫没有怪暗卫大哥不尽心，找了一个市面上常用的信封，也不密封，凤轻尘把信装进去后，直接放在书桌上，用镇纸压住。

做好这一切，凤轻尘才满脸笑意地走了出来，让春绘秋画准备热水，她要沐浴。

凤轻尘前脚刚走，暗卫后脚就潜了进来，将凤轻尘桌上的信，还有她忘了毁尸灭迹的"废纸"全部带走，暗卫相信，这一次去给九皇叔报告，肯定不会被骂，搞不好还会被重赏。

诚如暗卫所想，当九皇叔看到他捧进来的东西时，先是一愣，随即露出一抹灿烂的笑容，那一笑，如冰雪消融，大地回春，如烟花绽放，照亮夜空，差点把暗卫的眼晃花。

九皇叔打发了暗卫，将门窗都关好，确定四下无人后，强压下心中的急切，装作不在乎的样子，慢悠悠地将信放在一边，饶有兴致地打开乱糟糟的纸团。

好东西，要放到最后吃，他虽然心急，可不差这点儿时间。

从纸团的痕迹来看，可以肯定暗卫们并没有打开，原本是怎样的，他们就怎样地拿了过来，九皇叔对此很满意。

看着一遍遍重复的字体，九皇叔脸上的笑容也越来越深："真是一个傻姑娘，我又不会嫌你的字丑。"话虽如此，可想到凤轻尘如此用心地回他的信，他还是很高兴。

毕竟，他写信也是心血来潮，吃不准凤轻尘会不会喜欢这种方式。

两人从宫里出来后，就各自离去，可一回到府，他就想凤轻尘了，很想很想，一时冲动，提笔写下那封信，悄悄潜入西区小院，将它放了进去。

本以为凤轻尘看到那封信后会怪他轻狂，没想到凤轻尘真的回信了，虽然只有四十个字，可这四十个字，对九皇叔来说却比千万个字的分量都重。

看到凤轻尘的回信，比把天下搅乱还要让他高兴，这种感觉，仅次于夺得天下。

九皇叔反复看着纸上的字，来回念了起来，一遍一遍，也不嫌烦。

"执子之手，陪你痴狂千生；吻子之眸，伴你万世轮回。执子之手，共你一世风霜；吻子之眸，赠你一世深情。"

暗卫在角落里等九皇叔的命令，看九皇叔这副痴呆的样子，暗卫开始担心九皇叔会不会和凤轻尘一样，待到有人提醒才会回神吧？如果真是那样，他不得在这里站一个晚上？

暗卫默默地看向漆黑的天空，心中暗暗叫苦，本以为这是一个好差事，却没有想到，这是一个折磨人的差事。

暗卫实在是想得太多了，九皇叔不是凤轻尘，他比凤轻尘忙多了，他哪里有那么多的时间来儿女情长。平复了心中的激动后，九皇叔若无其事地起身，从身后的书架上，取出一个暗盒，用精巧的方式将其打开，将凤轻尘的信折好后放在里面，又郑重地将暗盒扣好，再三检查，确定没有问题后，才将暗盒放回原处。

转身，又从书架的另一头取出一个大盒子，把里面的古画一一取了出来，将凤轻尘写废的那些纸一一抚平，放了进去，那小心翼翼的动作，就好像捧着绝世珍宝一样，眼中的柔情，能把人溺毙。

很多年后，当凤轻尘看到这两个被九皇叔用生命保护的盒子时，她才知道这个男人对她用情之深，远远超出了她的想象。

疯了，疯了，都疯了。

暗卫看傻眼了，不就是几张破纸嘛，至于宝贝成这样嘛，按九皇叔的风格，再珍贵的书信，也是看完就烧，不给人留下把柄，这一次怎么会如此细心地收起来？

不过，主子就是主子，主子想什么，下属哪能知道，哪敢提意见，暗卫就是再不理解，也不敢多嘴。

九皇叔将信收好后，铺开一张纸，亲自研磨，提笔写道：

"牵尔玉手，收你此生所有；倾我所有，许你余生幸福。挽子青丝，挽子一世情思；执子之手，共赴一世情长。"

平平淡淡的两句话，却是一种承诺。不过，九皇叔很清楚要一直这样写情书，他是没有压力，可凤轻尘肯定做不到。

九皇叔想了想，提笔又在这情话后面，写下几句话，如同聊天一般……

自那天起，凤轻尘每天都能收到九皇叔的信，有时候是在医药箱里，有时候在她的床头边，就像寻宝一样，每一天都充满了乐趣。

凤轻尘每天醒来的第一件事情，便是寻找九皇叔的信，要是哪天没有找到，她一整天的心情都会低落，然后担心信是不是落到了别人手里，又或者九皇叔出了什么事。

有一天，她在屋内翻了个遍也没有找到信，直到她出门时，一阵微风吹来，她以为是树叶，伸手一抓，却不想是信……

她当场就愣住了，心怦怦直跳，一脸心虚地看向身旁的夏晚和冬晴，直到确定两人没有发现，这才放下心来，小心翼翼地将信藏好，一脸从容地走了出去。

心中暗自责怪九皇叔越来越不按理出牌了，他就那么肯定，这信一定能落到她手上嘛，万一被人捡了去，又是一场风波。

好在，她和九皇叔通信以来，都没有被人发现过。

当然，如此频繁的通信也只是在初期，后来他们并没有天天通信，可两人之间也形成了一种默契，那就是隔三差五必有信到，哪怕只一句平安，也行。

有时候没有收到九皇叔的信，凤轻尘也不担心，她知道九皇叔在忙。除非半个月以上没有收到他的信，又没有收到他的消息，凤轻尘才会担心。

九皇叔的来信，一般前面会写几句表示相思之苦的话，后面则是一些琐事，比如他今天做了什么，又或者提醒凤轻尘天凉了记得加衣，晚上不要踢被子，不要忙到太晚之类关心的话。

很平常的话，可对凤轻尘来说却比情话更动听，短短几句话暖了她的心，让她觉得这种被人关心、记挂的感觉真好。

因为有书信往来，凤轻尘和九皇叔两人之间的感情也突飞猛进，在公开场合碰面后虽然没有说话，可一个眼神，一个举动，就能将自己的感情传递给对方。

俗话说美色误国，凤轻尘与九皇叔情书往来的头几天，凤轻尘完全沉溺在九皇叔编织的情网中。一天到晚，除了看九皇叔写的信，就是想回信的事情，再不然就是一个人窝在房里发傻、发呆，走路都是飘飘的，整个人魂不守舍，如此反常，小院的人就是想当作不知也不行。

他们家姑娘这样子，完全就是思春呀！

春绘等四个人看在眼里喜在心里,佟珏和佟瑶就愁了,大公子不在京城,所以她们家小姐思的肯定不是大公子。

整整三天,凤轻尘完全坠入九皇叔编织的情话中,什么正事也没做,孙思行实在看不下去,出言提醒道:"师父,这三天,你可想好了如何医治崔公子的病?"

"啊……三天?"凤轻尘一个激灵,好似大梦初醒,一双美目睁得老大。

这都三天过去了,她怎么一点感觉都没有?这三天,她好像除了看信、写信,什么都没有做。

感情果然是个害人的东西,她这几天完全没有心思工作,不仅把崔浩亭的病丢到一边,还把夜叶给忘了,她以前可从来没有犯过这样的错。

凤轻尘一脸羞红,迎上孙思行那双清亮的眸子,凤轻尘就像犯了错的孩子,低头道:"思行,师父这几天有些失神,不过师父保证,不会再犯同样的错,走,我们这就去找崔公子,我要和他谈一下治疗方案。"

"师父,你确定你现在这状况可以去工作吗?要是不行,你再休息两天也没事,我想崔公子不会在意这一两天。"孙思行一脸怀疑。

他虽然不知道凤轻尘到底遇到了什么事,但可以肯定,他不喜欢这样的凤轻尘,他眼中的凤轻尘,冷静、理智、以病人为先。这三天,凤轻尘就好像换了一个人一般,脸上时常带着梦幻般的傻笑,丝毫不提崔浩亭的事,好像只活在自己的世界里。

凤轻尘吸了口气,露出一个浅笑道:"思行,相信你师父,你师父不是感情用事的人,我保证这三天只是意外,我以后不会再犯。"

她的自制力终归还是差了点,又或者说,她还是太嫩了,完全招架不住九皇叔的情书攻势,她以后会尽力克制,不会一整天都沉迷于儿女情长中。

"师父,你不用这么严肃,这也不是什么坏事,你还小。"孙思行被凤轻尘郑重其事的样子吓了一跳,有些不好意思地挠了挠头。

他忘了,凤轻尘也就是一个刚刚十六岁的小姑娘,小姑娘有这样的情绪很正常,哪个女子没有爱慕过人?哪个女子没有梦幻过?凤轻尘这样的表现才符合她的年龄。

凤轻尘有种被人看透后的心虚,不自在地笑了两声,生硬地转移话题:"好了,我们不说这个。走,我们去找崔公子,我之前已经想好了医治方案,正要和崔公子讨论一下,我要取得他的同意才行,他的病有风险。"

孙思行看凤轻尘的眼神清明,严谨认真,就知道她恢复正常了,暗自佩服凤轻尘年纪虽小,自制力却比一般人强得多,这么强的自制力,就是他爹也做不到。

想到他爹，孙思行的眼中盛满担忧，三个多月过去了，他爹硬是一点消息都没有，时间越久，要找人就越难。

凤轻尘在这个时候没空注意孙思行的异常，她正在想着如何说服崔浩亭，接受她提出的医治方案……

第二十六章　跪下来求我

凤轻尘精明的脑袋终于能正常地思考问题了，不会只想着那些"愿得一人心，白首不相离""只愿君心似我心，定不负相思意"之类的话。

只可惜，给崔浩亭治病的路注定了充满波折，凤轻尘和孙思行，走到崔浩亭的院外，下人就急忙来报："姑娘，姑娘，不好了，不好了，来了好多官兵，把府上都围了起来。"

官兵？

这个时候还有哪个不长眼的，敢上门找她麻烦，活得不耐烦了？

凤轻尘脚步一顿，转身问道："官兵？谁带的兵？"

看样子，崔浩亭的病，今天是没办法治了，这个时候敢上门找麻烦的，绝不是简单的主。

"小的不认识，似乎不是东陵人，小的看到苏绾小姐也在。"管家是王锦凌的人，皇城大大小小的官员，没有他不认识的，他说不认识，就表示对方不是东陵人。

"我们过去看看，调一半的侍卫到崔公子这边来，任何人不得打扰崔公子。"崔浩亭虽说有护卫，可终归是住在凤轻尘的府上，要是出了什么事，她不好和崔家交代。

想到这里凤轻尘就觉得万分憋屈，崔家人欺负了她，崔家可以当作什么都没有发生，可崔浩亭一旦在她这里出了事，崔家肯定不会放过她。

豪门大家，真是不好惹！

管家也明白事情的重要性，连忙过去安排。院内，崔浩亭将一切都听清楚了，苍白的脸上扬起一抹淡淡的笑容，修长的手指，执起一枚白色玉棋，略一思索便落了子。

"元极，你怎么看？"崔浩亭话是对他身侧的人说的。

"凤姑娘是个聪明人，公子要是不表示一点儿什么，凤姑娘虽然不会不满，但心里难免不舒服。"被称为元极的护卫低头道。

"去，把三哥他们的住处摸清楚，回头告诉凤姑娘。"崔浩亭口中的三哥，便是刺杀凤轻尘的主谋，崔浩亭在西区小院住了近两个月，才做了这个决定。

"浩亭，你做事太过谨慎、温和，太好说话了，难怪那些人敢欺负到你这个嫡子头上。"与崔浩亭对弈之人，赫然便是云家大公子云潇。

这两人的交情，可不是一般的好。

云潇执黑子，崔浩亭一落子，他就跟着落子，云潇下棋的风格和他人一样，看似肆意随性，实则锋芒毕现，而崔浩亭则是缜密、温和，步步为营。

"我这样的身体有什么好争的，他们太心急了。"崔浩亭笑得平静，可云潇在他的眼中，却看到了隐藏的黯然和不甘。

他和崔浩亭是同类人，只不过他比崔浩亭稍微幸运了点，在二十五年前他都不知道自己命不久矣。

西区小院里里外外，都被一群陌生侍兵围住了，凤轻尘看他们的装扮可以肯定，对方不是东陵的士兵，她和孙思行相视一眼，东陵什么时候允许外来的兵马进入皇城了？要知道这年头手上有兵，就有话语权。

来者不善，善者不来，两人眼中闪过一抹凝重，从这些兵的数量和质量可以看出，他们和苏绾、瑶华的护卫不一样，这些都是真正上过战场的兵，身上的肃杀之气，硬生生把温馨的西区小院变成了战场。

大厅的气氛肃穆凝重，凤府的人全被赶了下去，凤轻尘和孙思行一走进来，就看到苏绾恭恭敬敬地站在一个中年男人身后。

那中年男人看上去四十出头，沉着一张脸，威严十足，远远看去，和夜叶有三分相像。

联想到苏绾的态度，还有这排场，凤轻尘就明白来者是何人了。

凤轻尘双手作揖，客气地道："不知夜城主大驾光临，轻尘有失远迎，还请夜城主见谅。"

"你就是凤轻尘？"夜城主并不理会凤轻尘的客气，以高高在上的姿态问道。

他和夜叶一样，把凤轻尘的客气当作软弱，他今天带了重兵围了凤轻法尘的院子，凤轻尘根本没有与他抗衡的力量。

"是，我就是凤轻尘。"凤轻尘并不生气，径直在左侧坐下，同时亦示意孙思行坐下。

夜城主眼神一冷，他身侧的护卫就上前，将一把刀架在凤轻尘的脖子上："大胆，城主面前，哪里有你坐的位置？"

"这里是我家，不是城主府，我想坐就坐，夜城主，麻烦你管教好你的人，别乱咬人。"凤轻尘伸手，推开侍卫胳膊，"麻烦你把刀移开，我最讨厌被人拿刀架在脖子上。"

她脖子上的疤还没有消呢，可不想再添一道。

"退下。"夜城主今天本就是有求于凤轻尘，所以也没打算太过为难她，给个下马威就好了。

"凤轻尘，本城主听说你医术高超，有起死回生之能？"

"夜城主你听错了，医术高超有起死回生之能的是玄医谷谷主，不是我。夜城主是要找玄医谷谷主吗？这可真不巧，谷主他前几天刚走。"凤轻尘一脸戏谑道。

夜叶也真没用，自己撑不住就把老爹喊来，多大的人了居然跟个孩子似的，打架输了就回去哭鼻子。

凤轻尘，果然如苏绾所说的那般恃才傲物，不把夜城放在眼里，他能带重兵进东陵皇城，就是想告诉凤轻尘，夜城的权势比她想象中的大，可她居然还敢耍花腔。

夜城主强压下想要杀人的冲动，直接挑明来意道："凤轻尘，我也不跟你拐弯抹角，夜叶的伤，你可能治？"

"夜少主的伤五天前轻尘能治，可惜当时夜少主不信我，至于现在嘛，我就不敢肯定了，毕竟夜少主错过了最佳医治时间，我得看过才敢确定。"

大夫嘛，也就这个时候能摆架子，她要不把姿态摆高点，夜城主还真当她凤轻尘是软柿子，想捏就捏，想踩就踩。

城主了不起呀，这里是东陵，不是夜城，想摆城主的威风，滚回夜城去。

"既然如此，来人呀，请凤大夫去静秋园。"夜城主一声令下，四个虎背熊腰的护卫上前，摆明是要强请，凤轻尘去也得去，不去也得去。

凤轻尘讥笑一声，从容地站了起来："夜城主，我只说了能不能治，可没说愿不愿意治。我也没有答应城主，要去给夜少主看病。"

"凤轻尘，你应该很明白，你没有拒绝的权力，今天你治也得治，不治也得治。"夜城主一拍桌子，小院内的侍卫便抽出了刀，一时间剑拔弩张，杀气腾腾，只要夜城主一声令下，整个西区小院就会被血染红。

这就是手上有兵的好处。

凤轻尘目光凛然，冷笑不语……

夜城主起身，极尽威胁道："凤轻尘，你最好乖乖跟我走，你今天敢说一个不字，我就把你这小院的人全杀了！"

西区小院气氛紧张，战火一触即发，夜城主用实际行动告诉凤轻尘，他不是吓吓凤轻尘，只要凤轻尘敢忤逆他，西区小院就会血流成河。

凤轻尘不知是没有听懂，还是有恃无恐，站在那里一动不动，与夜城主四目相对，下颌微微向上，一脸倔强。

凤轻尘强硬的姿态让夜城主万分不满，侍卫收到暗示，再次上前，威胁道："凤轻尘，你没有听到城主大人的话吗？还不快去准备，要是耽误了少主病情，你十条命也赔不起。"

"我并没有打算给你们少主赔命。"凤轻尘冷笑道。

"凤轻尘，你别敬酒不吃吃罚酒。"侍卫作势欲拔刀杀人，刀拔到一半，夜城主便做起了好人，"住手，不得对凤大夫无礼。"

先硬后软，夜城主是想用强硬的姿态给凤轻尘一个下马威，把人吓住后，再安抚几句，好让凤轻尘感恩戴德。

"凤大夫，我夜某也不是不讲道理的人，只要你医好我儿的病，诊金绝不会少，听闻凤大夫的诊金是千两黄金，来人，把诊金抬上来。"

整整十箱黄金被人抬了上来，整齐划一地摆在凤轻尘面前，金光闪闪，好不诱人，这要换作别人，肯定会被打动，可惜……

财帛动人心，普通人很难抗拒金钱的诱惑，可她凤轻尘现在不缺钱，夜城主摆出来的黄金诱惑程度又不高，所以夜城主注定要失望。

凤轻尘轻蔑地扫了一眼十箱黄金，完全没有放在眼中："夜城主，我最讨厌被人要挟，不管我能不能治夜少主的病，我现在都不愿意治，想要我府上的人给叶少主陪葬，夜城主大可直接动手。不过，动手之前，夜城主你最好想清楚，这里是什么地方？夜城主，别说我威胁你，只要我府上有一个人因此而死，夜少主就别想活着离开东陵。"

"啪——"夜城主一拍桌子，站了起来，一张脸涨得通红，"凤轻尘，你竟敢这么和我说话？你敢！"

"你大可以试试看我敢不敢，夜城的精兵猛将固然厉害，可别忘了双拳难敌四手，伤了我的人，夜城的士兵就是再强，也别想活着离开东陵皇城。"先斩后奏这种事，她以前不敢做，现在却不怕。

皇上因为皇后父兄一事焦头烂额，哪有心思管这些琐事，等到皇上发现了，事情已成定局。

夜城主顿时气得青筋凸起，强压下想杀人的冲动，咬牙切齿道："凤轻尘，东陵皇上亲口允我带兵进城,你以为皇上会站在你这边,还是你认为,你那个九皇叔会来帮你?实话告诉你,你那个九皇叔在宫里被人拖住了,你如果想等他来救,无疑是痴人说梦。凤轻尘,你最好乖乖地跟我去医治夜叶,只要医好夜叶,我可以不计较你的失礼。"

夜城主将现在的局面解释给凤轻尘听,让凤轻尘识相一点。可没想到,凤轻尘闻言,依旧只有两个字:"不救。"

"你敢!"夜城主这一次真的怒了,他懒得再装好人,直接道,"来人,把凤府的下人全部抓起来,每过一炷香的时间,便杀一人,直到凤大夫同意为止。"

"是!"

唰地一下,士兵整齐划一,行动起来。

"住手。"凤轻尘一拍桌子,厉呵。

"怎么,怕了?"夜城主给侍卫递了个眼色,让他们等等。

"怕?"凤轻尘不屑地冷哼一声,站了起来,"凭夜城还不够格让我怕。夜城主,你敢动我凤府一草一木,就等着给夜少主收尸吧。不怕告诉你,夜少主那毒,除了玄医谷谷主外,恐怕只有我能治。"

"玄医谷谷主远在边境,等到他来,夜少主早就死了,现在唯有我能救夜少主,夜城主你最好对我客气点,要知道我一向喜欢记仇。"

威胁,她也会!

"你……凤轻尘,你要怎样才肯救夜叶?"要不是只有凤轻尘才有可能救夜叶,他又怎么会和凤轻尘说这么多的废话,依凤轻尘对夜叶所做的事,他一进来就会下令杀了凤轻尘。

"要我救夜少主也不是不可以。"凤轻尘卖了个关子,看向夜城主身后的苏绾,邪恶地道,"当初我一心想救夜少主,夜少主却当众辱骂我,让我滚,还说什么要我当众跪下给苏绾小姐道歉。我的要求也不过分,要我救夜少主可以,按照夜少主的话让苏绾小姐当众跪下,给我道歉就行了。"

至于夜叶,有夜城主在,只能下次了。

凤轻尘有点小惋惜,多好的机会呀,要是夜城主不在,她肯定能逼夜叶给她下跪,让夜叶颜面扫地,以后见到她都要绕道走。

面子和生命相比,当然是后者更重要。

"姑父,你别信凤轻尘的话,表哥才不是那样的人,凤轻尘信口雌黄,她这是借故羞辱侄女。"苏绾的一张俏脸顿时白得没有血色,咬着唇道。

苏绾很清楚,在夜城主心中,什么都没有夜叶的生命更重要,更何况要下跪的人又不是夜叶，或者夜家人。

凤轻尘实在太阴险了，苏绾狠狠地瞪了凤轻尘一眼，凤轻尘毫不在意地回视。

"凤轻尘，苏绾所说可是事实？"夜城主果然动摇了。

这里是东陵，他带兵进来震慑凤轻尘这事儿好说，可要是闹出人命，他就不好给皇上交代了。

"真与假并不重要，夜城主想要我去医治夜少主，可以，只要苏绾小姐跪下来，给我道歉，我立马就去。"凤轻尘笑得阳光明媚，好似提出这般无礼要求的人不是她一般。

"不可能，我只跪天地君师，你凤轻尘算什么东西，竟敢让我给你跪下，我给你跪下，你让夜城和苏家的面子往哪里摆？"不等夜城主开口，苏绾就强硬地拒绝，并且聪明地拿夜城和苏家的面子说事。

"苏绾小姐想往哪里摆，就往哪里摆，与我何干？门在那里，夜城主，苏绾小姐，我就不送了。什么时候苏绾小姐想通了，再来请我好了。当然，你们最好早点做决定，我怕再拖下去，夜少主会等不及。"凤轻尘转身，拉起孙思行，大摇大摆就往外走。

她在等，等夜城主开口叫住她。

五、四、三……

当凤轻尘在心中默数到三时，夜城主终于沉不住气，开口道："站住。"

夜城主眼中的杀意更甚，一个小小的大夫，居然敢给他脸色看，真是活得不耐烦了。

"凤轻尘，别以为本城主对你客气就是怕了你，你可要清楚，你今天为难本城主，本城主就算满足了你的要求，日后也不会放过你。"

"随便，夜城主想对我动手，我随时奉陪。不过，我得提醒你一句，别忘了我是大夫，大夫能用药救人，当然也能用药杀人，医者杀人于无形，我虽然不屑用医术杀人，但兔子急了还咬人，夜城主要是把我逼狠了，别怪我心狠，往夜城投毒。"

凤轻尘说得云淡风轻，可夜城主和苏绾的脸色都变了。

医者杀人于无形，已有人证明过这句话半点不假，一个医术高超的大夫，不仅能救人，还能杀人。

夜城主的眼中闪过一抹狠厉，他们夜城已经把凤轻尘得罪死了，既然凤轻尘不肯救夜叶，那就先下手为强，先把人给绑了，等医好夜叶的伤，再杀了。

夜城主朝侍卫使了个眼色，侍卫点头，快步上前，在凤轻尘抬脚准备踏过门槛时，侍卫的刀把朝凤轻尘的背部撞去……

凤轻尘就好像背后长眼了一般，在侍卫的刀砸向她的瞬间，凤轻尘突然拉着孙思行，往前栽下去，正好避开了侍卫的大刀。

"动手，留她一命！"夜城主也不客气，直接下令。夜城的士兵早就严阵以待，夜城主一发话，士兵们蜂拥而上，可就在此时凤轻尘突然推开孙思行，掏出一个黑色的东西，转身朝身后暗算自己的侍卫一扣。

"嘭——"侍卫眉心一点血迹，"咚"的一声倒地不起。

其他人还没有明白这是怎么回事，就听到"嘭嘭嘭……"数声响起，距离凤轻尘最近的侍卫一一倒地而亡。

"站住！再往前一步，就别怪我不客气。"凤轻尘举起暗器，对准夜城主，脸上的笑容不减丝毫。

"夜城主，你要不要试试是你们的刀快，还是我的暗器快。这个距离，我可以保证让你瞬间毙命。"

"这是什么暗器？"夜城主的确不敢轻举妄动，他看到了凤轻尘手上那东西的杀伤力。

凤轻尘面上的笑容越发灿烂，心底却狠狠地松了口气，好在暗器的震慑力起了作用，要是夜城主再动，她就真招架不住了。

暗器再快，也快不过这么多人的刀。

何况暗器总有用完的时候。

"九皇叔送给我的一个小玩意，怎么，夜城主感兴趣？"凤轻尘笑得风华绝代，被士兵团团包围，却丝毫不显惊慌。

美目一扫，趁众人还没有从暗器的威力中回神，凤轻尘温和地说："夜城主要不要看一看，再考虑和我谈医治夜少主的事，动手什么的太难看了。"

"不好，凤轻尘在装暗器，快，动手。"

夜城主终于反应过来了，可惜为时已晚。

"嘭——"

凤轻尘对着夜城主直接发射，吓得夜城主飞快后退，差点没把凤轻尘的墙给撞破。

"住手，住手，通通给我住手。"夜城主生怕自己死在凤轻尘的暗器下，连忙呵道。

"夜城主，不必惊慌，我没有杀人的打算，意外罢了。"凤轻尘一脸无辜，脸上始终带着恬淡的笑容。

杀几个小兵没事，可要是杀了夜城主，她麻烦就大了。

"还愣着做什么，动手。她的暗器用完了。"夜城主怒吼道，生命受到了威胁，让夜城主险些失了理智。

"是。"侍卫再次上前，凤轻尘又发射了一枚，利器朝夜城主的眉心射去。

"啊——"苏绾吓得大叫一声，夜城主飞快地避开，可又一声响起，当前一枚利器直接射入墙面时，第二枚利器刚好擦着夜城主的耳朵呼啸而过，他的耳尖火辣辣的疼。

"夜城主，还要不要玩？再来一次，你可就没有这么幸运了，说不定我手一抖，夜城主你就直接脑袋开花了。"凤轻尘笑得像是无害的孩子，可只有她自己才知道，她紧张到手心冒汗，要是这两发暗器都震慑不住夜城主，他继续玩硬的，她稳吃亏。

火辣辣的痛从耳根传来，夜城主双眼通红，这一次，他确实被凤轻尘的暗器给镇住了，连忙道："住手！"

"夜城主果然是聪明人。"凤轻尘笑了，僵硬的背部终于放松下来。

"夜城主，我们还要谈吗？"凤轻尘的暗器一直对着夜城主，只要身边的士兵敢上前一步，她就拉夜城主陪葬。

夜城主当然明白凤轻尘的意思，二话不说，将人挥退道："退下。"

待确定自己安全后，凤轻尘配合地收起暗器，准备好好地和夜城主"谈一谈"。她相信这一次，夜城主会很好说话，毕竟鱼死网破对谁都不好，各退一步才是双赢之局。

凤轻尘落座时，特意看了苏绾一眼，苏绾恶狠狠地瞪了回来。

凤轻尘不在意地一笑，正准备开口，就听到一阵细微的脚步声传来，凤轻尘与夜城主同时抬头看去，只见云潇与崔浩亭两人缓步而来。

这两人过来干吗？凤轻尘挑眉，眼带疑虑。

作为九州大陆青年才俊中的佼佼者，云潇和崔浩亭都有着让人惊艳的好相貌，和让人无法忽视的风华、贵气，两人进来时，整个大厅似乎都亮了起来，两人站在大厅中央瞬间就成了焦点。

云潇与崔浩亭似乎没有看到地上的尸体，两人的脸上始终带着得体的笑容，步态从容地避开脚下的尸体。

"啪——"云潇打开折扇，一派潇洒，"夜城主，凤姑娘，我和浩亭兄听到前院有声响，一时好奇便过来看看，不知有没有打扰到二位？"

苏绾连忙整理自己的衣衫，摆出温婉端庄的笑容，不在于喜不喜欢，而是没有人愿意在这么优秀的男子面前失礼，在两位清贵公子面前是个女子都想要留下一个好印象。

当然了，凤轻尘除外，见识过风采过人的大公子、贵气无边的九皇叔后，对于美男子她基本上免疫了，朝二人摇了摇头表示没事，示意两人随便坐。

"云公子，这位是……"夜城主看云潇对崔浩亭的态度不一般，便多心地问了一句。

"哦，瞧我这记性，夜城主，这位是浩亭兄，姓崔，清河崔家十六公子。"云潇特别提出崔浩亭的排位，当然是有用处的。

夜城主开始还没有反应过来，听到崔家十六公子时，他脸上的狰狞与杀气瞬间就被友好亲切给取代了。

"原来是十六公子，夜某不知十六公子在此，打扰了十六公子清静，还请勿怪。"问候完，又喝退殿内的侍卫，"通通都给我退下。"

"夜城主客气了。"崔浩亭看似温和，实则疏离。

咦？

夜城主这么好说话？凤轻尘眉毛一挑，若有所思地看了一眼云潇和崔浩亭，崔浩亭朝凤轻尘点了点头，算是肯定了她的猜测。

凤轻尘粲然一笑，十六公子，看样子这崔浩亭并不如表面那般简单，她一不小心救到一条大鱼，运气真好！

十六公子，是崔家年少一辈中，血统最为高贵的一子，外祖母是前朝公主的女儿，虽然到他这一代和前朝皇室已没有多少关系，可作为前朝郡主唯一的外孙，崔浩亭在崔家的地位可想而知。毕竟，除了崔家外，九州大陆已经找不到与前朝皇室有关的血脉了。

极少有人知道崔浩亭的身份，崔家隐世不出，家中子弟也极少表明身份出现在世人面前。

四国皇帝虽然没有对崔家赶尽杀绝，可崔家却低调惯了，崔家的子弟出来游历从不用真实身份。最近一个出现在世人面前的崔家子弟，是崔浩亭叔伯那一辈的，排行第五的崔五公子，不过那崔五公子却英年早逝。

自从前朝灭亡后，只有五位崔家公子为外人所知，前四位都因这样或那样的原因早死，崔浩亭是第五个，也是身份最尊贵的一个。

夜城主明显知道崔浩亭的身份，而有一个身份这么高贵的人物在，就是给夜城主一百个胆子，他也不敢当着崔浩亭的面，给凤轻尘难堪。

当崔浩亭问起夜城主来西区小院所为何事时，夜城主无视倒在地上的尸体，厚颜无耻道："犬子受伤，危在旦夕，夜某焦心不已，特意前来请凤姑娘，希望凤姑娘能秉着医者仁心，出手救犬子一命。"

话里话外不无暗示，凤轻尘不救，就是没有医者仁心。

凤轻尘翻了个白眼，看夜城主一改之前的嚣张，一脸友好，甚至隐含恭敬地和崔浩亭说话，凤轻尘在心中暗想，出身果然真的很重要。

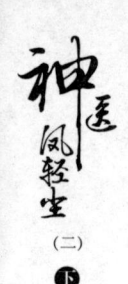

　　崔浩亭什么都不用做，只要摆出崔家人的身份，就能压下夜城主的气焰。早知道这样，她就不浪费暗器了，直接把崔浩亭这尊大佛给摆出来。

　　"夜城主，别说得这么客气，你方才请人的行为可是半点也不客气。要是人人都像夜城主这样请大夫，我想这世间恐怕没有人敢学医了，我可记得夜城主刚刚还威胁我，要让我这小院血流成河。"

　　夜叶能找他老爹告状，她当然也能告了。她倒要看看夜城主这脸皮，是不是有夜城城墙那样厚。

　　"竟然有这么回事？"崔浩亭抬头看了一眼夜城主，虽没有责怪的意思，却也摆明了要夜城主给他一个解释。

　　夜城主干笑两声道："这里面有一点小误会，犬子病危，凤姑娘执意不肯出手相救，夜某一时心急，才会出言威胁凤大夫。"

　　爱子心切，难免会有失常，夜城主这解释也算过得去。崔浩亭点了点头，夜城主刚松了口气，凤轻尘又给他添堵了："夜城主，你漏了一句话没有说，我可没说不救，我只说要我救夜少主，有条件。"

　　有崔浩亭在这里拖延时间，九皇叔或者翟东明的人也快到了，横竖她都把夜叶得罪死了，再得罪夜城主也不算什么，凤轻尘压根就没打算和他讲和。

　　"什么条件？"崔浩亭明摆着帮凤轻尘，凤轻尘当然不会放过这个机会，便把当日在兽苑发生的事情，简单地说了一遍。

　　"当时我要救夜少主，夜少主不仅辱骂我，还当众把我赶走，说是要我当众跪在苏绾的面前道歉。我虽只是一个小小的大夫，可也是有血性的人。我当时就说，要我为莫须有的罪名跪下来认错，除非我死。他日夜少主最好不要求到我面前，如果有那么一天，我便要夜少主和苏绾跪在我面前，为辱骂我一事道歉。"这件事，只要随便一查就能查到，凤轻尘没有撒谎的必要。

　　有人撑腰，凤轻尘直接将原话说了出来，她要夜叶和苏绾都跪下，不只苏绾一人。

　　"你之前不是这么说的，你只说要苏绾跪下来道歉。"夜城主毫不客气，把苏绾卖了。

　　和苏绾比，当然是他儿子更重要，他儿子身份尊贵，怎么可以跪一个女人？

　　苏绾身体一颤，咬着唇没有说话，一副楚楚可怜的模样，双眼蓄着泪，委屈地看向崔浩亭，希望这位位高权重，让夜城主也忌惮的崔公子能怜惜美人。

　　可惜，苏绾的算盘打错了，崔浩亭虽然温柔和气，但骨子里却是一个冷漠的人，不然也不会放任凤轻尘遇险，姗姗来迟。

　　凤轻尘轻轻一笑，幽静的眸子，闪着魔魅的光芒："夜城主记性真好，我刚才的确是这么说的。在兽苑，夜少主为救苏绾小姐不顾自身安危，被毒蛇咬伤。我想苏绾小姐现在为救夜少主，应该不会介意代夜少主跪下向我道歉。"

"当然了，苏绾小姐不愿意也没有关系，我绝不会勉强，只不过会为夜少主感到不值，毕竟夜少主是为了救苏绾小姐，才变成这个样子，要是夜少主有个三长两短，苏绾小姐不知会不会寝食难安？"

一席话，把苏绾逼得进退两难，苏绾美丽的大眼蓄满了泪，娇小的身子瑟瑟发抖，一眼看去，就好像凤轻尘在欺负人。

苏绾这副样子是摆给崔浩亭和云潇看的，希望这两位名门公子，能同情弱者。可惜崔浩亭压根没看她，正与云潇眼神交流，用眼神告诉云潇：你的担心是多余的，我白白暴露了身份，凤轻尘根本不需要我帮忙。

云潇不置可否地挑了挑眉暗示：没有白来，因为这件事，我们拉近了和凤轻尘的关系，一个好大夫，对我们二人来说，很重要。

这段时间，云潇一直想要和凤轻尘结交，奈何凤轻尘的防备心太强，他总是找不到门路，夜城主的到来倒是给他制造了一个很不错的机会。

两个男人忙着用眼神交流，这就苦了苏绾，她原本是来看好戏的，却没想到把自己逼到这个地步，苏绾现在想死的心都有了，可偏偏凤轻尘不放过她。

"看样子苏绾小姐是不愿意了，既然如此，我就不耽误夜城主找别的大夫了，夜城主，苏绾小姐，请……"凤轻尘起身，摆出送人的架势。

"我……"苏绾正想说，我没有，就被屋外兵器相碰的打斗声打断了。

"发生了什么事？"夜城主连忙起身，正想出去查看情况，打斗声却停了下来，紧接着就看到九皇叔和翟东明带着大批人马赶了过来。

"夜城主，苏绾小姐，怎么本王一来，两位就要走？"九皇叔步履潇洒，脸色从容，可仔细看，就会发现他额头上的汗珠。

九皇叔一出宫，听闻西区小院发生的事后，当即快马加鞭地赶来。生怕来晚了，凤轻尘就被夜城主给欺负了。

要知道，在夜城主眼中，夜叶的惨况是他和凤轻尘一手造成的，夜城主带重兵进城，直奔西区小院，要说来者是为了保护凤轻尘的，鬼也不信。

看到凤轻尘完好无损地坐在那里，九皇叔高悬的心终于放了下来，两人视线交汇，无声地交流。

"东陵九皇叔，你怎么会来这里？"夜城主的反应还算快，可还是愣了一下。

"这里是东陵，本王来这里很奇怪吗？倒是夜城主，你怎么会在这里？"九皇叔走进正厅，无视站在那里的夜城主，越过他，毫不客气地在主位上坐下。

翟东明有样学样，把夜城主原本坐的那个位置给占了。

哼，欺负凤轻尘没爹没娘是吧，今天就让你们见识一下，没爹没娘的孩子也是宝。

于是，大厅里六张椅子全坐满人了，除了夜城主和苏绾外，站着的人就只有随九皇叔进来的侍卫。

凤轻尘只是暂住西区小院，小小的庭院，以精致为主，占地面积并不大，会客厅已是整个庭院中最大的一间，这么多人挤在厅内，显得会客厅极小，苏绾和夜城主的身形也就更明显。

苏绾还好，虽面色凄然可依旧落落大方，不见半分局促，凤轻尘暗道一句，苏家的教养其实很不错。

夜城主就尴尬多了，他堂堂夜城城主，什么时候受过这样的冷落，可偏偏凤轻尘、九皇叔几人都像是没有看到一般，任他站在那里像个下人一般。

九皇叔一进来，就以主人自居，吩咐下人上茶，又问了崔浩亭和云潇几句，待到一杯茶徐徐喝完，这才开口道："夜城主，你怎么还站在这里？来人，给夜城主看座。"

九皇叔礼仪周到，夜城主有气发不出来，只得讪讪一笑道："九皇叔事忙，忘了本城主也是正常。"

侍卫也逗，椅子搬上来，居然直接放在中央，夜城主一坐下，就正好与九皇叔、翟东明面对面，明摆着是对立的立场。

九皇叔示意下人奉茶，人家不懂礼貌，咱不能不懂礼貌。

"夜城主不请自来，本王一时忘了，还请夜城主不要见谅，不知夜城主前来我东陵，有何贵干？"九皇叔很厚道，并没有一味地刁难夜城主。

夜城主虽然有气，却不能发，刚刚那声响，就是笨蛋也明白，他带来的精兵猛将，不过一炷香的时间，就被人反制了。

无论在哪里，手上有兵就是老大，这里是东陵的地盘，他和九皇叔硬扛倒霉的只有他，再说他今天的主要目的，是请凤轻尘医治夜叶，不是来斗气的。

夜城主暗暗吸了口气，道："九皇叔，本城主受贵国皇帝邀请前来东陵做客，今天不请自来是希望凤姑娘能出手救治吾儿。此事皇上也是允了的，可凤姑娘却执意不肯。"

夜城主之前一直没有说皇上同意过，就是想在最后关头说凤轻尘抗旨不遵，到时候还能把九皇叔拖进去，可不想他失算了。

在宫里，皇上都制不住九皇叔，难怪皇上要与外界合作，联手对付九皇叔。

九皇叔点了点头，表示自己听到了："凤轻尘，既然是皇上的旨意，你为何抗旨不遵？"

　　说的是责怪的话，可那语气却像是关心，凤轻尘从容地起身，对上九皇叔的黑眸，眼中的笑意更甚："回九皇叔的话，夜城主从始至终都没有提及皇上，我不知有圣上的旨意，所以绝没有抗旨不遵。"

　　凤轻尘略一停顿，一副委屈的样子，继续道："九皇叔，我实在不明白，夜城主既然有皇上的旨意为何不直说？反倒带重兵上门，开口闭口便是要我府上人的命，我真不知夜城主是何居心？"

　　"夜城主，可有此事？"九皇叔的语气冰冷，翟东明不着痕迹地拉开自己与九皇叔的距离，免得被寒气所伤。

　　"绝无此事。"夜城主完全不要脸，否定得理直气壮，"本城主早就说过圣上有旨，奈何凤姑娘说她只听九皇叔的话，不遵皇上的旨意。"

　　"凤轻尘，你好大的胆子，居然敢抗旨不遵。"九皇叔为表公正，开口训斥凤轻尘，可谁都知道，九皇叔这是在偏袒凤轻尘。

　　夜城主带着圣上旨意来请凤轻尘，凤轻尘不去是事实，这事闹大了皇上不管夜城主有没有说旨意的事，都会怪罪凤轻尘。

　　凤轻尘理亏，他一样能保凤轻尘的命，可终究改变不了凤轻尘抗旨不遵的事实，传出去对凤轻尘的名声有碍，皇上心里也会有隔阂，对凤轻尘很不利。

　　孙思行坐在凤轻尘的下手，几次想要开口替凤轻尘说话，都被她制止了，听到九皇叔开口责问凤轻尘，孙思行再也忍不住，唰地一下站了起来，一脸通红，不知是气的还是急的。

　　"九皇叔，我一直陪着师父接待夜城主，夜城主根本没有提圣旨的事，夜城主这是信口开河，诬蔑我师父。"孙思行又急又气，紧紧地握拳，一句话说得飞快，像是为了证明自己所言不假。

　　"思行，坐下。"凤轻尘冷脸呵道，看似呵斥孙思行，实则是为了保护他，她和夜城的怨是结定了，没有必要再把孙思行拉进来。

　　"师父……"孙思行倔强地道，眼中闪过一抹委屈，为凤轻尘，也为他自己。

　　凤轻尘的脸色立马柔和下来："思行，别担心师父，师父没有抗旨不遵，九皇叔明察秋毫，定会还师父一个公道，师父不会有事的。"

　　安抚好孙思行，凤轻尘转而对夜城主道："夜城主，你说我抗旨不遵，可有证据？"

　　凤轻尘绝不会承认这个指控，夜城主早就料到了，也不着急，指着门口的尸体道："那就是证据，凤轻尘抗旨不遵滥杀本城主的护卫，凤轻尘你敢说这些护卫不是你杀的吗？"

那些护卫，九皇叔一进来就明白是谁杀的，那么特别的伤口，除了凤轻尘，当世没有第二个人能做到。

"这些护卫确实是我杀的。"凤轻尘很干脆地承认，或者说认罪。

杀人并不是死罪，在权贵眼中，最不值钱的就是普通百姓和下人的命。

"凤轻尘，人证物证俱在，你现在还有什么好说的？"他就不信，凤轻尘知道他留了这一手。

"欲加之罪，何患无辞，夜城主一口咬定我抗旨不遵，我说什么都是多余的，咱们进宫去找皇上评理。对了，夜城主你不提这些尸体，我都差点忘了，我的暗器还留在他们的体内，那东西可是九皇叔耗费无数心血找来的，每一颗对我来说都意义非凡，要是找不回来我凤轻尘可是会心疼死。"

凤轻尘含情脉脉地回头，朝九皇叔展颜一笑，九皇叔也不负她所望点头附和，证明凤轻尘所言非虚。

九皇叔此举，无疑是证明凤轻尘的话没有假，凤轻尘的暗器也就过了明路，以后再拿出来，就不用担心被人质问，只要推到九皇叔身上就行了。

一箭双雕！

第二十七章　她说的话就是命令

九皇叔和凤轻尘似约定好了一般，在凤轻尘转身的刹那，九皇叔亦抬头，视线交汇，说不尽的缠绵，道不尽的情意，二人眼中除了对方，再也没有别人。

此情此景，要说他们两人之间没什么谁也不会相信，想到关于二人的市井流言，云潇和崔浩亭相视一笑，心中已有底了。

无风不起浪，那传言怕是真的，九皇叔与凤轻尘关系不一般。

苏绾低头，掩去眼中的不甘和杀意。

凤轻尘，你现在拥有的一切，都是我的，我一定会讨回来。

藏在衣袖中的手紧握成拳，指甲嵌入手心，手心湿漉漉的，苏绾却不觉得痛，因为她的心比这伤更痛。

凤轻尘区区一个孤女，居然得到了九皇叔的青睐，而她堂堂苏家嫡女却被家族放弃，像货物一般买卖，她不甘心！

"咳咳……"

翟东明不爽地出声，打断九皇叔与凤轻尘的"深情对望"。

太过分了，这么多人在呢，九皇叔和凤轻尘居然把他们当空气，忽视得彻底。

翟东明磨牙，双眼在凤轻尘和九皇叔的身上扫来扫去，摆明了要看两人的笑话，他就不信这两人不害羞，可是……

让翟东明失望了，九皇叔和凤轻尘好似什么都没有发生一般，自然地收回眼神。凤轻尘更是大方地朝翟东明一笑，从小腿处取出一把大号的手术刀，转身对夜城主道："夜城主，那些暗器对我来说意义非凡，请允许我把它们取回来。"

说完，也不管夜城主同意与否，凤轻尘直接上前，蹲在尸体旁。

"凤轻尘，你要做什么？你这是对死人不敬。"夜城主起身，想要制止。

他可是见识过了凤轻尘那件暗器的厉害，正想留点痕迹回去研究，看看能不能仿造出来，哪能让凤轻尘这般取走。可夜城主一动，就有数把大刀横在他的面前，挡住了他的去路。

之前，他怎么威胁凤轻尘的，九皇叔就怎么威胁他。

手上有兵，你就有当大爷的本钱。

"九皇叔，你这是什么意思？"夜城主气极，可形势如此，不得不坐回去。

"夜城主，少安勿躁。人死在我东陵，我东陵自然会负责。不过死一个要负责，死十个、百个、千个也是同样要负责，本王不介意多杀一点。"九皇叔这是威胁夜城主，他要敢乱动，就把他带来的人马全部杀个干净。

凤轻尘正准备动手挖利器，听到九皇叔这话，扑哧一笑。

恶人自有恶人磨，敢欺负她，真是活腻了。

"噗——"手术刀干脆利落地插入伤口处，凤轻尘手腕一动，当的一声利器跳了出来，伤口一滴血也没有流出来，刀口几乎看不到。

好精准的手法。

崔浩亭的眼中闪过一抹惊艳，看凤轻尘的眼神也多了一些别的东西。

他之前对凤轻尘只抱了三成希望，横竖他命不久矣，死马当作活马医，现在他有五成把握了。行家一出手，就知有没有，凤轻尘刚刚挖暗器的动作，一气呵成、行云流水，看似随意下刀，可崔浩亭明白凤轻尘这是手法巧妙，她的落刀避开了血管和二次伤害。

对一具尸体都这么小心，并不是因为尊重死人而是习惯使然。凤轻尘对人体很熟悉而下刀的动作她至少做了千百遍，熟练到只要一出手就能精准地找到自己下刀的位置，分毫不差。

毫无意外，云潇也因为凤轻尘的举动眸光闪动，久病成良医，崔浩亭和云潇都不是外行，凤轻尘一出手，他们就能明白了她到底值不值得自己费心交好。

凤轻尘手法巧妙，动作也快，十一颗利器全部被挖了出来，凤轻尘抽出一块白布，隔着布将利器拾了起来，一一擦拭干净。

众人也不催促，只等凤轻尘慢慢做，想看她又有什么花招。

没有让众人失望，当最后一颗利器擦干净后，凤轻尘起身，把玩着手术刀，突然之间，凤轻尘的手一动，将刀尖对准自己的胸口。

凤轻尘这是要做什么？

这一刻，别说别人了就是九皇叔也不明白，不过他相信凤轻尘，凤轻尘绝不会拿自己的命开玩笑。

"夜城主，你说我往自己的胸口扎一刀，要几天才能好？"凤轻尘笑得甜美，可夜城主和苏绾却觉得，这是魔鬼的微笑。

"凤轻尘，你别乱来。"夜城主顿时吓了一跳，比起九皇叔，他更担心凤轻尘受伤。

凤轻尘要是受伤了谁去医他儿子？他之前命人拿下凤轻尘，也是以不伤凤轻尘、不影响凤轻尘救人为前提。

"夜城主放心，我不会乱来，我是大夫，我很了解人的身体，这一刀扎下去我可以保证不伤筋动骨，不留下任何隐患，却能让我卧床半个月。"半个月，夜叶早就死透了。

夜城主，别怪我狠，要怪就怪你太无耻，什么乱七八糟的罪名都往我身上扣，也不想想你可是有求于我。

"凤轻尘，把刀放下，我们有什么话好好说。"夜城主确实被凤轻尘此举吓到了，他不在乎凤轻尘的生死，可他在乎他儿子的生死。

"夜城主，我们之间没有什么好说的。"如果不是气氛不对，凤轻尘真的很想笑。

凤轻尘的刀尖一直对着自己，优雅地迈步，刀尖依旧对着自己的胸口，距离和位置一点都没有变。

众人的视线都放在凤轻尘手上的刀上，生怕她一个不小心就扎了下去，或者一个不稳，误伤了自己。

在场众人都为她捏了一把汗，就是九皇叔也隐含责怪，有他在凤轻尘完全没必要冒这个险。

凤轻尘一脸淡然，浑不在意，好似那刀不是抵在自己的心口，径直朝自己的位置走去，从容坐下。

这样的女子，坚韧得可怕，与这样的女子为敌，必须一击而中，如果不能一击将她毁灭，就别轻易招惹，惹上她，本身就是一个麻烦。

崔浩亭有些同情他家三哥了，伤了凤轻尘怕是要倒霉了，外人看崔家公子高高在上，无上风光，可实情却只有崔家的公子自己明白。

崔家的公子不好做，崔家公子尊贵无双只是表象。在崔家，小一辈青年才俊多的是，一旦外出行走，崔家就不会再管你的死活，生死各凭本事。

能活下来是你的本事，你可以得到家族承认，得到更多的资源和家族的帮助。死了则是你无能，家族不会出手救你，只会在你死后为你报仇，告诉世人崔家不好欺，崔家的实力深不可测。

崔家的孩子多的是，从小就接受精英教养的优秀者更不少，死一两个对崔家来说不算什么。哪怕是他，所谓的崔家最尊贵的十六公子，也随时会被家族抛弃。

崔浩亭目光灼灼地看向凤轻尘,他很欣赏凤轻尘,欣赏凤轻尘的坚毅和强势。可惜,这么优秀的女子有主了,不然他一定会把凤轻尘娶回去,让她成为崔家的媳妇。

凤轻尘这样的女子,很适合在尔虞我诈、处处杀机的大家族生存,只有这样的女子,才能在种种算计的阴暗中活下来,甚至夺权。

凤轻尘手中的刀,从始至终都没有松,一直抵着自己的胸口,夜城主那叫一个急呀,正准备对凤轻尘说,只要凤轻尘放下刀答应医治夜叶,他什么条件都同意,苏绾却暗暗拉了一下夜城主的衣袖,提醒他:九皇叔!

夜城主顿时双眼一亮。

是呀,他怎么忘了九皇叔在,九皇叔比他更在意凤轻尘的安危才是,夜城主连忙稳定心神道:"九皇叔,凤姑娘拿刀自残,一个不好,可是会丢命的,九皇叔你就不担心吗?"

对策是好的,可惜夜城主太不了解九皇叔了,九皇叔本质上也是一个狠人,如果用自己的轻伤换来对手的死亡,他会毫不犹豫地对自己下手。此刻,他虽然担心凤轻尘,但更相信凤轻尘,他绝不会破坏凤轻尘的计划。

"夜城主,轻尘处事向来有分寸,本王相信她。再说了,她抗旨不遵也是要受责罚的,这一刀就当是给她抗旨不遵的教训,轻尘,要扎就扎狠一点。"九皇叔不仅不担心,反倒出言怂恿。

"是,九皇叔。"凤轻尘从善如流地应道。

翟东明睁大眼睛看着九皇叔和凤轻尘,他实在搞不明白,这两人葫芦里到底卖的什么药呀。

这两人完全就是一对疯子,难怪能走到一起。

夜城主气得快要跳起来了,而他越生气,凤轻尘就越高兴。

还是那句话,这个时候谁认真谁就输了,越是表现得在乎,输得就越惨。

夜城主深深地吸了口气,平复剧烈起伏的心跳,干涩地道:"九皇叔,是本城主记错了,凤姑娘并没有违抗皇上的旨意,是本城主忘了告诉凤姑娘有皇上的旨意。"

这一步,他不得不退。

"夜城主早说不就没事了,十六公子,云公子,两位可听到了夜城主的话?到时候夜城主要是出尔反尔,两位可要给我作证。"凤轻尘笑吟吟道。

自从九皇叔来了后,崔浩亭和云潇就摆出一副局外人的样子,若非如此,夜城主也不会这么嚣张。

想做局外人,就不应该踏入这个门,凤轻尘很坏心地把人拖下水。

云潇和崔浩亭不得不笑着应道:"那是当然。"不是他们不帮忙,而是根本没有他们插手的余地。

"我先谢过二位公子了。"凤轻尘收起手术刀，盈盈一福身。

拿把刀对着自己真的很傻，要不是夜城主恐吓她，她也不会用这么烂的招数，一个不好可就是杀敌一千自损八百。

夜城主的脸色忽青忽白，好不精彩。

他今天可是丢脸丢到姥姥家了，堂堂一城之主却用这么烂的招恐吓一个小姑娘，重点是还没有成功，这事一旦传出去他也不用做人了。

"凤姑娘，你现在知道了皇上的旨意，如果你没什么大碍，就请凤姑娘尽快前往静秋园，救人如救火耽误不得。"夜城主几乎是捏着鼻子催促道。

这口气，他今天忍也得忍，不忍也得忍。

千算万算，他竟没算到凤轻尘居然对自己这么狠，没有算到崔家十六公子在，更没有算到九皇叔会来得这么快。要是没有这两人插手，他就是绑也能把凤轻尘绑走。

"苏绾小姐什么时候跪下来向我道歉，我就什么时候动身。"一口吃不成胖子，当着夜城主的面要夜叶下跪太有难度了，今天能让苏绾跪下她就满意了。

出来混，迟早要还的，苏绾跪了，夜叶还会远吗？

"凤姑娘，你不要欺人太甚，让苏绾下跪道歉是不可能的事。南陵苏家可不是什么默默无名的小家族，南陵苏家可是出了一个皇后、一个贵妃，一个城主夫人。"夜城主没想到，都到了这一步，凤轻尘还咬着这一点不放。

当着崔家和云家人的面让苏绾跪下，套苏绾那句话，夜城和苏家的面子往哪里摆？他丢不起这个人。

"这和我有什么关系？说出当众跪下道歉这种无礼要求的人是夜少主，我不过是跟风罢了。当然，夜城主要是不同意，我也没有什么好说的。九皇叔，我身体不适，先行告退。"凤轻尘站起身来，不等九皇叔同意便转身走人。

"思行，替我招待几位贵客。"看看她多乖，这个时候还不忘礼貌。

"是，师父。"孙思行脸上的红晕终于淡了下去，傻笑道。

"真狂妄，幸亏我爹没有派人来提亲，这样的女人娶回家，可真是打不得、骂不得，只能捧着。"云潇暗自庆幸，却不知云家提亲的队伍已经出发，朝东陵皇城来了。

凤轻尘嚣张走人，九皇叔都不怪凤轻尘目中无人，其他人自然也没有资格多说，夜城主气得想要杀人，可在九皇叔的冷眼和侍卫的大刀下，他什么都不能做。

凤轻尘毫不拖泥带水，不过瞬间已走到拱门外，一个拐弯就能回到内院，就在此时苏绾突然起身，大叫道："凤轻尘，你等一等。"

苏绾全身绷紧，眼神坚定，好像做了什么重大的决定一般。

"苏绾小姐有事？"凤轻尘很配合，优雅地转身，和颜悦色地问道。

苏绾深深地吸了口气，衣袖中的手越握越紧："凤轻尘，是不是我给你跪下道歉，我表哥就会没事？"

她不得不跪，要是夜叶因此而死，她也有责任，夜城主就算放过她，日后也不会帮她，她已经被苏家放弃，不能再失去夜叶这个助力。

凤轻尘给她的羞辱，她认了。来日方长，他日，她苏绾定能加倍讨回来。

"可以这么说。"凤轻尘又怎么不明白苏绾的愤怒与怨恨，这和当日她跪在皇后的宫前，求皇后放过她是一样的。

可即便如此，她也没办法同情苏绾，当初她是被人陷害，可苏绾却是自找的，而且苏绾到这个时候都不忘暗算她，只是让她下跪还真是便宜她了。

"凤轻尘，你这话什么意思，我给你跪下来还不够吗？难不成你还要我表哥给你跪下？"苏绾不愧是苏绾，面对凤轻尘的羞辱，依旧能够冷静地陷害凤轻尘。

"苏绾小姐你想太多了，我说了你代夜少主跪下向我道歉后，我便去静秋园给夜少主医治。至于能不能医好那就不好说了，我是大夫不是神仙，在没有见到病人之前，我不会说什么一定能治好的话。"凤轻尘没有告诉苏绾，夜叶吃了玄医谷谷主的解毒丹后，她有七成的把握。

按理说，听到这话，苏绾应该犹豫一下，毕竟她这一跪不一定能救夜叶，可苏绾却是一个有心计的人，听到凤轻尘不敢肯定的话，她的眼中闪过一抹阴冷的算计，二话不说，咬了咬牙就跪了下去。

凤轻尘救活夜叶还好，要是没有救活，就等着被夜城追杀吧。

夜叶要是死了，夜城主就是拼个鱼死网破，也不会放过凤轻尘。

"咚——"

双膝重重地落地，苏绾在众目睽睽之下，笔直地跪下。

好有心计的女人！

除了夜城主，在场的人都明白苏绾这一跪的深意，云潇和崔浩亭对她仅剩的同情，也因此时的一跪而消失得无影无踪。

光听这声音，凤轻尘就知道苏绾这一跪膝盖伤得不轻。这招苦肉计用得真好，夜城主和夜叶少不得要为苏绾心疼，到时候无论夜叶是生是死，苏绾都是夜城的恩人，为了夜叶忍辱负重。

苏绾忍住屈辱的泪水，努力忽视四周人的存在，深吸了一口气，大声道："凤轻尘，对不起，请你救救我表哥，拜托你！"

用杀人般的眼神说着道歉的话，可见苏绾的怨气有多重。

这一跪，把苏绾身为天之骄女的骄傲与尊严完全击碎，也把苏家得罪死了，凤轻尘与苏家和夜城的仇恨除非她死，或者苏、夜二家被灭，不然绝不会轻易了断。

　　"苏绾小姐情深义重，不枉费夜少主对你的一片痴心，为你甘愿做任何事。我这就去准备，尽快前往静秋园，为夜少主诊治。"凤轻尘丢下这话，转身就走，完全没有叫苏绾起来的意思，任苏绾跪在那里。

　　苏绾暗算她，她也不是好欺负的主，凤轻尘在夜城主心中埋下一颗怀疑的种子，让夜城主忍不住去调查夜叶到底为苏绾做了多少事。

　　当夜城主知道夜叶为了苏绾而做的一切后，就不会对苏绾愧疚了。毕竟，要不是因为苏绾，夜叶现在也不会生死未卜，夜城主也不用在她面前吃瘪。

　　至于苏绾的算盘？很抱歉，一定会落空，她凤轻尘一定可以医好夜叶，让夜叶永远欠她一个救命之恩。

　　九皇叔目送凤轻尘离去，眼中的笑意加深，凤轻尘果然是个不怕麻烦的主！

　　虽然这三天凤轻尘因和九皇叔互送情书一事把工作给耽误了，可她并没有因此而陷入慌乱中，正事一来，凤轻尘就拿出了大夫该有的专业素养。

　　拿出所需要的药物和干净的大夫袍，检查无误后，凤轻尘提起手术箱就往外走，前后不过一炷香的时间。

　　当凤轻尘提着药箱来到大厅时，苏绾已经不见了，看样子她短时间内是不愿意出来见人了。和她的骑术比试说不定也会出问题，毕竟苏绾这一跪把苏家的名声都搭上了，苏家肯定会放弃苏绾。

　　家族名声和利益重于一切，苏绾为了自己弃苏家于不顾，苏家断然不会再给她撑腰，哪怕苏绾曾是苏家万千宠爱集一身的嫡女。

　　凤轻尘没有问苏绾的下落，朝九皇叔行了个礼后，就对孙思行道："思行，你和我一起去，夜少主的伤是个不错的学习机会。"

　　凤轻尘丝毫不把夜城主那阴沉的脸放在眼中，直接说拿夜叶当教学材料。

　　"凤姑娘，我可以一起去吗？"云潇站了起来，客气地问道。

　　"我说不能，云公子就会不去吗？"云潇这个人太圆滑了，虽然举止有礼，进退有度，一派君子之风，可她却对这人防备很深。

　　云潇太优秀了，优秀到没有缺点，虽说锦凌同样优秀，每一处都完美，可锦凌很真。锦凌的君子之风是从骨子里散发出来的，表里如一，不像云潇这样虚伪，她可以肯定云潇绝不像他所表现得这般君子端方。

　　"凤姑娘要是不愿意，云某又怎会强求？"不为难女子也是君子之风，云潇的表现毫无破绽，甚至眼神都温和无害，没有被人拒绝后的不满，可凤轻尘就是能感

觉到，云潇很不高兴。

凤轻尘正想说可以，九皇叔朝她使了个眼色，示意她让云潇跟随。

云潇出现的时机太过巧合，又刻意接近凤轻尘，要说没有目的谁也不信。

九皇叔本以为云潇是为了自己的病而来，可看他的样子又不像。

九皇叔与凤轻尘的眼神交流，外人并没有发现，所以当凤轻尘改口同意云潇前往时，旁人只当是凤轻尘想要多一份安全保障，因为凤轻尘同时还邀请翟东明前往。

至于九皇叔，他定是不会去的，夜叶还不够格让九皇叔纡尊降贵地去看他。

走之前，九皇叔不客气地警告夜城主："夜城主，有些事情越是遮掩越是引人注意，本王劝夜城主在东陵期间还是大方一些。"

这话虽是警告夜城主，实则是说给凤轻尘听的，夜城主阴沉着脸哼了一句，表示听到了，九皇叔又对凤轻尘道："凤轻尘，天塌下来有本王在，你尽管放手去做，在东陵还没有人敢拿你怎样。"

九皇叔这话，完全是不把皇上看在眼里，可此时却无人敢反驳半句，顶多眼神微闪，装作什么都没有听到。

凤轻尘则郑重地点头道："多谢九皇叔，我明白了。"

九皇叔这话是提醒她，她医治夜叶时没有必要防人，藏得越严实越是引人窥探，不如大大方方地展示在世人面前，即便有人疑惑也只是在明面上。

她的医术，总不能一辈子藏着遮着，她可以借夜叶的病、借九皇叔的招牌，慢慢地展现出来。

夜城主虽然偷鸡不成反蚀了把米，可终归把凤轻尘请到了，夜叶至少有了一半活命的可能，而只要夜叶病好了，凤轻尘的价值也就没有了。

夜城主就不信，凤轻尘每一次有危险，九皇叔都能适时出现，他更不信，凭夜城之力，还摆不平一个凤轻尘。

东陵皇上不是想和夜城合作嘛，他可以什么利益都不要，只要凤轻尘的首级，他相信东陵皇上会很乐意。

前往静秋园的路上，夜城主在脑中盘算，等夜叶的伤好后，他要如何报复凤轻尘，至于九皇叔的警告？他要是放在心上，他就不是夜城城主了，夜城城主和东陵的皇叔，这身份谁也不比谁高，他凭什么要听东陵一个皇叔的话？

同样，翟东明和凤轻尘也在说着夜城和苏绾的事。

"轻尘，你今天这事办得不怎么漂亮，有点操之过急了，你这个时候逼苏绾给你跪下，不是逼夜城举起大刀朝你砍嘛。你不知道，你一走苏绾就晕倒了，而她被侍女扶起来时双膝染血。"翟东明只是不精通阴谋算计，并不是真的笨蛋。

"苏绾真是下了大本钱,这招苦肉计用得真漂亮,弱女子掉掉眼泪、受受伤总是容易让人同情怜悯,然后我这个坏女人的罪名就坐实了。"凤轻尘浑不在意,并且还有心情开玩笑。

苏绾这一跪对她有利也有弊,所谓弊就是翟东明所说的那般,她把苏家和夜城得罪死了,可在凤轻尘眼中,利更多。

苏绾这一跪,先是令她出了那口恶气,不仅打了苏绾的脸,还打了夜叶的脸。最重要的一点就是,苏绾这一跪就等于断了苏家对她的支持,从此以后,苏绾就必须紧抱夜叶这棵大树,才能保住她下半生的荣华。

有苏绾在夜叶身边,夜叶与西陵天磊、南陵锦凡联手对付九皇叔的可能性就小了。

南陵锦凡把苏绾卖给金城城主,把苏绾得罪死了,而兽苑发生的事情,夜叶又把西陵天磊拖下水,两人之间的隔阂也消不掉。

有苏绾在,九皇叔想要制住夜叶就容易多了,至于夜城主?

这天下是年轻人的天下,年纪大的早晚会死,她相信九皇叔会有所安排。

静秋园,里里外外有三层重兵把守,凤轻尘看得直摇头。

夜城主带了近一千精兵去她的西区小院,这里至少还有两三千人,皇上是不是疯了,居然让夜城主带这么多的兵进入皇城?

这么多的兵马在皇城,一个不好就会酿成大祸,而夜城主手中有这么多兵马,完全可以不将任何人放在眼中,反正出了事他跑回夜城,也没有人能奈何他。

凤轻尘与翟东明相视苦笑,没有意外,她在翟东明的眼中看到了不满和愤怒。

夜城这些兵马是一个极大的隐患,一旦出事倒霉的就是翟东明,而不是下旨同意夜城主带兵进来的皇上。

皇上永远不会有错,错的都是下面的臣子,如果凤轻尘没有猜测,经过皇后父兄的事,皇上恐怕不会再相信任何人了。皇上此举,一方面是向夜城示好,另一方面则是借机寻翟东明的错,夺了翟东明的兵权。

幸亏九皇叔把西区小院的精兵一锅端了,有这个教训在,夜城主或多或少都会忌惮些,皇上也不能说翟东明有错。

有夜城主带路,凤轻尘一行人很快就来到室内,此时夜叶静静地躺在床上,没有一丝的生气,脸色泛青,看样子蛇毒发作了。

"让开。"凤轻尘将药箱放在桌上,取出工作服,自己穿了一套,同时丢了一套给孙思行换上。

都这个时候还在乎衣服,夜城主那叫一个气呀,要不是需要凤轻尘救人,要不是有云家公子在,他真想下令把凤轻尘杀了。

　　静秋园里里外外全是他的人，一声令下凤轻尘插翅难飞，九皇叔再厉害也来不及。

　　进来后，凤轻尘的注意力就集中在夜叶身上，并没有注意到夜城的杀意。穿戴好工作服，凤轻尘朝孙思行打了个手势，示意他准备好器具与药物，稍后辅助他。

　　孙思行的实践经验不多，但他绝对是一个优秀的助理，因为他天生就有学医的天赋。

　　"都让开，站到十步以外。"凤轻尘旋身来到床边，把夜城主挥退，翟东明和云潇早就远远地坐在椅子上，不敢妨碍凤轻尘和孙思行。

　　掀开夜叶身上的被子，诚如凤轻尘所料，夜叶的左臂整个都腐烂了，散发着浓烈的恶臭味，而被毒蛇咬伤的地方更是黑得发紫。

　　"幸亏有玄医谷谷主的解毒丹护住心脉，遏制了蛇毒蔓延，不然大罗神仙也救不了他。"夜叶的伤很骇人，凤轻尘这话并没有夸大。

　　要不是夜叶快死了，夜城主也不会低三下四地去求人。

　　"夜少主之前服用过玄医谷谷主的解毒丹？"听到凤轻尘的话，云潇很上道地追问。

　　"没有解毒丹，夜少主岂能活到现在？"云潇果然是人精，幸亏他来了，省了自己很多事，要靠翟东明还真是会累死。

　　"夜少主的解毒丹哪里来的？能拿出玄医谷谷主的解毒丹，怎么可能医不好夜少主？"云潇不解地追问。

　　"我给的，夜少主被毒蛇咬伤，我就给他喂了解毒丹，正准备给他做最后的清理，他突然清醒了不肯接受我的医治，认为我会借机报复。"云潇与凤轻尘一唱一和，不仅说出了凤轻尘的高尚，也点出了夜家父子恩将仇报的小人心性。

　　凤轻尘是夜城的救命恩人，而且救了夜叶两次，夜城不仅不报恩，还恨不得杀了凤轻尘，由此可见夜家父子的为人有多么的卑劣。

　　夜城主一张脸羞得通红，面对凤轻尘的指责，一句话都说不出来。

　　云潇知道此事，就表示崔浩亭也会知道此事，夜城的名声……

　　目的达到，凤轻尘不再多说，朝云潇点了点头表示感谢，然后专心救人。

　　"思行，替夜少主进行局部麻醉。"凤轻尘按压住夜叶的胳膊，脓血从皮肤里渗出来，夜叶痛得发出虚弱的叫声，黑色的血液充分告诉众人，夜叶的胳膊伤得很重。

　　"是，师父。"

　　前所未见的医治方法，让翟东明和云潇愣在当场，两人眼也不眨地看着孙思行，夜城主则惊慌地跳了起来："凤轻尘，你在做什么？"

　　突然而来的声音，吓了孙思行一跳，凤轻尘抬头，正好对上夜城主质问的眼神，凤轻尘眉毛一挑，指着门口道："闭嘴，不懂就不要指手画脚，不能保持安静就给我滚出去。"

"我只想知道你这是在做什么？你的医治方法前所未见，我担心我儿子。"夜城主希望凤轻尘给他一个解释，让他心安。

"你不是大夫，你无权插手我如何做。夜城主，这是第一次，也是最后一次，你再打扰我，就别怪我不客气。"凤轻尘眼眸微眯，闪烁着危险的光芒。

这一刻，凤轻尘才是这里的王，她说的话就是命令，不管夜城主接不接受，都必须听。夜城主还想要说什么，可对上凤轻尘那双冰冷的眼眸，夜城主只得暗暗咬牙，乖乖地退了回去。

夜城主不闹了，凤轻尘不再多说，继续吩咐孙思行道："给他的伤口做清洗，把他伤口上的腐肉全部刮下来。"

夜叶的命可以保住，但左臂肯定废了，不是凤轻尘公报私仇，而是夜城主拖得时间太长了，如果夜城主早一天找她，夜叶的左臂便能保住。

"师父，麻醉还没有起效。"孙思行握着刀，没有下手。

"没关系，动手，这点痛都挨不住就别去充英雄，救美人。"凤轻尘冷冰冰地说道，麻醉的效果发挥时，才是夜叶最痛的时候，这不过是开胃小菜。

此时的凤轻尘冰冷得如同机器，几乎没有情绪起伏，一举一动都透着高标准、高要求，像是老学者一般，不容自己出半点差错。

严谨、自信、冷静、理智，医者的专业素养，在凤轻尘身上一一体现出来，一身白袍，简单明了，没有多余的装饰，却生生给人一种惊艳的感觉，就好像会发光一般，不经意间吸引了在场所有人的注意力，让人无法分心去管别的事情。

太子、洛王、清王、舟王几人走进来时，云潇几人居然都没有发现，他们的注意力全部放在了救治夜叶的凤轻尘身上。

待到云潇和翟东明几人发现太子的到来，准备起身行礼时，太子却以眼神制止了，示意众人不要打扰凤轻尘。一心救人的凤轻尘，也没有注意到室内多出了五六个人。

凤轻尘医治的手法快、狠、准，在太子几人看来，既新奇又惊艳。

东陵子洛早就看痴了，他那次伤得严重，可仍旧还记得凤轻尘救他的画面，就如同今日一般。

一心一意救人的凤轻尘无疑是美丽的，她那专注的眼神没来由地让人心动，让人恨不得成为凤轻尘手中的药，成为她眼中的唯一。

这一刻的凤轻尘，简单而直接，她的世界除了那些药品和救人外，什么都没有，干净得就如同天山雪莲。

　　他们认识的凤轻尘，聪明、冷静、强势、大胆，狡诈如狐，心思细腻，双眼清澈明亮却掩不了玲珑的心思，和凤轻尘打交道都要多三分心眼，可这一刻凤轻尘却将自己身上所有的面具摘下，将自己最执着、最简单的一面，毫不保留地展示出来，她的世界除了救人，就再也没有其他，哪怕这个人和她有仇。

　　身居高位，每天面对的都是尔虞我诈、阴谋算计，他们每一个人脸上都带着千百张面具，干净而单纯的人对他们这种人来说，有着致命的吸引力。

　　当初，九皇叔就是被这样的凤轻尘深深迷住，然而凤轻尘却不知，她无意中流露出来的风情，不仅吸引了九皇叔，还吸引了这些不该吸引的人。当然就算知道，她也不会在意，她没有必要为了别人而改变自己。

　　一系列的急救措施做下来，夜叶的情况略有好转，可还不够，凤轻尘也知道有些事情急不得，而夜叶这样的情况，肯定撑不住后面的治疗，她必须再为夜叶多做一些准备。

　　无论如何，她今天都要保住夜叶的命。

　　忙碌中的凤轻尘抬头间发现自己已经被人围观了："太子，洛王、清王，几位殿下什么时候过来的？轻尘不知几位殿下前来，还请恕罪。"凤轻尘不高兴，很不高兴。

　　太子几人的出现绝不是巧合，不然他们早不来，晚不来，怎么就刚好在她开始医治夜叶时过来？

　　"本宫刚到，轻尘不必多礼，救人要紧。"太子几人也算冷静，看到这从不曾见过的医治画面，居然还能保持平静，就好像看待寻常事物一般。

　　凤轻尘眼神微闪，扫了洛王、清王几人一眼，发现他们也是脸色如常，就知道这几个人都是聪明人，不该问的绝不会多问。

　　这样也好，省得自己再解释。

　　大千世界，无奇不有，皇家公子、世家贵族见识广、懂得多，面对全然陌生的人与物他们虽然震惊，但在良好的教养下，他们不会将这种震惊与疑惑表现出来，就算怀疑也只是会私下去查。

　　事实上，太子几人刚进来时，目光都放在凤轻尘身上，现在凤轻尘转身与他们说话，他们才想到了凤轻尘在夜叶身上所做的一切。

　　震惊、惊讶是肯定的，不过都不会当面表现出来。

　　无人问起，凤轻尘当然不会主动去说，九皇叔说得没错，有些事，越是藏着掖着，就越引人怀疑，大方地展示出来，把这一切当成普通的事来对待，反倒能消除别人的疑惑。

她以前不敢把这些东西透露出来，是因为她完全没有自保的能力，现在有九皇叔撑腰，再加上她本身的关系网，一般人也不敢动她。

凤轻尘的精力主要放在救治夜叶上，她现在真没有心思管这些，朝太子欠了欠身，便如同一阵风一般，来到夜城主的面前道："夜城主，夜少主失血过多需要补血，最快的补血方式就是将你的血输给他。你放心，我只要两碗左右，你不会有生命危险。"

"输血？凤轻尘你要玩什么花样？"夜城主并不相信凤轻尘，不过太子等人的到来，却让他心下稍安。

没错，太子、洛王等人是苏绾找来的，苏绾借机提前离开，就是去请太子、洛王等人前来。

一是为了牵制九皇叔，二则是凤轻尘要是没有医好夜叶，那么太子和洛王等人就是见证人。到时候就算崔浩亭和云潇出面，也无法改变夜叶死在凤轻尘手上的事实。

夜叶一旦死在凤轻尘手上，夜城主就可以光明正大地要求凤轻尘赔命，届时，哪怕九皇叔也阻止不了，要知道这可是东陵的太子、皇子亲眼所见。

"这么多人在这里，我能玩什么花样？夜城主你快点决定，夜少主失血过多，如果用药物调理，至少也要一两个月才有起色，依夜少主现在的情况绝对等不了那么久，再说我要的不多，夜城主就是受个伤，随便也要流一碗血。"凤轻尘很随意地说到。

她没有害夜城主的意思，只不过让他在东陵时安分一点，少找自己的麻烦。

夜城主看了一眼没有血色、一脸痛苦的夜叶，最终爱子之心战胜了心中的怀疑，他询问道："你要怎么输？"

"先给我一滴，让我检查一下。"她虽然有私心可也不会借此害人，无论何时，大夫都要严谨，用事实说话，而不能用推测、猜测。

父子的血型，也不一定会配对。

"好。"夜城主看到凤轻尘取了夜叶的血，便很配合地伸出手指，让凤轻尘取血。

血滴入试剂中，凤轻尘再次摇晃，等结果出来，与此同时，太子、云潇几人的好奇心，也被凤轻尘彻底地吊起来了。

他们之前一直没有开口询问，是不想打扰凤轻尘救治夜叶，以免被人安上想害死夜叶的罪名，这个时候凤轻尘正好空下来，太子仗着自己与凤轻尘还算熟悉，开口问道："轻尘，你这检查，输血是怎么回事？"

其他人见太子问起，也竖起耳朵来听，尤其是东陵子洛，他忘不了凤轻尘曾输血给他的事情。

别人开口问，凤轻尘可以用无可奉告来拒绝，可太子开口问，凤轻尘必须回答："回太子的话，检查是为了确定夜城主的血对夜少主有没有用。人和人的血会相融，也会相互排斥，我得确保夜城主和夜少主的血能够相融，至于输血，太子稍后看到就明白了。"

"夜城主和夜少主是父子，他们的血会不相融？"太子这一问，看似平常，却布满陷阱，凤轻尘要是说不清，或者夜城主和夜叶的血真的不相融，可就会影射夜叶不是夜城主亲生儿子。

没有意外，夜城主一脸凝重，呼吸有些急促，他虽然努力表现出平淡的样子，可眼中的担忧与关切却怎么也掩不住。

如果凤轻尘能证明，他和夜叶的血不能相融，那岂不是说夜叶不是他的亲生儿子？

一想到这个可能，夜城主就有一种天塌下来的感觉，他妻妾成群，可只有夜叶这一个儿子，要不是夜叶出生，他都要怀疑自己无法让女子生育了。

凤轻尘自然明白太子的险恶用心，如果她狠一点，大可以顺着太子的话说。她有的是办法让夜叶和夜城主的血无法相融，让夜城主与夜叶、甚至是苏家反目成仇，可她做不出这样的事情，她的良心和职业道德，让她无法用医学知识害人。

她凤轻尘就算再恨一个人，也不会用这么卑劣的手段去陷害对方，而这个时候，夜城主的血型检测结果出来了……

第二十八章　最毒妇人心

"夜城主，你的血与夜少主的血相融。"凤轻尘没有多解释。

夜城主眼中的担忧瞬间被笑容取代，太子的脸上也在笑，但眼中却闪过一抹可惜和责怪。

凤轻尘，太不懂变通了。

这么好的机会送到了她的面前，她只要说一句夜叶和夜城主的血不相融，凤轻尘不仅不会成为夜城的敌人，还会成为夜城的大恩人，可偏偏……

太子暗自叹气，面对太子责怪的眼神，凤轻尘只是笑了笑，没有多说。

学医是用来治病救人的，而不是用来害人、毁人幸福的，虽说她凤轻尘也是一个不达目的誓不罢休的主，但有些事能做，有些事打死她也不会做，一次都不行。

不用医学知识害人，是她的原则！

能轻易变通的不叫原则！

通过血液相不相融的问题，夜城主明白凤轻尘这个人虽然刁钻，但却是一个有原则的人，一就是一，二就是二，她与夜叶有仇不假，却不会借医治的机会陷害夜叶。

虽然，就算凤轻尘说了他和夜叶血型不符，他也不会全信，可心里难免会有隔阂。

这样的凤轻尘就如同她所表现出来的那般，纯粹而干净，当她救人时，她绝对是值得信赖的大夫，当然，也仅限于此。

饶是夜城主身体强壮，一时间也有些受不住，脸色随着血液的流失而变白，身子也隐隐发寒，全身冰冷，头重脚轻。

夜城主眉头微拢，抬头看向凤轻尘，却见凤轻尘的全副心思都放在治疗上，根本没有留心其他，夜城主到嘴边的话只好咽了回去。

他相信自己看人的眼光，凤轻尘在救人时，不会玩虚的。

"这段时间注意好好休息，少饮酒，让人给你炖一些补血的食物，半个月左右你就可以完全恢复，不会留下任何隐患。"凤轻尘叮嘱道。

　　夜城主简直不敢相信自己所听到的，凤轻尘居然关心他，难道她忘了，他刚刚还在找她的麻烦！

　　凤轻尘，真是一个矛盾的女人！

　　这一刻，饶是云潇也不能理解，凤轻尘救夜叶是形势所迫，她不趁机陷害夜叶，可以说她品德高尚，可她现在关心夜城主又是什么意思？

　　难不成凤轻尘以为，她这一句关心的话就能让夜城主感动，放下对她的成见？又或者，凤轻尘高尚到了能以德报怨？

　　很明显，凤轻尘根本不怕夜城，又怎么会客气讨好。要是讨好，她之前就不会逼苏绾跪下，至于以德报怨就更不用提了，他们认识的凤轻尘不是这样的人。

　　凤轻尘不知，她随意的话语竟会让在场的男人纷纷陷入深思，思索她此举的深意。尤其是东陵子洛，他隐约明白当初凤轻尘尽心救他，根本与感情无关，在凤轻尘眼中他和夜叶没什么区别。

　　想到这个可能，东陵子洛顿时心慌了，如果凤轻尘对他半点儿感情都没有，他还有什么优势。

　　别说凤轻尘不知道他们在想什么，就算知道也不会管，这关她什么事！这些个皇子皇孙，行事都有很强的目的性，对一个人好也要算计报酬，他们以己度人，认为她别有居心也没有错。

　　"师父，伤口处血管破裂。"凤轻尘刚想喘口气，孙思行那里就出了状况。

　　不是孙思行的错，而是夜叶的伤口腐烂得太严重，被毒蛇咬伤的地方，血管也腐烂了。

　　当然，值得庆幸的是，凤轻尘之前给他服用的解毒丹效果相当好，三天过去了，他左手组织还没有坏死。

　　"绑住左动脉。"凤轻尘撕下绷带，递给孙思行。

　　孙思行用尽力气将夜叶左臂完好的部分绑紧，血流出的速度随之变缓。

　　"止血！"凤轻尘看了一眼，神色平静地将工具递给孙思行。

　　此时的凤轻尘身上似有一股安定人心的力量，只要她站在这里，太子和夜城主等人，就相信夜叶不会有事。

　　可这里止住了，那里又出了状况，孙思行手忙脚乱，半刻不得停歇。

　　此时已是深秋，孙思行额头上却冒出豆大的汗珠，凤轻尘一边替他擦汗，一边给他递工具，时不时还要关注夜叶的情况，一心三用……

一递一接，孙思行与凤轻尘没有说话却异常默契，这一幕看在云潇、东陵子洛等人眼中，就觉得这两人关系不一般，可凤轻尘和孙思行都明白他们的默契仅限于此。

"止不住，病人不能再耽搁了。"一个时辰后，孙思行宣布放弃。

不是他止不住，而是他的速度不够快，以他的速度，等他处理好夜叶的伤，夜叶的左臂也会因为绑太久而整个坏死。

"我来。"凤轻尘与孙思行快速地换位并吩咐道，"给病人换药。"

"好。"孙思行的白袍染满了血，手指还在微微颤抖，看得出来他在拼命地加快速度，可是还不够。

像是玩杂耍一般，工具在凤轻尘的手中转了个圈，稳稳地落在手心，凤轻尘和孙思行处理的手法一样，可仔细看就会发现，凤轻尘的动作比孙思行更快、更稳。

太子、洛王、云潇、翟东明、夜城主几人都是高手，眼明手快，可饶是如此，他们仍旧看不清凤轻尘的动作。

太快了！

众人暗暗心惊，凤轻尘这样的手速，要是用来发射暗器，估计没有人能躲得过。

一个时辰，两个时辰，三个时辰……

天色渐黑，在凤轻尘的要求下，室内早早地点上蜡烛，光亮得如同白昼，而凤轻尘的医治也接近了尾声。

之前给夜叶医治的大夫医术不错，再加上夜叶提前服用了解毒丹，夜叶的左手不用被截肢，勉强可以保住，只不过左手从此不能提重物，甚至不能抬高，夜叶的左手只是摆设罢了。

能保住左手已经算夜叶福大，凤轻尘本以为拖了三天，夜叶被蛇咬伤的地方，组织会坏死，需要截肢，却没想到玄医谷谷主的解毒丹比她想象的还要管用，难怪价值千金。

经过连续三个时辰的施救，夜叶的命终于捡了回来，手臂也勉强保住，凤轻尘长长地松了口气。就在此时，苏绾突然出现在门口，看到一身是血的凤轻尘和夜叶，顿时大叫了一声，在众人还没有反应过来时，就飞快地朝凤轻尘扑来。

"凤轻尘，你要干什么？不许伤害我表哥。"

屋内的人都在关注凤轻尘，再加上外面有重兵把守，也不用担心自己的安危，苏绾的突然出现再加上这尖叫声，把众人都吓了一跳，眼见苏绾就朝凤轻尘扑去，却没有一个人上前阻止。

"苏绾,站住。"凤轻尘没有被吓倒,抬头,正好看到苏绾眼中一闪而逝的狠厉,凤轻尘不知道她要做什么,连忙出声制止,可苏绾像是没有听到一般,速度加快,朝凤轻尘或者说夜叶扑来。

不好,苏绾要害夜叶。

匆忙间,凤轻尘看到苏绾衣袖中一闪而逝的银光,再联想到太子等人的到来,凤轻尘已经明白苏绾要做什么了。

苏绾这是要让众人看到,夜叶死在她凤轻尘的手上,加深她和夜城之间的仇恨。

好阴险!好狠毒!

电光石火间,凤轻尘猜到了苏绾的动机,想也不想就将手上的医治刀,朝苏绾掷了过去。

苏绾,你自找的。

"啊——"苏绾尖叫一声,身形一顿。

"凤轻尘,你干什么?"夜城主连忙起身,想要护住苏绾,在众人眼中苏绾是担心夜叶,而凤轻尘则是无缘无故朝苏绾下杀手。

可惜,夜城主刚刚失血过多,身形难免受到影响,当他赶到时已经来不及了。

"唰——"医治刀从苏绾的脸颊划过,当的一声掉在地上,血溅了一地。

突然而来的一幕,把众人都吓了一跳,太子、云潇几人看了一眼地上的刀,又看向凤轻尘,正好看到凤轻尘一脸平静地从药箱里拿东西,就好像什么都没有发生一般。

好冷静!

"啊,我的脸,我的脸。"苏绾跌倒在地上,连忙捂住自己的脸,这个时候她也顾不得使坏了,只想着自己的脸会不会因此被毁。

"绾绾,你怎么样了?"夜城主本就很喜欢知书达理的苏绾,再加上苏绾为救夜叶,放下骄傲与尊严跪在凤轻尘的面前,这让夜城主对她心生愧疚,也就更喜欢她了。

"姑父,我的脸,凤轻尘毁了我的脸。"苏绾哭着道,温热的液体从指缝中流出,再加上脸颊刺痛,苏绾不用照镜子也知道自己的脸受伤了。

这一刻,苏绾吃凤轻尘肉、喝凤轻尘血的心都有了,女孩子的脸面何其重要,凤轻尘削她的面子不算,还毁了她的容颜。

容颜有损,她对苏家和夜叶来说,就是废人一个。

苏绾血淋淋的样子,让夜城主顿时失去了理智,再加上夜叶的情况大好,夜城主也就少了顾忌,朝凤轻尘咆哮道:"凤轻尘,你别以为救了我儿子,就可以在我面前横行,这件事你要说不清楚,我就要你拿命来赔。"

凤轻尘却毫不在意,苏绾没有扑上来,夜叶暂时安全,凤轻尘视苏绾为无物。

夜城主的咆哮成了笑话,苏绾那嘤嘤的苦泣声,则成了噪音。

太子与众位皇子面面相觑,皆是默契地不说话,这件事从明面上来看,是凤轻尘做得过分了,他们就是想为凤轻尘说话也找不到理由。

翟东明才不管是非对错,正想为凤轻尘撑腰,却被云潇暗暗制止。凤轻尘对苏绾下这么狠的手,肯定有理由,他们不明原委,贸然开口只会给凤轻尘添乱。

"凤轻尘……"夜城主又叫了一句,碍于凤轻尘正在救治夜叶,不敢上前打扰。

凤轻尘忙里偷闲,抬头看了苏绾一眼,那一眼似乎能将苏绾看透,苏绾瑟缩了一下,眼神闪烁,不敢与凤轻尘对视,握着毒针的手悄悄收紧。

她做得这么隐秘,凤轻尘肯定不会知道。

苏绾暗暗自我安慰道。

凤轻尘原本只有七分把握,看苏绾这做贼心虚的样子,她肯定自己的猜测没错,不管苏绾出于什么原因,她想弄死夜叶,嫁祸于她是事实。

青竹蛇儿口,黄蜂尾后针,二者皆不毒,最毒妇人心,这话简直就是为苏绾量身打造的,夜叶为了苏绾连命都不要,苏绾却为了私利,意欲害死夜叶,不得不说夜叶是个悲剧人物。

"自找的,能怪谁。"凤轻尘为夜叶不值,叹了口气,低头继续手上的工作。

夜叶和苏绾,一个愿打,一个愿挨,她管不着。

孙思行是全场唯一不受影响的人,专心致志地给凤轻尘递工具,擦汗。

苏绾心中不安,暗暗将毒针收了起来,不管凤轻尘有没有发现,她都没办法再陷害凤轻尘了,苏绾准备借机走人,把毒针处理掉。

"姑父,姑父,我的脸好痛,好痛……"苏绾大声哭了起来,提醒夜城主,让大夫尽快给她医治。当然,最好是让她下去医治。

"来人呀,去请大夫,快去。"夜城主急忙吩咐,太子和众位皇子依旧作壁上观,不发表意见。

他们今天来静秋园,本就不是自愿,而是皇上授意,他们当然不会傻傻地去帮苏绾。

"姑父,大夫怎么还不来,我的脸好痛,好痛,姑父,万一留下疤怎么办?"苏绾的伤心、惊恐是真的,她真的很担心自己的脸,可更担心事情败露,她要尽快离开这里把手上的毒针处理掉。

该死的凤轻尘！

"不会的，姑父一定给你请最好的大夫，要是你的脸上留了疤，姑父就把凤轻尘的脸划花，给你报仇。"凤轻尘这个时候还在全力救夜叶，夜城主却当着她的面，说出这样的话来。

在夜城主眼中，凤轻尘卑微如尘，连给他提鞋都不配，凤轻尘这种出身普通，毫无家世的女子，本就是任人践踏的命。

如果不是有幸得九皇叔看重，像凤轻尘这样的女子，他想要弄死多少，就弄死多少。医术再高又如何，医术再高也不过是一个大夫，没有凤轻尘，自然有其他医术高明的大夫。

凤轻尘听到这话什么都没有说，眼中依旧带着淡淡的笑意，只是那笑不达眼底，翟东明再也忍不住，他知道有太子和洛王在，这里没有他说话的份，可夜城主欺人太甚。

当着太子和几位皇子的面，翟东明不管不顾，直接拍桌子大吼道："夜城主，别开口闭口就是打呀杀呀的，你当自己是谁？"

"夜城主，你最好搞清楚，这里可不是任你作威作福的夜城，这里是东陵皇城，你儿子在我东陵行凶，谋害凤轻尘，结果自作自受命在旦夕，凤轻尘不计前嫌，救你儿子，可你倒好，开口闭口就要凤轻尘的命，你把我东陵的女子当什么了？想杀就杀，想打就打，你眼中还有我们东陵皇上吗？"

翟东明也不是笨蛋，把事情推到皇上身上，这样太子和洛王几人就不能置身事外。

皇家的面子，皇上的权威，任何人都不能亵渎。

"翟世子的话没错，夜城主，你敢动凤轻尘分毫，就是与我东陵为敌。"太子这个时候，终于展现出了泱泱大国储君的气度。

"哼，与东陵为敌，你以为我怕吗？"夜城主没有想到，之前两不相帮的太子会开口，语气强硬地道。

"夜城主，说大话也别闪了舌头，在我东陵皇城，你最好安分一些。"清王是太子的拥护者，当然站在太子这边，再说了，夜城主的话确实狂妄了。

夜城，就算不受四国管辖，可单凭一城之力，岂能与一国相斗？

夜城得罪东陵，倒霉的肯定是夜城。

东陵子洛和其他几位皇子，虽然和太子心有隔阂，但内斗归内斗，有外敌在，众位皇子当然是一致对外，绝不损东陵皇室的颜面。

"夜城主，夜少主引巨蟒到兽苑一事，我东陵还没找你算账，你倒先怪上我们了。你不会以为凭你一城之主的身份，就可以在我东陵任意撒野吧？"

丢什么都不能丢人，夜城主当着他们的面，就对凤轻尘喊打喊杀，这也太不把他们放在眼里了。

打狗还要看主人，更何况是人，凤轻尘再怎么样，也是皇上亲封的忠勇侯之女，岂容夜城主想打就打，想杀就杀？

"好，好，东陵的太子和皇子们真是好口才，我儿在东陵皇宫出事，你们居然把责任推到我儿头上。绾绾被你们东陵的贵女毁了容颜，你们居然不捉拿凶手，还责怪我们无礼。"

"你们东陵欺人太甚，兽苑发生的事情我不知内情，无权发表意见。可从今天的事，我就明白你们东陵人最擅长推卸责任。凤轻尘当着我的面伤人，人证物证俱在，你们还能偏袒凤轻尘，我算是见识了你们东陵人的口才。"夜城主气极，他没想到自己居然成了众矢之的，被东陵太子和皇子联手攻击。

苏绾在一边急得快疯了，眼见双方说个没完没了，急得伸手拉夜城主的衣袖，央求道："姑父，绾绾的脸好痛，姑父，先让绾绾去看大夫好不好？绾绾不想变成丑女。"

"快，扶表小姐下去找大夫。"夜城主连忙收回与众位皇子对视的眼神，关切地道。

下人扶着苏绾朝外走去，苏绾暗暗松了口气。

看样子是自己多想了，凤轻尘根本什么都不知道，哪知刚走三步，就被人挡住了。

"翟东明，拦住苏绾，别让她走，也别让其他人离开。"凤轻尘头也没有抬，只是在苏绾要走时，开口道。

她能一心三用，当然也能一心二用，只不过平时不用。

翟东明不知道凤轻尘要做什么，但他绝对无条件服从凤轻尘的命令。

九皇叔提前交代了，在静秋园，翟东明要听从凤轻尘的安排，凤轻尘要他杀太子，他就不能杀洛王。

"苏绾小姐，站住。"翟东明啪的一声，关上门，挡在门口。

"让开。"苏绾朝下人使了个眼色，下人欲上前交涉，可翟东明根本不给对方说话的机会，一拳就将人打倒，摆明了不让苏绾走。

下人摆不平，苏绾只好自己出手："凤轻尘你欺人太甚，你已经毁了我的脸，还想做什么？你害我，害得还不够吗？"

泪水和血水交叠在一起，苏绾的样子很凄惨，再加上她的指控，很容易让人相信凤轻尘这是仗势欺人。

"凤轻尘，别以为这是东陵，有太子和皇子们给你撑腰，我就不能拿你怎样，你有错在先，这件事走到哪里，都是你理亏。"夜城主也生气了，要求翟东明让路，翟东明同样不理会他。夜城主气急，想要动手，云潇却起身挡在他面前，"夜城主，我要是你，就不会动手。"

这是劝告，也是警告。

"云潇，你也要帮她？"夜城主不敢相信，一向独善其身，不管他人死活的云潇，居然一而再再而三地出面帮凤轻尘。

云家也堕落了吗？居然为了一个无权无势，只有一点小医术的孤女与他为敌。

"夜城主，我不是帮凤轻尘，而是帮你，这里是东陵。"换句话说，你要是死在这里，夜城也不能拿东陵怎样，顶多杀几个小兵出气。

"那又如何，你以为我会怕吗？"东陵皇上的面子和尊严不容亵渎，而夜城城主的面子和尊严，又岂能容人践踏？

夜城主高声喊道："来人。"

"唰——"刀剑声响起，咚的一声，静秋园的侍卫破门而入，大刀对准室内的太子、洛王等人，只等夜城主一声令下，就会出手，这架势好像逼宫。

太子和几位皇子却丝毫不见紧张，他们是皇子，夜城主不会愚蠢地以为他们不带人马就敢来重兵把守的静秋园吧？

夜城主手上有兵，他们的护卫也不是吃素的，只不过他们不屑动手罢了。

苏绾见状，心中更是着急，她没想到事情会越闹越大，想要借机溜走，翟东明却不折不扣地执行凤轻尘的命令，哪怕被人包围，也没有放松对苏绾的监控，不允许苏绾出去。

"姑父，凤轻尘这是要毁了我。"苏绾没有办法，只得找夜城主。

夜城主已是骑虎难下，他一时气极喊来侍卫，可要真硬碰硬他稳吃亏，见苏绾哭求，夜城主正好借机后退一步。

"太子，几位王爷，还请你们允许我侄女下去疗伤。"是请大夫来，还是让苏绾下去疗伤并不重要，重要的是面子之争，苏绾能顺利离开，就表示夜城主占了上风，太子等人退了一步。

太子也不想与夜城主动武，他们几人很明白，父皇正在拉拢夜城，把苏绾放下去，也算是缓和彼此的关系，太子正准备点头，凤轻尘却先一步开口道："太子殿下，苏绾不能走。"

"凤轻尘，我儿子怎么样了？"看到凤轻尘出现在这里，夜城主担心地问道。

凤轻尘是一个有原则有责任心的人，应该不会中途放手，夜城主想他儿子应该没事了。

"夜城主放心，我是个有良心的大夫，既然答应医治夜少主就会尽全力，夜少主暂时死不了，但以后如何我就不敢保证了。"凤轻尘毫不掩饰自己对夜城主的鄙视。

没人品的老家伙，知道她责任心重不会拿夜叶怎样，不等夜叶病好就对她喊打喊杀，良心真是被狗啃了，以后凡是姓夜的病人她都不接！

有其父必有其子，夜叶如此，夜城主比夜叶更甚。

"凤轻尘，你什么意思？"夜城主以为凤轻尘这是威胁，当下不客气地喝道。

"字面上的意思，夜城主别想太多，你们夜家父子是小人，可我凤轻尘不是，既然说了医治夜少主就不会留尾巴，你若不明白我的意思，可以问苏绾小姐，我想她会明白。"凤轻尘指着苏绾的鼻子，眼神冰冷。

今天，她绝不会放过苏绾！

苏绾会明白？

这是什么意思？难不成苏绾做了什么？

众人都看向苏绾，苏绾强作镇定，站得笔直，此时的她无比庆幸一脸血水下，无人能看到她眼中的慌乱。

待众人审视半晌后，苏绾垂下眼眸，掩去眼底的惊恐，大声道："凤轻尘，你少血口喷人，什么叫作我会明白？我会明白你做了什么？"

"我血口喷人？苏绾小姐你做了什么自己心里明白，做人做到你这份上，还真是对不起'人'这个字。"凤轻尘一边说话，一边注意苏绾的举动。

开玩笑，她总不能因为揭露苏绾的阴谋就害了自己吧，苏绾那枚银针，还不知是什么玩意儿呢，要是有剧毒，她就惨了。

苏绾哭得更可怜了，整个人都瑟缩在夜城主的怀里，假装委屈地哭诉道："姑父，凤轻尘欺人太甚，我不活了。"

手腕一动，那枚银针直朝夜城主飞去……

很聪明，可惜她忘了凤轻尘一直在盯着她，眼见银针就要离手，苏绾的心也怦怦跳得厉害，只要凤轻尘在她身上找不到银针，凤轻尘就死定了。

敢毁她的脸，她不划花凤轻尘的脸就不姓苏。

可是……

凤轻尘突然大喊一声："啊，有蛇！"

"蛇？蛇在哪里？"苏绾全身一僵，手中的动作一滞。

经过兽苑的事后，她不仅怕蛇，还怕一切蛇形的东西，她的衣服都不再束腰带。

说时迟那时快，凤轻尘上前，抓起苏绾的手，银针正好卡在苏绾的指缝间："苏绾小姐，蛇在这里。"

"银针？苏绾的手上怎么会有银针？"云潇早就看出苏绾的不寻常，这个时候却装出惊讶的样子。

"真的是银针，苏绾你来这里，带银针干什么？不知道凤轻尘正在医治夜少主吗？带一根银针会很容易让人误会。"东陵子洛不客气地补了一刀。

"凤轻尘你太厉害了，这么小的一根针藏在指缝里，要不是你看到了，苏绾不知会做出什么事来。"还是翟东明最可爱，翟东明指了指夜叶，提醒夜城主，与其说苏绾是扑向凤轻尘，不如说苏绾的目标是夜叶。

带着银针，是何居心？

"绾绾，这是怎么回事？"夜城主松开了扶着苏绾的手，略有些浑浊的眸子，眼神微闪，心中不安。

太子含笑不语，高悬的心稍稍放了下来，有这枚银针在，苏绾的脸毁了就毁了，凤轻尘半点错也没有。

瞬间地慌乱过后，苏绾很快就找到了说辞，一脸委屈道："姑父，你也怀疑绾绾？"

"我不是怀疑你，你拿银针做什么？"夜城主相信苏绾不会愚蠢到去得罪夜城。

"姑父，你看，这是银针不是毒针。银针是用来验毒的，如果我真要害表哥，也不会拿银针，而是拿毒针。"这一点倒是没错，拿一根银针有没有下毒，一眼就能看出来。

夜城主被苏绾说动，苏绾见状，继续装可怜摆出委屈的样子，将脏水泼向凤轻尘："姑父，凤轻尘包藏祸心，谁知她怀着什么心思医治表哥，我带着银针只想以防万一。我进来时，正好看到凤轻尘拿刀指着表哥，一时心急才失了分寸，毕竟表哥是因为我才会变成这个样子，表哥要是有个三长两短，我也不活了。"

苏绾一边哭，一边用力挣开凤轻尘，可惜凤轻尘的力道，不是一般的女人可以挣开的，苏绾一个用力，凤轻尘也不客气，手腕一动，咔的一声，把苏绾的手折断了。

"啊——"苏绾痛得整张脸都扭曲了，尖锐的声音能刺穿耳膜，凤轻尘趁机将银针捏在手中。

"还愣着干什么，没看到表小姐受伤了吗，快，快，抓住凤轻尘。"夜城主不敢对太子等人动手，就先拿凤轻尘开刀。

总之，东陵皇上不会因为凤轻尘的死，而发兵夜城。

"是。"

"我看谁敢动。"翟东明挡在凤轻尘的面前，戾气十足。

翟东明快被气死了，凤轻尘辛辛苦苦救夜叶，夜城主不感激就算了，事后还要找凤轻尘麻烦，夜城主也不想想，要不是凤轻尘，夜叶早死了。

同一时刻，云潇也走了过来，站在翟东明身边，摆明了为凤轻尘撑场子。

和翟东明的愤怒相比，云潇一脸淡然，嘴角还带着风度翩翩的君子笑："夜城主，三思而后行，凤姑娘不仅是东陵贵女，还是我云家的恩人，十六公子还等着凤姑娘医治，她要是有个三长两短，说不定夜城明天就会从九州大陆的版图中消失。"

这是威胁！夜城主的眼睛都睁大了，随即又镇定下来。

他不信凤轻尘有这么大的价值，云家和崔家会为了她而对夜城宣战。云家不止一个云潇，崔家也不止一个十六公子，再尊贵的人死了就是死了，就如同夜叶要是死了，他顶多让东陵给个交代，而不是发兵东陵。

活人才最重要。

"看样子，夜城主是不信云某的话了，夜城主你大可以试试，我云潇今天就把话放在这里了，凤轻尘要是有个三长两短，夜城一定会从九州大陆消失。"

云潇这可不是放大话，云家做不到，可云城能做到，再加上东陵九皇叔，几方联手，灭一个夜城并不难，而夜城灭了，得益最大的就是云城。

云潇，云家嫡长子，他所做的任何事，都会把家族利益放在第一位。

话说到这个份上，夜城主就是不想退也得退，他赌不起，愤愤地一甩衣袖，挥退侍卫。

"凤轻尘，你滚，别让我再看到你。至于你救夜叶的事情，你应该很明白，这是你应该做的。夜叶在东陵因你生死不明，夜叶要是死了，你也好过不了，别奢望我夜城会记你的救命之恩。"

大家都是聪明人，有些事情不用说出来，心知肚明就好了，凤轻尘固然磊落、坦荡、简单，但也不是笨蛋，以德报怨这种事，她做不来。

这也就是夜城主明明上门求医，却依旧态度强硬的原因。夜叶，凤轻尘救也得救，不救也得救。

夜叶要是死在东陵，就算全是夜叶的错，东陵也必须负责，给夜城一个交代，而最好的交代就是把凤轻尘推出去。

本与云潇没有关系，可是他突然插手，只会把事情越弄越复杂。

凤轻尘真是恼了，翟东明为她说话，她还能理解，云潇这是为哪般？

凤轻尘看了云潇一眼，对上云潇那坚定、认真的眸子，不仅没有感动，反倒在心中暗暗记下，回头得问问九皇叔，夜城是不是有什么东西被云潇惦记上了。

这世间能为她凤轻尘灭了夜城，而不考虑代价与利益的人，只有王锦凌。

不是凤轻尘不相信九皇叔，她相信如果自己死了，九皇叔也会为她灭了夜城，但九皇叔一定会从中谋取最大的利益。

至于蓝九卿，他们算是生死之交，但应该还没深到为她不顾一切的地步。

"轻尘，我们走。"太子见凤轻尘与云潇四目相对，以为凤轻尘被云潇的话感动了，连忙开口，提醒她先离开这里再说。

苏绾眼睛一亮，心中默默祈祷凤轻尘赶紧离开，面上却无声地低泣，一副委曲求全的样子，真是让人心软。

"走肯定是要走的，只不过有些事情，我必须说清楚。我的确不是什么好人，也不是大公无私地来救夜叶，但至少我对得起自己的良心。"因为云潇的插手，事情越来越不受控制，凤轻尘决定快刀斩乱麻，眼神越过苏绾和夜城主，看到孙思行已经忙完，正在收拾药箱，凤轻尘把人叫了过来："思行，过来。"

"师父。"孙思行连忙停下手上的工作，三步并作两步走了过来。

"看看这枚银针有什么问题，小心点，别被银针扎了手。"凤轻尘不相信，苏绾这根银针只是单纯的银针。

不可能，凤轻尘怎么可能发现银针有问题！苏绾眼眸微紧，心头狂跳，双腿发软，强压下欲跳出来的心脏，不顾脸颊上的痛，怒吼道："凤轻尘，欲加之罪，何患无辞，银针是用来试毒的。我的银针能有什么问题，要是有问题，银针早就变成黑色了。"

"银针是用来试毒的不错，可并不表示能试出来每一种毒，有些毒银针就试不出来。"与苏绾的愤怒不同，凤轻尘从始至终都很冷静。

"你这是危言耸听，有什么毒银针试不出来？"不可能，不可能，那个人告诉她，银针上的毒绝对没有人能查出来，凤轻尘怎么可能知道？

凤轻尘一定是骗她的，一定是的，苏绾的双手握得死紧，眼神躲闪，没有与凤轻尘对视的勇气。

这就是心虚！

"比如苏绾小姐银针上的毒，银针就试不出来。"苏绾的银针有问题那是肯定的，至于是什么问题，得等孙思行检查出来，横竖她现在还不知道。

"你胡说，我的银针怎么可能有毒？我带有毒的银针做什么？"苏绾据理力争，可她心虚，说出来的话难免有些底气不足。

"我怎么知道你带着有毒的银针做什么，不过初步来看，你应该是想害死夜少主，嫁祸于我。"除了这个理由外，凤轻尘找不到别的理由，苏绾扑向她，也没有机会在她身上扎针，她又不是死人，不会躺在那里任苏绾扎。

"哈哈哈——"苏绾冷笑，"凤轻尘你真是好笑，我怎么可能害我表哥？那是我表哥，我害死他能有什么好处？"

众人点头，苏绾这话没错，照这个局势来看夜叶死了，苏绾的下场也会很惨，是以，众人才不相信苏绾手上的银针有问题。

"夜叶死在我手上，你当然有好处。首先夜城主就不会放过我，因为在众人眼中，夜叶是死在我的手上；其次夜城主失去了唯一的儿子，伤心欲绝，你苏绾是夜叶喜欢的女子，趁这个时间表表孝心，再加上你为救夜叶而跪在我面前，说不定夜城主一时感动，就把你当成女儿了；最后，夜叶死了，挑起夜城和东陵的矛盾，说不定你就不用嫁给金城主了。"凤轻尘冷静地分析苏绾的动机，她越说苏绾的身子就抖得越厉害。

"嫁给金城主？这是怎么回事？"苏绾与金城主的婚约，知道的人并不多，夜城主有此一问也是正常。

"苏家用苏绾换了大笔嫁妆，不然夜城主以为，苏绾为什么不顾苏家的颜面下跪求我。"凤轻尘残忍地将苏绾脸上的遮羞布一层一层揭开。

"苏绾，这是怎么回事？"夜城主不是笨蛋，他当然明白凤轻尘的话是真是假，这种事凤轻尘不敢乱说。

凤轻尘没有完全说中，可也说中了七八分，遇事冷静，看事透彻，这样的凤轻尘太可怕了，苏绾眼中的恐惧逐渐放大。

"不要问我，不要问我，我不知道，我不知道，我什么都不知道，呜呜呜……"面对夜城主的质问，苏绾不知道如何回答，她只能哭。

而这个时候，孙思行也找到了银针上的问题。

"师父，银针上面有东西。"孙思行用洁白的布，包着银针，轻轻一擦，白布上就出现一抹极淡的痕迹。

"能看出是什么吗？"听凤轻尘这语气，众人只当她早就知道，这么一问只是为了考验孙思行，诚如她之前所说，这是给孙思行练手的好机会。

事实上，凤轻尘根本不知道。

经过这段时间的学习，她对中医有了些了解，也能熟练地运用，但也仅限于一些常用的知识和药理，她要是能看出来这银针上的东西，早就揭穿苏绾了。

孙思行将银针还给凤轻尘，转身从她的药箱里取出一些奇奇怪怪的试剂和微小的仪器，一盏茶后，孙思行肯定地道："师父，这是一种混合药物，不是毒……"

"不是毒。"这三个字对苏绾来说，无疑是福音，苏绾双眼一亮，孙思行的话还没有说完，苏绾就急切地打断，"凤轻尘，你听到没有，银针没毒，我怎么可能害我表哥，我那么喜欢表哥，我怎么可能害他？凤轻尘你处心积虑地陷害我，到底是何居心？"

由此可见，苏绾刚刚近乎崩溃地大哭，只不过是用来逃避追问的手段，苏绾这人虽然没有什么大聪明，小手段却层出不穷……

第二十九章　夜行千里救锦凌

苏绾太急了。

凤轻尘同情地看了苏绾一眼，事情走到这一步，她凤轻尘稳坐钓鱼台，苏绾今天不死也要脱层皮，可惜苏绾没有看明白。

"苏绾小姐，不要着急，思行的话还没有说完，再说这世间能害人的，又不是只有毒物。"

像是为了验证凤轻尘的话，孙思行接着说道："师父说得没错，银针上的东西的确不是毒，普通人碰到不会有事，可是伤口沾到银针上的东西就会腐烂，夜少主的伤口要是再复发，他的左臂就保不住了。"

孙思行是孙正道的儿子，孙正道有国手之称，孙思行又怎么会差，孙思行差的只是实践。

"绾绾，你……"夜城主顿时后退两步，看苏绾的神色是那样的痛心与不解，他们夜家对苏绾还不够好吗？

"没有，没有，姑父，我没有，我怎么会伤害表哥？是凤轻尘，是她胡说八道。"苏绾忙解释道。

她真的不知道银针上的东西是什么，给她银针的人只说这东西不会伤人，扎到夜叶身上，可以陷害凤轻尘，那人还将这针在自己的身上扎了一下，她再三确定没有问题这才敢用。

想到这里，苏绾又冷静下来："凤轻尘，是凤轻尘陷害我，姑父你要相信我，凤轻尘包藏祸心，她恨死了表哥和我，怎么可能尽心医治表哥，一定是她，一定是她陷害我。"

苏绾知道，这个时候除了死咬凤轻尘，自己没有别的办法，她要说有人给她这银针，让她来陷害凤轻尘，一定会被夜城主给活活打死。

　　夜城主动摇了，相比苏绾，他更相信凤轻尘使坏。凤轻尘翻了个白眼，懒得解释，朝孙思行道："思行，收拾东西，我们走吧，夜城的事情我们少碰为妙。"

　　凤轻尘说完，又对夜城主道："夜少主的伤我已经处理好了，他现在不仅没有性命危险，左手还保住了。后期的医治请你让夜城的大夫接手，我实在不敢再碰了，万一夜少主要是死在什么阴谋诡计下，还得怪我医术不好。

　　"夜城主，我东陵该做的能做的都做到了，夜少主能不能活下来，就得看你们自己了。至于苏绾小姐说我陷害她？我也就不解释了，这枚银针从苏绾小姐手上拿到后，我就没有动过，银针上是不是有让伤口腐烂的药物，很快就会见真章。"

　　"去，请大夫来。"夜城主并不相信凤轻尘。

　　凤轻尘一脸平静，可她心中却是怒火中烧，好多年没有遇到这么不讲理的人了，既然苏绾说她"陷害"，那她就陷害好了，凤轻尘转动着手上的银针，眼中闪过一抹危险的光芒。

　　苏绾全身一寒，顿时有种不好的预感，脸一侧，脚一抬就想跑出去，离凤轻尘远远的。正好，这个时候大夫来了，一共五个。

　　凤轻尘领着大夫上前，堵住了苏绾的路。

　　苏绾心中不安，双脚不由自主地后移，凤轻尘脸上的笑容更甚，就在苏绾转身时，凤轻尘加快速度，朝苏绾扑去……

　　凤轻尘速度太快又太突然，等到夜城主反应过来，准备推开凤轻尘时，已经来不及了，凤轻尘手上的银针，在苏绾的伤口处划下一道血痕。

　　很精准，半毫米都不差，凤轻尘手上的银针染满了血。

　　苏绾脸颊一痛，啊呜一声，推开凤轻尘，惊恐地大哭起来："啊，好痛，我的脸好痛。凤轻尘，你这个疯女人，你对我做了什么？"

　　"凤轻尘，你在干什么？"夜城主快气炸了，凤轻尘一再把夜城的面子踩在脚底。

　　凤轻尘晃了晃手上的银针："夜城主和苏绾小姐不是不相信银针有问题吗？我在证明呀，苏绾小姐，你自求多福吧。"

　　"啪——"凤轻尘将银针一弹，插在窗户上，鲜红的血顺着窗户纸流下来，红得可怕。

　　"不，不，你怎么可以，你怎么可以，凤轻尘我恨你，我恨你……"苏绾整个人都吓傻了，她以为凤轻尘只是打她出气，没想到凤轻尘居然把银针上的药沾到她的伤口上。苏绾顿时像疯了一样扑向凤轻尘，看她那样子是要将凤轻尘撕碎。

　　女人之间打架，不外乎就是抓脸、扯头发，凤轻尘最厌恶这种打法。

苏绾扑来时，凤轻尘直接摆出格斗的架势，身子一矮，抓住苏绾的肩，"咚——"直接把人摔倒在地。

凤轻尘又踢了一脚，把人踢远，这才满意地拍了拍手："恨就恨，你当我怕你呀，我救了你，你还不是照样要恨我，苏绾，天作孽犹可活，自作孽不可活，你是自找的，要怨我就怨吧，我不在乎。"

"好利落的手法。"云潇、洛王、翟东明、太子和舟王等人，只听说凤轻尘曾在城门口打倒几个大男人，原本还带着三分怀疑，今天一看却是信了。

凤轻尘不出手则已，一出手必是杀招，招式简洁、强劲有力，完全不是好看不实用的花拳绣腿。

夜城主站在那里一动不动，没有他的命令夜城的侍卫和下人也不敢上前扶苏绾，凤轻尘若无其事地上前，帮孙思行收拾东西。

她的药品和器具可以展示出来，却不能落下，哪怕是没用的东西，她也要带回去。

"大夫，检查仔细一些，出了这个门，夜少主要是再出事，我可就不负责了。"五个大夫会诊，凤轻尘却一点也不担心。

她对自己的医术有信心。

人命关天，五个大夫不用凤轻尘提醒也会仔细检查，夜少主接下来的安危可就交给他们几个了。

半个时辰后，五个大夫终于得出结论："城主，少主的伤口处理得极好，没有性命之忧，没有意外的话，三天之内定能醒来。"

"嗯。"夜城主的脸色很不好看，他以小人之心度君子之腹了。

"既然没事，夜城主，我是不是可以走了？"凤轻尘唇角微微上扬，隐含嘲讽。

明面上的事，她绝不会让人挑出错来。

"可以。"夜城主咬牙道。

不让凤轻尘走，他又能拿她怎样？别说凤轻尘医好了夜叶，就算夜叶今天死了，他也留不住凤轻尘。

凤轻尘，好一个凤轻尘，这样的人既然不能成为朋友，那就必须毁了。

"各位殿下，轻尘先走一步。"凤轻尘潇洒地往外走，一抬腿就发现自己的脚被人抱住了，低头就看到一脸血水的苏绾。

"凤轻尘，救我，救我。"苏绾抱着凤轻尘的腿，苦苦哀求道。

很不幸，苏绾脸上的伤口在扩大，刚刚被凤轻尘划了一下，只是留下一道细长的伤口，可现在……整个左脸都肿了，很丑。

"救你？苏绾小姐，你开的什么玩笑！"凤轻尘哭笑不得，"苏绾小姐，我很好说话吗?你凭什么让我救你,你当自己是谁?高高在上的苏家嫡女吗?"

此时的苏绾面如死灰,眼中的恨意更浓,她自从遇到凤轻尘什么事都不顺,甚至还被家族抛弃,她现在没有办法拿权势压凤轻尘。

"凤轻尘,是你划花了我的脸,你有责任医好我。"

凤轻尘的责任心是很重,可也要分人,苏绾这个病人,对不起,她不接!

"扑哧——"凤轻尘这一次真的笑了,"我划花了你的脸就要负责医好,这是什么逻辑?苏绾小姐,你见过杀手,杀了人后还会负责埋人吗?"

"不,不,凤轻尘你不能这样,医者父母心,你是大夫,求你,我求你,我求你好不好,你救我,救救我,我不要变成丑八怪,我不要呀……"苏绾慌了,她不懂,为什么凤轻尘能救夜叶,却不肯救她。

"医者也是人,是人就有私心,你有哪点值得我救?再说了,你又死不了,救什么救,夜城有的是大夫。"凤轻尘可不是怜香惜玉的主,一脚踹开苏绾。

苏绾痛闷一声,在地上滚了两圈。

"走了。"大步离去。

众人吞了吞口水,凤轻尘还真是有千种风情。前一秒她像神仙姐姐一样,救与她有仇的夜叶;下一秒却化身恶魔,把苏绾当垃圾,一脚踹开。

"不要,不要走,凤轻尘你不要走,你救我,你救救我。啊……凤轻尘,你这个蛇蝎心肠的女人,我诅咒你,我诅咒你不得好死,我诅咒你死无全尸。凤轻尘,你不会有好下场,不会的……姑父,姑父,救我,求求你救救我,绾绾不是故意的,绾绾只是被人利用,绾绾不知道那银针会害死表哥,姑父……呜呜呜,表哥那么喜欢我,我怎么可能害表哥?姑父你要相信我,你要相信我……"

云潇、翟东明和孙思行朝几位殿下行礼后,也跟着离去,隐约还能听到苏绾的求救声。

可惜,没有人会同情她,这一切都是她自作自受,她要不存心陷害凤轻尘,又怎会落得这样的下场。

解决了夜叶这个大麻烦,又狠狠惩治了苏绾,凤轻尘心情大好,至于苏绾的下场,她丝毫不担心。

苏绾做出这样的事情,就算有夜叶护着,也定会被夜城主厌恶。夜叶夹在心爱的女人和父亲中间,肯定左右为难,时间久了夜叶也会很痛苦。

再加上苏绾的脸被毁,先不说夜叶会不会以貌取人,单说脸毁后的苏绾肯定也会性情大变,夜叶对苏绾的爱再深,也会有被磨掉的一天。

忙了一天,浑身都累,肚子更是饿得咕咕叫,可凤轻尘却惬意地哼起了小调,云潇和翟东明原本在聊天，却越聊声音越小，最后干脆专心听凤轻尘哼小调了。

凤轻尘哼完后，云潇忍不住开口询问道："凤轻尘，这是什么曲子，我怎么没有听过？"

他虽不敢自称上知天文、下知地理，无所不知，但这世间他云潇不知道的事情很少，凤轻尘今天救人的手法，还有那些奇怪的东西他不知，这小曲他也不知。

他所有不知道的事情，都与凤轻尘有关。

"故人叹。"哼起这首歌，就会想起那些再也见不到的故人，而她也想起了一个不算故人的人，凤轻尘没空管云潇探究的眼神，转而问翟东明，"翟东明，你有锦凌的消息吗？他都走了三个多月了，到底是办什么事，怎么这么久都没有办完？"最近王七和谢三上门也没有提过王锦凌的消息，凤轻尘隐约觉得不对，有些担心。

锦凌虽然聪明有才，可他不懂武功，就算有护卫保护，遇到什么事也容易吃亏。

王锦凌，天下第一大公子，那个一出现就将他云潇的风头全部盖过的男人。云潇听到凤轻尘提起王锦凌，眼中闪过一道不明的光芒，他的脸微微后仰，耳朵却竖了起来。

"没有，我最近很忙，好长时间没有见到王七，我这也没有锦凌的消息，你要是担心他，我回头去问一下。"最近杂事太多，他都快把锦凌给忘了，翟东明心有愧疚。

"嗯，最好问，锦凌出去太久了，我有些担心他，不过没有锦凌遇险的消息，那就是最好的消息。"凤轻尘心下稍安，可她的这份安心，在到达西区小院，看到在大厅里，焦急地来回踱步的王七，就变成了忧心。

凤轻尘的心咯噔一停，小步跑上前来："锦寒，出了什么事？"

王锦寒急忙转身，冲到凤轻尘面前，可看到云潇在，话到嘴边又咽了下去，凌厉地扫了云潇一眼，云潇很识相："轻尘，我先告辞了。"

"很抱歉，招待不周，改天定摆酒请罪。"凤轻尘也没有心思挽留云潇，看王锦寒的样子，似乎出了大事。

云潇走后，王七示意翟东明检查一下是否有耳目，确定没有外人能听到，王七才一脸凝重道："凤轻尘，我大哥出事了！"

"锦凌？他怎么了？出了什么事？受伤了还是怎么了？"凤轻尘一慌，医生的素养，让她很快就平静下来，冷静地问道。

来找她,应该是受伤了,受伤就好办,只要还有一口气在,她就有把握救活王锦凌。

"不是，我大哥他失踪了，整整一个月我都没收到他的消息，派人去找，结果清水镇那边的人说，大哥早在两个月前就离开了。"

如果是受伤那就好办了,哪里需要找凤轻尘,王家不缺医术好的大夫。

"失踪？有没有查出是什么人下的手？"凤轻尘不是愚笨的人，王锦寒这话一出，她就明白怎么回事了。

没有人插手，王锦凌怎么会失踪，他身边可是有不少高手呢。

王七摇了摇头道："查不出来，我能用的人有限，只知道两个月前，大哥曾在易水城出现过，后来就再也没有出现。一个半月前，我收到大哥的平安信，说是遇到了一点小麻烦，不过都解决了。"

"一个月前，大哥又传信过来报了平安，之后的一个月，我都没有收到大哥的来信，我担心大哥出事了，十天前派人去查，发现大哥到了易水城后，并没有去下一个城，而是失踪了。"

"有人看到疑似我大哥的人向北走去了，可北面既不是回皇城也不是去清水镇，北面是一个大峡谷，那里根本无路可走。我怀疑大哥在那里出事了，正想派人去找，却被族中长老发现了，把我手中的人都看押了起来。"要不是这样，他也不会来找凤轻尘，把凤轻尘拖下水。

"把你手中的人看押起来，怎么回事？王家内部出事了吗？王家长老怎么会不让你去找锦凌？"凤轻尘并没有因王锦凌失踪就慌乱得找不到北，而是条理清晰地询问相关的事情。

这些看似没有关系的事，有时候能起决定性的作用。

"大哥去清水镇是家主的考验，在没有完成考验前，除了大哥自己手上的人外，王家的一人一物大哥都不能用，也不许王家人帮他。要是发现王家人帮他，长老们会去查，查出是恶意帮忙则把帮忙人逐出王家，如果不是恶意帮忙，轻则警告，重则逐出家族。长老们要是认定大哥是靠王家人的帮忙才完成考验，就会被取消家主的位置。"王锦寒将他不能帮忙，王家不出手的原因解释了出来。

什么破规矩，这不存心折腾死人嘛，凤轻尘暗骂王家不近人情："锦凌失踪的消息，有没有外传？"

帮忙有罪，使坏有理，王锦凌失踪的消息传回王家，有些人肯定会迫不及待地出手，趁机杀了他。

"现在还没有，明天就不好说了，盯着大哥的人那么多，我的动作虽然隐秘，可长老们都察觉到了，那些人很快也会发现。我猜他们最晚明天就会收到大哥失踪的消息，不过你不用担心，这件事情是王家的机密，不会对外公布。"所以，王七才急着来找凤轻尘。

大哥本就处在危险中，要是王家那些人再添一把火，先不说大哥的家主位置坐不坐得稳，能不能活着回来都是一个问题。

424

"也就是说,我们必须尽快去找人,最好今天晚上出发,这样才能抢在那些人前面。"一个晚上的时间,说长不长,说短不短,这个时候却能决定王锦凌的生死。

"是的。"王七一脸期许地看向凤轻尘,大公子的朋友很多,要是把大公子失踪的消息放出来,一定会有很多人愿意帮忙寻找,但是他们必须暗中行事,一旦王锦凌失踪的消息曝出来,王锦凌也就失去了家主的位置,所以他现在能用的人很少。

凤轻尘也明白,这件事必须暗中进行,王七来找她是相信她:"锦寒,你手上还有没有能用的人?"

"一个都没有,我被家族盯上了,连肃亲王府都不让我去,来你这里他们才放心,你没有发现门外有暗卫在吗?"王锦寒苦笑道,幸亏凤轻尘和翟东明是直接坐马车进来的,要是让暗卫发现场翟东明在,估计就不会让他留在这里等凤轻尘了。

"你的意思是说,如果我们去找锦凌,连翟东明手上的人都不能用?"如果是这样的话,那麻烦就大了。

她手上没有可用之人,难不成去找九皇叔借?

还是算了,即使九皇叔愿意她也不好意思开口,九皇叔本就不喜欢她和王锦凌走得近,向他要人去找锦凌,不仅让锦凌难堪,九皇叔心里也会不爽。

"要用也不是不可以,只是人多就容易暴露,一旦被暗中的敌人发现,大哥失踪的消息就会提前曝光,到那时我们就一点优势都没了。"也就是说,要去找王锦凌,最好凤轻尘一个人去。

王七歉意地看向凤轻尘,他知道这是把凤轻尘推入险境,可他短时间内,实在想不到别的人……

"我明白了,锦寒你先回去,半个时辰后,我就出城。"她一个人出城,定不会引起对方的怀疑。

毕竟没有谁会相信一个女子有寻人的本事。

王七眼眶泛红,朝凤轻尘行了个大礼道:"轻尘,对不起,还有,也谢谢你对大哥的情意,我和大哥一辈子都不会忘。"

他一直觉得大哥太傻,为了凤轻尘这个心不在他身上的女人屡次犯险,可看到凤轻尘为他大哥,毫不犹豫孤身上阵,他才明白大哥一点也不傻,这世间能得到一个真心相待的朋友,很难很难。

"别和我说谢,锦凌的事情就是我的事情,你先回去,稍后我会让翟东明暗中离去,不会让人发现他在我这里。"她这个小院的安防工作做得很不错,一般人根本进不来。

"好,我先走了,我大哥的事就交给你了。"王锦寒一脸愧疚,如果不是实在没办法，他也不想把凤轻尘一个弱女子推出去。

凤轻尘的医术不错，也有胆识，可这并不表示，她一个从不曾出过远门的女子，在外面能活下来，还能找到他大哥，把他大哥带回来。

"王七，你不用担心也不用愧疚，我从来不做没有把握的事情，我一定会把锦凌带回来。"

凤轻尘明白王锦寒的担忧，别说一个弱女子，就是一个大男人孤身在外，也不一定能完好无损地回来。

不过，这个理论不能用在她凤轻尘身上，野外生存对她来说不是难事。凤轻尘抬头看向屋外，眼神坚定：锦凌，等我！一定要活着等我，我很快就会去找你。

王锦寒一走，孙思行便焦急地开口道："师父，你一个女孩子孤身上路太危险，我陪你一起去，我离开皇城也不会有人发现。"孙思行知道劝阻凤轻尘无用，便如是道。

女子在外，一旦遇险可比死还可怕，再说他师父长得这么好看，更容易引起别人的歹意。

"不用了，思行你替我看家，交给别人我不放心。还有崔浩亭的病，你也多留心一下，我不在的这段时间，你尽量替他调理身体，等我回来医治。"凤轻尘用另一件事转移孙思行的注意力。

孙思行犹豫了一下，默默点头，眼神黯然。

其实，他跟去除了给师父添麻烦好像也帮不上什么忙，百无一用是书生，他就比书生好一点。

翟东明又是担忧又是不安，看凤轻尘的眼神，更多的是自责与愧疚。

如果他不是什么肃亲王府的世子就好了，那样他就可以自由离京去找王锦凌，哪里需要凤轻尘一个弱女子去做这么危险的事情，可偏偏他的身份让他不能轻易离京。

"轻尘，你放心，我回去后就把肃亲王府能派出去的人都派给你，我会交代他们尽快与你汇合，一路上只听你的命令。"这是他唯一能为凤轻尘和王锦凌做的。

"行，翟东明，你替我准备一匹快马，还有交代城门护卫，掩护我出城，回头帮我告诉九皇叔一声。另外，让他想办法，拖延一下我和苏家的比试，苏绾出了事，苏家肯定会另外派人来跟我比，告诉他无论苏家开什么条件，只要能把比试日期拖到我回来，我都答应。"凤轻尘的脑子快速地运转，想着需要交代的事情，还有要做的准备。

"你不去跟九皇叔告个别吗？"翟东明小声提醒道。

要是让九皇叔知道凤轻尘不顾自身安危去救王锦凌，却不告诉他一声，肯定会气死，没有哪个男人受得了自己喜欢的女子，心里念念的却是另一个人。

"不用了。"凤轻尘咬了咬唇，尽力忽视心中的歉意。

感情是需要经营的，她今天所做的事情一定会让九皇叔心里不舒服，可是她别无选择，王锦凌有事，她无法坐视不理。

"好吧，我会替你转告，你自己多加小心，我的人会尽量拖住坏事的王家人，让你可以一心找人。"翟东明心里为王锦凌高兴，也为他担心。

王锦凌要是回来了，九皇叔肯定不会让他好过，谁让他害得凤轻尘涉险呢？

"嗯。"

凤轻尘忽视掉心中的担忧，大步朝外走去："各自行动。"

"佟珏、佟瑶。春绘、夏晚、秋画、冬晴你们过来。"凤轻尘把六个大丫鬟都唤了过来。

"小姐。"

"姑娘。"

六个丫鬟虽然不知道发生了什么事，可看凤轻尘风风火火的样子，也知道事情很急，六人匆匆跑了过来。

"我要外出一段时间，家里的事就交给你们了，佟珏、佟瑶替我准备十五天左右的干粮，还有路上换洗的衣物。春绘你们四人准备热水，我要沐浴。"作为十指不沾阳春水的人，凤轻尘自己打理不来这些东西，只能把活交给丫鬟们。

"姑娘（小姐），你……"六个丫鬟吃惊地叫了一句，迎上凤轻尘警告的眼神，六个丫鬟连忙改口，将询问凤轻尘去哪里的话，换成，"是，我们这就去准备。"

六个丫鬟走后，凤轻尘给九皇叔留言说自己有事，需要外出一段时间，让九皇叔不用担心，事情很急请原谅她的不辞而别。

至于出门做什么，凤轻尘就没有写，稍候翟东明会去找九皇叔，自然会告诉他，她若写在纸上，万一消息泄露了呢？

写好后，凤轻尘用信封封好，准备离开前，放到书桌上。

凤轻尘开始准备此次出行可能需要的各种用品。

凤轻尘刚把需要的东西准备好，佟珏和春绘就过来了，凤轻尘把背包丢给佟珏就去沐浴。

凤轻尘离去前将信放在书房，她知道九皇叔的人会把信送到他手上，至于九皇叔的人，是如何躲开暗卫把信拿走的，凤轻尘就不知道了，也不想知道。

当然，也不排除九皇叔和蓝九卿是一伙的可能，不然他们怎么都和苏文清熟。当初宇文元化找九皇叔要粮，九皇叔就让他找苏文清，现在也是苏文清替九皇叔到

处筹粮。

东陵九，蓝九卿，如果是一伙的，他们是合作的关系，还是上下级的关系呢？

如果是合作，早晚有一天会闹翻，因为他们都太强了，两个强势的人一旦发生分歧，谁也不会服谁。

如果是上下级的关系？凤轻尘实在想不出，谁是上、谁是下，无论是东陵九，还是蓝九卿，都不像是能听人命令的人。

凤轻尘边走边想，还没有想出个所以然，护卫就牵了一匹通体发黑、身形矫健的骏马过来，凤轻尘双眼一亮，注意力瞬间被马吸引走了。

"苍山墨云？翟东明居然给我弄来一匹这么好的马，着实是费心了。"有这匹马，凤轻尘自信，她一个晚上就可以把后面的人甩开。

"凤姑娘，这是令牌和路引，有这两样东西，你就可以随时进入任何一个城镇。"

"多谢。"凤轻尘心里感谢，她居然把这么重要的事情给忘了。

是夜，街上没有几人，凤轻尘翻身上马，策马离去，不过眨眼间，就消失在夜色中……

隐在暗处的暗卫嘴角都快急出泡了，当苍山墨云出现时他们就知道这次倒霉了，他们这批号称最优秀的暗卫，恐怕也要回去重新训练了。

苍山墨云呀，他们根本追不上，若是这一次再把人跟丢，不知道回去后会受怎样的处罚。

给凤姑娘当暗卫真不容易，他们前不久才嘲笑上一批暗卫，转眼间自己就即将变成被人嘲笑的主。

而某个历经千辛万苦才抢到给九皇叔送信的暗卫，他快撑不住了，到时候瘫在地上就丢脸了。

终于，在暗卫快要趴在地上时，九皇叔开口了："凤轻尘出门前，有谁到过西区小院？"

九皇叔可以肯定，没有大事，凤轻尘不会匆忙出城。

"王七公子。"暗卫用力咬舌，一吃痛，这才能保持清醒，回答九皇叔的问题。

"嗯，出去。"九皇叔虽然生气却没有向暗卫发火，只将手上的纸揉成一团，深邃的眸子跳动着愤怒的火苗。

凤轻尘，你到底把我当成什么人了？什么事都不告诉我，说走就走，你难道不知道，我会担心吗？

而事后，九皇叔万分后悔，虽然凤轻尘写的内容他不高兴，可这也是凤轻尘给他写的信，他怎么能揉碎呢？

后来，九皇叔费了老大的功夫，才把纸抚平，放回盒子。

……

一身黑衣，半块银质面具，蓝九卿出现在苏府密室。

苏文清收到消息，匆忙赶来，跑得满头大汗气喘吁吁，手扶着墙，边喘气边道："九卿，你不是才回去嘛，怎么又来了，出事了？"

同时在心中飞快地计算一下，最近有什么大事发生。

步惊云回天下第一庄了，宝儿被送走了，夜叶昏迷不醒，南陵锦凡忙着打仗，太子和洛王几人在争权，苏绾快废了。

西陵天磊因为兽苑的事惹了一身腥，躲在静月园不敢出门，元希被颜老拉走了，宇文元化的粮食够了，镇国公府被剥的只剩下一个空壳，惹麻烦的人都很忙，应该没有大事才对。

见蓝九卿半天不说话，苏文清脸上的担忧更甚，这么短的时间，不会是出了什么天大的事吧？

蓝九卿强压下心中的怒火，在苏文清快要崩溃时，终于开口了："王锦凌现在哪里？"

苏文清后退数步，不敢相信自己听到的，九卿这么辛苦地跑一趟，就是为了王锦凌的事情？听九卿的语气，这是关心王锦凌呢，还是要吃了王锦凌？

苏文清觉得后者的可能性较大。

"你要找他？"苏文清试探地问道，九卿什么时候关心起王锦凌的死活了？王锦凌在他们心中，应该是不可用的那一类人，这种人他们没有必要花心力。

"嗯。"他不找，可凤轻尘要找。

"如果我的情报没错的话，他应该被困在太鲁阁大峡谷了，算算时间他至少被困了一个月，说不定早死了。"苏文清那精密的脑子，飞快地转了起来。

"嗯。"得到自己想要的答案后，蓝九卿旋身离去，几个起掠，人已消失在黑夜中……

城外，漆黑的官道上，一匹快马在飞速疾行。

夜路难行，小道又弯弯曲曲，凤轻尘一路走得十分小心，当她发现半夜三更，官道上站了一个黑影时，差点没把她吓死。不知对方是敌是友的情况下，减速是很不明智的行为，凤轻尘便加快速度朝那道黑影冲去。

好在，黑衣人并不是敌人，在凤轻尘的马即将撞向对方时，那人一个掠起朝左侧避开。凤轻尘松了口气，却没有因此放松戒备，当马与那人擦身而过时，凤轻尘的暗器一直指着对方，只要对方有异动，她就会先下手为强。

　　一闪而过，凤轻尘隐约看到一抹光芒，速度太快，她来不及捕捉就跑开了，只得感慨："那双眼好熟悉，身形也像，只是如果真的是他，那他怎么会不出声？应该是我认错人了。"

　　凤轻尘摇了摇头，将脑中的想法甩掉，继续前行。

　　"凤轻尘，你给我停下！"跑出百米远，身后突然传来呼呼的风声，还有那熟悉的咆哮声。

　　"蓝九卿？真是他。"凤轻尘一脸诧异，乖乖拉紧缰绳，让马停下来。

　　苍山墨云嘶吼了一声，前蹄飞扬，头顶上照明灯晃个不停，斑驳陆离的光线照在两旁的树枝上，隐约有几分鬼火的味道，为漆黑的官道添了几抹阴森之气。

　　蓝九卿提气追了上来，身上散发着冰冷的气息，一如他的面具。

　　"凤轻尘，这么晚，你这是要去哪里？"他想知道，凤轻尘会不会隐瞒他。

　　"蓝九卿，你怎么在这里？"

　　两人异口同声地问道。

　　"你先回答我的问题，你一个女孩子这么晚往城外跑什么，东陵出事了吗？"蓝九卿仔细审视凤轻尘的装扮，不得不承认，这个女人即使不靠男人，也可以把一切做好。

　　一个女子敢孤身出城，前往陌生的地方寻人，且不说能不能办到，单是这份勇气就足够让人欣赏。

　　"东陵没有出事，我自己出城办点事。"凤轻尘略略侧脸，避开蓝九卿的眼神，暗自郁闷，她明明坐在马上，比蓝九卿高一截，可为什么她还是有种被人压迫的感觉，这种感觉真糟糕，蓝九卿身上的气场，越来越强了。

　　蓝九卿很失望，面具下的眸子闪过一抹受伤，不甘心地追问道："办什么事？非要你亲自前去？一个女子出门在外很危险，有什么事大可以让下面的人去办，如果手中没有可用之人，我借你。"蓝九卿就差说，把你要办的事告诉我，我帮你办了。

　　"多谢了，这件事必须我自己去办。"她不放心把锦凌的安危交给别人，更何况她和蓝九卿之间的关系很微妙。如果是她自己的事情，她不介意麻烦蓝九卿，可王锦凌的事情，她实在不想麻烦蓝九卿。

　　蓝九卿不是她的谁，没有责任和义务帮她做事。

　　"什么事这么重要，非得你亲自去？而且还要连夜赶路。"蓝九卿这话火气十足，可偏偏凤轻尘没有听出来，只当蓝九卿担心她的安危。

　　"有点急，你不用担心，我不会有事，我会完好无损地回来，你应该知道我的能力。"凤轻尘晃了晃手中的暗器，表示有这个防身，除非遇到百人以上的大部队，不然她一点也不怕。

"它并不是万能的，如果不信你可以试试，即使你有它防身，我也能在十招之内杀了你。"蓝九卿唰地一下抽出长剑，指向凤轻尘，"凤轻尘，你的事我帮你办，你现在给我回城。"

这是在告诉凤轻尘，她不说，他也知道凤轻尘要去做什么。

"九卿，别闹了，我急着赶路呢。"凤轻尘眉头微皱，蓝九卿是特意来这里等她的？

"凤轻尘，闹的人是你，回城。"凤轻尘再厉害也改变不了，她从来没有出过皇城的事实，蓝九卿很生气，但更不放心她一个人出城。

"我不会回城的，蓝九卿，你出现在这里就应该明白我要去做什么。我必须去，请你让路。"有资格让她回城的人只有九皇叔，蓝九卿没有这个资格。

"我说过，我会帮你把这件事办好。"蓝九卿挡在马前急切地说道。

"九卿，我不会回城，只有亲眼看到他安全我才能放心。"上个月，王锦凌在峡谷消失了，说不定遇险了，她真的很担心王锦凌，她必须去。

蓝九卿知道凤轻尘是去救王锦凌，可亲耳听到她说出来，蓝九卿还是觉得心里堵得难受："他就那么重要吗？重要到让你不顾自身安危，不顾皇城的一切，不顾担心你的人？"

凤轻尘，你真自私，你就没想过，你在外面要是有什么不测，让留在皇城的"他"怎么办？

你把王锦凌看得这么重，那我算什么？

"蓝九卿，如果今天遇到危险的人是你，我一样会不顾一切地去救。"凤轻尘郑重地道，坐下的马似乎也感觉到了凤轻尘的急切，在原地踏步，哼唧起来，一副急躁的样子。

凤轻尘看不到蓝九卿黯然的眼神，只听到他说："凤轻尘，如果真有那么一天，我不需要你去救我，你好好活着就行。"

凭他的本事，如果遇到危险那绝不是小事，他都解决不了的人和事，凤轻尘又怎么可能解决得了？他不要凤轻尘做无谓的牺牲，不值得！

"我做不到。如果你真的遇险，我知道却不去救你，我会后悔一辈子，要是你因此出了事，我一辈子都会活在自责中。蓝九卿，我很自私，所以我绝不允许自己后悔自责。"如果蓝九卿有危险，她宁可在救蓝九卿时死也不愿意日后后悔，后悔自己没有出手相救，让他因此出事或者什么……

她不希望，有朝一日，自己对自己说："如果我当初如何如何……"一类的话。

听到凤轻尘如是说，蓝九卿就知道他阻止不了凤轻尘，一如凤轻尘也改变不了他的决定一样。蓝九卿说道:"凤轻尘,你非去不可?无论如何也不会改变?"

"是。"

"哪怕我一剑杀了你的坐骑,你也要走过去?"蓝九卿的剑架在马脖子上,骏马受惊,脑袋一动,脖子被剑划伤,血丝浸出,马更躁了。

"蓝九卿,快把剑收起来。"凤轻尘连忙安抚受惊的马。

蓝九卿默默地收剑,他有一千种办法阻止凤轻尘离去,可是他不能。要是他阻止凤轻尘去找王锦凌,刚巧王锦凌又死了,那凤轻尘说不定就会恨他一辈子,自责一辈子。

马安稳下来,凤轻尘松了口气,检查了一下马的伤口,从背后取出一个小瓶药,洒在马的伤口上,确定马没有问题,才抬头道:"蓝九卿,我们是朋友,我不是你的所有物,别替我做决定,让开,我要赶路。"

凤轻尘真怕蓝九卿把她的马给杀了,短时间内,她根本找不到能和苍山墨云脚程一样快的好马。

蓝九卿自嘲一笑。

是啊,他蓝九卿又不是凤轻尘的谁,他凭什么替凤轻尘做决定,在凤轻尘心中,王锦凌比他蓝九卿有分量得多。

蓝九卿后退数步,把路让了出来:"很抱歉,是我逾越了。"

"不,我很感激你的关心,不过我们只是朋友,也只能是朋友。朋友之间应该互相尊重,而不是将自己的意愿强加在对方身上。"看到蓝九卿受伤颓废的神情,凤轻尘心里很不舒服,她知道蓝九卿对她的感情,可她的心在九皇叔身上,所以她注定要辜负蓝九卿。

既然如此,就别给蓝九卿太多的期待,让他以为有希望结果又失望,凤轻尘努力忽视蓝九卿身上的寒意与孤寂,冷硬地别开眼道:"蓝九卿,我要走了。"

"驾!"凤轻尘扬起马鞭,紧夹马腹,策马离去,把蓝九卿丢在一边。

为救王锦凌,她连九皇叔都能放下,又怎么可能会被蓝九卿拖住?

走了,凤轻尘毫不留恋地走了,哪怕他放下骄傲,求她留下来也没用。

在凤轻尘走的那一刻,他觉得自己的心也被凤轻尘剜走了,凤轻尘担心王锦凌,他也同样担心凤轻尘,可凤轻尘根本不在乎他的担心。

心很痛,可即便如此,蓝九卿还是将他得到的消息告诉了凤轻尘:"凤轻尘,你要找的人在太鲁阁大峡谷。"

他希望凤轻尘能早点回来,凤轻尘不会明白留在皇城的他,会有多么的担心,会有多么的不安。

尘土飞扬，蓝九卿站在原地，看着凤轻尘离去的身影，任尘土将他整个人笼罩，久久不肯离去。

"多谢……"夜风将凤轻尘的感谢传了回来，蓝九卿却觉得分外讽刺。

他的女人，为救另外一个男人当着他的面离去，而他只能眼睁睁地看着，连阻止都那么没底气。

什么时候，他才可以和凤轻尘坦诚相见？什么时候，他才可以毫无顾忌地将凤轻尘抱在怀里，强硬地对她说："我不喜欢你对王锦凌太好。"

他真是受够了这种遮遮掩掩的相处方式，更受够了凤轻尘对他截然不同的态度。

当第一缕阳光洒到大地上，蓝九卿终于动身，朝皇城的方向飞去。

凤轻尘走了，他要替她摆平留在皇城的事情，哪怕他再不高兴，也舍不得凤轻尘因为擅离皇城一事而受责罚。

……

第三十章 总有那么几个人想要我死

一个女子单身在外很容易遇到危险，就算她不找麻烦，麻烦也会找上门来，再加上凤轻尘并不是一直走官道，而是哪条路近她就走哪条，这样她遇到危险的概率就更高了。

凤轻尘不是没有想过穿男装出门，可她这长相和身材，作男子装扮只会更怪异，更引人注意。

连续赶了七天的路，凤轻尘脸上有着掩不住的憔悴，风尘仆仆的样子稍稍掩去了几分姿色，可这也无法阻止一些别有用心的人。

察觉到有人跟踪自己是一个时辰前的事，而能紧跟在苍山墨云后面，可见对方不是什么简单人物。凤轻尘担心对方是王家的人，以防万一，她便带着对方绕了好几圈路，在一个岔路口，故意选择与自己相反的方向，走入树林中，借机隐在树丛里。

"大哥，人呢？那小姐怎么不见了？"

一行十二人出现在凤轻尘的视线，看对方的打扮像是江湖人士。

"马蹄印到这里就没有了，应该是躲起来了，都下马到处找找，找不到人没关系，那马一定要找到，那小姐的马可是良驹，拿出去卖至少值上万两银子，有这笔钱我们就不用担心闯江湖的花费了。"

什么？

这群人既不是王家人，也不是窥视她的美色，而是看中了她的马。

"那小姐的马都这么值钱，估计她身上也有不少值钱的东西，可不能放过她，在这荒郊野外的，遇上一只这么肥的羊可不容易。"

"东西可以拿，但不能对人动手，盗亦有道。"

"大哥，这不好吧，怎么说，我们兄弟十二人在江湖上也算小有名气，要是让人知道我们抢一个姑娘的东西，肯定会被人耻笑。那小妞能骑这么好的马，出身肯定不错，她家人要是追究起来，我们怕是会有麻烦，依我看，干脆一不做二不休，把人也做了，反正这荒郊野外的，也不会有人发现。"

"不行，作为江湖大侠，我们怎么可以杀手无寸铁的妇孺，传出去我们的名声也坏了。至于那小妞，你们不用担心，我看那小妞完全没有武功，一个弱女子孤身在外，活不了。"某老大既想要银子，又想要名声，可见这十二人也不是什么好东西，凤轻尘眼中的寒意更甚。

这些人，留不得！

"小坏蛋，看看你给我惹了多大的麻烦，马太出色也是错。"赶了七天七夜的路，每天只睡两个时辰，凤轻尘的状态实在称不上好，心情就更不用提了，这几个人撞上门，就算他们倒霉好了。

"你在这里好好待着，姐姐去把坏人给解决了。"凤轻尘拿脸蹭了蹭马腹，示意苍山墨云小声一点，别让人发现，至于这十二人？

一起上，她解决不了，分开了，她总能打得过吧。

凤轻尘把暗器握在手上，脚步轻盈地往树丛里窜，待到那十二人分开寻找她的下落时，凤轻尘悄悄地跟上一拨，躲在暗处，隔着树丛，瞄准对方……

只听噗噗两声响起，紧接着就是对方倒地的声音。

干掉了两个，有一个跑了，凤轻尘连忙跟了上去，在对方还没有反应过来时，再次射杀。

"噗——"

凤轻尘收起暗器，身子一猫，躲在树丛里，远远听到其他人的声音："老大，这边，有动静……"

"老大，不好了，小五出事了……"

"老大，那小妞有帮手。"

"大家小心，一起走，别被那小妞给干掉了。"

……

六人结伴，朝出事的地方走来，害得凤轻尘不得不停手，悄悄退开，去找另一伙人。

很巧，剩余的三人也朝这边走来，与凤轻尘撞了个正着："那小妞在这里，她身边没有马，你们去找……"

"噗——"双方只有三十余米的距离，凤轻尘不等对方说话，就将人干倒。

"老大……"其余两人一惊，当凤轻尘再次发射暗器时，他们两人身形一闪，巧妙地避开了："大家小心，那小妞有暗器。"

凤轻尘继续隐入树中，与对方打起丛林战，打丛林战就是要沉得住气，不出手则已，一出手就要中，不然暴露了自己隐藏的地点，却没有干掉敌人，那实在太危险了。

凤轻尘虽然急着赶路，但不是心急就乱来的人，她很沉得住气，硬是和其他人耗了近半个时辰。

离得太近，凤轻尘没有浪费暗器，飞快现身，在对方还没有反应过来时，一个抬脚，踢中对方的面门。

"啊——"对方受力，倒地，凤轻尘一个旋身，双腿压住对方的上半身，双手一个用力，只听见咔嚓一声，脖子断了。

"战斗力没有下降，第十个了，还有两个。"

解决了十个人，凤轻尘顺手把利器挖了出来，落在地上的两枚也没有放过，至于剩下的两个人，不知道是怕死还是什么的，凤轻尘四处找了一下，没有找到。

"算了，不找了，横竖剩下的这两个人，成不了气候，正面对上我也不怕。"凤轻尘不再浪费时间，准备去找自己的马，结果却发现，"不是吧，居然把我的马给偷走了，苍山墨云怎么不哼一声？"

凤轻尘并没有离马太远，如果有人强行带走它，马发出声音她肯定能听到，再加上地上的马蹄印，凤轻尘得出一个结论。

"苍山墨云不是被人强行拉走，它竟然主动跟对方走，真是……倒霉！我的背包还在马背上，好在我把干粮分成了两份，这样就算找不回马，也不至于饿死。"

凤轻尘呼了口气，将心中的郁气吐出，换上新的暗器，低头看了一下马蹄印，凤轻尘顺着印记追了过去，心中默默祈祷对方不是把马骑走，而是牵着马走，不然她就是长四条腿也追不上。

追了大约一里地的样子，凤轻尘听到两道惨叫声，凤轻尘心中一喜，顺着声音跑过去，看到一青衣男子正牵着她的苍山墨云，他脚边倒下的两具尸体，就是刚刚跑掉的那二人。

呼——马找到了！

果然是被人带走了，马太好也不是什么好事。

人赃俱获，这个时候应该怎么做呢？

"你是什么人？也要抢我的马？"不想，凤轻尘还没有开口，青衣男子就贼喊捉贼，举起带血的剑，不客气地指向她。

"什么？你的马？"凤轻尘乖乖停下脚步，不是被男子威胁到，而是惊到了，这明明是翟东明借给她的马好不好，什么时候变成这个陌生男人的马了！

"当然是我的马，不然你以为它为什么会乖乖地跟我走，难不成当初偷马的人就是你？"男子原本放下去的剑，再次举起，杀气十足。

"你真是马的主人？"凤轻尘郁闷了。

天啊，翟东明给她准备的居然是贼马，居然半路跑出一个主人，她就说翟东明怎么会拿得出一匹这么好的马，还真是……

凤轻尘郁闷得直想哭，她至少还要赶三四天的路，没有马不行，不管这男人是不是马的主人，这马她必须要留下。

凤轻尘看苍山墨云与男子亲热的样子，毫不怀疑这男子是马的主人，她自认驯马有一套，可她和苍山墨云都相处了七天，也没有这男子与马熟。

这不是短时间内可以做得到的事情。

"不是我的马，你以为它为什么乖乖跟我走？"男子伸手，苍山墨云讨好地舔了舔他的手，一人一马，亲昵至极。

看到这画面，凤轻尘再狡辩也没有用，看这男子不经意间流露出来的气势，凤轻尘毫不怀疑对方是高手，说不定她一拿暗器，对方就发现了。

来硬的肯定不行，只能来软的，凤轻尘很爽快地认错道："对不起，我不知道这是你的马，这马是一个朋友借给我的，我有急用。"

凤轻尘希望这个男子看在她没有虐待马的份上，能再借她用一用。

"哼……马是你朋友借你的，你也脱不了干系。你们偷了我的马，还虐待它，我找不到你朋友，就先拿你的命来赔。"青衣男子二话不说，一剑就朝凤轻尘刺了过来。

凤轻尘早有防备，不慌不忙地避开："喂，有话好好说，别动手动脚的，我哪有虐待你的马，它不是好好的嘛。"一路上吃得比她还好，还叫虐待，难道真的是马不如人吗？

"小白的马蹄滚烫，棕毛全是灰，双眼发红，一看就是好几天都没有休息好，这也叫好好的？你睁眼说瞎话，你们九州人真狡猾。"青衣男子原本只想教训一下凤轻尘，听凤轻尘这么说，招式瞬间就凌厉起来。

"我们九州人？你是什么人？"凤轻尘狼狈地闪躲，身形一滞，左肩被青衣男子划出一道血口，在剑力的作用下，凤轻尘跌倒在地。

"嘶——"凤轻尘吃痛，更加恼火了，正琢磨着用暗器对方会不会发现，哪知青衣男子突然收手，大度地道："算了，我不和一个女子计较，小白被人偷了，也怪我自己没有看好。"

贼老天，你玩我是吧。

我不想和你打时，你死活不放过我，我好不容易才下定决心想找机会干掉你，你居然就放过我了。

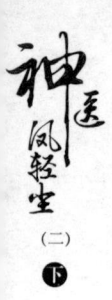

怎么不早发挥你的风度，偏要在我受伤之后。

翟东明偷人家的马，我理亏，这一剑我忍了。

凤轻尘黑着脸，捂着受伤的左臂，站了起来，好声好气道："这位公子，你打也打了，骂也骂了，你的马可不可以借我几天，我真的有急用。"

"你急不急关我什么事，我的小白不借人，更不用提你的朋友之前还偷了我的小白。"男子一直咬住这点不放，明显他很介意马被偷的事情，这等于变相地承认自己弱，连马都护不住。

"我知道，我朋友偷你的马是他不对，我代他向你道歉，你要找他报仇，我一点也不介意。听公子的口音，应该不是九州人吧？那你在九州行走肯定多有不便，公子你把马借给我，我可以帮你在九州大陆弄一个身份，方便公子在各国行走。"凤轻尘从男子的谈话和在野外遇到对方这两点推测，他应该没有碟牌和路引，不然不会一直待在城外。

"你说的是真的？"果然，那男子心动了。

在九州大陆，没有碟牌和路引他根本无法进城，他武功是不错，可不能每到一个城池都用强。

而且他入了城，城中的人发现他是生面孔，也会马上报官府，除非他一直活在黑暗中。这就和他来九州的目标相左了，他需要一个身份，一个能让他光明正大进城的身份。

"当然是真的，你看我的包袱里有我的碟牌和一张全国通用的路引。你应该明白，没有一点身份背景的人，是拿不到全国通用路引的，我现在拿这两样东西做抵押，你把苍……呃，小白借给我。二十天后，我来这里还给你，然后带你进城办碟牌和路引。"

至于青衣男人是什么身份，凤轻尘表示她不需要担心，如果对方是奸细，就让翟东明处理，如果是杀手……这个比较麻烦。

可荒郊野外的，她真的需要代步工具。

"凤轻尘？你是东陵人？"青衣男子费了很大的工夫，才解开凤轻尘的背包，找到里面的路引，耐心十足地看了起来。

"是，我是东陵人。"凤轻尘知道对方相信自己了。

果然，只要对方不是什么十恶不赦的人，你朝对方释放善意，对方也不会太过为难你，只是这伤，白受了。

凤轻尘看着左肩的伤口，苦笑……

青衣男子一脸怀疑，上下打量凤轻尘，确定凤轻尘没有什么狡诈的心思后，男子合上路引,很认真地道:"好,我相信你一次,你要敢骗我,我一定杀了你,哪怕你是女人。不过,我不放心在这里等你,刚好我也没事,你去办什么事,我陪你一起去?"

"不行,我要办的事不方便外人知道。"凤轻尘想也不想就拒绝道。

虽然,这青衣男人十有八九是苍山墨云的主人,可她并不清楚对方的来路,万一引狼入室就惨了。

"我不管你的事,我只负责把你送到目的地,我不放心把小白交给你。你能给我办碟牌和路引,那你也可以给自己再补办一份,这个东西留在我手上没有意义。"青衣男子并不是不知世事的主,相反他很聪明。

"不行,我不能带你去。"凤轻尘挣扎了,青衣男子出现得太巧合了,她现在还不清楚对方是敌是友,万一他是杀手一类的人物,她不是自找死路嘛,说不定还会把锦凌拖下水。

"那算了,小白我带走了,你拦不住我,你也别做小动作,我知道你身上有暗器。"青衣男子警告地看了一眼凤轻尘放暗器的地方。

凤轻尘默然,幸亏她没有用暗器,在高手面前放暗器,太有风险了。

青衣男子很满意凤轻尘的识相,丢下她的包袱,牵起苍山墨云,朝半空吹了一声口哨,只见一只巨大的猎鹰突然出现在半空,在空中盘旋数圈后,落在男子的肩膀上。

"猎鹰?"凤轻尘双眼一亮。

"嗯,我的猎鹰。"男子并没有回头,一副漫不经心的样子,可那双眸子却亮得吓人。

他在等,等身后那个女人妥协……

猎鹰,空中的王者,最好的空中侦察兵。

太鲁阁大峡谷那地方凤轻尘没有去过,可大至也能猜出那里的情况,靠近北边少有人踏足,定是荒凉无路的地方。

峡谷有多大,怕是在附近住了几代的人也不知道,在峡谷里找人得靠运气,运气好,一下去就能找到,运气不好说不定十天半个月也找不到人。

蓝九卿的话凤轻尘还是相信的,他说锦凌在太鲁阁大峡谷,那十有八九人就在那里,如果有猎鹰帮忙寻找,绝对事半功倍。

好吧,凤轻尘承认她心动了,即使明知这个男子身份不一般,出现得又诡异,可为了能尽快找到王锦凌,她赌了。

看着男子潇洒离去的身影,凤轻尘咬牙道:"好,我同意,你跟我一起去,但一路上你必须听我的。"

凤轻尘只希望自己运气好点，赌这个男人不是来杀王锦凌的，至于其他的，等她找到人再说，只要王锦凌没事，她不介意付出一些代价。

男子似乎早就料到了，脚步一顿，优雅转身，拍了拍猎鹰示意它飞走，牵着马朝凤轻尘走来："姑娘早说不就没事了，非得要在下多走两步路，真是矫情。"

听语气，似乎在怪凤轻尘不够干脆，典型的得了便宜还卖乖。

要知道，向来得了便宜还卖乖的人都是她，可今天她却被一个外族男人给欺压得说不出话来。

好吧，她忍了，谁让她救人心切。

青衣男子也乖觉，见好就收，翻身上马，朝凤轻尘伸手："走吧，你不是赶着救人吗？"

举止大方，神情磊落，似乎没有男女之防，凤轻尘也不是小气之人，愣了一下就大方地将手递给对方。

上了马后，凤轻尘尽量拉开两人之间的距离，青衣男子也很配合，没做什么不轨之举，两人共骑一匹马，倒也没什么尴尬。

青衣男子很有分寸，凤轻尘指哪，他就往哪里走，两人都努力朝对方释放善意。和平地相处了两天后，彼此都有了些了解，青衣男子这才问凤轻尘要去哪里。

既然同意对方跟着，这个时候再防备也没意思，凤轻尘一副没有防备的样子，直接将目的地说了出来。

"我要去太鲁阁大峡谷救人。"

青衣男子愕然，随即笑道："直接告诉我你要做什么，你就不怕我是坏人吗？这两天你可一直都在防备我。"

这两天，他们互相防备，又互相试着信任。

怕，当然怕。可是用人不疑，疑人不用，就算怀疑也不能表现出来，不然定会伤了对方的心。

凤轻尘指着青衣男子肩膀上的猎鹰，用信任的眼神看向对方："我相信，能让猎鹰臣服的人，绝不会有什么坏心思。"

只希望对方不要辜负自己的信任才好，很多时候凤轻尘都觉得自己是个疯狂的赌徒，下了注后，不到最后绝不放弃。

"这样也行？我们族中的成年男子，每一个人都有属于自己的猎鹰。"青衣男子吹了一声口哨，抬手，猎鹰乖巧地落在他手上，凌厉的鹰眸直视凤轻尘，凶狠的样子似乎要把凤轻尘撕碎，好在凤轻尘并不怕。

"这说明，你们族中的男子心性善良。"夸奖的话人人爱听，青衣男子也不例外，不仅如此，青衣男子还毫不客气地顺着凤轻尘的话道："和你们九州人相比，我们族中的人的确善良许多。"

"你一直说'你们九州人'，你是哪里人？"不是凤轻尘探人底细，她实在好奇。

"既然你相信我，那我也相信你，我来自外族，你可以叫我符临。"再多的，青衣男子就不说了。

"外族？九州大陆有不少种族，外族也算是九州大陆的人。"凤轻尘回顾自己所知的九州大陆史。

九州大陆有不少外族人，他们大多偏居一隅，很多都生活在深山中，或者其他条件恶劣的地方，很少与外人接触。但不可否认，他们也是九州大陆的人，只不过不怎么受国家的控制罢了。

"我和那些外族人不一样，我们族人很早就被划在九州大陆之外，我们所居住的地方，也不属于九州大陆。"符临很不喜欢别人说他是九州大陆的人。

当初，九州大陆的皇者遗弃了他们，现在，他们也不会承认自己是九州大陆的人。

凤轻尘当然不会在这种小事上较真，很爽快地便认可了符临的话，横竖她又不是九州大陆的皇帝，她管符临的族人归谁管干吗。

九州大陆四分五裂，很多地方都是有争议的领土，时不时就会发生战火抢地盘，这种事见多了也就习惯了。

符临说他不是九州大陆的人，凤轻尘就跟他聊起九州大陆的风土人情。

当然，这些风土人情不是凤轻尘亲眼所见的，大部分是她在书上看到的，还有一些是王锦凌告诉她的。

王锦凌当初在外游学，虽不敢说走遍了九州大陆，可也走了大部分地方，王锦凌所说的人与事绝不会有假。

连夜赶路，凤轻尘的声音有些嘶哑，低低沉沉的，少了女子的清柔，亦没有男子的粗哑，低沉轻柔，让人听了还想听，至少符临就很感兴趣。

符临愿意听，凤轻尘也乐意说，这也算是一种试探，一种拉近双方关系的办法。说了大半天，凤轻尘发现符临要么太会演戏，要么就是的确如他所说，他对九州大陆并不了解，生活在九州大陆以外的地方。

经过三天的相处，两人也算了解了对方，凤轻尘稍稍放下心，看符临这个样子应该不是什么杀手，再加上她还要用对方的猎鹰，所以也就没有到了目的地后，找机会杀了对方的念头。

说到猎鹰，凤轻尘就感觉她做人真失败，险些被打击得站不起来。

这三天，她没少讨好那只高傲的鹰，试图让它对自己另眼相看，或者对她稍稍和善一点，别每次看到她，都一副恨不得把她撕碎的样子。可惜那只鹰傲得很，不管她怎么讨好，不理她就是不理她，一旦把它惹急，居然招呼都不打一声，直接就往她脸上啄。

　　要不是符临及时阻止，说不定她会成为第一个被鹰抓花脸外加啄光头发的女人。

　　第三天，日落时分，两人来到易水城。

　　一路上，或许是因为小白的速度够快，又或许是翟东明的人马拖住了捣乱的人，除了遇到那一批倒霉的偷马贼后，一路上没有再遇到一个找麻烦的人，偶尔有不长眼的人，看到她的长相起色心，也被符临给打跑了。

　　眼见城门就要关了，凤轻尘示意符临加快速度："我们进城，休息一晚再走。"半夜去大峡谷也只有丢命的份，再赶时间也不能不顾自身安危。

　　她还要活着回去，她还要回去跟九皇叔道歉，回去告诉蓝九卿她活着回来了，让他不用担心。

　　"我没办法进城，我在城外等你，明天早上我们在城外见。"符临没有碟牌和路引，进不了城。

　　"不用担心，有我在。"翟东明是个好孩子，除了给她准备路引外，还给了她一块肃亲王府的令牌，方便她路上找官府求救，有这块令牌在，走遍东陵都不怕。

　　当然，九皇叔那个令牌也可以用，不过那个太高调了，拿出来太容易闪瞎别人的眼，她喜欢低调。

　　这么一耽误，当两人赶到城门口时，城门正好关上，无奈凤轻尘只得取出肃亲王府令牌，在城门下大叫道："开城门。"

　　"何人在下面喧哗？城门已关，明天早上再来。"守城门的人头也不抬，可见，他们经常遇到这样的事。

　　"算了，我们不进城了，在城外休息也一样。"符临在各国的城门外转来转去，早就习惯了这些人的作为。

　　"我们需要好好休息，这样才有精力去救人。"凤轻尘没有告诉符临，连续十天不停地骑马，她大腿内侧早被磨得伤痕累累，没有一处完好。要不是她之前上了药，这会儿符临看到的就是血淋淋的两条腿。

　　符临只骑了三天马，可她骑了十天，只有她自己才知道，她腿上的伤有多恐怖。

　　"随你。"符临不再坚持，连续赶了三天的路，一直坐在颠簸的马背上，他都吃不消，更不用提凤轻尘一个姑娘了。而且凤轻尘之前也连续赶了几天路，的确需要好好休息。

见符临同意，凤轻尘便放开嗓门，自报家门道："肃亲王府办差，开城门。"

凤轻尘这三天一直和符临在一起，她没办法找机会清理大腿内侧的伤口，今天终于能进城了，她怎么也要找机会把自己腿上的伤处理一下，不然她的双腿肯定会烂掉。

她不敢让符临知道她身上有伤，万一符临在得知后，起什么歹意呢？她不了解符临，要不是救锦凌心切，她不会和一个陌生人同路。

"什么？肃亲王府？"守城门的人吓了一跳，飞快地跑了下来。

虽说现官不如现管，但肃亲王府的名号太大了，守城门的人哪敢怠慢，吱呀一声，打开旁边的小门，恭敬地问道："两位大人，你们可有证明身份的东西？"

这年头，不是你嚷一句你是谁，对方就会相信的，你必须拿出相应的东西来证明。这年头官员的长相并没有普及，在皇城住了一辈子的人，也不见得认识几个当官的。

凤轻尘将令牌递给对方，对方双手接过，道了一句："请两位稍候。"便拿着令牌进城，找人去核对身份。

"你就不怕他们把你的令牌拿走？"符临有些奇怪，在他的想法里，那块令牌应该很贵重，怎么可以随手给人？

"他们不敢。"凤轻尘浑不在意。

这些人一出生就被灌输了服从的观念，他们不敢以下犯上。

果然，一炷香后，易水城的太守亲自出来迎接，又是请罪，又是请安，好吃好喝地招待，还把自己住的地方让了出来。

要不是凤轻尘说他们有差事在身，需要休息，太守说不定会一直留在这里陪他们。

"好虚伪。"太守一走，符临就一脸嫌恶道。

"这很正常，别忘了我们可是皇城来人，他当然得好好招待。这里是太守府，我们今天应该会很安全，泡个热水澡，好好睡一觉，明天天亮我们就动身。"

面对太守的讨好与奉承，凤轻尘并不奇怪，而且很习惯。

易水城的太守，虽然是一方父母官，在易水城可以作威作福，可到了皇城那个遍地贵族，处处世家的地方，他就什么都不是，见谁都要点头哈腰。

有凤轻尘这话，符临也就心安理得地享受太守府的人服侍，凤轻尘看他自然地任由下人服侍的样子，大致能猜到符临身份不差，估计在家族里也是尊贵的人。

想到这里，凤轻尘就安心了，来到自己的房间，挥退服侍的人，自己褪下衣衫，就看到被血染红的里裤。

里裤上的血早就干了，颜色深浅不一，这是被浸湿后干了，又被血浸透才会出现的效果，而且里裤粘在伤口上，很难脱下来。

凤轻尘取出一块帕子，折叠好后咬在嘴里，闭上眼睛，猛地用力，将裤子脱了下来。好痛！

"嗯——"凤轻尘闷哼一声，痛得直哆嗦，眼泪顺着脸颊往下滑，可这并不是结束，而是开始。

褪下里裤后，凤轻尘腿上还缠了一层绷带，这些绷带早已变了颜色，与伤口粘在一起。

凤轻尘将嘴里的帕子取了出来，喘了几口气，继续咬住帕子，将粘在大腿内侧几乎和肉长到一起的绷带揭下来。

"吱吱——"绷带粘着肉一起撕了下来，凤轻尘痛得直抽气，额头上的汗珠一颗一颗滚落，痛得双手都在发抖，她的手很长时间没有这样抖过了。

凤轻尘喘了几口气，缓解了一下疼痛，然后继续去撕绷带，绷带早就被血浸透，又结了痂，贴近伤口的那一层，全部陷在肉里面。

凤轻尘擦了擦额头上的汗珠，又继续低头，和大腿内侧的伤争斗，心里想着那些烧伤的人，他们每一次拆掉绷带所承受的痛苦都和她现在差不多，人家都能扛过去，她也可以。

易水城的太守匆匆离去后，并没有如凤轻尘所想的那般回去休息，而是来到府衙，对一衣着华贵的中年男子，恭敬禀报道："大人，来人从皇城而来，持肃亲王府令牌，坐骑是一匹上好的战马，不过并不是一个女子，而是一男一女，卑职试探过他们，不过他们口风很紧，连名字都不肯说。"

"一男一女？那女子是不是瑰姿艳丽，身姿婀娜，气度高贵，举止大方，不似一般女子的娇弱？"难道情报有误？凤轻尘并不是独身上路？中年男子颇为不安地起身，在房内来回踱步。

这个时候会出现在易水城，又拿着肃亲王府令牌的女子，除了凤轻尘绝不会有第二个人。

"回大人的话，是的。那女子气度不凡，让人不敢逼视，面对下官的隆重接待，那女子并没有惊讶，一副理所当然的样子。"太守想了想，点了点头。

女子虽然风尘仆仆，很是疲倦，但掩不住她天生丽质的容颜，她的言行举止也确实有别于一般的女子，他本以为京城流行这样的贵女，原来是那个女子身上特有的气质。

"那就是了，这个时候会来这里，又有这等气度的女子，非凤轻尘莫属，吩咐下去，一切按计划行动，绝不能让他们活着出城，听明白了吗？"中年男子命令道。

"是，大人，请大人放心，卑职一定会把这件事情办好。"太守连忙应道。

中年男子满意地点头道："很好，办妥这件事后，许诺你的位置绝不会变，要是主子高兴，更高的位置也不是不可能。"

"多谢大人提携，卑职一定不会让大人失望，为大人赴汤蹈火，在所不辞。"太守得到了对方的许诺，连连表忠诚。

"嗯，去吧，记得她的尸体，我要带回去。"中衣男人再三提醒。

活要见人，死要见尸。

太守不敢有二话，连忙下去调派人手，围攻太守府。

他就不信，那一男一女能在重重包围下飞出去，就算飞出去，他也要把对方抓回来，他在这个鬼地方待了二十年，谁也不能阻止他高升。

凤轻尘大腿内侧的伤不算重，但表面一层皮都没有了，伤成这样当然不能碰水，她想泡热水澡的愿望肯定要泡汤了，凤轻尘上好药后便将伤口包了起来。

明天还要骑马、走路，凤轻尘也不敢包得太厚，只能缠几层，确保不会渗出血来，草草擦了下身子，凤轻尘已经累得不行了，正准备擦干头发睡觉，门却嘭嘭地响了起来。

"谁呀？"凤轻尘强忍下骂人的冲动，打了个哈欠。

她快困死了，还来吵她睡觉，活得不耐烦了。

"凤轻尘，是我，快开门。"符临的语气，满是火药味。

"符临，这么晚，有事吗？"凤轻尘吓了一跳，匆匆披上外衣。

"天大的事。"符临并没有夸大，的确是天大的事，不然他也不会半夜不睡，跑来敲凤轻尘的门。

凤轻尘刚一开门，符临就冲了进来，并且飞快地把门关上，以审视的目光打量眼前的凤轻尘，一副随时会爆发的样子。

即使对方的眼神干净，没有一丝欲望，可自己衣衫不整，被一个男子盯着，凤轻尘还是很不高兴。

符临这举动，太不尊重人了，凤轻尘拉下脸道："符临，你最好有重要的事情。"

她需要符临的帮助不错，可并不表示她要讨好、奉承他。

符临眼神微眯，一脸凝重道："凤轻尘，你到底是什么人？得罪了谁？"

在凤轻尘防备符临时，符临也防备着凤轻尘。两个陌生人，互相都不解，防备一二也算正常，要是掏心掏肺地相待，那就真是傻透了。

要不是看到凤轻尘衣衫不整，完全不知情的样子，符临恐怕早就出手杀了凤轻尘，能在易水城指挥太守的人不多，而他知道的只有凤轻尘。

凤轻尘一听符临这语气，就知道不好了："出了什么事？"

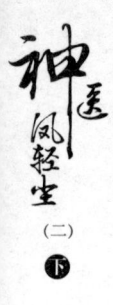

到这来了,还会有问题?

"我们被包围了。"符临说话时,一直盯着凤轻尘,他本以为,这是一场针对他的阴谋,凤轻尘想要围杀他,现在看来,才发现这是针对凤轻尘的阴谋,而他被牵连了。

"被包围?太守?他好大的胆子。"凤轻尘三两下就将衣服穿好,拎起桌上的背包,取出暗器,又将几把小刀,绑在腿上,瞬间就把自己武装好了。

"走。"凤轻尘精神十足,完全不像赶了几天的路。

"走?我们怎么走?去哪里?"符临不无嘲讽道。

他们被易水城的太守包围,太守府外全是人,他们这个时候就是瓮中之鳖,能走到哪里去?

他们根本无路可走!

"不走,留在这里等死吗?"凤轻尘冷冷地瞥了符临一眼,寒意十足,随即想到符临只是一个路人,要不是她符临也不会陷入险境。

凤轻尘眼带歉意,语气也软了下来:"符临,对不起,这件事情是我考虑不周,我没想到易水城的太守会是我的敌人,把你牵连进来是我的错,以你的本事完全可以出去,你不用管我先走吧。如果我死在这里,那么很抱歉我没有办法完成和你的交易。如果我活着出去,欢迎你来找我,我一定会履行我的承诺,替你办好碟牌和路引。"

符临不知在想什么,居然没有听到凤轻尘的话,而是盯着凤轻尘的暗器瞧,在凤轻尘一系列的动作后,吃惊地问道:"这就是你的暗器?当日你准备用来杀我的东西?"

"是呀,我的暗器。"凤轻尘暗自庆幸,幸亏自己当日没有出手,原来对方早就知道。

"很奇特。"符临的眼神闪过一抹狂热,他不清楚凤轻尘暗器的杀伤力,但并不妨碍他对精致暗器的向往。

凤轻尘笑了笑,没有说话,率先往外走去,见符临还停在原地,凤轻尘提醒道:"你还不走,要留在这里吗?"

"好,一起走。"符临回神,转身跟在凤轻尘身后,不容凤轻尘拒绝。

他也是早有准备,东西都带在身上,只有小白在马厩,找到小白就可以走了。

"好,一起走。"凤轻尘没有拒绝,符临的本事比她强,一起走只有她拖累对方的份。

她要感谢符临,要不是符临跑来提醒她,她今天就被人包饺子了,有九成以上的可能会死在这里。

她太经验主义了,以为待在城内、有官府保护,就会没事,却没想到官可以护民,也能杀民。

真是阴沟里翻船,她一直防备着路上的暗杀,却没有想到对方会光明正大地利用官府的力量。

果然是天高皇帝远,一个小小的太守,居然连肃亲王府的人都敢杀,胆子太肥了。

当然,凤轻尘很清楚,要不是有人指使,那太守就是有一千个胆子也不敢向肃亲王府的人动手,等她查到幕后之人,她一定把对方变成太监,让对方断子绝孙!

凤轻尘磨了磨牙,与符临来到马厩却发现马厩空空如也,事实上整个太守府,除了他们两个人,再也没有别人。

"小白不见了。"凤轻尘一脸同情地看向符临。

马太好,也是一种错,符临的马就一直被人惦记。

"你们东陵人真无耻,当官的个个都爱偷人家的马。"符临气得直磨牙,吹了一声口哨,猎鹰从暗处飞了过来,"小灰灰,去看看这里有没有出路。"

小灰灰?

凤轻尘紧张的心情,因为这个天雷滚滚的名字而彻底放松。

符临,你是有多天才,才会给苍山墨云那么雄壮的战马取小白这样的名字,又给傲视空中,骄傲的猎鹰取小灰灰这样的名字。

猎鹰似乎察觉到了凤轻尘在想什么,离去前,不忘用凌厉的鹰眸警告她。

她又被猎鹰嫌弃了,她天生就没有动物缘吗?

好吧,她承认,她以前没少拿动物练手,以至于形成条件反射,除了马以外,看到动物的第一想法就是,该怎么下刀。

她初见猎鹰时,也在脑子里幻想了一下如何对猎鹰下刀,所以猎鹰讨厌她也算正常。

猎鹰去找出路后,凤轻尘和符临也没有闲着,两人也在太守府找出去的路。而这个时候,他们看到屋外,暗中包围他们的人,直接化暗为明,举起火把,朝太守府内倒火油。

"看样子他们要用火攻,他们就不怕火势太大,把我们烧焦了味道不好闻吗?"这个时候,凤轻尘还有心情开玩笑,可见她也不是有多怕。

"你不怕死?"符临很奇怪,这年头的女孩子,遇到这样的事情,不是应该又慌又叫的吗?就算凤轻尘异于常人,可他这个大男人都怕了,她居然一点也不怕?

四面是敌,一旦对方放火,他们必死无疑。

"我当然怕呀,可是害怕有用吗?"凤轻尘指了指前面的路,"分头行动,一炷香后,无论找没找到路,都在这里汇合。"

凤轻尘说完,不给符临思考的时间,闪身跃入园子中,眨眼间便消失不见。

这个时候他们只有合作才有活路,没有他,凤轻尘死得更快,符临不疑有他,隐入黑暗中,寻找可能的出路。

没多久,凤轻尘来到约定的地方,不多时符临也出现了。

"所有的出路都被堵死了,里三层,外三层,黑压压的一片全是兵。弓箭手的箭也对准了太守府,只要我们一出去,定会被射成刺猬。"符临想今天怕是在劫难逃。

他武功是不错,可武功再高,也没办法在数万大军中来去自如,又不是传说中的修真者,他们只是普通人,面对密密麻麻的利箭和将士,武功再高也只有吃亏的份。

"居然为了我而出动大军,我倍感荣幸。"凤轻尘基本上可以肯定,幕后之人肯定很了解她,不然不会如此大费周章弄出这么大的阵仗。

这是不把她弄死就不甘心的架势,幕后之人肯定明白,要是让她活着回皇城,他一定会很倒霉,很倒霉……

第三十一章　死也要风华绝代

总有那么几个人想要我死，可我偏偏就是死不了！

想要我死的人都给我等着，不是让你们等我死，而是让你们等我活着回去，找你们算账去。

而此时符临嘘的一声向猎鹰发放了寻找安全方向的口令。猎鹰得到符临的命令后，在天空中转了一圈，选择了东南方向，凤轻尘与符临没有任何犹豫，朝东南方向奔去。

不得不说，无论多偏远、多贫穷的地方，官员们住的府邸都不会差，这太守府太大了，凤轻尘和符临还没有跑到东南角，太守就下令："放火！"

火把如同流星，在黑夜中划出一道弧度后，落在地上，火油与火星相碰，嗤的一声就燃了起来，火苗瞬间蹿至数米高，太守府四面都是火，根本无路可走。

熊熊的火焰燃起，让凤轻尘想到因大火而付之一炬的凤府，火光映得凤轻尘的脸通红，也映出了她眼中的泪花。

"咳咳——"符临被烟呛了一下，回头发现凤轻尘站在原地没有走，连忙后退，拉着她往前跑。

"你发什么疯，这个时候还发呆，不想活了。"终于轮到他教训凤轻尘了，符临发现这种感觉真好。

"我在看风向。"凤轻尘甩开符临的手，生死边缘能不成为别人的拖累，就尽量别拖累同伴，实在没办法了再来依靠同伴吧。

凤轻尘背着包，往前冲。

"风向？今晚有风吗？"这下轮到符临发呆了。

"笨蛋，正是因为没有风，我们才有胜算，风一吹，火更大了。"凤轻尘果然很小女人，有仇当场就报，踹了符临一脚，示意他跟上。

当他们冲到东南角时，此地已被大火覆盖，完全没有路可以走："让你的猎鹰，把锁钩挂好。"凤轻尘抽出锁钩递给符临，而自己则拿着飞虎爪准备随时逃命。

事实上，飞虎爪挂在符临身上更好，好让符临带着她走，可是……

还是那句话，符临虽然没有丢下她一个人不管，可她还是不放心把生死攸关的东西交给别人。没了飞虎爪，万一符临在紧要关头丢下她，她一定会被活活烧死。

"好。"符临连忙吹了一声口哨，猎鹰从空中飞下。

在黑暗中，猎鹰的颜色与黑夜融为一体，再加上猎鹰小心隐藏自己，一般人看不出来，可现在火光冲天，将半边天都映红了，猎鹰一出现，外面围杀的人就发现了。

"鹰，有一只鹰飞进去了，大家小心，里面两个人还没有死。放箭，朝东南方向放箭，射杀那只鹰，那两人也在东南方向。"

屋外，易水城的武官，大声下令。

富贵险中求，他们做了选择，就只能一条路走到底。

"嗖嗖嗖——"利箭划破夜空，冲过火光，朝凤轻尘和符临这边射来。

他们早就知道猎鹰的出现会暴露自己的方位，所以早早地躲好，箭伤不到他们半分，可同样他们也被困得无法动弹。两人窝在角落，脸上的汗珠混着污渍往下流，火光将他们的狼狈放大……

"小灰灰，全靠你了，你小心一点。"符临看了一眼外界的情况，趁对方弓箭手换位时，把小灰灰放了出去。

小灰灰带着钩锁，越飞越远，一根绷直的长线出现在两人的视线中，就如同放风筝一般，线的控制端始终握在凤轻尘的手上。

凤轻尘一边放线，一边计算出去后可能遇到的危险，而这个时候，符临突然想到一件很重要的事情。

"凤轻尘！"符临大叫一声，凤轻尘吓了一跳。

"什么事？"凤轻尘真的很不喜欢符临一惊一乍的样子。

初见还觉得符临这人成熟稳重，心有城府，可时间一久，才明白这人只是偶尔成熟，偶尔狡诈，大部分时间都偏单纯，看样子又是一个被家里保护得太好的孩子。

"你的线，你的线会不会被火烧断？"符临指着漫天大火，还有渐渐被小灰灰带向火中的线。

"你现在才考虑这个问题，会不会太迟了？"凤轻尘没好气地白了符临一眼。

这都什么时候了，还有心思想这些有的没的。

符临干咳一声，掩饰自己的尴尬。

两人都不再说话，一心等小灰灰找到出路。

"噼噼啪啪——"身边的东西都开始燃烧，温度越来越高，凤轻尘和符临两人顿时大汗淋漓。

符临已经很不耐烦了："凤轻尘，小灰灰不一定能找到出路，我们直接杀出去，再这么下去，我们就是不被烧死，也会被这高温给烤死。"

"再等等，你的小灰灰肯定能找到地方，现在冲出去，凭你的轻功能带着我一起出去吗？而且重重包围之下，你确定你能一鼓作气地飞出去吗？要是中途断了口气，我们就会陷入重重包围，到时候你就是再厉害也杀不出去。"以蓝九卿的本事都不一定能带着她出去，更不用提符临了。

果然，符临不再说话。

别说带着凤轻尘了，就是他一个人也冲不出去，不然他早就跑了，怎么也不会来找凤轻尘。本以为凤轻尘作为官方人员，能命令大军，结果一点用处也没有。

火势越来越大，火苗在半空中飞舞，将天空烧得通红，能躲避的地方越来越少，空气也越来越稀薄，凤轻尘渐渐感觉头重脚轻，有些站不稳。

眼前一片火光，整个太守府都陷入火海中，"轰——"房屋倒塌，凤轻尘和符临站在空地，可也免不了受余威影响。屋梁倒了下来，朝二人滚来，两人左闪右躲，凤轻尘脚步有些迟缓，符临这个时候充分发挥他的风度，将凤轻尘护在怀中。

"凤……"符临正想发表一下感慨，哪知才一开口，就被凤轻尘打断了。

"小灰灰固定好锁钩了，我们可以走了，你抱紧我。"

凤轻尘拉了拉钢绳，绳子绷得笔直。

"符临，快点，我们要走了。"凤轻尘再次催促道。

再不走，他们就要给这太守府陪葬了。

"呼呼呼——"风声与火苗同时朝两人扑来，凤轻尘感觉整个人都处在一片灼热之中，这温度能把人活活烤死，凤轻尘感觉到一股温热的液体顺着她大腿内侧往下流。

别想歪了，她不是吓得尿裤子，估计是伤口上的药被汗水给冲掉了，看样子她明天又要遭罪了。

两人一身怪异的装扮，加上直接从火海中飞出来，好像不受大火的影响，守在太守府外，等着火灭了进来收尸的人，看到这一幕顿时都惊呆了。

"大人，大人……凤凰？是凤凰吗？"有一个相信神话的孩子，看到冲出火海的凤轻尘与符临，第一时间就想到了凤凰浴火重生。

"白痴，什么凤凰，那是神话。他们是我们要杀的人，弓箭手准备，放箭。"

太守冷汗直流。

前一秒他还在担心火势太大，会不会把人烧成灰，到时候他去哪弄一具相像的尸体交差？却没想到下一秒本以为必死的人，却如同天神下凡一般，直接飞了出来。

"嗖嗖嗖——"密密麻麻的箭，朝半空射来，符临单手抱着凤轻尘，另一只手握着剑准备反击，却发现他们的速度太快了，再加上他们处在高处，飞射的箭连他们的衣角都碰不到。

"凤轻尘，你的飞锁钩真不错，回头送我一个行不行？我帮你找一只猎鹰。"符临绝对是个聪明人，知道用什么引诱凤轻尘。

可惜，凤轻尘很不给面子地拒绝了。

"追，快追，他们往北边逃了，快……不能让他们逃了。"太守一声令下，底下的士兵如同蚂蚁一样往北涌去。

城内的百姓，一个个紧闭门户不敢出声，生怕自己倒霉，被官兵撞上，无辜枉死。

太守急得满身是汗，不停地下达追、追、追的命令，拖着养尊处优的身子，以前所未有的速度，朝府衙跑去。

他本以为十拿九稳的事情，却在紧要关头败了，要是追不到那两个人，别说前途了，就是命也不一定能保住。

"大人……"太守见到男子，忐忑不安地唤了一句。

"怎么？尸体呢？烧没了？"男人气急败坏地站了起来，一连串的问题抛了出来，语气越发的阴寒。

城内，那么大的声响，他怎么可能不知。

"大人，人，人跑了。"太守都快哭出来了。

"跑了？给你三万人，连个女人都杀不了，你说，我留你何用？"

"扑哧——"男人拔剑，在太守还没有反应过来时，一剑就将太守的头给斩了下来。

"啪——"血飙了男人一脸，男人却毫不在意地伸手一摸，眼神阴冷地看向北方。

凤轻尘，我真是小看你了，四面包围、身陷火海，你居然还能飞出去，难怪主子非要你死。

凤轻尘，我不信你每一次的运气都这么好，回京的路还长着，我倒要看看，你有多厉害！

从易水城逃出来后，凤轻尘和符临就一路往北走，一路上连个人影都没有看到，想找代步工具也成了奢望，两人只能靠两条腿走路，走了两天，凤轻尘的脚底全是血泡。

来到小溪边，凤轻尘简单地清洗后，便脱下鞋子将脚底的血泡一个个扎破，上了点药，拿干净的绷带一包，然后穿上鞋子，一副习以为常的样子。

看凤轻尘这样子，哪怕他脚下的血泡比凤轻尘的还要多，符临也不好意思说休息或者说减缓速度。

他一个大男人，不至于比凤轻尘一个弱女子还要娇气。

从易水城逃出来后，凤轻尘就异常沉默，时不时就发呆，符临大致能猜到凤轻尘是担心遇到伏杀。

日夜不停地赶路，二人终于在第三天上午赶到太鲁阁大峡谷，可这并不表示他们可以休息，到了太鲁阁大峡谷，代表着他们要做的事才刚刚开始。

凤轻尘并没有急着进峡谷，而是找了一个制高点爬了上去，准备先查看太鲁阁大峡谷的情况。

虽说，有猎鹰可以在空中观察，可猎鹰不会说话，根本没有办法将峡谷内的情况告诉她。

太鲁阁大峡谷是大理石峡谷，峡壁耸立、刚劲雄峙，谷坡十分陡峭，近乎垂直。

谷地宽度近乎一致，谷底主要为河床地形，雄伟险峻，让人望而生怯，凤轻尘粗粗看去，最矮的一个谷坡至少也有三五百米高，很难下去。

猎鹰在半空中盘旋了半天，停在符临的手上，朝符临眨着眼睛。

"凤轻尘，小灰灰说没有看到人，也没有看到路，你确定你要找的人在峡谷里？掉下去后十有八九都没命了。"符临很不客气地说道。

凤轻尘狠狠地瞪了符临一眼道："他不会死。"

说完，就朝最矮的一处谷坡走去，准备从那里下峡谷，路这种东西，没有就自己走，只要走出来，那就是路，太鲁阁大峡谷没有路，她就走一条路出来。

符临与小灰灰对视一眼，跟在凤轻尘身后："凤轻尘，你确定你要下去吗？凭你的本事，下不去。"

"我自有办法。"凤轻尘将背包甩到前面，取出事先放进去的攀登工具。

"你准备得真充分。"符临哑然，一脸佩服。

凤轻尘拿出来的工具他并不陌生，只不过制作得更加精良罢了。

"我是来救人的，没有充分的准备，那不是害人害己？"因为符临说王锦凌掉下去会没命，凤轻尘对他也就没有之前那么客气了。

将铁爪固定好，再三确定不会松动后，凤轻尘又拉了拉绳索，站在峡谷边上道："符临，我要下去，你呢？"

"我在这里帮你守着，我让小灰灰帮你找人。"符临将猎鹰召了过来，朝猎鹰打了几个手势，猎鹰不情不愿地点了点头，回头看了凤轻尘一眼，随即又嫌恶地别开脸。

符临不愿意下去，凤轻尘并不生气，符临可没有答应帮她找人，凤轻尘从背包里取出一些干粮和水。

"我不能确定我会在下面待几天，我留三天的食物和水给你。三天后，如果我还没有上来，你就不用等我了。"

凤轻尘已经习惯了被猎鹰嫌弃，将安全绳系好，就顺着峡谷往下滑。

凤轻尘身后挂满了爬山用的工具，往下滑的时候，就看到她从背后取出各种钩子，固定在峡壁的缝隙处。

凤轻尘下山的方法并不先进，在九州大陆有很多人都用过，官府甚至还有下山专用的云梯，只不过那些东西不易携带。符临看了两眼便失了兴趣，以双手为枕悠然地躺在石头上，看着蓝蓝的天、白白的云。

爷爷说，没有蓝氏和凤离族人的九州大陆，天空特别蓝，云朵特别白，他怎么就看不出来呢？

符临无聊地撇了撇嘴，闭目养神。

蓝氏皇族和凤离一族都死绝了，这些事也就与他没有关系了。

……

凤轻尘一路往下，到达谷底时她犹豫了一下，还是将攀登绳留在了原地。

符临如果是为杀锦凌而来，就会跟她一起下来。经过这几天的相处，符临很清楚她身上有多少奇怪的东西，碍于这些东西在，就算符临是为杀锦凌而来，也不会轻易动手。

谷底窄而幽深，入眼所见，全是大小不一的岩石，完全无路可走，凤轻尘试着走了两步，脚下一滑，就摔倒在地。

幸亏凤轻尘早有防备，这一跤摔得并不重，凤轻尘爬了起来，揉了揉有些生痛的屁股，继续往前走。

小灰灰受了符临的命令，一直盘旋在凤轻尘上空，替她寻找王锦凌的下落。

"王——锦——凌，凌凌凌——"

凤轻尘走了一个时辰后，发现这么个找法太傻了，于是大声喊了起来，希望王锦凌能够听到，峡谷四面都是峡壁，喊一句，回声却有数句，整个峡谷都是凤轻尘的声音。

"王——锦——凌——"凤轻尘一直喊，一直喊，从白天喊到日落，又从日落喊到夜幕，直到嗓子嘶哑得说不出话，才找了一处水源休息，顺便清理自己的伤口。

符临在峡谷上睡了一天，也听凤轻尘喊了一天，心里很是羡慕那个叫王锦凌的人，有凤轻尘这么一个人，不放弃、不抛弃，为他跋山涉水，不远万里，奔来找他、寻他，夫复何求？

又是一阵撕心裂肺般的痛，凤轻尘将沾了血的绷带一一揭下来，上药，换上新的绷带。揉了揉发酸的双腿，抬头看着只有寥寥数颗星子的天空，眼中闪过一抹担忧。

"锦凌，你到底在哪里，你能听到我的声音吗？要是在这里找不到你，我怕自己会崩溃。"时间过得越久，王锦凌遇难的可能性就越高。

同一时刻，峡谷某山洞里，王锦凌突然睁开沉重的眼皮，动了动僵硬的手指，嘴角微微一动。

轻尘，我好像听到你的声音了，真好！

深陷的双眼，凸起的颧骨，没有血色的脸，无不说明他此时的情况很糟糕。

王锦凌闭上眼睛，瘦得只剩下骨头的脸，带着一抹满足的笑容：这下，我终于可以安心地离去了！

喊了一整天，凤轻尘第二天就失声了，别说再喊，就连张嘴都痛得难受，凤轻尘知道自己的嗓子受伤了，短时间内恐怕没有办法说话了。

喊不出来又没有帮手，凤轻尘只得继续用笨办法，一点一点地毯式地搜索。午时过后，她吃了几口干粮，准备休息一下，猎鹰突然停在她面前，朝她大叫……

凤轻尘脸上一喜，连忙站了起来，想问猎鹰是不是找到人了，却发现自己一点声音都发不出来，她急得都快哭出来了。

猎鹰鄙夷地看了凤轻尘一眼，拍拍翅膀，飞了起来，示意凤轻尘跟上，见她一直跟着它走，这才继续往前。

走了半个时辰，凤轻尘看到不远处有一个深谷，猎鹰在洞口停了下来，朝里面拍着翅膀，示意凤轻尘进去。交代完后，也不管凤轻尘明不明白，扑腾一下就飞走了。

猎鹰一走，凤轻尘就飞快地往前跑，还未踏入洞口，就闻到一股刺鼻的味道，这个味道……凤轻尘当场就怔住了，嘴巴张得老大，鼻子一酸，眼泪唰地一下就流了出来。

这是尸臭味，她不会闻错。

凤轻尘双脚就像灌了铅一般，怎么也迈不动，不停地摇头。尸臭味只代表有人死，不一定就是锦凌，不会的，不会的，锦凌不会死的，里面的人一定不是锦凌，一定不是……

这一刻，凤轻尘胆怯了，她不敢再往里走，她怕，怕看到王锦凌的尸体，她无法接受。

"呜呜呜——"如同负伤的野兽，凤轻尘发出嘶哑深沉的哭泣声。

他们看惯了生死，因此更加害怕死亡，更加珍惜生命。

凤轻尘站在洞口，不停地掉眼泪，双腿发软，却死死地撑着。

她不能倒下，锦凌还在等她。

"凤轻尘，你要撑住，千万不能倒下，里面的人不一定是锦凌。进去，先进去看看，如果，如果真是锦凌，那就，那就……"凤轻尘在心里不停地给自己打气，可想着想着就哭了出来。

如果死在里面的人真是锦凌，她要怎么办？她什么也办不了，她不是神，她不能起死回生，她不能让时光倒流。

"锦凌，不是你，一定不是你。"

凤轻尘吸了吸鼻子，咬了咬唇，将眼睛睁到最大，不让它再掉泪，抬起袖子擦干脸上的泪后，凤轻尘大步朝山洞深处走去。

无论结果怎样，她都要进去看看，站在这里空想根本没用，只要亲眼见到，她才知道出事的是不是锦凌。

"啊——"

踏入山洞，看到里面的惨况，凤轻尘整个人都蜷缩了起来，发出一道悲痛的惨叫声，声音之大响彻整个山谷。

山洞里，横七竖八地躺了五六具尸体，每一具尸体都干瘪瘪的，有两具尸体甚至已经发臭，最主要的是——王锦凌也在这里。

王锦凌躺在最里面一动不动，身上的锦衣破烂不堪，可即便如此，他依旧是最引人注目的焦点，凤轻尘一眼就看到了他。

"锦凌，不会的，不会的，不会是……"凤轻尘跌跌撞撞地往里走，悲伤到了极致，她竟然冲破失声的限制，不顾嗓子撕裂般的痛叫了出来。

"锦凌，锦凌，你不会有事，你不会有事的。"

"锦凌，你等等我，你等等我，我这就救你。"

"锦凌，千万要等我，千万等我，我来了，我来了……"

"咚——"凤轻尘脚下一软，踩到一具尸体的胳膊，摔倒在地。

低下头，看到死尸胳膊上有一道血淋淋的伤口，看伤口应该是被利石剜下来的，再看那血的颜色应该是两天前，凤轻尘无心多想，直接朝王锦凌爬去。

"锦凌，你别吓我，你答应过我要平安回去的，你不可以不守信用。"凤轻尘眼中的泪，怎么也止不住。

她不爱哭，她一直认为落泪是弱者的行为，可心痛到极点、悲伤到极致，泪水便无法控制,此时只有泪水才能宣泄她心中的恐慌和不安。

锦凌,对不起,对不起,如果我再快一点,再快一点也许你就不会有事了。

如果,如果……

我最讨厌和自己说如果,可这一刻,我真的很后悔。

她不能接受王锦凌死去,更不能接受他以这种方式,死在这个地方。

王锦凌,名满天下的大公子,绝不能这般窝囊,死在一个无名山洞里。

天下第一大公子,就是死也要死得其所,也要死得风华绝代,就是死也要让所有人都忘不了他。

王锦凌,绝不能死在这里!

她不允许,她不允许!

不允许在没有确定前,就认为锦凌死了。在没有碰到锦凌的身体前,在没有确定锦凌没有生命气息前,她绝不允许自己凭感觉断定锦凌的生死。

凤轻尘深深地吸了口气,抬手抹掉脸上的泪。经过泪水洗涤的双眸,明亮异常,她的眼中没有悲伤与痛苦,只有坚定与不屈。

她是医者,她不能凭眼睛所看到的来断定一个人的生死,这不科学。

锦凌不一定会死不是吗?他的这些护卫都在保护他,他怎么可能会死?她刚刚踩到的那具尸体,他手臂上的伤应该是自己剜出来的,如果她没有猜错,那人应该是剜下自己的肉,好让锦凌果腹。

这么说,锦凌也许还活着!

凤轻尘站了起来,闭上眼,呼气、吸气……

再次睁开眼睛,她已经控制好了自己的情绪,跨过脚下的尸体,凤轻尘走到王锦凌身边,半蹲在他身侧。

走近后才发现王锦凌比她想象中的还要惨,他全身上下瘦得没有一两肉,可就是这个样子,他的脸上依旧带着淡淡的笑容。

这个男人已将云淡风轻和君子之风刻在骨子里,哪怕狼狈至极,哪怕面对死亡,他依旧从容优雅,浑身都是令人倾倒的风姿。

凤轻尘的脸上不由自主地也扬起一抹笑意。

锦凌,我相信你,一如你相信我!

凤轻尘深深地吸了口气,紧握的双手在碰到王锦凌的那一刻松开,轻轻地将手贴在他身上,趴在他的胸膛上,侧耳倾听:温热的,是温热的,还有心跳,太好了,太好了,锦凌还有救,还有救!

凤轻尘高兴得大笑,眼泪都笑了出来。

在极致的绝望时，上天给了她一个极大的惊喜，凤轻尘紧紧地握住王锦凌的手。

"锦凌，我就知道，我就知道你会等我。"这一刻，她心中的狂喜无法用言语表达，从来没有一刻像现在这般，庆幸自己的医者出身，她才有把握救王锦凌。

"我真是笨蛋，锦凌我真是笨蛋，自己吓自己，你明明还活着，我却以为你死了，把自己吓了个半死。"

"锦凌，你看我多笨，真不是一个合格的医者，感情用事，连判断生死都不会。"凤轻尘高兴地自嘲道。

凤轻尘擦掉脸上的泪水，先给王锦凌喂了点水，随即打开药箱，替他做检查。

诚如凤轻尘所猜测的那般，王锦凌身上的伤不严重，主要是饥饿过度，生命体征微弱，王锦凌的身体需要尽快补充营养。

凤轻尘看了一眼脚边的尸体，尸体已经发臭了，锦凌的身体这么虚弱，绝对不能和这些尸体待在一起，她必须先把他带出去。

如果是平时，她一个人肯定没办法把王锦凌这个大男人抱出去，可他现在全身上下没有三两肉，她轻轻一抱就把人给抱了起来。

养尊处优的大公子，这是要吃多少的苦，才会在短短三个月内变成这个样子，凤轻尘真的心疼了。

"锦凌，无论是谁，把你逼到这个地步，我都不会放过他。等我们回去后，就去把那些人找出来，让他们明白名满天下的大公子，不是什么人都能惹的，惹上大公子的人，都要付出代价。"

凤轻尘找了一块平地，将王锦凌放好。细心地替王锦凌收拾好，寸步不离地守着他，她知道就是给锦凌补足身体所需要的营养和能量，他醒来后依旧会觉得饿，可他饿狠了伤到了胃，只能喝温热的流质食物，现在这种情况她要去哪里给锦凌弄热食？只能临时生火烧水。

是夜，峡谷内的温度骤降，凤轻尘摸着王锦凌低于正常人体温的身体，没有任何犹豫，将他抱在怀里，一抱就是一个晚上。

凤轻尘知道有时候病人的求生意志能决定其生死，凤轻尘便整晚、整晚地在王锦凌的耳边说话，丝毫没有顾及自己的嗓子，每说一句话心就如刀割一般的疼。

早上起来四肢又麻又酸，凤轻尘毫无怨言，打来清水替王锦凌擦拭脸和手脚，正准备出去倒水，突然听到身后传来王锦凌微弱的声音："轻……尘……"

"锦凌，你醒了？"凤轻尘飞快转身，看到眼睛半睁的王锦凌，再次笑出了泪水。

"锦凌，你终于醒了，太好了，太好了。"能醒过来，就表示王锦凌没有生命危险，他被下属照顾得很好，只要调养一段时间，身体就会恢复。

"轻尘,能看到你真好。"他一直以为自己在做梦,在梦中听到了凤轻尘的声音,没想到真是凤轻尘,王锦凌吃力地抬手,想要碰一碰凤轻尘,确定是真的还是梦境,可他发现自己的双手似有千斤重,怎么也举不起来。

还是这么虚弱。

王锦凌颓败地垂下手,凤轻尘发现后连忙握紧他的手,贴在自己的脸颊上:"锦凌,是我,我来了,我来找你了。"

真切地碰到凤轻尘,王锦凌的心情更好了,只是当他看到凤轻尘一脸倦色,皮肤黑瘦时,忍不住心疼起来:"辛苦你了。"

"不辛苦,不辛苦,只要你好好的,我再辛苦也没事。"凤轻尘笑得很灿烂,即使阴暗的天气,也掩不了她的好心情。

"笨蛋。"王锦凌笑着骂了一句。

"不过,我还是很高兴,很高兴你来找我。轻尘,谢谢你,谢谢你能来找我。"让我知道,我没有被全世界放弃。

轻尘,你不知道,我只有你了,只有你了。

王锦凌垂下手,闭上眼,别过脸,不想让凤轻尘看到他眼中的悲伤和泪水。

王锦凌第一次怨起王家,怨起那些见死不救的族人,如果不是他的亲人、族人袖手旁观,又怎么会让凤轻尘一个弱女子,孤身跑来救他。

他不是愚昧地为了家主之位,为了完成考验就连性命都不要的人,在知道对他下手的人是谁后,他第一时间就给王家发了求救信号。

之后,他一直在等王家人来救他,可等到最后他心凉了,他知道自己被家族放弃了,家族不会为了他一个人,牺牲大部分的势力,与对方抗衡。

被人逼下峡谷后,他们一次一次地冲出包围,又一次一次地摔下来,如果不是有凤轻尘给他准备的那些药,他和护卫早就死了,哪里还能等到凤轻尘来。

他的家族呀,他为之呕心沥血的家族,他为之放弃自我的家族,到头来第一个把他抛弃了。

王锦凌刚刚醒来,凤轻尘正处在狂喜中,根本没有发现王锦凌的不对劲,也没有发现他眼中那一闪而过的悲伤。

狂喜过后,凤轻尘把热水端了过来。

"锦凌,起来喝一点热水。"凤轻尘将王锦凌扶了起来,细心地喂食。

王锦凌笑了笑,一如初见,笑容干净得纤尘不染,就好像他从来不曾怨过、恨过一般。

他是王锦凌,是那个即使天下人都遗弃他,他也能享受生命,热爱生命的男子,怨、恨都太沉重，他不喜欢带着怨恨生活，他唯一会的就是放手。

放手，在家族放弃他的那一刻，他的家族亦被他放弃了，从此以后他只为自己而活。

这一次，家族因放弃他而得到的利益，足以让他还清家族和父母对他的生养之恩。从家族放弃他的那一刻起，他就不再是为王家而活的大公子，他只是王锦凌，一个只为自己而活的男子。

王锦凌的怨恨都只是瞬间，瞬间他就想开了也放手了，凤轻尘从头到尾都不知道王锦凌在醒来的那一刻做了什么决定。

接下来的时间，王锦凌将自己交给凤轻尘，凤轻尘让他做什么，他就做什么，既听话又配合，可是躺在那里一动不动，总会有一些比较尴尬的事情，比如大小解。

吃了东西又喝了水，大小解也就随之而来，虽然王锦凌很清楚凤轻尘帮他收拾过，可那时候他昏迷了，再加上两人都默契不提，就算尴尬也只在心中。可现在他清醒了，再让凤轻尘帮他收拾，或者帮他做一些私密的事，总是让人尴尬。

王锦凌已经努力在憋了，可总有憋不住的时候，他纵然是有着谪仙之名的大公子，可他也是人，人有三急，他已经憋了很久，要是一个失禁尿在身上那就更丢脸了。

好半天后，王锦凌终于忍不住了，红着脸、长长的睫毛轻眨，扭捏道："那个，轻尘，我，我想……"就算做好了心理准备，可话到嘴边还是说不出来。

这种事，真是破坏气氛和形象。

"锦凌，你怎么了？"有些事情难免会疏忽，再加上王锦凌安全后，她整个人也放松下来，脑子也没有平时灵活。

"我，我要小解。"王锦凌闭上眼睛，大声地道。不知道的人还以为他是准备赴死的壮士，事实上王锦凌的确是一副慷慨就义的样子。

"小解？哦，好，你等一下。"凤轻尘暗怪自己太不细心了，居然没有想到这些。

王锦凌尴尬得半死，发现凤轻尘没有半点别扭与不自在才稍稍放开了一些，他本就不是迂腐的人。

当然，除了这件事外，还有一件王锦凌既痛苦又不忍拒绝的事情，那就是同眠。

已是深秋，夜凉如水，峡谷内的温度更低，即使两人住在帐篷里，到了晚上也会觉得冷，当然，主要是王锦凌冷，到了半夜，哪怕将所有的衣服都盖在身上，王锦凌的身子仍旧没办法暖和起来。

凤轻尘知道，锦凌这是伤了身子，体质太虚才会睡不暖和，这样的情况也容不得凤轻尘矫情，王锦凌身体很虚弱，一个小小的感冒，都会加重他的病情，甚至危及他的生命。

到了夜晚，凤轻尘和衣，与王锦凌同眠，这样王锦凌的身子才能暖和起来，晚上才能睡好，除了第一晚两人都很别扭外，第二晚就好多了。

王锦凌是个君子，特君子的君子，比柳下惠还要柳下惠，再加上凤轻尘在他的药里放了一些有助安眠的药物，到了晚上王锦凌除了规矩地抱着凤轻尘外，什么也没有做，即使他心里很想做什么……

每一个人心里都有一只邪恶的小兽，有些人会毫无顾忌地放出来，有些人则会偶尔让它出来一下，还有一些人则是完全将那只邪恶的小兽束缚住，不让它有出来的机会。

王锦凌明显属于后者，哪怕他憋得不行，哪怕有安眠的药物在，他晚上也要折磨自己半天才能入睡，他没有对凤轻尘做出哪怕一点不规矩的事情。

别说凤轻尘对他不是男女之爱，就算是男女之爱他也不会乱来，如果凤轻尘愿意接受他，他就会给凤轻尘最好的一切，因为她值得！

如果凤轻尘不愿意接受他，他会把峡谷的一切当作秘密，只有他和轻尘两人知道的秘密，他绝不允许自己破坏轻尘的生活和幸福。

凤轻尘与王锦凌在峡谷内相处和谐，符临在峡谷上就郁闷了，凤轻尘和他约定的是三天，可现在他都等了五天了也没有等到凤轻尘出来。

"浑蛋，不是找到人了嘛，怎么还赖在谷底不走了？是死是活你也出来给个信，你这是准备在峡谷生根扎寨吗？"符临不满，朝峡谷下面大喊，可惜没人搭理他。

符临郁闷个半死，干粮又没了，这全是大理石的峡谷也找不到吃的，无奈之下，符临只得准备出谷，可不想同样的路走进来时没问题，走出去却麻烦重重……

第三十二章 你长得很像我

峡谷内，凤轻尘陪同王锦凌安心地休养。

峡谷外，符临却叫苦不迭，把凤轻尘和王锦凌骂了个半死。

也不知道凤轻尘和王锦凌到底得罪了什么人，这峡谷里的人特别难缠还不讲理。尤其是那个紫衣女子，更是蛮不讲理到极点，娇蛮的程度可以和他那个好妹妹符夕相比了。

他都解释一万次了，他不认识什么王锦凌，更不是来找王锦凌的人，这些人就是不肯放过他，非要把他抓住不可，害得他满山谷地跑，恨不得也跳到峡谷下面去。

同样叫苦连天的还有步惊云，他在天下第一庄收到蓝九卿要他派高手保护凤轻尘的消息，为表重视他亲自出马，马不停蹄地朝太鲁阁大峡谷赶，争取保护好凤轻尘，戴罪立功，让九卿把他调回皇城，不想一路上他就没有机会喘一口气。

谁来告诉他，这些人到底是哪里来的，凤轻尘到底得罪了谁？一路上他没有眨一下眼，因为一眨眼就遇到伏杀的人。

步惊云一度怀疑蓝九卿是不是玩他，他是不是被蓝九卿当枪使了，替凤轻尘挡灾了。不然这群人怎么像是长了眼睛一般，就知道他是来保护凤轻尘的？一路上缠得他连凤轻尘的影子都没看到。

步惊云的剑招不慌不忙，可嘴上都急出泡了，尤其是当他赶到易水城，打听到凤轻尘和一个陌生的男人入住太守府的当晚，太守府发生火灾，太守一家被烧死的消息，更是恨不得插上翅膀，飞到凤轻尘身边。

凤轻尘，你可千万不要出事，你要是出事，我就死定了！

"驾驾驾——"步惊云恨不得自己胯下的是汗血宝马，日行千里。

……

在峡谷休整了五天，凤轻尘和王锦凌准备离开。王锦凌除了脚上的伤，其他的都恢复得很好。虽说以他的身体状况最好是卧床休养，可他们没有时间在这里耗。

王锦凌脚上的伤没有两三个月好不了，他们不能一直待在峡谷里，离开是必须的。

王锦凌虽然很不舍得这么快就结束只有他和轻尘两人的生活，可他也明白，他不能一直待在这里，他不出去，这笔账怎么找对方算？

既然要离开这里，王锦凌就把自己为什么会落到这个地步的原因，还有外面可能的危险，都告诉了凤轻尘。

王锦凌曾在清水镇遇到一个紫衣姑娘，当时那紫衣姑娘正被一群大汉追杀。一般情况下遇到这样的情况，王锦凌是不会管的。他温润如玉、君子端方，可却不是什么良善之辈，更不是那种不问缘由就爱出风头玩英雄救美的人，可是……

那紫衣女子却赖上了他，不知她怎么做到的，居然越过侍卫的守护线，窜到他的身边，对那群大汉说，王锦凌是她的夫君。

对这种不自重的女子，王锦凌向来没有好感，当即就把人推开，却发现那紫衣女子和凤轻尘有七分像。看在对方像凤轻尘的份上，再加上那紫衣女子不顾他的嫌恶，一直黏在他身上，王锦凌便示意护卫把人打发掉，替紫衣女子解决麻烦，好把紫衣女子也打发掉。

当然，王锦凌做的也仅仅只有这些，即使这紫衣女子像凤轻尘，他也没有兴趣认识她，示意护卫把人打发了，就继续去处理清水镇的事情。

请神容易送神难，护卫软硬兼施也赶不走那个紫衣姑娘，紫衣姑娘最初跟了他三天，后来见王锦凌无论如何都不肯搭理她，一怒之下就跑了。这么一件小事，王锦凌完全没有放在心上，只是偶尔会想那女子与轻尘长得那么相像，会不会有什么问题？

这事，王锦凌搁在了心上，准备回皇城后查查，他不希望凤轻尘出事，哪怕潜在的危险，也不行。

可不想，就是这么一件小事，给他带来了致命的危险，在回去的路上他又遇到了那个紫衣姑娘。

这一次，紫衣姑娘身边有一大群人，开口就要他跟他们走，要他娶紫衣女子为妻，语气嚣张，态度恶劣。

他拒绝，对方便直接抢人，对方武功很高，要不是那紫衣女子下令不得伤他，他早就死了。

之后，他知道那紫衣女子叫宣菲，是玄霄宫掌门人的女儿。

玄霄宫在九州大陆最高的仙山上，一向避世而居，不喜与人争。在前朝，就是

蓝氏皇族和凤离王也要给他们三分面子。而现在，四国皇帝和九城城主更是礼遇他们。当然，这也与他们从不参与朝廷之争有关。

接下来，王锦凌被宣菲的人一路追赶，宣菲虽然出身名门正派，性子却极其恶劣，娇蛮狠辣，以戏耍人为乐，哪怕她看上了王锦凌，也不曾对王锦凌手软，每每看到王锦凌狼狈的样子都会开怀大笑。

王锦凌被他们逼到太鲁阁大峡谷，打斗时失足掉下峡谷，宣菲一路追下来，他们便在峡谷内藏了起来。在峡谷内没找到人，宣菲也不生气，就在山谷上等他们，等他们养好伤爬上去，以逸待劳。

如此三番，宣菲就像找到什么好玩的游戏一般，下令不得去峡谷找人，只在峡谷上等，等王锦凌一行人爬上来后，再把人捉住。

她就不信，王锦凌能一直耗在下面。宣菲的策略没有错，王锦凌一行人的确没办法一直待在峡谷里。可王锦凌是什么人，他虽是一介书生，身上的傲气却不比帝王少，他宁死也不妥协。

打不过，跑不掉，又不肯就范，护卫死的死、伤的伤，自己也好不到哪里去，王锦凌知道，再这么下去他们必败。而一旦落到玄霄宫手里，对方有的是办法让自己与那个女人有夫妻之实，逼自己娶那个女人。

出不去，王锦凌一行人便在峡谷下面等，事实上他们这个时候也没有能力爬上去。宣菲高估了他们的实力，他的护卫根本不是玄霄宫人的对手，最后一次摔下来后，他们就再也无法爬上去。

这一等，就把他们所有人都耗死了，直到凤轻尘到来。

"原来是美色害人，男人长得太好也是一种错。"听完事情的经过后，凤轻尘很认真地端详了一番王锦凌的长相。

哪怕瘦得皮包骨，大公子依旧风华不减，的确有让女人疯狂的本钱，不过因为长得太好而丧命，实在是太不值得了。

紧张与担忧的心情因为凤轻尘这一句类似调戏的话而消散了，王锦凌哭笑不得，有心想为自己解释，可凤轻尘的话没有错，那紫衣女子的确是因为他的长相才步步紧逼。

可惜，他拥有倾倒世人的容颜与风姿，却独独无法令面前的女子倾倒。他拥有让女人为之疯狂的才华与风度，却独独无法让眼前这个女子为他疯狂。

面对他的亲近，她坦然受之，没有半分的局促亦没有半分的心动，他不知道该哭还是该笑。哭眼前这个女人的迟钝，真把他当成知己。笑她的信任，而他不能辜负她的信任，以免她无法和自己相处。

王锦凌含笑的眸子闪过一抹失落与伤怀,速度极快,在凤轻尘还没有发现时,便消失不见。

王锦凌面带微笑地转移话题:"轻尘,我不能确定玄霄宫的人还在不在,我们出去可能会有危险。"

他除了拖累凤轻尘外,什么也做不了。

"有危险我们就闯,不管玄霄宫的人在不在我们都必须出去,待在这里只有死路一条。我来峡谷时没有发现外面有人,我想他们应该是在等,等我们出谷,既然对方以逸待劳,我们就要以最好的状态出去,再晚我们都会饿得不成形,届时连跑的力气都没有,哪有能力从对方手下逃走。"

在峡谷待得时间越长他们的优势越小,而且,偌大的峡谷只有他们两个活人,还是一男一女,时间久了肯定会发生一些尴尬的事情,为了不让彼此的感情变质,凤轻尘决定哪怕外面再危险,她也要出去。

"那行,我们走吧,接下来的路又要麻烦你了。"他谈笑间能让樯橹灰飞烟灭,举手间能退敌千里,可现在却连走出这个峡谷都做不到。不得不说,这对身为男人的他来说是极大的打击,如果不是他心性豁达,面前的女子又是凤轻尘,他一定没有办法接受。

"锦凌,我不喜欢听这样的话,别说什么麻烦不麻烦的,我们虽然没有血缘关系,但在我心中你和我的家人一样。我们之间不存在麻烦与感谢,易地而处,如果我遇险,你也一样会来救我的不是吗?"

"是,只要凤轻尘需要王锦凌,王锦凌就一定会出现。"王锦凌郑重地承诺,而同样,凤轻尘不需要王锦凌,王锦凌便不会出现。

他可以为凤轻尘做任何事,喜欢凤轻尘处处信赖他、需要他,但却不希望自己处处依靠凤轻尘,对于一个强者来说他不习惯凡事靠别人,哪怕这个人是他认可的也不行。

可……现实不会因为人的意志而改变。

凤轻尘找地方掩埋了那几具忠心的护卫的尸体后,便准备爬上去。依王锦凌现在的状况,连走路都难,要出峡谷只能由凤轻尘背着他。

让一个小女子背自己出谷,这是王锦凌从来不敢想的事,也不可能去想的事,可他明白,现在不是逞强的时候,便没有半点勉强地趴在凤轻尘身上,任凤轻尘将他带出去。

背了一个人,凤轻尘的速度并没有慢太多,不是她体力变好了而是王锦凌实在太瘦了,体重比凤轻尘还要轻。

凤轻尘背着王锦凌来到她下峡谷的地方，晃了晃上面的绳索，确定足够稳后，取出安全绳缠在自己和王锦凌的身上。

"锦凌，我们要上去了，你自己当心。"凤轻尘呼了口气，双手握住绳子，咬牙往上爬。

哪怕王锦凌再轻，这一刻凤轻尘依旧感觉双腿发软。爬山是个力气活，一个人往上爬就很吃力了，更别提还背一个人。此刻，每走一步都如同有千斤重，可凤轻尘却不能停下来，她怕歇了气后，自己就再也没有往上爬的动力了。

"轻尘，对不起，看你这么辛苦，我真觉得自己很无能。"趴在凤轻尘的背上，王锦凌看着她满头大汗的样子，眼神越发的黯然，整个人都消沉起来。

这个时候，他什么都不说，什么都不做，就是给轻尘最好的帮助。

不过爬了几十米，凤轻尘就有一种撑不下去的感觉。

"我还是高估了自己的体力。"

可是，她不能放弃，她也不会放弃，现在她必须背着王锦凌爬上去。

"我一定可以的！"

走出去！

活下去！

带着这份信念，凤轻尘咬牙坚持，心里不停地给自己打气，在自己快要坚持不下去时，就想一想正在皇城等她的人。

一步一步往上爬，看着越来越近的谷顶，凤轻尘的步子迈得更稳，她一定要活着走出去，绝不允许自己和王锦凌窝囊地死在这个地方。

每往上爬一步，凤轻尘脸上的笑容就多一分。

凤轻尘，坚持住，你可以的。

要知道，现在皇城还有人在等她回去，还有人担心她的安危，她身后还有责任，除了工作以外的责任。

等她回去，她的家就建好了，她可以搬回凤府，还有九皇叔在等她，蓝九卿在等她，身后还有她的责任，她要带着王锦凌回京城。

凭着这股不放弃的执念，凭着心中对未来的渴望，凤轻尘终于一鼓作气地背着王锦凌爬上了峡谷。

"我们出来了。"放下王锦凌后，凤轻尘双腿一软跌倒在地，整个人像是从水里捞出来的，全身都是汗，汗湿的长发粘在脸颊上，汗珠顺着脸颊，一滴一滴落在尘土里，然后消失不见……

"我们出来了。"不过几百米的距离，可对他们两人来说却犹如千里。只有王锦凌知道，背着他从峡谷爬出来，凤轻尘有多么辛苦，她做到了一般女子不可能做到的事情。

没有手帕，王锦凌便抬手用衣袖替凤轻尘擦拭脸上的汗珠，凤轻尘笑着拒绝道："不要弄脏你的衣服。"

说完，自己就胡乱地擦了一把，衣袖本就有灰尘，这一擦凤轻尘就像小花猫一般，脸上脏兮兮的。

王锦凌也不提醒，笑着收手，看凤轻尘像小狗一样，累得直吐舌头，便问道："要不要喝水？"

"现在不行，等会再喝。"凤轻尘喘着粗气，休息了一会儿后，才将事先准备好的盐水喝完。

"好了，我们可以继续走了。"凤轻尘站了起来，把粘在脖子上的头发挑开，然后动手将挂在峡谷边的绳索收了起来，半蹲在王锦凌面前，示意他趴上来。

王锦凌摇了摇头，苦笑一声，乖乖地趴在凤轻尘的背后，唇落在她的长发上，鼻息间萦绕着一股汗水味。

王锦凌很不喜欢人流汗后的味道，他觉得脏。可现在闻着凤轻尘身上的汗湿味儿却让他觉得心安，这是凤轻尘的味道，王锦凌深深地吸了口气，记住了这味道。

背着王锦凌，行动难免会受影响，大腿内侧和脚底的伤刚养好，又有了受伤的前兆，凤轻尘苦笑一声，将痛哼声掩了下去。

这五天她都瞒着锦凌，不让他知道自己有伤以免他自责，没道理现在功亏一篑。凤轻尘背着王锦凌，没有减缓速度，半天后两人已走到峡谷出口，天黑之前应该可以走出去，再走两天的样子就能找到村庄，到了村庄就能雇到车了。

"看样子玄霄宫的人不在这里。"凤轻尘与王锦凌随便吃了点东西后再次上路，他们必须得在天黑之前出去，否则晚上遇到玄霄宫的人，麻烦会更大。

"但愿如此。"王锦凌却不太抱希望，他很清楚那个叫宣菲的女子多么霸道，行事之乖张完全不能用正常人的思维去揣摩，也许这个时候她就正在暗处盯着他们两人，好等他们累倒时一击而中。

关于宣菲这个人有多么的乖张，符临有切身的体会，他被宣菲的人追得一天一夜没合眼，再这么下去他非累死不可，看到不远处的出口，符临终于看到了胜利的曙光。

出了峡谷，这群人总不会再追着他跑吧？就算再追着他跑他也不怕，外面的路他认识，应该不至于再被人耍得团团转。

符临提气，拼命地往峡谷外跑，身后宣菲骄横地下令道："抓住那个男人，绝不允许他走出去，我要把他大卸八块，一块一块丢下去给大公子看，我就不信大公子的心是铁做的，哼——"

"是，大小姐。"

玄霄宫的高手才不管符临的死活，只要他们大小姐高兴怎样都好，所以前面那个还在跑的男人自认倒霉吧。

天啊！

符临真心想哭，为什么两张差不多的脸，行事却截然不同呢？

凤轻尘大方爽利，为人虽然冷清，但却知书达理。面前这个女人，顶着一张和凤轻尘差不多的脸，为人做事却和凤轻尘相差十万八千里。

符临觉得，他此生最后悔的事情，就是遇到凤轻尘，否则他哪里会这么倒霉？

"凤轻尘？"符临一抬头，就看到背着一个人往前跑的女子，不用想也知道对方是谁。

该死，你怎么就不能晚一点再出现呢？

凤轻尘恨不得把符临的嘴给缝起来，因为符临这么一叫，凤轻尘和王锦凌的行踪也就暴露了。

不怕神一样的对手，就怕猪一样的队友。

凤轻尘和王锦凌早就发现了符临一行人，不然她也不会背着王锦凌拔足狂奔。结果倒好玄霄宫的人没有发现他们，却让符临发现了他们，发现也就算了，居然还大叫一声，害得他们暴露了行踪。

要不是看到符临也被玄霄宫的人追杀，凤轻尘甚至都要怀疑符临是披着猪皮的狼，本身就是玄霄宫的人，关键时刻反咬他们一口。

背了一个人，凤轻尘的速度就算再快也跑不过对方，不过百十步后，就被对方追上。

"凤轻尘，这是意外。"同样被包围的还有符临，符临衣衫有些破损，身上也有几道伤口，不过精神还好，看样子并无大碍。

打不过，他能跑得过。

"真是让人讨厌的意外，符临，帮我背着锦凌，等会儿我说跑时记得冲出去，别管我。"凤轻尘示意符临接过王锦凌。

符临和王锦凌都没有意见，虽说王锦凌不认识符临，可被一个男人背着，比被一个女人背着好，再说凤轻尘相信的人他都相信。

"冲出去？好大的口气，我倒要看看，在三十六天罡的包围下你能冲多远。除了大公子外，其他人都不必管，尤其是那个女人，我不想再看到她，给我处理干净，我要她尸骨无存。"宣菲目前还没看到凤轻尘与自己相似的长相，要是看到估计更不会放过她。

"尸骨无存？小小年纪就这般心狠手辣，遇上这样的女人，锦凌，你的运气真不是一般的差。"少了王锦凌的重量，凤轻尘的动作立马敏捷起来，当玄霄宫的人冲过来时，凤轻尘已经拔出暗器，示意符临保护好王锦凌。

在对方冲上来的那一刻，凤轻尘不退反上。

"噗噗噗——"一阵暗器发射声响起。

利器射入，一个个血窟窿出现在三十六天罡的身上，血飙了出来，冲在前面的人一一往前栽倒。

"小心，对方有暗器。"三十六天罡个个都是玄霄宫的精英，平时出任务偶有折损，可每次最多也就折损一到两人，这一次有六人瞬间倒地，这对三十六天罡来说是一个重大的打击。

"不许退，除了大公子外所有人都必须死，有事我背。"宣菲不仅没有让人退让，反倒更加的愤怒，看凤轻尘的眼神也狠辣异常。

三十六天罡不敢迟疑，哪怕他们忌惮凤轻尘手中的暗器，可在宣菲的命令下依旧视死如归地往前冲，看他们的样子是打算牺牲一部分人，拖住凤轻尘。

这么狠辣，玄霄宫该不会是什么邪门邪派吧？不然怎么会视人命如草芥，凤轻尘头痛死了。

"符临，带着锦凌下山，拜托你帮我照顾好他，如果你能帮我把锦凌送回皇城，你要的那件东西我回头就送给你。"凤轻尘握着暗器就往前冲，势要替他们两人杀出一条血路。

"轻尘……"王锦凌不赞同地摇头，"把我交给他们，他们不会要我的命。"如果要用凤轻尘的命才能换得他的自由，他宁可不要。

"别说傻话了，要是你愿意跟他们走早就走了。"当的一声，凤轻尘暗器击中最前面那人的胳膊，不待对方反应过来，凤轻尘迅速上前，咔嚓一声，将对方的胳膊折断，手肘一拐，打在对方的小腹处，凭着弱小的力量，却将对方打得浑身蜷缩起来，痛得直打滚。

这就是医生的好处，她清楚人体的每一个部位，知道打哪个部位用力最小杀伤力最大。借机，凤轻尘一个转身，双手发射暗器，生生将三十六天罡的包围圈撕裂："符临，走……"

"好。"哪怕王锦凌不同意，符临还是背着他往外冲。

开玩笑，干嘛留下来一起等死，凤轻尘又不是弱女子。

"原来你会武功,这下更有意思了,凭你们想走出三十六天罡的包围,那是做梦。"宣菲将腰间的长鞭抽了出来,啪的一声,朝凤轻尘甩来。

凤轻尘侧身避开,看都不看宣菲一眼,一个大跨步上前,一脚踢在一名男子的后背,单膝跪倒下去,咔嚓一声直接把对方的肋骨顶断。

就算她要不了这人的命,也能把对方打得全身不能动,当另一拨人涌上来时,凤轻尘旋身一转,与地上的男子背靠背,长腿踢向即将攻上的人。

符临看凤轻尘的武功,估摸着她可能不会吃大亏,也就不再迟疑,背着王锦凌就跑了。

这群人的目标是他身后的男人,他把人背走后,凤轻尘应该也不会有事,连大火都烧不死的女人,没有那么容易死。

符临如是想。

"追,别管这个死女人,去追大公子,要是让他跑了,没有人与我成亲,我唯你们是问。"宣菲很想杀了凤轻尘,但她更想追到王锦凌。

她长这么大,从来没有见过像大公子这么完美的男人,她一眼就喜欢上了大公子,暗暗发誓非要得到这个男人不可。

她从来没有这么喜欢过一个人,喜欢到一闭上眼就是他,全身每一处都渴望他……

为了得到王锦凌,她假借父亲的命令给王家几个有野心的长老传消息,让他们截住王锦凌的求助信,让他们不许派人来找王锦凌。她曾向王家承诺,不会要王锦凌的性命,她只要王锦凌娶她,她会带着玄霄宫一半的财产和势力下嫁。

"是,大小姐。"三十六天罡转眼只剩下二十六人,这可是三十六天罡自从执行任务以来损失得最严重的一次,可他们却没有任何怨言,踩着同伴的尸体就往前冲。

"臭女人,你坏我好事,找死。"宣菲的鞭子如同毒蛇一般,再次朝凤轻尘甩来,凤轻尘左闪右躲,暗器几次都没有瞄准目标。

凤轻尘恨得直咬牙,面对那张与自己有七分相似的脸,凤轻尘眼睛微眯,将眼中的狠厉隐藏,当宣菲再次朝她甩鞭子时,凤轻尘不再闪避,而是冲上前去,用背部接对方一鞭。

"啪——"宣菲一鞭子抽在凤轻尘的背上。

"啊——"凤轻尘痛得大叫一声,背后火辣辣地痛,让她双脚发软,险些站不稳。

"哼,臭女人,这下看你怎么嚣张。"宣菲得意洋洋,用力一拉,只听见嘶啦一声,凤轻尘的背后出现一道很宽的鞭痕,有几处都见骨了。

原来,宣菲的鞭子上缀满细勾,细勾嵌入肉里,这一拉把肉都带了出来。阳光下,宣菲的鞭子闪着妖冶的红光，隐约还能看到上面那一丝丝的肉条。

凤轻尘吃了亏，受了大苦，可宣菲也没有好到哪里去，在鞭子抽向凤轻尘的那一刻，她手上的暗器也朝宣菲的心脏处射去。

"啪——"利器没入心脏处，凤轻尘满意地一笑，虽说杀一个和自己相像的人心里有那么一点儿不舒服，可这个女子不死，王锦凌的麻烦不会断。

如果用重伤的代价换对方的死，她毫不犹豫。

可是……

"噗——"她听到了利器没入的声音，却没有见到宣菲的心脏处流血，也没有看到宣菲倒下，宣菲只是在利器的冲击下，往后退了数步，接着再次冲上前来，鞭子甩得比刚才还要狠。

护心镜？

该死！

凤轻尘叹了口气，这宣菲命不该绝，因为刚刚那个速度与高度，她只能打中对方的心脏，而无法打中额头。

"臭女人，你居然要杀我？你死定了，玄霄宫不会放过你。"宣菲一吹口哨，只见去追王锦凌的人，迅速折回一部分。

"杀了她！"宣菲鞭子一甩，墨发飞扬，率先动手，三十六天罡一看宣菲这个样子，就知道他们大小姐已经到了失控的边缘，面前这个女子不死，死的就是他们。

玄霄宫的大小姐只有一个，而三十六天罡有无数人，死了自然有其他人补上，为了活命，他们必须杀死面前这个女人。

"杀！"三十六天罡已见识到凤轻尘暗器的厉害，也知道那暗器的规律，凤轻尘想要再射中他们，很难……

"咚——"不知是谁，一脚踹向凤轻尘腰间，凤轻尘顿时觉得自己被人重重地抛起，随即又重重地跌倒在地上，短暂的昏迷过后，凤轻尘发现自己躺在地上，无法动弹，一动就痛得窒息。

"嘶——"凤轻尘知道自己的腰骨错位了，一咬牙，以手肘为支撑，一个翻身，只听咔嚓一声，错位的骨头又回位了。

"啊——"凤轻尘痛得失声大喊，剧痛之下居然咬到了自己的舌尖，嘴里全是血腥味，额头上大颗大颗的汗珠往下掉。

可是，她不能停息，她这一摔正好摔在宣菲身旁，这个机会她不能错过。

凤轻尘惨白着脸，摇摇晃晃地站了起来，举起暗器对准宣菲的脑门道："别动！"

"别动？"宣菲先是一愣，随即哈哈大笑，"你这女人是不是被打傻了，居然敢叫我别动,你是个什么东西,这世间能命令我宣菲的人还没有出生。"

"呵呵——"凤轻尘下巴微抬,与宣菲的傲慢不同,凤轻尘看向宣菲的眼神,淡漠中带着一丝怜悯,高傲得不将人放在眼里。

"你没有听错,我就是说别动,再动一步我就打爆你的头,不信你可以试试,我能不能做到。"

三十六天罡和宣菲都见识过凤轻尘这把暗器的厉害,一时间投鼠忌器不敢上前。双方对视,也就是这时宣菲才发现凤轻尘的长相,居然和自己相似。

"你是谁?你怎么长得这么像我?"宣菲的语气尖锐,双眼瞪得滚圆,似乎不能接受这个事实。

"凤轻尘,东陵忠义侯之女。还有宣菲姑娘,不会说话就别乱说,不是我长得像你,是你长得像我,而你配不上这副容颜。"得知宣菲和自己相像时凤轻尘心里就不舒服,见到宣菲本人后,她才发现王锦凌并没有夸大,看到宣菲她就像吞了苍蝇一样恶心。

宣菲只要换一个打扮,至少会有九分像她。

宣菲长这么大,从来没有被人这么训斥过,当下脸红脖子粗道:"胡说,什么叫我长得像你,明明是你像我,你这个无耻的女人,哼!臭女人,你别以为长得像我,我就会放过你。"

宣菲自诩美貌无双、美艳江湖,自称江湖第一美人,不想今天居然碰到一个长相和她相似的人。最主要的是,自己和面前这个女人相比,就像颗青涩的小杏子。

面前的女子一身脏污,却依旧能见其华容婀娜、柔情绰态的风姿,她身上有着少女没有的成熟韵味,浑然天成,让人无法不嫉妒。

"你当我怕你们玄霄宫呀,玄霄宫再厉害也只是一群江湖草莽,你以为到皇城、府城,玄霄宫的人还有胆子行凶?"别以为江湖人就了不起,别以为皇室礼遇你就超凡脱俗。

皇室的礼遇不过是你没有冒犯皇权,不影响帝王的统治,不影响江山社稷,帝王懒得搭理你,真以为给你三分颜色,就能开起染房呀!

凤轻尘眼中的怜悯与同情越发浓烈,宣菲这个被人宠坏的大小姐,哪里受得了这份轻蔑,当下不管不顾地下令道:"杀了她,给我杀了她,不……先把她的脸毁了,我不允许有人顶着一张和我一样的脸。"

宣菲咬牙切齿,用力握紧鞭子,鞭子上的细勾刺入她的手心,鲜血直往下流,她都不觉得痛,只感觉到兴奋与狂热。

不能在府城行凶,那就让面前这个女人,没有进府城的机会,可惜三十六天罡,这一次并没有听令上前。

"你病得真严重。"凤轻尘没好气地瞪了宣菲一眼,暗自调息。

这姑娘完全被家里人宠坏了,自以为地球得围着她转,看上了王锦凌就抢,看到她的脸就要毁了,真以为就她是公主,别人都是没娘的孤儿,任她打杀吗?

"你敢骂我?"宣菲怒了,三十六天罡碍于凤轻尘手上的暗器不敢乱动,生怕凤轻尘一个"失手"就把他们大小姐给杀了,可宣菲却不怕。她长这么大从来就没有怕过什么,因为两人隔得太近,不好甩鞭子,宣菲扬手准备甩凤轻尘一个巴掌,哪知凤轻尘更快……

"噗"的一声,利器穿过宣菲的手腕又飞了出去,等三十六天罡冲上来时,已经来不及了。

"啊——我的手。"宣菲将手上的鞭子一丢,紧握受伤的手腕喊道,"你们都是死人吗,没看到我受伤了,给我上,杀了她,我说杀了她,听到没有?"

三十六天罡倒是想动,可凤轻尘手上的暗器正对着宣菲,他们哪里敢拿小姐的命开玩笑。

他们死了不要紧,要是宣菲死了,他们的下场会比死还惨。

"乖乖站好,别乱动!"凤轻尘背上的伤,痛得她龇牙咧嘴,可这一刻她却扬起了明媚的笑。

欺负人的感觉真好!

"别听她的,她不敢杀我,杀了我玄霄宫不会放过她,她不敢!"宣菲丝毫不惧眼前的暗器,骄横地命令道。

她又不是第一次遇到这样的事情,每次只要她抬出玄霄宫的名号,对方就不敢动她,江湖人人都知,她是玄霄宫宫主的掌上明珠,敢动她一根寒毛,玄霄宫定要对方九族陪葬。

"你很聪明,我的确不敢杀你,杀了你我也走不了。"凤轻尘很配合地附和宣菲的话,嘲讽的意味十足。

玄霄宫又如何,她连皇帝、太子都得罪了,还怕多得罪一个玄霄宫?不过她现在真不会杀宣菲倒是真的,杀了宣菲她也没有活路。

宣菲听到凤轻尘这么说,忍着痛,得意地道:"哼,你现在知道怕了,晚了,你们这群木头,还愣着干吗,还不快动手,杀了这个女人,本姑娘重重有赏。"

三十六天罡估摸着凤轻尘是真不敢杀宣菲,毕竟凤轻尘要是杀了宣菲,她也跑不掉,正准备出手,又一暗器射出。

"噗——"这一次,凤轻尘射向宣菲的膝盖处。宣菲自视甚高认为凤轻尘不敢动她,连躲都不躲,凤轻尘不仅妥妥地命中目标,还将利器留在宣菲体内。

"啊——我的腿，我的腿。"宣菲跪倒在凤轻尘面前，抱着腿大喊大叫，眼泪糊了一脸，看凤轻尘的眼神也更加狠毒了。

　　"你这个贱女人，居然敢伤我，我不会放过你，我爹和哥哥也不会放过你。"宣菲愤恨地道。

　　"不放过我正好，我也没打算放过你，我今天没办法杀你，废了你还是可以的，你们还要上前吗？你们上前一步，我就在她身上多发射一枚，看看你们大小姐，能撑到什么时候。"凤轻尘笑得如同天使，脸上的笑容灿烂得令明媚的太阳都黯然失色。可是三十六天罡却觉得浑身发寒，他们想要上前扶起宣菲，碍于凤轻尘的话，他们却不敢动……

第三十三章　九皇叔太霸道

宣菲从小到大养尊处优，身边的人从来不敢违逆她，玄霄宫宫主更是舍不得让她受半点委屈，从来不对她说半句重话，她想做什么便做什么。

别说被暗器打穿手腕、打中腿，宣菲就是手指破了一点皮，整个玄霄宫都要闹得鸡飞狗跳。

这次她的手和脚都被凤轻尘打伤，已受了"天大"的委屈，身边的人还不给她出头，宣菲哪能受得了，顿时就破口大骂道："贱女人，你有种就杀了我，不然我绝不放过你。贱女人，我要把你的四肢剁了，眼睛挖了，鼻子削了，耳朵割了，舌头拔了，把你做成人彘，让你生不如死。不，我要把你的脸划花，丢到最下等的窑子里，让你……"

"你真吵，再不闭嘴，我就废了你另一条腿。"

"噗——"凤轻尘毫不手软，在宣菲的另一条腿上补了一枚利器。

"啊——"宣菲痛叫一声，这一次却是不敢再骂，也不敢再哭。

宣菲身侧的三十六天罡杀气飙起，几次想要拔刀，都被凤轻尘扣动暗器的动作给吓住，只能站在一边，伺机而动。

凤轻尘满意地点头，在皇城待久了，像宣菲这么"粗野"的女子，凤轻尘基本上没有见到。

还玄霄宫的大小姐呢，比乡野村妇还要粗鲁："就你这样还妄想嫁给大公子，你连做大公子身边的下人都配不上。"

凤轻尘说的是大实话，可宣菲却认为这是羞辱，三十六天罡不敢动，她自己动手。宣菲摸起身侧的鞭子，正想趁凤轻尘不注意再甩凤轻尘一鞭子，未想她刚握住鞭子，就听到一阵齐刷刷的脚步声响起。

有人来了！

宣菲脸色一喜，大笑起来："臭女人你死定了，一定是我二哥，我二哥来了，有我二哥在，你那暗器再厉害也没用。"

不是这么背吧？

脚步声越来越近，一听就知道有很多人，肃亲王府派出来的人不会有这么多，估计真是玄霄宫的人了。

凤轻尘握暗器的手指泛白，手心满是汗，凤轻尘盯着宣菲还有她身边的人，看看能不能寻到机会把宣菲抓来当人质。

擒贼先擒王，有宣菲在手就是玄霄宫宫主亲临，她也不怕，可是宣菲和她身侧的三十六天罡早有防备，三十六天罡不敢动，同样凤轻尘也不敢乱动，她根本找不到机会。

她该怎么办？

凤轻尘脸色凝重，眉头紧锁，而她这个样子取悦了宣菲。宣菲一脸得意，忽视了自己身上的痛："臭女人，现在明白和我玄霄宫作对的下场了吧。我告诉你，得罪我的人都不会有好下场，不过你可以放心，我看大公子好像很重视你，在大公子没有娶我之前，我不会杀你，我会慢慢地折磨你，每天让十个大汉轮流享用……"

话到这里，宣菲突然噤声，嘴巴张成O字形，呆呆地看着凤轻尘的身后，一副不敢相信自己眼前所见的样子。

发生了什么事？

凤轻尘正好背对着来人，看宣菲这样，忍不住侧身一看，然后她也跟着愣住了。

怎么可能？

他怎么会来，而且还带着大队人马，他是为救自己而来的？

凤轻尘伸手指向面前的人，张了张嘴，却一句话都没有说出来，鼻子一酸，眼中竟起了水雾。

"九皇叔，你，你怎么才来？"

是喜悦，亦是撒娇，她想过王家的人会来接应她，想过肃亲王府的人会来接应她，也想过九皇叔的人会来接应她，独独没有想过九皇叔会亲自来，而且还带着军队来给她撑腰。

一眼，只此一眼，她身上的伤就奇迹般地不痛了，心里似有无数的小泡泡冒出来，有一种名曰幸福的东西，从心底涌了起来。

凤轻尘眼中含泪，脸上的笑容却越来越妩媚、越来越灿烂。

她尝到了被人珍视的滋味。

她想都不敢想的人，居然出现在她面前，她真的真的很高兴！

如果不是场合不对，她真想冲上前去，抱住九皇叔告诉他，她的感动、她的心喜、她的快乐。

"九……"

与凤轻尘的激动截然相反，九皇叔冷冷地扫了她一眼，好像没有听到她的话一般，清傲冷漠的态度一如初见，眼中根本没有凤轻尘。

凤轻尘的身子不稳地晃动了一下。

九皇叔生气了。

糟糕了！

凤轻尘顿时不安起来……

九皇叔如入无人之地，步履优雅地朝凤轻尘和宣菲两人走来，黑色的长靴不紧不慢地踩在青草上，沙沙作响，响声高高低低，很有节奏感，让人不由自主地把注意力放到他身上。

凤轻尘一脸忐忑，连大气都不敢喘。

宣菲身后的三十六天罡，看到九皇叔出现的那一刻就知道糟糕了，可他们一开始就被九皇叔的排场给镇住了，以至于没有抢占先机。此时想要出手，却见九皇叔身后的弓箭手唰地一下举起箭对准他们，三十六天罡不敢再动，一个个如临大敌，全身绷紧看着九皇叔一行人。

局势变得太快了，他们一时间接受不了，尤其是这突然冒出来的叫九皇叔的人，更是给了他们强大的压力，让他们心惊肉跳。

整个树林都静悄悄地，凤轻尘像是犯了错的孩子一般，收起暗器，乖乖地站在一边，做贼心虚地将受伤的背部侧移，不想让九皇叔看到。

不打自招。

九皇叔也不点破，站在宣菲的对面，眼中闪过一抹嫌恶。据说，这个女人长得和凤轻尘很像。

九皇叔抬脚，鞋尖抵着宣菲的下颌，宣菲一脸羞愤，没有受伤的手紧握成拳，却不由自主地抬起头与九皇叔对视。

果然长得很像，真让人喜欢不起来。

面对九皇叔冰冷的眼神，宣菲再也狂不起来了，眼神躲闪，不敢与九皇叔直视，瑟瑟发抖地问道："你，你是什么人？你不知道我是谁吗？我是玄霄宫的大小姐，你，你不能伤我。"

欺善怕恶说的就是宣菲这种人，九皇叔俊美无双，高贵威严，可全身却散发着危险的气息，被九皇叔看着就好像被死神盯着一般，九皇叔就是长得再好看，宣菲也不敢有半分觊觎之心。

因为，面前这个男人太可怕了。

"玄霄宫？"九皇叔薄唇轻启，好似没有听说过这个名字一般。

"是，玄霄宫，江湖第一门派。"宣菲还真当九皇叔不知，连忙介绍起来，九皇叔很给面子地没有打断宣菲的话，因为宣菲一说话，伤口的血流得更快。再说他也不急，凤轻尘擅自离京总得受点惩罚，长长记性。

等到宣菲说完，九皇叔很给面子地点头道："本王知道了。"

把脚移开，取出一块帕子，身后的太监立马上前，接过帕子跪在九皇叔的脚下，替九皇叔擦拭与宣菲下颌接触过的鞋面，随后太监便将帕子一丢，恭敬地退下。

高手！

凤轻尘一脸佩服，暗暗竖起大拇指，九皇叔羞辱起人来，能让人一辈子都抬不起头。

宣菲的脸瞬间涨红，一脸羞愤，含恨看了九皇叔一眼，却在对上九皇叔那冰冷的双眼时，慌忙低头，眼中的泪水再次滑落。

从来没有人敢这样对她，她是比公主还尊贵的玄霄宫大小姐，从来都只有她给别人难堪的份，什么时候轮到别人给她难堪了？

"呜呜呜——"宣菲低声抽泣起来，越哭越委屈。

三十六天罡也被这一幕给刺激了，一个个青筋凸起，双眼通红，可偏偏碍于弓箭手在，他们不敢妄动。

九皇叔浑然不在意，事实上他并不是给宣菲难堪，他向来不喜欢与人碰触，如果不是听闻宣菲与凤轻尘长得像，他也不会碰这个女人。

眼神扫向杀气十足的三十六天罡，九皇叔扬了扬手，身后的太监立马张口道："通通抓起来，违抗者，杀无赦。"

"是。"将领领命，带兵冲上前去，九皇叔正好后退一步，与凤轻尘并肩而站。

三十六天罡连忙备战，上前将宣菲背在身后，与东陵军打了起来，意图冲出包围，宣菲现在几乎吓傻了，根本不敢再放狠话。

九皇叔冷眼相看，看着东陵的士兵倒下，看着玄霄宫的人被越围越紧，渐渐没有了退路。

凤轻尘小心翼翼地观察九皇叔的脸色，可惜九皇叔从头到尾都面无表情，根本看不出喜怒，凤轻尘只从九皇叔身上散发出来的寒气，就推测到他这次真的很生气，很生气……

"九皇叔……"凤轻尘小心翼翼地喊了一句,略有几分讨好的意味。

她知道错了,她真的知道错了,她认错还不行嘛,给她一个认错的机会呀!

"嗯。"九皇叔这一次很给面子,虽然没有正眼看凤轻尘,却应了一句。

凤轻尘松了口气,九皇叔愿意搭理她就好了。凤轻尘试探性地挪了一步,拉近自己与九皇叔的距离,见九皇叔没有反对,凤轻尘再挪一步,直到两人衣摆相碰。

凤轻尘的小动作,九皇叔看在眼里喜在心上,他很喜欢这样的凤轻尘,娇娇怯怯,惹人怜爱,让人忍不住欢喜起来。

九皇叔心中越是欢喜,面上越发的一本正经,他要看凤轻尘到底能做到哪一步,他要看凤轻尘要如何让他"消火",又如何奖励他丢下一大堆的人和事,不顾皇上的刁难,执意来这不毛之地"剿匪",甚至不惜出动军队。

九皇叔不说话,凤轻尘就当他喜欢自己的靠近,一步一步地朝九皇叔挪过去,直到两人的肌肤相碰,衣摆缠绕在一起,再无靠近的空间,凤轻尘才停了下来。

"九皇叔,你怎么会来这里?"与之前的冷傲、清冷不同,凤轻尘的声音略有几分娇软,她认错,她服软。

主要是,看到九皇叔来,她心里高兴,高兴得都忘了背后的伤。

九皇叔看了凤轻尘一眼,又若无其事地收回眼神道:"本王办差,路过。"

"路过?九皇叔你办什么差会路过这里?怎么这么巧?"凤轻尘一时不察,将心中所想说了出来。

九皇叔不满地瞪着凤轻尘道:"怎么?本王办什么差事,还要告诉你?"

女人太聪明真是不可爱,九皇叔别过脸,掩饰自己的脸红。

"不,不,不用,我只是关心一下。从皇城到这里的路不短,九皇叔你舟车劳顿,想必很辛苦。"凤轻尘连连摇头,暗怪自己多嘴,明知九皇叔这人骄傲得很,就算是为她而来也不会说出来。

"没有你辛苦,千里马都能被你跑死,看样子你很心急。"凤轻尘不提还好,一提九皇叔就怒了,凤轻尘这是有多心急,才会把苍山墨云活活累死。

"小白死了?"凤轻尘吃惊地大叫。

惨了,惨了,符临这下杀她的心都有了,苍山墨云呀,她赔不起呀。

"小白?那匹死马?"对一匹马也比对他好,九皇叔真心各种郁闷。

凤轻尘,你有时间关心王锦凌,有时间关心那匹死马,就不能多关心一下我吗?就不能正视我吗?

九皇叔抿着唇,别过头,懒得再看凤轻尘,他才不会像怨妇一样说出这种话。

九皇叔不说,凤轻尘哪里知道他在想什么,小声地解释了一下小白的事,还想着九皇叔能不能帮她找一匹苍山墨云，好赔给符临。

"就是翟东明给我准备的那匹马，我还以为是肃亲王府的马，结果我在半路上遇到了马的主人，才知道这匹马是翟东明偷的，差点和马的主人打了起来。"

凤轻尘不敢告诉九皇叔马的主人伤了她，要是九皇叔知晓此事，符临估计会倒霉，她还是做个好人吧。

"翟东明估计也不知道，想必是下面的人见到是一匹好马，孝敬上来的。"九皇叔淡淡地道，他没兴趣谈一匹死马的事。

凤轻尘也发现了九皇叔谈兴不浓，便乖乖闭嘴，站在九皇叔身侧，像个小女人一般扯着九皇叔的衣角，一副想要讨好，又不知怎么说的模样。

这样才对嘛！九皇叔用眼角的余光打量凤轻尘，努力压下上扬的唇角，可惜这样的画面并没有维持太久，倒不是凤轻尘找到了讨好九皇叔的路子，而是玄霄宫的人在军队的连番攻击下落败，十五人中，七人战死，八人被活捉，宣菲当然也被活捉了。

"王爷，贼匪全部捉获，请王爷下令。"九皇叔是来剿匪的，这些人当然就是匪徒，再说他们做的事情，和匪徒没什么区别。

强抢民男，这种事还真不是一般人能做出来的。

"匪徒拒捕，没有活口。"九皇叔淡淡地下令，决定了所有人的生死。

"是。"将领连多问一句都没有，直接下令灭口。

"扑哧——"刀起头落，利落至极，对方身上本就伤痕累累，也不用再做假。

凤轻尘摇了摇头，官方要灭口，只需要一个理由就够了。

当士兵杀到宣菲时，九皇叔突然开口道："慢着。"

宣菲面如死灰的脸，突然闪过一抹光亮，一脸期盼地看向九皇叔，可怜兮兮地求饶道："不要杀我，求求你不要杀我，只要你不杀我，我保证玄霄宫一定会重谢你，你想要什么就有什么。你相信我，我爹最宠我了，你留着我的命，拿我和玄霄宫交换，能得到的东西更多。对了，前段时间有人给玄霄宫进献了一张藏宝图，说是前朝密宝，你不要杀我，让我爹拿藏宝图来赎我好不好？"

前朝藏宝图？应该是九州地图，这玄霄宫宫主还真是疼女儿，这种事情也告诉她，他正愁没有藏宝图的消息，这会儿就有人送来了，这一趟也不算白来。

九皇叔的眼眸深处闪过一抹亮光，但很快就消失不见，好似没有听到宣菲的话一般，眼神落在宣菲脚下的鞭子上，太监很有眼色，立马捡了起来，擦干净，递给九皇叔。

宣菲不知道九皇叔要做什么，但九皇叔身上散发的危险之气，却让她心惊，宣菲吓得大哭，不停地挣扎，哭着喊道："你相信我，我没有骗你，我爹手上真的有藏宝图，你不要杀我，不要杀我呀……"

"白痴。"凤轻尘翻了个白眼。

果然，不论是女儿和儿子都不能富养、不能娇养，看宣菲顶着一张和自己相像的脸，却眼泪、鼻涕一大把，凤轻尘说不出来的恶心。

看得真不爽呀！

好在，不爽的不止她，九皇叔也不爽，看着宣菲顶着一张和凤轻尘相似的脸，心里极其不舒服。

凤轻尘是独一无二的，所以……

"本王很讨厌你顶着这张脸活着，别让本王再看到你这张脸。"

"啪——"九皇叔手中的鞭子飞了出去，正中宣菲的脸，在她脸上留下一条永远也不可能去掉的疤痕，从左脸一直延伸到右脸。

毁了！

宣菲一脸是血，面目全非。

"啊——"宣菲眼睛一闭，痛喊一声，声音之尖锐，连百里外的飞鸟都要惊动了！

凤轻尘忍不住摸了摸自己的脸，她虽然不喜欢宣菲那张脸，可也没想过毁了宣菲，主要是她下不了手。

她可以肯定，宣菲十有八九和她有点什么关系。

"解决她。"九皇叔拿帕子擦了擦手，然后扔掉，转身朝峡谷外走去，连多看宣菲一眼都懒得看。

没有和凤轻尘相似的脸，宣菲就没有值得他看的价值。

走了数十步，发现凤轻尘没有跟上来，九皇叔脚步一顿道："还愣着干什么，走！"

"哦——"凤轻尘应了一声，也懒得管宣菲，转身就跟在九皇叔的身后，只是这一动，背后的伤就痛了起来。

"嘶——"凤轻尘痛闷一声，脚步略有迟疑，本想开口让九皇叔等等她，可终归没有说出来，咬牙就准备跟上去。

九皇叔身形一滞，他虽然没有回头却能想象得出凤轻尘此时的样子，便不着痕迹地放缓速度，等凤轻尘跟上来。

他终究无法硬着心肠对待凤轻尘，凤轻尘是他的结，九皇叔无奈地叹了口气，想着是不是要命人抬一顶软轿给凤轻尘坐，以免她伤口疼。

这个想法刚刚闪过，就听到身后一道破风声响起，随即一股强大的杀气袭来。

不好，事情有变！

没有时间多想，九皇叔飞速转身，伸手一捞，将凤轻尘抱在怀里："小心！"

啪，破空声响起，只见一片绿色的树叶，从半空飞过来，极速朝宣菲面前的士兵飞去。

"唰——"鲜嫩的树叶，生生插在那士兵的脖子里，血顺着伤口往外流，士兵双眼睁得极大，似乎不敢相信自己竟会死在一片树叶之下。咚的一声，士兵手上的刀落下，人也跟着朝宣菲所在的方向扑去。

如果是平时，宣菲一定会吓得哇哇大叫，可此时她已经吓傻了，呆呆地没有反应。

九皇叔发现事情有变，在护住凤轻尘的那一刻，伸手拔下她头上的发簪，朝宣菲的喉咙射去，他不想留麻烦。

可惜，九皇叔因为保护凤轻尘，错过了最佳动手时间。

"啪——"簪子被突然出现的玄衣男子打断，断成两截，落在地上，"敢动我玄霄宫的人，你好大的胆子。"

玄衣男子狠厉地扫了凤轻尘与九皇叔一眼，完全不将二人放在眼里，转身以蛮横的姿态，将宣菲身侧的士兵一一放倒，无视将他包围的士兵，将一身是血的宣菲抱在怀中。

"小菲，小菲你怎么变成这个样子。浑蛋，你们居然敢伤我家小菲，活腻了。"玄衣男子怒吼着，小心翼翼地抱着宣菲，大掌抚着宣菲的发丝，几次想碰却又不敢碰宣菲的脸，眼中满是愤怒与心疼之色。

士兵见状趁机强攻，却被玄衣男子发现，一大把树叶从他衣袖中飞出，"唰唰唰……"近身的士兵倒了一圈。

飞花落叶可伤人，真绝的功夫。凤轻尘不得不说，和这男子相比，她的暗器就是一个渣。

士兵不顾伤亡想要再往前冲，九皇叔却抬手示意不可轻举妄动，他不想做无谓的牺牲。

将士不动，玄衣男子也不再主动伤人，只把宣菲抱在怀里，满脸心疼道："小菲，别怕，别怕，二哥来了，有二哥在，没有人敢欺负你。"

"二哥？"宣菲一直处在呆呆傻傻的状态中，听到玄衣男子的声音，终于回过神来，睫毛轻颤，缓缓睁眼，就如受惊的小鹿。

宣菲眼神迷离，泪珠混着血往下流，待看清来人后，哇的一声哭了出来："二哥，二哥，你怎么才来，你怎么才来。呜呜呜，二哥，他们欺负小菲，你帮我杀了他们，不……活捉他们，我要把他们剁成一段段喂蛇。"宣菲有靠山了，胆子随即肥了起来。

"二哥，我的脸好疼，那个男人，是他毁了我的脸，还有那个女人，打伤我的双腿，二哥,你帮我报仇,一定要帮我报仇。"宣菲哭得上气不接下气,再加上她身上无一处不痛,那声音听在耳朵里,难免刺耳。

"痛,二哥,我好痛,小菲好痛,好痛……"

"不痛,不痛,有二哥在。小菲乖,都是二哥的错,二哥来晚了,小菲别担心,二哥一定会替你报仇,伤了你的人,二哥一个都不会放过。"玄衣男子温柔地按捏着宣菲颈后,趁宣菲放松,一个用力将人打晕,昏迷前宣菲还在叫痛。

凤轻尘被九皇叔护在怀里,看着玄衣男子的铁汉柔情,看着他脸上流露出来的心疼和宠溺,不知为何,凤轻尘突然很羡慕宣菲。

她也想有一个哥哥,无条件地宠她、疼她,在她惹祸后,会责骂她,然后毫无怨言地替她收拾烂摊子。

宣菲会无法无天也不是没有理由的,她有一个强大的父亲,还有能干的哥哥,他们都无条件地宠她,不问缘由。

"收回你的眼神。"凤轻尘看玄衣男子的目光太过灼热,九皇叔终于忍不住了,抱着凤轻尘的力量再次加重。

凤轻尘连忙收回眼神,状似感慨,实则解释道:"有一个哥哥真好。"

"好什么好,哥哥都是要你命的人。"九皇叔没好气道,他很不爽凤轻尘看玄衣男子的眼神。

这就是凤轻尘和九皇叔的区别,他们都是缺少爱的孩子,但对亲情却有截然不同的态度。

九皇叔生在天家见惯了亲人无情,他早就断了这个奢望。他很早就明白,不要去奢望有亲人的爱,与他有血缘关系的人不是想着要杀他,就是想要利用他。

凤轻尘却不同,她还在奢望,奢望这世间有一个与她有血缘关系的亲人宠她、牵挂她,给她家的归属感。

听到九皇叔的话,凤轻尘辩解道:"那是在天家,普通人家里并不会这样。"

凤轻尘坚信,如果她的父母还在,她要是有弟弟妹妹,纵然万贯家产、万里江山,她都不会和弟弟妹妹争。

"哼,那只是诱惑不够,只要有足够的诱惑,至亲的人也能在背后捅你一刀。"他的皇兄要不是踩着兄弟的血,如何能坐上那个位置?

"并不是每一个人都喜欢权势。"至少,她就觉得一个普通的家比所谓的江山更值得她争取,她一个人要万里江山何用?

"确实,有些人并不喜欢权势,可并不表示不喜欢就可以不争,什么叫身不由己你明不明白?有那个出身、处在那个位置,不是你想不争就可以不争的,有时候你不争就只有死路一条,想要活下去就必须争,因为没有人相信你会不争。"九皇叔与凤轻尘旁若无人地聊起这些玄而又玄的东西,根本没有把玄衣男子和宣菲放在眼里。

玄衣男子开始还抱着看笑话的心态,觉得面前这一男一女完全是白痴,可随着时间的流逝,他才发现白痴的人是他,对方根本没有把他放在眼里,最主要的是他待得越久,宣菲就越危险。

阴险!

这一男一女居然用谈话来转移他的注意力,玄衣男人怒极,可他刚一拔刀,弓箭手就张弓搭箭对准了他。

冰冷的箭镞指向玄衣男子,只要他有任何不轨的举动,立马就会被射成一个马蜂窝。玄衣男子不怕,可他怀中的宣菲怕,只要有一个闪失,宣菲就死定了。

这样的情况下,玄衣男子也不敢对九皇叔做什么,暴怒地吼了一声,将刀放下,咬牙切齿道:"你们两个不要欺人太甚,别以为我今天落到你们手上,就会任你们宰割,凭你们,还没有那个本事,你们最好把我放了,不然倒霉的一定是你们。"

"玄霄宫的二公子,就这么一点耐心?"九皇叔终于逗够了对方,放开凤轻尘,将她挡在自己的身后。

干净的衣袍上沾满了污血,有洁癖的九皇叔却浑不在意。

"你们到底是什么人,明知我妹妹是玄霄宫的大小姐,还敢对她下手,活得不耐烦了?"玄衣男子五官标致,隐约有几分野性。

玄霄宫的人还真不是一般的猖狂,九皇叔眼眸微眨,不疾不徐地吐出三个字:"东陵九。"

"东陵九皇叔?"看样子,九皇叔的名声不小,连江湖的人都知道。

"没错,本王就是东陵的九皇叔,本王奉皇命剿匪,二公子应该明白你妹妹做了什么?本王依法办事,不杀你妹妹不足以平民愤。"九皇叔并不在意这二公子的态度,反倒不客气地激怒对方。

在他眼中,二公子很快就是死人,玄霄宫有九州地图他就不会放过玄霄宫。用东陵的军队剿灭玄霄宫似乎是一个不错的主意,九皇叔如是想道。

顺我者昌,逆我者亡!

他东陵九从来都不是一个心慈手软的人,对待敌人就必须斩草除根。

九皇叔护短,玄霄宫的二公子一样护短,听到九皇叔的话,二公子立马暴跳如雷:"我妹妹做了什么关你什么事?你要敢动我妹妹,我绝不放过你。东陵九,你好好地在东陵做你的九皇叔,别管我玄霄宫的事情,我妹妹就算做错了也有玄霄宫的人教她，轮不到你插手，小心最后连自己的位置都保不住。"

"你妹妹在玄霄宫如何张狂本王不管，可在我东陵的地盘就必须按我的规矩办。在我东陵闹事，别说是你妹妹，就算是你老子本王也能管，二公子应该看到了，本王已经管了。"九皇叔唇角微动，露出一抹轻蔑的笑。

"不用你提醒，东陵的九皇叔，我妹妹今天所受的一切，我玄霄宫记下了，来日定当千倍奉还。"二公子的脸早已扭曲，指关节嘎嘎作响，看样子是气得不轻。

在玄霄宫的人眼中只有宣菲欺负别人的份，别人绝不能欺负宣菲，今天宣菲被人折腾得这么惨，这仇玄霄宫肯定要报，东陵九不会有好下场，他发誓。

"何必等来日，阁下要有本事，今日就可以报，本王很忙没空记这等小事，来日本王不一定记得阁下是谁。"九皇叔冷冷地道。

他知道，依玄霄宫二公子的本事，他今天怕是很难留下对方，想取宣菲的命也不容易，除非他激怒对方，让对方失了分寸，这样他就有胜算了。

可惜，二公子并不傻，九皇叔的打算他隐约猜到了几分，看到宣菲的伤再加上九皇叔轻视的态度，他的确有杀人的冲动，可他不得不忍！

"君子报仇，十年不晚，东陵的九皇叔，今天这笔账我玄霄宫记下，你给我等着……"二公子话还没有说完，就举起刀，旋身一扫……

围攻他的士兵一见纷纷后退，弓箭手连忙放箭，不想他只是虚晃一招，待士兵退开，他足尖一点，飞身离去，人至半空，突然感觉面前一股杀气袭来，抬头，正好对上凤轻尘那张与宣菲七成像的脸。

怎么可能？妹妹？

二公子大吃一惊，身形一缓，正好给了凤轻尘机会，对准二公子的脑门，一扣暗器，利器射出……

打心脏对方有护心镜，那她就爆对方的头，她就不信，玄霄宫的人连脑门都武装了。

二公子瞳孔猛地放大，再顾不得凤轻尘，提气而起，却还是慢了一步，"噗——"利器没入二公子的小腿。

"啊——"二公子吃痛，却不敢停留，借着树枝的力量，三两下就消失不见。

"东陵的九皇叔，你给我等着，等我玄霄宫的人去取你项上人头。"半空中，传来玄霄宫二公子气急败坏的声音。

"本王敬候大驾。"九皇叔毫无畏惧道。

将士们本欲去追，却被九皇叔拦住了。

"不必了，把尸体带回去交差。"

东陵和玄霄宫的仇就这么结下了，事后九皇叔下了禁口令，当天在峡谷出口处发生的事情并没有外传，皇上不知道事情的经过，只知道玄霄宫与东陵有矛盾了。

当然了，皇上更不知玄霄阁有藏宝图一事，毕竟宣菲当时已处在半疯狂的状态，她的话根本没有人相信，再加上能让九皇叔带来的人都是他的心腹，皇上就是想问，也问不出个所以然来。

皇上只知道因为凤轻尘，九皇叔调动军队把玄霄宫的大小姐给废了，和玄霄宫结下了不死不休的大仇。

皇上当场就黑脸了，气得大拍桌子，恨不得把九皇叔大卸八块。

东陵本已内忧外患，四面楚歌，九皇叔不去调停也就算了，居然为了一个女人给东陵树此强敌，这不是置东陵江山社稷于不顾吗？

于是，皇上毫不客气，当着文武百官的面给九皇叔扣了一顶不知轻重、冲冠一怒只为红颜的帽子，意图打压九皇叔的气焰，九皇叔无所谓地受了。

管他是爱江山还是爱美人，他知道自己在做什么就行了。

却说当下，玄霄宫的二公子和宣菲跑了，王锦凌也不在这里，九皇叔和凤轻尘自是不会久留。在军队的护卫下，一行人朝山下走去，九皇叔本想命人抬一顶软轿上来，却因为凤轻尘的一句话，而打消了这个念头。

九皇叔恶狠狠地想道，一定要让凤轻尘这个笨女人痛个够本，不吃痛她就不长记性，一天到晚除了惦记别人，还是惦记别人。

直到很久以后，凤轻尘知道这事，才大呼冤枉。

她不就是问了一句王锦凌和符临在哪里，安不安全，这也有错吗？

她又不是一见面就问锦凌的安危，她明明是等事情都结束了，下山时才想起锦凌他们的安危，这也有错吗？

呜呜呜——

九皇叔，你太霸道了！

第三十四章　且行且珍惜

凤轻尘身上有伤，九皇叔带着兵不方便进城，从太鲁阁大峡谷出来，一行人便在城外扎营。凤轻尘的营帐就在九皇叔隔壁，侍从早早地就给凤轻尘准备了热水与干净的衣服。

凤轻尘得知九皇叔在峡谷外遇到了符临和王锦凌，并把两人安置妥当了，整个人便就放松了。

果然，天大的事，只要九皇叔出手，都能解决。

看着一直冒着白色雾气的浴桶，凤轻尘有心想泡个热水澡，却碍于背后和大腿的伤不敢乱动，只得委屈地擦拭一下，让自己不那么脏。

闻着自己身上的酸臭味，凤轻尘很佩服有洁癖的九皇叔大人，怎么受得了抱着她走一路？

一想到九皇叔回到营帐，拼命擦洗身子的样子，凤轻尘就美美地大笑。

九皇叔郁闷，她就高兴了。

这一笑就乐极生悲了，大腿上的伤一不小心被抠破，凤轻尘吃痛，身体本能地一缩，又撞上了背后的伤，痛得凤轻尘眼眶都红了。

她还能再倒霉一点吗？

凤轻尘也没有心情继续洗，草草地洗了头发就把头发包了起来，以免头发上的水落到伤口上。沐浴完后，凤轻尘除了贴身的衣物，只披了一件外衣，远远看去，风流洒脱，竟有几分魏晋风采。

凤轻尘大腿上的伤就没有好过，在峡谷里哪怕是睡觉她都捂得严严实实，以免被王锦凌发现。而她背后的伤从锁骨一直延伸到腰部，她根本没办法穿衣服。

凤轻尘隔着帘子让侍从去请军医，最好请一个女医。她的伤口在背后，需要人帮忙，哪知没有等到侍从的应允，反倒等到了九皇叔命令侍从退下的声音。

"九皇叔？"

看到九皇叔走进来，凤轻尘连忙将衣服拉紧，一脸局促。

九皇叔瞥了凤轻尘一眼，假装没有看到她的紧张，目不斜视地往里走。

遮什么遮，本王哪里没看过，这个时候遮，不嫌晚了一点嘛。

"嗯。"气归气，一想到凤轻尘背后的伤，九皇叔还是忍不住心软地应了一句。

凤轻尘干笑一声，似乎也觉得自己的动作有些多余，不过她并没有就此松手，不仅如此反倒将衣服拉得更紧，将自己包得严严实实的。

伤口被衣物一碰，痛得凤轻尘整颗心都揪了起来，可对上九皇叔审视的眼神，凤轻尘却笑得一脸明媚，好似伤口一点也不疼。

事实上，她只是不想让九皇叔看到她身上的伤，她身上除了背后的伤还有腰间那一片青紫和溃烂的大腿内侧。可以说，她全身上下除了露在外面的脸和双手外，就没有一处完好的地方，连脚底都是伤。

九皇叔看到她身上的伤，就算是心疼也不会说，只会责怪她，然后会很生气、很生气。

她还没有把九皇叔哄开心呢，要再添一桩，她真要哭了。

可惜，凤轻尘的小算盘注定要落空，九皇叔这个时候过来，就是为了给凤轻尘上药，要不是因为他穿的那套衣服脏了，得回营帐换衣服，九皇叔早就来了，哪容得凤轻尘自己沐浴。

九皇叔眼眸微挑，将凤轻尘从头到脚看了一遍，除了觉得凤轻尘怪怪的，并没有发现别的异常。

九皇叔不再多想，指着左侧的矮榻，不容拒绝道："把衣服脱光，躺下！"

话说出来，九皇叔才发现自己因为太过担心，说错话了，可话已出口，再改变已来不及，九皇叔沉着脸，只当自己不曾犯错。

就算有错，也不是他的错，都是凤轻尘引起的，他之前何曾口误过？

"脱光躺下？九皇叔你不是这么……"凤轻尘一脸扭曲，不好意思地道，"九皇叔，我身上还有伤呢，更何况现在可是大白天，外面有很多人呢。"

凤轻尘不知道九皇叔要做什么，但可以肯定她要是躺下去，身上的伤肯定遮不住，于是故意曲解九皇叔的意思，谁让九皇叔这话说得这么有歧义呢。

九皇叔的脸彻底黑了，声音也越发的冷冽，音调猛地拔高道："凤轻尘，你想到哪里去了，本王是那样的人吗？真不知道你脑子里，一天到晚在想些什么乱七八糟的东西？"

也只有凤轻尘有这个本事，把九皇叔气得想要杀人，却又不能真的动手杀了她。

"啊，原来你不想呀。"凤轻尘惊呼，九皇叔的脸更黑了，耳根泛红，哼了一声，背对着凤轻尘不说话，摆明了要凤轻尘哄他，他这个样子就差没在脸上写"我很生气"四个字。

好吧，她错了！

凤轻尘低头，一步一步挪到九皇叔身边，拉着九皇叔的衣袖，晃呀晃……

九皇叔的心情也跟着晃呀晃，晃着晃着那点儿不满就被晃没了，只是脸上的表情慢三拍，依旧黑沉着，活似凤轻尘欠了他钱没还。

"好嘛，我错了，九皇叔大人你就原谅我吧，我不该胡思乱想，以己度人。我以为这么久没见，你想我了，那个……这不是我想你了嘛，就以为你也和我一样。"说到最后，凤轻尘的声音几乎已经听不到，头都快埋到胸前了。

这样子在九皇叔眼中那叫娇羞，可只有凤轻尘自己明白，她这是被自己恶心到了。

果然，无耻是没有下限的，她从来没想过，自己某天能说出这么无耻的话来。

九皇叔告诉自己要绷住，一定要绷住，千万不能让凤轻尘知道，他已经不生气了，可是无论他怎么努力，也压不住上扬的嘴角和眉眼间的笑意。

"咳咳——"

九皇叔轻咳一声，以免凤轻尘听出他语气中的欢喜，指着矮榻，再次道："解开外衣，躺上去。"这一次，语气软了许多，隐约有几分哄凤轻尘的味道。

到这个时候，凤轻尘要是不知道九皇叔想做什么，她就是白痴了。

吸了吸鼻子，凤轻尘眼眶红红的，连忙抬头，将眼眶中的泪水眨了回去，笑嘻嘻地道："不用麻烦九皇叔了，一点小伤，我自己上药就好了，别忘了我是大夫，这种小伤哪里能难倒我。"

比较难的是伤在背后，她够不着。

"是吗？那刚刚是谁命令侍从给你找个女医，难不成本王还比不上一个女医？"九皇叔威胁的意味十足，好像只要凤轻尘敢说是，她就死定了。

识时务者为俊杰，凤轻尘一向认为自己是俊杰，所以她很识时务，连忙否定，表示自己没有这个意思。

"既然没有这个意思，那就躺上去，别逼本王亲自动手。"九皇叔特别咬重"亲自"二字，凤轻尘吓了一跳，连忙松开九皇叔的衣袖，"我自己来。"

磨磨蹭蹭地解开衣服，一步三回头地朝矮榻走去，不知道的人还以为真是九皇叔要做什么，然后凤轻尘不从，又碍于九皇叔的淫威，不得不从……

在九皇叔的注视下，凤轻尘以龟速爬上矮榻，苦着一张脸，一脸哀求地看向九皇叔，希望九皇叔能改变主意，可惜九皇叔打定主意的事情，哪怕是凤轻尘也不能改变。

再慢也有拖不下去的那一刻，凤轻尘实在拖不下去了，便老实地趴在矮榻上，在双腿碰到矮榻的那一刻，钻心的痛从大腿两侧传来，凤轻尘差点从矮榻上跳起来，可在对上九皇叔的眼睛时，却生生忍住了，朝九皇叔展颜一笑。

这一笑，把九皇叔的火气都笑没了，虽然他怎么也想不明白，凤轻尘为什么不愿意让他帮忙上药，最后只归结于凤轻尘害羞。

"衣服脱了。"九皇叔心情好，语气也从狂风骤雨变成春风细雨，虽然没有如沐春风的感觉，可至少没有那么冷了。

伸头是一刀，缩头是一刀，她拼了。

凤轻尘咬牙，将外衣脱掉，狰狞的伤口盘在凤轻尘雪白的背上，腰间那一块青紫在伤口与雪白肌肤的映衬下，更加明显。

"这是什么时候伤的？"九皇叔按着那一大片青紫，幽深的眸子布满阴霾，让人望而生畏。

"好疼，你轻点儿。"凤轻尘吃痛，险些咬到舌尖。

"现在知道叫疼，早干什么去了？"话虽这样说，九皇叔却减轻了力道，手指轻轻地拂过伤口，一脸的心疼。

这女人，什么时候才能学会把他放在第一位，什么时候才能照顾好自己，不让他担心？

凤轻尘全身绷紧，身子比平时敏感了许多，当九皇叔略带薄茧的指腹，抚在她敏感的伤口处时，她全身战栗，忍不住张嘴……

酥酥麻麻的感觉从背后开始，席卷全身，好像触电一般，凤轻尘硬是闭上嘴，将到嘴的呻吟声咽了下去，埋怨道："九皇叔，你别乱来，我是伤患，是伤患！"

不是她故作娇气，实在是她的身体经不起九皇叔挑逗，只要九皇叔轻轻一碰，她的身体就忍不住发软。

心动情自动！

"你脑子里到底想些什么呢？本王还不至于无耻到这个地步。"九皇叔不爽，抬手拍向凤轻尘的背部，下手时想到凤轻尘背上有伤，于是就改为拍臀部。

"啪——"九皇叔怒了，下手自然不留情，重重地拍在凤轻尘的臀部。

痛才好！

凤轻尘原本是撑着身子，不让自己的大腿与矮榻相触，九皇叔这一拍，直接把她拍倒在床上，大腿内侧的伤与矮榻相撞。

"啊——好痛。"凤轻尘没有防备,一吃痛,险些咬到自己的舌头。

怎么回事?

九皇叔听出凤轻尘不是装的,吓了一跳,以为自己下手重了,伸手一揽将她抱在怀里,一个旋身自己坐在矮榻上,把凤轻尘翻了个身抱在怀里,小心翼翼地避开她身后的伤。

"这一趟出城你倒是娇气了,本王打你还敢甩脸子。"九皇叔嘴里不曾说半句心疼的话,手上的动作却泄露了他真实的情绪。

凤轻尘已缓过了那股痛劲儿,有心思想别的,可这一想她的脸立马就白了。

她的伤!

不要!

凤轻尘不敢想象,当九皇叔看到她身上的伤,那张脸会有多黑,鸵鸟似的双手捂住脸,假装自己什么都看不到。

"凤轻尘,告诉本王这到底是怎么回事?"

果然,当九皇叔看到凤轻尘血肉模糊的双腿时,不仅脸色阴沉就是语气也是前所未有的冷冽,抱着凤轻尘的力道随之加重,直到她吃痛九皇叔才反应过来,连忙松开手。

"凤轻尘,告诉本王,这是怎么一回事?"凤轻尘不回答,九皇叔再问一句,这一次更加严厉,明摆着告诉凤轻尘,别妄想糊弄他。

凤轻尘欲哭无泪,悄悄地张开手,透过指缝看到九皇叔那张黑面阎罗般的脸,忍不住打了个寒战,眼珠一转,立马装起弱来:"我的伤,好痛,九皇叔……"最后一个"叔"字,不仅念成第三声,还拖了长长的尾音,摆明了是撒娇。

如果是平时,九皇叔看在凤轻尘示弱的份上,睁一只眼闭一只眼,就让她糊弄过去了,可是今天不行。

"凤轻尘,好好说话,今天别说叫九皇叔,就是叫十皇叔也没用。说,你这伤是怎么回事?"

九皇叔真想狠揍凤轻尘一顿,让她不乖,让她不乖,可看了半天也找不到能下手的地方,只能恨恨作罢。

在他的印象里,凤轻尘那双雪白修长的芊芊玉腿,此时又是血水又是黄脓,虽说没有背后的伤那般狰狞,但这腿上的伤看上去却更加严重,就好像被滚油煮过一般,他看得心都揪痛了。

"呜呜——"凤轻尘故作可怜地嘤咛两声,修长的十指拉着九皇叔的衣领,可怜兮兮道:"处理伤势要紧,九皇叔,你先帮我上药行不行?九皇叔,我真的很痛,

我没有骗你。"

"没有骗本王?这么多天都等了,还差这么一时半刻?你这力气勒死本王也不成问题,真像你说的那么痛吗?"九皇叔哪里不心疼凤轻尘,可凤轻尘这个女人三天不教训她还真是要上房揭瓦了。

拽他衣摆,他当讨好;拉他的衣袖,他当情趣;可勒他的衣领算什么?谋杀亲夫吗?

"呃——"凤轻尘被九皇叔给噎住了,她明明是讨好九皇叔,怎么就变成勒死他了?

凤轻尘连忙松手,一看九皇叔的衣领全是褶子,才明白她刚刚不小心用力过猛了。

"这是意外,纯属意外。"凤轻尘勾腿上前,左手勾住九皇叔的脖子,以免自己掉下来,这才谄媚地替九皇叔抚平衣服上的褶子。

九皇叔有洁癖,他哪能忍受衣服被人折腾成这个样子。凤轻尘只当自己讨好讨错了地方,于是越发地卖力,整个人都快贴到九皇叔的身上了。

此时,九皇叔推开凤轻尘不是,不推开又不是。心爱的女人投怀送抱,玲珑有致的娇躯紧紧贴在他身上,小女儿似的附在他耳边吐气如兰、小意温柔,他不情动他就不是男人,可现在是情动的时候吗?

九皇叔决定,等凤轻尘的身体好了后,他一定要狠狠地教训她一顿,而男人教训女人方法是什么,自是不用多说。

不让凤轻尘三天下不了床,他就把九字倒过来写。

九皇叔抱着凤轻尘如同老僧入定,任凤轻尘在他怀里又蹭又扭,任凤轻尘在他耳边呵气如兰,他就是不动,一副心如止水的模样。

不就是吃定他现在舍不得动她吗,没关系,日子长着呢,今天这笔账他会记下,来日定当连本带利地讨回来。

"哼哼——"九皇叔没好气地道。

九皇叔又是甜蜜、又是折磨地"享受"着凤轻尘的曲意奉承,不管内心多么的激动,硬是逼着自己不将情绪显露出来,活脱一座冰山,怎么也不肯融化。

凤轻尘都快哭了,她会的招已经全部用上了,九皇叔还是不肯放过她,果然男人太睿智、冷静了也不是什么好事。

普通男人遇到这种事,只要女人撒个娇、卖个好就会揭过,可偏偏九皇叔不是一般人,凭她软磨硬泡就是不买她的账,做女人做到这个地步,真的好失败呀。

凤轻尘气馁了!

磨了九皇叔半天,没有半点成效,凤轻尘也累了,松开双手,靠在九皇叔的怀里喘着粗气。

"呼——"挑逗和讨好也是一个力气活,她现在累得不行,身上都出汗了,实在没有力气再来一次。

"呼——"九皇叔也狠狠地松了口气,凤轻尘终于放弃了,凤轻尘要再蹭下去说不定他真会控制不住自己,好在……最终他赢了!

九皇叔冷笑,眼中闪过一抹危险的光芒,他要凤轻尘为她没有及时坦白而后悔。当然,最主要的是,他要让凤轻尘挑逗了他,却不负责灭火而后悔。

今天这事不能善了。

不管九皇叔承受了多大的压力,费了多大的劲才压制住自己的本能反应,在这一场男人和女人的博弈中,无疑,九皇叔才是胜利者。

他只是问凤轻尘身上的伤是怎么回事,凤轻尘却磨磨蹭蹭不肯说,那就别怪他下手无情。

九皇叔给凤轻尘调整了一个舒服的位置,将她长发解开任其倾泻而下,来回抚摸,就好像给宠物顺毛一样,力道刚刚好,舒服得让人全身的毛孔都张开了。

凤轻尘眼睛微眯,舒服得直哼哼,理智告诉她,九皇叔这反常的举动肯定有问题,可在九皇叔的抚摸下,她全身都懒懒的,根本不想动。

看凤轻尘舒服地闭上眼睛,九皇叔很满意地点了点头,低头在凤轻尘的额头上落下一个吻,宠溺道:"告诉本王,你在路上遇到了些什么事,可有遇到麻烦?"

这个问题很安全,凤轻尘想了想,她一路上除了遇到符临外也没有其他的事情,也就不多想,一五一十地将路上发生的事情告诉九皇叔。

九皇叔一边听一边点头,示意凤轻尘说得详细一些,一些琐事也不放过,凤轻尘小心地察看九皇叔的脸色,发现他没有不悦,于是很配合地说了起来,希望能借此转移九皇叔的注意力。

凤轻尘一路平安,并不是凤轻尘走得快,也不是她运气好,而是有人替她扫平了路上的障碍。

好吧,记步惊云一功。

当凤轻尘说到符临的名字时,九皇叔沉稳的脸色一僵,不过很快就恢复如常了,就是凤轻尘也没有发现异常。

凤轻尘继续说,继续说,说到在太守府遇到的事,说到那场大火,详细说明她如何英勇、华丽地从大火中飞了出来,希望九皇叔能夸夸她,奈何九皇叔不上道。

九皇叔一心二用,没错过凤轻尘的话,同时也在猜测符临的身份。

符这个姓氏,几乎从九州大陆消失了,而姓符的人只有一个身份,那就是前朝

神庙后人。

世人皆知,在前朝,除了皇室,最有权势的就是凤离一族,却不知在很早以前,前朝还有一股强大的势力,那就是神庙,而符氏人就是神权的代言人。

蓝氏的先祖很明白,帝王之术在于平衡,所以凤离一族手握兵权时,蓝氏先祖同时扶持了神庙出来。每当凤离王太过强盛,蓝氏历任帝王就会把神庙推出来,借神庙之手制衡凤离王。

在皇权的控制下,代表神权的符氏和代表兵权的蓝氏一直矛盾重重,当然这是帝王乐见的。

只不过,蓝氏统治九州大陆上千年,有开国先祖那样的明君,也不缺昏君,蓝氏就曾出过一位笃信修仙之道的昏君,极为宠信符氏一族,妄想得道成仙。

符氏族人就利用这一点,在九州大陆到处宣扬得道修仙之说,弄得百姓不事生产、民不聊生,到处都是荒地死尸,甚至哄得那位皇上差点把江山拱手相赠。

凤离王看不过去,在太子的授意下发兵皇城,直接把神庙一锅端了,逼得皇上退位,扶持太子上位。

凤离王和神庙斗了几百年,期间各有胜负,彼时有一个这么好的机会放在凤离王面前,他怎么可能会放过?

因为神庙的形象在民间太过神圣,凤离王也不敢屠尽符氏族人,只找了一个理由把他们赶了出去,赶出九州大陆的权力中心。

屠族这种事在前朝很少做,尤其是权势到了凤离王这种地步更是不屑屠族,他不认为离开权力中心的符氏一族,还能东山再起。

新帝没有继位前,曾被神庙多次打压,又看到符氏一族以神的名义祸害蓝氏江山,对符氏深恶痛绝,事后凤离王要取缔神庙,太子很是赞成。

就这样,符氏一族被蓝氏与凤离王联手赶到海外的一个孤岛上,对外则说是赐符氏一族仙岛,为了不让俗世打扰符氏族人,从符氏族人登岛起,此岛就从九州大陆的地图中抹去,归符氏所有,望他们早日参悟修仙之法。

当然,不管说得多么冠冕堂皇,都改变不了符氏一族在权力斗争中的失败,被逐出九州大陆的事实。

符氏被驱逐,前朝的权力格局也发生了变化,没了神庙与凤离王抗衡,凤离王的权力越来越大,直到大到帝王也压不住,让帝王心生间隙。

如果不是这样,蓝氏一族与凤离族也不会那么快就闹翻,以至于发生后面的惨剧。

"符临!"九皇叔细细地咀嚼着这个名字,蓝氏、凤离、符氏居然就这样遇上了,这是巧合,还是不是冤家不聚头?

九皇叔的眼中闪过一抹意味不明的笑意，符氏一族选择在这个时候出现在九州大陆，还真是有眼光。

这片大陆越发的热闹了，他从不认为符临的出现是巧合，这世间哪有那么多的巧合，巧合到符临瞬间就结交上凤轻尘。

这个时候，凤轻尘正好说到她在山谷看到王锦凌的惨状，想到王锦凌当时的惨境，凤轻尘眼睛微红，心中的自责更甚，她一直都觉得是自己来晚了，王锦凌才会吃那么多的苦头。

九皇叔见状，连忙收回思绪，打断凤轻尘的话："这么说来，除了在易水城，你一路上都没有遇到伏杀，你腿上的伤也与别人无关？"

他才不要凤轻尘同情王锦凌，凤轻尘为王锦凌丢下京城的一切不远千里跑来救他，他已经够幸福了，他还想怎么样？

被九皇叔这么一岔，凤轻尘也没多想，点了点头，顺着九皇叔的话就说了起来："嗯，腿上的伤是连日骑马磨出来的，再加上我担心锦凌的安危，一直赶路，也就没有时间和精神去管它，结果越来越严重，最后就变了这个样子。好在都是皮肉伤，没有伤到筋骨，休养个十天半月就能好了。"

九皇叔身上有一股安定人心的力量，有他在身边，天大的事情凤轻尘也不觉得可怕。

"除了腿上的伤，还有哪里受伤了？"九皇叔继续轻声温语地哄着凤轻尘，手上的动作越发的柔和，眼神却越发的幽深。

锦凌？叫的真亲热。

很好，为了王锦凌而把自己弄成这个样子，凤轻尘你本事了。

九皇叔气得快吐血了，可越是如此他面上越是不肯显露半分，语气甚至比之前更加温柔，更加容易让人放松。

凤轻尘连日来神经紧绷，身心俱疲，在九皇叔身边她难得放松，再加上九皇叔的轻抚，让她舒服到直想睡觉，哪有心力防备九皇叔？

更何况她身上的伤瞒不了九皇叔，她还不如把自己说得惨一点，好让九皇叔心疼，说不定九皇叔一心疼就心软了，然后放过她。

凤轻尘乖得如同小猫，小脑袋在九皇叔的掌心蹭了蹭，讨好的意味十足："从易水城出来后没有马只能徒步赶路，走了好几天的路我脚底都起泡了，可疼了，每走一步都像是走在刀尖上。还有我的嗓子，找人的时候没有人帮我，得自己在峡谷里喊，差点就失声了，不过在峡谷里休息了四五天后好多了。"

凤轻尘悄悄看向九皇叔，发现九皇叔的眼神柔和，心中越发肯定，她坦白了，

九皇叔就不生气了。

很好,凤轻尘你真的很好,为了王锦凌,居然可着劲儿地折腾自己,还真是本事了。

九皇叔强压下心中的怒火,柔声问出他最关心的问题:"你和王锦凌在峡谷下面待了五天,就只有你们两个人吗?你们是怎么相处的?这深秋的天气如此寒冷,你有没有着凉?"

九皇叔相信凤轻尘,但是他不相信王锦凌。王锦凌是君子不错,可机会就在面前,王锦凌怎么可能不把握?

别以为王锦凌伪装得好,就他那点儿道行也只有凤轻尘才会相信,王锦凌只当她是知己,对她死了心。

哼,王锦凌最好小心点儿,惹急了他,他就把王锦凌打包送到玄霄宫大小姐的手上。

九皇叔这话完全是体贴关心,没有一丝的火气和猜测,至少凤轻尘就没有听出什么异样。再加上她觉得有些事情能隐瞒,有些事情则不能隐瞒,比如她和王锦凌在峡谷为了取暖,相拥而眠的事情就不能瞒着九皇叔。

凤轻尘本就打算趁九皇叔心情好的时候说清楚,自己亲口告诉九皇叔,总比他日后从别人嘴里得知这件事要好。

不是她不相信王锦凌的为人,而是她自己说出这件事情心里会舒服些,搁在心里反倒显得她和王锦凌有什么一样。横竖她罪名够多了,也不介意再加一条,她主动认错说不定九皇叔心里的不舒服也会少几分。

凤轻尘发挥鸵鸟精神,闭上眼将峡谷内发生的点点滴滴都说得一清二楚,没有丝毫隐瞒,见九皇叔没有打断她的话,凤轻尘小心翼翼地加上一句总结和辩解的话。

"报告九皇叔大人,虽说我曾照顾过锦凌的生活起居,但我只是站在大夫的立场上,把锦凌当病人,没有任何的暧昧与情愫。你是知道的,我一直把锦凌当成知己,从来没有考虑过他是男是女的问题。同理,我和锦凌相拥而眠也是事出有因,当时只有一床被子,我不想把自己冻病,除此之外绝不存在别的想法和动机。

"哦,对了,我当时穿得严严实实连手上的肉都没有露出来。我向你保证,我绝没有对不起你,身心永远只属于九皇叔你一个人。

"以上,就是全部的事情经过,恳请九皇叔你能理解,原谅我一次,再次向九皇叔保证,这绝对是最后一次,不会再有下一次。"

说完,凤轻尘就摆出一副无赖样,双腿一伸、眼睛一闭,双手继续捂脸。

她要说的能说的都说完了,接下来就看九皇叔的了。她知道九皇叔会生气,可哪怕重来一次,她还是会做出同样的选择。

她等，等九皇叔的狂风骤雨降临，等九皇叔发泄心中的怒火。不管是骂她一顿还是打她一顿，她都受了，绝没有任何怨言。可等了半天也没有等到九皇叔有任何反应，凤轻尘慌了，悄悄地移开双手，去看九皇叔的表情，却见……

九皇叔面无表情，黑眸和往常一样幽深，看不出喜怒，甚至手上的动作都没有变，依旧温柔得能将人溺毙。

九皇叔这个样子太正常了，正常到不正常。

一般男人听到这样的事情就算不暴跳如雷，那也是怒火横生，九皇叔平静的样子却让人害怕。

九皇叔不会是气狠了吧？

凤轻尘慌了，真的慌了，虽然她相信九皇叔不是一般人，可也怕九皇叔盛怒之下做出什么损人不利己的决定。

九皇叔该不会因此就觉得她不贞、不洁，然后不要她了吧？她要是因此就被九皇叔给甩了，那真是会郁闷死。

她可以接受九皇叔因为不喜欢她而不要她，但实在没有办法接受因为厌恶她而不要她，这个原因让她不能接受。

凤轻尘强作镇定，半是玩闹半是认真地试探道："九皇叔，坦白从宽，抗拒从严。我招了，我全部都招了，没有一丝的隐瞒，要是你查出我所说的话与事实有任何不符，我愿意接受任何处罚，看在我这么乖的份上，你就别生气了。"

九皇叔不为所动，凤轻尘便继续努力，脑袋在九皇叔的掌心蹭啊蹭……

"九皇叔，古人曾说过：嫂溺叔援，权也！我当时也是事急从权，你不能因为这样就生我气，也不能因为这样就不要我，看在我什么都不隐瞒你的份上，你大人有大量，原谅我一次好不好？求你了，拜托……"

九皇叔嘴边噙着一抹缥缈的笑，幽深的眸子盯着凤轻尘，不说话，没人能看出他到底在想什么。

见这样子也打动不了九皇叔，凤轻尘真的快哭了。

当初她一身薄纱在城外醒来，九皇叔都没有嫌弃她，现在应该也不会嫌弃她才是。九皇叔这应该只是生气吧，如果只是生气，那表示还有的商量。

凤轻尘美丽的大眼溢满担忧与不安，双手紧握成拳，抵在下巴处，大大的眼睛眨呀眨，努力朝九皇叔卖萌，以期能打动九皇叔。

"九皇叔，求你了，求你了，原谅我一次好不好，就这一次行不行。九皇叔，求求你别生我气了，你一生我气，我心里就堵得难受；你一不理我，我心里就好像有石头压着一样，喘不过气。

"九皇叔,你要真生气你骂我、打我都行,就是不要不理我,你一不理我,我心里就难受,九皇叔求求你不要生我的气了。要不这样好了,这次算我欠你的,以后你要是惹我生气,我也原谅你一次,不管多大的事,我都原谅你一次。"

凤轻尘一脸肉痛,为哄九皇叔高兴,完全没有底线,不等九皇叔开口,主动一退再退,开出若干个对九皇叔有利的条件。

终于,在凤轻尘许下一堆承诺后,九皇叔收回眼神,点了点头:"好,我相信你,就原谅你一次。"

九皇叔语气真诚,没有施恩或者大人有大量的口吻,凤轻尘知道九皇叔是不在意了,真的原谅她了。

凤轻尘高兴得快要跳起来了,伸手搂住九皇叔的脖子,在他的脸颊上用力一吻,娇嗔道:"九皇叔你真是太好了,我太喜欢你了。"

九皇叔耳根一红,抿着唇不说话,再次称赞自己实在是太英明了。果然,还是这样的凤轻尘比较可爱。

"啊——"高兴过头,一不小心牵动伤口,凤轻尘顿时痛叫一声,九皇叔连忙把人抱稳,不让凤轻尘乱动,"好好待着,别乱动。"

"遵命,我的皇叔大人。"凤轻尘心情大好,不顾身上的伤,俏皮地行了个军礼,害得九皇叔没有憋住,笑了出来。

见九皇叔笑了,凤轻尘更高兴了,也更听话了。九皇叔让她趴着,她就趴着,九皇叔说要给她上药,她二话不说,就把药推到九皇叔面前,毫不介意九皇叔把她当成小白鼠。

九皇叔满意地点了点头,唇角上扬,眼中尽是狡黠的笑,可惜凤轻尘背对着他,根本没有看到,她还在为九皇叔不计前嫌而暗爽呢。

要是凤轻尘知道九皇叔从头到尾都相信她,根本没生气,不晓得会不会被气得撞墙?

九皇叔又不是第一天认识凤轻尘,他怎么可能不清楚凤轻尘的为人,就算不信凤轻尘,他也相信自己的眼光,他看上的女人怎么可能和普通女人一样?

他不是那些愚夫,会用种种教条来束缚女人,更不会把凤轻尘当成自己的私人所有物,不允许任何人多看一眼。

他也知道王锦凌在凤轻尘心目中的地位,更明白凤轻尘身为大夫的立场,凤轻尘救人时心无杂念,眼中除了病人再无其他,更不用提什么男女之防了。

但要说完全不在意那是骗人的,自己的女人和别的男人相拥而眠,他要一点也不介意,那他就不是东陵九了。

只是，与其气凤轻尘还不如气自己不够强，保护不了自己的女人，无法给她一个无忧的环境。

他在意，在意自己来得不够快，要是他早五天到，凤轻尘就不会被困在谷底那么多天。

不过，这件事情也让他很高兴，他高兴凤轻尘主动告诉他一切，明知他不高兴也没有隐瞒，这是凤轻尘对他的信任，也说明凤轻尘够坦荡，行得正、坐得直。

这件事情要是凤轻尘不说，依王锦凌的人品他永远都不会知道，凤轻尘不说出来也没有什么，可她选择了告诉他，这就说明凤轻尘信任他，相信他能理解。

没有什么比彼此信任更重要！

九皇叔的心情很好，看凤轻尘的伤口也就不再愤怒，细心地给凤轻尘上药。刚给腰间的伤抹好药，就听到营帐外有车轮的声音响起，九皇叔的眼中闪过一抹冷冽的寒光。

在这里，双腿受了伤的只有王锦凌，王锦凌这个时候撞上来就别怪他不客气了。

峡谷里发生的事情他不生凤轻尘的气，并不代表他不生王锦凌的气。凤轻尘这一身的伤全是为王锦凌受的，他不找王锦凌算这笔账找谁算。

算账的第一步，他要让王锦凌明白，凤轻尘是他永远也不能幻想的女人。

九皇叔放下药瓶，指腹按在凤轻尘的伤口上。

"嗯——"凤轻尘吃痛，委屈地喊了一声，颇有几分责怪的意思。

"嘎——"营帐外的车轮声，顿时停了下来。

很好！

九皇叔很满意这个效果，低头，给了凤轻尘一个安抚的吻，又拿起药瓶继续给凤轻尘抹药，只不过手中的力道加了三分。

"嗯——疼，九皇叔，你轻点儿，疼呢。"

"……"

"疼，九皇叔，你轻点儿！"

这话是什么意思，没有一个男人不懂，如果这一句还不够，那么接下来低沉的轻哄声，便让你的猜测得到了证实。

"别动，本王会轻点。"

这天下能让九皇叔开口哄的女人，足以证明这女人在他心中不一般。

营帐外，王锦凌的笑容瞬间凝固，整个人僵在那里，好半晌后才回过神来，嘴角扬起一抹淡然的笑容，似嘲讽，又似自嘲。

深深地看了一眼面前的营帐，随即若无其事地移动轮椅往回走，一如他不曾来过。

九皇叔，对我用这招你不觉得嫩了点吗？你真以为我王锦凌会笨到那个地步？

可明知是假的，为何心里依旧堵得难受？能让凤轻尘卸下骄傲的人，就只有九皇叔吗？他不行吗？

王锦凌抬头看着昏暗的天空，右手放在心口处，默默地感受着胸口有序的心跳声，以平复心中的酸涩。

有些事情要动手了，家族的力量只属于家族，只有他王锦凌的才气，才属于王锦凌一个人。从今天起，他不再做王家的大公子，他要做独一无二的锦凌公子！

符临从营帐中走出来，看到王锦凌发呆的样子，有些不解地走上前来，站在王锦凌身侧，学着王锦凌抬头看天。

"天上有什么吗？"又不是晚上。

"什么都没有。"在符临走近的那一刻，王锦凌就发现了，只是装作不知罢了。

符临这个人身上有股子很奇怪的气息，让他不会引人注目，却也不会泯然于众人。

"什么都没有，那你看什么？"符临虽是和王锦凌说话，双眼却落在凤轻尘的营帐方向。

说实话，他对那个姓东陵，排名第九的皇叔很感兴趣。

"看它的虚无，看它的空灵，看它的包容。"王锦凌没有与人分享心事的习惯，别说符临只是凤轻尘刚认识的人，就是面对凤轻尘本人，除非她问，否则他也不会主动说出心中所想。

"不懂。"这种类似参悟的话语，没有那份心境是体会不出来的。

"不懂是福，符公子没事，陪我走走如何？"王锦凌不着痕迹地阻止符临去找凤轻尘。

符临挑了挑眉，若有所思地看了一眼凤轻尘的营帐，便推着王锦凌走开了。

君子之行，静以修身，俭以养德，非淡泊无以明志，非宁静无以致远。二十多年的熏陶，君子之风已经刻在王锦凌的骨子里，他再心痛、再狼狈也不会显露出来。

符临想看热闹，怕是会失望。

九皇叔，你看我多好！

他绝不会让外人看到不该看的，他绝不会让凤轻尘的名声再受一点损伤。

王锦凌的嘴角扬起一抹苦笑，这份苦涩直达心底。

苦涩的不只王锦凌一人，当步惊云带着一身的伤赶到太鲁阁大峡谷，却发现九皇叔比他快了一步，步惊云想死的心都有了，他的功劳，他戴罪立功的机会呀……

可偏偏他不敢说九皇叔半句，毕竟是他来得太晚了。

是夜，步惊云收到蓝九卿的消息，令他即刻前往玄霄宫，调查玄霄宫宫主、宫主夫人和玄霄宫大小姐宣菲的事情，并派人监视玄霄宫，一旦有异动，立马禀报。

玄霄宫是江湖老牌势力，就算步惊云这个后起之秀上升的速度再快，也没有办法在玄霄宫埋下有用的钉子。

经营数年，步惊云也只是安排了几个外围弟子混进了玄霄宫，要查玄霄宫的事情无疑很困难，可步惊云却不敢有半句怨言，只得连夜离开，亲自前往玄霄宫。

他一定要戴罪立功，他算是看明白九卿了，九卿完完全全就是帝王的性格，最喜欢做的事情就是迁怒。

他犯了错，九卿一定会迁怒宝儿，为了宝儿他也得认真办事！

……

凤轻尘不知道王锦凌和符临在外面的谈话，并不表示九皇叔不知。

王锦凌果然是君子，所以他输定了。

江山与美人，从来都不是君子手段能得到的，君子的手段太过温和，王锦凌是君子，他敬，不过君子只能当臣。

历代帝王的教育，从来没有把帝王教育成君子，而是告诉帝王亲君子远小人，然亲君子并不表示自己当君子。

接下来，九皇叔便充分发挥非君子之风，将凤轻尘护得死死的，他们在城外扎营三天，王锦凌连凤轻尘一面都不曾见到，只打听到凤轻尘受了轻伤，现已无碍。

不仅如此，回城的路上，九皇叔直接将凤轻尘塞到自己的马车里，然后与凤轻尘二人待在马车里，沿途没事绝不下车，让王锦凌看着凤轻尘近在咫尺，却如同远在天涯。

大半个月下来，王锦凌除了偶尔能看到凤轻尘一眼，确定她没事外，竟连一个说话的机会都没有。且每次都只能远远地看上一眼，每一次看到凤轻尘，她的身边必有九皇叔。

王锦凌看九皇叔这番作为，又看到凤轻尘异常配合，隐约明白应该和凤轻尘孤身来救他的事情有关。

王锦凌刚开始还不急，只当九皇叔使小性子，让他不痛快一下，可时间久了，王锦凌就算脾气再好，也忍不住生气了。

九皇叔实在是太过分了。

九皇叔明明可以派人先送他回去，或者通知王家人来接他，可偏偏带着他同行，还天天在他面前与凤轻尘同进同出，展现两人不同一般的交情。

王锦凌明明知道这是九皇叔的手段，这是九皇叔故意刺激他的，可偏偏明知是计，他也无法痛快。

九皇叔这招真的不高明，可偏偏实用，尤其是对他实用，他正高兴凤轻尘孤身前来救他，九皇叔随后就当头淋了他一盆冷水。

　　他让九皇叔不痛快半个月，九皇叔估计要让他不痛快半年，甚至更久。

　　面对九皇叔这类似孩子气的手段，王锦凌只能暗叹一声，九皇叔太小气了，可除此之外，他什么也不能做，他现在还要靠九皇叔送他回城。

　　王锦凌不高兴，凤轻尘也不高兴，她身上的伤还没有严重到一步也不能动的地步，可偏偏九皇叔就把她当成残废一般，上下马车都用抱的，好像她伤得快死了一般。

　　可每当她抗议时，九皇叔都有办法让她妥协。

　　九皇叔没有拿峡谷的事说事，而是默默地抚着她的伤口，自责道："这伤要是留疤全是本王的错，都是本王不好没有保护好你。"

　　每每提到这个，凤轻尘都不再说话，乖乖地顺从九皇叔。

　　她很明白，她这伤疤是留定了，这明明是她的错，九皇叔却将全部的过错揽在自己身上，每每看到她身上的伤都自责不已，她还能说什么？

　　而且，九皇叔也确实如他自己所承诺的一般，在那天说相信她、原谅她后，就不再提她救王锦凌和峡谷的事情，她试探地提起九皇叔也没有生气，只一心找药，不希望她身上留下疤。

　　十天前，下面的人快马加鞭从皇城取来雪莲百花膏，不过因为凤轻尘的伤耽误太久了，即使玄医谷谷主千金不卖的雪莲百花膏也没用。

　　九皇叔去信给玄医谷谷主，让他再拿更好的药来，不计任何代价，他也要把凤轻尘身上的伤疤去掉。

　　凤轻尘看着九皇叔为了她，不惜动用各方力量，只默默地受着，一句话都没有说，当然她也说不出来。

　　作为女人，她当然不希望自己身上有一条蜈蚣一样的疤；同样，她也无法拒绝九皇叔的好。

　　这个时候，请允许她柔弱一下，让她小小地做个梦，做一个没有忧愁的小女人，哪怕只有一天也好。

　　九皇叔没有让凤轻尘失望，给了她一段美好的返城之旅。当初，凤轻尘快马加鞭，十天不到就从京城赶到太鲁阁大峡谷，可现在他们花了半个月的时间，还没有走完一半路，美其名曰大公子身上有伤，不适合赶路，实际上是什么大家都明白。

　　大军继续前行，王锦凌静静地坐在自己的马车里，黑眸如同往昔，幽深而沉静，不知道在想什么……

　　凤轻尘趴在九皇叔的大腿上，吃着这个季节极稀罕的水果——葡萄！

说它稀罕主要是，这葡萄是九皇叔大人亲手剥的，一颗一颗喂进凤轻尘嘴里，她只需要张嘴就行。

　　"噗——"凤轻尘将葡萄籽吐在面前的小碟里，朝九皇叔摇了摇头，表示她不想吃了，懒懒地从九皇叔身上爬起来，朝小榻上一靠。

　　被九皇叔娇养了半个月，她越发的懒了。

　　九皇叔也不勉强，拍了拍手，自有下人将东西收走，又端来金盆给他洗手，随即悄无声息地退下。

　　洗净手后，九皇叔接过雪白的帕子，优雅地擦拭手指，看了一眼如同猫儿一般慵懒地靠在小榻上的女人，满意地点了点头。

　　不枉费他费了这么多的心思，终于把凤轻尘乖乖地留在马车里。

　　王锦凌，你让本王不舒服，本王绝不会让你好过。

　　可惜，九皇叔的这番打算，在接到玄医谷谷主的信后，立马改变了……

第三十五章 天家兄弟阋墙

玄霄宫。

玄医谷谷主一手执黑棋,一手执白棋,自己跟自己下着棋,听到脚步声响起,头也没有抬,只稳稳地落下一颗白子。

玄霄宫宫主坐在另一侧,并不说话,只静静地等着。

玄霄宫宫主姓宣,名黎,年近四十,保养得当,看上去要比实际年龄年轻许多。

宣菲是他唯一的女儿,又长得与爱妻一个模样,他打小宠若珍宝,当宣菲受伤的消息传来,他第一时间就派探子请来玄医谷谷主。

这天下能让玄霄宫如此客气的人也不多,玄医谷谷主算一个。没办法,他现在有求于对方,希望对方能还原他女儿的花容月貌。

半个时辰后,玄医谷谷主手下的那局棋胜负已分,黑子以微弱的优势险胜,玄霄宫宫主这才开口道:"谷主,那件事情你考虑得怎么样了?"

"不用考虑,老夫不做那样的事情。"玄医谷谷主捧起一旁的香茗,细细地品了起来,一副惬意的模样,只是那不曾舒展的眉头,泄露了他的心事。

任谁被人限制自由,都高兴不起来。

"谷主,这件事于你而言只是举手之劳,事后我玄霄宫定不会亏待谷主。"宣黎大方地许诺,接过手边的茶却是不喝,任袅袅白烟从茶杯冒出,遮住他探寻的视线,让人看不出他在想什么。

"宫主,老夫已经如你所愿,去信挑拨他们兄弟阋墙,这样你还不满意吗?"

"他毁了我家小菲的脸,这是他自作自受。"宣黎目露凶光,这个"他"不用猜也知是说九皇叔。

"老夫有十成的把握,让大小姐恢复原样,宫主又何必再执着?"玄医谷谷主叹了口气。

他这是造了什么孽呀,好好的玄医谷不待,跑出来后不是扯入西陵太子之争,就是扯进玄霄宫与东陵九皇叔之间的仇恨中。

"就算小菲的脸恢复了,也无法抹除她曾受到的伤害,本宫绝不放过东陵九,那个女人本宫也不会放过。本宫的女儿虽然没有公主之名,却比那些公主更加娇贵,他们竟然说打就打,不给他们一点教训,九州大陆的人还以为我玄霄宫是什么阿猫阿狗就能欺负的。"宣黎说了一堆,也改变不了他要为女儿报仇的事。

"唉——"玄医谷谷主不知道自己该说什么。他和东陵九、凤轻尘都打过交道,深知他们两个的为人,如果不是宣菲主动挑事,这两人连看都不会看宣菲一眼,更不用提找宣菲的麻烦了。

"宫主,二公子应该有告诉你,那名叫凤轻尘的女子,长相与令媛有七分相似。"

"是又如何,这天下相像的人多了去了,但她和小菲长得像就绝不应该。本宫的小菲是独一无二的,本宫绝不允许有一个和小菲相似的女子存在。怎么?谷主也认识她?"宣黎并没有把凤轻尘的长相当一回事。

他夫人自从嫁他那天起,就不曾踏出玄霄宫半步,相似的长相不过是巧合。

"老夫与她有过一面之缘。"面冷心热,是个有医德的大夫,他虽然是个无良大夫,但并不表示他不欣赏凤轻尘。

"原来如此,看样子谷主是无论如何也不会帮忙了。既然如此本宫也不勉强,谷主就当这事本宫不曾提过。"宣黎隐含警告道,语毕便起身走人。

玄医谷谷主无奈叹气,看宣黎一副不毁了凤轻尘就不肯罢休的样子,忍不住提醒一句:"宫主,这件事还请你谨慎处理,依老夫之见这天下没有无缘无故那般相似的人,你最好等看过人再做决定,以免后悔。"

"本宫绝不会后悔,谷主要是不急,在我玄霄宫多留一段时间好了。"这话是变相的囚禁,在事情没有结束前,他不允许玄医谷谷主离开玄霄宫。

他一定要毁了凤轻尘,他绝不允许伤害他女儿的人好好活着。至于挑起这一切的王家大公子?既然他女儿喜欢,那就留他一命。

宣黎头也不回,大步离去。

他做的决定,谁也不能改变。

玄医谷谷主那张老脸瞬间就黑了,无语地看着棋盘。

这都是什么事呀!

玄医谷谷主有些后悔给九皇叔写信了,要是九皇叔回去后跟东陵的皇上闹起来,两败俱伤,不是正好给了玄霄宫可乘之机吗?

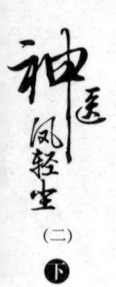

头痛呀!

算了,这些大人物的事情他管不着,他还是想想怎么把宣菲那张脸给医好吧,不然依玄霄宫宫主宠女儿的疯狂行径,说不定会毁了他的玄医谷。

他地位超然不错,可他没有与玄霄宫抗衡的力量。

愣的怕横的,横的怕不要命的,说的就是眼下这种情况。他是愣的,玄霄宫是横的,至于九皇叔和凤轻尘嘛?

在玄医谷谷主眼中,这两个人绝对是不要命的,玄霄宫与他们对上,胜败还真不好说。

想到这里,玄医谷谷主突然心情大好。他着什么急,他看戏就好了,横竖这火都烧不到他头上。

九皇叔收到玄医谷谷主的信后,再也顾不得让王锦凌不痛快,火速通知王家把王锦凌接走。至于符临,九皇叔想也没想就把人带回京城,像符临这种危险人物,留在自己身边最安全。

把军队交回,九皇叔带着凤轻尘和符临在亲兵的保护下,急速朝皇城驶去。

十天,玄医谷谷主信上说,依凤轻尘身上的伤势十天之内,若能拿到千年雪莲制成的药膏,有七成的可能不会留疤。

信是谷主五天前寄给他的,也就是说他只有五天的时间。

千年雪莲,如果放在以前,要在五天之内找到绝对不现实,可现在吗?

皇上的手里正好有一朵!

这是巧合还是人为?

玄医谷谷主特意点明只有千年雪莲才有效,九皇叔不认为这是巧合。从宣菲受伤到现在已经过去半个月了,他一路慢悠悠地晃着,除了考虑到凤轻尘的伤、给王锦凌添堵外,还有就是在等,等玄霄宫的报复。

结果,半个月过去了,玄霄宫像是什么都没有发生过,一点动静都没有,九皇叔便不得不多想。

去信给谷主也算是一种试探,宣菲的伤恐怕只有谷主才能医治,他十有八九就在玄霄宫,结果果然如他所料。

明知这千年雪莲是陷阱,九皇叔还是毫不犹豫地跳了,他相信谷主的话,在某些方面这个老头和凤轻尘一样,都是一个固执的主,不会拿自己的医术和声誉乱来。

千年雪莲花,他志在必得。

有人想看他和皇兄斗是吗?那他就如对方所愿,斗个你死我活给他们看,只是想要看他的好戏,就要付出代价!

九皇叔眼中闪过一抹凛然的杀意，凤轻尘全身一寒，不着痕迹地拉了拉身上的衣服。

如果她没有猜错，有人要倒霉了！

有九皇叔在，即使星夜兼程，凤轻尘也没有感觉到累，她不用操心一路上的琐事，只需要安心养伤，无聊时就翻看九皇叔到处给她搜罗的医学著作。

九皇叔这人真要花心思宠一个人，可以把人宠到极致，捧到天堂，让你忘了自己是谁。

要说不感动那是骗人的，可凤轻尘并没有就此沉沦在九皇叔的宠溺中，并不希望九皇叔为了她就不顾正事，不顾皇城的一切。

手上的医书，好半天也没有翻动一页，凤轻尘看的是书，思绪却飞得很远。

她很清楚，九皇叔不是沉溺于儿女私情的人，不会忘了自己的身份和责任，九皇叔是真心宠她的不错，但此举肯定别有目的。

九皇叔一向善于利用局势，他肯定在酝酿什么大招！

如果说，之前凤轻尘还不敢肯定，当她看到千年雪莲这几个字时，就隐约明白了。

九皇叔在故意挑衅玄霄宫，引起玄霄宫的怒火，不然九皇叔会直接杀了宣菲，而不是先毁其容颜。

九皇叔与玄霄宫早就在过招了，第一局已经开始，战场便是东陵皇城，知道两人第一局选在东陵皇城时，凤轻尘狠狠地松了口气。

就在自己的主战场，一定她占了优势，玄霄宫就放马过来吧！

九皇叔坐在凤轻尘的对面，看她低眉思索的样子，很是满意。

他看上的女人绝不会因为一点小小的宠爱就得意忘形，更不会没有自己的思量，这样的凤轻尘很好，省了他许多心思。

他知道，有些事情即使他不说，凤轻尘也明白，并且会配合好。在某些方面，他们是同一类人。

三天后，九皇叔与凤轻尘踩着东陵的第一场雪回到皇城，太子早早地就带了仪仗队在城门口迎接。

城门戒严，禁止百姓进出，大街两边全是带刀侍卫，三步一人，气势十足。

要知道，九皇叔可是出去剿匪的，然后满载而归，不管怎么说都是立了功，这阵仗他受得起。

太子身着朝服，外面罩了一件雪白的狐毛披风，即使站在白雪皑皑的城门口，也异常醒目。

套凤轻尘那句话说，这就是一个活靶子，要是有刺客的话，闭着眼睛都能找到目标。

九皇叔的马车刚停下，太子便领着一干文臣武将上前："侄儿恭迎皇叔回朝。"

"恭迎九皇叔回朝！"

除了两旁的侍卫和太子外，其他人一一跪下，等着九皇叔下车。

即使大雪纷飞，九皇叔依旧一身黑色常服，看上去十分单薄却又俊逸异常，让人忍不住想多看两眼。

九皇叔下了马车，却没有让众人起来，而是侧身扶着马车里的凤轻尘下车。

一个月前，凤轻尘突然从皇城消失，随后九皇叔高调离京，火速赶往易水城剿匪，要说这两者没有关联，鬼也不信。

外界并不知具体发生了什么，只知九皇叔与皇上联手，在这一个月间以雷霆手段清洗了后宫和一些三教九流的地方，将各大世家藏在暗处的钉子拔了出来。

不仅如此，这一个月来，死在肃亲王府护卫和步惊云之手的人也不计其数，而这些人都是各大世家的潜在力量。

也就是说，因为凤轻尘的消失，各大世家与权贵损失惨重，这笔账没有人敢记在皇上与九皇叔头上，便只好记在凤轻尘头上。

凤轻尘这一次回来，皇城的很多事情都不一样了，这是她离京一个月后第一次亮相，这阵仗与其说是九皇叔要的，不如说是他替凤轻尘要来的。他要凤轻尘风光回京，好让那些人明白，凤轻尘不是软柿子，不是他们想拿捏就能拿捏的人。

事实上，凤轻尘今天的确很风光，今天过后，整个九州大陆不嫉妒她的女人没有几个。

凤轻尘扶着九皇叔的手下了马车，一瞬间就吸引了所有人的注意力。

凤轻尘身着火红的长裙，头上戴着镶嵌鲜艳宝石的凤钗，外面甚至披了一件同色的披风，整个人就如同一团火焰，艳丽而张扬，如同盛开在白雪中的牡丹，把四周的白雪衬得暗淡无光。

这样的装扮，放眼皇城也只有凤轻尘一个人能撑得起来，下马车的那一刻，披风飞起，如凤凰展翅，风姿傲人，一双美眸更是漆黑明亮，顾盼生姿，高调地告诉皇城各路人马：她凤轻尘回来了，强势回归。

九皇叔待凤轻尘站稳后，才冷冷地开口让众人起来，同时松开凤轻尘的手，与她并肩而行。

一黑一红，一高一矮，这天下恐怕再也找不到一对这么相配的人儿，无视众人瞩目与打量的眼神，二人迈着优雅高贵的步伐，在白雪之上留下深浅一致的脚印……

九皇叔用这种方法，无声地告诉众人，哪怕凤轻尘无故失踪一个月，她在他心目中的地位也没有变，凤轻尘依旧是凤轻尘，之前怎样，现在依旧怎样。

茶楼里，南陵锦凡与一名身着蓝色小袄的女子站在窗边，将这一幕尽收眼底，直到九皇叔与凤轻尘分别上了行轿，两人才收回视线。

"苏柔，她就是你的敌人，你姐姐已经让我失望了，你要是再让我失望，就别怪我不客气。我能给你名字，也能毁了你。"南陵锦凡与南陵锦行在南陵打了几个月，终于把南陵锦行的风头压了下去，南陵锦凡心情大好，所以才会再次来到东陵。

这一次，他来东陵，是为送苏家与凤轻尘比试骑射的女子而来。

苏绾受伤后，九皇叔就宣布比试暂停，同时告诉苏家，允许苏家另派女子前来比试。

苏家在众庶女中，挑出了美貌出众，别有心机，排行第八的女儿，取名苏柔。

苏家除了嫡女外，其他的女子只有排名，没有名字。在苏家，女儿只是家族的工具，只不过嫡女的价值更高，所以嫡女的待遇好、教养好，庶女就逊色许多。

苏柔能从苏家十几个庶女中脱颖而出，本身肯定不俗，她的才识和气度也许没有苏绾出色，但心机却不是苏绾能比的。

苏柔婉约可人，脸上始终带着谦逊亲切的笑容，眸子干净清澈，如同不谙世事的少女，天真纯净，很容易让人放下戒备，所以南陵锦凡才会挑中她。

一个长相出色，又温柔似水的女子，再不济也能拿来用美人计。苏家养的这些花，就是给人摘的。

苏柔也的确识时务，听南陵锦凡这么一说，立马欠了欠身道："殿下请放心，柔儿定不负殿下所望。"

能从众庶女中脱颖而出，苏柔的手段可想而知，比起娇生贵养的苏绾，苏柔更懂得生存之道，更懂得如何与凤轻尘这样强势高傲的女子争斗。

躲在茶楼看热闹的，不止南陵锦凡和苏柔，这皇城稍微有点能耐的主，都在关注九皇叔回来的事情。

在皇城，九皇叔可谓是一手遮天。九皇叔在京城，对很多人来说都不自由，他们巴不得九皇叔这一次死在外面，或者一年半载后再回来，好让他们有足够的时间布局，可惜天不遂人愿。

至于凤轻尘回不回来，这个并不重要，凤轻尘死了他们也就是唏嘘一声，凤轻尘要是活着，他们则多一个出气对象。

一个月的时间说长不长，说短也不短。九皇叔离开皇城后，活络的人当然不会放过这个机会，哪怕九皇叔一直远程遥控皇城的局面，可总有一些事情和人不受控制。

东陵子洛与西陵天磊，随着瑶华和西陵天宇进京又走到了一起。除此之外，夜叶伤势恢复后,在东陵子洛的居中调停下,和西陵天磊再次走近,三人又达成了合作。

东陵子洛和西陵天磊都很明白彼此要的是什么,他们在未来也许是敌人,可现在完全可以联手。

西陵天磊收回视线,若有所思道:"九皇叔这唱的是哪一出,不爱江山爱美人吗?"

杯子里的水有七分满,西陵天磊的指尖在杯子里来回转动,却不见洒出半滴水。

"本王的皇叔从来不是这样的人。"要说太子是箭靶,那一身火红的凤轻尘就是活靶子,不过她身边站的人是九皇叔,没有人敢当着九皇叔的面动手罢了。

真以为九皇叔身边,只有明面上的这些侍卫吗?真要只靠这些禁卫军,九皇叔早就死了几百次了。

从九皇叔和凤轻尘联袂下车,走到行轿这么一点的距离,他就看到不少人被悄无声息地拖了下去。

九皇叔手底下的人从来不是吃素的,东陵子洛真的很好奇,九皇叔短短十几年,怎么可能训练出这么强的属下?

九皇叔就比他大两岁,在没有母族扶持的情况下,他手上应该没有可用之人才是。就算从他记事起就开始收买人手,训练属下,也不可能训练出一大批精良的亲兵和暗卫。

九皇叔手上那些人,到底是哪来的?

"铁血无情、狠辣果决,你这个皇叔确实不是凡人,这一路上那么多的老鼠却没有一只蹦出来了。要知道,当初王家大公子回城,可是好一番热闹。"自负如西陵天磊也无法轻视九皇叔。

"可惜,震天雷这种东西不能用,不然也会很热闹。"东陵子洛讥讽地笑道。

他承认那些被拖下去的人与他有关,九门提督是他的人,他要不点头这些人怎么可能混进来。本以为可以给九皇叔和凤轻尘添点小麻烦,让他们没空管别的事,不想这些人如此没用,还没动手就被九皇叔的人给清掉了。

"皇上也真是的,九皇叔行事越来越过分了,他还顾忌什么?要是皇上肯拿震天雷出来,九皇叔的面子和里子都会丢光,我们也不用这么被动。"夜叶闷闷地喝茶,心里憋屈得要死。

因为兽苑一事,夜城狠狠地栽在凤轻尘手里,面子里子全没了。结果他们还没有动手,凤轻尘就失踪了,还闹得满城风雨。

最为可恶的就是,凤轻尘刚治好他的病就莫名失踪,他们夜城明明什么也没做,却百口莫辩,成了替罪羔羊,成为世人口中与禽兽无异,恩将仇报的人。

一瞬间,夜城的盟友少了五分之二。这次东陵皇上清理钉子,也是他们夜城损失最严重，埋在东陵几十年的人都被皇上挖了出来。

双方受打击，以至于他们夜城的实力，从九城中数一数二的大城变成了倒数。

这口气他说什么也咽也不下去，凤轻尘是治好了他的手没有错，可他的左手从此不能提重物，也不能随意乱动，说是治好了其实也就是个摆设。

东陵子洛微微垂下眼眸，没有答话，九皇叔要是被震天雷所伤，那不是告诉世人九皇叔死于他父皇之手嘛，他父皇还要不要名声了？

九皇叔过不过分他们很清白，不需要夜叶多说。他外公舅舅都被处死，他母后还在梧桐殿静养不得外出，甚至连给安平准备嫁妆的事宜，也落到了那个不显山不露水的德妃身上。

太子一直被九皇叔护着多年来顺风顺水，可九皇叔说弃便弃，冷眼旁观他们这些人挤兑太子。九皇叔不在的这一个月，太子被挤兑得连站的地方都快没有了。要不是这样，太子也不会不顾身体顶着大雪寒风，在城门口一等就是一个时辰，可惜九皇叔从头到尾都没有看他一眼。

凤轻尘，你可明白，本王的皇叔有多过分？他捧一个人时，能把那人捧上天。同样，他弃一个人时，也能把那人弃入泥潭，说不定还会踩上两脚。

凤轻尘，本王等着，等着你被九皇叔厌弃的那一天！

西陵天磊也陷入沉思，等他抬头时，刚好与东陵子洛的视线交汇，两人苦笑。

他们三人都在九皇叔手上吃过亏，只不过他们不会抱怨，因为只有失败者才会不停地抱怨，他们要做的是反击。

九皇叔与凤轻尘一行越走越远，西陵天磊将茶杯放在桌上，看向凤府所在的方向，眼神犀利。

"凤府已经重建好了，以凤轻尘的作风，她定不会顾忌冬日不宜动土之说，与其在这里抱怨，不如好好想一想，如何给凤轻尘奉上一份乔迁大礼。"

他们动不了九皇叔，还不能动一动凤轻尘吗？不管九皇叔是真在意凤轻尘，还是假在意凤轻尘，至少明面上凤轻尘是九皇叔护着的人，只要动了凤轻尘就是打了九皇叔的脸。

凡是能让九皇叔不高兴的事情，他都乐意为之。

"男人之间的斗争，何必拿一个女人出气？"东陵子洛话一出口就后悔了，男人之间的斗争从来都不缺拿女人开刀的事，九皇叔不就是拿他母后开刀嘛。

"洛王殿下，你别忘了瑶华，九皇叔不仁，我们何必有义？"西陵天磊知道瑶华的事，是东陵子洛心中永远无法愈合的伤。

东陵子洛一怔，不再反对，无视心中的异样，点了点头道："就按你说的办，要是没有别的事情，本王先行一步。"

这茶楼太闷了，他待不下去。

这东陵的皇城也很闷，可他必须在这一片天地挣扎！

皇上的儿子真的不好做！

随同太子进城后，九皇叔不顾众大臣的反对，执意将凤轻尘送回西区小院，再进宫向皇上复命。

他只希望此举能让那些人明白，凤轻尘在他心目中的地位与众不同，想要打凤轻尘的主意，就先掂量一下能不能承受他的报复。

一干文臣武将看得目瞪口呆，几次朝太子使眼色，让太子制止九皇叔的行为，可太子却假装没有看到，眼观鼻、鼻观心，一声不吭。

横竖父皇不喜欢他，他怎么做也讨不了好，不如顺了九皇叔的心，反正天塌下来还有九皇叔顶着，只要他不谋逆，有九皇叔在，父皇就不会废了他的太子之位。

无视文武百官的反对，九皇叔亲自将凤轻尘送入西区小院，提前收到消息的佟珏和佟瑶早已在门口等候，远远看到九皇叔一行人便跪下迎接，待到九皇叔一行人走后，才簇拥着凤轻尘进府。

只见凤轻尘一身红衣，娇艳似火，如同众星拱月一般，被佟珏几人拥入大厅。崔浩亭、云潇、谢三、苏文清和孙思行几人一直在大厅内等着，见凤轻尘进来，苏文清和孙思行起身相迎。

苏文清看到凤轻尘头上的凤钗时愣了一下，随即若无其事地说笑，崔浩亭、云潇等人体贴凤轻尘舟车劳累，简单地问候了两声后，便借故离去。

谢三和苏文清也不好多留，看凤轻尘面色红润，气色极好，两人也就放心离去，不过离去前谢三还是说了一句，他家二婶前段日子见了红，想请凤轻尘过去看看。

凤轻尘很干脆地应了："好，让你二婶身体好些的时候上门。"这话的意思就是说，她不会去谢府。

谢三黯然地点了点头，没有多说。

本来，谢家人是想找个机会请凤轻尘上门，和她好好谈谈接下来的合作事宜。

凤轻尘得九皇叔看重，有人想要除之而后快，但也有谢家这样的想要拉拢凤轻尘的人。

皇后倒了，谢皇贵妃即将生产，他们谢家总得做点什么，从皇后肚子里爬出来的皇子和从皇贵妃肚子里爬出来的总是不一样。

虽说后宫的女人是母凭子贵，但更多的是子凭母贵，只有母亲尊贵、得皇上宠爱，孩子才能得到皇帝的重视。

可惜凤轻尘完全不给面子，而谢家刚刚元气大伤，也不敢和凤轻尘硬来，毕竟九皇叔对凤轻尘的维护谁都看到了。

今天这排场，说凤轻尘是皇后都不为过。这世间能与九皇叔并肩而行的只有皇上，九皇叔给了凤轻尘无上的荣耀，谢家这个时候还真不敢掠其锋芒。

谢三和苏文清走后，孙思行也不好打扰凤轻尘，反正凤轻尘回来了，有的是时间，不急这一时半刻。

春夏秋冬四人很有眼色，早早地就准备好了热水，凤轻尘终于可以好好泡一个澡，去一去乏。

沐浴过后，都不需要凤轻尘吩咐，佟珏和佟瑶就在屋内等凤轻尘，将皇城这一个月发生的事情汇报给凤轻尘听。

"小姐，半个月前，西陵宇皇子送瑶华公主前来皇城，钦天监将婚礼日期定在十二月十二，说是吉日，婚礼一干事宜由淑妃娘娘打理。"

"夜城少主与西陵太子、洛王、舟王几人联系紧密，隐约有合作的意向。"

"这一个月，元希先生来了五次，只找崔公子，依奴婢看他们两人之前应该就认识。"

"凤府已经安置好，一切都按以前风格布置，还得请小姐抽空去一趟凤府，看看哪里需要改动。"

"苏府送来一个叫苏柔的女子，说是代替苏绾与小姐比试。苏家派人来接苏绾回去，却被夜少主拒绝了，夜少主请了无数大夫也没有医好苏绾脸上的伤，正在积极寻找玄医谷谷主的下落。"

"宫里处置了一批奴才，一些赌坊和青楼也无故被人抄了，我们趁此机会送了一批人进宫，买下三个赌坊、一家青楼、两家酒楼，我们擅自做主，还请小姐责罚。"佟珏和佟瑶挑了重要的事情一一报告。

自从与九皇叔在一起后，凤轻尘就决定发展自己的势力，不然全部靠九皇叔，不仅九皇叔累她也累。

经过大半年的相处，凤轻尘明白她现在做得还远远不够，她不能把九皇叔当成普通的男人来爱，九皇叔他心有大乾坤，她这种得过且过的性子要不得。

九皇叔虽无帝王之尊，但行事作风很有帝王的风范，她要做一个帝王的女人，拥有帝王的爱远远不够，她要拥有能够与之并驾齐驱的力量和手腕。

"你们做得很好，这些事你们看着办，我不过问细节，我只要结果。宫里的那些钉子要小心安置，这两三年我不需要他们做什么，他们只要做好自己的事，尽量得到主子的欣赏，最好能成为皇帝的心腹。"凤轻尘相信佟珏和佟瑶，给二女的权

力也足够大。

佟珏负责明面的力量,佟瑶则负责暗中的力量,凤轻尘不过问细节,她只要知道几个主要的人就行了,其他的凤轻尘一概不管。

明里暗里数千人,她怎么可能一一调动?她不需要佟珏和佟瑶告诉她怎么做,她只要知道他们所做的每一件事都是为她好就行了。

她的人不能是木偶,什么事都要请教她。她的人要聪明,要懂得如何应对突发事件和利用已发生的事情为她谋利,要是凡事都得问她,这样的人留之何用?

就如同九皇叔对她一样,因为信任,九皇叔布局从来不和她打招呼,因为九皇叔知道,她明白后一定会配合他,她要是想不明白,那就按九皇叔定好的调子走,别自作聪明。

佟珏和佟瑶汇报完后,看凤轻尘面有倦色,两人不再多说,替凤轻尘铺好床便自动离去。

凤轻尘刚准备就寝,就听到一阵细微的破空声,紧接着就听到暗卫离去的声音,隐约还有打斗声。凤轻尘脸色一变,抓起桌上的外衣,取出暗器就听到熟悉的声音响起:"没事了,不用担心,是本王。"

九皇叔一身霜雪地走了进来,头发都结了冰,衣摆处也带着冰溜子。

"九皇叔,你这个时候怎么会过来?出了什么事?"凤轻尘连忙上前,替九皇叔解开披风,又拿来热毛巾给他捂手。

不怪凤轻尘如此惊讶,九皇叔今天才回皇城,九王府肯定有一大堆事情等着他处理。除此之外,还有千年雪莲花和玄霄宫的事情,这一件件一桩桩都离不开九皇叔,他绝对忙得抽不开身。

九皇叔本想拒绝,可对上凤轻尘那担忧的眼神,九皇叔便默默地将毛巾捂在手上,任凤轻尘替他打理身上的冰渣。

也只有在这里,他才能放下心中的防备,也只有凤轻尘,才会把他当成一个普通人对待,九皇叔舒服地闭上眼睛,待到身上渐暖,才将事情的始末道来。

"本王身边出了叛徒,出宫时路上结冰无法行走,仪仗改道,随后便遭遇伏杀。看那些刺客的身手不似常人,应该是玄霄宫等江湖门派培养出来的死士。本王担心他们对你不利,便过来看看,幸好本王来得及时,要晚一步他们怕是得手了。"这也就是外面发出声响的原因。

"玄霄宫的人?好快的动作。"凤轻尘越发觉得自己手上可用的人太少了,现在才打入宫中,而江湖离她更远。

也许,她应该找蓝九卿问问有没有什么办法,可以快速在江湖门派中安插人手,她不能坐以待毙，凡事都等九皇叔解决。

九皇叔的眼中闪过一抹寒光："不仅仅是玄霄宫，这一次本王为了顺利出城，与皇兄达成协议助他清理世家中的钉子。现在皇兄已经做完了，便把本王推出来承担世家的报复。"

利用完了就丢，这是他们这种人一贯的手法，他已经习惯了，之所以提出来是想告诉凤轻尘，兄长亲人未必会替你收拾烂摊子、无条件宠你，也有可能在背后捅你一刀。

"这么说，我也会不安全？那些豪门世家不敢找你麻烦，肯定会找我麻烦，对不对？"既然九皇叔把这事说破，凤轻尘也不避开，直接提出。

在外人眼中，杀了她就能让九皇叔丢面子。这世间从来没有只得到不付出的事，通常都要付出数倍的代价，才能得到自己想要东西。

"没错，这一路上本王对你宠爱有加，那些人不可能不知道。在他们眼中，你是打击本王的利器，凤轻尘，本王把你推出来，你可曾怨恨？"

把凤轻尘推出来是真，但他对凤轻尘的宠爱也不是作假，他不能藏凤轻尘一辈子，凤轻尘早晚要面对这些。

他不后悔这么做，九州大陆的局势越来越严峻，很多事情都容不得他退缩，再说了，他相信自己有保护凤轻尘的能力。

怨吗？

也许怨吧，可是怨能改变已经发生的事情吗？

和怨相比，她更多的是高兴，如果九皇叔为了保护她，一味地把她隐藏在暗中，那她才真的会怨。毕竟再多的爱也会被接二连三的麻烦磨掉，当九皇叔只想着保护她时，便说明九皇叔放弃了她。

这些大家心里都明白，不过九皇叔好好地怎么会在遇刺后提这些，难不成他出了什么事？

心中怀疑，凤轻尘却没有多问，而是顺着九皇叔的话答道："如果我说怨，你可会收手？"

九皇叔想也不想就摇头道："不会，你要站在本王身边，就必须承受这些。"

江山美人他都要，他既不会为了江山牺牲美人，也不会为了美人而丢下江山。

"既然如此，问这些又有什么意义？我的答案是什么对你来说并不重要。"九皇叔一向强势，根本不会给她拒绝的机会。

你的答案虽然不能改变我的决定，但对我来说很重要！

这话，九皇叔到了嘴边却没有说出来，说出来又能如何，诚如凤轻尘所言，他即使说出来，也改变不了什么，他决定的事情，任何人都无法改变。

"是，你的答案并不重要，无论你的回答是什么你都只能接受，但本王还是要问你，你怨不怨？"九皇叔强硬地按住凤轻尘的肩膀，等待她的答案。

怎么像个孩子一样？凤轻尘无可奈何地摇了摇头，她不怨，一点都不怨。

"很好，凤轻尘，本王累了，让本王休息一下！"九皇叔瞬间放松，倒在凤轻尘怀里。

他真的累了，从踏入皇城的那一刻起就不曾停歇，进宫后更是与皇上多番周旋。满身疲惫地出宫又遇到一系列的伏杀，他虽然习惯了这样的生活，可终归会累。

尤其是今天，他的好皇兄为了打击他，不惜往他心口插刀，疼得他泣血！

"好，你放心休息，有我在！"凤轻尘看着趴在她怀里闭目养神的九皇叔，眼中的疑惑更甚，九皇叔到底在宫里遇到了什么事，怎么会如此疲倦？

可九皇叔不说，凤轻尘也不好询问。

两人静静地相拥，直到亲兵来报活捉了一个刺客，九皇叔这才松开凤轻尘，整了整衣领，如同往常一般，清冷而威严，斗志高昂，好像不曾显示过脆弱一般。

"你这段时间多加小心，本王很忙，没有时间照看你这边，不过你也不用担心，玄霄宫的事情本王会尽快处理。"九皇叔交代了这句话，便大步离去。

玄霄宫既然有胆威胁他，就要有承担后果的觉悟。

凤轻尘除了点头什么也来不及说，待到九皇叔走后，她才仔细思索他今天说的话。

九皇叔刚来时心情烦躁，情绪低落，最后一句则说明，他和玄霄宫之间的矛盾好像升级了，不只是因为宣菲那么简单。

凤轻尘半天也想不出个所以然，按下房间的一个按钮，佟瑶很快就走了进来。

"小姐？"佟瑶虽不解凤轻尘怎么会在这个时候找她，却只是恭敬地站着，没有多问。

"去查查今天宫里发生了什么事，重点是九皇叔和皇上的谈话。"凤轻尘知道查这个很难，但九皇叔是从宫里出来后才不正常的，肯定是宫里发生了什么特别的事情。

"是，小姐。"佟瑶不敢抱怨查帝王与九皇叔的谈话有多难，转身就去安排人打听。

凤轻尘本以为九皇叔和皇上谈话时不会有外人，不想佟瑶第二天就打听到了消息，这让凤轻尘不得不怀疑，皇上此举是不是故意的。

九皇叔进宫，与皇上商谈千年雪莲一事，结果皇上告诉九皇叔，他准备把千年雪莲赐给玄霄宫宫主。

玄霄宫宫主前几日来信，准备来东陵挑一批弟子，并在信中暗示他的女儿被九皇叔所伤，急需千年雪莲救治。

九皇叔当然没有和皇上硬着来，听到玄霄宫，九皇叔只冷笑了一声，可皇上却变本加厉，要求九皇叔亲自向玄霄宫宫主道歉。

那天，东陵最尊贵的兄弟二人，为这事吵得不可开交，当然只有皇上在吵，九皇叔只是坐在一边放冷气，他根本不屑和皇上进行这种无意义的争吵。

皇上不停地说教，九皇叔既不同意也不反对，皇上的怒火更甚，直接命令道："九弟，这件事不管怎么说是你有错在先，朕要你向玄霄宫宫主道歉。"

"道歉？皇上你第一天认识本王吗？你什么时候见过本王向人道歉？"九皇叔扬眉，冰冷的眼眸直视皇上，险些把皇上给怔住。

这天下敢让他道歉的人，都死了。

"九弟，别胡闹，这件事情朕已经决定了，你有错在先，道歉也不会失了你的身份。"皇上强硬地道。

"要本王的道歉，可以，等玄霄宫宫主死了，本宫会对他的尸体说，很抱歉杀了你。"九皇叔懒得与皇上多说，一甩衣袖站了起来，就准备出宫。

走到门槛处，正欲抬脚跨过去，却听到皇上的威胁："九弟，你敢抗旨不遵，朕立刻下令把圣敏皇后的尸骨移出皇陵。"

圣敏皇后，九皇叔母亲的封号，他母亲死后先皇追封她为圣敏皇后，与先帝合葬。

这一句话，生生止住了九皇叔的步子，九皇叔收回抬起的腿，没有人看到他这个动作有多么的僵硬，有多么的愤怒，皇上只看到九皇叔听到这话后，从容地转身，脸上还挂着嘲讽的笑容。

"皇上，你要本王做什么？"这就是九皇叔，怒极时便直接问出关键问题，一句多余的话也懒得说。

他做不到任皇上挖他母亲的尸骨还无动于衷。

"朕要你把凤轻尘的尸体送到玄霄宫，并且要你亲自前往玄霄宫，向宫主道歉。"皇上居高临下地看着九皇叔，强势地命令道，心中前所未有的畅快。

哈哈哈，朕高高在上的九弟，你也有今天，你也有向朕低头的一天。

结果却让皇上失望了，九皇叔只是深深地看了皇上一眼，丢下一句："永不可能。"便大步离去。

留下皇上一人待在宫里，错愕万分，盛怒之下，将御书房砸了个稀巴烂。

接下来，九皇叔一出宫，便遇到了刺客，要说这里面没有皇上的手笔没人相信。

发生这样的事情，九皇叔和皇上表面上的和平也撕破了。皇上会如此强硬，定是得到了玄霄宫的支持，九皇叔接下来的确会很忙。

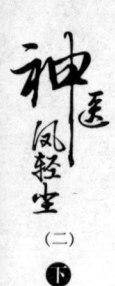

凤轻尘深深地吸了口气,站起身来,大步朝外走去。

她要和崔浩亭好好谈谈,晾了崔浩亭这么久,最终妥协的还是她,不得不说崔家的公子真是了得……

第三十六章　世族权力之争

崔浩亭似乎早就料到凤轻尘会来找他一般，当凤轻尘开口说："崔公子，我想和你谈谈你的病情。"崔浩亭便主动谴退身边的人道："凤姑娘，现在没有外人，你可以说了。"

崔浩亭十指雪白，青筋可见，病态隐现，这一个月的调养，似乎没有让他的身子好太多。

凤轻尘明白崔浩亭的病不能再拖了，当下便开门见山道："崔公子，你的病已经不能再拖，我上次已经和你谈过详细的治疗方案，现在一个月过去了，你应该考虑得差不多了。"

崔浩亭握着杯子的手一紧，虽然很快就恢复如常，可也没有逃过凤轻尘的眼睛，凤轻尘暗暗松了口气，这就说明崔浩亭没有改变主意。

凤轻尘也端起面前的茶，轻啜一口，温热的液体入喉，让她全身都暖暖的，面容也舒展开来。

却不想，思索片刻后的崔浩亭，没有回答凤轻尘的问题，反倒悠闲适意地问了一句："凤姑娘，这茶如何？"

这下换成凤轻尘手一僵，捧着茶杯僵在原地，抬头与崔浩亭四目相对，只见他那略带忧郁的眸子黑若深潭，幽深静谧，看不出情绪。

凤轻尘眉头一皱，咚的一声，将杯子放下："崔公子，既然你没有想好，那我就不打扰了。三天，我给你三天时间，三天之内没有你的答复，我就当你放弃医治。"

说完，头也不回地走人，脚步一贯的从容，可只有凤轻尘自己才明白，她快气死了。

之前明明谈好了，要不是王锦凌的事情崔浩亭现在都处在恢复中了，没想到一个月过去后，崔浩亭的态度居然会发生这么大的变化。

　　而让崔浩亭改变立场的人，凤轻尘不用想也知道，毕竟这段时间，他也就接触了那么几个人，除了云潇就是最近上门的元希先生。

　　打消崔浩亭念头的人，想必就是元希先生。

　　"浑蛋，竟敢打乱我的计划。"走到院子门口，凤轻尘一个忍不住，将脚下的石头踢远，咚的一声，撞在墙上。

　　凤轻尘走后，崔浩亭身边的护卫元极走了出来，恭敬地道："公子，三公子已经回了崔家，老太君命三公子思过三个月，并将他手中管理的生意全部收回。"

　　崔三公子，就是派人刺杀凤轻尘，害得她脖子受伤的那人。崔浩亭把消息透露给凤轻尘后，不多久崔三公子就被赶出东陵皇城，现在更是被家族责罚。

　　"凤轻尘果然手段了得，只是不知她的医术是否和她的心计一样高超。"崔浩亭并不在意崔家内部的争权，他更在意自己的生命。

　　"公子？"元极抬头，哪怕他极力克制，也掩饰不了眼中的担心。

　　"元极，你怎么看？本公子是治，还是不治？"崔浩亭闭上眼睛，往后一靠。

　　这一个月他想了很多，元希先生说得没错，七成的把握不值得赌，可云潇的话也没错，如果不赌他唯有死路一条，现在不过是苟延残喘，向老天爷借命。

　　这种事，元极一个下人怎么可能给出意见，但凡有一点差错，崔家上下都不会放过他，元极连忙低头道："无论公子做什么决定，属下都相信公子。"

　　"罢了，下去吧，我自己再好好想想。"崔浩亭长长地叹了口气。

　　崔浩亭的婉拒虽让凤轻尘气恼，却不至于让她动怒，她并没有把宝全部压在崔浩亭身上，凤轻尘收拾好心情，回房换了一件衣服，便出门前往宁国公府。

　　她身上的伤才好就得到处跑，个中辛苦只有她自己明白，可得知皇上逼迫九皇叔一事后，她不得不主动出击，不然九皇叔就没办法专心对付玄霄宫，而她也会被牵连。

　　凤轻尘曾救了宁国公世子夫人和她那双儿子，所以她是宁国公府的贵客，世子夫人亲自接待了凤轻尘。

　　"凤姑娘，你可真是稀客。"世子夫人经过大半年的调养，气色好了许多，对凤轻尘的态度也比之前更客气。

　　不得不说，昨天在城门口的那一出，众人看到了箭靶一样的凤轻尘，也看到了九皇叔对她的重视，只要不是与九皇叔敌对的人，都会对凤轻尘客气三分。

　　"世子夫人客气了，我是特意来送帖子的。"无事不登三宝殿，她要是没有一个好的理由，目的性太强，宁国公府肯定不会出手，有些事顺其自然才漂亮，她不把皇上折腾死，她就不姓凤。

"帖子？凤姑娘这是要请我们赏雪，还是赏梅？"临近年关，皇城各大家族宴会不断，一些世家夫人和小姐充分发挥了夫人外交，不停地举办宴会为自家丈夫拉关系。

没办法，一年一度的吏部考核到了，很多人的官职都会变动，不活动不行。

如果是以往，世子夫人肯定不会往这上面想，可今年九皇叔和凤轻尘的事越来越明朗化，世子夫人这一句话，也算是试探凤轻尘，看凤轻尘是不是代表九王府的女眷，出来宴请她们。

要知道，九皇叔自从开府后从来没有宴请过任何人，收到一张九王府的帖子，可不亚于收到诗会的帖子。

凤轻尘扑哧一笑，隐隐地也猜到了世子夫人的想法，不得不说宁国公世子夫人直接得可爱。

世子夫人被凤轻尘笑得不好意思，连忙打开帖子，以掩饰自己的尴尬，这一看才明白原来根本不是那么一回事，当下腺红了脸道："凤姑娘，实在是抱歉。凤姑娘放心，我一定会到。"

凤轻尘是借搬回凤府的事情，来宁国公府，以送帖子的名义和世子夫人套近乎。

这是凤轻尘能想出来的最好也是最合适的理由，凤府被大火烧了，至今还未找到纵火的凶手，现在凤府重建好了，她即将搬回去，当然得高调地告诉众人，同时警告当初下手的人，凤府永远都是她凤轻尘的，经历一场大火，凤府只会更加的牢固。

"轻尘先行谢过世子夫人赏脸。"凤轻尘这一次是真心道谢，毕竟依宁国公府的地位，派个有体面的嬷嬷过去也不算失礼，世子夫人亲临是给她面子。

为了表达自己的谢意，凤轻尘便提议替世子夫人把脉，检查一下身体状况，世子夫人自然很高兴地应了下来。

这段时间，她身子一直不怎么爽快，请大夫看这方面的问题也不太好，她也不是没想过找凤轻尘过来看看，可一来凤轻尘很忙，二来她如今的身份不同，她哪里还好意思请凤轻尘过来看病。

这么一来可就苦了世子爷，每天抱着娇妻却不能动，世子夫人也头痛，身上的异物哪怕用再多的薰香也没用。这些日子她都不敢让世子近身，生怕世子嫌弃她身上的异味，凤轻尘的到来无疑是雪中送炭。

"夫人，你平时少用薰香，尤其是贴身的亵衣，只要清爽干净就行，薰香对身体不好。另外，我给你开一些药，你回头让人去我府上取，用几天就好了。"凤轻尘为了表示自己的认真，当下洋洋洒洒地写下一些注意事项，还有平时应该多吃的药。

"用？"世子夫人颇为不解，药不是吃的吗？

"药这种东西，能少吃就尽量少吃，我给世子夫人准备的药是清洗用的，世子夫人你先用着，要是无效我再来。夫人这段时间可要好好调养身子，不然不利于怀孕，到时候就算给夫人吃利于怀孕的药，效果也不会好。"凤轻尘不着痕迹地透露出今天过来的目的。

她手上就有利于怀孕的药，她就不信这种东西不能引起女人的疯狂。

皇上不是用九皇叔的母亲来威胁九皇叔嘛，那么她就用女人来烦死皇上。

世子夫人顿时眼睛一亮，倾身上前，连忙抓住凤轻尘的双手道："凤姑娘，你说有药可以让人更快地有身孕？"

如果有这种东西，那么他们宁国公府前段时间送进宫去的小姐，是不是可以比别人更快一步怀孕？说不定他们宁国公府也能成为皇子的外家。

成了皇子外家后，下一步就极有可能成为未来皇帝的外家，这个诱惑太大了，哪怕是一向低调的宁国公府也无法抗拒。

而且子嗣之事在哪家都是头等大事，生孩子是这个时代女人最主要的责任，一个不能生孩子的女人，出身再高、再有才华也没用。

无视世子夫人的激动，也不管世子夫人会不会尴尬，凤轻尘淡漠地抽回自己的手，她不喜欢有人握她的手，哪怕同是女人也不行。

"是的，我手上有利于女子怀孕的药物。之前因为谢二夫人，还有温家大姑娘的事，让我深深感觉到当家主母要是不孕实在太辛苦了，便寻了配方配出一味有利于怀孕的药物。"

皇上前段时间打压了一众权贵与世家，随即又安抚性地从世家和权贵中挑了一些女子进宫，只不过分位很低，大多只是常在、答应一流，要是没有身孕，估计一辈子都无法往上爬。

这些女子年轻貌美，只要给她们机会，很快就能怀上身子，而一旦怀了孩子，无论是男是女都会晋分位，得赏赐，到时候后宫可就真是嫔妃斗艳，皇子争锋了。

凤轻尘可以想象，这药一出，皇上的后宫、乃至整个上流贵族的女人会如何疯狂。

千万别小看女人的力量，更不要小看一群怀孕女人的力量。后宫那些女人为了自己的孩子，为了孩子的将来，肯定会斗个你死我活。到时候皇上光是安抚后宫那群女人就有的忙了，她倒要看看皇上还能否有空管别的事情。

就算皇上不管后宫的事情，可他能不管前廷的事情吗？

后宫真要有皇子出生,皇子的外家们肯定会像谢府那样,为了争夺龙位狠命打压太子、洛王等成年皇子。

只要这些成年皇子失宠,死了,废了,年龄小的皇子就有机会,这东陵不乱也得乱,皇上就等着头痛吧!

凤轻尘邪恶地留下这句话,不顾世子夫人的挽留,潇洒地离去。

有些东西,太容易得到就不会珍惜,再说她今天是来送帖子的,可不能只到宁国公府一家。

第二家,凤轻尘选择的是晋阳侯府,帖子送到后,同时也将她手上有利于怀孕的药物透露出来。她知道晋阳侯夫人也想要个孩子,毕竟作为当家主母只有一个儿子并不保险,这年头讲究多子多福。

女人之间的事情解决了,剩下的就是男人了。女人们想怀孕光靠自己是不行的,还要有男人的帮助,这世间还没有几个不沉迷于床榻之事的男人。

凤轻尘找到陆少霖,丢了一大堆的蓝色小药丸给他,她相信陆少霖是聪明人,而聪明人有聪明人的圈子。

这些药丸十有八九会流入各大权贵之手,至于药的来历,凤轻尘相信陆少霖会守口如瓶,因为陆少霖明面上是皇上的人,实际上却是九皇叔的人。

这一系列的事情凤轻尘做得很隐蔽,可以说是不着痕迹,毕竟没有哪个大人物会去关心女人之间的事情,可偏偏九皇叔关心了,同时也替凤轻尘将没有处理干净的尾巴,全部清掉。

"凤轻尘不出手则已,一出手便扼住这些权贵的命脉,很好!这一次,本王终于不用担心你的安危了。"九皇叔露出进城后发自肺腑的第一个笑脸。

凤轻尘真的很聪明,只要她想便可以找到下手的地方,看似一件小事,却能改变东陵的政治格局。

皇上利用后宫拉拢世家,逼着世家与皇上站在一起对付九皇叔。可别忘了,这世间任何利益的联盟都是不牢靠的,只要抛出更大的利益,皇上与世家权贵之间的联盟瞬间就会崩溃。

九皇叔正在想,要如何着手打破皇上与权贵之间的联盟,凤轻尘就给他送来一个大礼。

机会送到手边,他要是不利用那就白痴了,只有皇上的内部联盟乱了,他才能没有后顾之忧,全力以赴地对付玄霄宫。

经过一整天的布局,九皇叔已将皇城的事务掌控在手,刺客的嘴巴也撬开了。

诚如九皇叔所料，幕后主力是玄霄宫，皇上与两大国公府、八大侯府、王家、谢家、温家、北怀将军以及南陵、西陵联手，皆欲置他于死地。

"看样子，本王真是碍了不少人的眼。"九皇叔看着那一连串的名单，寒光顿现。

东陵有一半的权贵和世家都参与了这次行动，可见他的存在的确妨碍了大多数人的利益。

这还不是重点，重点是凤轻尘在易水城遇到的事情，他到现在还没有查出幕后主使者。

易水城的太守是先帝时期的老臣后人，不属于任何一个派系，根本查不出他之前和什么人接触过，也就是说东陵还有一股他不知道的力量隐在暗处。

他在皇城经营十几载，东陵皇城对他来说没有秘密，不想突然出现一股不知名的力量，这股力量虽然没有对上他，却令他心里难安。

九皇叔将皇城所有可能的人物都梳理一遍，最终还是想不明白，索性放弃，毕竟眼前还有一件更重要的事情等着他处理。

他绝不允许皇上动他母亲的灵柩，打扰他母亲安息。

九皇叔在桌面轻敲了三声，一名黑衣人从暗处现身，跪在九皇叔的面前道："主子。"

"不惜任何代价，明天日出之前，本王要皇上正在修建的陵寝不复存在。"敢打扰他母亲，就别怪他不客气。

皇上一直在修建自己的陵寝，准备百年之后安息用，他自以为做得很隐秘，却逃不过九皇叔的探子。

敢打他母亲灵柩的主意，他便让皇上死无葬身之地，皇上建一次他便炸一次。

"是。"黑衣人点头道，全身如同雕像，没有九皇叔的命令，既不起身也不动。

"需要多少震天雷直接去取，剩下的在子时之前交给本王。"为了给皇上添堵，他不会心疼震天雷。

天下人都知道，只有东陵皇上手上才有震天雷，不管谁用震天雷来做坏事，最后都会算到皇上头上。

"是。"黑衣人依旧没有多问，直到九皇叔说退下时，才唰的一声闪身离去。

子时，十八枚震天雷出现在九皇叔的案前，随即九皇叔与震天雷一同消失。整个九王府静得出奇，潜伏在九王府外的探子，连九皇叔的身影都没有看到。

次日，当东方地平线上出现一颗特别明亮的晨星时，居住在骊山脚下的百姓，被一道道巨大的爆炸声惊醒。

轰隆隆——轰隆隆——

一声接一声，声音之大，响彻云霄，熟睡中的百姓纷纷从床上跳了起来，连外衣都来不及披，就往外面跑，生怕慢一步，就再也爬不起来。

"快跑呀，快跑呀，地牛翻身了。"

"虎头，虎头乖，不哭，娘在……"

……

一个个慌不择路，你挤我踩，哭喊声不绝于耳。

除了骊山脚下，其他几个地方也发生了相同的事情，如同约好的一般，距离皇城不远的几座山在同一时刻发生了巨大的爆炸，轰隆隆的爆炸声能把人的耳膜炸破。

"不是地牛翻身，是打雷了，打雷了。"

"打雷？大冬天怎么可能会打雷，老天爷打冬雷，那不是要我们的命嘛。"

"你们看，快看，斑山起火了，好大的烟，好大的火。"人群中，有一个还算镇定的汉子，指着前方的山脉，大声喊道，待到众人都看到时，这汉子又一溜嗓门，哭喊着跪在地上猛磕头。

"这是老天爷生气了，天降怒火，我们没有活路了，没有活路了。"

"天命示警，老天爷这是不满，定是有人做了天怒人怨之事，惹得老天爷不高兴了。"

"老天爷发怒了，这下没法活了。"

汉子这么一喊一拜，其他人也跟着跪拜起来，哭着喊着，一个个都说这突来的爆炸是老天爷的不满，是上天的示警。

带头哭喊的汉子哭了一阵后，便趁乱悄悄离去，慌乱的百姓根本没有发现这人不是他们村里的人。

不仅仅是斑山和骊山，凡是能听到这爆炸声响的城镇、山村，都有老天爷不满，降下神罚一说。

事情就发生在皇城附近，可皇城里的人却没有听到一丝动静。而当地官府，也是百姓涌进衙门讨要说法才知晓此事。

同时，北方和南方几个大城的说书人，也一改平时的说辞，纷纷说起这天公之怒，暗指有人做了坏事，而那"有人"，除了当今圣上外，绝无二人。

天雷炸山，老天不满，降下神罚的消息就好像长了翅膀一样，不过几个时辰就飞到了千里之外，可消息的源头，却是无从可查。

官府听到流言立马派兵拿人问罪，可越是问罪说的人就越多，好似一夜之间，一股名为"不安"的气氛，在整个东陵蔓延开来。

信兵八百里加急往京城送消息，可不知是怎么回事，平时异常平顺的路今日处处都是麻烦，不是桥断了，就是好好地巨树突然倒下，挡住了去路。最不可思议的是，官道上突然出现一块巨大的石头，看那石头好像扎在土里面，绝非这一两天搬来的。

突然出现的惊雷，连大山都被炸出一个大口子，再加上一路上遇到的诡异事情，就是传信兵也觉得此事和天命有关，心里更是不安。

可偏偏皇城的人不知道，天亮后他们照常开始一天的生活，皇上更是如同以往一般，召集众大臣上早朝。

早朝时，按例议事后，御史周预夫上折子弹骇九皇叔与凤轻尘，说九皇叔不尊君，办完差事回来，不是第一时间进宫面圣，而是送一个女人回家，按律当斩。

另，凤轻尘进城那天头上所戴的凤钗，按律只有皇后才能佩戴，凤轻尘没有皇上的旨意便佩戴凤钗，以下犯上，按律当斩。

一连两个"斩"字，说得掷地有声，殿中的大臣听得心惊肉跳，一个个惊惧地看着周御史，暗叹周御史这是不要命了吗？可随即又明白，没有皇上的示意周御史又怎敢上折子弹劾九皇叔？

九皇叔这一次怕是在劫难逃了，众位大臣飞快地看了一眼站在首位，好像什么都没有听到的九皇叔，暗自佩服九皇叔定力好，这都沉得住气。

打量完后，众大臣连忙收回视线，不敢去看高高在上的皇帝，将自己缩成一团，盯着鞋尖不敢抬头，生怕一动就会成为倒霉鬼。

皇上满意地敲打着龙椅扶手，皇帝就是皇帝，没有人能触怒了他还不受责罚，这满朝大臣最终还是要看他的脸色行事。

"九弟，你可有话要说？"皇上高高在上，以施恩者的口吻道。

九皇叔面色依旧清冷，不疾不徐地上前一步，走出列，朝皇上拱手道："臣弟无话可说，臣弟忠心一片，臣弟相信皇上自有定夺。"

昨天还一口一个本王，今天就变回了臣弟，皇上嘲讽地冷笑。

九弟，一切都晚了。

皇上眼中的嘲弄更甚，语气却温和了许多："九弟，从小义上讲你与朕是兄弟，兄长说的话你应该听着，从大义上讲，朕是君，你是臣，为臣者定当听从君令。"

"九弟你一再忤逆朕，朕看在先帝的面子上，念你年幼一次一次地宽容你，九弟你却变本加厉，昨天不仅忤逆朕，还威胁朕。藐视君上，目无法纪，就算朕能容你，这天下人也不能容你，九弟，你说朕要拿你如何是好？"

皇上这话没有半步回转的余地，直接往九皇叔头上套了死罪的罪名。至于凤轻尘在皇上眼中那只是顺带，没有九皇叔撑腰的凤轻尘什么都不是。

九皇叔静静地站在那里，与皇上四目相对，眼神平静得如同死水，在皇上的眼中这是失败者的表情。

皇上强忍住心中的得意，一脸心痛，声音更是悲痛得不能自己："来人呀，拿下九王爷，交宗人府大牢，按律办理。"

"是！"门外，早已等候多时的禁军冲入殿内，来到九皇叔的身后，"九皇叔，请！"

"哼——"九皇叔冷笑，他的皇兄果然好心计，步步为营，一环扣一环，饶是他有再多算计也施展不出来。

至于动手那更是不能，一旦动手他就坐实了犯上的罪名，站在大义上，皇上就算杀了他，也没有人敢多说一句。

皇兄，你的招臣弟接了！

九皇叔唇角微扬，朝皇上微微点头，如同平时一般，沉静地回了一句："臣弟遵旨！"

九皇叔被禁卫军带走后，整个大殿都静了下来，在场的官员似乎不敢相信眼前所见，一个个呆呆的，没有人敢抬头看一眼帝位上的那人。

皇帝的威严和强势达到了前所未有的高度，在皇后娘家倒台后，近乎权倾朝野的九皇叔，居然就这么被拿下了。

皇上果然是不出手则已，一出手必直取命脉，众大臣再不敢小视皇上。

随着九皇叔的入狱，东陵朝廷上的格局恐怕要重新洗牌，只是……

九皇叔和皇后娘家一前一后地倒台，谁还能压得住世家的风头，难道世家要再次崛起？皇上会允许吗？

世家大臣心中窃喜，一个个摩拳擦掌准备大干一场，其他人则惴惴不安，尤其是与九皇叔走得较近的几位大臣，更是死命地把自己藏起来，生怕皇上下一个就拿他开刀。

太子一系的人马也一个个面带忧色，看皇上这举动，下一个就要拿太子开刀了，他们必须想办法把九皇叔救出来才行。可偏偏九皇叔的罪名是以下犯上，忤逆皇上，还是由皇上亲口所说，要推翻那就是指责皇上错了，这可是谋逆的大罪。

在寒冷的冬天，东陵的官员却吓出了一身的汗，皇上居高临下地看着众官员的百态，心中前所未有的满足。

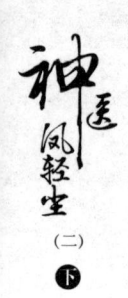

　　今日，距离九皇叔与宇文元化联手在早朝上逼迫他已有半年，他至今都忘不掉自己当时的狼狈与难堪，堂堂帝王居然被人逼到那个地步，绝对是耻辱。

　　现在，他终于一雪前耻了。

　　帝王之威任何人都不能挑衅，哪怕是拥有许多特权，被先帝宠如珠宝的九皇叔也不行。

　　文武大臣惶恐的面容、不安的神色让皇帝通体舒畅，这才是帝王该有的威仪。

　　果然，没有九皇叔在的早朝，就是让人舒服，他这一次定让东陵九万劫不复。

　　早朝结束后，皇上回到御书房便拟了一道圣旨，允许寒门子弟入朝为官，每年春分举行一次科考，无论寒门还是士族子弟都可以凭才学参加科考。

　　这一出旨意来得突然，却没有人敢说半句不是。

　　此旨一出，文武百官再次变脸，瞬间就将九皇叔入牢的消息压下，世家、权贵既是高兴又是担忧，高兴的是自家子弟多了一个出路，担忧的是怕自家子弟比不过那些苦读的寒门子弟。

　　寒门子弟虽说穷困，但举全家、全族之力总能供一人读书，依自家子弟好逸恶劳的表现，不一定能拼得过寒门子弟，可是……

　　有皇后母家和九皇叔前车之鉴，世家权贵也不敢在这当口去挑战帝王的权威。

　　与士族名门相比，寒门子弟就狂喜了，京城就有不少寒门少年跪在皇宫外，对皇上高呼万岁，而这些都与凤轻尘无关。

　　与圣旨同时出宫的还有禁卫军，禁卫军出宫后兵分两路，一路前往九王府，查封九王府，另一路则去凤轻尘所在的西区小院。

　　凤轻尘佩戴了只有皇后才能带的凤钗等同于谋逆，皇上大张旗鼓地派禁卫军出面，倒不是怕凤轻尘跑了，而是故意做给皇城的人看，凡是与皇帝作对的人都不会有好下场。

　　太子在九皇叔下狱后就到处奔走，试图营救，根本无心管凤轻尘的事情，太子也不觉得有管的必要，只要九皇叔出狱，凤轻尘自然不会有事。

　　"父皇果然是父皇，英明神武。"得知九皇叔入狱，东陵子洛整个人都精神起来，神采飞扬，一扫之前的落寞之色。带着这个好消息，东陵子洛前往安平公主的宫殿，准备与安平里应外合，争取让皇上解除对皇后的禁令。

　　九皇叔倒台了，他只要把当初的事情往九皇叔身上扣，让九皇叔再背上一条陷害皇后本家的罪名便可，他相信父皇一定会很高兴。

　　和东陵子洛有同样想法的人不在少数，王家收到这个消息后也是热烈地讨论起来。九皇叔的倒台，还有寒门学子可以入朝为官这两件事，对王家的冲击可谓极大。

前者是机遇，后者勉强可以算是鞭策，只不过并不是所有人都这么认为，至少王锦凌就不认为寒门子弟入朝为官能够改变什么。

王锦凌承认寒门子弟中不乏优秀者，然而做官容易，要坐稳那个位置，没有人帮忙却是不行。官场是一群人的游戏，寒门子弟再能干、再有才识，没有人支持也起不来。

而等到寒门子弟拉帮结派在官场上占有一席之位后，他们与世家权贵又有什么区别？

不过，王锦凌没空就此发表意见，因为王家做了一件让他极度不满的事，王家居然插手皇家之间的斗争！

这还不是让王锦凌最气愤的事，让他气愤的是王家这群人，居然越过他这个家主就做了决定，这些人是不是认为他太好说话了！

几位长老正沾沾自喜，说这一次王家如何联合世家，与皇上一同将九皇叔拉下马，话还没有说完，王锦凌就沉下了脸，很不客气地打断道："善长老，这件事是不是要给我一个交代？为什么我身为家主，却不知家族的事情？"

王家有善、仁、智三位大长老，这三位长老拥有监督和废立家主的权力，权力之大隐隐还在家主之上，前提是这三位长老抱成一团。

善长老并不将王锦凌的怒火放在眼里，按辈分王锦凌得叫他一句太爷爷。就算王锦凌是家主，可别忘了他这个家主才当了不到半年，没什么威信不说，手上也没有多少可用的人，他怎么可能把王锦凌一个小毛孩子放在眼里？

善长老连起身都没有，慢悠悠地喝了口茶，才道："家主别生气，当时你身体不适，我们几个老东西也不好拿这种小事打扰你，这件事情我们三个长老都同意了。"

这话中的意思就是说，哪怕是王锦凌在也改变不了。

"没错，这件事情我也同意了。"智长老开口附和，仁长老一脸消瘦，一双眸子却非常的有神，听出王锦凌话中的不满，仁长老更是不客气地落王锦凌的面子道："怎么？家主你认为我们三个老棺材为家族谋利有错吗？家主可别忘了，之前九皇叔唆使皇上拼命打压我们王家，要不是这样，我王家哪里需要看谢家的脸色。"

皇帝永远都没错，错的都是臣子，明明是皇上要收权，可这些人却把罪名全部安在九皇叔身上。

面对三大长老开炮，王锦凌并不生气，闲适淡然得好像看不到三位长老的火气一样，底下那些王锦凌得叫叔伯的一辈人看王锦凌这番气度，暗自点头：难怪老家主要越过他们，选锦凌做家主，也只有锦凌才能有能耐和手腕与三大长老斗。

换作他们，现在怕是被三大长老挤兑得面红耳热说不出话来。

三位长老见王锦凌不说话，便认定王锦凌吃了闷亏，无力反击，不屑地用下巴看着王锦凌。

小屁孩一个，别以为是家主就可以一手遮天，王家的家主是为家族服务的，凡是有利于王家的事，家主都要不遗余力地去做，家主是个吃力不讨好的位置，做好了是你的责任，做不好那就是你无能。

王锦凌好似没有看到三位长老不屑的眼神，拂了拂腰间的褶子，不疾不徐地起身，温和的眸子隐含凌厉，扫了三位长老一眼，直把三位长老看得心里发麻，才开口道："不参与皇室之争是王家祖训，仁长老、善长老、智长老违背王家祖训，按照家规当逐出王家，其子孙后代永不得入王家家谱。念在三位长老于家族有恩，逐出王家就算了，三位长老从今日起，便退居安华院，由王家荣养。"

王锦凌不开口则已，一开口就要废了三位长老，三位长老脸都变了，啪的一声，脾气和修养最差的仁长老当场就拍桌子，怒吼道："王锦凌，你敢！"

那张老脸瞬间涨得通红，炯炯有神的眸子也染上浑浊之色，看样子气得不轻。

"家主，三思而后行。"善长老皮笑肉不笑道，他就不信王锦凌真敢一举拿下他们三人，他们三人要是倒了，王家也要倒一半。

智长老再次附和，阴阳怪气道："家主，咱们可是一家人，打断骨头还连着筋，我们三人也是为王家谋利，为王家的子孙后代着想，家主就是不看僧面也要看佛面，再怎么说我们三位长老也是你的长辈，作为晚辈你这么对待长辈可谓是不孝，王家可容不得一个不孝之人坐家主之位。"

这是倚老卖老外加威胁，要换作以前，王锦凌见好就好，他处事向来圆滑温和，这三位长老又是他的长辈，他不会让长辈太难看，可现在嘛……

王锦凌闭上眼睛，懒得看这三位长老的嘴脸。他从太鲁阁大峡谷出来后，就在着手布局拉三位长老下马，现在这三位长老把机会送到他面前，他要是不趁机动手那就是白痴了。

最主要的是，这三人不倒，他拿什么付九皇叔出手救他的代价？

三位长老拿孝道说事，他就拿孝道驳死对方。当年在稷下学宫，他舌战众才子都不曾败过，三位长老的这点本事他完全不看在眼里。

王锦凌缓缓地睁开眼睛，黑亮的眸子如同深潭，似能把人的灵魂给吸进去，除了三位长老，其他被王锦凌看到的人都不由自主地坐正，等他说话。

待到局面完全掌控在手中后，王锦凌这才看向三位长老，好像做什么艰难的决定一般，缓缓地开口道："三位长老说得没错，我王家子弟不能不孝，但更不能违背祖宗遗训。三位长老违背王家老祖宗定下的祖训，我要是纵容三位长老那就是真的不孝了，我王锦凌绝不敢做不孝之人。三位长老要是觉得我处事不公，那就开宗祠，由王家所有宗族来决定如何安置三位长老？"

开了宗祠，以三位长老所做的事，他们及其后代都要被王家逐出家门，子孙后代都不得再姓王，也得不到王家的照拂，王锦凌这一招是以退为进。

敢说他不孝，他就孝顺给三位长老看。

"噗——"善长老当场吐出一口血，两眼往上一翻、手一抖，人就朝椅子上栽去。

装病？

王锦凌的脸上依旧在笑，可那笑却不达眼底，只静静地看着。

"快，快请大夫，善长老不好了。"

"大夫，大夫在哪里？"

仁长老和智长老都是聪明人，一看这情况立马就闹了起来，三位长老的儿子和孙子辈也闹了起来，有几个甚至往外跑去，说是要去请大夫。

可才走到门口，就听到嘭的一声巨响，大门紧闭，室内一片黑暗。

"啊——"众人叫了一声，下一秒烛火就被点燃，室内恢复明亮，打算趁乱往外跑的人，全部被堵在门口，见此景立马转身朝王锦凌大吼，"锦凌，你这是什么意思，别以为你是家主就可以为所欲为，善长老为王家付出了一生，他现在昏死过去，你怎么能阻止我们救人？"

"就是，王家可不是你一个人的。"

起哄的人越来越多，王锦凌却不生气，拍了拍手，王家医者从侧门走了进来："家主。"

"好好给善长老看看，别留下什么病根。"

待到大夫诊断出善长老无事时，王锦凌才不轻不重地说了一句："闭嘴！"

在场的人却像是没有听到一般，该怎么闹还是怎么闹，王锦凌将手中的茶杯往地上一掷。

啪的一声，茶杯碎了一地，惊得众人不敢出声，看着满地的碎片，众人心惊，生怕王锦凌真生气。

抬头见王锦凌笑容不变，众人暗暗松了口气，就知道锦凌脾气好、修养好，不会真的生气，有些胆大的还想起哄，哪知还未开口，就听到王锦凌道："借机闹事者，按族规逐出王家，我给你们一次机会，我数三声，三声之内你们还没有坐回原位，我就开宗祠将你们这一支上下都逐出王家。"

狠话放完后，王锦凌又道："好在皇上下了旨，士族与寒门子弟都能参加科考，你们即使不是我王家人，将来也有机会入朝为官，我也算对得起王家祖先。"

这……闹事的几个人面面相觑，一时不知如何是好？他们现在坐回去，就代表怕了王锦凌，以后什么都得听王锦凌的。

可要是不坐回去，真被逐出了王家可就惨了，没有家族庇护，他们日后哪还有好日子过？

仁、智两位长老朝站在门口的人使眼色，法不责众，他才不信王锦凌真敢把十几支族人全部逐出王家。

有两位大长老撑腰，闹事者顿时底气十足，站在门口一动不动，王锦凌也不多说，眼神落到站在门口的七人身上，开口数了起来。

"一……"

无一人动。

"二……"

有人在张望。

"三……"

当王锦凌数到三时，有四人顶着压力和身后人的鄙视走到原位，向王锦凌告罪："家主，我们几个头脑发昏，还请家主原谅。"

"小事罢了，七伯、十六伯、三十七叔、四十二叔，请坐。"王锦凌挥挥手，大气地不与众人计较。四人刚刚坐下，王锦凌又开口道，"众位叔伯，皇上准备开科考，我王家子弟无论亲远都有机会参加。锦凌不才，之前游学时曾与稷下学宫的人略有交情，众位叔伯家中若有合适的孩子可告知我，我会修书一封给稷下学宫，求稷下学宫多多照拂我王家子弟。"

王锦凌这是打一巴掌给一个枣，把刺头收拾了，剩下的人也要安抚，一味地强势只会把人逼反。

无论是士族还是寒门，想出人头地的都要读书，稷下学宫是天下学者梦寐以求的读书圣地。可偏偏稷下学宫每年只收一千人，想进稷下学宫无疑得万中选一，王锦凌这话却是给王家子弟大开后门。

原本就支持王锦凌的人这下更感激了，王家家大业大不错，可家业再大也是家族的不是他们的，只有他们的子孙有出息，那才是他们自己的。而且想要家族长盛不衰,就要后代有出息。

"多谢家主。"

"家主为王家子弟辛苦了。"

"王家有锦凌这样处处为家族子孙着想的家主,是我王家之福。"

一连串恭维的话,从王锦凌叔伯那一辈的嘴里冒出来,说起来王锦凌这个家主做得确实辛苦,王家各个掌事的每一个都是他的长辈,他还年轻,很多事情根本压不住,不然一顶不孝的帽子压下来,就够他受了。

安抚了大部分人,剩下的就好办了,仁善智三位长老作威作福多年,不满他们的人很多。奈何仁善智三位长老及其旁支能干的子孙也多,家中很多事都在他们的掌控之中,要动他们王家也要伤筋动骨。是以,无论是王锦凌还是他父亲,都没有想过直接跟他们对上。

换作以往,王锦凌也会徐徐图之,可他现在没那个耐心,有九皇叔送上来的证据,他可以一举把王家这些倚老卖老的家伙通通压下去。

是人就有私心,三位大长老这些年来为自己的儿子、孙子谋了不少利,有这些证据这三位长老别说翻身,不被逐出王家就该偷笑了!

从今天起,王家的权力格局将重新洗牌!

第三十七章　就是嚣张又如何

王锦凌有耐心也有能力，他不出手则已一出手必惊人。只半天的时间，王锦凌就将仁善智三位长老拿下，连宗祠都不需要开，凭刚刚立下的威信，就把三个不服他命令的人逐出了王家。

人心不足蛇吞象，作为王家的大长老，享受荣华富贵却不满足，一心想要更多，想要为子孙后代谋取更多。为了自己的子孙后代在王家地位超然，不被其他人踩下去，三位长老可谓是费尽心机，想方设法地挖家族的利益。

更甚者，在四国粮价疯狂涨跌时，三位长老中饱私囊，借机发了一笔横财却让王家亏了个半死。

要不是九皇叔把证据交到他手上，他都不敢相信口口声声为家族着想的王家人，个个都这么的自私自利。

为家族着想？简直是莫大的讽刺，也只有他这个笨蛋，从来不曾多想，也不曾怀疑过这群自私自利的人。

不过这样也好，要不是他们贪得无厌，他又怎么可能有机会一举废除三大长老，把王家的权力收拢在手。

王锦凌翻着账簿，查看王家这几年来的收入，越看眼神越冷："不过四十年的时间，三位长老倒是好本事，私产加起来比王家一年的收入还要多，难怪他会看上眼。"

啪的一声，王锦凌将账簿合拢，对身后的人道："去，把查封得来的财产抽出五成给九皇叔送去，多出来的一成就说是我的心意。"

九皇叔怎么可能会无缘无故地帮王锦凌，九皇叔这是盯上了王家的钱。王家千百年来累积的财富，比国库还要多，这么有钱的人家，九皇叔怎么可能放过。

"是，公子。"身后的人虽然诧异，却不敢多问，低头应道。

王锦凌将账簿丢到桌上，起身，在室内来回走了两圈，沉吟片刻，还是开口道："通知王家所有的店铺，把九皇叔入狱和老天不满、天降神雷的事情连在一起传出去，我要东陵每一个城镇，都流传这个消息。"

和经营多年的王家相比，九皇叔手上的人脉虽精却不够广，无法做到遍布全国各地。如果王锦凌肯在背后推波助澜，事情会越演越烈，到时候就是皇上也无法堵住悠悠众口。

"是，公子。"作为王锦凌的心腹，绝对可信。

"下去吧。"

王锦凌迟疑片刻，还是让人退下了。

他本想问问轻尘的事，可想到九皇叔既然敢拿凤钗给凤轻尘佩戴，肯定是有对策的。皇上想拿凤轻尘作伐子，震慑九皇叔的一系列计划估计行不通。

诚如王锦凌所猜想的那般，当翟东明火急火燎地跑来西区小院，给凤轻尘送消息时，凤轻尘愣了一下，便笑道："我说世子爷，你急什么呀，不知情的人还以为入狱的人是你呢。"

"我能不急吗，九皇叔都入狱了，下一个就是你了。"翟东明抹了一把额头上的汗，猛地一甩，留下一地的印记。

凤轻尘嫌恶地瞪了翟东明一眼："世子爷，你再急也没用，皇上不会因为你急，就把九皇叔放出来。九皇叔也不会在大牢待太久，皇上把九皇叔关起来，最后头痛的是他。"

这一次九皇叔入狱，凤轻尘真的一点也不担心。她相信，在皇上拿圣敏皇后的尸骨威胁他时，九皇叔就做了安排，就算九皇叔没有安排也不要紧，只要皇上不当场处死九皇叔，她就有办法把九皇叔救出来。

翟东明一听，气得差点跳起来，这都什么时候了，凤轻尘居然还有心情说笑："凤轻尘，你给我认真一点，这可是掉脑袋的事情。"

听到九皇叔入狱的消息，他和爷爷都吓了一跳。皇上这一次下手快狠准，九皇叔身上的罪名根本洗不掉，除非发生天大的事，不然九皇叔这一辈子都无法翻身。

"我没有不认真，世子爷你放心，九皇叔不会有事的。至于我？你更不用担心了，皇上他治不了我的罪。"凤轻尘优哉地使唤人，"佟珏，去把我桌上的凤钗拿过来。"

"是，小姐。"佟珏狡黠一笑，她很期待禁卫军吃瘪的样子。

"你真的不会有事？"翟东明见状也冷静下来，看凤轻尘的样子，似乎是大局在握。

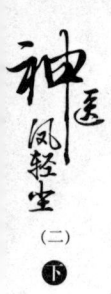

难道九皇叔早就料到了？按理说不会呀！

"放心，不会……"

"嘭——"

凤轻尘的话还没有说完，就听到一声巨响，西区小院的门被人暴力撞开，身穿铠甲的禁卫军，手持长枪，如同虎狼一般冲了进来。

"世子爷，得罪了，我等有公务在身，还请世子爷行个方便。"禁卫军首领看到翟东明在，愣了一下，然后上前行礼，示意禁卫军将翟东明隔开。翟东明见凤轻尘半步不惧，配合地站到一边，"请。"

禁卫军首领诧异地看了翟东明一眼，他没想到翟东明这么好说话，不过越好说话对他们来说越有利，朝翟东明拱了拱手，转身对凤轻尘道："凤姑娘，请你跟我们走一趟。"

"是你？"凤轻尘看到熟悉的人，展颜一笑。

她当初被皇上关禁闭，就是此人带兵看押她，凤府大火，这人也没有丢下她，反倒是冲入火中想要救她，她对这个人还挺有好感的。

"是，凤姑娘，我们又见面了。"禁卫军首领看凤轻尘并没有慌张，暗自佩服。

不愧是能与九皇叔并肩而行的女人，单这份气度就比一般女人强出数倍，他当禁卫军这么多年，被人拿下狱还能面不改色、从容有度的除了九皇叔，就是凤轻尘了。

凤轻尘苦笑道："是呀，又见面了，每次和你见面都没有好事，这一次大人也是来者不善。"

凤轻尘扫了一眼看不到尾的禁卫军，忍不住笑了。闹出这么大的动静、出动这么多的人来抓她，皇上到底是何居心？

每次和你见面都没有好事！

饶是翟东明心急如焚、忧心忡忡，听到凤轻尘的话也忍不住笑场，禁卫军没事会出宫吗？他们出宫当然没有好事。

禁卫军统领脸皮很薄，被凤轻尘这么一调侃，又被翟东明这么一笑，一张脸顿时涨得通红道："凤姑娘，本官只有办差才会出宫，所以……"不是见着我没好事，而是只要我出宫，就没有好事。

禁卫军统领想要解释，可后面的话怎么也说不出口。

"哈哈哈——"翟东明笑得更夸张了，能把禁卫军统领挤兑得说不出话，凤轻尘真是越来越本事了。

身后的禁卫军们也忍俊不禁，一个个肩膀抖动，手中的长枪微微颤抖，场面瞬间变得有几分滑稽。

翟东明暗暗朝凤轻尘竖起大拇指,厉害,三言两语就把局面掌握在手中、化解了肃杀的气氛。

凤轻尘也跟着笑了笑,估摸着佟珏应该把凤钗拿来了,见禁卫军统领越发的尴尬,凤轻尘见好就收,作了个小揖:"大人,我有口无心,还请大人不要介意,不知大人大驾光临,所为何事?"

先礼后兵,就算她凤轻尘再嚣张,该有的修养和气度也要有,不能让人说她没教养不是。

"凤姑娘不必多礼,本官今日奉皇命办差。凤姑娘,十一月十八,你与九皇叔入城那日,头上所佩戴的凤钗乃是违制之物,普天之下除了皇后娘娘外无人能佩戴。凤姑娘以下犯上,藐视皇家威严,逾制佩戴凤钗,按律当斩,凤姑娘,请……"禁卫军统领按程序将凤轻尘的罪名说了一遍,若是忽略掉话中的意思,倒是颇为客气。

凤轻尘并不慌张,一脸严肃地道:"大人,我佩戴的是凤钗没错,但并没有逾制,更没有以下犯上。"

凤眉微挑,凌厉逼人,冷艳的面容不怒自威,与刚刚的笑语连连截然不同,此时的凤轻尘全身肃穆、威严,风华外露。

被凤轻尘这么一瞪,禁卫军统领心头一慌,不由自主地后退一步,待到自己发现后,暗骂了一句窝囊。

禁军统领挺直背脊在原地站好,黑着脸道:"凤姑娘,你有没有以下犯上、不敬皇室跟本官说没有用,是非公道自有圣断。"

"大人说得没错,皇上自会给我一个公道,只是……"凤轻尘说到这里,便打住了,一副高深莫测的样子。

禁卫军统领不满地皱眉,无视凤轻尘浑然天成的威仪和让他心惊的威严,道:"凤姑娘,你别太嚣张,本官的耐心是有限的,凤姑娘要是不配合的话,就别怪本官无礼了。"

这话中的意思是要动手。

翟东明神色一变,正准备上前借肃亲王府的名头,把禁卫军统领喝退,凤轻尘却朝他摆了摆手,示意他不要动。而就在此时,佟珏双手捧着一个木制的托盘走了过来,托盘上有一块大红锦布,上面摆放着凤轻尘当日所佩戴的凤钗。

凤钗一出,胜负即分。

凤轻尘扫了一眼凤钗，笑语嫣嫣地道："大人，我想跟大人走，可惜大人没那个本事，能把我带走。"

"凤轻尘，这京城没有本官带不走的人！来人呀，给我拿下。"禁卫军统领怒斥，翟东明也吓了一跳，一脸不可思议。

凤轻尘不是疯了吧。

"住手！"翟东明连忙上前，想要制止禁卫军用强，可惜禁卫军身受皇命，根本不把一个肃亲王世子放在眼里。

"唰——"禁卫军齐齐上前一步，长枪叉在凤轻尘的脖子上，冰冷的枪头指向凤轻尘的喉咙与脑袋，只要一个用力，就能将她就地正法。

凤轻尘脸色不变，脸上的笑容也没有淡去一分："大胆？要说大胆，大人的胆子才叫大呢。"

不待禁卫军统领说话，凤轻尘便朝站在另一头的佟珏道："佟珏，把先皇御赐的凤钗拿上来。"

"什么？先皇御赐的凤钗？"除了凤轻尘外，在场的人都吓了一跳，尤其是那几个拿长枪叉对准凤轻尘的禁卫军，一个个面色不安，暗暗后退一步。

"没错，就是先皇御赐的凤钗，大人想要拿我问罪，不应该先看看我佩戴的违制之物是什么吗？"凤轻尘语气平淡，可禁卫军统领却惊出一身冷汗，如果真是先帝所赐，他们就动不了凤轻尘。

"请众位大人让让。"佟珏一脸谦卑，恭敬地捧着凤钗朝凤轻尘走来，所到之处禁卫军纷纷后退，一个个睁大眼睛想要看清托盘上的凤钗长什么样？

"小姐，凤钗取来了。"佟珏跪在凤轻尘面前，将手中的托盘举过头。

"很好！"凤轻尘拿起凤钗，递到禁卫军统领面前，"大人，你要拿我问罪，可要看清楚这是什么？"

御造之物上面都有皇室的标志，这支凤钗上面就有，不仅如此凤钗的尾部还刻了四个字，这四个字就是……

"东陵国母！"禁卫军统领的眼睛都直了。

"没错，就是东陵国母，大人可看清楚了？"凤轻尘冷冷一笑。她凤轻尘就是嚣张又如何，有本事治她的罪呀！

皇帝又如何，他敢驳先帝的面子吗？

"卑职冒犯了，请凤姑娘恕罪。"禁卫军统领的脸刷地就白了，称呼也立马从"本官"变成"卑职"，身子一矮就准备跪下。

凤轻尘脚一抬，刚好抵在禁卫军统领的膝盖处："大人先别急着跪，你还没有看完呢。"

"呃？"禁卫军统领错愕地愣在原地，看着凤轻尘将凤钗一转，背面居然还有四个字，"大人看清楚，可别说我偷御赐之物。"

"圣敏皇后！"禁卫军统领往前探了探脑袋，将凤钗上的四个字念了出来，字体虽小，却清晰可见，字上面还有御造之物的水印，这个绝对做不了假。

"圣敏皇后"四个字一出，众人皆知这只凤钗必是九皇叔的所有物。圣敏皇后只有九皇叔一个儿子，圣敏皇后的东西除了九皇叔外，还有谁有资格拥有？

"没错，就是先皇为圣敏皇后打造的凤钗，大人，你可以跪下了。凤钗上的字乃是先皇亲笔所提，这支凤钗便代表了我东陵国母圣敏皇后。"凤轻尘收回脚，高举凤钗。

禁卫军统领此时才发现，"圣敏皇后"和"东陵国母"这八字，真是先帝的笔迹，这凤钗的来头不是一般的大！

"咚——"禁卫军统领不敢多想便带头跪下，禁卫军们一看这个情况，也连忙收起兵器，齐刷刷地跪了下去。翟东明还云里雾里的，他怎么也没有想到，凤轻尘随便戴的一只凤钗居然有这么大的来头。

可不管他想没想明白，这个时候他都必须跪下，高呼万岁，否则就是对先皇不敬，对圣敏皇后不敬。

"哼——"凤轻尘举着凤钗，眼露嘲讽。

皇上还真当她和九皇叔是蠢蛋，什么都敢往头上戴，她敢佩戴这支凤钗，必然是有底气的。

先帝御赐凤钗一出，禁卫军哪里还敢拿凤轻尘问罪，起身后，朝凤轻尘告罪一声就灰溜溜地走人，可刚走到门口，就被凤轻尘喝住："众位官爷，请留步。"

"咯噔——"禁卫军统领脚步一顿，僵硬三秒后才转身，胆战心惊地低头问道："凤姑娘还有什么吩咐？"

禁卫军统领全身绷紧，忐忑不安，他真怕凤轻尘给他难堪或者找他麻烦。虽说凤轻尘手上的凤钗不能调兵，不能掌权，但他们也不敢对凤轻尘不敬。不然，一顶对先皇、圣敏皇后不敬的帽子扣下来，够他们吃一壶了。

凤轻尘很满意禁卫军的顺服，指了指被禁卫军打烂的门，很认真地道："大人，你们把我的门打烂了，不应该赔吗？"

"噗——"禁卫军统领差点吐血。

这么严肃地叫住他们，就是为了一扇破门，凤轻尘你可真不是一般的狂妄、嚣张，难怪皇上会对凤轻尘这么一个小人物出手，凤轻尘就是有把圣人逼疯的本事！

凤轻尘的确是欺人太甚，禁卫军统领气得想杀人，可偏偏凤轻尘手持凤钗，他就是再不满也只能忍着。

禁卫军统领深深地吸了口气，扯出一抹僵硬的笑，从怀里掏出一张银票，捏着鼻子道："凤姑娘，一百两够不够？"

那两扇破门最多就值二十两，剩下的八十两算他给凤轻尘压惊。

"一百两？"凤轻尘不满地笑了笑，禁卫军统领一听，又乖乖掏出一张，"二百两！"

凤轻尘彻底怒了，好久没人拿钱砸她了，最主要的是，拿这么一点钱也想砸她，当她凤轻尘穷疯了吗？

凤轻尘怒极反笑，阴恻恻道："统领大人，你觉得我缺钱吗？"

就算缺钱，她也不会把一二百两看在眼里，她凤轻尘开口至少是千两黄金。

禁卫军统领看了凤轻尘一眼，默默地将银票收了回去，很上道地问道："凤姑娘你要卑职怎么做？"

怎么做？

这个需要她教吗？

凤轻尘朝外走去，一边走一边道："既然大人开口问，我就不客气地说一句了，你们踢烂了我的门，当然要负责把它修好，什么时候修好什么时候就可以走。"

凤轻尘朝身后的丫鬟招了招手，佟珏和佟瑶立马搬了一个大木椅，正对着门口摆好。

"什么？要我们修门？"禁卫军统领那表情难看到极点，他总算是明白了，凤轻尘这就是要为难他们，要他们难堪。

可他们真的很冤呀，他们不过是奉旨办事，凤轻尘要怪也不能怪他们呀。

凤轻尘还说什么遇到他准没好事，明明是他遇到凤轻尘准没好事。上一次在凤府也是，那半个月可是他为官以来最难挨的日子。这一次更倒霉，他已经可以想象，皇上盛怒的样子。

禁卫军统领打了一个寒战，越发地肯定遇到凤轻尘他就倒霉。

"大人的耳力不错，就是修门。"凤轻尘一撩衣袍，优雅地落座，身子微右倾斜，右手撑着脑袋，斜坐在椅子上，女王的气场十足。见禁卫军半天不动，不耐烦地扬了扬左手，"大人，动手吧。"

明摆着,她就是要坐在这里监工,不修好她家的门,禁卫军就别想走。

禁卫军统领发现他的修养、他的冷静,在这一刻通通不见了,强压下心中的怒火,咬牙切齿道:"凤姑娘,你别太过分,我等还要回宫复命,要是因此耽误了,你我都担待不起。"

"几位大人既然赶着回宫复命,那动作就快一点吧,别耽误了大人的正事。"凤轻尘像是听不出禁卫军统领话中的威胁一般,云淡风轻地道。

皇上派禁卫军嚣张上门,不就是要打九皇叔的脸嘛,不就是要杀鸡给猴看嘛,皇上做了初一,就别怪她做十五。

凤轻尘含笑看向在她府外晃荡的人,皇上的人声势浩大地来,闹得半个皇城的人都知道禁卫军要捉拿她凤轻尘,结果却是在给她造势,不知皇上知晓后会不会气得吐血。

禁卫军拿人不成,反倒要给凤轻尘修门,这事传出去,皇上面子里子都丢光了。

"凤姑娘,适可而止,对圣上不敬可是死罪。"

"大人,对先皇和圣敏皇后不敬,可是灭九族的大罪。"扣帽子谁不会,反正上下牙一磕,是死是活都由人说了算。

"你……"禁卫军统领无法冷静,右手放在刀柄上,似乎想要拔刀。

翟东明不知何时也搬了一把椅子过来,放在凤轻尘的身侧,坐了下去,一脸无辜地道:"不是说要修门吗,动作快一点,一个个愣着干嘛,再拖下去小心皇上拿你们问罪。"

翟东明嗓门大,这一吼不仅禁卫军们怔住了,就连外面围观、打探消息的人也听到了。

什么?禁卫军拿人不成,还要给凤轻尘修门?这……

这说明什么?说明九皇叔一系的人,早有准备,九皇叔根本不会倒。

凤轻尘是九皇叔的女人,同时亦是九皇叔的头号盟友,当九皇叔不在时,凤轻尘的一举一动,就代表了九皇叔和其背后的势力。

凤轻尘的强势就是一个信号,告诉众人九皇叔没有倒。

有几个下人像是打了鸡血一般,拔腿就朝自己府上跑去,主荣仆贵,只有自家主子好,他们这些当下人的,才能威风八面、作威作福。

他要快点把这个消息告诉老爷,以免老爷站错队。

赶紧把这个消息告诉大人,看凤轻尘胸有成竹的样子,九皇叔肯定不会有事。

……

有人欢喜有人愁，门外，明里暗里探听消息的，也有不少人面露忧色。

他们这些下人也是很通透的，自家主子和九皇叔已经摆明不对付了，九皇叔不倒他们家主子就倒霉了。

当然，更多的是不动声色的人，因为他们也不知道自家主子到底是哪方的人，至少他们主子没有明面上为难九皇叔，或者与九皇叔交好。

不管如何，凤轻尘的强势，就是一种信号，扭转了不利于九皇叔的局面。

翟东明大声一吼，倒打一耙后，禁卫军统领就知道，他今天不把凤轻尘家的门修好，就别想走。

"去，买两扇新门来。"万分不愿，禁卫军统领还是下了令。

要他修门是不可能的，这太丢皇上的面子了，他想到的折中办法就是给凤轻尘换两扇新门。

"早这么做不就什么事都没有了嘛。"凤轻尘这是站着说话不腰疼，禁卫军统领那叫一个气呀，暗暗发誓，以后凡是与凤轻尘有关的活，他通通不接。

砸了凤轻尘一扇门就要赔，那要是烧了凤轻尘的房子呢？难不成得给她建一栋新的？外加把自己家的房子也烧了？

小兵买门去了，一时半刻也回不来，禁卫军统领实在不敢在西区小院待太久，便好声好气道："凤姑娘，卑职留几个人下来给您装门，您看这样行吗？"

"您"字都出来了，可见统领大人这是有多怕凤轻尘。

"不行，万一买来的门不合适，我找谁去？大人要是站着累，我让下人给你搬把椅子，横竖这么久都耽搁了，也不差这一时半刻。"凤轻尘想也不想就拒绝了。

开玩笑，她都嚣张狂妄到这个地步了，多一点少一点都一样。

"凤姑娘……"

"大人别心急，要是心急的话可以派个人进宫，先去给皇上复旨，我东陵以孝治天下，我想皇上会理解的。"凤轻尘晃了晃手上的凤钗，拿先皇压人。

"凤姑娘，你……"禁卫军统领恨恨地看着凤轻尘，却不敢多说。

他之前怎么就没有发现凤轻尘如此可恶，这还是女人吗？

这么强势蛮横的女人，谁娶到她谁倒霉！

同一时刻，往京城送信的传令兵，在绕了大半天的路后终于步入正轨，朝皇城奔来，向皇上禀报凭空惊雷的疑象，还有百姓的不安……

一刻钟后，小兵买了门回来，在凤轻尘的监督下，拿刀、拿枪的禁卫军们，放下长枪、脱下铠甲、吐口唾沫、双手一搓，改行当木工。

这些禁卫军拿人、杀人是好手，可让他们拆门、装门那绝对是为难他们，费了九牛二虎之力终于把破门卸了下来，使出吃奶的力气，才把两扇新门装好，可是……

"歪了！"凤轻尘挑刺道。

"没对上！"凤轻尘继续不满。

"你家的门会留这么大的缝吗？"凤轻尘没好气地道。

"谁家的门左右不对称？这样的门能关上吗，你们这是给小偷行方便吧，嫌我家的护卫太闲了？"不是凤轻尘爱挑剔，实在是这些人真没有装好，少卡了一个栓子。

禁卫军们无奈，只得卸了再装，装了再卸，平日里趾高气扬的禁卫军们，这个时候一个个乖得像孙子，直把门外的探子们惊得半天都合不拢嘴巴。

"这是禁卫军吗？这是在京城威风八面的禁卫军吗？戳瞎老子的眼，老子眼花了。"

"居然敢把禁卫军训得像孙子一样，这还是女人吗？闪瞎了老子的眼。"

"这女人真是凤轻尘吗？当初在凤府门口看到她被一群丫鬟给堵得无路可走，现在还有丫鬟敢堵她吗？"

凤轻尘才不管禁卫军有多生气、外面那群探子怎么说她，直到满意了才点头同意他们走人。当然，走的时候不忘提醒禁卫军统领，把破门带走。

禁卫军统领走了两步，又回头把破门带走，连一句话都不敢哼，顺了凤轻尘的意他们才能顺利回去，不然受折磨的只有自己。

提着破门，禁卫军以前所未有的速度，逃命似地跑出西区小院。

"凤轻尘，你太帅了。"翟东明双手撑着下巴，手肘支在扶手上，一脸崇拜地看向凤轻尘。

"我是女人，用帅不合适，你可以说我有魅力。"凤轻尘优雅地起身朝屋内走去，示意翟东明也进来，她有话要说。

确定屋内没有人，凤轻尘才从衣袖里取出一张纸："世子爷，你要是没有别的事情，就替我把上面的东西凑齐，要秘密行事，不能被人发现，东西筹齐后，放到刚建好的凤府。"

"这是什么东西？你要这些东西有什么用？"翟东明看着纸上写得木炭、硫磺一类的东西，万分不解。

"嘘！"凤轻尘将食指放在唇边，倾身向前，附在翟东明的耳边道："杀人的东西，别多问也别告诉别人，这事只能我们两人知道。相信我，我这是为了救九皇叔。"

有些东西她不想用，可偏偏不能不用，不制造大混乱，又如何能逼迫皇上放人？

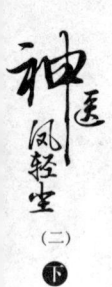

事情到了这一步,她只能把自己的标准放低,只要这些害人的东西不用在普通百姓身上就好。

战场无情,不是你死就是我活,她不能太心软,因为她承担不起心软的后果,她宁可死别人,也不要死自己人。

翟东明看凤轻尘一脸凝重,当下也慎重起来,将纸上的东西和分量默记下来后,取出火折子,当着凤轻尘的面将纸烧毁,道:"除了你我之外,不会有第三个人知道。"

也就是说,即使他爷爷,他也不会说。

翟东明这承诺,实在够重的。

"多谢世子爷了,回头请你喝酒,我年初酿了十坛桃花酿,虽然只有一年份但味道也够了,回头挖出来咱们两人好好喝上一杯。"凤轻尘既不客气也没有理所当然,而是用这种方法来表达自己的谢意。

既说明她感激翟东明帮忙,又不把翟东明当外人。

想拉近两个人之间的关系,最好的办法就是请对方帮一个不算大,又不算小的忙,欠对方一个人情,再加上拥有共同的秘密。

"好,就咱们两个人,不许再多,锦凌也不行。"翟东明高兴地应了下来,见凤轻尘点头,更是喜得红光满面。

"哈哈哈……赚到了,我要把这十坛酒全部喝完,回头再去告诉锦凌,让他羡慕死我。"

凤轻尘只笑不语,如果仔细看,就会发现翟东明同意帮忙后,她眉头舒展了不少。

虽说她相信九皇叔,可发生这样的事情,她实在无法不担心,只是……

明里暗里盯着她的人太多了,她不能表现出一丝丝的焦急和不安,只能摆出云淡风轻,大局在握的样子,只有这样才能安抚人心,才能不让九皇叔辛苦建立的势力倒塌。

此时此刻,她的一举一动都代表着九皇叔,她一旦慌了、乱了,其他人更会慌乱,到时候九皇叔才是真正的危险。

无论如何,她都不能陷九皇叔于危险中!

禁卫军统领回到皇宫后,忐忑不安地将西区小院发生的事情,详细地说了一遍,并向皇上请罪,他们没能拿下凤轻尘。

本以为会龙颜大怒,不想皇上从头到尾一句话都没有说,待到他汇报完后,皇上便命他退下。

禁卫军统领还以为自己听错了,直到殿内的太监提醒,他才战战兢兢地站了起来,双腿有些发软,却不敢多做停留,走到门外看着不甚明朗的天空,狠狠地吐了口气。

这天真蓝!

禁卫军统领走后,皇上挥退太监,大殿上只余皇上一人。

皇上一个人孤零零地坐在龙椅上,一脸扭曲,双眼瞪得滚圆,手背青筋暴出,像是在极力克制自己的怒火。

他恨,他怨,他是九五之尊,这世上却有他永远都得不到的东西。

"啊——"皇上怒吼一声,不再忍耐,用力一扫,将桌上的奏折砸了一地。

"东陵国母,东陵国母,好一个东陵国母!父皇,你好偏心呀,好偏的心呀!你眼里除了他们母子,就不能再看看其他人吗?

"朕也是你的儿子,朕的母亲也是你的妃子,可你眼中从来没有朕母子二人,他的母亲是东陵国母,那朕的母亲算什么?他手上有东陵国母的凤钗,那朕的皇后又是什么?

"父皇,朕才是东陵的皇上,朕的母亲才是东陵国母,朕的皇后才是东陵国母!他什么都不是,什么都不是……

"父皇,朕不甘心,朕不甘心……"

怒骂过后,大殿内乒乒乓乓地响了起来,殿外的太监和宫女全部缩了起来,恨不得自己没有带耳朵来,这样就不用听到帝王的心声了。

可惜,这些宫女太监注定要倒霉,当皇上从盛怒中恢复过来后,整了整凌乱的衣服,威仪尊贵,龙行虎步地往外走,丝毫看不出有发过火的痕迹。

众太监宫女松了口气,不想皇上一出宫门,就对贴身太监命令道:"将今日在太和殿值守的宫女、太监、侍卫通通处死。"

"奴才遵旨。"皇上的贴身大太监点头应是,待到皇上走后才抹了一把虚汗。

好在,皇上没有下令处死他,他逃过了一劫,正准备下令,将这一殿的宫女、太监、侍卫全部处死,就听来小太监尖锐的叫声:"报……八百里加急,八百里加急!"

"八百里加急!"

东陵向来国泰民安,除了边境的一些小战事、小摩擦外,并没有什么特别重大的紧急军情,根本用不上什么八百里加急。

这个时候突然出现八百里加急的急报,定是大事。大太监不敢怠慢,顾不得处置太和殿当值的人,小步往外跑接过小太监手中的急件,打开一看,脸色大变,二话不说转身就追着皇上而去。

先不说这事引起的民愤和恐慌,作为皇上的心腹,他很清楚这几处地方对皇上来说，代表了什么。

"皇上，皇上，八百里加急，八百里加急！"大太监如丧考妣，双手捧着急件，跌跌撞撞地跪在皇上面前。

"慌慌张张成何体统，呈上来。"皇上呵斥了一声，面上不显，耳根却微微动了一下。

这个时候出什么八百里加急，会是什么事？难不成南陵又要打起来了？不对呀，没有南陵锦凡那个好战分子在，南陵没有胆子起兵。

"皇上，请过目。"太监连忙爬了起来，将急件展开，皇上一看，脸再次黑了，看他的表情，比得知凤轻尘头上那只凤钗，是先皇所赐之物还要愤怒。

混账！

"斑山、骊山、硝山、昆山、松山，什么天雷、什么上天不满，不过是装神弄鬼，难怪今早拿你下狱，你半点不惧，原来是早有准备。朕的九弟，好手段、好算计，朕真好奇，你是怎么做到的？"

咚的一声，皇上一拳打在案桌上，将案上的文书和摆设都震了起来，血顺着手背往下流，大太监吓得连气都不敢喘，生怕皇上一怒之下就杀了他。

"东陵九，你狠，你狠！朕不会服输，更不会就此罢手，我们走着瞧！"

"啪——"用木片做封面的急件，被皇上捏碎，大太监也如同风中的枯叶一般，晃来晃去的，最终一个撑不住，咚的一声跪倒在地："皇上息怒，皇上息怒呀！"

"息怒，朕要怎么息怒，欺人太甚，东陵九母子欺人太甚！别忘了朕才是皇上，朕才是九五之尊！"

"他怎么敢，怎么敢……"

皇上跌坐在龙椅上，好像全身的力气都用光了一般，整个人瞬间苍老了十多岁，丝毫没有白天在朝廷上意气风发、剑指江山的威仪。

这几座山出事，不仅仅动摇了民心，还把他百年后安寝的地方给毁了，皇上如何能接受？

如果只是一座山，他可以安慰自己说是巧合，可五座山同时出事，他还能说这是巧合吗？这明明是东陵九的挑衅。

大太监不敢多嘴，跪在地上一动不动，这一跪就是两个时辰，大太监跪得双腿没了知觉，再也撑不住便瘫坐在地上，等着皇上平息怒火。

殿内一片漆黑，没有皇上的命令，宫女也不敢进来掌灯，黑暗中，无人能看到皇上的表情，但从皇上粗重的呼吸声中，可以猜出皇上气得不轻。

就在大太监以为，皇上会一直坐下去，自己今晚得在这里陪皇上时，皇上终于开口道："派人去查看，这几座山为何爆炸，另外让人盯紧镇国公府。"

从皇上的声音中，已听不出异样，好似刚刚失仪的不是他一般，皇上总算恢复了斗志。

"奴才遵旨。"大太监摇摇晃晃地站了起来，以强大的意志力支撑着自己往外走，可一走出宫殿他就撑不住了，咚的一声，双腿一软跪倒在地。

有眼色的小太监，连忙上前将大太监扶了起来，想要替他揉一揉，却被挥退，大太监在小太监的搀扶下，果断地去下达皇上的命令。

镇国公府因为李想一事被皇上厌弃，后又被翟东明查出镇国公府暗藏死士，以至于彻底被皇上放弃，最近镇国公府的人都是夹着尾巴做人，现在看来镇国公府又要倒霉了。

同时让五座山爆炸，并且制造出天雷的假象，皇上想不出除了震天雷外还有什么可以做到。如果是震天雷，那谁来告诉他，九皇叔手上的震天雷是从哪里来的？

"九弟，你比朕想象的还要强，朕不除你如何安心？朕的儿子又怎能坐稳皇位？"皇上低着头，在黑暗中注视着自己的双手。

这双手沾满至亲之人的血，他不介意再多一个。

东陵九，这个早就该死的先帝第九子！

皇上又在殿内静坐半刻，直到看不出有任何异常，才起身，他不顾宫人的劝解，没有用晚膳，直接来到皇后所在的宫殿。

皇上在皇后的宫殿待了一个晚上，没有人知道帝后二人说了什么，只知道皇后的禁令似乎解除了，可以搬回凤殿了。虽说后宫妃子还不需要去给皇后请安，但皇后的宫殿不再像往常那样大门紧闭，不许人进出。

这些事，凤轻尘自是不知，包括五座山被炸的事情，凤轻尘也没有收到消息，皇上将这件事捂得很紧，下死命令不得透露出去，就怕引起百姓的不安与谴责。

第二天早朝过后，皇上召集心腹大臣太和殿议事，商讨如何解决冬日惊雷，五座山被炸的事。

至于皇陵被炸一事，皇上也只能打落牙齿和血吞，知道这件事的人很少，他明面上在建的皇陵与这几处山无关，他说出来只会显得自己无能，捂不住消息。

皇上一边下令彻查五座山爆炸一事，一边让人安抚百姓，不要听信什么上天不满之类的流言，必要的时候可以用强制手段，制止谣言的蔓延。

皇上能用的臣子除了公侯之家出身的，就是寒门官员，这些人基本上都对皇上死忠，因为他们的荣华富贵都捏在皇上手里。

皇上召了三位国公爷，偏偏落下了镇国公，镇国公看到其他三位国公爷进殿，自己孤零零地站在那里，油光满面的脸尽是惶恐与不安，可偏偏他不知道出了什么事，只能惶恐不安地出宫，去找幕僚商量。

一出宫，他就命令车夫快一点，再快一点。

"快点，这么慢，你没吃饱吗？"

"我叫你快点听到没有？"

马车几乎飞了起来，可镇国公心急，还是不满，车夫不敢多话，只能拼命地挥鞭子，结果马车太快，车夫根本控制不住，转弯时车夫极力拉住缰绳，可还是晚了一步：

"啊……小心，小心，让开，让开……"

嘭的一声，撞上迎面而来的马车，两匹马相撞，咚的一声倒在原地，幸亏双方的车夫都机警，先一步斩断缰绳，马车才幸免于难，没有被撞翻。

只不过，马车内的人却是不怎么好了……

第三十八章　连坐牢也要一起

马车猛地停了下来，车厢狠狠地一个颠簸，惯性使然，凤轻尘和镇国公往前栽去，镇国公年事已高，又心事重重，咚的一声磕在车门上，眼前一黑，顿时昏了过去。

凤轻尘眼疾手快，连忙拉住一旁的扶手："怎么回事？夏晚，你去看看。"

"小姐，是镇国公府的马车，镇国公好像不太好。"夏晚想到镇国公那张灰白的脸，心中很是不安。

要是这一撞就把镇国公给撞死了，他们小姐就倒霉了。

凤轻尘脸色微变，连忙下了马车："带我去看看。"虽然她很想让镇国公死，但不是用这种方法，撞死一个国公爷可是杀头的大罪。

"国公爷，国公爷……"车夫和小厮趴在镇国公的身上，一把眼泪一把鼻涕，那小厮面容白皙，隐有媚态，凤轻尘用膝盖想也知道对方是什么人。

凤轻尘眼眸一扫，示意夏晚隔开镇国公府的下人。至于街边围观的人，凤轻尘懒得管，大街上人来人往，她就是想也没办法把人都赶走。

凤轻尘走到镇国公府的马车旁，蹲在镇国公身旁，检查他的眼瞳、心跳。

很好，没死！

凤轻尘松了口气，只要人不死，万事好商量："去云家的药铺，请两个坐堂大夫来，就说凤轻尘有请。"

镇国公不过是昏死过去罢了，并不致命，她没兴趣当圣母，这种事情还是交给大夫处理的好，免得一个不好惹一身腥。

可不想，凤轻尘没有等到云潇和云家药铺的人，却等到了顺天府的官差。

官差居然来得这么快？官差不应该是等到事情解决后再来的嘛，她上次在皇城被乞丐包围，也没看到这些官兵来，这个时候倒是来得挺快。

"凤姑娘,发生什么事了?"带头的差爷和凤轻尘也算是熟人,当初就是他去敲凤府的门,让凤轻尘去停尸房认尸的,这位差爷也因此平步青云,做了个小吏。

"我的马车与镇国公府的马车相撞,镇国公撞伤了额头。"凤轻尘倒没有狡辩,实话实说。

"镇国公?"差爷吓了一跳,嘴巴张得老大,一张脸颇有喜感,"凤姑娘,这个事情小的怕是帮不上忙了。"

如果对方是普通百姓,他做主让凤轻尘陪点钱就行,可扯上国公府,他没胆子帮凤轻尘。

"没关系,我自己会处理。"按说他们两家的马车会撞上,镇国公府要负主要责任,可现在镇国公昏迷不醒,是人都会把错往她身上推。

"这个……凤姑娘,发生这样的事情,恐怕你要跟我们走一趟。"差爷为难地道。

凤轻尘愣了一下,随即道:"不必麻烦差爷,这件事我和镇国公私下协商就可以,不过是撞坏了马车,镇国公受了点轻伤,我想这点小伤镇国公应该不会看在眼里,毕竟镇国公府可是以武传家的。"

进了顺天府还有她说话的份吗?九皇叔还在牢里呢,这个时候说什么她都不能进大牢。

不等官差说话,凤轻尘就指挥车夫道:"你们几个动手,把马拴好,别撞了人,也请差爷帮帮忙,一起把马车移开,以免堵了路,回头我请兄弟们喝酒。"

凤轻尘豪爽大气,让人无法拒绝,再加上两辆马车相撞,正好横在路中间,确实是把路给堵死了,行人都没法走。

官差一听,也是这么个理,先把路清出来再说,当下就招呼小子们一起动手,哪知还没有碰到镇国公府的马车,镇国公就"醒"了:"住,住手!"

"国公爷,你醒了。"凤轻尘毫不惊讶,笑语盈盈地说道。

"咳咳——"镇国公扶了扶额头,一副痛苦的样子,"凤轻尘,你好大的胆子,胆敢撞上国公府的马车,不想活了?"

禁卫军要拿凤轻尘却被凤轻尘赶走的事,闹得大半个皇城都知道了,镇国公当然也知道。撞车的那一刻,他的确是撞晕了,不过很快就醒了,只是在得知与他撞车的人是凤轻尘后,便多了个心眼,看看能不能借机把凤轻尘弄下狱,这样……皇上应该会高兴吧?

人醒了就代表没事了,麻烦就小了很多,凤轻尘暗暗松了口气,摆了摆手,将护在她面前的丫鬟挥退:"国公爷醒了就好,看国公爷面色红润,中气十足,想必是无大碍,如果没别的事我就先行一步了。"

压下心中的厌恶，凤轻尘屈膝行礼，不待镇国公叫她起来，就起身走人。

每每看到镇国公，她就想到死在血衣卫大牢的那个少年，她怕自己会克制不住杀人，所以先离开的好。

"凤轻尘，你给我站住。"镇国公气得全身直发抖。这世道是怎么了，一个小小的孤女，也敢在他堂堂国公爷面前耍横？难怪皇上要拿凤轻尘治罪，这凤轻尘实在是太狂妄了。

"国公爷还有什么吩咐？"凤轻尘顿下脚步，优雅地转身，眼神落在镇国公额上的红包上，了然一笑，"哦，我知道，要医药费是吧，夏晚，拿银票来。"

统领大人不是拿钱砸她嘛，她也会。

"谁要钱了？"镇国公大怒，可惜凤轻尘根本不理会他，示意夏晚动作快点。

"小姐。"夏晚连忙从钱袋中取出一张银票，在镇国公目瞪口呆的眼神下，凤轻尘展开银票看了一眼，"国公爷，一百两，够不够？"

凤轻尘上前，无视镇国公那愤怒的眼神，郑重其事地将银票放在镇国公的马车前。

"噗——"

人群中，有人忍不住笑场。

从来都是国公府拿银子砸人，没想到有朝一日也会被人拿银子砸，实在是太搞笑了。

顺天府的官差们却吓得全身发抖，一个个瞪大眼睛不敢说话，不敢相信凤轻尘居然敢戏弄镇国公，她不要命了吗？

"凤轻尘，你敢，你居然敢拿钱污辱我，你……咳咳。"镇国公呛了一口气，咳得一脸通红，这下真如凤轻尘所说，面色红润、气色极好。

"污辱？给国公爷银子就是污辱吗？如果是这样的话，国公爷你尽管给我银子，你给多少我就接多少。"凤轻尘一脸无辜道，双眼却越过人群，看向远处。

浑蛋云潇，难得想要找他帮个忙，怎么还不来？再不来她真要哭了，镇国公现在撞晕了头脑子拎不清，等他清醒后，指不定就来硬的了。

"凤轻尘，你强词夺理，你太不把我镇国公府看在眼里了。"镇国公气得脸更红了，谁不知道镇国公府最近连连犯事，上下打点，花了无数的银子，现在正穷着呢，哪里还有银子去"污辱"凤轻尘。

"哦——"凤轻尘恍然大悟地应了一下，一副我理解你的样子，"原来国公爷是嫌少，配不上国公府的名号。也是，国公爷你身娇肉贵，这一撞即使没破皮、没流血，也要人参、血燕的好好补一补才行。夏晚，再拿银子来，别让国公爷说我'污辱'他。"

夏晚很配合，取出一张一千两的银票给凤轻尘："姑娘。"

凤轻尘今天出门是去看新建的凤府，出门前特意提醒了夏晚多带点银子，她看完新宅后，要上街买东西，把凤府缺的东西都补上。

这么做一是花钱散心，二是做给别人看，让大家都别心急九皇叔，她凤轻尘都不着急，他们急什么？

"国公爷，再加一千两够不够？"凤轻尘面不改色，直接让夏晚把银子放过去。

"凤轻尘，你……"镇国公一张老脸涨成紫红色，看样子气得不行。

要是平时，镇国公绝对不会这么容易被气着，可今天他心神不安，生怕自己被皇上厌倦，又遇到凤轻尘这克星，就难免失控。

凤轻尘不给镇国公说话的机会，提高音调，将镇国公的声音压下："还不够吗？一千一百两也不够国公爷看病？那成……夏晚，继续加，加到国公爷满意为止。"

不就是挥金如土嘛，能把镇国公塑造成要钱不要脸的人，哪怕损失点银子她也高兴。

苏柔不是来了嘛，她和苏家的比试就要结束了，横竖无论她是输是赢，作为庄家之一，她都会有一笔不菲的收入。

她现在不差钱！

镇国公气得嘴唇直哆嗦，伸手指着凤轻尘，半天却只说出一个字："你……你……"

凤轻尘抬头看天，假装没有听到，继续大嗓门道："三千两还不够？国公爷果然身娇肉贵，夏晚，没听到本小姐的话嘛，继续加，直到国公爷满意为止。"

切，这样就气倒了，那也太没有气度了。凤轻尘闲闲地揉着手指，气定神闲，如同旁观者一般，居高临下地看着镇国公，唇角微扬，满脸嘲讽。

这个故事告诉我们，没有一副健康的身体，最好多带下人出门，这样即使吵不过对方，也能让下人帮忙，不然就会和镇国公一样哑巴吃黄连，有苦说不出。

顺天府的官差看着这一幕，走也不是，留也不是，暗恨自己太没眼色了，下次看到凤轻尘，一定要绕道走。

官差看镇国公气得身子打颤，生怕镇国公身体吃不消，连忙上前，小声地劝说道："凤姑娘，您就高抬贵手饶了小的们吧，国公爷要是有个三长两短，小的们也就不用活了。"

"差爷放心，镇国公只是一点小伤，你放心，他不会有事的。"要是连对方的身体好不好都查不出来，她就不用混了。

镇国公不过是焦虑不安，心火上来了，气一气对他有好处。

"你，你，你……"镇国公这次是真气晕了，看着面前一沓银票，再加上凤轻尘所说的话，他今天可真是面子里子都丢光了，手一哆嗦、眼皮一翻就晕了过去。

"不好了，不好了，国公爷不好了。"镇国公府的车夫和小厮吓得不行，要是镇国公出了事，他们第一个倒霉。

这一次是真晕，凤轻尘也吓了一跳，心中暗骂这镇国公心胸狭窄，不经气。正准备上前查看镇国公的情况，就听到云潇的声音传来："谁不好了？不要担心，有云家的药和大夫在，再不好也能变好。"

云潇风度翩翩地从人群中走来，身后跟着两个气喘吁吁的大夫，看样子是一路小跑过来的。

"云公子来得真及时。"凤轻尘松了口气，有大夫在，镇国公就不会有事了。

"云某来晚了，让凤姑娘受累了，凤姑娘要是相信云某，就把这里交给云某，云某定会替凤姑娘处理好。"云潇是聪明人，锦上添花虽好，可始终不如雪中送炭来得好。

现在对凤轻尘来说是特殊时期，她的身份令她的一举一动都备受注目，要是出了什么事，麻烦的可不止凤轻尘一个人。

"多谢云公子，我就不客气了。"凤轻尘大大地松了口气，云潇果然聪明，这样的人的确很容易吃得开，让人无法讨厌。

把烂摊子留给云潇，凤轻尘带着丫鬟步行去了凤府，当然，走之前凤轻尘不忘提醒夏晚，把银票收回来。

开玩笑，镇国公连脑袋都没有撞破，就想讹她上千两银子，哪有那么便宜的事情。

……

苏文清是个有心的人，凤府完全是按原样重建，凤轻尘一走进来，就有熟悉的感觉。

她的家，终于回来了！

无论有多难，只要回到家，她就安心。

凤轻尘细细地查看每一处，发现苏文清在摆设上做了调整，还有一些一看就是旧物。

凤轻尘有些不解，留守凤府的人都是苏文清的得力干将，见状连忙上前解说道："小姐，公子说凤府的摆设，是按当年凤将军与凤夫人在时的样子布置，有些物件就是凤府当初用的，只不过后来凤府……小姐当了，公子费了点时间，找回来一些。"

"你们公子有心了。"凤轻尘点了点头，双眼泛起水雾。

原来，当年凤府也曾如此富贵过，要不是重建，她都不知道原本的凤府竟如此大气与富丽。

凤轻尘穿过回廊，走过天井，绕过小花园，跨过拱门，来到后院，虽是冬天，凤府却没有萧条之色，尤其是她住的院子，明明和以前一样，却比之前更精致、更合她心意，每一样东西都摆得恰到好处。

苏文清真是费心了。

看到凤府熟悉的一草一木，都出现在自己的面前，凤轻尘的眉头终于舒展开来，转身道："替我转告你们家公子，凤府很好，他有心了。另外，告诉你们家公子，借一批人给我，我过府要办一场小宴，让他帮我准备好当天所需的吃食，这份帖子替我转交给你们公子。"

她既然已经放了话，搬回凤府那天要办一场小宴，就绝不能失言，现在九皇叔出事了，她更要大办特办，她越嚣张，九皇叔就越安全。

在凤府逛了一圈，尤其是几个医疗室，凤轻尘更是仔细地检查了一遍，确定苏文清给她用的都是真材实料，没有用劣质材料代替。凤轻尘很满意，此时肚子饿得咕咕响，便不打算多待，准备回西区小院。

没有马车，夏晚本来说去租一辆，却被凤轻尘拒绝了："走一走。"

她还没有那么娇贵，当初她去哪不都是靠一双腿走的，从城外走进来，她也不是没有走过。

苦不苦，想想城门跪的一整天。

累不累，想想兽苑连驯三匹马。

难不难，想想皇后殿前求生存。

怕不怕，想想血衣卫的残酷刑罚。

和以前相比，她现在拥有的太多了，也有足够的资本与那些任意摆布她生死的人抗衡，只是她现在身上的担子也重了，之前只要努力活着就行，现在却要做很多很多。

凤轻尘心事重重，是以，当一名青衣男子朝她撞来时，她几乎没有意识到，夏晚几人虽有防身能力，奈何离凤轻尘稍远，且对方的速度又快又猛，夏晚几人都来不及反应，只能尖声大叫道："姑娘，小心……"

一股疾风吹来，再加上夏晚几人的尖叫声，让凤轻尘愣了一下，身体比脑子反应得更快，凤轻尘立马收回脚步，身形一侧，避开对方的冲撞，同时摆出格斗的架势，当青衣男子撞来时，凤轻尘双手正好拿住对方的胳膊，却无法将对方摔倒，可见对方本身实力不俗。

"别，是我。"青衣男子开口，抬头，露出一张污秽的脸。

"符临？怎么是你？"凤轻尘一看，忙松开手，不解地打量着眼前的人。这才几天，符临怎么就像丧家之犬一样，和当初教训她偷马时相比简直是判若两人。

符临苦笑一声道："怎么就不是我，凤轻尘你可害苦了我。"

"我害你？发生了什么事？"凤轻尘看符临人虽狼狈，眼神却有神，就知道他没有吃多少苦头。

符临进城后，就被九皇叔带走了，说是给符临办理一个户籍。符临当然不会拒绝，哪知九皇叔一进城就接连遇事，九王府也被封了。

九王府被封时，符临也住在九王府，被禁卫军一同带到大牢，审查时发现他居然是没有户籍的流民，当下就要严审他，并说他是乱民，同时九皇叔又多了一个窝藏乱民的罪名。

如果这乱民再和敌国有关的话，九皇叔估计又要多一个私通敌国的罪名，离死就更近了。

符临当然不会乖乖任由禁卫军摆布，趁机逃了出来。现在禁卫军满城捉拿他，要把他带回去指认九皇叔。

皇上要办九皇叔，九皇叔的罪名当然是越多越好，这样才能显得九皇叔天怒人怨，皇上英明神武。

符临虽然厉害，可他能从牢里逃出来却跑不出皇城，躲躲藏藏两天后，被禁卫军发现了，一追一跑就撞上了凤轻尘。

这一问一答间，禁卫军就追了过来，凤轻尘又一次被长枪指着。这一次来的禁卫军是生面孔，凤轻尘不认识，看他们的样子也不认识凤轻尘，禁卫军看到符临与凤轻尘站在一起，便不客气地道："姑娘是谁，最好少管闲事，禁卫军办差，阻挡者按同党论处。"

一个小小的禁卫军问话，当然不需要凤轻尘回话，夏晚上前，取出一块腰牌亮了出来："我家姑娘是忠义侯府的大小姐。"

至于名字，没有必要告诉几个禁卫军，这样才能显示出大家小姐的矜持与高傲。

"忠义侯府？西区小院的那个凤姑娘？"禁卫军这才明白面前这人是谁，眼睛猛地睁大。

昨天才听到同僚们说凤轻尘整治禁卫军的手段，怎么今天就遇上了？

一想到那几个同僚惧怕的眼神，禁卫军们望向凤轻尘的眼神，便多了一分惧怕与防备。不过，想到自己办的是正经差事，禁卫军的底气又足了。他们这一次可是理由充分，哪怕凤轻尘拿先皇和圣敏皇后来压他们也没用。

"没错，就是我家姑娘。"夏晚一副与有荣焉的样子，骄傲地回答。

凤轻尘站在那里，面带笑意，从头到尾都没有说一句话，却无人敢忽视她的存在，冲在前面的几个禁卫军悄悄抬头，想要将凤轻尘看个仔细，哪知一抬头就对上凤轻尘那威仪凌厉的眼神，吓得连忙低头，不敢再看。

双方就这样僵持下来，凤轻尘这边人虽少，可气势上却半点不输禁卫军，符临将这一幕尽收眼底，看凤轻尘的眼神多了一分打量，睫毛轻眨，遮住眼中那诡异的波光。

因有官差在，大街上的人再想围观也没那个胆子，只敢偷偷打量，假装忙碌。凤轻尘等了片刻，见这些禁卫军半天不动，有些不耐烦，暗暗朝夏晚使了一个眼色，夏晚机灵，立马开口道："几位大人，这位公子是我家小姐的贵客，初到京城不懂规矩，如有失礼之处，还请几位大爷原谅，改日定当登门道谢。"

这话中的意思就是说，凤轻尘要把符临带走。禁卫军哪里肯："凤姑娘，实在抱歉，这位公子是九王府的人，且无户籍，经属下查，官府也没有此人的备案。此人乃是流民，就算不是流民，九王府的人也全部被看押了起来，这位公子也不能例外。"

这倒是按程序办事，哪怕符临有户籍，他这个时候住在九王府，当然也会有麻烦。

当然，禁卫军不会傻得和凤轻尘明说，他们怀疑符临是敌国奸细。

"这位公子是我的客人，暂时住在九王府，他与九王府没有关系。"凤轻尘有些烦躁，符临这事她处理不了，今天怕是保不住符临了。

九皇叔的罪名是皇上定的，虽说还没有审理，可皇上却下旨封了九王府，九王府上下都被关了，没道理让符临搞特殊。

凤轻尘的朋友又怎会与九王府无关？

禁卫军吐槽，凤轻尘还真是能睁眼说瞎话，凤轻尘和九皇叔的关系又不是什么秘密，她的朋友住在九王府，怎么可能与九王府没有关系？

当然，禁卫军只敢暗自吐槽，不敢当着凤轻尘的面明说，他们可不想被凤轻尘削，然后在同僚面前抬不起头，禁卫军好声好气道："凤姑娘，此事卑职做不了主，如果此人与九王府无关，凤姑娘自可去顺天府领人。"

禁卫军摆明着是不给凤轻尘面子，执意要把符临带走。

符临站在一旁，脸色变了变，几次想要开口可最终还是什么也没有说，在东陵皇城可没有他说话的份。

凤轻尘也是一脸为难，昨天那事她有理，今天这事她怎么都不占理，就算想救符临也爱莫能助。

凤轻尘朝符临投去一个歉意的眼神，正准备开口，却被人打断了："这又是怎么了，凤轻尘你又被禁卫军堵住了？"

翟东明带了一票兵痞子走了过来,英武的军装穿在他身上,硬是多了几分纨绔的味道,凤轻尘挑眉,翟东明这又是玩哪出?

"见过世子爷。"禁卫军一看来人,脸色瞬间扭曲起来,凤姑娘好不容易才有了松口的迹象,这又杀出个程咬金。禁卫军暗道头痛,却不得不按规矩行礼。

翟东明摆了摆手,一副纨绔子弟的模样,没有理会凤轻尘询问的眼神,上前插在凤轻尘和符临中间。

不知是有意还是无心,翟东明肩膀一抖,将符临挤到一边,符临跟跄了一步,翟东明的人趁机将他隔开,凤轻尘虽然不解,却没有说话,她相信翟东明行事肯定有原因。

"凤轻尘,走走走,你不是要请我们兄弟喝酒的嘛。正好,本世子遇到顺天府一行人,咱们一起喝酒去。"翟东明不给凤轻尘说话的机会,半拉半拖地把人劫走,留下符临和一干禁卫军面面相觑。

这是怎么回事,世子爷不是来给凤轻尘撑腰的吗?他怎么……

不管如何,翟东明把凤轻尘拉走了,禁卫军要拿符临也就没了阻碍,当场就将人拿下,送入顺天府大牢。

符临也是个聪明的人,知道凤轻尘很难保下他,并没有挣扎,也没有说话。横竖他在凤轻尘面前露了面,凤轻尘无论如何都要保他,要知道他身份不明,对九皇叔来说可是极为不利。

凤轻尘一直很配合,任翟东明拉着自己走,直到禁卫军看不到了,凤轻尘才甩开翟东明的手:"翟东明,你认识符临?"

好吧,她其实也怀疑符临,所以才会顺水推舟,被翟东明截走。

没办法,符临出现得太巧合了,不是她喜欢阴谋论,但要说这是意外,打死她也不信,这天下没那么巧合的事情。

作为一个被官兵捉拿的人,符临又不是傻子,怎么可能会往大街上跑,而且大街上这么多人,符临撞谁不好,怎么就偏偏往她身上撞?

"不认识,不过听锦凌提起过,锦凌说他是苍山墨云的主人,因此与你认识,并助你救了锦凌。"翟东明收起纨绔之色,将身边的人挥退,与凤轻尘并肩前行。

大街上并不适合谈话,两人说到这里就打住了,看到不远处有一家茶楼,两人对视一眼,走进茶楼。跟在他们身后的西陵天磊,身形一闪,先一步走到茶楼的后院。

翟东明进去后,并没有急着说话,待到属下将茶楼里外都检查了一遍,又把相邻的包间都包下后,翟东明才开口道:"轻尘,你要当心那个叫符临的家伙,锦凌说那人绝不是什么普通人,虽然他刻意收敛气息,但不经意间流露出来的一些小动作,却显示他受过良好的教养,绝非一般人家能养出来的。"

"拥有苍山墨云的人,怎么可能是普通人?"凤轻尘从不认为符临是普通人,所以她从来没有全心地信任符临。

"说到苍山墨云,我前段时间一查,发现了一个疑点。这匹马被人从符临手上偷走后,几经转手,落到一个小官手里,那小官见马好便送来孝敬我。本来这也没什么,可我仔细一查,发现偷马的人和经手的人都消失了,也就是说这匹马,是早有预谋送到我这里来的。"王锦凌早在路上就传信给翟东明,让他查符临这个人,结果他什么也没有查到,符临好像凭空冒出来的一般。

"他这是要接近我或者九皇叔吗?如果是这样,他为什么把马送到你手上,而不是送到我或者九皇叔手里呢?"凤轻尘并不意外,只是意外符临怎么会想着走翟东明的路子。

"把马送给你或九皇叔可不容易,他找不到好门路,也无法做到不让人怀疑,而送给我,再由我送给你,你哪里会怀疑?事后就算想起来,也只当是巧合。"

"而且,也有不少人知道我在到处物色好马,我要得到苍山墨云十有八九会送给你,就算不送给你,也会送给九皇叔,毕竟苍山墨云这样的马,我保不住。"

翟东明想起,凤轻尘在兽苑看到汗血宝马和苍山墨云时的眼神,那时候他就在想,如果自己有朝一日踏平南陵和西陵,他一定要替凤轻尘捉一匹最好的马。是以,看到符临的苍山墨云,翟东明明知来路不正,也收了下来。

凤轻尘怔了一下,随即若无其事地笑道:"我倒不知,你还存了这个心思,怎么想着替我寻马?"

翟东明落落大方,没有半分尴尬之色:"送礼当然要送最好的,你骑术好,一般的马显不出来你的好骑术。"翟东明倒是没存别的心思,而是单纯地欣赏凤轻尘的马术。

凤轻尘这才松了口气,随即想到前段时间翟东明说要娶媳妇的事,暗道自己想太多了,还真以为自己人见人爱、花见花开。

"好骑术不一定非要好马才能体现出来,更何况我现在也用不上马,别再为我费心了。"凤轻尘不着痕迹地拒绝,话锋一转,回到正题:"如此说来,符临的目的应该是接近我,只是他为何要接近我?我身上可没什么值得他图谋的。"

翟东明耸了耸肩,笑道:"一匹马罢了,能费多大的心。至于符临接近你,锦凌的分析是,符临应该是想通过你接近九皇叔或者别人,毕竟你身边的人个个都是人精,想要接近很难,只有你最好下手。只要取得你的信任,无论是九皇叔还是锦凌,都不会对符临防备太多。"

"符临他……"凤轻尘想到符临在易水城太守府的表现，微寒。

那般危险的情况下，符临却选择和她一起出去，不就是想得到她的信任嘛。如果不是今天的巧合，她早晚会信任符临，然后让符临接近她和她身边的人。

而这一切，都是符临别有目的算计来的……

翟东明见凤轻尘脸色忙对，提起茶壶给她倒了一杯茶："好了，符临的事情你就别管了，他被关进顺天府大牢也是好事，虽说可能会被人用来对付九皇叔，但我相信符临这个时候不会对九皇叔落井下石，不然他就前功尽弃了。"

"你现在别去管他，在顺天府大牢他就是想要使坏也不行。同时咱们也可以看看，符临背后站的是什么人，那人会不会把符临弄出来，又或者符临有没有那个本事，自己从顺天府大牢出来。"

虽说这么做有点小坏心，但不得不说是个好办法，他们也没有要符临的命，凤轻尘不再多言，符临这事暂且搁了下来。

翟东明将杯中的茶一饮而尽，解渴后继续道："你之前和镇国公的马车相撞是怎么回事？我听到消息赶过去人都散了，好像事后有人做了补救，我派人打听了一下，说的全是镇国公的不是。"

"一点小摩擦，云家大公子帮忙处理了，凭他的手段，我不会有事的。"翟东明都打探不出来，可见云潇已经上下打点好了，镇国公这次只能自认倒霉。

果然是有钱好办事，打点那么多人得花多少银子呀？比起她这个假败家女，云潇才是真正的挥金如土。

当然，她也因此欠下云潇一个人情。

"云家大公子处理好了就行，你最近还是小心点，打你主意的人太多了，别九皇叔没有救出来，你自己倒搭进去了，到时候可真要大乱了。不过，镇国公府这件事，你也别掉以轻心，虽说现在解决了，可那也是表面上的，镇国公受了气，回头肯定会找你麻烦。虽说镇国公府现在大不如前，但瘦死的骆驼比马大，明的不行他可以来暗的。"翟东明并不讨厌云潇，要讨厌云潇也不是一件容易的事情。

不怪翟东明和凤轻尘如此小心翼翼、步步为营，实在是他们不知九皇叔和王锦凌所下的那盘大棋。

五座山爆炸的事并没有传出来，皇上捂得正严实，九皇叔也没有机会和凤轻尘通气。事关重大，王锦凌也不敢泄露半句，这种事知道的人越少越好，皇上没有昭告天下你就早早知道，不就代表了此事与你有关吗？

王锦凌和九皇叔的盘算，是在暗中进行的，连凤轻尘都瞒着，山炸了是不错，可谣言能不能起来却不一定。

这是他们与皇上的博弈，看谁的手段更高，是他们散布谣言厉害，还是皇上镇压谣言厉害，不到最后见不了真章。

"放心吧，我会注意的，镇国公府很快就不敢乱动了。对了，我让你准备的东西可有眉目？"不是她心急，实在是九皇叔早一天出来，外面就早一天安宁。

"还没有，最近圣上交代下来的活计太多了，我忙呀！"翟东明苦着一张脸。

他这段时间都忙晕了，今天皇上又让他全城戒严，严格盘查每一个进城的人，虽不知发生了什么事，但翟东明还是战战兢兢地把活做好，以免被皇上挑刺。

"准备的东西？"

屋顶上，西陵天磊的眼中闪过一抹亮光，他可以肯定这东西十有八九与九皇叔有关，可偏偏凤轻尘提了这么一句就不再说了，只与翟东明聊一些没有边际的事情，把西陵天磊急得不行。

即使到了晚上，西陵天磊也翻来覆去地睡不着，想着白天的事。是以，当一身黑衣，戴着半块银质面具的蓝九卿，出现在西陵天磊所住的静月园，并且胆子极大地闯入西陵天磊的卧室时，西陵天磊立马就发现了："什么人？"

"磊太子！"蓝九卿嚣张地喊了一声，并不惧怕惊动对方。

银质面具反射的寒光映在西陵天磊的脸上，即使看不清楚，他也知道来人是谁："蓝九卿，你好大的胆子，居然敢夜闯本宫的房间。"

西陵天磊拿起身侧的宝剑，一个翻身，朝蓝九卿刺去，蓝九卿并不反击，只是连连后退，西陵天磊明白对方并不想伤自己，不然也不会开口叫自己，可是那又如何？

蓝九卿不想伤他，他却有杀蓝九卿之心，他可忘不了蓝九卿差点就毁了他的事。

卧室内的打斗声刚响起，侍卫就冲了进来，高喊抓刺客，大刀、弓箭齐齐对准蓝九卿，蓝九卿不得已，只好拔剑出招。

"磊太子，你的人捉不住我，你确定要喊打喊杀的？我想，我们可以坐下来谈一谈？"多日不见，蓝九卿的武功见长，避开弓箭，蓝九卿与西陵天磊身形交错，弓箭手不敢贸然射箭，生怕误伤西陵天磊，只得团团围住蓝九卿，配合西陵天磊出招。

"本宫和你之间没什么好谈的。"哪怕坚信没有永远的敌人，只有永远的利益，西陵天磊还是不愿意与蓝九卿合作，他在蓝九卿手上吃的亏太多了。

"磊太子，看在咱们相识一场的份上，我才先找上你。你不想跟我谈，我可去找宇皇子了。我相信宇皇子会和我合作，毕竟这事对西陵有利，要是宇皇子因此立下大功，在西陵的地位想必会水涨船高。"蓝九卿这话完全是挠到了西陵天磊的软肋。

西陵天磊固然不想和蓝九卿合作，但更不愿意看到蓝九卿与西陵天宇合作，看了一眼被侍卫围攻，依旧游刃有余的蓝九卿，西陵天磊知道对方说得没错，他的人留不住蓝九卿,一咬牙,收回剑。

"住手!"

蓝九卿很有合作的诚意,到现有也只是伤人,没有杀一个人。

双方停战,蓝九卿再次表现出自己的诚意,手腕一转,将长剑背在身后,一副没有出手的打算。西陵天磊与蓝九卿相视而站,两个男人以眼神交锋,谁也不愿意先开口。

最终,还是蓝九卿松了口气:"磊太子,你确定要在这里谈?"西陵天磊耗得起时间,他耗不起,再不开口天都亮了。

"退下!守着,不许任何人进来。"西陵天磊很满意蓝九卿的退让,将侍卫呵退,率先在外间的椅子上坐下,"你要和本宫谈什么?说吧,这里没外人。"

西陵天磊的话中透露出说一不二的皇室贵气,意图压下蓝九卿的气焰,蓝九卿只当不知,一派坦然地在西陵天磊的对面坐下。

"不知磊太子对玄霄宫有没有兴趣?"蓝九卿也不拐弯抹角,开门见山道。

"玄霄宫?你为九皇叔办事?"西陵天磊眼神凌厉,杀意顿起。

九卿,九皇叔,蓝九卿这个名字,说不定就是九皇叔赐的。

蓝九卿冷笑一声,一脸不屑,狂妄十足地道:"为九皇叔办事?磊太子你这是看不起我,还是太看得起东陵的九皇叔了?东陵的一个九皇叔算什么,凭他也想差遣我蓝九卿,我蓝九卿不为任何人办事。"他只为自己办事。

言词中流露出来的狂妄与霸气,让人坚信,这个骄傲的男人绝不甘心屈居人下。

西陵天磊也信,蓝九卿这样的人绝不甘心当别人的手下,只是他仍不放心,毕竟他与蓝九卿之间的恩怨不小,蓝九卿怎么可能找他合作?而且还那么巧的对玄霄宫出手。

"你不为九皇叔办事,又为何打玄霄宫的主意?"玄霄宫可是一块硬骨头,一个不好就会碰得自己头破血流,至少他就没有动手的打算。

"他不仁,我自然不义,我早就想对付玄霄宫了,只不过一直没有机会,现在玄霄宫与东陵的九皇叔相斗,这么好的机会,我当然不会放过。"

即使隔着面具,西陵天磊也能感受到蓝九卿眼中的寒意和杀意。

"你和玄霄宫有仇?"

蓝九卿冷笑一声,即使极力压抑,也掩不住那股子愤怒:"不算有仇,玄霄宫欠了我一笔银子,我自然要亲自去讨。磊太子不是想知道,我当初是接了谁的单,抢了你手中的地图嘛,我现在就可以告诉你。"

"是玄霄宫?"西陵天磊一脸震惊,眼中流露出愤恨之色。

他在四国的探子，查了半年也查不出到底是谁让蓝九卿来抢他的地图，现在他终于明白了。

他的探子能查到四国的消息，却半点打探不到玄霄宫的消息，如果是玄霄宫的话，倒也说得通了。

西陵天磊双眼凌厉地看向蓝九卿，等待蓝九卿肯定的答复，蓝九卿总不至于天真地认为，光凭这两句话，就能让他相信吧。

蓝九卿看西陵天磊愤恨的样子，并没有顺着他的话说，他深知此人疑心很重，有些事说得太过绝对，他反倒不信。

蓝九卿淡淡地道："是不是玄霄宫我不敢肯定，但此事肯定与玄霄宫有关。一年前，有一个神秘人找上我，拿出十万两黄金，让我把地图抢来，事成之后再给我十万两黄金。"

"我是江湖人，当然要按江湖规矩办事，拿到十万两黄金后，便一直跟踪磊太子，寻机抢夺地图，地图得手后，我如约给了那个神秘人，可对方却意图杀我灭口。我侥幸逃脱，暗中去查神秘人的消息，前不久我得知一个消息，玄霄宫宫主手上有一份前朝藏宝图，我不知这藏宝图是不是磊太子手上的那份，但在江湖上能伤我蓝九卿的人并不多。"假话里面带着真话，真假并不重要，重要的是玄霄宫有九州地图，蓝九卿相信，只凭这一点西陵天磊也会与他合作。

"凭这么点消息，你就认为是玄霄宫做的，并找上玄霄宫报仇？"西陵天磊不全信蓝九卿的话，但不得不说他心动了，没有人比他更清楚前朝藏宝图代表了什么，当时失了藏宝图，他杀蓝九卿的心都有了。

"所以我才说不敢肯定，但玄霄宫的嫌疑最大。敢对我下黑手，我宁可错杀也不放过，是玄霄宫最好，要不是，那就当我杀鸡儆猴了。"蓝九卿一脸狂妄，毫不掩饰他的张狂与霸道。

他相信，西陵天磊会信的！

"说来说去，这都是你和玄霄宫之间的私怨，与本宫何干？"西陵天磊动摇了，吸引他的当然是玄霄宫的那张地图。不过，他现在并不会松口，他还要去核实蓝九卿的消息。

如果消息属实，他冒个风险又何妨，诚如蓝九卿所言，这个时候动手他并不需要花太大的代价，反正有九皇叔冲在前面。

蓝九卿拿出一个杯子，咚的一声，放在西陵天磊的面前："玄霄宫离西陵最近，西陵的国土要是添上这一块，磊太子是不是大功一件？"

这就是压死骆驼的最后一根草，哪怕再冒险，西陵天磊也会搏一搏，这个诱惑不比地图本身小。

西陵天磊即使不动声色，蓝九卿也有九成的把握让西陵天磊心动，多了玄霄宫所在的这块地盘，西陵就多了一道天然的屏障，西陵天磊是一个有野心的人，他不可能不心动。

西陵天磊确实心动了，可他并不打算让蓝九卿知道："风险太大了。"

"风险不大，又怎能体现它的价值？不趁着玄霄宫全力对付东陵九皇叔时出手，风险会更大。磊太子要是觉得太冒险，可以找人分担一下，九卿爱财，取之有道，攻破玄霄宫后，我只要十万两黄金和那神秘人的人头。"这么一来，西陵天磊会更加相信，蓝九卿只是为了出气。

听到蓝九卿的提议，西陵天磊心中的确有了一个好人选。

南陵锦凡，南陵的三皇子，他最近缺钱缺得厉害，他将玄霄宫所有的财富全部给南陵锦凡，南陵锦凡应该会很高兴出兵。毕竟玄霄宫数代累积下来的财富，绝不会比哪个皇宫少，即使划掉给蓝九卿的十万两黄金，也足够支持南陵锦凡再打两仗。

西陵天磊在心中默默盘算此举的利与弊，不得不说利比弊多，灭了玄霄宫最大的弊端就是给九皇叔解决了一个麻烦，可没有九皇叔的主力冲在前面，他们就不可能对玄霄宫动手。

不甘心呀！

西陵天磊真不甘心就此替九皇叔解决一个对手，可是错过这次，以后怕是找不到这么好的机会。

西陵天磊咬了咬牙，已在心中做了决定，只不过面上依旧说得矜持："这件事，本宫需要再想一想。"他不能光凭蓝九卿的一面之词就做抉择。

"可以，三天，我可以等磊太子三天，三天过后磊太子没有给我答复，我就另找他人，我相信心动的人会很多。"蓝九卿高深莫测地一笑，潇洒地起身，一个跃起，破窗而出。

侍卫听到动静，本欲出手，却被西陵天磊制止："让他走！"

这是西陵天磊摆出的诚意，看样子，这次的合作十有八九是成了。

蓝九卿在暗处冷笑，深深地看了一眼西陵天磊所在的方向，转身朝另一个方向奔去。

在蓝九卿离开后不到五秒的时间，西陵天磊也跟了出来，可惜他连蓝九卿的影子都没有看到，只能暗骂一声蓝九卿狡猾，折回自己的房间，召集幕僚商谈对付玄霄宫的事情。

蓝九卿从西陵天磊那里出来后，在城中绕了几圈，确定没有被人跟踪，这才朝苏府走去。

苏府密室里,苏文清正在整理密报,大冷的天,他的额头上却沁出一层层的细汗,就连蓝九卿走进来他都没有发现。

"咳咳——"蓝九卿出声提醒,苏文清抬头,有片刻的迷茫,待看清来人后,直接从椅子上跳了起来,"九卿,你怎么来了?"

起身太快,再加上连日不眠不休地工作,苏文清刚站起来就感觉自己眼前一黑,一头栽了下去,咚的一声磕在桌子上。

蓝九卿本来没太在意,长时间劳累后,猛然起身而眩晕再正常不过,他也经常如此。可等了半天也没有等到苏文清起来,蓝九卿这才发现不对头了,上前一看,只见苏文清一脸的血,人已经昏死了过去。

同一时刻,镇国公府内,一黑衣人潜入镇国公的卧室,镇国公正在沉睡,那黑衣人上前,在镇国公的暗穴处打了几下。

"呃——"镇国公猛地弹起,双眼睁得如同牛眼一样大,张了张嘴,却是一句话都没有说出来,咚的一声,又跌回到床上,除了不再起伏的胸膛,镇国公和之前没有两样……

苏文清病了怎么办?

当然是找大夫。

在皇城,既可靠医术又好的大夫是谁?

当然是凤轻尘。

从苏府到西区小院,一来一回很浪费时间,蓝九卿选择了两者之间的凤府。蓝九卿让暗卫通知凤轻尘,让凤轻尘赶到凤府,自己则背着苏文清,通过密道去凤府新建的手术房。

在凤府重建时,蓝九卿就让苏文清在凤府和苏府的密室间,挖了一条秘密通道,这条密道连凤轻尘都不知道。

这条密道原是为了方便他去找凤轻尘治伤用的,却没想到第一次用上密道的人会是苏文清。

暗卫接到消息后,默默地看天,然后现身,站在凤轻尘的门口,纠结了好半天才敲门。

他真怕主子知道他夜闯凤姑娘的闺房,会把他眼珠子给挖了。

"凤姑娘。"

"谁?"凤轻尘惊醒,第一反应是握住枕头边的暗器。

"属下是保护凤姑娘的暗卫,主子传来消息,他在凤府小木屋等您,请您务必赶到，有人受伤了。"也就是说，受伤的不是蓝九卿。

凤轻尘松了口气，将枪放下，揉了揉生痛的额头，对外道一声："稍候。"便起来点亮蜡烛。

大冬天半夜起床真不是一件让人高兴的事情，凤轻尘也不例外，黑着一张脸将衣服穿好后，又取了一些简单的药物出来，装满她的手术箱。

提着箱子出门，凤轻尘并没有就这么跟着对方走，而是站在门口打量对方。

这些暗卫曾与她有一面之缘，可也仅仅是过眼一看，她根本记不清对方的长相，暗卫也机警，见凤轻尘面露怀疑，忙取出刻有苏府标志的木牌递给凤轻尘，凤轻尘再三检查，确定无误后，才点头："派个人在里面装个样子，别让人发现我出去了。"

"是。"暗卫朝暗处打了一个手势，得到对方的回应后，朝凤轻尘道一句，"得罪了。"便将凤轻尘拦腰抱起，足尖一点便翻出西区小院。

凤轻尘吓了一跳，连忙捂住嘴，在心中暗骂蓝九卿手下的人太过莽撞，却不知暗卫心中亦叫苦，生怕这一抱被蓝九卿知道后，自己被罚。

两边同时赶路，蓝九卿从密道出来不久，凤轻尘也到了，看着一排排的小木屋，凤轻尘吸了口气，朝亮了灯的那间走去，同时示意暗卫，把其他几间也点亮。

独亮一间，也太明显了。

凤轻尘一进去，就看到蓝九卿双手环抱、斜靠在墙上，颇有几分痞气的动作，而由蓝九卿做出来却多了一点特别的味道，让人赏心悦目。

多看一眼，又会发现蓝九卿身上，自然而然地流露出一股洒脱与孤寂的气息，好像被全世界遗弃了一般。

心头微微抽痛，却只装作不知，凤轻尘轻轻点头，算是打了招呼，便走向躺在床上的苏文清。

不过数日不见，苏文清就像变了一个人一般，比在停尸房初见时还要惨，整个一皮包骨头的黑壳子，哪里还有东陵第一富商的气度。

想必是为了九皇叔的事而焦心，凤轻尘知道苏文清八面玲珑，不仅与江湖人士蓝九卿交好，更与东陵众多的高官交好。

当然，那些高官都是看在九皇叔的面子上，九皇叔是苏文清在东陵最大的依靠，九皇叔要是倒了，苏文清也就会变成没有倚靠的富商，早晚会被人吃得连骨头都不剩。

士农工商，商富有钱又如何，当权者随便网罗一个罪名，就能把商人抄家灭族。

凤轻尘这边感慨苏文清的际运，却不知自己正被人网罗罪名。国公府的小厮按例服侍镇国公半夜喝茶或者起夜一类的事，哪知一碰就发现镇国公没了气息，当下大喊大叫，整个国公府都被惊动了起来，接着一屋子老少又是哭、又是喊，不知是谁说了一声,"国公爷平日身子好着呢,怎么可能无缘无故地去了呢?一定是凤轻尘,一定是凤轻尘白日撞了国公爷,伤了国公爷的心肺。"

"对,就是凤轻尘,肯定是凤轻尘,老夫人你可要为国公爷做主呀。"国公府上上下下的人齐齐地朝国公府的老夫人哭诉,要她进宫给皇后递折子。

经府医诊断,镇国公确实是伤了肺腑,因肺腑出血而死。而之所以肺腑会出血,应该是相撞造成的,国公府老夫人一听,当下强忍悲痛,大喊道:"取我的诰命服来,我要进宫。"

国公府如何乱、如何闹,凤轻尘眼下不知,凤轻尘让蓝九卿到外间等她,别给她添麻烦,蓝九卿自知凤轻尘身上的秘密,当然不会让她为难。

凤轻尘开始给苏文清诊脉,确定苏文清是连日来劳累过度,便给他开了些安神温补的药物。

眼见天色将亮,凤轻尘必须回去,叮嘱蓝九卿好好照顾苏文清,让苏文清尽量多休息,才离开。

凤轻尘随暗卫匆匆回到西区小院,还来不及将自己的衣服换下,就被手持金牌、横冲直撞的禁卫军给包围了。

"这是怎么了?"凤轻尘不解地问道?

怎么了?

禁卫军冷笑,一脸不善地看向凤轻尘,似要将之前所受的羞辱,全部砸回凤轻尘的脸上。

凤轻尘见状,暗道一句不好,好脾气地问道:"各位大人,私闯民宅可是犯了军纪,众位大人一大早就破门而入,到底是何意?"

"凤姑娘你别拿军纪吓我们,我们可不是吓大的,军爷我大清早不睡觉跑到你这破院子,当然是办差。凤姑娘你放心,你家的门虽然被军爷我踹破了,但肯定不用修了,因为你没命再回来了。"领头的禁卫军阴恻恻地笑道,露出雪白的牙齿,隐约有几分嗜血的味道,不知道的人还以为他是刽子手呢。

想要她的命?哼,她凤轻尘的命有那么好取吗?

"官爷好大的口气,想要我凤轻尘命的人很多,可至今还没有一个人能拿到,我想官爷你也没这个本事。"凤轻尘根本不将对方看在眼里,这些人充其量就是上位者手中的一条狗,上面的人让他咬谁就咬谁。

领头的禁卫军一听,眼中的恶毒更甚,可凤轻尘的话也没说错,皇上虽然盛怒,但却说了不得伤凤轻尘半分。

完好的棋子,价值更高。

"哼——"禁卫军哼了一声，故意放大音量，一副大度的模样，"军爷我不屑和你一个妇人计较，凤轻尘，我等奉圣上的命令捉拿你归案。"

"啪——"带头的禁卫军打开公文，竖在凤轻尘的面前，凤轻尘的视力很好，不用上前也能看清楚。

"什么？镇国公死了？"这一刻，饶是凤轻尘也无法冷静了。

昨天和她的马车相撞，晚上就死了，阴谋，这绝对是阴谋！

凤轻尘恨恨地咬牙，眼中满是愠色，她就说好好的两辆马车怎么会相撞，原来是有人动了手脚。她太天真了，以为昨天只是巧合，却不想从那一撞开始，她就落入了对方的圈套。

见凤轻尘变脸，禁卫军更得意了："国公爷昨天回府就不太好，当天晚上便去了，经仵作检验，国公爷是被重物所撞，心肺破裂而死。凤姑娘，我等查了国公爷这半个月来的日常作息，除了昨天与你的马车相撞外，国公爷并没有被任何重物所撞，凤姑娘你涉嫌撞死国公爷，皇上亲笔所批，拿你归案。"

凤轻尘闭上眼睛，深深地吸了口气，她知道这个时候解释再多都没用。她就算说破嘴，也没有人相信她昨天的检查结果，不管镇国公是被谁害死的，皇上都不会放过这个可以光明正大拿她的机会。

"我跟你们走！"横竖今天逃不掉了，凤轻尘抬起右手，作势将耳边的碎发拢到身后，却是借机告诉暗卫，别轻举妄动。

九皇叔没死，她就不会有事，在皇上眼中，她不过是对付九皇叔的一颗棋子。

"识时务者为俊杰，凤姑娘果然上道。"禁卫军哈哈大笑，见凤轻尘没有反抗，更是大胆道："之前遇上凤姑娘的兄弟们，把这凤姑娘说得像猛虎一般，我看她就算是猛虎也是一只拔了牙的母老虎，不足为惧。"

"什么猛虎，不过是个女人罢了，怕她作甚。"

"就是就是，一个女人，再厉害也就那点本事，一巴掌打上去，她就乖了。"

……

嘻嘻哈哈，完全没有办差该有的正经，佟珏、佟瑶还有春夏秋冬被禁卫军隔在外面，看到凤轻尘受辱，气得眼泪都流了出来。要不是凤轻尘再三以眼神制止，她们怕是要不管不顾，与禁卫军打起来，到时候就更没法收拾了。

"凤姑娘，走吧。"禁卫军笑闹够了，便正色起来，有两个男子取来枷锁和镣铐，要给凤轻尘带上，刚一靠近就被凤轻尘喝退："你敢！"

"我们有什么不敢的？你可是杀人犯。"禁卫军晃了晃镣铐，故意弄得哗哗作响，想要吓一吓凤轻尘。

"凤姑娘，别说给你带枷锁，再过几天就是把你压在身下，我们都敢。凤姑娘你还真当自己是九皇叔的宝贝呢，九皇叔现在自身难保，还能管你？你还是乖乖地听话吧，免得受皮肉之苦。"

"这个好，我可记得凤姑娘身段极是风流，那一身雪白的肌肤呀，当初有幸一见，至今都忘不掉。"

军匪羞辱起人来，荤素不计，不知有多少被抄家的大小姐，被他们一句话气得羞愤自杀，凤轻尘只是脸色微变，并没有动怒，已属难得。

"放肆，你们是什么东西，竟敢在我师父面前口出秽言。"孙思行急急匆匆地跑来，刚过来就听到这么一句，一张玉脸红得滴血。

"孙少爷，你可来了。"女子终归是女子，佟珏几人一看到孙思行来了，就像是看到主心骨一般。

凤轻尘苦笑一声，佟珏她们这是病急乱投医，找孙思行还不如靠她自己，禁卫军的话虽然难听，她听了也会不舒服，但不过是一时之气，她并不会一直放在心上。

看孙思行红了眼，一副要和对方大干一架的模样，凤轻尘连忙出声制止："思行不要担心，我没事，你别冲动。"

她现在可没有能力保护思行，要是思行出事，她怎么对得起将孙思行拖付给她的孙正道夫妇。

"师父……"孙思行一脸委屈，都要被枷锁拷住了，这还叫没事。

"别担心，他们不敢拷我。"

话落，禁卫军不干了，比之刚刚更加的傲慢："不敢？这当口还有我们不敢的事吗？凤姑娘好大的口气，我就是拷了又怎样？"

"你可以试试，拷我是你先死，还是我先死。"凤轻尘从怀中取出凤钗，高高举起，"看清楚了，别怪我没有事先提醒你。"

"凤钗，是先皇御赐的凤钗。"不知是谁先喊了一句，待到众人反应过来，才发现自己的身体比脑子反应更快，齐刷刷地跪了下来，高呼万岁。

果然是好东西，幸亏九皇叔再三交代，这东西一定要贴身收着，不然要用的时候就是想派人取也不一定能取得到。

"官爷，现在你还要不要给我带枷锁和镣铐？"什么叫得理不饶人，凤轻尘这就是。

"卑职不敢。"禁卫军们一脸扭曲，愤愤不平，却不得不低头。

他们当然知道凤轻尘手上有凤钗，不然也不会一大清早杀过来，本以为会杀凤轻尘一个措手不及，让凤轻尘无法用凤钗压人，却不想……

看着穿戴整齐的凤轻尘，不得不说究竟还是她棋高一筹，居然将这么贵重的东西随身携带，就不担心掉了或者磕了吗？

　　"那就多谢几位军爷的体恤了。"凤轻尘将凤钗插在发髻上，张扬得紧，"军爷，带路吧。"

　　有这只凤钗在，即使是关进血衣卫大牢，也没有人敢对她动刑，当然……要是逼狠了，皇上先把凤钗收回去，那她就惨了。

　　"凤姑娘，请……"气势汹汹地来抓人，结果却是客客气气地把凤轻尘请出去，不得不说禁卫军们很憋屈。不过，落到了他们手上，他们有的是办法整治凤轻尘！

　　禁卫军从西区小院出去时天才刚刚亮，西区小院距离皇宫和血衣卫、顺天府都很远，按理说应该骑马而行，可禁卫军偏偏走路，并且刻意放缓速度，逼着凤轻尘在皇城大街上行走，让人看到她被禁卫军带走的一幕……

第三十九章　不过是一个女人

凤轻尘被禁卫军押送进宫了！

不过一个上午的时间，这个消息就像是长了翅膀一样，在有心人士的煽动下，该知道的不该知道的，都知道了。

王锦凌轻敲着桌面，琉璃般清澈的眸子紧闭，没有人知道他在想什么，只是那紧抿的唇稍泄露了他的心思。

他最近忙着整理王家内务，还有和九皇叔合作一事，对凤轻尘的事情便少了一分关注，不想这短暂的疏忽，便让人钻了空子。

他用凌厉的手段夺得王家大权，是为了保护轻尘和自己，可他却因为王家的权力而疏忽了轻尘。

我到底在做什么？

王锦凌不禁自问？

九皇叔的爱既是蜜糖亦是毒，带给凤轻尘无上尊贵的同时，亦给她带来了巨大的危险。

崔浩亭听到这个消息，心里微微松了口气，今天就是他与凤轻尘约定的日期，现在凤轻尘被捕，他就不用急着给她答复了。

云潇原本计划今天去西区小院，告诉凤轻尘他的处置方法和后续安排，不想他还没来得及出门，就听到这个消息，顿时愣了一下，随即眼露寒光。

"看样子，凤轻尘是落入了人家的圈套。"不仅仅是凤轻尘，就是他也被人耍了。

"去，把昨天给国公爷看病的那两个大夫找来，另外再把昨天在场的人找几个出来。"不管有没有用，他先准备好人证物证再说。

昨天的事闹得很大，知情的人很多，会利用这件事做文章的当然也不少，只不过这些都和他没关系，他才不管是谁做的，他只知道他背了黑锅。

这事要不查清楚，别说凤轻尘，他自己都看不起自己，因为这件事的后续事宜是他一手处理的。

明知这事他插手了，还敢乱来，这是与云家和云城为敌！

这么大冷的天，顶着寒风小雪一走几个时辰，别说女子，就是大男人也受不了，禁卫军鼻子冻得通红，脚上的靴子都湿了，身上的衣服也被小雪花给打湿，冷得他们直打寒战。

再看凤轻尘，明明穿得很单薄，可看她的样子似乎一点也不冷，偶有雪花飘下，也不会沾她的衣服，她衣服到现在还是干的。

再看她脚上的靴子也一样，不仅走路无声，还干爽得很。原本就艳丽的娇颜，此时更加的明艳，红扑扑的脸蛋就好像熟透的苹果，让人有种咬一口的冲动，再加上那双明亮自信的双眼，不仅不见半分狼狈，反倒灼灼其华，芳华绽放。

察觉到禁卫军打量的眼神，凤轻尘冷笑，姿态更加的从容。

凤轻尘无比庆幸，她昨天晚上换了衣服，不然禁卫军一大清早地冲进来，哪里会给她换衣服的时间，让她穿着单衣顶着寒风行走，到时候她就是不死也要丢半条命。

"不是说要杀凤轻尘一个措手不及，小小惩治一番吗？怎么凤轻尘这会儿不像被禁卫军看押，反倒像是被禁卫军保护呢，镣铐和枷锁呢？"西陵天磊、夜叶、南陵锦凡三人，坐在凤轻尘必经之路旁的茶楼上，本想过来欣赏一下她卑微的姿态，却不想……

凤轻尘骄傲如初，发髻上的凤钗更是醒目，让人想要忽视都不行。

"凤轻尘不是那么好对付的，你我在她手上可没少吃亏，这些禁卫军又怎是她的对手？"没有永远的敌人，也没有永远的朋友，南陵锦凡之前在东陵宴会上，曾狠狠地落西陵天磊的面子，可现在却因为利益，两人走到了一起。

"不好对付又如何，这次可真是天助我也，镇国公一死，凤轻尘百口莫辩，九皇叔身在狱中，想帮她也不行。"夜叶把玩着手中的杯子，一脸阴鸷。

苏绾脸上的伤迟迟没有好转，他哪里高兴得起来？

西陵天磊却不这么认为："别忘了，还有王锦凌这个王家家主在。最近王家的动作很大，王锦凌手上的权力更胜往昔，比之前任何一个王家家主都要强势，如果他全力保凤轻尘的命，绝对没有问题。"

"别太高看王家，王锦凌太过激进，他手中的权力还没有稳固下来，王家内斗不断，虽说现在王锦凌占了上风，可只要我们暗中出手，王锦凌就会自顾不暇。"南陵锦凡默默地盘算，如果王锦凌不是家主，那么他们这一支是不是可以得到王家

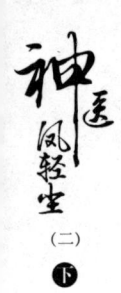

的认可呢？如果可以，他不介意扶另一支王家人上位。

"只要让王家宗祠认可他这一支的存在，他兵不血刃，就能坐上南陵皇上的位置，哪怕是他的父皇也要乖乖退位，把皇位让给他。

"你想插手王家的事情？你就不怕被王家反噬？"王家是一个很古板的家族，不管他们内斗的有多凶，一旦有外人插手，他们就会一致对外，这也是王家长盛不衰的原因。

"小王也是王家人，怎么能说插手王家事务？小王只是觉得王锦凌这个家主太年轻了，王家长老那一支更适合成为王家的掌舵人。"

南陵锦凡说得冠冕堂皇，可依旧掩饰不了他的野心，看西陵天磊面上有些犹豫，南陵锦凡又抛出一个鱼饵："磊太子，这件事情解决了，我们对付玄霄宫还能多一分助力，我记得王家和玄霄宫也有些恩怨，如果那几位长老掌控王家，要说服他们出手对付玄霄宫并不难。"

这话中的意思就是，他同意与西陵天磊联手对付玄霄宫，但西陵天磊先要帮他掌控王家，这是他的条件。

"三皇子，你不觉得自己要的太多了吗？"他帮南陵锦凡解决王家的事，再把玄霄宫一半的财富给他，真当他西陵天磊是白痴呀。

"想要的多，小王付出的也多，这事我们可以再谈。"只要没有一口拒绝，就还有谈的余地，这一点南陵锦凡很清楚。

西陵天磊没有急着回答，而是深深地看了他一眼，然后又将视线放在被禁卫军押送的凤轻尘身上……

他要看着凤轻尘走进牢笼！

这一次，凤轻尘的待遇明显提高，没有被丢到顺天府和符临做伴，也没有被丢到血衣卫大牢受刑，而是被关进九皇叔第一次待的地方。

没错，就是皇宫的天牢，待遇是提高了，同时也意味着没有人能见到她，她也不可能知道外面的消息，皇上这是彻底将她圈了起来。

凤轻尘被禁卫军带进天牢后，就没有人管她了，对她既不提审也不动刑。没办法，有凤钗在，没谁敢对凤轻尘动刑，再想动她这个时候也要按捺住，一切看皇上的意思办。

和血衣卫大牢的血腥比，天牢倒不像大牢，反倒更像一间冥想的屋子，静得可怕，好像除了凤轻尘以外，就再也没有关别人。

"关禁闭不算用刑吗？这也是审讯好不好。"凤轻尘自嘲一声，双膝微弯，双手撑着下巴。

她该庆幸这些人只用了关小黑屋、隔绝人群的方法来对付她，要是轮流上阵，不让她睡觉，那才真会让人崩溃。

如果只用冷、黑、静来折磨她，对方可能会失败，她凤轻尘能从死人堆里爬出来，怎么可能会怕黑？真当她是娇生惯养的大家闺秀呀。

至于静就更不用担心了，不说话又不会死，她心理素质强着呢。好吧，天寒地冻的，也不给床被子，这个真是折磨人，抗议，这是虐待囚犯！

可惜抗议无效，她连个说话的人都没有，中午时倒是有人给她送来一碗稀得不能再稀的粥，可那人却是一句话都不说。

"这是要把我饿得没有力气逃跑吗？"四面皆是墙，只有一个能递碗的栅格，她就是有力气也跑不掉。

轻叹了口气，凤轻尘将那碗能数得清米粒的稀饭喝掉后，把碗从原路塞了出去，她知道那人正在外面等。

果然，来人拿了碗，就把小栅格锁上，然后哒哒地离开了，凤轻尘又叹了口气，背过身来，看着墙面发呆。

"我是跑呢还是不跑呢？反正闲着也是闲着，要不就给自己或者给以后住这间牢房的人留个后路？"凤轻尘盯着墙面出神，纠结半晌后终于决定找点事情做，不然真的很无聊。

她宁可当通缉犯，也不要老死天牢，就算用不上也没关系，防患于未然！

收到凤轻尘落入天牢的消息后，东陵子洛松了口气，他还真怕凤轻尘又有什么后手，让她给逃脱了，好在这一次事情进行得足够顺利。

东陵子洛整了整衣袍，神采飞扬地往外走："备轿，本王要去宗人府大牢。"这么好的消息，他这个当侄子的，当然要第一时间告诉九皇叔。

当然，有人想让九皇叔知道这个消息，也有人不想让九皇叔知道，比如太子。

太子怕九皇叔知道凤轻尘入狱后，会无条件妥协，所以在他收到东陵子洛去宗人府大牢的消息后，立马赶往宗人府大牢，准备阻止东陵子洛。

可惜……太子晚了一步，太子匆匆赶到，正好看到东陵子洛示意牢头打开牢门。

"七弟。"太子厉喝，东陵子洛很给面子地回头，朝太子行了个礼道："见过太子，太子也来看九皇叔，真巧呀！"说完，也不等太子，径直往牢房走去。

太子在场，东陵子洛却越过太子走在前面，这简直是不把太子放在眼中，不给一国储君脸面。

太子的眼中闪过一抹愠怒，张了张嘴，终是什么都没有说，皇后出来了，皇上对东陵子洛宠爱如初，反倒是他腹背受敌。

太子压下怒火，亦走了进去。

同样是坐牢，九皇叔的待遇就比凤轻尘好很多，九皇叔的牢房不仅通风透气、光线充足，还有床有被子，甚至桌椅茶水都配备齐全。

九皇叔好几天没换衣服，可身上的衣服依旧整洁如新，连个褶子都没有，走近还能闻到萦绕在他身上的淡淡竹香，九皇叔手里握着一卷书，对于东陵子洛和太子的到来，毫不关心。

"皇叔。"

"九皇叔。"

前一句恭敬，后一句却只是应付。

"嗯，坐。"即使沦为阶下囚，九皇叔通身的气派也不减半分，坦然地受着太子与洛王的礼，头也不抬。

"多谢皇叔。"兄弟就是兄弟，太子与东陵子洛异口同声道。语落，两人对视一眼，又同时坐下。

这一刻，太子的不满更甚。

九皇叔眼睑微抬，看到这一幕只是冷笑。

皇上没有把太子教好，堂堂太子却这般小家子气，只会与兄弟做无用的意气之争。

两人坐下后，九皇叔也不说话，更不用正眼瞧人，不知情的人还以为这是在九王府的书房呢。

太子与东陵子洛以眼神厮杀，谁也不让谁，最终还是东陵子洛想起此行的目的，先一步开口道："九皇叔，侄儿今天给您带来了一个与凤轻尘有关的消息。"

"……"九皇叔翻开一页书继续看，完全无视东陵子洛。

"子洛，皇叔既然没有兴趣知道，你就别拿什么乱七八糟的事情来打扰皇叔的清静。"太子摆出储君的谱，训了东陵子洛一句，又对九皇叔道，"皇叔，您在这里还缺什么吗？侄儿这就给您送来。"

"太子有心了。"九皇叔回了一句，依旧没有抬头，摆明了不欢迎这二人。

"这是侄儿该做的。"太子听到了一些风声，心中越发地坚定九皇叔能度过这次的难关。

八百里加急的急件内容可以隐瞒，但有急报传来的事情却瞒不了他这个储君，太子派人查了一下，便查到了因五座山爆炸而闹起的上天示警一事，凭他敏锐的政治嗅觉，可以肯定此事有阴谋，因为时间上太巧合了。

东陵子洛看九皇叔回了太子的话，他也不生气，寻了个机会插了一句话："九皇叔，侄儿不像太子这么贴心，什么琐事都替九皇叔您想到了，但侄儿和太子一样都把九皇叔您记在心上,这不刚听到凤轻尘谋杀国公爷入狱的消息,侄儿就巴巴赶来告诉皇叔了。"

这个消息一出,东陵子洛有九成的把握九皇叔会变脸,毕竟东陵皇城谁人不知九皇叔有多重视凤轻尘,甚至被皇上批耽于美色,至江山社稷于不顾也不反嘴。

可是……

和东陵子洛想的完全相反,九皇叔依旧是一副清冷的样子,好像他刚刚说的话和问安没什么区别。

太子大大地松了口气,东陵子洛却是万般不甘,不死心地道:"九皇叔,侄儿得到消息,父皇亲笔御批要严办,此时凤轻尘就在天牢里。"

"本王听到了,子洛不用再重复一遍。"九皇叔继续翻书,好似手中的书很吸引人一般,对外界的事情完全不在意。

见九皇叔不为所动,东陵子洛不由得气馁:"九皇叔,你就不担心凤轻尘吗?谋害国公可是杀头的大罪。"

"杀人偿命天经地义,如果人是凤轻尘杀的偿命本是应该,本王为何要担心?"凤轻尘杀了那么多人,真要偿命,她死一百次都不够,再多杀一个国公爷又如何?还不都是人,有什么区别吗?

"话虽如此,可只要九皇叔你肯出面,凤轻尘定不会有事。"东陵子洛干巴巴道。

"本王什么时候有这么大的能耐,能左右律法审判?子洛,天子犯法与庶民同罪,本王就算贵为亲王,也不能凌驾于律法之上,让死者死得不明不白。"九皇叔抬头,深邃的黑眸直视东陵子洛,似要将东陵子洛看透一般。

东陵子洛被看得心慌,强作镇定,装作若无其事地移开眼,脸上挂着不自然的笑。

九皇叔冷讽地笑了笑,落在东陵子洛眼中,却是凉薄寡恩。

昔日如珠如宝捧着的女人,一旦有事就能抛弃,这就是皇室中的男人吗?

好像他的父皇也是这样,结发妻子能说冷落就冷落。

"九皇叔,你真的不救凤轻尘,任她死在天牢里?九皇叔,只要你开口父皇定会赦免凤轻尘,为了已经死了的人让凤轻尘赔命,值得吗?"东陵子洛也不明白,他是为了父皇前来劝说九皇叔,还是为凤轻尘抱不平。

母后说得没错,再优秀、再聪慧的女子,在皇上和九皇叔眼中也只是玩物,他们不会当真。

他真应该和父皇、九皇叔学一学。

"子洛,你太天真了,一个女人罢了,还不值得本王去救。"九皇叔说完这话,眼神又落在手中的书上,摆明了不为所动。

皇上不就是想要先皇留给他的秘密势力吗？他偏不给！

牛不喝水还能强按头不成，九皇叔摆明了冷心冷情，不管凤轻尘死活，东陵子洛就是再生气、再愤怒、再心急，九皇叔也不会改变心意。

在太子的冷讽中，东陵子洛一甩衣袖，再一次先太子一步离去，把太子一个人留在原地。

东陵子洛并没有回府，而是去了皇宫，试探九皇叔是皇上交给他的任务，他当然要去回禀。

本以为父皇听到九皇叔拒绝的事会发怒，哪知他父皇却是一脸笑容地赞道："朕这个九弟越发的喜怒不形于色了，不愧是流着先皇血脉的孩子。"够冷血，够冷情，也够理智。

"父皇，九皇叔不肯为凤轻尘出头，凤轻尘便成了一颗废棋，还要留着她吗？"东陵子洛小心翼翼地问道。

虽说皇上对他的恩宠还在，可经过上一次的事后，东陵子洛便明白天家无父子，他父皇对他的宠爱，随时都会收回，他不能恃宠而骄得意忘形。

"谁说是废棋，老九能把圣敏皇后的凤钗给她，就说明她在老九心中的地位不一样，别被老九那张冰块脸给骗了，不肯交出先帝留给他的东西，那就让他用别的东西来换凤轻尘的命。"

经过几次的试探，皇上可以肯定，东陵九就算没有十分在意凤轻尘，也有五六分。

子洛说东陵九完全不在意那绝对是装出来的，如果真的不在意，就应该摆出一副十分在意的样子，让他信以为真，以为拿凤轻尘就可以摆布他，这样他就更不会放过凤轻尘。

让东陵九拿出先皇留给他的人和势力，换凤轻尘的命不过是一个试探，东陵九的拒绝在皇上的意料之中，东陵九要真答应了，他才会怀疑此事会不会有诈。

东陵九在东陵的地位如此超然，不就是仗着先帝遗留给他的东西嘛，没有这些东西，别说救凤轻尘，就是他自身也难保。

皇上也没有想过拿凤轻尘换取这些，他要做的是推凤轻尘出来，逼东陵九平息上天不满的谣言，他相信东陵九能明白。

"父皇，九皇叔他肯吗？"东陵子洛作为皇上最喜爱的儿子，当然知道五座山爆炸和谣言的事情，皇上一提他就明白了。

"朕退了一步，他当然会同意，朕要的并不多。好了，凤轻尘这件事不急，多关她几天，等老九急了，自然什么事都好说。"皇上自信心十足，这两天被一堆糟心事摧残的脸皮，也恢复了原有的光泽。

"父皇英明。"东陵子洛嘴上恭维,可心里并不认为九皇叔会在这等紧急关头放弃之前的布局。

谣言传得越凶,皇上做事越束手束脚,九皇叔才会越安全,九皇叔怎么可能拿自己的安危换凤轻尘出狱?

不过,他不敢对皇上说这些,东陵子洛默默地退下,在皇上的准许下去皇后的宫殿见皇后。皇后经过上一次的事,身体大不如前,哪怕重新获得皇上的尊重,也没有恢复过来。

一个没有母族为依靠的皇后,只能依附皇上,任皇上摆布,皇上要她往东她就不敢往西,皇上要她三更死,她不敢拖到五更,这样的皇后还有什么意思?

是夜,寒风乍起,大雪飘飘,不过一个时辰,整个皇城就被白雪覆盖,白茫茫的一片,亮得刺眼,大街上连个人影都看不到。

当蓝九卿一身黑衣、带着半块银色面具出现在京城的街道时,便显得特别醒目,好在他显眼,别人也显眼,想要追踪可谓是难上加难。

在城里转了几圈后,蓝九卿来到苏府密室,和昨天来时一样,苏文清顶着病体连夜工作。

"咳咳——咳咳——"时不时就咳嗽两声,苏文清却毫不在意,嗓子实在难受时,才端起一旁的茶喝上两口,润润肺。

蓝九卿摇了摇头道:"文清,凤轻尘让你多多休息,你不用这么拼命。"

"九卿,你来了。"苏文清抬头,这一次他学乖了并不敢站起身,只朝蓝九卿打了个招呼。

蓝九卿大步上前,将苏文清手上的东西按住:"去休息一下,你不比我和步惊云,我们两个有内功防身,几天不睡也伤不了身,你不行!"

"我哪会这般娇气,不过是一些小事。"苏文清抢了几次无效,只得放手,叹了口气道,"九卿,局势这么紧张,我不能不拼命。现在凤轻尘也被抓了进去,我们再不做些什么,怕是会凶多吉少。"

"不急,凤轻尘是对付九皇叔的好棋子,皇上怎么可能轻易让她出事,凤轻尘要是死了就没有价值了。"蓝九卿的眼中闪过一抹寒光,凌厉而嗜血。

"可事情拖下去,对我们不利。"他们一直处于被动,被皇上压得喘不过气。

"谁说要拖下去,上次剩下的震天雷呢?全部拿给我。"蓝九卿这个时候出现,就是有计策。

当他不会玩阴的?

镇国公府不就是仗着身份对官府施压,不让官府细查便直接拿凤轻尘抵命,那

他就把镇国公给毁了,看谁还敢再多说什么。

如果镇国公本身就犯了事,那么镇国公便是死有余辜。没有镇国公在背后捣乱,依王锦凌和云潇的本事,翻案自是易如反掌,就是皇上也管不着。

他可不相信,那么一撞就能撞死人。

苏文清眸子一亮:"你想炸了镇国公府?"

"这是最下成的法子,我不屑用。"炸了镇国公凤轻尘的嫌疑最大,他怎么可能会做这么蠢的事。

"那你要震天雷做什么,我们就剩下十几枚了,你可要用在刀刃上,别浪费。"苏文清起身,一边去给蓝九卿取震天雷,一边叮嘱道。

蓝九卿没有回答,因为他肯定是要浪费的!

下了一晚上的雪,整个皇城都被白雪覆盖,寒风怒啸,银装素裹,几乎没有别的色彩。

这应该是东陵入冬以来最大的一场雪,老天爷似乎要将一切不干净的事物都遮掩起来,留下最美好的洁白。

大雪纷飞的天气实在不适合出行,可国公府办白事,一些小官小吏就算再不情愿,也得前来悼念。

国公爷的儿子、孙子在灵堂磕头答谢,虽说因为天冷,没有什么大人物到场,但国公府该有的体面还是得有,可就在此时……

咚的一声,国公府最小的孙少爷,不知从哪里抱着一个大黑球出来,一个不稳砸在地上,朝火盆滚去。

"啊——"不知是谁尖叫一声,灵堂里的人吓了一跳,正想呵斥两声,抬头就看到一个黑滚滚的东西。

"这是什么?"那人的话刚说完,就听到有人大喊道,"天啊,震天雷,是震天雷!"

"震天雷,真是震天雷,快跑,快跑……"

"别,别让它碰到火,会出人命的,快,快抱起来。"容清秋尖叫一声,长时间跪在灵堂的她双脚都发软了,可她现在却顾不得这些,连滚带爬地起身,朝震天雷扑去。

"哇哇哇——"惹了事的孙少爷年幼无知,趴在地上也没有人管他,哇哇大哭起来。

灵堂里的人,不管是国公府的人还是前来悼念的人,全都没命地往外跑,这个时候谁也顾不得官大官小,都拼命往外挤。

好好一场白事,生生变成了闹剧,不过眨眼间灵堂便空无一人,只余老国公爷的棺材摆在那里无人记得。

镇国公府发生这样的大事，皇上怎么可能不知，事关震天雷便没有小事，当着这么多人的面，露出震天雷就是想瞒也瞒不住。

"震天雷果然在国公府，朕当初就不该信他。"皇上震怒，朱笔一点，让禁卫军前往国公府，搜！

至于国公府的人，全部收监，无论男女。

偌大的镇国公府瞬间就空了，只余国公爷的尸骨孤零零地摆放在灵台上。幸亏是冬天，不然放上两日，那尸体怕是要臭了。

禁卫军如同虎狼一般涌入国公府，不多时就在国公府的密室内，找到数十枚震天雷，还有一些铁块和分解开的震天雷，由此可见镇国公狼子野心，居然妄想制作震天雷。

当这些东西一一呈在皇上面前时，皇上怒极反笑道："好好好，这就是朕的好臣子，朕哪里亏待他了？"

私底下与镇国公交好的人本想求情，可见皇上龙颜大怒，一个人也不敢吭声。

老国公死了，之前的交情也就淡了，人走茶凉，如果皇上只是小怒，他们还会看在同僚一场的份上，照看一下国公爷的后代，可现在龙颜大怒，他们当然不会冒险。

天子一怒，伏尸百万，流血千里！

事已至此，别说皇上本就不相信镇国公，就算皇上相信镇国公，也不会放过镇国公府的人。五座山同时爆炸总得有人出来背黑锅，不然真扯上什么天雷，上天示警，他这个皇帝还称什么天命所归？那龙位能不能坐稳都是问题。

皇上知道五座山爆炸的事与九皇叔有关，可他并不打算追究九皇叔的错，至少明面上不会追究。作为一个帝王，粉饰太平很重要，要是本国内乱，那江山社稷就堪忧。

五座山爆炸是不是镇国公府的人做的并不重要，重要的是得推一个人出来，让百姓出气，把他们心中的不安与恐惧宣泄出来。

对镇国公府这件事皇上处置得非常迅速，不过三天就将各种罪状准备好了，皇上亲笔批了对镇国公府的处置——国公府爵位被夺，男子流放西北铁矿做苦力，女眷则全部入教坊，连小孩都不放过，只赦免了国公府的老太君。可惜老太君丫鬟出身，没有娘家帮助，就算皇上仁慈赦免了她，晚年也必凄凉。

这正符合了那一句，机关算尽太聪明，反误了卿卿性命，老太君算了一辈子，从丫鬟爬到当家主母的位置，最终却还是被打回了原形。

命里有时终须有，命里无时莫强求。老太君强求不属于自己的富贵，最终还是要还回去，不仅如此，还因此害了自己的子孙后代，于是皇城的各位爷们得出一个结论，那就是养于妇人之手的孩子难成大器。

至于曾经风光一时的武安郡主容清秋，在震天雷出事的那一刻，就趁乱逃了，没有人知道她的下落……

"果然是九皇叔的手笔，真舍得。"王锦凌听到后，淡然一笑，说不出是失落还是高兴。

那个男人，如此在意轻尘真不知是好是坏？但不得不说，经此一事局面瞬间逆转了，没了镇国公府压着，这个案子便可以打回去重审。

至于皇上？

这种小事他不屑管也不会管，更何况他们已经让步了，给五座山的爆炸找到原因，皇上要是再追究凤轻尘，就过分了。

政治是一种妥协，他们已经妥协了，皇上也得退让一步。

"拿我的帖子去顺天府，让顺天府重审凤轻尘的案子。"有些事情不需要说，九皇叔做了第一步，王锦凌就知道下一步该如做，同样云潇也是一个善于审时度势之人，"去，把那几个证人找来，本公子有用。"。

风云变幻，只在一夕之间，而这些凤轻尘并不知道，她被关在天牢里无人理会，正在无聊地砸洞，想要上演越狱的戏码。

哪知九皇叔根本不给她施展所长的机会，她好不容易挖好了洞，正准备趁夜黑风高的时候偷偷溜了，官差就来了："凤轻尘，你可以出去了。"

"啊？"凤轻尘一脸不解，她这十天与外界隔绝，根本不知道发生了什么事，不过看到铁门被打开，凤轻尘还是迅速站了起来。

这鬼地方，她连一秒都不想待！

"啊什么啊，快走。"官差一脸不善，这姑娘不是高兴傻了吧？

官差不屑地扫了凤轻尘一眼，这一看官差愣住了：大冬天的，在牢里一天三碗稀粥，没有被子、没有火炉，待了十天凤轻尘居然精神十足，面色红润，这姑娘是逆天了？

……

九皇叔虽然也是坐牢，却和凤轻尘不一样，外面发生的事情他虽然没有亲眼所见，但每一件他都清楚。

算算时辰，九皇叔站了起身，透过牢房上面的小窗看着外面："凤轻尘，你现在应该出去了，放心，你的委屈不会白受。"

他以前不对镇国公府出手是因为代价太大，现在为了凤轻尘，这点代价他愿意付，至于那上天不满的谣言？

他的皇兄太天真了，他从头到尾都没有答应什么，他只是在做自己高兴的事情罢了，再说了，凤轻尘能出狱也是因为她本身就清白。

"哒哒哒——"耳边传来一阵不轻不重的脚步声，九皇叔耳根微动身子却没有动，一副万物都入不了眼的孤傲模样。

"九皇叔。"东陵子洛隔着牢门看着九皇叔的背影，一脸迷惑。

他这个皇叔越发地让人看不懂了，随时随地都是一副仙人的样子，却偏偏翻手为云，覆手为雨，身陷牢笼却主导着外界的一切。

镇国公府的事要说没有九皇叔的手笔，打死他都不信，可他真的不明白九皇叔明明被关在宗人府大牢，怎么还能遥控外面的事情呢？

他手上到底拥有怎样的势力，多少的高手，才能让他的父皇如此忌惮，才能如此迅速地做出这么多的事情呢？

他不解，想要问个明白，可他知道九皇叔不会说。

九皇叔没有理会东陵子洛，依旧背对着他而站，静静地垂在身侧的衣摆，无声地诉说着衣服的主人是如何的目中无人。

东陵子洛也不生气，自顾自道："九皇叔，你明明很在乎凤轻尘，为何不肯说出来？你为她做了这么多，牺牲了这么多，可她一点也不知道，外人只看到了王锦凌和云潇为凤轻尘奔波，为她洗刷罪名，跟你一点关系也没有。"

"九皇叔，为了一个女人值得吗？这天下什么样的女人你要不到？你自己不也曾说不过一个女罢了，为何事到临头，你却没有按照自己所说的做呢？九皇叔，侄儿真的不明白。"

他真的迷惑了，九皇叔那天所说的话和他的态度绝对没有作假，就在他以为九皇叔把凤轻尘当玩物时，九皇叔却又做出让他震惊的动作。

九皇叔，你到底有多难懂？

东陵子洛一直说，一直说，倒不是非要问出个所以然，只是晚辈向长辈倾诉，说出自己的迷茫与困惑。

前两天，瑶华曾来找他，说她不愿意嫁给子淳，她那天晚上被九皇叔设计了，并非自愿，她爱的人是他，愿意不计名分地跟着他，还说如果他真的爱她，就不应该计较那天晚上的事情。

瑶华的话，让他有刹那的心动，瑶华是他青涩的爱恋，他对瑶华就算没有爱也有执着，可是……女人只是一个玩物，他怎么能因为一个瑶华就与子淳反目成仇？

子淳圣眷极浓，打了子淳的脸，父皇也不会让他好过。

所以，他来找九皇叔，想和九皇叔说说话，也许他能找到答案。

东陵子洛一直说，九皇叔却一句话都没有回，直到东陵子洛说："九皇叔，你说怎样才是一个合格的皇子？一个合格的皇室中人？"

"心思诡异，性情反复，真假难辨，连自己都能骗。"九皇叔转身，薄唇轻启，吐出今天对东陵子洛所说的第一句话。

东陵子洛一怔，没有想到九皇叔真会回答他，回过神后，细细品味着这几句话，随即恭敬地行了个礼："多谢九皇叔教导。"

"本王没有闲情教导你，你没事也别来吵本王，本王不耐烦见你。替本王转告你父皇，他从本王手上拿走的东西够多了，本王的忍耐也是有限度的，别逼本王。"

这是警告，九皇叔对皇上的警告，他在凤轻尘这件事情上退了一步，并不表示他次次都会退。

他在警告皇上，别再拿凤轻尘当挡箭牌，如有下次，他不介意鱼死网破。

"皇叔……"东陵子洛脸色一白，不敢相信，九皇叔会说出如此大逆不道的话。

父皇说九皇叔忤逆犯上，这话倒是没错。

"怎么？本王敢说你还不敢转？就你这样怎么能称为合格的皇子？身为皇子连这点胆识都没有，就别去惦记那个位置。"九皇叔嘲讽地一笑，"子洛，看在你叫本王一声皇叔的份上，再提醒你一句，有些事急不来，你父皇还年轻。"

也就是说，东陵子洛想要做皇帝，光等他父皇死还要等上几十年，这几十年可以发生很多事情，而眼下一件事就是后宫那群女人很快就会生一堆皇子、皇女出来，东陵子洛还有得愁。

东陵子洛的眼睛猛地睁大，面露惊恐，后退数步道："皇叔，你想多了，侄儿没有那个想法。"有想法和说出来是两回事，一旦说了出来他父皇也容不下他。

"没有最好，以免到头来为他人做嫁衣。皇上不缺女人，也不缺皇子。"九皇叔看似无心的一句话，却是直指重点。

后宫新进了一批女人，还有谢皇贵妃肚子里那个，要斗，现在就要开始。

他很期待，皇后和皇贵妃斗起来，和那群女人斗起来，会有多么精彩？

来而不往非礼也，皇上算计他的女人，他算计皇上的女人、儿子也算合理。

"多谢皇叔教诲，侄儿心领了，侄儿还有差事要办，就不打扰皇叔您的清静了，侄儿下次再来看望皇叔。"

面对九皇叔似能洞悉一切的眸子，东陵子洛落荒而逃，直到走到牢门口才停下来，略略整了整衣衫，恢复风度翩翩的样子踏出门。

门口有四个护卫候在那里，东陵子洛一出去，便指着左侧二人道："你们二人守在这里，替本王照看九皇叔。"

这两人是大内高手,皇上特意让东陵子洛送来的人。镇国公的事九皇叔的出手太快,皇上总觉得宗人府大牢有问题,可宗人府被皇室宗亲管着,他现在没空整顿,只得自己派人来。

　　宗人府大牢的牢头一听到这个消息,当下便与自己的副手对视一眼,朝那人点了点头,那人揪了个机会,立马进了牢房。

　　"本王的好皇兄,现在才想到这一点,会不会太晚了？"

　　都这么多天了,他要做的事情早就做好了,现在坐等便可……

第四十章　等你一起

凤轻尘出狱的事情十分突然，事先一点预兆也没有，别说西区小院的人就是王锦凌也没有收到消息，所以宫外没有人等她，她得自己回去。

摸了摸荷包，凤轻尘悲催地发现，自从身边有丫鬟跟着后，她就没有带银子出门的习惯，她果然是腐败了。

"东陵家的男人真狠！"凤轻尘恨恨地骂了一句，把这笔账算到了九皇叔头上，暗自决定，下一次遇到九皇叔，她哪怕不能把九皇叔咬得没法见人，也要把九皇叔端下床。

饿了她十天，冻了她十天，丢出宫门后也不给她寻辆车，这是要她自生自灭吗？

拢了拢衣襟，凤轻尘打起精神，回西区小院，没走两步身后就传来马车的声音，凤轻尘回头一看，连忙避到一边。

她不想被马车撞，免得又倒霉地进天牢，那破天牢她真是待够了，比关禁闭还惨。

哪知，马车居然停在她身边。

"凤姑娘。"车帘撩起，露出一脸婉约明媚的脸，隐约有几分熟悉。

"你是谁，我认识你吗？"凤轻尘可不认为，自己已经有名到人人皆知的地步。

"凤姑娘不认识我，我可认识凤姑娘。我是南陵苏家的女儿，我叫苏柔。"女子亲切有礼道。

"苏柔？代替苏绾跟我比试的苏家女？"难怪看着眼熟，原来是苏绾的妹妹，凤轻尘上下打量苏柔一眼，暗自点头。

这妹子长得比苏绾周正多了，温婉秀气，一看就是大家闺秀，没有苏绾那股子让人讨厌的傲气，却不卑不亢、端庄得体。

看来苏家还是很会教女儿的，只是苏柔大冬天地跑来和她比骑射，真的只是为了和她比试而来吗？

凤轻尘站在马车下，晶莹的眸子似笑非笑，看着苏柔，像是打量商品一般，换作苏绾怕是早已变脸，可苏柔却没有半点不满，依旧温婉有礼，隐约带着亲切。

"凤姑娘知道我那真是太好了，我一直很仰慕凤姑娘的风采，听到能来东陵和你比试，我可是高兴坏了。凤姑娘，你要去哪里？马车里只有我一人，你要是不介意，我送你一程可好？"苏柔仰起小脸，一脸崇拜，晶莹的眸子和热切的语气，无不显示出她的真诚。

崇拜？

苏家的姑娘杀她的心都有了，怎么会崇拜她？凤轻尘暗自冷笑，她倒要看看，这苏家小姐想做什么，凤轻尘点了点头道："多谢苏小姐，轻尘却之不恭了。"

"太好了，凤姑娘快上马车，外面可冷呢。"苏柔像是小女孩一般，连忙给凤轻尘让出位置，一脸高兴。

凤轻尘刚坐上车，苏柔就递了一个暖炉过来道："凤姑娘，你暖暖手。"

暖炉散发着淡淡的香味，凤轻尘对香味不敏感，但因为九皇叔对花香过敏，她也不喜欢自己身上沾上这香味。

"谢谢。"凤轻尘接了过来，并没有捧在手上，而是放在身侧。

苏家的女人可不简单，苏绾那样的都能把夜叶迷得晕头转向，苏柔比苏绾强多了。

苏柔看凤轻尘婉拒了她的暖炉，眼里闪过一抹受伤，连忙低头，似乎不想让凤轻尘看到一般，可偏偏凤轻尘就是看到了。

演技派！凤轻尘暗赞。

再抬头，脸上的笑容依旧，似乎已不在意暖炉的事情，苏柔忙前忙后，从暗格里取出暖帕："凤姑娘不喜欢用暖炉，那擦擦手好了。"

洁白的帕子散发着热气，苏柔用双手将帕子捧到凤轻尘的面前，一副没有城府的样子。

"苏姑娘有心了。"苏家的姑娘一个比一个有意思，她倒要看看这苏柔小姐想耍什么花招。

这一次凤轻尘没有拒绝，略略擦拭一下。

说真的，她十天没有换衣服，哪怕是冬天也够难受的，凤轻尘甚至能闻到自己身上的酸臭味，不过这位苏柔小姐却全然不在意，修养还真好。

"不用客气，我还没有见到凤姑娘时，就很崇拜凤姑娘，今天见到你本人，更喜欢你呢。"苏柔一脸雀跃，温婉的小女人瞬间活泼起来，就像一只百灵鸟似的，叽叽喳喳地说着凤轻尘的英勇事迹，在苏柔眼中，凤轻尘几乎成了无敌女金刚，没什么可以难倒她。

尤其是凤轻尘救夜叶的事情，苏柔提到时，两眼直放光："凤姑娘，我也喜欢钻研医术，可惜我没有你那么厉害，现在也只能帮小动物包扎一下。"

"原来苏姑娘会医术，闺阁女子学医的很少见。"凤轻尘发现自己的修养不是一般的好，居然一脸笑意地听了下来，没有丝毫不耐烦。

"凤姑娘，你就别取笑我了，我只是随便看看医书，略懂一些皮毛，根本称不上会医术。"苏柔羞赧地低下头。

"只要苏姑娘用心学，日后定有成就。"凤轻尘敷衍道。

"真的吗？"苏柔一听，连忙抬头，双眼直视凤轻尘，黑色的眸子不知何时变成了绿色。

翡翠一般的绿眸闪烁着诡异的波光，如同深潭似能将人的灵魂给吸进去，凤轻尘没有设防，对上这样的一双眸子，双眼瞬间失了焦距。

天生催眠者！

真倒霉！

苏柔抿嘴一笑，绿眸流转着醉人的波光，不知何时，她的手心握着一枚绿色珠子，一松手，那珠子正好垂在凤轻尘的双眸之间，晃来晃去，凤轻尘的眼珠也跟着转来转去。

此时的凤轻尘就如同没有灵魂的木偶娃娃，呆呆愣愣的……

苏柔满意地笑了笑，那双绿眸更加的诡异。

"告诉我，你叫什么名字？"苏柔的声音没有了刚刚的亲切温婉，听上去像是诱人堕落的恶魔。

"凤轻尘！"凤轻尘双眼放空，呆呆地回答道，她身侧的暖炉散发出来的香气，越发的浓郁。

"你父亲叫什么名字？你母亲叫什么？"

"我父亲叫凤战，我母亲叫陆以沫。"凤轻尘就像乖宝宝一样，苏柔问什么，她就答什么。

苏柔开始只问一些简单的问题，接着越问越深："凤轻尘，你最喜欢的人是谁？"

"我父亲和母亲！"

谁问你这个了，苏柔不满，继续问道："心上人呢？"

"九皇叔！"熟知凤轻尘的人都知道，聪明的凤轻尘没少为九皇叔做傻事。

"那他喜欢你吗？"苏柔的双眼一直盯着凤轻尘，不敢错过凤轻尘任何一个细微的表情。

凤轻尘太狡诈了，苏柔怕自己催眠不了凤轻尘，虽说她天生就拥有这样的力量，可这却是第二次用在人的身上。

九皇叔喜欢她吗？

凤轻尘歪着脑袋，双眼溢满迷茫与空洞，似乎不知如何回答一般。

苏柔心急，再次诱哄道："凤轻尘，你告诉我，九皇叔他喜不喜欢你？"

这个答案对他们来说很重要，苏柔不敢有半分的松懈，只要确定了这一点，他们就能找到对付九皇叔的突破口。

"不知道，有时候喜欢，有时候不喜欢。"凤轻尘木讷地回道。

"怎么会不知道呢，喜欢就是喜欢，不喜欢就是不喜欢。"苏柔一急，声音提高，略有几分尖锐，凤轻尘好像吓了一跳，似乎要清醒了。

苏柔脸色微变，再次晃动手中的珠子，绿眸飞速地流转起来，凤轻尘的情绪渐渐恢复，再次变成木头娃娃的样子。

苏柔松了口气。

这可是她唯一的机会，下次可找不到这么好的时间。

凤轻尘刚从天牢出来，身心俱疲，防备减弱，精神大不如前，再加上安神香的帮助，催眠起来很容易，要换作平时，依凤轻尘的心志，根本不会受催眠控制。

苏柔不死心，再次问道："九皇叔喜不喜欢你？"

"有时候很喜欢，有时候不喜欢。"依旧是这样的答案，苏柔有些气馁，她也明白凤轻尘怕是也不知道九皇叔到底喜不喜欢她。

九皇叔那样的人，心思藏得太深，怕是他自己都不知道自己在想些什么。

苏柔不再纠结这个问题，问下一个问题："凤轻尘，你布的棋局如何解？"

这关乎苏家的胜败，她输不起。

"无解。"这个问题，凤轻尘回答得很干脆。

"你布的棋局，怎么会无解呢？"苏柔不信。

"那是死局，解不开。"

什么？死局？

好一个凤轻尘。

如果不是正在催眠，苏柔真想甩凤轻尘一巴掌。凤轻尘实在可恶，居然摆出无解的棋局来打她苏家的脸。

凤轻尘你等着，这笔账我们稍候再算。

苏柔压下心中的怒火，继续问道："凤轻尘，你的凤钗在哪里？"

重要的问题，没有一个得到答案，如果连凤钗也找不到，她怎么向三皇子交代？

"凤钗在头上。"

凤轻尘头上根本没有凤钗，苏柔早就看过了："你再仔细想想，你把凤钗放哪了？"

"凤钗在头上，在天牢的时候突然不见了。"

这个答案把苏柔气得差点吐血，东陵那个狗皇帝居然先她一步下手，太过分了。

"凤轻尘，你知道震天雷吗？"苏柔再接再厉。

"知道。"

"你会做吗？"三皇子怀疑，凤轻尘与那个会制作震天雷的李想认识，所以想要试探一下她。

凤轻尘摇了摇头道："不懂。"

除了一些没用的信息外，苏柔没从凤轻尘嘴里问出任何一个有用的问题，而此时，苏柔自己似乎也撑不住了，额头上沁出一层薄汗。她面带微笑，问出最后一个问题："凤轻尘，我知道你身上有一个大秘密，现在把那个秘密告诉我。"

哪知，凤轻尘听到这个问题后飞快地摇头，脸上露出痛苦的神色，双眼虽然没有焦距，却不像之前那般空洞，凤轻尘不停地大喊。

"秘密，不可以说，不可以说，会死的，会死的……"

"啊——"苏柔只感觉眉心一痛，咚的一声撞向马车后面，手中的绿珠子啪的一声断了线，摔在马车里，咕噜一声就滚了下去。

苏柔没有心思去管，盯着凤轻尘眼也不眨，凤轻尘真的有秘密。可到底是什么秘密让她不顾一切，冲破了自己的催眠呢？

看样子，这个秘密绝对不一般，苏柔的眼中闪着精光。

她一定要挖出凤轻尘身上的秘密。

"咔达——"马车似乎硌到了什么，狠狠地颠簸了一下，凤轻尘一个不稳，往前栽去，正好扑在苏柔的身上，咚的一声苏柔后脑勺撞在马车上，疼得她整张脸都白了。

马车恢复平稳后，凤轻尘也清醒了，从苏柔身上起来，敲了敲自己的脑袋道："我这是怎么了？"

"马车颠簸，凤姑娘你摔了一跤。"苏柔虽心中不满，可这个时候却只能故作温和。

"是吗？可我怎么感觉很累？好像睡了很久一般。"凤轻尘一脸迷惑，不停地用拳敲打自己的脑袋。

"凤姑娘想必是撞晕了，没事的，休息一下就好了。"苏柔一脸温柔地说道，凤轻尘皱了皱眉，片刻便接受了这个解释，"原来如此。"

苏柔看凤轻尘没有怀疑，暗暗松了口气。两人坐好，苏柔强忍着不适给凤轻尘倒茶、递点心，充分表现出崇拜凤轻尘的样子，直到西区小院就在眼前，苏柔才恋恋不舍地送凤轻尘下马车，而她一回到马车上就晕了过去。

凤轻尘站在原地，看着渐行渐远的马车冷笑，缓缓松开一直紧握的左手，手心血肉模糊。

"对我用催眠术，我玩死你，想知道我身上的秘密是吗？不怕死的话就来吧。"

凤轻尘一甩左手，朝西区小院走去，血花溅在地上，如同盛开的红梅……

回到西区小院，孙思行和佟珏几个人看见凤轻尘又是笑又是叫的，凤轻尘将受伤的左手藏了起来，笑着安慰众人道："我说过我不会有事的，你们白担心一场了。"

凤轻尘交代佟珏，暂时不要把她出狱的消息放出去，沐浴更衣过后，凤轻尘包好左手上的伤，正准备让佟珏过来汇报这十天的事，外面响起叫门声："凤姑娘，是我，崔浩亭，不知凤姑娘方不方便？"

不怪崔浩亭这么心急，他的身体很不乐观，凤轻尘入狱期间，他发了两次病，孙思行说他再发病就没救了。

这些年来，他偶尔会发病，却活了下来，现在突然听到没救，崔浩亭心中的最后一丝迟疑也没有了。

云潇说得对，赌，至少还有七成的可能，不赌连半成的活路都没有。

"崔公子，去书房可好？"凤轻尘起身开门，摆出一个请的姿势。

女孩子的闺房不能让外人进，就算她不在意，九皇叔也会在意，九皇叔那人吃起醋来酸得很。

一到书房，崔浩亭就开门见山地说，他同意凤轻尘的医疗方案，请凤轻尘尽快安排，替他动手术，他保证手术即使失败，崔家人也不会怪罪凤轻尘。

"崔公子，手术可以进行，不过诊金不一样了。"凤轻尘对此并不意外，崔浩亭这么急切地来找她，不会有别的事。

"诊金？你要多少银子？"崔浩亭惊讶凤轻尘居然会提诊金。

救好了他，崔家还会少她的钱？

凤轻尘高深莫测地笑道："崔公子，我要的诊金不是银子。"

"那你要什么？"

凤轻尘也不拐弯抹角，看着崔浩亭，一字一字地道："我要你和王家合作，帮我救九皇叔！"

"什么？和王家合作救九皇叔？"崔浩亭虽然没有变脸，可眼眸中的冷意却加深了。

"凤轻尘，你这是漫天要价。"

"没错，我就是漫天要价，可那又怎样？"凤轻尘半步不让，狂妄地回道。

她凤轻尘有漫天要价的资本！

是呀，凤轻尘就是漫天要价，他又能如何？

崔浩亭长长地叹了口气，坐在凤轻尘对面，抬头静静地打量她，也不说话。

他一直以为凤轻尘是个豁达爽快的女子，有医者的仁心也有女子少有的爽落与刚强，可到现在才明白，凤轻尘什么都没有，她有的是实力，和因实力而生出来的自信与狂妄。

"凤轻尘，你凭什么开这样的价？"好半天后，崔浩亭才终于开口。

凭什么？

当然是凭本事。

凤轻尘脸上始终带着笑容，自信地道："凭我凤轻尘是九州大陆唯一能救你的人；唯我凤轻尘有真才实学；凭我凤轻尘有和崔家公子提条件的筹码。"

放眼九州大陆，敢这么威胁崔家公子的人很少，凤轻尘算一个。

"你凭什么如此自信？要知道你也只有七成的把握。"如果凤轻尘说有十分的把握，那还好些，可偏偏凤轻尘自己都不敢保证一定能救活他，却依旧敢开高价，果然有勇气。

"七成把握也总比你现在等死的好。"凤轻尘没好气地瞪了崔浩亭一眼，她说七成那是站在医生的立场上实话实说，如果真想哄崔浩亭出力，她说十成也没什么。

"是呀，七成的把握也比我等死好。"崔浩亭苦笑道，全天下人都知道他在等死，可即便如此，崔家人也不是那么好威胁的，"凤轻尘，你可知威胁崔家人的后果？"

"我没有威胁你，我只是在和你谈一场交易。"凤轻尘绝不承认自己出言威胁他。

开玩笑，世家公子哪个不是骄傲得要死，就算表面再温和有礼骨子里也是骄傲的，威胁与交易是两个概念。

"交易？你这算什么交易，你这是拿我的命来威胁我。凤轻尘你别忘了，当初可是你说能治好我,现在你居然向我讨要代价?凤轻尘你这是言而无信,枉为医者。"质问的语气,上位者的威严,加上那通身尊贵的气派,让人不由自主地心里发虚。

这才是崔家嫡子。

没有诚信是很严重的指控,由崔家公子说出来,就等于否定了凤轻尘这个人,这话只要传出去,凤轻尘就无法在四国九城立足。

一个没有信用的人,没有人愿意与其结交。

凤轻尘很明白这话的严重性,当下调整呼吸,心平气和地回道:"崔公子,我当初是说了要救你,也曾和你探讨过医治的方案,你也同意了,可就在我着手准备医治时,你却反悔了。崔公子,你说我言而无信,那么你自己呢?"大家半斤八两,谁也别笑谁,所以崔公子,你千万别去外面乱说话。

君子以信立世,出尔反尔非君子所为,这件事的确是他的不对,但是……

"凤姑娘,我们定了三天之约,浩亭不算言而无信。"崔浩亭哪肯承认自己言而无信。

"崔公子也说是三天之约,可现在都十三天了。"凤轻尘特意咬重"十"字,提醒崔浩亭,他们约定的时间早就过了。

崔浩亭耳根微红,略有几分尴尬道:"凤姑娘,这十天你不在,我就是想告知你也找不到人,这不算我失信。"

"是吗?难道崔公子想给我递话,还会找不到人?"凤轻尘似笑非笑道。

"咳咳——"崔浩亭轻咳两声,掩饰自己的尴尬,将话题引到王家头上:"凤轻尘,就算我答应你的条件,你又凭什么说动王家,崔王两家可从来没有合作过。"

崔家和王家都以世家之首自居,谁也不服谁,怎么可能合作?

"这一点不劳崔公子担心,我可以保证王家会同意与崔家合作。"凤轻尘一脸笃定地道。

在太鲁阁大峡谷,王锦凌欠九皇叔一次救命之恩,王锦凌这人确实淡定温和,可骨子里骄傲得紧,他怎么可能受了九皇叔的恩惠而不还回去?

现在既然有机会还九皇叔的救命之恩,王锦凌绝不会拒绝。而且王家与崔家合作怎么了?随着崔家的退隐,崔家的名声早已大不如前,世人只知王谢之家,早不知崔家了。

"保证?凤姑娘你拿什么保证王家会同意,空口白话谁都会说。"崔浩亭是君子,但并不表示他不会咄咄逼人,作为光明正大行走在外的崔家公子,哪个见了他不给三分薄面?唯有凤轻尘,居然威胁他!

"崔公子,我既然敢提就有做到的把握。如果王家不同意和崔家合作,你就当我提的条件不存在,我答应你的事情照样做,绝不会因为此事不成,就做出有违医德之事。"崔浩亭要她保证,她给;崔浩亭要她说出放弃的话,她说。

"凤轻尘,我就再信你一次。"即使不满,崔浩亭也没有表现出来,爽快地同意了。

和他的命相比,其他的都不重要,何况凤轻尘能不能说服王家,还是一个未知数。

"崔公子爽快,我定不会让公子失望。崔公子,我们击掌为誓。"凤轻尘起身,扬起右手。

古人重誓言,尤其是崔浩亭这样的大家公子,轻易不会违背自己所立的誓约。

"好。"

"啪,啪,啪。"两人连击三掌,定下了交易。

"凤姑娘,既已立誓,我自会履行约定,不知你打算何时动手为我医治?"

崔浩亭可不希望自己付出了这么大的代价,到最后还要看凤轻尘的脸色行事。女子的心思难测,凤轻尘今日可以为九皇叔而为难他,来日也能因为别的而拖延病情,还是先医好了再说。

想到自己之前的拒绝,崔浩亭真是万分后悔,早知今日,当初就应该早早地答应凤轻尘,也不至于如此被动。

何时动手医治?

她当然希望九皇叔平安出来后,再为崔浩亭医治,可九皇叔什么时候能出来是一个未知数。毕竟九皇叔身上的罪名不小,崔家和王家出了力未必有用,可崔浩亭的病不能再拖,再拖下去别说七分的把握,她连三分把握都没有。

到时候,若是崔浩亭因此而死,别说崔家不会放过她,就是她自己也无法原谅自己。为了九皇叔威胁崔浩亭是一回事,因为九皇叔害死崔浩亭又是另一回事。

手术的时间当然是越快越好,如果可以的话,凤轻尘真想明天就动手术。

"如果崔公子没有意见的话,我希望越快越好,再拖下去对你不利。待我明日见过大公子后,便定下医治的时间,你看如何?"君子重诺,凤轻尘半点不担心崔浩亭病好了就不帮忙,更不担心崔浩亭恢复期间,崔家没有人出力。

她替崔浩亭医病,崔家自然会有人出面去与王家合作,崔浩亭这身体也不适合劳累。

这话,完全是站在崔浩亭的立场,为他考虑,崔浩亭听得满心舒服:"凤姑娘果然爽快,就照凤姑娘说的办。"

虽说被凤轻尘威胁不是什么高兴的事情,但凤轻尘的爽快与信任却让崔浩亭心里好受了许多。

事情谈妥，崔浩亭告辞离去，回房就遣了元极把消息传到崔家，让崔家老太君派个能干的人过来，顺便把崔家在东陵的势力动员起来。

崔家虽隐世却不曾败落，这数十年来崔家一直在养精蓄锐，早已恢复了元气，崔家也是时候出山了！

与王家合作救九皇叔这事，对崔家来说也是一个契机，一个出山的机会，不然崔浩亭也不会半推半就地应下来。

诚如崔浩亭所说的那样，崔家人不是那么好威胁的，如果崔家人动真格，他有一百种方法让凤轻尘不得不救他，他有弱点，凤轻尘也有。

这天下，谁也不会平白为谁出力，崔家不会，凤轻尘也不会。凤轻尘谋算崔家出力，崔家何曾不是借此机会出山，毕竟谁也不会做没有利益的事情。

崔浩亭的事情处理好了，凤轻尘整个人都松了口气，有崔家和王家联手，就是皇上也要忌惮一二，再加上九皇叔本身的势力，九皇叔应该很快就会出来。

事要一点一点办，饭要一口一口吃，事情有了进展，凤轻尘也松了口气。

"呼——"凤轻尘吐了口气，揉了揉酸痛的眼睛，她在天牢一直没有睡好，不是怕冷，而是根本就不敢睡。

凤轻尘打了个哈欠，端起桌上的浓茶喝了一口，把佟珏和佟瑶招了进来。

她在天牢十天完全与世隔绝，她必须得知道这十天发生了什么事，不然明天拿什么跟王锦凌谈？

佟珏和佟瑶虽说能干，但能打听到的事情也有限，除了人人皆知的镇国公府被抄一事，只隐约打听到距离皇城较近的几座山爆炸的事情，这事皇上说是镇国公做的。

关于谣言的事情，两人也打听出一点，奈何皇上捂得太紧，再加上这十天九皇叔和王锦凌也收敛了一些，谣言并没有扩散起来。

但不管怎样，这也算是隐患，说不定哪天就会爆发起来。

"镇国公府居然被抄了，算他们一家人走运。"凤轻尘并不高兴。

自己的仇自己报，镇国公府提前被抄，她现在连报仇的机会都没有了。不过，这也算大仇得报了，改日她去小智的坟前上一炷香，把这事告诉他，好让他安息。

佟珏和佟瑶相视一笑，确实，镇国公府被抄肯定比落到小姐手上好，没人比她们更清楚，她们家小姐有多讨厌镇国公府的人。

"派人去那几座山附近的村子和镇上打听一下，看看有没有什么消息和说法。"凤轻尘将这十天发生的大小琐事理了一遍后，最终把目光放到了五座山爆炸的事上。

她总觉得这事不简单。

做皇上的都爱弄祥瑞证明自己是天命所归，五座山同时爆炸可不是祥瑞，就算皇上说这是镇国公炸的，百姓也未必会相信，他们只会认为这是上天的不满，犯太岁了。

如果有心人再宣扬一下，就可以说是皇上失德。

这是一个好机会！

佟珏和佟瑶不是笨蛋，听到凤轻尘这么一提，也明白这里面有空子可钻，两女连连点头，双眼放光："小姐，你说我们是不是也制造一点乱子呢？"

"好呀，你们有什么好提议？"凤轻尘一脸玩笑地道。这两姑娘也太天真了，真以为乱子很容易制造吗？

先不说他们有没有这个人力物力，单说弄出乱子又如何，这个时代信息并不发达，如果不好好操作，乱子很快就会被捂住。

粉饰太平这个词，是专为帝王而准备的。

"呃——"两女想了半天，也没想出来，蔫蔫地低下头，她们想得太简单了。

凤轻尘也无意为难她们，笑了一声就让她们回去休息："好了，这几天你们担惊受怕的，回去好好休息，明天还有得忙。"

凤轻尘自己也困得不行，可她现在还不能睡，她准备趁夜去一趟凤府。

佟珏与佟瑶走后，凤轻尘将暗卫招了出来，让他带自己去凤府。

什么？暗卫的双眼猛地睁大，惊恐地后退了一步。

他怎么就这么倒霉！

"怎么了？"凤轻尘疑惑地问了一句，这些暗卫一向都和冰块一样，很少有人的情绪，这失控的样子还真是诡异。

"没，没，没什么，姑娘现在就去吗？"暗卫连连摇头，暗自叫苦。

他能告诉凤轻尘，上次抱凤轻尘去凤府的暗卫被主子以保护尽心为名，狠狠地重赏了吗？

他能告诉凤轻尘，主子的赏比罚还要可怕吗？

他不想被重赏，可他更不能拒绝凤轻尘的要求，不然他一定会得到更"重"的赏。

暗卫不敢将自己内心的担忧表现出来，为了补救自己之前的失态，暗卫将情绪收敛得更加彻底，面无表情地立在凤轻尘的面前。

凤轻尘无法体会暗卫纠结的内心，上下打量了暗卫一眼，实在看不出哪里有异常，便拢了拢衣服道："走吧。"

"是。"暗卫满心不安,却还要隐藏自己内心的真实想法,那叫一个痛苦。为了消除凤轻尘心中的怀疑,暗卫不敢拖延,咬了咬牙,抱起凤轻尘就朝凤府跑去。

凤轻尘与暗卫离开后没多久,守在远处的探子也跟着消失了,当凤轻尘与暗卫到达凤府时,西陵天磊亦悄悄地潜入了凤府。

此时的凤府,还没有人入住,不比西区小院固若金汤,西陵天磊如入无人之地,直接来到后院。

他要看看凤轻尘让翟东明准备的那些东西到底有什么用?那些东西全是些寻常的物件,并没有什么特别的,他实在不明白凤轻尘为何如此小心?

翟东明很细心,将那些东西全部堆在后院的杂物间,一麻袋一麻袋地放好,用油布挡了起来,除了凤轻尘单子上写的东西,另外又加上一些别的,五花八门什么都有,甚至黄泥都有几袋,凤轻尘暗赞翟东明心细。

凤轻尘一一检查,在心中默默盘算自己还要准备什么。

她并不打算做震天雷,那太麻烦了,她直接把这些火药做成炸药包。虽说炸药包没有震天雷那样容易保存,可制作起来更简单,杀伤力也比震天雷强。

一一检查完,确定没有遗漏,凤轻尘把暗卫招到身边,附在他耳边细声吩咐。

暗卫全身僵硬,肌肉绷紧,除了点头外,不敢动半分。

老天爷,求你保佑,千万不要让主子知道今晚的事,不然他就悲剧了。

暗卫叫苦,西陵天磊更苦,他大冬天的不睡觉,半夜跑出来爬屋顶,结果什么也没有发现,什么也没有听到,早知道一无所获他就不亲自来了。西陵天磊暗道一声晦气,见凤轻尘离去,便也回去了。

他还是去准备攻打玄霄宫一事吧,这可是大事。

西陵天磊不知,当凤轻尘与暗卫离去后,当夜就有黑衣人背着麻袋潜入凤府,偷偷将凤府内的麻袋调包了。

当夜,凤轻尘一脸疲惫地回到西区小院,倒床就睡,第二天,天蒙蒙亮便醒了,看上去精神不错,只是那凹陷的双眼泄露了她的真实情况。

凤轻尘草草地用了早膳便出了府,先去一趟宁国公府,她之前答应给世子夫人开的药,因她入狱便一直拖着,现在出来了,当然要把这事办好。

除此之外,凤轻尘也把有利于女子排卵的药物给了世子夫人,细心交代好服用的方法,并再三强调这药自己手上也不多,是冲着二人交情才特意给她的,让她千万别说出去,她不想惹麻烦。

世子夫人连连称是,凤轻尘一走,世子夫人便把药给了老夫人,当天就从丫鬟中挑了一个女子让她试药，果真如凤轻尘所说那般，那丫鬟一个月后就有了身孕，身体也没有问题。

宁国公府的人见状，当然不会再拖，这龙子早一天怀上，就早一天稳当，当天就托心腹之人将药带入后宫，交给宫里的娘娘。

第二天老夫人就递牌子进宫见了自家姑娘，详细地交代了一遍，也说了曾试过药，让娘娘只管放心用，保证能怀上龙子。

除去宁国公世子夫人，凤轻尘还去见了陆少林、晋阳候夫人。一上午跑了几个地方，等到她停下来与王锦凌约定的时间也快到了，凤轻尘顾不得休息，匆匆赶去有间客栈。

是的，客栈名字就叫有间客栈，之所以约在这里，是因为这客栈的老板是凤轻尘。

有间客栈共有四层楼，而第四层说是楼，不如说是一间暖房。

凤轻尘把客栈建成四平八稳的小平房样式，第三层楼上是用木板铺成的平顶，凤轻尘在平顶中间，建了一座十余平方米的暖房，暖房内除了靠大街处摆了一张桌子外，其余的地方放满了花草，走进去一室花香，好不惬意，但最主要的一点是坐得高，看得远。

暖房用透明的玻璃搭建，坐在里面可以将外面的人与物看得一清二楚，但外面的人却轻易看不到里面的人，甚至无法悄悄靠近里面的人。

这间暖房一出，顿时就吸引了无数的达官贵人，新奇是一回事，最主要是方便。暖房内外皆是透明的玻璃，看似一举一动都会被人看到，可坐进去后就会发现这暖房的妙处，暖房建在平顶中央，底下人根本看不到暖房里的人。

而暖房因为建得高、视线好，有人靠近立马就会被发现。除此之外，暖房的隔音效果也极好，就是站在外面，也听不清里面的人说什么。

光明正大地来暖房吃饭，顺便谈谈私密的事，真是太方便不过了。

可惜，暖房只有一间，想进暖房要提前预约，得看店家什么时候能安排。当然，也有其他酒楼跟着学，可不知为何，他们的暖房建出来就是没有凤轻尘的好。

此时，凤轻尘就与王锦凌坐在暖房里用餐。

鲜花、美人、佳肴、美酒，先不说暖房的各种好，就说这景色与氛围，就当得起浪漫一词，一走进来，令人不由自主就放松了身心。

"轻尘，你这暖房可真是独一无二，也只有你匠心独运，才会想到把暖房这样用。"王锦凌坐了下来，看着近在咫尺，一伸手就能碰到的凤轻尘，脸上的笑意越发的浓烈。

最好的便是这张饭桌，长方形的饭桌上摆满了菜，人坐在对面，只有一臂之遥，能离得这般近，真好……

王锦凌很喜欢这地方，当然最喜欢的还是和他一起吃饭的人。而轻尘不知，当自己被关进天牢时，王锦凌是多么的担心与害怕。

他不担心凤轻尘出不来，他担心凤轻尘在牢里受委屈。皇室的天牢，就算他是王家家主，也鞭长莫及。

这十天，凤轻尘在天牢吃不好睡不好，他在外面也好不到哪里去。

昨天收到凤轻尘从天牢出来的消息，本想去看她，可想到她刚从天牢出来必是狼狈，定不愿让人看到，王锦凌便压下了心中的急切。

没想到今天一早，就接到了凤轻尘的帖子，虽说他隐约猜到了凤轻尘为何找他，可心里依旧高兴。

至少，凤轻尘有事时，会想到他。

可惜，凤轻尘不知他的心意，只当王锦凌单纯地赞美暖房，有些不好意思地回道："这暖房能得到大公子的称赞才是真的好，要说这暖房能建起来，锦凌你可是大功臣。"

"我？与我有什么关系？"王锦凌不解了，看凤轻尘靠在椅子上，神情透着享受，王锦凌也忍不住放下礼仪，学着凤轻尘的样子，慵懒地往后靠。

背后软软的，靠着很舒服，身子也不由自主地放松了，凤轻尘果真会享受。

"当然有了，这间客栈是你给我的那两个丫鬟一手建立起来的。"凤轻尘拿起竹签，插起一块水果就往嘴里塞。

和王锦凌相处，凤轻尘不需要算计也不需要虚与委蛇，规矩礼仪也不需刻意，只要不粗鲁不丢人就行。

王锦凌本就不拘小节，凤轻尘的惬意与随意在别人眼中是不符合礼教，可在他眼中却是真实。

喜欢一个人，看她什么都是好的。

"看样子还是轻尘你会调教人，她们在王家可没有这么机灵。"王锦凌不让凤轻尘专美于前，慢条斯理地吃起果子。

暖房供应的果子有很多都不是当季的，装果子的盘子也不是俗物，都是昂贵的水晶盘。在水晶盘的衬托下，盘子里的水果晶莹剔透，看上去美味至极，让人垂涎欲滴。

王锦凌暗赞凤轻尘会享受，他这个王家家主也不遑多让，王锦凌怀疑凤轻尘的出身恐怕不像世人所看到的那般简单。

"也是你给我的人好。"虽说凤轻尘和王锦凌交情不一般，但求人办事总要客气一些,两人一边聊天,一边吃着水果,没多久,小二就把饭菜送了上来。

食不言,寝不语,就算凤轻尘再不顾餐桌礼仪,吃饭时也不会谈事。吃完饭后,两人才一边在花房散步消食,一边谈正事。

"锦凌,我这次能从天牢出来,多亏了你。"凤轻尘低头,顺手摘下一朵月季。

这个季节的月季花价值不菲,可凤轻尘却半点也不心疼,将花匠辛苦培育出来的月季花摧残得乱七八糟,王锦凌站在凤轻尘身后,没有多说,只宠溺地看着她辣手摧花。

"一点小事罢了,真正出力的人并不是我。"王锦凌不会一味地贪功,这件事的幕后策划者是九皇叔,他不过是顺势罢了。

这一点,凤轻尘当然知道:"你别谦虚,没有你出力我也出不来。"

"一点小事,不值得你特意来谢。"王锦凌不喜欢凤轻尘与他这般生疏,要说谢,他才是那个该说谢的人。

"你想太多了,我才不会巴巴地找你这个大忙人来就是为了道谢,我今天请你来,是有要事和你谈。"凤轻尘转身,看着王锦凌。

只见花丛中,男子温雅,女子娇媚,两两对望,如果眼中是脉脉情深的话,那么这是一幅极美的画面,奈何不是……

王锦凌略有几分遗憾:"那你今天找我来有什么事,你我之间还需要这般客气吗?"

"当然不用。"凤轻尘随即丢开手,犹豫片刻,直言道,"锦凌,我说动了崔家出力救九皇叔,我知道你最近也动作频频,你和崔家能合作吗?"

凤轻尘目光灼灼地看着王锦凌,等待王锦凌的答案。

"和崔家合作救九皇叔?"王锦凌将凤轻尘未说完的话说了出来。

"是。"凤轻尘点头,她在崔浩亭面前说得肯定,可心里并没有多少把握,王锦凌不仅仅是大公子还是王家家主,这种没有利益的事情,他会做吗?

王锦凌没有回答凤轻尘的话,而是问道:"你怎么说动崔家的?崔家居然愿意与王家合作,崔家这是要出山了吗?"

王锦凌比凤轻尘看得更远,也更清楚,不然这种吃力不讨好的事,崔家怎么可能会做?

凤轻尘愣了一下,随即一脸恍然地点头道:"难怪,难怪崔浩亭答应得那么爽快,原来……"大家族的公子,果然没有一个省油的灯。

不过,她也不亏,双赢的局面总比她威胁崔家出力的好,这样崔家事后也不能怪她。

"难不成，你以为崔家会为了一个崔浩亭，做损人不利己的事？如果我没有猜错，这应该是崔家出山的信号，种种迹象证明了崔家实力不凡。"

还有什么比救出九皇叔更能证明崔家的强大，更能让皇室忌惮的呢？

当然，这并不是崔家出山的唯一机会，只能说凤轻尘能说动崔家，让崔家在这个时候选择出山，也代表了她足够不一般。

在暖房和王锦凌谈妥细节后，凤轻尘就懒洋洋地打不起精神，暖房里精致的景色也引不起她的兴致。

和这些从小就浸淫在尔虞我诈中的皇子、世家公子相比，她真的太嫩了，所以她总是撞得头破血流。

九皇叔说，在绝对的实力面前，一切阴谋诡计都是空谈，可是和皇室、世家百年累积的资源相比，她凤轻尘有什么资格说绝对的实力？有什么资本漠视一切阴谋？

她凤轻尘没有任何家族倚仗，她能依靠的只有她的一双手，一份百折不弯的坚韧。如果不是崔浩亭的病，她连让崔家人提起的资格都没有。

凤轻尘抬头看着灰暗的天空，脸上扬起一抹落寞的笑，她突然觉得自己很孤单，一个人很累！

王锦凌虽然不舍得这么快和凤轻尘分开，可他心疼凤轻尘，看着她消瘦的身形和青色的眼圈，他还怎么能自私地留凤轻尘陪他呢？

他就算留得住凤轻尘的人，也留不住她的心，九皇叔没有出狱，轻尘就无法放心，哪怕是为了凤轻尘，他也要把九皇叔救出来，哪怕是和崔家合作。

看着站在花丛中，人比花娇的凤轻尘，王锦凌摘下一朵红牡丹，走到凤轻尘面前将花别在凤轻尘的发髻上。

凤轻尘本能地躲闪，伸手挡了一下："锦凌，别逗了，很傻。"她才不要顶一朵大红花招摇过市呢，她又不是花盆。

"不傻，很好看。"王锦凌不允许凤轻尘拒绝，按住凤轻尘的双肩，硬是将牡丹别在她的发髻上，"哪里傻了，明明很美。"

皇城贵女一直都有戴花的习俗，每当春天贵女们的发髻上都会别着各式各样的鲜花，可凤轻尘却从未佩戴过鲜花，这是王锦凌第一次见凤轻尘佩戴鲜花，很美！

夺目的红花拂去了她周身的寂寥。

"很傻。"凤轻尘瘪了瘪嘴，在王锦凌不赞同的神色下乖乖地收回手，任那朵红花别在她的发髻上，衬得她更加娇艳傲人。

"不傻，再傻的轻尘也是好看的。"王锦凌不给凤轻尘多说的机会，指了指门口，"轻尘，天色不早了，我送你回去。"

凤轻尘本想说不用，可王锦凌却先一步上前打开暖房的门道："走吧，我不放心你一个人回去，昨天出来也不告诉我一声，苏家的千金可不是省油的灯。对了，据说苏柔送你回去后，一直昏迷不醒。"

"昏迷不醒？她活该，催眠是那么好用的吗？"凤轻尘一点也不同情苏柔，她是那么好算计的吗？

"催眠？"王锦凌脚步一顿，迷惑地看向凤轻尘，这个词他很陌生。

"就是迷幻术，能迷幻人的神智，让人按对方的意志办事。"

"苏家的千金怎么会这个？迷幻术不是早已失传了吗？"没有人会喜欢迷幻术，毕竟谁也不希望自己被人催眠，然后做出一些有违自己原则的事情。

"苏柔好像天生拥有迷幻人的本事，不过她的能力不强，你不用担心，凭你的心志她根本迷幻不了你。再说，她在施展迷幻术时，还要借助外物，见她时多个心眼就不会着她的道了。"凤轻尘压根没把苏柔放在心上，别说就苏柔这点道行，就是顶级催眠大师也无法催眠她。

王锦凌松了口气道："这还好，不然苏家出了这么一个人物，不知是幸还是不幸。"

"那不关我们的事，苏柔那点本事对付我们还差太远，不过是一个被人利用的工具罢了，苏柔不足为惧。你与其担心苏柔，不如担心玄霄宫的大小姐宣菲。"苏柔有用处，才会得到苏家和南陵锦凡的保护，而宣菲的家人则是无条件地保护她。

"宣菲？"饶是王锦凌情绪很少外显，提到这个名字时也难掩厌恶，"轻尘你不用担心，宣菲很快就不足为惧。"

"你们准备对玄霄宫出手？"这些人的动作还真快，凤轻尘发现她再不努力就跟不上他们的步伐了。

想来也是，依王锦凌的骄傲，怎么可能允许宣菲这个女人存在。宣菲对他来说是血的耻辱，而血的耻辱必须用血来清洗。

王锦凌点了点头，丝毫不隐瞒凤轻尘，和盘托出："我，南陵、西陵、九皇叔。"

"南陵和西陵怎么会出手对付玄霄宫？"九皇叔要对付玄霄宫她还能理解，南陵和西陵怎么可能会出手？

"利益足够大，他们自然会出手，就算他们不出手，在王家和九皇叔的联手下玄霄宫也定会元气大伤。"只不过，这种杀敌一千自损八百的事他和东陵九都不会做，所以才会把南陵和西陵拉进来。

许了那么大的利益给他们，想不出力，做梦！

政客果然是政客，凤轻尘怎么也想不明白这些人脑子里在想什么，反正换作她是西陵天磊，天大的利益摆在面前，也不会出手，这不是明摆着帮九皇叔吗？

"我就不插手你们这些大人物的事了，不过攻打玄霄宫算我一份，你们决定好哪天出手，提前告诉我一声。"她能信任的人不多，能用的人也不多，这一次少不得要麻烦蓝九卿借他那些暗卫一用。

用暗卫来埋炸药，不知会不会大材小用？

"好！"王锦凌也不问凤轻尘想做什么，全然地相信她。

两人并肩而行，缓缓地从暖房走下来。两人一出现，就引来了食客的注意，当然不是因为凤轻尘而是因为大公子。

当天，凤轻尘与王锦凌在暖房共进午餐的消息，就在圈子里传开了，多少贵女气得咬牙切齿，可凤轻尘全然没有放在心上。

她现在没有心思管那些贵女如何想，她唯一想的就是救九皇叔出来，然后和九皇叔一起……